KB063432

정신병원을 탈출한
여신 프레야

정신병원을 탈출한 여신 프레야

매튜 로렌스 장편소설

FREYA AND THE MYTH MACHINE

매튜 로렌스 지음 **김세경** 옮김

아작

일러두기

모든 주석은 옮긴이의 것입니다.

차례

1

나는 정신병원에 산다

나는 정신병원에 산다. 머리가 돈 건 아니다. 그저 여기 사는 게 좋을 뿐이다.

인워드케어센터는 정말 살맛 나는 곳이다. 나에게 깨끗한 옷과 깔끔한 고무 슬리퍼를 주고, 먹여주고 보호해주며, 쓸데없는 질문으로 귀찮게 하지도 않는다. 여기에선 안정감을 느낄 수 있다. 물론 무미건조한 흰색 벽에 리놀륨 바닥까지, 저가 시공 건물인 건 사실이다. 온갖 것들에 약간의 담배 냄새가 섞인 솔잎 향 세척제 냄새가 나고, 바람이라고는 소독된 에어컨에서 불어나오는 미풍이 유일하다. 하지만 난 경치나 보자고 여기에 있는 게 아니다. 이 세상에서 내게 남겨진 유일한 장소, 나를 믿어줄 사람들이 있는 유일한 장소가 이곳이기 때문이다.

나는 신이다.

이거 봐, 또 이럴 줄 알았다. 내가 미쳤다고 생각하겠지. 맹세코 난 미친 게 아니다. 내 이름은 새라 버내디. 물론 옛날 사람들은 나를 완전히 다른 이름으로 불렀었다. 경건한 입술과 언어로 수없이 많은 기도를 바치며 또박또박 정확하고 부드럽게 내 이름을 불러줬었다. 하지만 그건 더는 중요하지 않다. 이제는 사람들이 고대의 직위들을 믿지 않는데, 왜 내가 그것들을 지키고 있어야 하겠는가? 전성기로부터 남아 있는 건 산재한 신화들과 희미해진 기억뿐, 이젠 내가 누구였는지 고민하느라 애쓸 필요도 없다. 지금 나는 안전하게 지내며 찾을 수 있는 마지막 믿음의 불씨들을 붙잡고 싶어하는 소녀일 뿐이다.

"안녕, 좀 어때?" 내가 매일같이 하는 자기연민 놀이를 바리톤급 목소리가 방해했다. 직원 관리자인 엘리엇 러솜이다. 마치 거대한 산처럼, 엘리엇이 나를 굽어보았다. 인워드케어센터에 취직하기 전에는 미식축구 선수였던 그는 사실 마음이 여린 사람이다. "새로 들어오신 우리 정신과 기사님 좀 만나보지 않을래?"

나는 우노 카드로 쌓고 있던 작은 집에서 눈을 들어 한 쌍의 반짝이는 푸른 눈을 들여다봤다. 부스스 헝클어진 적갈색 머리칼의 쾌활해 보이는 남자였다. 저렇게 완벽히 헝클어뜨리느라 몇 시간을 공들인 게 틀림없었다. 아니 어쩌면, 바로 저 상태로 잠에서 깼는지도 모른다. 그렇다면 진심으로 부러울 따름이다. "안녕하세요?" 그가 밝은 목소리로 말했다. "나단 켄스예요. 만나서 반가워요, 음…."

그가 나의 이름을 원했다. 순간 그에게 내 진짜 이름을 말해주고 싶었다. 그가 나를 숭배와 존경의 눈길로 바라봤으면, 그래서 내가 예전처럼 여신이라는 느낌을 받게 해줬으면 하는 소망에서였다. 예전처럼, 예전처럼, 예전처럼. 그런 갈망은 날 놀라게 했다. 고대에나 느꼈던 잃어버린 것들에 대한 아픔을, 실로 오랜만에 다시 느낀 것이다. 하지만 앞으로 다시 이런 감정을 느낄 일은 없을 거라 생각했다. “난 새라예요. 만나서 반가워요, 나단.” 난 이렇게 말하며 손을 내밀었다.

나단은 당황한 표정으로 악수를 했고, 엘리엇은 미소를 지었다. 엘리엇은 나단이 어리둥절해 하는 표정을 보고 싶었던 것이다. “새라가 왜 여기 있는지 궁금한 거죠?”

이 부분에서 사람들은 다들 혼란스러워한다. 아무리 봐도 나는 정신병원에 있을 사람 같지 않다. 베이비시터를 하러 가거나, 다음 날 있을 화학시험 공부를 하러 나가야 할 사람처럼, 어리고 행복해 보인다. 옷은 비록 병동에 기부된 헌 옷이고, 지나치게 큰 티셔츠에는 ‘헌혈하세요’라는 글귀가 적힌 데다 청바지가 낡아빠졌긴 하지만, 그 모든 것 아래 놓인 나의 육체는 건강했다. 어떤 사람들은 내가 약간 통통한 편에 속한다고 볼지도 모른다. 하지만 어쩌겠는가? 옛날 사람들은 곡선미 있는 여자를 좋아했고, 내겐 그들의 이상을 구현해줄 의무가 있었다. 그러한 신체상이 종말을 맞게 될 거라고는 아무도 예상치 못했을 것이다.

나단은 이제 당혹스러워 보이기까지 했지만, 사실 그는 걱정할 필요가 없었다. 엘리엇이 새 직원을 나에게 먼저 데려와 만나게 하는 데는 다 그럴 만한 이유가 있었다. “괜찮아요, 나단.” 내가 미소를 지으면서 말했다. “내가 직원 교육을 지원하고 있거든요.”

엘리엇이 눈을 부라렸다. 내가 자기의 각본을 엉망으로 만들어 버린 것이다. “새라는 앞으로 만나실 애들 중 가장 착한 애일 거예요.” 엘리엇이 내 말을 못 들은 척하면서 말했다. “그래도 여기에 있는 덴 다 이유가 있죠. 두 가지만 알고 계시면 돼요. 첫째는 정신병원에 수용된 사람이라고 해서 모두 성난 미치광이는 아니라는 것, 그리고 둘째는 외모를 근거로 환자에 대해 추측하는 건 금물이라는 거죠."

난 미소가 점점 커지다가 마침내 웃음을 터뜨렸다. "와, 엘리엇. 그렇게도 내가 감쪽같아?"

엘리엇이 키득거렸다. "네가 누군지 어디 한번 나단에게 말해보지그래?"

내가 목소리를 가다듬고 그 신입 사원을 똑바로 바라봤다. 선명하게 눈에 띄는 푸른색이었더라면 더 좋았겠지만, 그의 물망초 빛 눈동자는 그래도 매혹적이다. 나의 비단결 같은 금발 머리와도 완벽하게 어울린다. 마치 누군가가 그렇게 계획해 놓은 것처럼 말이다. "나단." 내가 밝고 분명한 목소리로 이야기를 시작했다. "난 나이가 천 살도 넘어요. 인간들의 꿈속에서 태어났고, 당신들의 믿음으로 능력을 얻었지요. 난 여신이에요."

나단은 눈이 휘둥그레지더니 이내 활짝 웃었다. "항상 신을 만나보고 싶었어요. 그런데 진짜 이름이 새라예요? 혹시 내가 아는 신이에요?"

아, 난 그가 정말 맘에 든다. 대부분 신입사원은 내가 누군지 말해주면 어색한 미소를 지으면서 "그거 멋지네요!" 같은 식의 말이나 할 뿐인데, 나단에겐 유머감각이란 게 있다. "들어봤을지도 모르죠. 하지만 이젠 사람들에게 진짜 이름을 알려주지 않아요."

"글쎄, 당연하지 않을까요?" 그가 말했다. "어딜 가든 파파라치들이 떼거지처럼 몰려드는 건 싫을 테니까요."

난 누군가 내 말에 장단을 맞춰주면 정말로 좋아한다. "차라리 그런 거라면 좋죠." 내가 눈망울을 굴리며 말했다. "믿음은 내게 위력을 주지만, 의심은 그 힘을 빼앗아가요. 내가 진짜 누군지 말하면 당신은 날 믿지 않을 거고, 그렇게 되면 난 조금 더 약해지게 될 거예요."

나단이 엘리엇을 쳐다보았지만, 엘리엇은 어깨만 들썩할 뿐이었다. "나한테도 말 안 했어요. 우리가 알기로 얘는 새라예요."

"그럼 새라라고 하죠. 뭐, 당신이 진짜 누구든 만나서 반가워요." 나단은 내게 다시 살짝 미소를 지었다.

내가 막 나단에게 비슷한 말을 건네려던 참에, 간호업무 구역에 있는 캐롤라인이 우리를 향해 큰 소리로 말했다. "새라, 방문객이 찾아왔어."

"방…, 방문객이요?" 이제껏 나를 찾았던 방문객은 한 명도 없었다. 내가 여기에 있다는 건 아무도 모른다. 실수인 게 분명했다. "잠깐 실례할게요." 나단에게 말하자, 그가 고개를 끄덕인 뒤 병원 순례를 마치기 위해 엘리엇을 따라나섰다.

덩치가 점점 커지고 있는 카드 집을 건드리지 않게 조심하면서, 나는 주간휴게실에 놓인 탁자를 가만가만 옆걸음질로 빠져나왔다. 중앙휴게실로 향하는 동안, 나단과 엘리엇이 내 뒤에서 떠드는 소리를 살짝 엿듣게 됐는데, 그들의 대화에 미소가 절로 지어졌다.

"…정말이지 너무 어려 보여요." 나단이 말했다. "행복해 보이기도 하고요. 합창단에 있으면 딱 맞을 거예요. 무슨 말인지 알죠?"

"최소한 열여덟 살은 됐을 거예요." 엘리엇이 헷갈린다는 투로 대답했다. "아니, 분명해요. 그렇지 않으면 청소년 병동에 있어야 하거든요."

하! 저들이 내 진짜 나이를 안다면 어떨까, 그렇지?

수 세기가 지났어도 내 외모는 여전하군. 나는 그들이 하는 말에 기분이 좋아서, 통통 튀는 발걸음으로 캐롤라인에게 갔다. 캐롤라인은 환자 차트를 작성하느라 분주했지만, 내가 가까이 가자 활짝 미소를 지었다. 난 모든 이들과 친하게 지내는 편이다. 일종의 천성이다.

"왔구나. 카페테리아로 가봐. 진짜로 누군가가 널 만나러 왔다니 정말 기쁘구나."

"음, 저도 그러네요." 난 캐롤라인이 있는 간호업무 구역 반대쪽의 문을 재빨리 살펴봤다. 예상치 못했던 방문객이 바로 그 너머에 있다. 어쩌면 싸구려 플라스틱 병원 의자에 침착하게 앉아 있는지도 몰랐다. "누군지 아세요?"

"미안하지만 나도 몰라. 빌이 방금 고개를 들이밀더니 누가 널 찾아왔다고 말하더구나. 그게 다야."

"그래요, 고마워요." 나는 경계에 찬 눈길로 문을 한 번 쳐다본 다음, 어깨를 곧게 펴고 문으로 향했다. 갑자기 왜 이렇게 긴장되는 거지? 겁낼 거라곤 아무것도 없어. 난 그저 헌 티셔츠에 고무 슬리퍼를 신은 잊혀진 신일 뿐이야. 누가 이런 조합을 건드리겠어?

문을 열고 들어서는 순간, 나를 찾은 정체불명의 방문객이 누군지 금세 찾아낼 수 있었다. 카페테리아엔 여러 명의 방문객이 있었다. 환자의 친구와 가족들이 탁자 대여섯 개를 차지한 채, 정신건강이 의심스러운 소중한 사람들과 함께 수다를 떨고 있었다. 경비 직원 빌은 내가 들어가자 손을 흔들더니 다시 신문을 읽기 시작했다. 이곳에 어울리지 않는 사람은 딱 한 명뿐이었는데, 그는 나 때문에 이곳에 있는 게 분명했다. 짙은 회색 정장을 입은 남자 한 명이 탁자에 혼자 앉아 있었다.

그가 고개를 들어 진한 갈색 눈으로 날 뚫어지라 쳐다보자, 나는 그 자리에 그대로 얼어붙어 버렸다. 의식적으로 그런 건 아니었다. 마치 화들짝 놀란 사슴이 된 느낌이었다. 그는…, 위험했다. 위협감이 파도치는 열기처럼 끊임없이 그에게서 쏟아져 밀려왔다. 마음 한편으로는 탁자 밑으로 숨고 싶었지만, 난 그 충동을 쑤셔 넣어버렸다. 버려졌건 아니건 난 여전히 신이야. 자기가 뭔데 이런 식으로 날 겁주는 거지? 나는 곧장 그가 앉아 있는 탁자로 걸어가 의자 하나를 꺼내서 그의 앞에 앉았다.

"거기, 안녕하세요?" 내가 느끼할 만큼 달콤한 목소리로 말했다.

그 남자의 얼굴에 서서히 미소가 흘렀다. 오랫동안 거울 앞에서 연습한 것처럼 섬뜩한 게, 치밀하게 계산한 것 같았다. "당신이 새라인가요?" 그가 부드러운 말투로 물었다.

몸서리치고 싶은 충동을 겨우 참았다. 정말이지 그가 하는 모든 행동이 불안하기만 했다. "네, 제가 새라예요!" 여전히 지나치다 싶게 경쾌한 목소리로 내가 대답했다.

"당연히 그렇겠죠." 그가 말했다. "그런데 그 반쪽짜리 진실은 뭐죠? 결국 우린 곧 가까운 친구 사이가 될 텐데 말입니다."

내가 이 남자랑 친구가 될 일은 결단코 없을 것이다. 다른 여러 가지 개념들도 있지만, 그중에서도 우정이라는 개념을 둘러싸고 창조된 신으로서 하는 말이다. "잘됐네요! 그런데요, 말씀하신 그 '반쪽짜리 진실'이란 게 뭔진 잘 모르겠어요. 난 새라예요." 내가 말했다.

"하지만 당신이 이곳에 수용된 건 자신이…, 그 이상의 존재라고 주장했기 때문이죠."

자리를 뜨고 싶었다. 이자는 너무나 많은 면에서 날 질겁하게 만들었다. 하지만 이 시시한 치어리더 놀이를 조금만 더 오래 한다면 그가 떠나기로 할지도 모른다는 희망에, 난 이대로 밀어붙이기로 했다. "그럼요, 당연히 그 이상이죠! 난 신…."

"사랑의 신이시죠." 그가 '사랑'이란 단어를 길게 빼면서 말할 때 입술 사이로 혀를 날름거렸다. 그 단어를 그런 식으로 말하다니, 온몸에 소름이 돋았다.

"음, 그래요. 차트를 봤나 보군요. 그렇죠? 의사인가요?" 그가 의사가 아니라는 건 안다. 진짜 의사라면, 주간휴게실이라든가 다인용 병실 중 한 곳에서 이야기할 것이다. 진짜 의사라면, 환자를 만지려고 손을 뻗을 때 환자가 비명을 지르고 싶게 만들진 않을 것이다. 만약 이자가 내 몸에 손가락 하나라도 얹는다면, 난 비명을 지를 것이다.

"물론 아닙니다, 새라. 그리고 그런 연기 따윈 하지 않아도 됩니다. 전 당신이 진짜로 누군지 알고 있어요. 아, 누구였는지라고 해야 할까? 제 이름은 가렌이에요. 제안을 하나 하려고 왔지요."

이런, 젠장.

그가 거짓말을 하는 걸까? 실은 난 천성적으로 사람을 쉽게 믿어버리는 여신이라, 누가 거짓말을 하는지 아닌지 분간하는 덴 젬병이다. 난 그냥 그가 거짓말 하는 거로 생각하기로 했다. 여하튼 좀 사기꾼처럼 보이기도 했다. "이런 일은 또 처음인데요?" 난 걱정하고 있다는 걸 얼굴에 드러내지 않으려고 애를 썼다. "대부분의 사람은 자기가 신이랑 이야기하는 것일 수도 있다는 걸 믿기 어려워하거든요!"

그는 한숨을 쉬더니 손을 호주머니 안으로 집어넣었다. "일을 어렵게 만들고 싶나 보군. 내가 어떤 사람인지 증명해 보여야 하는 경우는 드문데 말이야." 그가 호주머니를 여기저기 뒤적이면서 말했다. "당신 같은 존재들은 수다가 많은 편이지. 내가 무섭니, 귀여운…, 아하!" 그가 손가락으로 뭔가를 단단히 움켜쥐더니 호주머니에서 손을 뺐다. 그러고는 손을 탁자 위로 들어 올린 뒤 내가 눈여겨보는지 확인한 다음 주먹을 펴, 손안에 있던 걸 놓았다. 나는 당황해서 눈썹을 찡그렸다. 공처럼 꾸깃꾸깃 뭉쳐진 새틴 같은 천 조각이었는데, 마치 누군가가 감자칩 봉지 속을 휘저은 뒤 손을 닦는데 쓴 것 마냥, 얼룩이 진하게 배어 있었다.

내가 어리둥절한 표정으로 그를 바라보았다. 그러자 그가, 어서 열어 뭐가 들었는지 확인하라고 부추기듯, 천 뭉치를 가리켰다. 나는 머뭇거리다가 궁금한 마음에 손가락을 뻗었다. 막 천 뭉치를 만지려는 찰나, 끔찍한 형상들을 보여주는 환상이 번뜩 나타나고, 나는 순간적으로 손을 잡아 빼 가슴을 움켜쥐었다. 피, 갈라진 피부와 괴로움, 긴 이빨들 틈에 낀 살점, 가학적인 희열감 속에 가해진 고통과 사지절단과 죽음…. 숨이 막혀왔다.

"아흐리만의 조각이야." 남자가 탁자에서 천 뭉치를 쓸어담아 호주머니에 넣으면서 설명했다. "유난히 못돼먹은 조로아스터교 신인데 우리가 잡아서 가둬놨지. 현재로선 대단한 거물급까진 아니지만, 녀석을 꽤 위협적인 존재로 만들 만큼의 신도들이 아직 남아있어. 보시다시피 아흐리만은 몸뚱이 구석구석에 파멸의 흔적을 지니고 있지.”

너무나 충격적이어서 아무런 말도 할 수 없었다. 마지막으로 신의 존재를 느꼈던 게 언제였는지 기억도 나지 않았다. 그는 거짓말을 하는 게 아니었다. 내가 정확히 누군지, 알고 있었다.

그가 또다시 능글맞게 히죽거렸다. “나는 말하자면…, ‘사전대책을 강구하는 시민들’의 조직을 대표해서 왔어. 우린 신들을 취급해, 새라. 해가 될 만한 신은 잡아 가두거나 없애버리고, 나머지는 채용하는 거지. 당신은 한때….”

“내가 무엇이었는지는 당신이 알 바가 아니야.” 내가 최대한으로 화난 표정을 지어 보이면서 말했다. “날 어떻게 찾아냈는진 모르겠지만, 난 당신들이 하는 일에 간섭한 적이 없어. 그러니 당신들도 그래야 하는 게 아닐까?”

그가 사과하는 듯한 모습을 보이려고 두 손을 벌렸다. 그보다 더 위선적일 순 없었다. “미안하지만, 새라, 당신은 정말 꽤 희귀한 신이야. 당신이 받을 멋진 특혜들을 죄 늘어놓을 수도 있지만, 좀 더 간단히 설명해주지. 우리와 손잡지 않으면…, 죽어.”

입이 떡 벌어졌다. 그는 날 협박하고 있었다. 내가 누군지 알면서도 정말로 날 협박하고 있었다. 전에 없던 일이었다.

“복수심에 불타는 신 연기 따윈 애당초 그만둬.” 그는 손을 휘저으며 나의 분노를 무시했다. “예전에 다 본 것들이야. 자, 이제 거래를 해볼까, ‘새라’? 당신을 영원히 없애버릴 방법이 그리 많지 않다는 건 알고 있어. 아직은 여기저기에 신도들이 좀 남아 있으니, 그들이 당신을 원래 모습으로 돌려주겠지, 그러지 않을까?”

내가 팔짱을 끼고 그를 노려보았다.

"당연히 그러겠지." 그는 자문자답하고 있었다. "자, 이게 앞으로 일어나게 될 일이야. 내 제안을 받아들인다면, 필요한 모든 신도들을 얻어 주겠다고 보장하지. 다시 한 번 진정한 신이 되는 거야. 찌꺼기나 구걸하는 무슨 떠돌이 신이 아니라 말이야. 내 제안을 거절한다면? 세상이 당신의 존재 자체를 믿지 않도록 만들겠어."

심장이 내려앉는 것 같았다. 그가 지금 하는 말이 거짓말이길 진심으로 바랐다. 그게 가능하기나 해? 물론 사람들의 불신은 마음에 상처가 된다. 하지만 나를 완전히 지워버리려면 수천 명의 의심을 모아야 할 것이다. 그 말은, 일단 그 수천 명의 사람에게 내가 존재한다는 확신을 심어준 다음, 다시 내가 존재하지 않는다고 생각하게 해야 한다는 걸 의미한다. 내겐 엄청나게 어려운 일로 들렸다.

"그걸 어떻게 해낼 계획인데?" 정말 어이가 없는 발상이었다.

그가 키득거리자 화가 다시 치밀어 올랐다. 저 얼굴에 있는 웃음기를 후려쳐버릴 무거운 게 내 손에 있다면 얼마나 좋을까, 하는 생각이 들었다. "아, 요즘 대중들이 얼마나 냉소적일 수 있는지 당신들 모두 알아야 해." 그가 말했다. "구체적인 이야기로는 들어가지 않겠어. 하지만 우리가 저 밖에서 당신에게 손가락질할 회의론자 몇 명 정도도 찾아내지 못할 것 같아?"

이 남자를 죽여야 해.

물론 그가 하는 말은 맞다. 내가 진짜 이름을 알려주지 않는 것도 바로 그 때문이다. 사람들이 더는 믿지 않으니, 수단과 방법만 있다면 그의 작은 '조직'이 날 죽일 수도 있다. 선제공격해야만 한다. 하지만 선택의 여지가 별로 없다. 내가 지금 할 수 있는 건 상대방의 신체적 화학작용에 개입하는 게 전부인데, 이 더러운 자를 유혹할 수만 있대도 소기의 목적은 이루는 셈이 될 거다.

"그게 다야?" 난 시간을 끌기로 했다. "숭배자들을 모아주겠다는 모호한 약속만 믿고 당신이랑 이곳에서 걸어나가라고?"

그가 어깨를 한 번 들썩했다. "보통은 그렇게만 말하면 되지. 요즘 같은 세상에 아쉬운 건 당신들일 테니까."

나는 그 말에 겁내지 않기 위해 온 힘을 다해 싸워야 했다. 판테온*이 온전한 모습으로 솟아오르고 번성하던 그 전설의 시대가, 나도 당연히 그립다. 친구들이 그립고, 사랑받는 게 그립다. 하지만 우리가 믿던 것들에 등 돌릴 만큼은 아니다. 내 종족이 자유와 반항을 가치 있게 여겼다는 걸, 자신처럼 젠체하는 아첨꾼의 명령을 따르느니 차라리 죽음을 택하는 저돌적인 존재라는 걸, 이자는 모르는 것 같다. 그런 제안으로 날 노예로 삼을 수 있다고 생각한다면, 그는 생각을 달리해야 한다.

"세상은 변했고 우린 따라잡을 수가 없어. 자, 알아듣기 쉽게 말해주지. 난 당신들을 위해 일하고 싶지 않고, 그렇다고 죽고 싶지도 않아. 그냥 날 혼자 내버려 두면 안 돼? 내 시절은 지났다고. 난 이 병원에서…." 나는 햇수를 세느라 잠시 말을 멈췄다. 직원들이 삐삐에서 휴대폰으로 옮겨가는 걸 눈앞에서 지켜볼 만큼 오랫동안 인워드케어센터에서 살아온 것이다.

"우리 쪽 추산으로는 이십칠 년." 남자가 말했다. "당신의 그 탁월한 감정조작 능력 덕분에 직원들은 눈치도 못 챘겠지."

"어쨌든." 얼굴이 붉어졌다. 이 남자는 자기가 모든 것에 대한 답

* 모든 신을 모시는 만신전(萬神殿)

을 다 가지고 있다고 생각한다. 난 이 남자가 진짜로 싫다. "난 아무 데도 안 간다고, 가렌 씨."

그가 나를 퉁명스럽게 쳐다보더니 한숨을 내쉬었다. "우리와 한 팀이 되고 싶지 않다고? 좋아. 신은 다른 용도로도 쓸 수 있으니까. 하지만 당신이 무엇을 믿든, 결국엔 나와 함께 갈 거야. 좀 힘든 방법으로 가게 될 뿐이지."

그가 자리에서 일어나더니 또다시 호주머니를 뒤적였다. 하지만 악몽 같던 그 작은 새틴 천 조각 뭉치 대신, 이번엔 길고 가는 금속 조각 하나를 꺼내 들었다. 순간 금속 조각이 머리 위 형광등 불빛에 반짝였다. 커다란 주사기였다. 신문을 보던 빌이 고개를 들어 힐끔 쳐다보더니 그 물건을 알아보곤 눈살을 찌푸렸다. 병원에서는 안전상의 이유로 신발 끈조차 허용되지 않는다. 빌이 뭔가를 말하려고 했지만, 미처 입을 열기도 전에 가렌이 주사기로 자신의 집게손가락을 찔렀다.

순식간에 카페테리아 전체가 고요해졌다. 환자들과 방문객들 모두 온몸을 뒤튼 채 탁자 아래에 아무렇게나 뻗어버렸다. 빌은 의자에 앉은 채로 앞으로 꼬꾸라져 코를 골기 시작했다. 문 너머로부터 직원들과 환자들이 너나 할 것 없이 바닥 위로 털썩 쓰러지는 소리가 들렸다. 가렌은 그저 미소를 지으며 주사기를 다시 호주머니 안에 집어넣더니, 근사한 정장에 핏방울이 떨어지지 않도록 손가락을 입속에 찔러넣었다.

그가 방금 인워드케어센터 전체를 잠재워버린 것이다.

"물론 불멸의 신에겐 효과가 없지." 그가 손가락을 꺼내 바라보면서 말했다.

"그럼 당신은 뭐지?" 간신히 입을 뗄 수 있게 되자 물었다. 내가 생각해도 놀라울 만큼 차분한 목소리였다.

"아, 난 신은 아니야." 그가 나를 보며 심술궂게 웃었다. "당신을 다른 용도로 써먹을 수도 있다고 내가 말했지."

좋아, 저 믿을 수 없이 사악한 말투 들었지? 지금이 떠날 때야. 계획이 뭐지, 새라? 내가 과연 그를 쓰러뜨릴 수 있을까 하고 생각하며 그를 유심히 살펴보았다. 다른 때라면 당연히 쓰러뜨릴 수 있다고 생각했을 것이다. 난 싸움이라면 자신이 있고, 그가 아까 말했던 것처럼, 우리 신들을 죽이기란 굉장히 어렵기 때문이다. 하지만 지금은 약간 조심해야 할 것 같다. 그는 이미 나에 대해 너무도 많은 걸 알고 있고, 그가 채용하려고 했던 신이 내가 처음은 아닐 거다. 인정하긴 싫지만, 지금 내게 필요한 게 뭔지 난 정확히 알고 있다. 고통스럽긴 해도 나의 약해진 상태를 고려해 볼 때 내가 선택할 수 있는 건 이것뿐이다.

이제 슬프고 절망스러운 생각들을 떠올려야 한다.

봐, 난 사람들이 진정으로 날 사랑하게 만들 수가 없어. 사랑은 육체적일 뿐만 아니라 정신적이고도 감정적인데, 난 화학작용이나 기분 같이 육체적인 부분밖에 건드릴 수 없다구. 그나마 그것도 생식 영역에 가깝잖아. 이 남자는 사랑이라곤 눈곱만큼도 없는 인간인 것 같다. 하지만 심지어 괴물들도 슬픔은 느끼기 마련이지. 나는 정신을 집중해 내게 남은 미미한 힘의 불꽃을 그에게로 뻗어, 두뇌 신경전달물질에 압박을 가했다. 기진맥진했다. 하지만 그보다 더 나쁜 건, 마음이 아팠다는 사실이다. 나는 인간의 마음속에 절망이 아닌 사랑과 숭배를 불러일으키게 되어 있다. 그런데 내가 하는 일은 내 존재의 본질과 어긋났다.

가렌이 절망감을 물리치려고 애쓰느라 눈살을 찌푸리고 고개를 흔들었다. 얼굴에 드리운 불온한 우월감이 무너지고 혼란스러운 표정이 되었다. "너 지금 뭐하는…." 그가 몸을 지탱하기 위해 한 손으로 탁자를 짚었다. 나는 가렌이 날 노려보거나 자기 뜻을 분명히 하려 할 거라 생각했지만, 내가 그의 뇌 속에 들이부은 슬픔 때문에 가렌은 계속해서 비틀거리기만 했다.

그가 뭔가를 감추고 있는 것이거나, 생각했던 것보다 내가 약한 건지도 모른다. 어쩌면 둘 다일 수도 있다. 지금쯤이면 가렌은, 취해서 비틀거리는 사람처럼 보이는 정도가 아니라 바닥에 주저앉아 엄마를 부르며 엉엉 울고 있어야 한다. 더는 계속할 수가 없다. 망할, 너무나 힘들어서 이젠 내가 눈물을 쏟을 지경이다.

다행히도 나의 판테온에는 가렌 같은 골칫거리들에 대한 해결책이 있었다. '다시, 더 세게 공격하라.' 나는 가렌의 마음이 심란해진 틈을 타, 덜컥 의자를 밀어내고 몸을 일으킨 뒤 탁자 위로 뛰어올라, 두 걸음 안에 낼 수 있는 최고의 속도로 탁자를 가로질러 달렸다. 그러고는 공중으로 몸을 날린 다음 다리를 끌어당겨, 무릎으로 가렌의 가슴팍을 들이받았다. 쉭 하는 소리와 함께 공기가 그의 몸에서 빠져나가더니, 그가 바닥에 넘어졌다. 가렌은 정신없이 멍한 모습이었지만 나는 반격의 기회를 주지 않았다. 나는 뒤쪽으로 몸을 숙여 가까이에 있는 플라스틱 의자 하나를 쥔 뒤 가렌의 머리통을 사정없이 아작냈다. 가렌의 눈알이 뒤로 돌아가고, 사지가 축 늘어졌다.

이 때가 바로 내가 도망쳐야 하는 대목이다. 악당은 정신을 잃었고, 나의 도주를 가로막는 거라곤 아무것도 없다. 이런, 멍청하기는! 이게 바로 할리우드가 젊은 여자들에게 가르쳐 준 잘못된 교훈이다. 아무리 상황이 우세하더라도 적을 내버려 둔 채 떠나서는 안 되는 법이다.

나는 의자를 높이 쳐들어 다시 한 번 가렌을 내리쳤는데, 그 타격이 얼마나 강했는지 머리통이 바닥에서 통통 튀었다. 칙칙한 리놀륨 바닥 위에 피가 튀었다. 그리고 한 번 더. 의자에서 핏방울이 떨어지기 시작했다. 가렌은 아직 숨이 붙어 있었지만, 한두 번만 더 내려친다면 충분히 그를….

그때 가렌의 몸이 수축하면서 자기 자신에게로 빨려 들어갔다. 하수구로 물이 흘러들어 가듯, 옷도 피부도 근육에 뼈까지, 나선으로 휘감기면서 완전히 없어졌다. 눈 깜짝할 사이에 그가 사라져버린 것이다. 강한 바람이 불어와 그가 사라져버린 허공을 메우면서, 흡착기를 유리창에서 떼는 것 같은 소리가 났다. 가렌에게서 남은 거라고는 피 묻은 바닥과 찌그러진 의자뿐이었다.

의자가 감각을 잃은 손가락들로부터 떨어져 리놀륨 위에서 덜그럭거렸고, 나는 탁자에 기대 몸을 지탱했다. 이건 매우 나쁜 상황이다. 가렌은 일종의 비상용 마법으로 구해진 게 분명하고, 일을 끝내러 그의 친구들이 대거 몰려올 게 뻔하다. 그리고…, 그리고 그들이 돌아오기 전에 난 떠나야 한다. 떠나야 한다고! 그 생각은 폐부를 찔렀고, 벽력같은 슬픔과 분노로 마음이 뒤범벅됐다. 억울했다. 백 번도 넘게 모든 걸 잃고, 보호시설에서나 사는 껍데기 여신으로 강등된 것도 모자라, 이제 더욱더 깊은 곳으로 추락해야 한다니. 이 정도면 충분히 망신당한 거 아니었나?

나는 가렌이 제안을 건넸던, 그가 모든 걸 바꾸어버린 탁자에 대고 소리를 지르고 발길질을 해댔다. 마음속에 분노가 부글거려 잠시 그 자리에 서 있었지만, 이내 머리를 흔들었다. 다 끝났다. 그 자리에 앉아 이 모든 부당함을 향해 분노하며 비죽거리고 싶었다. 하지만 수 세기 동안의 경험은 내게 떠나라고 외치고 있었고, 나는 그 말을 따라야 했다. 내가 비록 변덕스러울지는 몰라도 멍청한 건 아니다. 난 가렌이 사라진 곳을 잠시 노려보다 쏜살같이 빌에게로 달려가 그의 허리띠에서 열쇠를 풀어냈다. 여기에선 열쇠만 있으면 뭐든지 할 수 있다.

카페테리아를 박차고 나가다가 하마터면 나단에 걸려 넘어질 뻔했다. 나단과 엘리엇은 간호업무 구역 근처에서 병원 둘러보기를 마치고 있었던 게 분명했다. 운이 좋군. 난 정신병원에서 이십칠 년이나 살았다! 운전하는 법을 기억해 낼 자신이 없으니 운전기사가 필요했다. 누굴 데려가야 할지 결정하는 건 쉬운 일이었다. 내가 보기보단 힘이 셀지 몰라도 엘리엇은 워낙에 거구인지라 지게차 없이는 그를 빼내 갈 방법이 없었다. 그래서 난 몸을 숙여 정신과 신입기사를 바닥에서 들어 올렸다. 나단을 어깨에 둘러메자 그가 앓는 소리를 냈다. 잠재우기 주문의 효력이 사라지고 있는 모양이었다.

나단과 무수히 잠겨 있는 빌어먹을 문들 때문에 낑낑대며 인워드케어센터를 빠져나갈 무렵, 나단이 잠에서 깨어나기 시작했다. 지쳐가던 참인데 잘됐네. 그 짧은 이동만으로도 나 자신이 예전보다 얼마나 턱없이 허약한지 깨달을 수 있었다. "무슨…일…이에요?" 내가 주차장으로 달려가는데 그가 중얼거렸다.

"당신 차 뭐예요, 나단?" 내가 그를 어깨에서 내려놓고 몸을 흔들었다.

나단은 마지막 남은 졸음을 쫓으려고 애쓰며 머리를 문질렀다. “은색 도요타 캠리인데, 왜…, 잠깐만, 무슨 일이죠?”

나는 그의 어깨를 붙들고 두 눈을 똑바로 바라보며 내가 지을 수 있는 최고의 미소를 지어 보였다. “당신은 지금 신을 구하고 있는 거예요, 나단. 이제 날 여기에서 나가게 해줘요!”

이제 완전히 잠에서 깬 나단이 눈살을 찌푸렸다. “뭐라고요? 안 돼요, 난…, 새라 맞죠? 우리가 밖에서 뭐하는 거죠? 안 돼요, 안으로 돌아가서….”

나는 할 수 있는 최대한으로, 나단의 뇌를 행복과 사랑과 욕구로 넘치게 채웠다. 그의 얼굴에서 혼란스런 표정이 사라지고, 풋사랑에 빠진 소년의 표정으로 변했다. 시간에 쫓기지만 않는다면 정말 사랑스러웠을 것이다. “음….” 그가 꿈꾸는 듯한 표정으로 중얼거렸다. “…좋아요.”

내가 그에게 차 열쇠를 건네주자, 그가 휘청거리며 차로 가서는 먼저 조수석 문을 열어 내가 탈 수 있도록 해주었다. 정말 끝내주는 신사다! 그러고 나서는 차에 타 시동을 걸고 주차장을 빠져나갔다. “어디로 가면 되죠, 새라?” 그가 바보 같은 미소를 지으며 물었다.

나단의 질문에 난 순간 멈칫했다. 이십칠 년이 지난 지금, 병원은 내 세상의 전부가 되었다. 다른 데로 가야 할 거라곤 생각해 본 적도 없다. 그런데 이젠 이곳은, 내가 절대로 있으면 안 되는 곳이 되어버린 것이다.

“모르겠어요, 나단.” 내가 말했다. 마음이 공포로 가득 찼다. “정말 모르겠어요.”

2

어떤 일이 벌어질지, 난 알지 못했다

당연히 우리는 나단의 아파트로 갔다.

뾰족한 수가 없었다. 삼백 년 가까운 세월 동안 내가 바깥세상을 내다볼 수 있었던 유일한 창문은 청소년 관람가 텔레비전 프로그램과 영화들이었다. 그 주인공들 전부, 일단은 남자가 사는 아파트로 도망간다. 그런 다음 계획을 짠다. 우리도 그렇게 할 거였다. 이렇게 판에 박힌 선택을 하다니, 죄책감이 들 정도였다.

아파트 안으로 들어서자마자 나단이 나를 꽉 끌어안았다. "당신 정말 대단해요!" 아직도 나단의 뇌는 페로몬과 도파민과 세로토닌으로 꽉 차 있었다. (삼십 년 가까이 의사들 주위에 있다 보면 꽤 많은 걸 주워듣게 된다.)

난 미소를 지었지만, 그건 슬픈 미소였다. 나단이 날 정말로 사랑하는 건 아니다. 가슴으로 사랑하는 게 아니다. 그런 게 뭐가 중요하냐고 생각할 수도 있다. 하지만 내가 나단에게 강요한 공허한 숭배는, 내가 대변하는 모든 것에 어긋나는 것이다. 나는 이런 모조품이 아닌, 진실하고 순수한 사랑을 보여주기 위해 존재한다. 그래서 붙잡고 있던 그의 마음을 놓고, 그를 정상으로 되돌리기 위해 노력했다. 오래 걸리지 않았다. 나단은 처음엔 내 곁에 있는 것만으로 들떠서 잠시도 가만히 있질 못하더니, 이내 마음을 가라앉히고 포마이카로 된 부엌 조리대에 몸을 기댔다. 허탈한 웃음이 사라지고 그가 얼굴을 찌푸렸다. 그제서야 그는 방금 무슨 일이 일어난 건지 이해하기 시작했다.

"잠깐, 우리가 왜 여기에 있는 거죠?" 나단이 주위를 둘러보며 말했다. 그가 눈썹을 추켜세우더니 고개를 돌려 나를 쳐다보았다. "이런, 제기랄. 병원으로 돌아가야 해요! 오늘이 첫 출근이라고요!"

"있잖아요, 나단. 그러니까 그게 안 되거든요." 내가 멋쩍은 듯 어깨를 들썩하며 말했다. "미안해요."

"오, 신이시여." 나단은 이것저것을 종합해보더니, 처음으로 나를 진지하게 쳐다보았다. "내가 환자를 납치한 거군요. 난 이제 완전히 잘렸어요. 아, 안 돼, 안 돼. 해고에, 소송에, 체포에, 이제 난리가 날…." 그가 문 쪽을 향해 걸어가기 시작했지만 내가 그를 막아섰다.

"진정해요." 내가 말했다. "당신은 곤란해질 게 없어요. 내가 당신을 납치했거든요."

"뭐라고요?"

"그리고 난 정말 신이에요." 이참에 그 말도 슬쩍 집어넣는 편이 좋을 것 같았다. 그런다고 해서 지금보다 더 당황하게 될 것 같지도 않았다.

그가 웃음을 터뜨리더니 두 손을 들었다. "당연히 그러시겠죠.

음, 새라? 새라였던 것 같은데, 맞죠? 이제 내 차를 타고…, 돌아갈까요?"

내가 눈망울을 굴렸다. "절대로 날 인워드케어센터로 돌려보내진 못 해요, 나단. 이봐요, 내가 신이라는 걸 뭐로 증명해 보일까요?"

나단이 잠시 말을 멈췄다. "나랑 같이 차에 타는 것?" 그가 기대에 찬 목소리로 말하는 바람에 웃지 않을 수 없었다.

"나단, 진정해요. 당신이 내 말을 진지하게 받아들이기 전까진 차에 타지 않을 거예요."

나단은 서성이기 시작했다. 오늘 직장에 출근했을 때 기대했던 건 전혀 이런 게 아니었겠지. "새라, 제발요." 그가 말했다. "난 이 일이 필요해요. 그런데 정신 나간 아름다운 여자를 시설에서 몰래 빼낸 뒤, 차로 내 아파트에 데려가 놓고도, 어떻게 일어난 일인지 기억조차 못 한다는 걸 인워드케어센터에서 알아낸다면 모양새가 몹시 나쁠 거라고요."

그는 알아채지도 못했지만, 그가 '정신 나간'이란 단어 다음에 슬쩍 끼워 넣은 작은 칭찬 하나에 난 정말 기분이 좋았다. 초라하고 낡은 티셔츠와 몸에 맞지 않은 청바지를 입고도 근사해 보이기란 힘든 일이다. 미용사가 머리 모양이 아니라 머릿니에 대해 걱정하고, 화장한 사람이라고는 간호사뿐인 곳에서 이십칠 년이나 보냈다면 더더욱 그렇고. 내가 한숨을 내쉬고 말했다. "나단, 난 사랑의 여신이에요. 무슨 일이 있었는지 기억 못 하는 건, 내가 당신 머릿속을 엉망진창으로 만들어놨기 때문이라구요."

나단이 나를 '그런 눈으로' 쳐다보았다. 뭐 이젠 익숙하다. '와, 정말 귀엽네. 그걸 정말 믿는 거야?'라고 말하는, 그런 눈빛이다. 하지만 명예롭게도 그는 이렇게만 말했다. "그 말이 법정에서도 통할 진 모르겠군요."

내가 눈망울을 되록였다. 요즘 사람들은 자신들이 정말 '창의적'이고 '열린 사고를 한다'고 주장한다. 하지만 난 관심 없다. 옛날엔 설명할 수 없는 일을 한 뒤, 신성한 능력의 결과라고 말하면 사람들은 그 말을 진심으로 믿었다. 이젠 그저 과학이 발달했다거나 그건 교묘한 속임수라고 한다. 아니면 마약 때문이라고 하거나. "옛날에는…." 내가 나지막이 중얼거렸다. 하지만 그런 시절은 지났다. 지금으로선 최선을 다해 주어진 카드를 써먹어야 하는데, 그 카드는 내가 사랑스러울 정도로 미친 여자라고 생각하고 있다. 다른 방법을 써봐야겠다.

"좋아요, 나단. 이건 어때요? 난 저 의자에 앉을 테니," 내가 낡은 탁자 옆에 놓인 접이식 철제 의자를 가리켰다. "당신은 저쪽 작은 푸톤소파*에 앉아요. 이제 당신이 나를 사랑하게 만들 거예요. 오 분 후에도 아무런 감정이 안 느껴지면, 어디든 당신이 원하는 곳으로 갈게요. 어때요?"

나단이 푸톤소파를 힐끗 쳐다보더니 시선을 내게로 돌렸다. "좋아요." 그는 표정을 냉정하게 유지하려고 무척 애쓰고 있었다. 여전히 나를 정신 나간 여자로 생각하는 게 분명했지만, 적어도 내 말에 장단을 맞춰주고 있었다.

그는 푸톤소파로 가서 앉아, 기대에 찬 표정으로 나를 바라보았다. 나는 철제 의자에 털썩 앉은 다음 몸을 앞으로 기울이고, 우리

* 침대로 개조할 수 있는 요로 만든 소파

사이의 애정 심리를 조금씩 증가시키기 시작했다. 욕구를 소화전처럼 내뿜었던 주차장에서보다 시간이 오래 걸렸다. 이번엔 그를 각성 상태로 두어, 자기 자신을 조절할 수 있도록 하고 싶었기 때문이었지만, 한편으론 단순히 지쳐 있었기 때문이기도 했다.

나단이 깜짝 놀라 눈을 휘둥그레 뜨면서 입을 떡 벌렸다. 그러고는 당혹스러운 매력이 가져다준 황홀감에 휩싸여 나를 바라보았다. 이해했군. 나는 그에게 하던 일을 멈췄다. "사과할 거라면, 초콜릿이랑 같이 하는 게 더 좋아요." 내가 배실배실 웃으며 다 안다는 투로 말했다.

그가 웃음을 터뜨렸다. 무슨 말을 하려는가 싶더니 입을 다물고 자신의 작은 부엌으로 행군하듯 걸어갔다. 뭔가 바스락거리는 소리가 들리고, 잠시 후 그가 돌아왔는데…, 그렇지!

"이런 걸 얼마 만에 먹어보는지 알아요?" 내가 두 손을 내밀며 환호성을 질렀다.

"의심해서 정말 미안해요." 나단이 토블론 초콜릿 바 하나를 손에 떨어뜨려 주자, 내가 안달하며 움켜쥐었다. 예전에도 난 이런 것들을 사랑했다. 무슨 까닭인진 몰라도, 초콜릿으로 감싸진 너깃과 아몬드와 꿀의 존재는 두뇌의 환희점을 강타하게 정조준된 것 같다.

"인간이여, 너의 사과를 받아들이노라." 나는 포장을 벗겨 맛 좋은 모서리 부분을 베어 먹으면서 활짝 웃었다.

"그래서 당신이 정말 신이라고요?" 나단이 물었다. 완전히 확신한 건 아닌 듯싶었지만, 최소한 이젠 구속복*을 입히려 들진 않을

* 난폭한 정신병자나 죄수를 제압하기 위해 입히는 옷

것 같았다. 그 정도면 됐지, 뭐. "그러니까…, 그냥 초능력 슈퍼히어로, 뭐 그런 게 아니라 신이라고요?"

"당신네 남자들의 공상이란 정말." 내가 입안 한가득 초콜릿을 머금고 말했다. 기억했던 것처럼 역시나 끝내줬다. 그래서 난 이 초콜릿 바가 내 이름으로 바쳐진 제물이라고 생각하기로 했다. 아주 오랜만에 받은 제물. "여기요, 증명해줄게요. 칼 좀 줘봐요."

"음, 방금 뭐라고 했죠?" 나단이 눈살을 찌푸리며 말했다. 나는 잠시 기다리다가, 그래도 그가 고집을 부리자, 기분 나쁘다는 표정을 지었다. 내가 진실을 말하고 있다는 걸 받아들일 수 있을진 몰라도, 미치광이 수용시설에서 만난 사람에게 무기를 쥐여준다는 건 여전히 마뜩잖은 일인 게 분명했다.

"뭐 내가 뉴스에 맨날 나오는 십 대 연쇄살인범이기라도 할까봐 걱정하는 거예요?" 나는 초콜릿 바를 내려놓고 부엌을 향해 걸어갔다.

"그게, 그런 건 아니지만…. 잠깐, 정말 그럴 필요까진…!"

"안색이 아주 좋으시네요." 내가 주방용 칼꽂이 대를 뒤적이면서 말했다. "아, 완벽해."

커다란 주방장용 식칼 하나를 뽑아 들었다. 나단의 아파트에는 고가 브랜드 물건이 극소수 있었는데, 식칼이 그중 하나였다. 내가 가진 짧은 '나단 리스트'에 '요리 솜씨에 자부심이 있는 것 같음'을 추가한 뒤, 그의 맞은편에 앉았다. 나단이 꼼짝달싹도 못하는 걸 보자 웃음이 나왔다. "아기처럼 굴지 마요." 내가 식칼을 공중에서 몇 번 천천히 휘두르면서 말했다. "내가 장검으로 뭘 할 수 있는지 보셔야겠네."

나단이 반응하기도 전에, 내가 칼날로 내 왼쪽 엄지손가락을 베었다. 그는 깜짝 놀라 움찔하더니 두 손을 들며 말했다. "이봐요, 안 돼! 그만, 그러지 마요!"

난 그저 미소를 지으며 엄지손가락을 들어 그에게 보여줬다. "내겐 신도가 별로 남지 않았어요." 그러고는 상처 난 손가락으로 그의 시선을 끌었다. "하지만 나에게 남아 있는 신도들은 자기가 믿는 여신 손가락에 칼에 베인 상처가 있을 거라고는 생각하지 않죠. 그래서 나도 변해요. 그들이 믿는 바에 맞춰주기 위해서죠. 자, 보세요."

수백 년 전이라면, 상처가 채 다 만들어지기도 전에 아물기 시작했을 거다. 지금은 1분이나 걸리지만 모르는 사람들에겐 여전히 꽤 인상적일 것이다. 조금씩 조금씩, 상처가 저절로 봉합되기 시작했다. 그리고 핏방울이 몇 방울 앙증맞게 스며 나오더니 흉터 한 점 남지 않고 상처가 완전히 아물었다. 마치 애초에 상처 따윈 없었던 것처럼 보였다. 나는 남아있는 피를 티셔츠에 문지르고(티셔츠에 쓰인 문구를 생각해볼 때 이건 약간 모순된 행동이다), 나단을 향해 눈썹을 추켜세웠다. "어때요?"

"정말…, 정말 놀라워요." 그가 경외에 찬 목소리로 말했다. "그러니까 내 말은, 그저 무슨 재생 초능력을 가진 슈퍼히어로일 수도 있겠지만, 그래도 대단하네요. 날마다 볼 수 있는 건 아니잖아요." 그는 수 초 동안 나를 좀 더 바라보더니 어깨를 들썩했다. "그래요, 좋아요. 어쩌면 정말 신일지도 모르죠. 일단은 그렇다고 쳐요. 죽여주네요."

"뜻밖에 잘 받아들이는데요?"

나단이 두 눈을 반짝이며 활짝 웃었다. "지금 농담해요? 우리 세대 거의 모든 아이의 공상이 현실이 되는 순간이라고요. 그래서 진짜로 무슨 신이에요? 내가 장담하는데, 이제 당신을 믿게 될 가능성이 훨씬 더 커졌어요."

나단에게 다 털어놓고 싶었지만, 간신히 참았다. 새로운 숭배자를 얻고 싶은 욕구야 너무나도 강하지만 아직은 그럴 수가 없다. 여기에 있는 건 안전하지가 않다. 내가 누구랑 어디로 갔는지는 천재가 아니라도 알아낼 수 있을 거다. 나에 대해 나단에게 이야기해주는 건 더 안전한 곳으로 옮긴 다음 나중에 해도 된다. 게다가 이야기가 좀 길잖아. 나는 마음이 아픈 듯 고개를 흔들면서 말했다. "나중에요, 나단. 난 위험에 빠졌어요. 사실은, 우리 둘 다 위험에 빠진 것 같네요."

"우리라고요?"

"네, 그런 것 같아요. 미안해요." 난 정말로 미안했다. 나단은 괜찮은 남자 같다. 초자연적인 싸움의 한복판에 내던져져야 할 그런 사람 같지는 않다. 하지만 과거와 마찬가지로, 지금은 그런 것에 신경 쓸 때가 아니다. "누군가 날 붙잡으려고 해요. 근데 내가 여기로 오는 걸 도와줬으니, 그들이 이제 곧 당신도 뒤쫓을 거예요."

"아." 나단은 내가 한 말의 의미를 곰곰이 생각했다. 그러더니 갑자기 웃음을 터뜨렸다. 그, 있잖아, 기뻐해야 할지 두려워해야 할지 알 수 없을 때 지르는, 미쳐 날뛰는 것 같은 웃음소리. "새라, 내가 무단결근 사유로 댔던 핑계 중 아마도 이게 역대 최고 급일 거예요."

나도 따라 웃었다. 좀 어이없는 건 맞지, 뭐. "회사 땡땡이칠 수 있게 도와줄 수 있어서 기뻐요."

"그래서 누구한테서 도망 다니는 건데요?"

더는 감춰야 할 이유가 없었다. 나는 가렌과 그의 못된 조직에 관해 간단히 설명했다. 내 이야기가 끝나자 나단이 고개를 끄덕이면서 말했다. "그러게요. 당신이 죽어라 도망치고 싶을 만도 하네요." 그는 잠시 말을 멈추더니, 마음속으로 무슨 결정이라도 내린 듯 고개를 까딱했다. "당신처럼 사랑스러운 여신이 걸어서 도망 다니게 내버려둘 순 없지요. 어디로 가고 싶어요?"

그것은 우리가 이곳에 온 이후로 내 머릿속을 내내 맴돌던 질문이었다. 나는 의자에 등을 기대고 초콜릿 바를 다시 쥐었다. "사실은요, 나단. 나도 잘 모르겠어요. 난 이십칠 년을 인워드케어센터에서만 살았다구요. 도망갈 만한 곳이 없어요."

"이십칠 년?" 나단이 깜짝 놀라 소리를 질렀다. "술 마실 나이도 안 돼 보이는데?"

"천 살이 넘는다고 말했잖아요. 천 년 산 사람치곤 나쁘지 않죠, 응?" 내가 나를 가리켜 보이며 말했다.

나단이 이마를 툭 하고 쳤다. "아, 맞다. 여신이지. 그럼 나이를 먹지 않겠군요." 그러고는 무슨 생각이 떠오르기라도 한 듯 눈살을 찌푸리더니 이렇게 내뱉었다. "어떻게 병원 직원 누구 하나 눈치를 못 챈 거죠? 입원날짜가 기록돼 있었을 텐데."

내가 어깨를 들썩했다. "난 사람들이 나에 대해 느끼는 감정을 꼬아버릴 수 있어요. 당신에게 했던 것처럼요. 그렇다고 나 스스로나 다른 이들에게 해로운 건 절대로 아니에요. 정상대로라면 나 같은 이를 그런 곳에 가둬놓진 않겠죠. 어딜 봐도 외래환자쯤으로밖엔 안 보이잖아요?"

"말 되네요." 나단이 말했다. "그러니까 당신은 지금 도망 중이고, 갈 곳도 없다는 거죠? 음, 내 생각엔 전화할 친구도 없겠네요. 이십칠 년이나 지난 번호들일 테니."

"바로 그거예요."

"난 도시에 친구들이 많아요." 나단이 말했다. "메릴랜드 주와 워싱턴 D.C. 접경지역으로 가면 가족들도 있고요."

내가 고개를 저었다. "당신이랑 연관이 있어도 안 돼요. 그들이 찾아낼 수 없는 곳이어야 해요. 납작 엎드려 계속 살 수 있는 곳이요."

"계속이요? 이거 어렵게 됐군요. 난 전형적인 배고픈 예술가이고, 당신도 병원에서 월급을 많이 받았던 것 같진 않던데."

"월급이요? 쥐꼬리만 했죠. 게다가 내 물건들은 모두…." 남은 게 아무것도 없다는 걸 인정해야 한다니, 마음이 아프다. 목걸이*까지 잃었다. 반짝이는 것들은 모두 내 마음을 끈다. 그래서 난 온갖 화려한 장신구들을 너무너무 사랑하는데, 그게 독특하고 귀한 거라면 더더욱 좋다. 그건 그저 나의 별난 취향 중 하나일 뿐이다. 난 좀 유별난 면이 많다. 하지만 인간의 상상력에 의한 산물이 형체를 입게 된 것이기 때문에, 내 생각과 소망과 욕구들은 항상 현실보다 약간 더 거창하기 마련이다. "…이젠 제대로 된 옷도 하나 없다구요." 나는 땅에 질질 끌려 더러워진 낡은 옷들을 내려다보며 말을 마쳤다. 내가 아름답다고? 이런 옷을 입고도?

나단이 눈살을 찌푸렸다. "왜 그래요. 멋지기만 한데."

오해하진 말라. 그의 말이 고맙지 않은 건 아니었다. 하지만 난

* 북유럽 신화에서 프레야 여신을 상징하는 물건 중 하나. 보석과 장신구를 좋아한 프레야가 대장장이 소인족으로부터 얻은 황금 목걸이 '브리싱가멘'을 뜻한다.

스스로 멋지다는 느낌을 느끼고 싶다. 내가 나의 모습에 대해 어떻게 생각하느냐도 중요한 문제다. 그리고 난 이런 옷차림이 인워드 케어센터 밖에서 얼마나 초라한 차림인지를 깨닫기 시작하고 있다.

내가 설득당하지 않았다는 걸 나단이 눈치챘는지 다음 순간 이렇게 말했다. "뭐, 가고 싶은 곳으로 가는 길에 뭘 좀 살 수 있을 거예요. 예전 여자친구 옷들을 놔뒀으면 좋았을 텐데, 그러니까 그게…."

그가 말을 멈추자 나는 호기심에 고개를 갸우뚱했다.

"…그게 그러니까, 태워버렸어요." 나단이 창피해 하며 웅얼거렸다.

그 말에 내가 큰소리로 웃었는데, 내가 비난하는 대신 재밌다는 반응을 보인 것에 그는 고마워하는 것 같았다. '사랑의 신'이라는 게 뭔지 아직 다 이해하지 못했나 보다. 이제껏 난 있을 수 있는 모든 유형의 관계와 실연과 애정들을 보아왔다. 비록 지속하진 못했어도, 나단이 그런 종류의 관계를 경험했다는 게 기쁠 따름이었다. 그건 곧 그에게도 한때는 사랑과 정열이 있었다는 걸 의미했기에, 난 그냥 그 사실에만 집중하기로 했다. 그게 내 본성이다.

"그나저나 이제 어디로 갈 건지 당신이 정해야 해요." 나단이 말했다. 더 중요한 문제들로 화제를 돌리려는 게 분명했다. 그리고 그의 말이 맞았다. 우린 아직 그 어떤 계획도 세우지 못하고 있었다.

"좋아요, 그럼 옷은 나중에 사면 돼요." 내가 말했다. "돈은 문제되지 않을 거예요. 내가 이제 금은보화는 없을지 몰라도, 은행은 아직 있겠죠, 그렇죠?"

"그렇지요…." 나단이 느릿느릿 대답했다.

"그럼 그냥 은행 창구로 가서 정부 지원금 좀 달라고 하면 돼요. 내가 아주 설득력 있거든요." 내가 그에게 윙크했다. "그렇게 되면 내가 어디로 가게 되든 거기까지 갈 돈은 생기게 될 거예요."

"신으로 산다는 건 참으로 좋군요." 나단이 생각에 잠겨 중얼거렸다. "돈이 얼마가 들건 상관없다는 말이군요. 그럼 어디 멀리 있는 호텔을 얻을 수도 있어요."

그 말에 내가 고개를 저었다. "호텔은 너무 공개적인 장소예요. 고객 회전율이 높아서 금방 눈에 띄게 될 거예요. 좀 더 한적한 곳이 필요해요."

"호숫가 오두막집 같은 데요?"

여기에서 그는 신들이 좀 유난스럽다는 걸 알게 됐다. 아, 뭐, 언제든 조만간 일어날 일이긴 했다. "아니, 안 돼요. 사람들과 교류할 수 있는 곳이 필요해요. 그럼 새로운 숭배자를 한두 명 정도 얻을 수 있을지도 몰라요."

"잠깐만요. 그러니까 발각될지도 모르니 사람들이 너무 많아서도 안 되고, 그렇다고 너무 한적해서도 안 된다는 말이네요." 나단이 말을 멈추더니 눈살을 찌푸렸다. "혹시 진짜 이름이 골디락스* 아니에요?"

정말이지 맘에 드는 남자다. "머리색깔이 같죠?" 내가 삼단 같이 긴 금발 머리를 부풀리면서 말했다. "미안하지만 그렇게 만들어진 걸 어떡해요. 수프가 식을 때까지 나 자신을 땅속에 묻고 몇 년이건

* 《골디락스와 세 마리 곰》에 나오는 금발 머리 소녀. 숲 속에 있는 곰 세 마리의 집에 들어가 차갑지도 뜨겁지도 않은 수프를 마셨다.

기다릴 수도 있어요. 상관없어요."

"안 먹어도 된다고요?"

"숨을 쉰다거나 그런 비슷한 것두요. 불멸의 삶이니 하는, 뭐 그런 거 있잖아요. 그래도 난 먹고 숨 쉬는 걸 즐겨요. '무덤 파고 누워있기' 식으론 살고 싶지 않아요. 말하자면, 꼭 직업을 갖거나 음악을 듣거나 사랑에 빠질 필요는 없지만, 또 굳이 그런 거 없이 살고 싶지는 않은 거랑 마찬가지예요."

"무슨 말인지 알겠어요." 나단이 생각에 잠긴 채 말했다. "우와, 정신병원에서 살기로 한 건 진짜 좋은 생각이었네요."

"고마워요. 하지만 지금쯤 아마 그곳도 감시 중일 거예요." 약간 맥이 빠진 기분이었다. 예전에 내 발로 정신병원에 입원했을 때, 난 내 계략에 자부심마저 느꼈었다. 이젠 그 길마저 막혔다. 다음에 또 다시 가렌을 만나게 된다면, 의자만으로는 피에 굶주린 나 자신을 만족하게 하지 못할지도 모른다. 나는 초콜릿 바를 한 조각 더 먹으며, 어떻게 하면 가렌을 죽일 수 있을지 곰곰이 생각했다.

"양로원은 어때요?" 나단이 물었다.

"따분해요."

"휴양지 섬은요?"

"나쁘진 않지만, 그들이 날 찾게 된다면 위험하겠죠. 달아날 곳이 없잖아요."

그때 나단이 손가락을 튕겼다. "있잖아요, 호텔을 반대하는 이유가 방문자들이 많아서예요, 아니면 쉽게 눈에 띌 수 있기 때문이에요?"

"무슨 얘길 하는 거예요?"

"그러니까 내 말은, 사람들 틈에 묻히는 건 괜찮아요?"

"아. 뭐, 네, 그럼요. 신들은 천성적으로 아주 사교적이에요. 당신들 같은 몽상가 주위에 있는 걸 좋아하죠."

"그러니까 눈에 띄지 않는 한, 사람 많은 곳에 있는 건 괜찮다는 거죠?"

이 남자가 도대체 무슨 말을 하려는 거지? "네, 내가 말하는 게 바로 그거예요."

"그럼 테마공원은 어때요?" 나단이 물었다.

무슨 공원? 잠깐, 들어본 적이 있다. 예전에 시카고에서 갔던 세계박람회 같은 것인가? 도대체 그게 언제 일이지?* "아, 롤러코스터랑 놀이기구 같은 게 있는 곳 말이죠?"

"맞아요." 나단이 말했다. 난 어리둥절한 눈으로 그를 바라보았다. 무슨 말인지 아직 이해되지 않았다. "여긴 올랜도예요." 그가 설명했다. "전 세계 관광중심지 중 하나지요. 테마공원 중 한 곳에서 일한다면, 절대로 당신을 못 찾을 거예요."

'절대로 못 찾을 거예요' 부분이 맘에 들긴 했지만, 전체적인 그림을 놓치고 있는 기분이었다. "좋아요, 하지만 어디서 사는데요? 테마공원도 밤엔 문을 닫을 거잖아요, 그렇죠?" 내가 물었다.

"직원 기숙사가 있어요."

"숭배자들은요?"

"스타들에게 푹 빠진 감수성 예민한 어린이들이 일 년에 수백만 명씩 찾아오지요." 나단이 손을 들어 손가락을 탁탁 튕기기 시작했

* 시카고 세계박람회는 1893년에 열렸다.

다. “경호원도 많지, 익명성이야 다른 곳과는 비교도 안 되지, 게다가 신도들도 많지. 기막히지 않아요?”

이제 알겠다. 나단의 말이 맞다. 정말 맘에 드는 아이디어다. 지난번에 가렌이 날 찾아낼 수 있었던 유일한 방법은 병원 파일들을 뒤지는 거였을 것이다. 자기가 신이라고 주장하면서 붉은 깃발을 들고 있는 환자가 몇 명이나 되었겠나. 테마공원에서라면 완전히 새로 시작할 수 있다. 나라면 절대 있을 것 같지 않은 곳에서 새로운 삶을 시작하는 것이다.

“완벽해요, 나단.” 내가 말했다. “우리, 그렇게 해요.”

나단은 잠시 나와 함께 기뻐해 주었는데, 갑자기 그의 눈빛 너머로 뭔가가 딱 떠올랐다. 서서히, 하지만 분명히, 미소가 사라졌다. “잠깐만요. ‘우리’…?”

의도적이었건 아니건, 그 짧은 단어로 그에게 얼마나 많은 것을 요구한 건지 깨달은 순간, 나는 일그러진 표정을 감추기 위해 기를 썼다. “아, 그럴 거죠…?” 내가 물었다. 어색함이 느껴졌다.

“그러니까 내 말은, 돕고는 싶지만, 하지만, 음, 전부 다요? 둘이 같이?” 나단이 물었다. 나의 존재가 가져올 변화들이 앞으로 급격히 쌓이게 될 거란 생각에 마음이 불편한 게 틀림없었다. “이건…, 이건 더는 장거리 여행이 아니네요, 그렇죠?”

내가 슬픈 표정으로 고개를 끄덕였다. “이건 새로운 삶이에요, 나단.” 난 이 남자가 정말로 좋아지기 시작했지만, 그가 이곳에서 이뤄놓은 모든 것을 망쳐버리고 싶진 않았다. 지금보다 더 위험하게 만들고 싶지도 않았다. 농담이 아니라 ‘신의 추종자’를 직업으로 고르는 건 절대 안전한 일이 아니다. “있잖아요, 꼭 나랑 같이 갈 필요는 없어요. 지금이라도 전혀 만난 적 없었던 것처럼 행동하면 돼요. 내가 당신을 때려눕힌 다음, 인워드케어센터 뒤쪽에 있는 덤불 속에 버릴게요. 사람들한테는 내가 당신 차를 훔쳤다고 말하세요. 어쩌면 다시 운전하는 법을 독학할 수 있을지도 몰라요. 그럼 끝이에요."

나단은 자신의 월세 아파트를 둘러보며 잠시 내 말을 곰곰이 생각했다. 재앙 수준까진 아니지만, 한동안 여기에 남자가 살았다는 건 누가 봐도 뻔했다. 부엌 조리대엔 오래전 편지들이 쌓여있고, 빨랫감은 아직도 바구니 속에 들어있는 데다, 설거지 안 된 접시들이 싱크대를 넘어 탑처럼 쌓여 가고 있었다. 게다가 카펫은 멋진 얼룩 컬렉션을 갖춰 가는 중이었다. 나단의 마음속에 갈등이 자리하기 시작하는 게 감지됐다. 안정에 대한 욕구와 미지에 대한 공포가 모험에 대한 설렘, 현재 삶에 대한 환멸감, 그리고 좀 당황스럽긴 했지만, 나를 향해 남아 있는 약간의 애정과 전쟁을 벌이고 있었다.

"빌어먹을." 마침내 그가 말했다. "그 일이 왜 필요했는지 알아요? 이제 막 학교를 나온 웹디자이너는 아무도 채용해주지 않는다고요. 여자친구는 떠났고, 엄마는 다른 주에서 살고, 친구들도 모두 직장을 잡을 수 있는 곳이라면 어디든 달려가느라 정신없었어요."

그가 내 눈을 들여다보더니 미소를 지었다. "여신을 쫓아다닌다는 건…, 꿈을 좇는 것이랑 꽤 비슷하네요, 그렇죠?"

내 얼굴에 바보 같은 웃음이 피어났다. "그거야말로 가장 화끈한 일이죠, 나단. 필요한 거 다 챙겨요. 새로운 삶을 시작해 보자구요."

나단은 고개를 끄덕이더니 아파트 안을 뛰어다니며 자기에게 가장 중요한 소지품들을 모으기 시작했다. 소지품을 다 챙기는 데는 우울할 정도로 짧은 시간이 걸렸다. 몇 분 후, 우린 다시 차를 타고 아파트단지 주차장을 벗어나 고속도로를 향해 가고 있었다. 아파트 단지가 우리 뒤로 사라지자, 잠에서 깨어나는 기분이었다. 오래전에 이래야 했다. 인워드케어센터를 떠나는 건 생각만큼 겁나지 않았다. 오히려 삼백 년 묵은 먼지를 털어버리고 영광으로 향하는 새 길에 첫발을 디딤으로써, 은퇴 생활을 접는 기분이었다. 오늘 아침 일어났을 때, 우리가 각자 예상했던 건 분명 이런 게 아니었을 것이다. 하지만 왠지 우리 둘 다, 더 행복한 것 같았다.

미래가 나를 부르고 있었다. 실로 오랜만에, 앞으로 어떤 일이 벌어질지 난 알지 못했다.

3

돼지는 해치지 말고 고양이는 예뻐하기

새 출발을 하는 것은 이십칠 년 전 만큼이나 쉬운 일이었다. 사회보장센터는 예전에 내가 인워드케어센터에 들어가기 위해 새 신분이 필요했을 때와는 다른 곳에 있었지만, 나단에겐 내가 전에 텔레비전에서 봤던 그 웃긴 스마트폰이 있었다. 스마트폰 속에는 사회보장센터의 새 위치를 포함한 온갖 답변이 다 들어 있었다. 추격자들을 따돌리기 위해 스마트폰을 버려야 한다는 사실에 나단은 좀 속상해하는 눈치였지만, 금방 더 좋은 걸 살 수 있을 거라고 내가 보장했다.

요즘 세상에 느닷없이 완전히 새로운 삶을 만들어낸다는 게 불가능해 보인다는 건 나도 안다. 더 어려워진 건 확실하다. 인정한다. 새로운 삶을 시작한다는 게, 새로운 마을로 걸어 들어가 누군가 이름을 물어보면 새 이름을 대기만 하면 되는 것처럼 쉬웠던 시절도 있었다. 이제 사회는 곳곳에 온갖 종류의 방어벽들을 설치해 놨다. 서류들, 번호들, 면허증들, 출생증명서까지…, 머리가 돌아버릴 것 같았다. 하지만 내가 예전에 살았던 곳의 특성상, 난 이 어느 것에 관해서도 굳이 알려고 하지 않았다. 그냥 늘 하던 대로만 했다. 그런 신분증들을 관리하는 곳으로 곧장 걸어 들어가, 내게 필요한 모든 걸 구해 줄 새 친구를 사귀는 거다.

나단은 새로운 삶을 시작하는 게 얼마나 간단한가에 충격을 받은 것 같았다. 그의 머릿속에는 이런 종류의 방어벽들이 아직 많이 들어 있었다. 평생 봤던 영화와 읽었던 책과 경험들이었다. 그것들이 그에게 세상에서 사라지는 건 힘든 일이라고, 시스템을 우회하기 위해서는 정말로 많은 고생을 해야 한다고 말해주고 있었다. 하지만 그는, 이 모든 방어벽을 설치해 놓은 게 바로 사람이라는 사실을 이해하지 못했다. 과학기술이 모든 걸 더 빠르고 더 비인간적으로 만들었다는 건 나도 이해한다. 하지만 결국 모든 건 다른 인간이 무엇을 어떻게 결정하느냐에 달려 있다. 그리고 내가 타고난 재능을 살짝만 발휘한다면, 누구든 내가 원하는 걸 얻어주기 위해 최선을 다할 것이다.

사회보장센터 직원이 나의 새 사회보장카드를 친절히 내밀고는, 운전 면허증 등을 받기 위해 밟아야 할 다음 단계들에 관해 설명해 주었다. 우린 하루의 나머지 시간 동안, 새 신분증들을 위한 서류를 모으고 새로운 삶을 위조하느라 시내 곳곳을 쏘다녔다. 나단은 자기의 새 이름을 무엇으로 할지에 집착해 시간을 보냈지만, 난 이름엔 그다지 관심이 없었다. 가까운 이들을 위해 새라라는 이름을 계속 사용할 생각이었다. 수백 년 동안 이 이름을 가지고 살았으니, 곧장 바꿀 생각이 없었다. 그래도 무슨 이름이든 골라야 했다. 그래서 도로명 표지판들에 있는 이름들을 따 이름 하나를 만들어냈다.

아멜리아 로빈슨, 그게 좋겠다.

하룻밤을 묵으러 도심지에 있는 고급 호텔에 도착했을 때는, 진이 완전히 빠진 상태였다. 그동안은 이 정도까지 자신을 채찍질해야 할 일이 없었다. 내겐 프런트 데스크에 있는 직원이 우리에게 특별실을 제공해주도록 만들 만큼의 기력만 겨우 남아 있었는데, 심지어는 그것도 엄청나게 힘들었다.

"스위트룸도 못 얻다니." 내가 위층으로 올라가며 투덜거렸다. 나는 나단에게 몸을 심하게 기대고 있었는데, 한 발 한 발 내딛는 데도 온 정신을 집중해야만 했다.

그가 웃음을 터뜨리며 내 어깨에 팔을 두르더니 그런 날 번쩍 일으켜 세웠다. "나의 여신이시여, 전 당신께서 잘 해내셨다고 생각합니다." 그가 가식적인 웃음을 지어 보이면서 말했다. 그 유치한 대사에 팔꿈치로 그를 찔러주고 싶었지만, 그러기에 난 너무나 지쳐있었다. 정말로 그러고 싶었는데도.

나는 방에 이르자마자 침대 위에 널브러졌다. 굳이 자야 할 필요는 없었지만, 기운을 차리는 데는 평온한 휴식만큼 좋은 것도 없다. 나단이 자기 침대로 가기 전 내 고무 슬리퍼를 벗겨주는 게 어렴풋이 느껴졌고, 난 완전히 곯아떨어졌다.

언제나처럼, 영광스럽고 생생한 꿈들이 나에게 찾아왔다. 언젠가 오스트리아에 사는 어느 매력적인 의사가 내게 말하길, 그 꿈들은 상징으로 가득 찬 내 잠재의식의 표현인데, 자기가 그 상징들을 해석해서 내 마음 깊숙한 곳에 있는 희망과 두려움들을 밝혀낼 수 있다고 했었다. 그가 알지 못했던 건, 그런 게 나한텐 절대로 안 통할 거라는 거였다. 내가 곧 꿈이다. 내 종족과 나, 바로 우리 신들이 인류의 형상화된 소망이자 또한 악몽인 거다.

그래서 난 잠이 들면, 당신들을 꿈꾼다.

꿈속에서 난, 인간족이 사랑과 아름다움, 풍요와 마법, 허영과 전쟁에 대해 어떤 생각을 하고 있는지 본다. 모든 대륙이 불안과 의심으로 가득 차고, 세상이 염려에 싸여 있는 게 보인다. 이상한 전개다. 분노, 불신, 폭력…. 그런 것들은 당연히 날 슬프게 하지만, 예전부터 항상 존재해왔던 것들이다. 인간은 인간을 태초부터 죽여왔다. 오히려 새로운 건 초조함과 의구심이라는 감정이다.

확신은, 자존심은 어디로 간 거지? 당신들은 언제나 자기 자신을 평가절하한다. 하지만 내 전성기가 지난 뒤로 세상에 무슨 일이 일어났는지를 생각해 본다면 놀랄 것도 없다. 당신을 지켜보는 관객이 전 세계에 있으니, 자신을 당신들 가운데 가장 뛰어난 자와 견주어 볼 수도 있다. 가장 아름다운 여자들, 가장 똑똑한 과학자들, 가장 위대한 음악가들…, 신문은 그런 사람들에 관한 기사로 넘쳐나고, 당신이 얼마나 잘났건 간에 세상엔 언제나 더 잘난 사람이 있다는 걸 말해줄 만반의 태세를 갖추고 있다.

그건 중요한 게 아니라고 당신에게 말할 수 있었으면 좋겠다. 당신을 꼭 끌어안고, 당신은 사랑받을 만한 일을 한 거라고, 당신은 믿을 수 없이 멋지고 독특한 존재라고 말할 수 있었으면 좋겠다. 당신이 얼마나 필요한 존재인지, 내가 당신을 얼마나 그리워하고 있는지, 당신이 알았으면 좋겠다. 그랬으면 좋겠다. 당신은 욕망과 희망을 꿈꾼다. 그리고 그게 바로 내가 당신을 꿈꾸는 이유다. 당신이 나의 욕망이고 희망이니까.

나는 상쾌하면서도 아쉬운 기분으로 잠에서 깨었다. 플로리다의 햇빛이 커튼 틈으로 흘러들어오고 있었다. 오래된 아픔들이 전부 돌아왔다. 숭배자와 연인들, 신관과 희망에 찬 농부들에 대한 간절한 소망들 말이다. 세상에는 상처가 너무도 많고, 내가 들어줄 수 있는 기도도 무척 많다. 누군가가 듣고 있다는 걸 사람들이 다시 믿기만 한다면 말이다. 나는 머리 위에 베개를 뒤집어써 햇빛을 막고, 매트리스 속으로 한숨을 내쉬었다. 정신병원에 있었을 땐 모든 게 안정적이었다. 그곳에서 난 현실에 대한 열망을 상쇄하고, 한때 존재했었던 것들에 대한 고통스러운 그리움을 떨쳐버릴 방법을 간신히 찾았었다. 그 작은 안전망을 뒤로한 지금, 모든 게 다시 기어 돌아오고 있다. 어쩌면 이게 그다지 좋은 계획은 아니었는지도 모른다.

그렇다고 해서 나에게 선택의 여지가 있었던 것도 아니다.

"누가 깬 것 같은데요?" 나단의 목소리가 나의 사색을 방해했다. 지금이 몇 시인지는 몰라도 아침 시간치고는 너무나 쾌활한 목소리였다. "내가 보기엔 드디어 일어날 준비가 된 것 같군요."

쨍그랑거리고 콸콸거리는 소리가 들렸다. 그게 커피 따르는 소리라는 걸 깨달은 순간, 한쪽 눈을 살짝 떴다. 방안 가득 커피 내음이 퍼졌고, 나는 낮게 신음을 내면서 담요를 칭칭 감아 만들어놓았던 작은 둥지로부터 빠져나왔다. 난 커피를 사랑한다. 커피는 항상 날 기운 나게 해주는데, 나의 신성神性을 고려해볼 때 그건 약간 이상한 일이다. 도대체 그게 어떻게 작용하는지 당신에게 말해줄 재간이 없다.

"설탕 많이, 크림 없이." 내가 눈을 비비고 몸을 쭉 뻗으면서 웅얼거렸다.

"말씀대로 이루어지리다." 잠시 후 나단이 김이 모락모락 나는 커피 한 잔을 가져왔다. "룸서비스도 이용했어요. 뭐 좀 먹을래요? 토스트? 달걀? 와플?"

침대에서 아침상을 받아본 게 이십칠 년도 넘었다. 귀여운 남자가 손수 가져다준 아침상은 말할 것도 없다. 이런 거야 얼마든지 좋다. "세 개 다요. 달걀, 버터 발린 토스트, 그리고 당연히 와플도." 내가 커피를 한 모금 마시며 말했다.

"바로 준비해 드리죠." 나단은 그렇게 말한 뒤 커다란 룸서비스용 쟁반을 향해 걸어갔다. 쟁반에는 우리 둘이 먹고도 남을 만큼의 음식이 다양하게 차려져 있었다. 나단은 예산을 세울 필요조차 없다는 사실을 살짝 즐기고 있는 것 같았다. 나는 그가 날 위해 식탁을 차리는 걸 지켜보았다. 그가 잠옷용 셔츠와 사각팬티밖에 입고 있지 않은 덕에, 좀 더 자세히 살펴볼 수가 있었다. 몸이 탄탄한 걸 보니 헬스광까진 아니어도 최소한 규칙적으로 운동하려고 노력하는 것 같았다. 귀엽긴 해도 내 타입은 아니었다. 그래도 귀엽긴 귀여웠다. 난 내 모습을 내려다봤다. 지금 내가 누구에 대해 이러쿵저러쿵할 만한 상황이 아니었다. 인워드케어센터에서 받은 '헌혈하세요'라고 적힌 티셔츠에, 제대로 맞지도 않는 청바지를 아직도 입고 있으니 말이다.

"이제 당신이 진짜로 누군지 말해줄 준비됐어요?" 나단이 음식이 잔뜩 쌓인 접시를 가져오며 말했다.

나는 입맛을 다시면서 음식을 향해 덤벼들었다. 몸 안에서 어떤 일이 벌어지는 건진 몰라도, 음식은 잠처럼 내게 기운을 준다. "그러죠, 뭐." 내가 달걀을 잔뜩 문 채 우물우물 말했다. 몇 인분 어치나 되는 음식을 게걸스럽게 먹어치우면서 이런 종류의 이야기를 하면 별로 위엄있어 보이진 않겠지만, 지금 하나 나중에 하나 달라질 건 없었다.

"준비되면 말해요." 나단이 자기 침대에 털썩 걸터앉더니 호기심 어린 눈빛으로 나를 바라보았다.

나는 커피를 후루룩 들이켜 음식을 삼킨 뒤 목소리를 가다듬고 그를 바라보았다. "'사랑의 신'이란 게 뭔진 당신도 들어서 알죠?"

"그럼요." 그가 고개를 끄덕였다. "그럼 당신은 뭐죠? 아프로디테?"

내가 역겹다는 듯 소리를 질렀다. "그 멍청하게 웃어대는 성욕 과잉 창녀 말이에요? 제발. 토하게 하지 말아요."

"알았어요, 알았어. 그럼 누구예요?" 나단이 두 손을 들어 올리며 물었다.

나는 최소한 조금이라도 위엄있어 보이려고 애쓰며, 자세를 바로 하고 등을 똑바로 세웠다. 내 우스꽝스러운 모습 때문에 효과가 떨어지긴 하겠지만(지금 내 머리 모양이 어떤 상태인가에 대해선 생각도 하기 싫다!), 그래도 그렇게 해야 했다. "나는 바람과 바다의 딸, 베푸는 자, 아마빛 머리, 전사자의 여신이에요. 연인이자 전사이고, 신성하고 신비한 세이드*의 권위자이며, 모든 여신 중 가장 영광된 여신이죠." 그가 넋을 빼고 이야기에 집중하는 바람에 기분이 좋아져 잠시 말을 멈추었다. 그러고는 그가 기다려왔던 대답을 들려줬다. "내 이름은 프레야예요."

* 스칸디나비아의 노르드 사회에서 행해졌던 주술의 일종

"프레야." 그가 천천히 고개를 끄덕이며 되받았다. 절박한 표정이 나단의 얼굴에 스치는 걸 본 순간, 거만하기만 했던 나의 기세가 꺾였다. 그는 어떻게든 연결고리를 만들어보려고 정신없이 기억을 뒤지고 있는 게 분명했다. "난…, 음, 맞아요! 프레야! 하!"

"지금 내가 누군지 모르는 거예요? 그래요?" 내가 믿을 수 없다는 투로 물었다.

적어도 양심은 있었는지 창피한 모양이었다. "들어보긴 했어요. 그러니까 내 말은, 대학 다닐 때 고전 신화 수업을 듣긴 했는데, 그리스 신화들뿐이었어요."

내가 눈망울을 부라렸다. "그놈의 그리스 신들은 정말 맘에 안 들어. 도대체 언제 홍보회사까지 고용한 거지?" 난 한숨을 쉬었다. 이건 나단의 잘못이 아니다. 나에게 숭배자가 없는 데는 다 그럴 만한 이유가 있다. 나단은 날 알지 못한다는 사실에 자책하고 있었다. "아스가르드*?" 내가 슬쩍 힌트를 주었다. "위그드라실**? 발할라***?"

"아!" 확실히 힌트를 고마워하는 눈치였다. "북유럽 신화! 맞아요, 그거예요! 북유럽 신화들에 대해서는 좀 알아요. 그러니까 당신은, 음…."

"난 바니르**** 신이에요." 내가 아쉬운 미소를 머금고서 말했다.

* 북유럽 신화에는 아스 신족(神族)과 반 신족이 등장하는데, 아스가르드는 아스 신족의 나라로 북유럽 신화에 나오는 아홉 개의 세상 중 하나다. 오딘이 그 지배자이다.

** 오딘이 심은 것으로 우주를 뚫고 솟아 아홉 개의 세상에 가지를 펼치고 있어 세계수(世界樹), 혹은 우주수(宇宙樹)로 불린다.

*** 신들의 세계인 아스가르드에서 가장 아름다운 궁전. '전사자의 큰 집'을 뜻한다.

**** 북유럽 신화에서 풍요와 사랑을 주관하는 해신족(海神族)인 반 신족에 속하는 신들을 가리키는 말

"맞아요, 사랑이 내 전문분야예요. 하지만 전쟁과 아름다움, 풍요와 죽음, 섹스와 황금도 내 분야에 속하죠. 내 동족 중 여느 신들처럼 신문 머리기사를 장식하진 못했지만, 바니르 신 중에서는 내가 가장 위대한 신이라구요. 인간계에서, 연인의 손길이나 칼날만큼 삶을 예리하게 형상화할 수 있는 게 또 어딨겠어요?"

"와." 잠시 후 그가 나지막하게 말했다. 당연히 감동한 표정이었다. "있잖아요, 당신 이름도 까맣게 몰랐으면서 이런 말 하는 게 거짓말처럼 들리겠지만, 정말로 북유럽 신화에 대해서 조금은 알아요. 제일 끝내주는 신화라고 늘 생각했었어요."

그의 진심 어린 미소에, 신성한 파사드* 같이 위엄스러웠던 내 표정이 금세 누그러졌다. "뭐, 고마워요, 나단. 자신이 정확히 옳다는 걸 당신이 알게 돼서 기뻐요."

그가 내게 미소로 화답했다. 바로 그 순간, 그의 믿음이 내 안에서 불꽃처럼 일어나는 게 느껴졌다. 내가 진짜 누군지 그에게 처음 말해줬던 바로 그때부터, 그는 줄곧 의심하고 있었다. 모든 은밀한 생각이 그러하듯, 의심은 그의 마음속 구석진 곳에 숨어 있었다. 하지만 나의 이름을 알고, 중점을 두어 진실로 고려해야 할 명분을 갖게 되자, 그는 그 의혹들을 빛 가운데로 끌어냈고, 그것들이 얼마나 무력한 것인지 알게 되었다. 끈질기게 그를 옭아맸던 불신의 마지막 족쇄들이 바스러지는 것이, 그의 반짝이는 푸른 눈동자 너머에서 느껴졌다. 그 족쇄들이 사라졌다는 사실이 무척 기뻤

* 건축에서 건물의 정면을 가리키는 용어. 위엄과 신성을 강조하기 위해 종교 건축물의 파사드에 장식을 하곤 한다.

다. 그가 날 받아들인 것이다. 이렇게 그의 신뢰를 얻게 되다니, 놀라울 만큼 황홀했다. 지금처럼 숭배자가 귀한 상황에선 더더욱 극적인 사건이었다. 자신이 알아차렸건 알아차리지 못했건 간에, 나단은 방금 나를 추종하는 자 중에서도 최고의 특권층에 속하게 됐다. 하지만 그것은 고통이 따르는 일이었고, 그래서 난 그에게 끝없는 감사를 느꼈다.

"그럼 나머지 신들은 다 어디 있죠?" 나단이 물었다. 그는 자신이 방금 자기 자신의 운명과 나의 운명을 얼마나 깊숙이 묶어버렸는지 전혀 모르고 있었다. "그 있잖아요. 오딘, 토르, 로키…, 그런 신들 말이에요."

"오, 그러니까 그자들은 아는 거예요?" 내가 웃음을 터뜨리면서 말했다.

그가 안절부절못해 하면서 웃었다. "마블. 요즘엔 그들 중 하나랑 마주치지 않고선 만화책이건 영화건 보기가 힘들죠."

"아, 맞아요." 인워드케어센터에서 마련한 '영화의 밤'에서 봤던 재밌는 영화 몇 개가 떠올랐다. "근데 왜 난 한 번도 슈퍼히어로로 안 나와요? 그 문제에 관해선 누구랑 이야기해야 해요?" 나는 손을 저었다. "아니요, 됐어요. 내 동족에 관해 묻고 있었죠?"

"네. 아직 살아있어요? 그러니까 내 말은, 이렇게 유명하면 더 강력해지는 거 아니에요?"

내가 허망하다는 듯 고개를 저었다. "유명한 게 항상 축복인 건 아니에요. 모두 그들 셋을 제일 먼저 떠올리지만 그런 데는 다 이유가 있는 거고…, 슬프지만, 그들이 사라진 이유 중 하나가 바로 그거예요." 다소 당혹스러운 고대의 기억들이 수면 위로 끓어올라 나는 눈살을 찌푸렸다. "사실 로키에 대해선 별로 마음 아프지도 않아요. 중상모략이나 일삼는 그 쥐새끼 녀석이 죽어버려서 기뻐요."

"그들에게 무슨 일이 일어난 거죠?" 나단이 물었다.

"라그나뢰크.*" 내가 간단히 말했다.

"세상의 종말이요? 잠깐, 그런 일이 실제로 일어났다고요?" 나단의 눈이 휘둥그레졌다.

"아니요, 아니에요." 내가 키득거리며 말했다. "하지만 그들의 죽음은 예언되어 있었고, 사람들은 그 예언을 믿었어요. 기억하세요. 우린 당신들이 만드는 존재예요. 뭐 우리 중 누구는 죽어야 한다고 사람들이 결정한 거죠. 라그나뢰크 이야기에 이름이 거론되지 않은 신은 살아남았지만, 재수 없게 첫 번째로 이름이 거론된 신들은 다 죽었어요. 예를 들면, 내 불쌍한 오빠 프레이르는 불신으로 인해 잊혔죠." 난 생각을 하느라 잠시 말을 멈췄다. "글쎄요, '불신'은 정확한 표현이 아닌 것 같네요. '신념에 의한 죽음'이라고 보는 게 더 정확하죠. 결과야 같지만 어떻게 일어났느냐에는 차이가 있어요."

"무슨 말인지 알 것 같아요. 그래도 남아있는 신이 많지 않나요?" 나단이 말했다.

내가 고개를 끄덕였다. "아주 많아요. 물론 불신에 압도되거나, 심하게 상처를 입고 재생하는 데 필요한 숭배자들이 없어서 완전히 사라진 신들도 많죠. 내가 가진 정보가 수 세기 묵은 것이긴 하지만, 프리그가 아직 살아있다는 건 알아요. 사랑스러운 여신이자 신

* 북유럽 신화에 나오는 신과 인간 세계의 멸망. 특히 신들의 몰락을 가리킨다.

들의 어머니죠. 한때 산파로 일하다가 나중엔 간호사가 됐는데 지금은 빵집을 운영한다고 알고 있어요. 금발의 여신 시프는 결혼 상담가로 일하고 있고요. 브라기는 시를 많이 썼는데 신문 칼럼니스트가 됐던 것 같아요. 죽음의 신 헬도 아직 살아있어요. 확실해요. 예전엔 착한 아이였는데 신화가 그 애를 나쁜 신으로 바꾸어 놓았죠. 어떻게 됐는지는 모르겠어요. 웅변을 잘했던 발드르는 멋지게 부활했는데, 정치에 뛰어든 것 같아요. 다른 신도 있긴 하겠지만, 신도가 메말라버린 이후 우리 모두 뿔뿔이 흩어져서, 또 누가 살아남아 있는지 확실히 모르겠어요."

"신들이 우리 틈에 있다니." 나단이 조용한 목소리로 말했다. "정말 끝내주는군요. 다른 신들도 있겠죠? 그리스 신, 이집트 신, 힌두 신…?"

내가 끄덕였다. "당연하죠. 어떻게든 신도들을 붙들어 두기만 했다면 아직 살아있을 거예요. 그들 중 어떤 신은 나보다 훨씬 더 강력할 거예요. 실제로 진짜 종교와 진짜 숭배자들을 가지고 있으니까요. 얼간이들."

"그럼 당신 신도들은 얼마나 남았어요?"

"알고 싶지 않을 거예요." 나는 얼굴을 찡그리며 말했다. "지금 시점에선 마이너리그 선수나 다름없어요. 그런 줄로만 알면 돼요."

"좋아요. 그럼 다른 판테온에서 온 신을 만나본 적 있어요? 그러니까 예를 들면, 시바 만나본 적 있어요? 예수는요?"

"오, 그럼요." 내가 추억에 잠겨 미소를 지으면서 말했다. "예수는 엄청나게 상냥한 남자였어요. 왜 요즘에 그가 관심을 독차지하는지 이해할 수 있어요. 실은 예전에, 우리가 막 쇠퇴하기 시작했던 시점에 우릴 방문했어요. 그 당시 일어나고 있었던 일에 대해 사과하더군요. 자긴 그저 사람들이 서로에게 친절하길 원했던 것뿐이라고 했어요. 예수는 다른 사람들이 자기 이름으로 하는 일들을 항상 용인하는 건 아닌 것 같았어요. 무슨 말인지 알죠?"

"알아요. 인터넷에서도 농담으로 늘 떠도는 말이에요." 나단이 눈망울을 굴리며 말했다. "다른 유명 인사랑도 마주친 적 있어요?"

난 한숨을 내쉬었다. "뭐, 예전에 우리가 더 강력했을 땐 지금보다 자주 신이랑 마주쳤죠. 몰락한 이후론 그저 자투리 소식이나 들었을 뿐이에요. 제우스가 자기 아내들한테 한 짓 때문에 누구누구가 열 받았다더라, 그런 것들이요. 이제 난 무슨 일이 일어나고 있는지 완전히 깜깜해요."

"흠." 나단이 내 얘기를 곱씹으며 말했다.

"그렇죠…, 당신이 엄청나게 히트 쳤다고 보긴 어렵죠." 기분이 약간 불편하긴 했지만 인정했다. 그것은 지금도 마찬가지다. 도대체 그 이야길 나단한테 왜 한 거지? 찌르는 듯한 공포가 몸 구석구석으로 퍼져가기 시작하는 느낌이었다. 이제 내가 얼마나 시시한 신인지 나단이 알아버렸으니, 힘들게 애먹을 만한 신이 아니라고 결심할까 봐 두려웠다. 혼자서도 헤쳐나갈 수야 있지만, 새로 얻은 신도를 이렇게 빨리 잃는다는 건….

"새라, 난 당신이 별 볼 일도 없는 다른 구닥다리 신들과 비교했을 때 몇 등이나 되는지엔 관심 없어요." 나단이 내 생각을 끊고 끼어들었다. "그 신들이 지금 어디 있죠? 그들이 날 위해 뭘 해줬는데요? 지금 여기서 내 인생을 완전히 바꾸고 있는 건 당신이에요. 이보다 더 행복할 순 없을 거예요."

그렇게 공포는 사라졌고, 난 내가 이 남자를 엄청나게 과소평가했구나 하는 생각에 웃음을 터뜨렸다. "내가 장담하는데 예쁜 여신한텐 다 똑같이 얘기할 게 뻔해요."

"헌혈 티셔츠를 입은 여신에게만요." 나단이 말했다.

"으." 내가 베개를 집어 몸을 가리면서 신음을 냈다. "아침 먹고 나서 쇼핑 데려가 줘요."

"실은," 나단이 침대 탁자에서 호텔 메모장을 꺼내면서 말했다. "오늘 일정을 치밀하게 계획해야 해요. 신분증은 얻었고, 다음은 뭐죠?"

"옷, 현금, 새 차, 그리고 직장." 내가 말했다. "그 순서대로."

"좋아요. 그렇게 하죠." 나단은 호텔 펜으로 그것들을 메모장 위에 적고 그 장을 찢어냈다.

나단이 샤워를 하고 옷을 입는 동안, 나는 아침 식사를 끝냈다. 그리고 그가 샤워를 끝내자 나도 샤워를 하기 위해 욕실로 향했다. 지저분한 내 옷들을 늘어놓고 보니 그것들을 다시 주워입어야 한다는 사실에 짜증이 났지만, 이 옷을 입는 건 이번이 마지막일 거라고 자신을 타일렀다. 기분 좋은 샤워였다. 인워드케어센터도 그렇게 나쁘진 않았지만, 흰 타일로 된 공동욕실과 칸막이 샤워실은 내가 생각하는 호사스러움과는 거리가 멀었었다. 게다가 호텔에는 앙증맞게 생긴 샴푸와 컨디셔너까지 있어서 드디어 머리를 어떻게 좀 해볼 수가 있었다. 샤워를 마침내 끝냈을 때는 기분이 천 배쯤 더 좋았다. 그 역겨운 누더기들을 (그리고 그 끔찍한 슬리퍼도! 으윽!) 다시 입을 땐 기분이 좀 잡치긴 했지만, 그런 느낌은 떨쳐버리기로 했다. 나에겐 가야 할 곳과 사야 할 것들이 있었다.

나단은 나를 차에 태우고 요즘 잘나가는 옷가게란 옷가게는 다 돌아다니면서, 몇 시간 후면 버려질 신용카드에 카드빚을 신나게 쌓아갔다. 본격적으로 쇼핑을 시작하자마자, 난 내가 얼마나 세상과 얼마나 동떨어졌었는가에 충격을 받았다. 몰을 예로 들자면, 내가 기억하는 것과는 전혀 달랐다. 난 낮은 천장에 사람들이 바글대는 쇼핑센터와 우중충한 푸드코트에 익숙했는데, 밀레니아 몰은 천장이 높이 치솟아 있었고, 번쩍이는 대리석과 금속과 유리로 된 아름다운 통로를 가로질러 두 개의 층으로 뚫려 있었다. 중앙 홀을 빙 둘러 설치된 디지털 모니터들은 첨단 유행 의상으로 차려입은 사람들과 아름다운 경치를 보여주고 있었고, 그 사이를 쫙 빼입은 십 대들과 관광객, 평상복을 입은 상인들이 물건을 찾느라 동분서주하고 있었다. 스케이트 타는 펑크족과 멍한 눈을 한 쇼핑객은 다 어디에 있는 거지? 몰에는 오락실도 없었고, 게다가 식당들은 실제로 구미를 돋구었다.

내가 어제 방문했던 관공서 중 대부분은 내가 기억하는 팔십 년대 관공서와 별반 다르지 않았는데, 공공 부분 바깥의 세상은 세련됐다. 난 이 현대 세계가 맘에 들기 시작했다. 이제 이 세상에 맞춰 스타일을 업그레이드해야 했다.

불행히도, 처음 몇 번의 업그레이드 시도들은…, 뭐 그건 정보부족 때문이었다. 오버사이즈 윗옷이나 레깅스, 그리고 어깨가 드러나는 스웨터나 표백 가공된 청바지는 더는 유행이 아닌 것 같았다. 그런데도 난 엉뚱한 고집을 부리며 밀어붙여, 정말로 끔찍한 옷 몇 개를 그럭저럭 대충 꿰맞췄고, 내가 살 수 있는 옷들을 보며 내내 감탄했다. 나단은 처음엔 그걸 보고도 아무 말 하지 않았다. 배신자 같으니라고. 그는 우리가 매장 몇 개를 통과한 다음에야 마침내 잔소리를 해대기 시작했다.

"이거 어때요?" 난 이번에도 오버사이즈 셔츠를 입고 자세를 취해 보였다. "정말로 돋보이게 하려면 보석이 훨씬 더 많이 필요할 것 같은데…, 왜요?"

"미안하지만," 그가 웃음을 꾹 참으며 말했다. "처음엔 장난으로 그러는 줄 알았는데, 아무래도 더 늦기 전에 말해줘야겠네요."

"장난이요? 이게 뭐 어때서요?" 내가 말했다. "이 청바지는 미리 찢어져 있기까지 하다구요. 이게 얼마나 끝내주는데요."

그는 뭔가 다른 말을 하려고 했지만, 그대신 코웃음을 뿜고 말았다.

난 좌절감에 사로잡힌 소리를 내며, 근처에 있는 옷걸이대를 헤집고 오는 멋쟁이 남자에게 고개를 돌렸다. "여기요? 잠깐만요!" 내가 그의 주의를 끌면서 말했다. 그러곤 나의 새 옷을 가리켰다. "어떻게 생각해요?"

그가 나를 위아래로 한참을 훑어보았다. "인스타그램에 올릴 옷은 절대로 아니네요, 아가씨." 그는 그렇게 말하고 쇼핑을 다시 계속했다.

나는 입이 떡 벌어졌다. 난 다시 나단에게로 갔는데, 그는 꽤 인상적인 붉은색 톤의 옷을 입어보는 중이었다. "얼마나 바뀐 거예요?" 내가 물었다. "머리 모양 때문이에요? 더 부풀려야 하는데 예전에 당신이 놀리는 바람에…."

"맙소사." 그는 말을 잇지 못했다. "아니요, 아니에요. 아무래도 안 되겠군요. 부풀린 머리는 유행이 지났어요. 아주 아주 지났다고요. 텔레비전이나 영화 안 봤어요?"

"거긴 호텔이 아니라 정신병원이었어요." 내가 톡 쏘아붙였다. "물론 신작들을 좀 보긴 했지만, 도서관에서 틀어주는 재방송 정도밖에 없었어요. 내가 영화 〈플래시댄스〉를 몇 번이나 봤는지 알기나 해요?"

"불쌍한 새라." 나단이 마음을 진정시키려고 애를 쓰면서 말했다. "이리 와요. 패션 잡지 같은 거라도 좀 봅시다."

일단 내가 산 물건 중 대부분을 환불했다. 그러고는 그가 나를 매장 밖으로 데려갔고, 나는 그다음 한두 시간에 걸쳐 대여섯 권의 패션 잡지 최신호들을 훑어봤다. 책장 너머로 그를 노려보느라 가끔 멈추기도 했지만. "그래요, 좋아요." 마침내 내가 말했다. "무슨 말인지 이제 알겠어요."

"다시 시도해 볼 준비 됐어요?"

"네." 내가 뾰로통한 십 대처럼 대답했다. 그러곤 다시 미소를 띠었다. "하지만 당신도 쇼핑해요. 멋쟁이 남자들이 어떤 옷을 입는지 봤다구요. 정확히 말하자면 올드 네이비 그래픽 티셔츠에 헐렁한 청바지도 최신 유행은 아니잖아요? 당신도 괜찮은 옷 좀 사요, 응?"

그가 자신의 모습을 내려다보았다. "난…, 그렇지만…."

"나단, 당신은 내가 머리띠 사는 걸 내버려뒀잖아요! 머리띠라니!"

나단은 움찔하는 척하더니 두 손을 들었다. "너무하군요. 그래 좋아요. 공평하네요. 한 시간 후 푸드코트에서 만날까요?"

"두 시간 후요." 내가 말했다. "삼백 년 동안의 패션 암흑기를 청산해야 한다구요."

나단이 그 말에 소리 내 웃더니 손을 흔들며 제이크루 매장으로 직행했다. 처음으로 가는 곳이 제이크루 매장이라니! 매장들을 둘러보니, 옷을 고를 때 겪는 어려움에도 성별에 따라 약간의 차이가 있다는 느낌을 받게 되었다. 나단은 괜찮은 옷을 고르는 데 그다지 큰 어려움을 겪지 않아도 될 것 같았다. 하지만 그냥 내 경우에만 그러는 건진 몰라도, 요즘 세상에서 조금이라도 멋들어진 옷들은 모두 쫄쫄 굶어 삐쩍 마른 여자애들만을 위해 만들어진 것 같았다. 근사해 보이면서도 내 엉덩이에 맞는 옷을 고르기는 놀라울 정도로 어려웠다. 내가 신성한 미의 화신이 아니었다면 나의 이 모래시계형 몸매가 매력 없다고 생각했을지도 모른다. 이런 상황에서 적당하게 고를 만한 옷이 없다는 사실에 난 기절초풍할 지경이었다.

고무 슬리퍼는 오래전에 사라졌지만, 슬리퍼 대신 신고 있었던 연분홍색 단화에 더해 여러 가지 종류의 하이힐과 웨지힐과 샌들을 샀다. 결국에 난 어깨가 흘러내리지 않는 스웨터와 셔츠를 비롯해 꽤 괜찮은 청바지와 치마와 원피스까지, 모두 골라 모을 수가 있었다. 심지어 품위 있어 보여야 할 경우를 대비해 고급옷 몇 개도 골랐다. 일단 거금을 쏟아부어 새 옷 사기를 마친 다음, 나단에게 살짝 자랑해 보이기로 마음먹고 새로 산 옷 중 하나로 갈아입었다.

끔찍했던 정신병원 옷을 내팽개치고 정말로 안도감이 들었다. 그 흉측한 헌 옷들을 버린 것도 기분 좋았지만, 디자이너 브랜드 옷 속으로 미끄러지듯 들어가 밤에 데이트하러 가는 사람처럼 화장하는 건 훨씬 더 기분 좋은 일이다. 나는 몸에 착 달라붙는 청바지와 크림색 윗옷을 고른 다음, 여자 화장실을 탈의실 삼아 옷을 갈아입고, 거울 앞에 서서 립스틱을 발랐다. 훨씬 나았다. 몰에서의 그저 그런 날치고는 너무 근사한 차림이 돼버린 것 같기도 했다. 특히나 밤늦게까지 밖에 있으려면 아직은 부모의 허락이 필요한 나이일 것처럼 보이는 이에겐 말이다. 하지만 '괜찮은' 옷 비슷한 거라도 입어 본 게 얼마 만인지를 생각해 봤을 때, 옳은 일처럼 느껴졌다.

나단은 몰에 있는 푸드코트에서 날 만나고 눈이 휘둥그레졌다. 난 나단을 향해 걸어가며 빙그르르 몸을 돌려 보였다. "이젠 정말 여신답게 보이지 않아요?" 내가 그에게 애교 있는 미소를 지으면서 말했다.

"정말 그러네요." 그가 나를 훑어보며 중얼거렸다. 확실히 신난 얼굴이었다. 여기저기로부터 시선을 끌고 있다는 느낌이 들었는데, 난 그게 더없이 좋았다. 어쨌거나 허영심도 내 포트폴리오의 일부고, 수 세기에 걸친 인간의 희망과 욕구와 욕망은 나를 그 포트폴리오에 꽤 잘 들어맞는 패키지로 만들어 놓았다. 하지만 나와 비슷한 체형을 가진 인간 여성들을 생각하면 마음이 좋지 않았다. 브래지어만 하더라도 엄청나게 비쌌다.

다음으로 우린 시 외곽에 있는 은행 몇 곳을 쳐들어갔다. 난 은행 안으로 들어가기 전에 숄로 머리카락을 감싸고 어마어마하게 큰 선글라스를 썼다. 은행에 설치된 카메라들과 내가 능력을 행사할 수 없는 곳에서 그 화면들을 지켜보고 있을 사람들 때문이었는데, 내가 재능을 약간 발휘한 덕에 아무도 나의 옷차림을 수상쩍어하지 않았다. 내가 안으로 들어가 최고 관리자가 날 미치도록 사랑하게 하고 나서 기부금을 요청할 동안, 나단은 은행으로부터 멀찌감치 떨어져 차 안에서 기다렸다. 몇 분 후, 나는 현금이 든 가방들을 들고 걸어 나왔다. 결코 한꺼번에 많은 액수는 아니었다. 그저 한 번에

몇천 달러씩이었지만, 모두 합하면 꽤 큰 액수였다. 이 모든 노골적인 절도행위들을 보고 나단이 마음을 바꾸게 될까 봐 약간 걱정이 되었지만, 우리가 곤경에 처해 있다는 사실과 신은 천한 일을 하지 않는다는 사실 사이에 합법적인 해결책은 없어 보였다. 이게 그의 양심에 너무 큰 짐이 되지 않기만을 바랄 뿐이었다.

몇 시간에 걸친, 대단히 합법적인 은행강도 짓을 끝내고 나니 새 차를 살 수 있을 만큼 충분한 돈이 생겼다. 어느 자동차 대리점에서든 판매사원을 유혹해 차 한 대를 공짜로 주게 만들 수도 있었지만, 그것도 기록이 되는 것이었다. 결국 누군가는 차 한 대가 통째로 넘겨졌다는 걸 알아차리게 될 테니까. 나를 쫓고 있는 가렌은 영리하니 고가의 제품이 파티 선물로 바뀐 기록을 찾아다닐지도 모르고, 나는 나단이나 나 자신을 바퀴 네 개 달린 붉은 깃발과 연결하고 싶지 않았다.

우린 결국 혼다 CR-V를 사게 됐는데, 그건 전적으로 나단의 결정이었다. 난 차에 대해서는 아는 게 전혀 없었고, 보아하니 나단은 늘 그 차가 갖고 싶었던 모양이었다. 우린 차를 아주 좋은 조건에 샀다. 우리가 전액을, 그것도 현금으로 계산하자 판매사원이 경악했지만, 그것 또한 나에 대한 넘치는 애정으로 인해 금세 사라졌다. 우리가 오늘 산 물건들을 새 차로 옮기는 사이 날이 저물었는데, 난 내가 발휘해야 했던 온갖 연애감정조작 능력들로 완전히 긴장된 상태였다. 하지만 가렌을 고문하느라 휘청거렸던 하루 전에 비하면 훨씬 나았다. 나단의 믿음이 가진 위력이 정말 큰 도움이 되는 것 같았다. 아마 내 새로운 모습에서 오는 자신감과도 연관이 있을 것이다.

우리가 차에 짐을 싣고 나자 해가 지기 시작했다. "테마공원 사무실은 밤에는 문을 닫을 거예요." 나단이 오늘의 할 일 목록을 쳐다보며 말했다. '새 직장'을 제외한 모든 것에 줄이 그어져 있었다.

"괜찮아요. 어쨌든 상당히 빽빽한 하루였잖아요." 나는 이 마지막 일과가 내일로 미루어진 게 내심 기뻤다.

"교통국에 가서 새 차 번호판도 받아야 해요."

"좋아요." 내가 말했다. 그는 고개를 끄덕이고 그것을 내일 할 일 목록에 추가했다. "하지만 지금은…, 저녁 어때요?"

"당신이 안 물어볼 줄 알았어요. 배고파 죽는 줄 알았어요." 나단이 말했다.

우리는 고급 스테이크 식당에 자리를 잡았다. 난 곧장 쇠고기 안심 스테이크인 필레미뇽에 시선을 집중했다. 몇십 년 만에 처음으로 고품질 쇠고기를 맛볼 생각만으로도 입안에 침이 고였다. 나단이 버거와 폭찹 사이에서 갈등하는 걸 보고 내가 난처한 눈빛을 보냈다. "왜요?" 내 표정을 읽고 그가 물었다.

"버거 먹어요." 내가 감정을 자제하는 목소리로 말했다.

그가 메뉴판을 내려놓더니 나를 바라보았다. "신을 먹여 주고 돌봐 주려면 알아야 할 게 또 있는 거군요. 그렇죠?"

내가 미소를 지었다. "미안하지만 돼지는 나에게 신성해요."

"지금 농담이죠?"

"난 한때 거대한 멧돼지를 타고 전장을 누볐어요. 황금 털을 가진 돼지였죠.*" 나는 한숨을 내쉬었다. "그 애가 그리워요."

* 프레야는 '싸움의 포도주'를 뜻하는 '힐디스비니'라는 이름의 멧돼지가 끄는 수레를 타고 전장을 누볐다고 한다.

나단은 잠깐 말이 없었다. 육중한 전투용 멧돼지를 타고 적진을 향해 돌격하는 아름다운 스칸디나비아 전사 여신의 이미지에 경외심을 갖게 된 게 틀림없다고 생각했다. 그런데 그가 이렇게 말했다. “잠깐…, 그럼 베이컨도 안 돼요?”

그가 어찌나 끔찍해 하는지, 방금 내가 그에게서 강아지를 훔치기라도 한 것 같았다. “음, 도움이 될진 모르겠지만, 옛날엔 베이컨이 그다지 인기 메뉴가 아니었어요.” 나는 상황을 조금이라도 원만하게 넘기려고 애썼다.

“으윽. 베이컨을 못 먹었다니, 엄청난 희생이었군요. 뭐, 좋아요. 그럼 오늘 저녁 메뉴는 버거로 하죠. 내가 뭘 또 알아야 하죠?” 나단이 물었다.

“흠. 고양이를 무척 좋아하는데* 고양이들이 식당에 자주 나타나는 건 아니니까 그건 아마 걱정 안 해도 될 거예요.”

“돼지는 해치지 말고 고양이는 예뻐하기.” 그가 혼잣말로 말했다. “그 정도야 할 수 있어요.”

“다행이네요.” 내가 대답했다. 곧이어 웨이터가 왔고 우린 주문을 했다. 음식이 나오길 기다리는 동안 아무 생각 없이 이런저런 수다를 떨고 있었는데, 갑자기 내가 나단에게 질문을 던졌다. “그럼 난 당신에 대해 뭘 알아야 해요? 당신 얘기 좀 해봐요.”

“나요?” 그는 내 물음에 놀란 눈치였다.

“그래요. 우리가 이 새로운 삶을 함께 시작하는 거라면 당신에

* 프레야는 전사자의 신으로 전투에서 목숨을 잃은 자들의 절반을 자신의 저택으로 데려갔는데, 이때 고양이 두 마리가 이끄는 수레를 타고 갔다고 한다.

대해 더 많이 알고 싶어요."

"좋아요." 그가 미소를 지었다. 내가 더 많이 듣고 싶어 한다는 사실이 맘에 든 것 같았다. "외동이에요. 군인 자녀로 자라서 이사를 많이 다녔죠. 친구가 많진 않았지만, 덕분에 컴퓨터에 열중할 수 있었어요. 여기 올랜도에 있는 대학에서 웹디자인 및 개발을 전공했고 육 개월 전에 졸업했는데, 프리랜서로 일해봤자 공과금도 못 낸다는 걸 깨달았죠. 그런데 아무도 상근직은 안 뽑는 거예요."

"그래서 인워드케어센터에서 일하기 시작했군요."

"맞아요. 그 일이랑 부업으로 웹사이트 만드는 일을 같이하면 학자금 대출도 갚아나갈 수 있고, 먹고살 수 있겠다고 생각한 거죠. 물론 완벽한 건 아니지만, 포트폴리오를 쌓아 정규직을 얻게 될 때까지만 그럴 셈이었어요."

"말 되네요. 군인 자녀였다고 했는데, 맞죠? 부모님 중 어떤 분이 군에 계셨어요?"

나단은 대답하길 망설였는데 마치 작은 내적 논쟁을 겪고 있는 것 같았다. 그러더니 한숨을 쉬었다. "아버지요."

"기분 좋은 주제는 아닌가 보네요."

"뭐, 아니에요. 그러니까 내 말은…, 아버진 정말 멋진 분이었어요. 부모님이 헤어진 후로 아버지랑 함께 살았죠. 엄만 괴짜였어요. 지금도 그래요. 하지만 아버진, 마치 매 순간 '올해의 아버지' 상을 타내려고 기를 쓰는 것 같았어요. 우린 할 수 있는 한 모든 걸 함께 했어요. 아버진 집을 떠나 있는 시간이 많았지만, 아버지가 집으로 돌아오고 나면…, 즐거운 시간이 이어졌죠." 그가 아득한 눈빛으로 말을 했다.

"과거시제네요." 내가 조용히 말했다.

"네." 그가 의자에 몸을 기대고 우울한 얼굴로 말했다. "전투에 배치되셨는데, 돌아오지 않았어요. 뭐, 돌아오시긴 했지만…, 무슨 말인지 알잖아요."

나는 고개를 끄덕이고 아무 말도 하지 않았다. 그가 무슨 이야기를 하고 있는지 너무나 잘 알고 있었다. 전쟁은 절대 바뀌지 않는다. "내가 고등학생이었을 때 일어난 일인데, 그건 마치…, 마치 아버지를 이해할 기회를 영영 잃어버린 듯한 느낌이었어요. 빌어먹을, '안녕히 가세요'라고 말할 기회조차 없었다고요. 커서 아버지가 날 자랑스러워하게 하고 싶었는데, 아버질 웃게 하고 싶었는데, 이젠…, 이젠 '안녕히 가세요'란 말이라도 할 수 있었으면 좋겠어요."

"아, 나단." 내가 테이블을 가로질러 나단을 향해 두 손을 뻗었다. 그가 나의 손을 움켜쥐었고, 나는 그의 밝고 푸른 눈 속을 응시했다. 그가 재빨리 눈길을 돌리기 전, 희미한 식당 불빛 아래 그의 두 눈이 반짝이는 게 보였다. 불쌍한 나단. 난 그의 상실감이 어떤 건지 알았다. 이전에도 수없이 보았지만, 그땐 뭘 어찌해보기엔 내가 너무 무력했었다.

하지만 이제는 꼭 그렇지만도 않았다. 그는 나의 숭배자이고, 거기엔 중요한 의미가 있었다. 그에게 잘못된 희망을 심어주고 싶진 않았지만, 그가 너무 실의에 빠진 것 같아서, 무슨 말이든 해줘야 할 듯싶었다. "나단, 아직은 내가 아무것도 못 한다는 걸 당신이 이해해야 해요." 내가 목소리를 낮추며 말했다. "지금은 너무 약해요. 그러니까 그걸 고려해서 들어요…. 당신 아버진 전사였고, 그건 아주 중요한 의미를 지녀요."

그가 나를 어리둥절한 표정으로 쳐다봤다.

"난 전사자의 여신이에요, 나단. 전투에서 죽은 자들의 절반은 내 차지*예요."

잠시 나단이 눈살을 찌푸렸기에 내가 그를 기분 상하게 한 건 아닌지 걱정됐었다. 그런데 그가 뭔가를 이해했단 표정을 지었고, 다음 순간 기쁜 희망에 찬 환상적인 표정을 지으며 날 뚫어지라 쳐다봤다. 그의 어깨 뒤를 힐끗 쳐다보니, 웨이터가 음식을 들고 우리 쪽으로 오고 있었다. 난 미소를 지었다. 나단과 나 둘 다 몹시 배가 고팠기 때문이었다. 그러고는 내가 정확히 뭘 해줄 수 있는지 계속해서 말해 주려는 순간, 칼날 같은 두려움이 온몸을 휩쓸었다.

웨이터의 어깨 바로 너머에서, 남자 하나가 식당 입구에 서서 손님들을 훑어보고 있었다. 어제와 똑같은 짙은 회색 정장이었다. 자신만만한 냉소 속에 갇혀 있는 그의 귀족적인 모습에선, 하루 전 나 때문에 입은 부상의 흔적이라고는 찾아볼 수도 없었다. 나를 찾아 쉴 새 없이 빠르게 여기저기를 살피는 그의 섬뜩하고 강렬한 갈색 눈동자까지도, 알아볼 수 있었다.

가렌이 왔다.

* 북유럽 신화에 의하면 전투에서 죽은 자들의 절반은 오딘의 궁전인 발할라로 가고, 나머지 절반은 프레야의 저택이 있는 폴크방으로 갔다.

4

난 다시 신이 될 거다

"뭐죠? 뭐예요?" 나단이 물었다. 내 몸을 휩싸고 있는 공포가 어떤 식으로든 얼굴에 드러난 게 분명했다.

가렌이 식당 더 깊숙이 들어오더니, 두 손에 든 어떤 장치를 내려다보았다. 마치 나단이 가지고 있는 휴대폰의 특대형 버전 같았다. 저게 바로 나를 추적하기 위해 사용하는 것일까? 하지만 어떻게….

나는 헉 하고 숨을 몰아쉬고는 나단을 다시 힐끗 쳐다봤다. 휴대폰, 당연했다. 나단은 아직도 휴대폰을 버리지 않고 있었다. 심지어는 이 식당을 찾는 데 사용하기까지 했다. 나는 그가 충분히 조심하지 않았던 것에 극도로 짜증이 났지만, 일단은 저 회색 정장 스토커를 어떻게 해야 할지 생각해내야 했다. 나는 고개를 다시 들었다가 너무나 당황해서 입이 떡 벌어졌다. 확실하진 않지만 어쩌면 너무 놀라 꺅 하는 소리를 살짝 냈는지도 모른다.

가렌이 나를 똑바로 바라보고 있었다. 그가 앞으로 향해 올수록, 그 느끼한 웃음이 얼굴에 스멀스멀 번졌다. 웨이터가 내 테이블 옆에 멈춰 섰다. 가렌이 식당의 반만큼도 안 떨어진 곳에서 우리가 주문한 걸 힐끗 보더니, 음식을 찬찬히 뜯어보며, '필레미뇽? 좋은 선택이로군'이라고 말하는 듯한 거만한 표정으로, 나를 다시 쳐다봤다. 그때, 웨이터가 음식이 담긴 접시를 나단 앞에 내려두려고 몸을 움직이는 사이, 가렌이 호주머니에서 은으로 된 긴 금속 물체를 부드럽게 꺼내는 게 보였다.

주사기였다. 그는 식당을 잠에 빠뜨릴 참이었다. '그런 일이 일어나게 내버려둘 순 없어.'

나는 자리를 박차고 일어나 앞으로 돌진했다. 그러고는 웨이터가 쳐들고 있는 손에서 내 저녁 식사가 담긴 접시를 낚아채어 힘껏 집어 던졌다. 뱃속에서 꼬르륵거리는 소리가 진동했다. 난 그 금속 원반을 한 번에 부드럽게 휙 날렸고, 원반은 바짝 호를 그리며 공중을 가르고 날아갔다.

가렌이 접시에 부딪혀 뒤로 넘어지면서 주사기가 바닥으로 떨어졌다. 순식간에 그의 얼굴이 깜짝 놀란 표정으로 바뀌었다. 난 한 순간도 놓치지 않고 테이블에서 스테이크용 칼을 낚아채서는 식당을 가로질러 질주했다. 할 말을 잃은 웨이터와 충격에 빠진 손님들의 모습이 흐릿하게 옆을 스쳐 갔다. 내가 속력을 내자 그들은 비명을 지르고 소리를 쳤다.

나는 가렌이 있는 곳까지 마지막 오 미터를 앞두고, 칼을 쳐든 채 가렌을 향해 한달음에 공중으로 뛰어올랐다. 말 그대로 눈 깜짝할 새면 그자의 심장에 칼날을 내리꽂을 수도 있었다. 그 순간, 가렌이 두 손을 쳐들어 'X'자 모양으로 손목을 겹쳤고, 양 팔뚝에 은세공으로 뒤덮인 금속 띠들이 얼핏 보이더니, 그것들에서 강력한 불빛이 뿜어 나왔다. 눈부신 황금빛의 폭발이 공중에 떠 있는 나를 에워싸더니 강풍 속의 종잇조각처럼 날려버렸다. 공중으로 몸이 치솟는 순간 식당 전체가 눈앞에서 섬광처럼 스쳤고, 내가 식당 맨 끝에 있는 벽에 부딪히면서 벽이 박살 나 버렸다. 나는 바닥에 엎어진 채 멍하니 숨을 헐떡였고, 머리카락은 황금으로 된 그물처럼 타일 위로 널려 있었다. 식당이 빙글빙글 돌았다. 난 가까스로 몸을 돌려 바닥에 등을 대고 누웠다.

식당 손님들이 정신을 잃고 도망가면서, 더 많은 비명과 발을 동동 구르는 소리가 멀리에서 들려왔다. 귀에서는 윙윙 소리가 울리고, 난 내가 어디에 있는지도 알 수 없었다. 그때 가렌이 쓱 나타나 그 끔찍한 미소를 지으면서 나를 굽어보았다. "한 번 속으면 속인 너만 나쁘지만," 그가 무릎을 꿇고 내 미간을 손가락 끝으로 톡톡 쳐댔다.

내가 신음하며 팔을 들어 올려 가렌을 떨쳐버리려고 했지만, 되레 갓난아기처럼 바닥에서 팔딱거리게 될 뿐이었다. 가렌이 낄낄거리며 웃더니 재킷에서 주사기를 뽑아 들었다. 황동으로 된 소용돌이 장식이 있는 핸드 블로잉 유리로 된 골동품이었다. 그가 주사기를 불빛 가운데로 쳐들자, 주사기가 연하고 뿌연 액체로 가득 채워져 있는 것이 보였다. 가렌은 주사기를 톡톡 친 다음, 나를 다시 돌아봤다. "두 번 속으면 내가 한심한 놈…."

그때 쨍하게 울리는 소리가 가렌의 말을 끊었고, 그는 마치 혼자서만 무척 짧은 지진을 겪은 것처럼 머리를 부르르 떨었다. 바로 내 코앞에서 가렌의 두 눈이 한가운데로 몰리더니, 그가 정신을 잃고 내 옆으로 쓰러졌다. 나단이 찌그러진 서빙 쟁반을 두 손으로 꽉 붙잡은 채 가쁜 숨을 몰아쉬며 그곳에 서 있었다.

내가 아직 멍한 채로 미소를 지었다. 그러고는 콜록거리며 간신히 말했다. "칼 좀 가져다줘요."

나는 간신히 몸을 일으켰고, 나단이 다른 스테이크 칼을 가지고 돌아왔을 때는, 무릎을 꿇은 자세를 하고 있었다. 그가 내 손에 무기를 쥐여주자, 난 칼 손잡이를 양쪽 손가락으로 단단히 움켜쥐었다. 의자 따위나 가지고 후려치느라 꾸물거릴 시간이 없어. 칼로 이 사악한 괴물 녀석의 두 눈 사이를 찔러 머리통을 쪼개버린 다음 골을 아주 조각조각….

그때 가렌의 팔다리가 실룩샐룩 안쪽으로 오그라들더니 순식간에 몸통 주위를 소용돌이치며 돌았다. 그러고는 몸이 쪼그라들더니 마침내는 사라져버렸다. 내 칼은 요란한 소리를 내며 가렌의 머리가 있었던 바로 그 타일 위에 부딪혔다. 가렌이 다시 사라졌다. 눈 한 번 깜짝하기도 전에, 그의 형체는 핀으로 찌른 것 같은 아주 작은 점이 돼버렸다. 나는 화가 치밀어올라 칼을 내던지고 고어체 욕지거리를 마구 퍼부었다.

"망할, 그 자식이었어요?" 나단이 물었다.

그의 질문이 나를 격렬한 분노로부터 건져냈고, 나는 내 구세주를 보기 위해 다 하지 못한 욕설을 깨물어 삼켰다. "맞아요." 내가 이를 부드득 갈면서 말했다. 아직도 분이 풀리지 않았다. 난 숨을 들이마시고 마음을 가라앉혔다. "가렌이에요. 그리고 방금 당신이 날 저자로부터 구해준 거예요. 나단, 키스라도 해줄 수 있을 것 같아요." 뭔가가 '오, 그렇지, 제발. 내가 얼마나 참았는지 알아?' 하고 말하며, 내 마음속으로부터 표면을 향해 강렬히 솟구쳐 올랐다. 방금 있었던 전투로 인해 기가 왕성해진 게 분명했다. 그걸 다시 마음속으로 쑤셔 넣기도 전에, 식당 전체가 욕망으로 뒤덮였다.

나단이 자기 자신에게 매우 만족한 듯 활짝 웃으면서 "그럼 뭘 기다려요?" 하고 말했다. 찰나이긴 했지만, 그가 그렇게 말한 게 전적으로 그의 의지만은 아니라는 의심이 들긴 했다.

그의 말에 나는 웃음을 터뜨리고 발로 바닥을 디딘 뒤 똑바로 일어섰다. 내 안의 전사 여신은 지금 당장 도망쳐야 한다고, 연애 감정에나 빠져있을 때가 아니라고 소리치고 있었다. 하지만 아름다움과 허영과 사랑의 충동도 마찬가지로 날 부르고 있었고, 이게 얼마만인지, 그리고 최근 내 데이트 상황이 얼마나 한심할 정도였는지 말해주고 있었다. 결국, 후자가 이겼다.

나는 "아무것도요." 하고 대답한 뒤 두 팔로 그를 감싸고 그의 입술 위로 내 입술을 포갰다. 내가 그를 꼭 껴안았고, 우린 따스하고 황홀한 기분으로 몇 초 동안 서로에게 몸을 맞댔다. 내가 몸을 떼자, 나단은 마치 행복한 꿈에서 갑자기 깨어난 사람처럼 몽롱하면서도 애절하기까지 한 표정을 지었다.

내 안에서 쾌감이 보글보글 끓어오르는 게 느껴졌고, 난 내가 거의 삼십 년 만에 처음으로 진짜 키스를 했다는 사실을 깨달았다. 이러고도 나 자신을 사랑의 신이라 부른다고? 나단에게 다시 키스하고 잃어버린 시간을 보상받으려던 순간, 가까스로 나는 제정신을 찾았다. 이곳을 벗어나야 해. 지난번 싸움에선 훨씬 더 심하게 가렌을 때려눕혔는데도, 그는 너무나 빨리 회복했다. 이제 최대한 빨리 도로로 나가 나단의 저 바보 같은 휴대폰을 집어 던져야 한다.

내가 힐끗 나단을 쳐다보니, 나의 뜻하지 않았던 욕구의 파도가 사라지면서, 꿈꾸는 듯했던 그의 표정도 함께 사라졌고, 나단은 산산이 부서진 식당 속 현실로 돌아와 있었다. 그는 혼란스럽고, 불안하고, 그리고 놀랍게도 민망해하는 것 같았다. 평소의 그였다면 그렇게 느닷없이 나에게 키스하진 않았을 것이다. 이제 그는 자기가 분위기를 어색하게 만들어버린 게 아닌가 하고 생각하는 표정이었다. 하지만 지금은 그런 것 따위나 걱정하고 있을 시간이 없다.

내가 나단의 손을 붙잡았다. 공황상태에 빠져 도망가는 중인 식당 손님과 직원들 틈에 섞이기 위해 그를 밖으로 끌어내려는 순간, 뭔가가 발끝에서 희미하게 빛났다. 나를 찌르려던 주사기였다. 그걸 남겨둘지, 부술지, 아니면 가져갈지 잠시 망설였지만, 결국엔 가져가기로 했다. 그 주사기가 신을 쓰러뜨릴 수 있다고 가렌이 생각했다면, 어쩌면 쓸모가 있을지도 모른다. 나는 다른 손으로 주사기를 집어서 가방 속에 넣은 뒤, 꽁지가 빠지게 식당 건물을 빠져나갔다.

"어떻게 우릴 발견한 거죠?" 우리가 식당 주차장을 쏜살같이 빠져나와 탁 트인 도로 위로 들어섰을 때 나단이 물었다.

그의 질문은 나를 다시 한 번 완전히 짜증 나게 했다. "당신의 그 멍청한 휴대폰 때문이에요. 없애라고 했잖아요."

나단은 한 손을 핸들 위에 올려놓고 다른 한 손으로 호주머니에서 휴대폰을 꺼내, 금속과 유리로 된 그 광택 나는 직육면체를 고이 안았다. 그가 그 값싼 장신구에 집착하는 모습이 나를 더욱더 짜증 나게 했다. "그건 그냥 전화기예요. 지금 당장 부숴버리지 않으면 내가 할 거예요."

나단이 한숨을 내쉬었다. "하지만 난 모든 연락처를 여기에 가지고 있어요. 최소한 연락처만이라도 새 휴대폰으로 옮길 수 있게 지금 휴대폰 매장으로 가는 건 어때요?"

"안 돼요!" 내가 자동차 계기판을 두드리면서 소리를 질렀다. "얼마나 빨리 가렌이 우릴 찾아냈는지 알기나 해요? 어서 없애라고요!"

그가 또다시 망설이자 내가 그의 손에서 휴대폰을 낚아챘다. "이봐요!" 그가 날카롭게 소리쳤다.

하지만 너무 늦었다. 난 창문을 내리기 시작했고, 그놈의 물건을 인도로 집어 던지기 일보 직전이었다. "알았어요, 알았어! 멈춰요!" 그가 속도를 줄이면서 말했다. "뭘 하든 휴대폰을 완전히 지워야 해요. 저들이 뭔가를 복구시켜 우릴 추적하게 될지도 모른다고요."

그 말에 난 하던 걸 멈추고, 마지못해 창문을 다시 올렸다. "좋아요. 그건 어떻게 하는 거죠?"

그가 어깨를 들썩했다. "매장으로 가져가기?"

내가 그를 째려봤다. "그냥 고칠 수 없을 정도로 망가뜨려 버리면 안 돼요?" 덧붙이자면 이것이 나의 판테온에서 문제를 해결하는 전통적인 방법이다.

나단이 차를 멈추고 내 손에 든 휴대폰을 바라보더니 나를 쳐다봤다. "좋아요, 네. 그것도 방법이겠네요."

창문 밖을 힐끗 보니, 상점과 식당들이 일렬로 늘어서 있고 예식장으로 사용되는 호화 주택들이 있었다. "훌륭해요. 공터 좀 찾아봐요." 내가 여전히 휴대폰을 손에 쥔 채로 말했다.

몇 분 안에 우리는 모래로 덮인 작은 부지로 운전해 갔는데, 거기엔 그곳이 방만한 주상 복합 단지가 들어설 계획 용지라는 걸 공고하는 표지판이 있었다. 표지판이 오래되어 낡은 거로 보아, 무슨 경제적인 문제로 공사가 지연되고 있는 것 같았다. 나는 차에서 내려 주위를 돌아보면서 그 미개발지로 몰래 다가갔다.

"바로 저기예요." 난 내가 찾던 장소를 발견하고 그쪽으로 움직였다.

"지금 뭐하는 거예요?" 나단이 소리쳤다. 그는 차에서 내려 나를 향해 오는 중이었다.

"이 장치를 박살 낼 거예요." 내가 방금 발견한 큰 돌덩이 하나를 그에게 보여주면서 말했다. 내가 원했던 콘크리트 블록은 아니었지만, 그걸로도 충분했다.

"그냥 빨리 끝내줘요." 나단이 말했다. "그 불쌍한 아이가 고통받는 걸 차마 볼 수가 없네요."

나는 그 말에 눈망울을 굴리곤, 고개를 돌려 휴대폰을 땅바닥에 내려놓았다. 그러고는 그 돌덩이를 머리 위에까지 들었다가 온 힘을 다해 내리찍어 휴대폰을 찌부러뜨렸다. 휴대폰 화면이 쩍 하고 갈라졌다. 몇 번은 더 내리찍어야 했지만, 결국에 난 그놈의 기계덩어리를 부숴 없앨 수가 있었다. 전기회로와 유리조각들이 사방으로 날아갔다. 그러는 내내 나는 내가 지금 정말로 후려치고 있는 것이 가렌의 얼굴이라고 상상했다. 속이 후련했다. 일을 끝내고 보니 산산이 조각난 휴대폰 파편들이 내 주변에 작은 지뢰밭을 이루고 있었다. 나는 돌덩이를 집어 던지고 다시 일어났다.

"좀 나아요?" 나단이 내 곁에서 물었다.

"훨씬." 내가 말했다. "이제 뭐 좀 먹으러 가요. 휴대폰 죽이는 건 허기지는 일이에요."

우린 다시 차로 돌아갔다. "굳이 위험하게 이 도시에 머물 필요가 있을까요?" 우리가 차에 올라탈 때 내가 물었다. 가렌이 우리를, 그러니까 국제공항이 아닌 식당에서 찾았다는 게 걱정됐다. 아마도 그는 우리가 외국으로 피신하진 않을 거라고 예상할 거다.

나단이 어깨를 들썩했다. "아직까진 우리 계획을 눈치챌 수 있을 만한 걸 가렌이 본 것 같진 않아요. 게다가 정부가 가렌 편인 것 같지도 않고요. 당신 사진을 경찰이나 연방 요원들에게 들이밀 수 있는 것도 아니잖아요. 처음에 당신을 찾아낼 수 있었던 건 아마도 엄청난 양의 조사 덕분이었을 거예요. 이번엔 휴대폰 때문이었지요. 아무 죄도 없는 불쌍한 내 휴대폰."

내가 그를 노려봤다.

"알았어요. 아직은 농담하고 싶은 기분이 아니에요." 그가 중얼거렸다. "요점은, 내가 볼 때 가렌은 수동적인 것 같아요. 어쩌면 상대해야 할 신은 많은데 정보는 별로 많지 않을 수도 있어요. 정보를 얻는 대로 후속조치를 취하겠지만, 그 속도로는 온 도시를 뒤지진 못할 거예요."

말이 됐다. 그에게 정말 무제한 예산과 정부와의 연줄이 있었다면 마법 팔찌가 아니라 특수기동대를 데리고 식당에 왔을 것이다.
"좋아요." 내가 고개를 끄덕였다. "올랜도로 가요."

우리는 도심 지역 심장부에 있는 심야 타코 가게로 갔는데, 타코 가게 간판에는 커다란 콧수염이 그려져 있었다. 만에 하나라도 가렌이 고급 스테이크 식당들을 뒤진다면, 이곳이야말로 가장 거리가 먼 장소일 거다. 나단은 거대한 퀘사디아*를 먹었는데, 나는 생선 타코 모둠을 먹는 것으로 만족해야 했다. 우린 나초 일 인분도 나눠

* 치즈를 포함한 여러 재료가 든 토르티야를 반으로 접어 구운 뒤 4등분 한 멕시코 요리

먹었다. 비록 내가 잃어버린 불쌍한 필레미뇽만은 못했지만, 그래도 꽤 맛있었다. 우린 가벼운 대화를 나눴는데, 오늘 산 물건과 다음 날 계획에 초점을 맞추고 있었다. 그의 아버지라든가, 가렌이라든가, 심지어 우리가 했던 키스 같은 주제들은 제쳐놓았다. 키스 이야기가 나와서 하는 말인데, 내가 그 순간에 나단을 부추긴 게 틀림없다. 흥분 상태가 되면 나도 모르는 사이에 힘을 발휘할 수도 있기 때문이다. 적어도 그가 기분 나쁘게 받아들이지는 않았는지 분위기가 어색하진 않았다. 내가 사과를 해야 하는지 아니면 최소한 일어난 일에 관해 설명이라도 해야 하는지 생각해 봤지만, 이미 그건 지나간 문제처럼 보였고, 내가 먼저 말을 꺼내고 싶지도 않았다.

우리는 또 다른 호텔을 공짜로 얻어 그곳에서 저녁 시간을 보냈고, 다음 날 아침이 되자마자 그날 해야 할 일들을 위해 호텔을 나섰다. 나단의 신용카드들, 이전 운전 면허증, 그리고 휴대폰을 폐기했다. 그의 캠리 자동차까지 어느 주차장에 버려지면서, 그와 그의 이전 삶을 묶고 있던 모든 것이 사라졌다. 우리가 처음 방문한 곳은 교통국이었는데, 그곳에서 우린 새 차에 달 새 번호판을 받으려면 사십오일이나 기다려야 한다는 것과 번호판은 집으로 우편배달 됨을 알게 됐다. 지금 있는 신분증들에 적힌 주소는 가짜였기 때문에, 우린 간신히 그들을 설득해서 전날 만든 도심 우체국 사서함으로 번호판을 배달하도록 했다.

이제 남은 건 직장뿐이었다. 나단과 나는 오후 일찍 월트 디즈니 월드 캐스팅센터 바깥쪽에 차를 댔다. 어느 테마공원을 선택할지에 대해 잠시 언쟁을 벌였지만, 나단이 내게 꼭 맞는 캐릭터가 여기에 있다고 장담했다. 난 그의 말을 믿기로 했다. 게다가 난 디즈니의 모든 기록에 대한 백과사전적 지식을 가지고 있었다. 인워드케어센터는 청소년 관람 불가 영화의 상영을 허용하지 않았기 때문에, 십이 세 이상 관람가 액션 영화를 제외하곤 거의 매일 가족 영화만 보여줬다. 덕분에 난 디즈니 영화를 정말 많이 봤는데, 헤라클레스에 대한 영화 빼고는 대부분의 디즈니 영화를 좋아했다. 역사를 그런 식으로 왜곡하다니.* 그리고 그리스 신 그 누구도, 심지어는 하데스도 그런 종류의 신은 아니었다.

우리가 문을 열고 캐스팅센터에 들어서는 순간 장애물들이 나타났다. 원칙대로라면 캐릭터 연기자 되기가 어려운 일이라는 게 금방 명확해졌다. 그런 역할을 맡으려면 엄청난 오디션들을 통과해야 했다. 추천서, 관련 이력, 어쩌고저쩌고 같은 것들이 있어야 했다. 나는 그 모든 걸, 넘치는 사랑과 경배심을 이용해서 쏜살같이 통과했다. 게다가 난 많은 사람의 마음을 사로잡아야 하는 것 같았다. 이곳에선 무척이나 광범위하고 번잡한 서류 절차를 거쳐야만 했는데, 한 층 전체에 있는 사람들에게 그들이 그렇게도 원했던 까무러질 정도로 멋진 신입 연기자가 바로 나라는 확신을 심어주자마자, 충분한 예고도 없었던 상황에서 무슨 역할이든 얻어내기 위해 곧장 캐스팅 매니저에게 올라가야 했다.

그 과정은 온종일 걸렸는데, 그동안 우리는 직원 숙소에 대한 나단의 정보가 틀렸다는 걸 알게 됐다. 직원 숙소는 대학생 인턴에게만 제공됐다. 하지만 캐스팅센터에서 새로 사귄 친구가 디즈니 직

* 그리스 신화에서 헤라클레스는 제우스와 알크메네 사이에서 태어났는데, 디즈니 애니메이션 〈헤라클레스〉에서는 제우스와 헤라의 아들인 것으로 나온다.

원들에게 음식을 직접 제공해주는 임대 아파트가 있다는 사실을 기꺼이 알려준 덕분에, 나단이 도중에 차를 몰고 나가 아파트를 계약할 수 있었다.

나단이 몇 시간 후 돌아왔을 때는, 우편물 배송지 주소를 제외한 모든 일이 말끔히 처리되어 있었고, 그가 도착해서 주소를 알려주자 그 문제 또한 해결됐다. 그는 그 지역에서 그나마 괜찮은 축에 속하는 단지에 있는 아파트에 보증금을 내고 한 달 치 월세를 미리 냈다고 나에게 알려줬다. 그 아파트 단지는 테마공원으로 가는 주요 버스 노선 바로 근처에 있다고 했다. 나는 인간형 캐릭터* 연기 교육을 며칠 내로 시작하게 됐는데(당연히 공주역이다), 이제까지 그들이 말한 거로 볼 때, 나는 부정행위를 하는 거였다. 그것도 많이. 나 같은 생짜배기가 그렇게 권위 있는 역할의 근처라도 가게 되는 건 있을 수 없는 일이었다. 그런 역할은 보통 전문 연기자와 경력 있는 연기자에게 예약되어 있었기 때문이었다. 모두 인간형 캐릭터가 되길 원하지만, 빈자리가 매우 드물었다.

디즈니 캐릭터가 되는 건 아주 힘든 일이었다. 인워드케어센터를 '탈출'한 후로 기분은 훨씬 좋아졌을지 몰랐지만, 나는 아직 너무나도 약했다. 이렇게 미약한 힘에 얼마나 많이 의지해왔는지를 생각해보면 힘들만도 했다. 시내 어느 곳에서와 마찬가지로 이곳에서도 나의 생득권**을 남용하는 일은 효과를 가져왔고, 이 사회에서 그것 없이 어디를 간다는 게 얼마나 어려울지가 점점 분명해져 갔

* 디즈니 테마공원에서 인형의 모습을 하고 몸짓으로 소통하는 사람은 인형 캐릭터, 직접 캐릭터로 분장하고 연기하는 사람은 인간형 캐릭터이다.

** 태어날 때부터의 권리

다. 나는 빨리 더 강해져야 했다. 생각해 보면 내가 가진 기술 중 유일하게 팔아먹을 만한 기술이라고는 사람들이 나를 미치도록 사랑하게 하는 것밖에 없다. 만약 그게 없다면, 믿음에 대한 갈망과 안전할 필요성 사이의 싸움이 나를 많은 어려움 속으로 집어넣을 거란 예감이 들었다.

뭐 글쎄, 지금까지 겪은 어려움보다 더 많은 어려움이 있을 것 같았다.

결국, 인생에서의 거의 모든 역경이 그러하듯, 유일하게 남은 걸림돌은 옷이었다. 공주 드레스는 66사이즈까지밖에 없었는데, 나는 66과 77 사이를 맴돌았다. 게다가 난 키가 174센티미터 가까이 됐는데, 그건 신장 최고 기준치에 육박하는 것이었다. 이곳의 새 친구들은 그런 건 전혀 문제 되지 않을 거라고 장담했지만, 조만간 의상 부서 사람들이 날 싫어하게 될 거라는 느낌이 왔다. 어마어마한 서류 더미에 서명하고 수업 시간을 확인한 다음에야 비로소 모든 일이 끝났다. 나단과 나는 서류 뭉치와 팸플릿들을 들고 캐스팅센터를 나와 차로 향했다.

"당신 생각은 어때요?" 우리가 새 아파트로 운전해 가는 동안 나단이 물었다.

"그 사람들, 그 '마법'을 지키는 데 너무 집착하는 것 같더군요. 내가 이미 공주처럼 생기지 않았다면, 글쎄요…."

"세상의 그 어떤 사랑의 총알도 당신에게서 열정을 앗아가진 못하겠죠?"

"그래요, 바로 그거예요." 나는 그렇게 말하곤 혼자서 조용히 그의 표현을 따라 중얼거렸다. 사랑의 총알이라고? "내가 여기서 일할 수 있어야 한다고 사람들을 '설득'하느라 꽤 많은 시간을 쏟아부었던 것 같네요. 으윽."

"그건 문제가 되지 않을 테니 다행이네요. 게다가 당신은 내가 여태껏 본 그 어느 공주보다 예뻐요."

"아부에 안 넘어갈 사람은 아무도 없죠." 내가 싫지 않은 목소리로 말했다.

"오, 두말하면 잔소리죠." 그가 대답했다.

그런데 그러니까 나단은, 내가 생각한 만큼보다 살짝 더 나에 대해 자긍심을 가지고 있는 것 같았다. 물론 내가 그에게 영향을 주고 있는 것일 수도 있었다. 나는 내 주위에 상당히 오래 머무는 사람들에게 여러 가지 흥미로운 영향을 미치는 경향이 있다. 일종의 '신성함의 범람'이라고 보면 된다. 나의 개성적인 면들이 주위 사람에게 스며드는 것이다. 내가 나의 능력을 사용할 땐 특히 그렇다.

"바로 그거예요." 내가 말했다. "당신은 훌륭한 신관이 될 거예요." 나단이 웃음을 터뜨렸고 나 또한 웃지 않을 수가 없었다. 기분이 정말 좋았다. 새 직장은 신선한 경험이 될 것 같았고, 가렌과 그의 조직이 몰고 온 위험도 과거 일처럼 여겨졌다. "그래서 신관 월급은 얼마나 돼요?" 그가 물었다.

"형편없어요. 하지만 복지 혜택 하난 끝내주죠."

"혹시 불멸의 삶도 포함돼요?"

이봐 젊은이, 먼저 내게 마땅한 숭배자들부터 찾아줘 봐. 그럼 내가 뭘 할 수 있는지 놀라게 될 거야. "어쩌면요." 내가 차분한 목소리로 말했다. 그에게 높은 기대를 심어주게 될까 봐 아직은 조심하고 있었기 때문에, 나는 대화의 주제를 바꾸었다. "그런데 그동안 당신은 뭐 할 거예요? 당신에게 직장을 당장 잡아주는 건 이번처럼 쉽지가 않을 거예요. 그러기엔 내 힘이 너무 약해요."

"나도 그 문제에 대해 생각해 봤어요. 지금 당장 현금이 부족한 것도 아니고, 우리가 조심하는 한, 마음만 먹으면 당신이 현금을 더 구해줄 수 있잖아요. 그것도 있고 당신도 돈을 약간 벌게 될 테니, 나는 웹디자인에 전념할까 해요."

"난 좋아요." 내가 말했다. "하지만 기억해요. 사랑과 아름다움의 여신은 취향이 아주 고급스럽다는 걸."

"공짜로 뭔가를 얻는 데에 소질이 아주 많다는 것도 생각나네요."

"그것도 사실이죠." 내가 불만을 감추고 말했다. 지금은 아무 말 하지 않겠지만, 나는 결국 사람들을 속여 공짜 물건과 서비스를 빼내기 위해 내 능력들을 사용해야 하는 걸 원하지 않게 될 것이다. 그게 비도덕적이기 때문만은 아니다. 그보다는 나의 신성한 면모가, 어쩐지 애초에 난 그런 능력을 가질 자격이 없다는 생각에 저항하기 때문이다. 내가 원하는 걸 받기 위해 인간들을 속이는데 나의 능력을 사용해야 한다는 발상은 치욕스러운 것이다. 수 세기 동안 버림받았던 탓에 그런 충동이 약해지긴 했지만, 전투의 상흔으로 얼룩진 고대의 여신이 때때로 내 안에서 꿈틀거린다. 하지만 난 그 감정을 억누를 만큼 영리하다. 그 감정이 내가 처한 현실에 개입해 상황을 악화시키지 않도록 해야 한다. 그러나 신이 아닌 것처럼 행동해야 할 때마다, 마음이 괴롭다.

하지만 지금은, 그런 감정은 마음속에만 간직한 채, 주위 사람들을 설득해 내가 원하는 걸 얻을 수 있도록 해야 할 일을 할 것이다.

나단이 고른 아파트에는 가구가 미리 비치되어 있었는데, 그리

나쁘지 않았다. 인워드케어센터보단 확실히 나았다. "케이블이랑 인터넷을 설치해야 할 거예요." 자리를 잡는 동안 나단이 말했다. "집전화 요금제에도 함께 가입해야 하고요. 그래도 꽤 괜찮은 거예요. 그렇지 않아요?"

"그러네요." 내가 인정했다. "그렇게 해요. 청소서비스센터에 연락해서 일이 주에 한 번씩 도우미가 방문할 수 있도록 해 줄래요?"

그가 의아하다는 표정으로 나를 보았다. "당신이 살던 집 봤다구요." 내가 설명했다. "우린 그렇게 살진 않을 거예요. 그리고 내가 비록 현대 세계에서 떠도는 신세일진 몰라도, 여전히 여신은 여신이에요. 여신은 집안일 안 해요."

"그런 건 꿈도 안 꾸죠." 그가 했던 대답 중 가장 멋진 답이었다. 똑똑한 친구 같으니.

이후 며칠에 걸쳐 우린 새로운 삶을 시작할 수 있도록 물건들을 정리했고, 그렇게 우리의 일상은 편안하게 자리를 잡았다. 우리의 예방조치들이 드디어 평화를 가져다준 것 같다는 느낌이 들게 되자, 가렌에 대한 생각도 어렴풋해져 갔다. 나단은 휴대폰을 바꾸고 컴퓨터를 새로 장만한 다음, 집에서 가지고 온 외장 하드 드라이브에 들어있던 중요한 파일들을 새 컴퓨터로 옮겼다. 나도 휴대폰 하나를 갖게 됐지만, 이 쪼끄만 기계를 어떻게 사용하는지 속속들이 나단에게 배우는 데는 몇 시간이 걸렸다. 그가 북유럽 신화에 대해 조사를 좀 한 다음 내게로 돌아와서, 휴대폰이 일종의 디지털 미미르*

* 북유럽 신화에 나오는 거인으로, 세계수(世界樹) 위그드라실에 있는 지혜의 샘을 지킨다.

라고 생각하도록 해준 게 도움이 됐다. 예전에 오딘이 같은 이름을 가진 현자의 참수된 머리에 마법을 걸어 지혜를 묻고 상담을 하곤 했었다. 나단의 말을 듣고 나니 비로소 모든 게 이해됐다.

그리고 나의 휴대폰, 나의 '미미르'는 인터넷에 뻗어 있는 지식과 나를 순식간에 연결해 주었다. 인워드케어센터에 있었을 때 텔레비전에서 이 광대한 정보망에 관해 들은 적이 있었지만, 사실 난 이 물건이 지닌 엄청난 규모를 마주할 아무런 준비도 되어 있지 않았다. 그게 무엇이 됐든, 휴대폰에서 전부 얻을 수 있었다. 내가 원하는 게 무엇이든, 사실과 오락, 교육과 방탕으로 가득 찬 이 정신분열적 세계에 관한 모든 것을, 손가락 하나만 까딱하면 곧바로 얻을 수가 있었다. 순식간에 난 휴대폰에 중독됐고, 미미르의 작은 화면과 키보드가 가진 제약에서 벗어나 마음껏 검색할 수 있도록, 나단을 시켜 내 전용 컴퓨터를 샀다.

눈 깜짝할 새 며칠이 지나 첫 수업이 있는 날이 왔다. 나는 인터넷을 통해 가장 최근에 어떤 옷들이 유행인지 볼 수 있었고, (안타깝게도 만화책과 판타지 소설 외엔 정보가 많지 않았지만) 내 종족과 나에 대해 이 세상이 어떻게 생각하는지도 알게 됐다. 나는 입을 떡 벌린 채, 인터넷에 수집된 믿을 수 없이 다양하고 변태스러운 외설물들을 노려봤다. 우리가 힘을 잃을 만큼 버려진 것도 놀랄 일이 아니었다. 인터넷이 인류의 새로운 신이 되었는데 왜 안 그러겠나? 인터넷은 모든 이에게 모든 걸 제공해 줄 수 있다. 유혹적인 광고들이 포함된 수백만 개의 웹사이트가, 당신이 원하는 그 이상으로 모든 걸 약속해주는 마당에, 아름다움과 풍요의 신의 이름으로 나에게 기도할 사람이 누가 있겠는가?

내가 자리에 앉아 당신들이 오길 기다리는 사이에, 결국엔 그것들이 당신들을 찾아낸 것이다.

상황이 이해되기 시작하자 마음이 괴로웠다. 우리가 왜 쇠퇴했는지 이제 알겠다. 우리의 자부심, 우리의 힘, 우리의 오랜 능력…, 그것들 모두가 오랜 시간에 걸쳐 뒤틀려 치명적 결함이 되어버렸다. 인류는 자신들의 기도에 응답하라고, 자신들의 육체와 영혼을 보호하라고 우리를 창조했었다. 그들이 이제 자라, 우리를 마치 오래된 장난감처럼 내팽개쳐버리고, 우리의 후계자를 만든 거다. 더 나쁜 건, 지금까지는 이게 우리보다 훨씬 더 나았다는 거다. 사람들은 그것을 볼 수 있고, 만질 수 있고, 자신과 동일시할 수 있다. 심각한 깨달음이었지만, 난 바보가 아니다. 나는 곧바로 기회를 감지했다. 다시금 정상으로 기어 올라갈 기회 말이다. 폭우처럼 쏟아지는 기만의 한가운데서 난 진짜 마법을, 진정한 힘을 보여줄 수가 있다. 나의 능력과 인터넷이 제공해줄 수 있는 전 세계적 관객을 이용해, 어쩌면 세상을 발칵 뒤집어놓을 수 있을지도 모른다.

어쨌든 그건 깊이 생각해 볼 일이고, 지금은 직장에 출근해야 한다.

수업 자료와 수업 모두 더할 나위 없이 멋졌다. 난 그저 공주가 되는 것에만 관심 있었기 때문에, 어느 공주를 할지 고르는 문제는 캐스팅센터에 있는 친구들에게 맡겨뒀다 (내가 알기엔 그것이 일반적인 방식이었다). 그들은 내가 금발 머리와 파란 눈과 흰 피부를 가지고 있고 '마법의 왕국'*에 자리가 있다는 이유로 날 신데렐라로 뽑았

* 디즈니월드에 있는 신데렐라 성의 이름

고, 나는 모든 연령대의 소년소녀를 위해 온 시간을 쏟아부어 제대로 된 '공주가 된 하녀' 연기하는 법을 배웠다. 나는 신데렐라 사인하는 법, 아이들과 소통하는 법, 공식적인 의사전달 하는 법, 제멋대로 구는 방문객 다루는 법, 그리고 대개는 마법이 살아 숨 쉬게 하는 법들을 배웠다. 솔직히 말하자면 이 일은 완전히 내 맘을 사로잡았다. 천 년 전 당신네 인간들은 나에게, 전투에서 승리하고 강인한 아들과 애 잘 낳는 아내를 얻게 해 달라고 기도했었다. 이제 당신들은 이 정교한 환상의 세계를 만들었고 그 주위에 거대 기업을 세워 놓았다. 나는 완전히 빠져들었고, 더욱더 많은 걸 배우고 싶었다. 모든 과정을 마치는 데는 여러 날이 걸렸는데 '전통' 수업 끝부분에서 연기자 신분증을 받았다. 이 신분증만 있으면 테마공원 어디든 자유롭게 갈 수 있다. 끝내준다.

마지막으로 현장에서 의상 가봉을 해야 했다. 나단이 날 테마공원 입구에 내려줬고, 나는 숨겨져 있는 직원용 출입구 중 하나를 통해 공원으로 들어갔다. 공원 전체가 터널망과 하역장과 물류창고와 다용도실 위에 세워져서, 한때는 일 층이었던 곳이 이젠 하나의 지하 도시로 바뀌었다. 이 모든 게 방문객들이 몰입할 수 있게 하기 위한 배려였는데, 사실은 약간의 영리한 공학 기술과 선견지명을 이용해 공원이 꾸미고 있는 음모들을 그들에게 숨기는 것이었다. 나는 통로 구석구석에 대한 짧은 연설을 들은 다음 가봉실로 보내졌다. 그리고 곧 의상에 대한 나의 짐작이 맞았다는 걸 알게 됐다. 나는 신데렐라 드레스 중 가장 큰 사이즈에도 간신히 맞았는데, 그것마저 불편할 정도로 꽉 조였다. 다행히도 내가 드레스를 상사들에게 가져가자 그들은 나를 불쌍히 여겨, 특별히 몇 가지 수선을 해주고 내 전용 드레스까지 챙겨줬다.

더 많은 수업과, 더 많은 의상 및 메이크업 테스트가 있었고, 심지어는 간단한 캐릭터 퀴즈까지 몇 개 있었다. 그리고 마침내 그날이 왔다. 나단이 날 공원에 내려줬다. 이젠 정말 밖으로 나가 대중 앞에서 연기해야 했다. 심장이 뛰었다. 아드레날린이 혈관 속에서 노래를 불렀고, 나는 마치 전장으로 향하는 기분이었다. 사인하고 미소 짓는 것만 빼곤. 나는 준비를 위해 분장실로 보내졌다. 분장실에 도착하자마자 긴 거울 앞으로 안내되었는데, 그곳에선 수십 명의 공주와 인간형 캐릭터가 모여, 연기자에서 살아있는 전설로 변신하고 있었다. 나도 곧장 의상을 입었다. 흰색의 긴 장갑들을 팔꿈치 위까지 끌어올리고, 머리카락은 가발과 연푸른색 머리띠 아래로 말아 올렸으며, 메이크업도 끝냈다. 난 이제 나갈 준비가 됐다.

나는 분장실을 나서면서, 방문객과의 만남을 돕고 내가 내 일에 집중할 수 있도록 해 줄 캐릭터 안내 직원 한 명과 짝이 되었다. 나는 너무나 신나 들떴고, 진지하게 첫날을 시작할 만반의 준비가 되어 있었다. 우리 두 사람은 지상으로 올라가 눈부신 플로리다의 햇살 아래 모습을 드러냈다. 내 성으로 보이는 아름다운 성 하나가 멀리에서 어렴풋하게 보였다. 세심하게 손질된 화단에는 오색찬란한 꽃들이 활짝 피어 있었고, 갓 청소된 길 위에서 아이들과 가족들이 뛰어다니고 있었으며, 온 사방 밝은 색상의 유혹적인 건축물들이 나의 시선을 끌었다. 나는 정신이 멍한 상태로 안내 직원을 따라갔다. 사람들의 마음을 얻고 마법을 퍼뜨릴 만반의 준비가 되어 있었다. 나는 얼굴 가득 밝은 미소를 띠고 있었는데, 온종일 이렇게 미소를 짓고 있을 작정이었다. 아까 분장실에서 수다 떠는 소리를 들어보니, 끊임없이 웃고 있다 보면 머지않아 얼굴 근육이 아프기 시작한다지만, 내겐 문제 될 게 없어 보였다. 나는 초인간적 체력을 가지고 있고 고통도 아주 잘 참으니, 디즈니 공주 역할을 완벽하게 해낼 수도 있을지 누가 알겠나? 바깥이 얼마나 무더운가를 생각해 보면, 내가 땀을 흘리지 않는다는 게 더 잘 된 일이었다.

내 성 안뜰에 있는 캐릭터 만남의 장소까지는 거리가 짧았다. 하지만 그곳으로 걸어가던 중에, 나는 이 공원이 뭔가 이상하다는 걸 알아차렸다. 에너지가 날카롭게 공기를 가르는 게 느껴지고, 묘하게 간질간질한 느낌이 등줄기를 타고 급격히 전해졌다. 내가 감지하고 있는 게 무언지를 깨닫고, 난 충격에 빠져 미소가 싹 가시는 것 같았다. 그것은 틀림없는 신의 흔적이었다.

여기, 어딘가에, 신이 있다.

그는 또한 강력했다. 아우라에서 강렬한 남성적 느낌이 느껴졌기 때문에 나는 그가 남자 신이란 걸 확신했다. 현실 이면에서 맥박치는 독특한 자극이었다. 내가 누군가의 영역을 침범하고 있었다. 설마 나 같은 사소한 신을 위협으로 여기기나 하겠어? 이 신을 찾아내서 내가 누군지 알려줘야 한다. 그것도 아주 빨리. 어쩌면 그가 가렌에 대해, 아니면 최소한 이 건조하고 믿음 없는 사막 같은 세상에서 어떻게 그렇게 강력해질 수 있는지에 대해 많은 걸 말해 줄 수 있을지도 모른다.

나는 당장 눈앞에 있는 일에 집중하려고 애를 쓰며 고개를 살짝 흔들었다. 다음에 시간이 있을 거야. 근무가 끝나는 대로 여기로 다시 돌아와 기웃거릴 수도 있어. 나는 조심스럽게 내 캐릭터와 그녀에 대한 배경지식을 머릿속에 정리하고 자리를 잡았다. 곧바로 안내 직원이 열혈 가족들을 한 줄로 세워 날 만날 수 있게 안내하기 시작했다.

“신데렐라!” 머리를 땋은 여자아이 하나가 가까이 다가오며 소리를 질렀다. 여섯 살도 채 안 넘어 보였다. 아이는 사인첩을 품에 꼭 안은 채, 신나서 숨이 막힐 것 같은 표정으로 나를 바라보았다.

“어머, 안녕!” 내가 기쁜 목소리로 말했다. 바로 뒤, 줄의 맨 앞쪽에 아이의 부모가 서 있는 것이 보였다. 얼굴에는 희망과 걱정이 묘하게 뒤섞여 있었다. 그들의 딸은 이 순간을 오랫동안 기대해 온 게 분명했고, 아이의 부모는 이 순간이 순조롭게 지나기만을 간절히 바라고 있었다.

여자아이는 나를 향해 활짝 웃다가 이내 망설이는 표정을 지었다. 다음엔 뭘 해야 할지 알 수 없었기 때문이었다. 내가 아이 앞에 무릎을 꿇고 두 팔을 벌렸다. 그러자 아이는 신이 나서 앞으로 뛰어나와 나를 꼭 껴안았다. 순간적으로 아이의 마음속에 믿음이 솟구쳐 오르는 걸 느꼈는데, 그 믿음은….

“사랑해요.” 여자아이가 나를 꼭 안은 채 속삭였다. 아이는 나를 사랑했다. 아이는 캐릭터와 강력한 유대감을 형성했는데, 그 어떤 부모나 양육자라도 바랄 만큼 강력한 유대감이었다. 내가 바로 여기에서, 살아있는 몸으로, 신데렐라가 정말 존재한다는 걸 아이에게 보여주고 있었던 것이다. 하지만 그건 그다음에 일어난 일과는 비교할 바가 못 되었다. 느닷없이 작은 불꽃 같은 에너지가 나의 몸 안에서 살아나기 시작했고, 나는 이 여자아이가 정말로 나를 믿고 있다는 걸 깨달았다.

몇 분 만에 다시, 나의 온전한 미소가 충격적인 깨달음으로 인해 사라질 위험에 처하게 됐다. 유일한 차이는 이번엔 외부가 아닌 내부로부터 위협이 왔다는 것이다. 어떻게 이런 일이 가능하지? 이 여자애는 '프레야'라는 이름의 신에 대해선 들어본 적도 없다. 신데렐라를 생각하면서 다른 이도 아닌 어느 북유럽 여신에게 기도를 바친다는 게 가능한 일인가?

"나도 사랑해." 내가 부드러운 목소리로 아이의 말을 맞받았다. 그러고는 뒤로 물러나 여자애를 바라봤다. 나는 실마리를 찾고 있었다. 내가 정말 누군지를 그 아이가 어떻게 알고 있는지, 꼭 집어 알려줄 만한 신호 같은 것을 아이의 눈빛 너머에서 찾아보았지만, 아무것도 찾지 못했다. "좋은 하루 보내고 있니?" 나는 무슨 말을 해야 할지 몰라 이렇게 물었다.

"응!" 아이는 입을 다문 채 미소를 지으면서 이렇게 중얼거렸다. 그러더니 손에 든 사인첩이 생각난 듯, 그걸 나에게 내밀었다. 나는 사인첩에 달린 펜을 들고 사인첩을 열어 첫 번째 빈 페이지를 찾아, 과장된 몸짓으로 내 캐릭터의 이름을 사인했다.

내가 몸을 세우고 펜이 달린 사인첩을 안내 직원에게 건네주자, 직원이 줄 맨 앞에 서 있던 여자아이 엄마에게 사인첩을 전해 주었다. 아이의 아빠가 커다란 디지털카메라를 꺼내 들었다. 그 작은 여자아이는 행복한 모습으로 줄곧 내 드레스 옆쪽을 움켜잡고 있었다. 나는 아이와 함께 사진 찍기 위해서 자세를 취했다. 이 아이가 나에 대해 지닌 믿음은 진짜다. 느낄 수가 있다. 하지만 어떻게? 이 아이는 내가 그냥 신데렐라라고만 생각한다. 아이가 사랑한 건 신데렐라지 황량한 북쪽에서 온 어느 고대 여신이 아니다.

다음 순간 나는 깨달았다.

이 여자아이는 나를 사랑한다. 나를 믿고 있는 거다. 이걸 이런 식으로 생각해 본 적은 한 번도 없었다. 내 겉모습이 어떻든지, 누군가가 날 직접 믿는 것이 중요할 수 있을 거라고는 전혀 생각하지 못했다. 그래서는 안 될 것 같았다. 어쨌든 분명 그 애는 자기가 신데렐라를 안고 있다고 생각했다. 하지만 신들의 운명을 가늠하는 그 어떤 신비한 저울이라도, 그 차이를 잡아내진 못할 것이다. 아이의 믿음은 강하고, 지금 그 믿음은 나와 곧장 연결되어 있다. 나는 그런 믿음을 붙잡기 위해 태어난 존재다. 불꽃은 물론 약하다. 그 애가 평생 날 숭배하겠다고 맹세한 건 아니니까. 하지만 중요한 건, 믿을 수 없을 정도로 말도 안 되게 중요한 건, 거기에 뭔가가 있다는 거다.

그다음 아이는 나이가 조금 더 많아 열한 살 정도 되어 보였는데, 그 여자애도 날 만난 걸 분명 행복해하긴 했지만 믿진 않았다. 그다음으로 만난 아이들 세 명도 마찬가지였다. 하지만 여섯 번째로 만난 어린 남자애는 첫 번째 여자애가 가졌던 것과 같은 희미한 숭배의 불꽃을 마음속에 지니고 있었다. 나의 마음은 가능성으로 빙빙 도는 것 같았다. 물론 그 아이들 모두가 예비 추종자인 건 아니다. 그들이 추종자가 되고 싶어 한다고 해도, 그건 그저 멀리서 희미하게 반짝이는 믿음일 뿐이다. 하지만 일리 있는 생각이고, 딱히 난급할 것도 없다. 매일 이곳에 있을 때마다, 아주 조금씩 더 강해질 것이다. 그걸 느낄 수가 있다.

난 다시 신이 될 거다.

5

사랑은 또 찾아와요

나는 아파트로 들어서는 문을 닫고 기쁨에 차 숨을 몰아쉬며 문에 기대어 섰다.

"오, 돌아오셨군요!" 나단이 부엌에서 말했다. 뭔가가 지글거리는 소리가 들렸다. 나는 그가 저녁 식사를 만들고 있다는 걸 알았다. "일은 어땠어요?"

"굉장했어요!" 내가 비명을 지르다시피 말했다.

그가 나를 맞으러 복도로 나왔는데, 턱시도 모양의 앞치마를 입고 있었다. 나는 어리둥절한 눈으로 앞치마를 쳐다보느라 세상을 뒤집어 놓을 만한 아까의 충격적인 발견을 잠깐 잊고 있었다. "뭐, 말하자면 당신이 밥벌이를 하니 저녁 준비는 내가 맡아야 한다고 생각한 거죠." 나단이 뒤집개로 앞치마를 가리키며 설명했다.

"날 완전히 망쳐놓겠군요." 나는 이렇게 말하고 문에서 몸을 떼어 다정하게 그를 안았다.

"어차피 그럴 계획이었어요." 그가 나를 안은 채 어깨너머에서 말했다. "최악의 경우엔 테이크아웃도 가능해요. 기분 좋아 보이네요. 테마공원 일은 다 잘 됐어요?"

"그 이상이었어요." 내가 말했다. "말도 안 되게 환상적으로 훨씬 더 좋았어요."

"정말 잘 됐네요!" 그가 맞받았다. "이 볶음요리 만드는 게 끝나면 전부 다 이야기해줘요."

"볶음요리요?"

"네." 그가 다시 부엌으로 향해 가며 말했다. "가게에서 버섯을 원플러스원으로 팔더라고요."

"볶음요리를 먹어본 적이 있는지 기억이 안 나요." 인워드케어센터의 식단은 늘 몹시 단조로웠다. 버거나 라자냐 같은 것들이었다. 예전에 난 고향에서 먹었던 음식들만 고집했었다. 신선한 생선과 맛좋은 고기, 톡 쏘는 유제품과 달콤하고 시큼한 잼들이었다. 생각만 해도 배가 고파진다. 하지만 새로운 음식을 시도해 본다고 해서 나쁠 거야 없다. "하지만 모든 일에는 처음이란 게 있기 마련이죠."

몇 분 후 우린 식탁에 앉아 채소와 닭고기와 밥을 우적우적 먹고 있었다. 나쁘지 않았다. 하지만 그가 만든 음식보다는 그가 만들어 음식 위에 뿌린 소스가 훨씬 더 좋았다. 고향에서 생선과 함께 먹었던 마리네이드*가 떠올랐기 때문이다. 그런데 그가 만든 음식은 아마추어가 노력 끝에 얻은 결과물 같은 게 아니었다. 그는 요리에 소질이 있었다. 내가 그걸 알아볼 만한 전문가는 아니었지만. "맛있는데요?" 내가 말했다. "요리는 어디서 배웠어요?"

* 고기나 생선을 조리하기 전에 맛을 들이거나 부드럽게 만들기 위해 재워놓는 양념장

그가 무심한 듯 웃으며 대답했다. "아버지한테서요."

"당연히 그랬겠죠." 내가 중얼거렸다.

잠깐 대화가 멈췄는데, 난 우리가 침묵 속으로 빠져들까 봐 걱정되었다. 그때 그가 다시 말을 시작했는데, 좀 더 기분 좋은 화제로 옮겨 가려고 애쓰고 있는 게 역력했다. "이제 당신이 가져온 뉴스 좀 말해줘요!"

"아, 고마워요. 잊을 뻔했네요!" 나는 신난 표정으로 손가락을 튕기고 포크를 내려놓았다. "아이들이요. 아이들이 나를 믿어요!"

"애들이야 뭐 당연히 믿죠. 저라도 당신이 공주라고 믿었을 거예요."

"아니, 그 말이 아니에요. 모르겠어요? 아이들이 나를 믿는다구요. 내가 마치 자기들의 희망과 꿈이 진짜라는 걸 보여주는 살아있는 증거라도 되는 것 같았어요. 아이들이 그걸 깨달았을 때…, 그러니까 아이들이 날 자기 앞에 세워놓고, 자기가 가진 희망과 꿈이 옳다는 걸 스스로 증명했을 때, 엄청난 안도감과 확신이 아이들에게서 밀려왔어요. 그것이 나에게 힘을 줬어요, 나단. 그럴 때마다 마치 작은 숭배자 하나를 얻는 것 같았다구요."

"음, 잘 됐긴 한데, 어떻게 그게 가능해요?" 나단이 물었다. "당신이 진짜로는 프레야라는 걸 그 애들이 알 리가 없잖아요. 그런데 어떻게…."

"나도 모르겠어요." 내가 어깨를 들썩하면서 말했다. "솔직히 말하자면 사실 난 우리가 어떻게 힘을 얻게 되는지, 한 번도 생각해 본 적이 없어요. 내가 아는 건, 신도가 많으면 많을수록 내가 더 강해진다는 거예요. 당신네 인간들은…, 당신들은 본질적인 면에서 마법처럼 특별해요. 너무나 심오해서 당신 자신들은 알 수도 없죠. 하지만 당신들이 없다면 우리가 존재할 수 없다는 걸 난 알고 있어요."

"뜻밖이네요."

"내가 더 많이 알고 있다면 얼마나 좋을까요. 믿음이 어떤 식으로 작용하는지, 그것이 왜 우리를 번성하게 하거나 쇠락하게 하는지를요." 나는 말을 멈췄다. 예전엔 관심조차 없었던 곳으로 생각이 이어지고 있었는데, 도대체 왜 그러는지 확실히 알 수 없었다. 지금 생각해보면 너무나 뻔한 질문이었다. 그런데도 그것에 관해 생각해 보는데 이렇게 오랜 시간이 걸렸다니! "믿음이 어떻게 나한테 생명을 주었는지 알고 싶어요." 내가 말했다. 끊임없이 궁금증이 커지는 느낌이었다.

"흠, 사용 설명서가 필요하군요." 나단이 생각에 잠긴 채 중얼거렸다. "자, 이건 어때요? 첫 번째로 떠오르는 기억이 뭐예요?"

"그거야말로 한참을 거슬러 올라가야 해요." 나는 두 눈을 꼭 감고 기억을 해내려 애를 썼다. 나는 잠깐 노력해 보다가, 눈을 뜨고 절망에 빠져 한숨을 내쉬었다. "아무것도 없어요. 전부 너무나 오래된 일들이에요. 나의 위력과 함께 기억들까지도 서서히 사라졌죠. 내가 백 년 전에 뭘 하고 있었는지도 간신히 기억하는 마당에, 태어난 순간을 어떻게 기억하겠어요."

"그래도 시도해볼 만했어요." 나단이 고개를 끄덕이면서 말했다. 내가 기억할 거라고는 기대하지도 않았다는 눈치였다. 아마 나단 자신도 인생의 첫 순간들에 대해서는 그렇게 많은 걸 떠올리진 못할 거다. "그럼 다른 각도에서 한 번 생각해 보죠. 일단은 사람들이 믿어야 해요. 그리고 진짜가 아닌데도 그것이 진짜라고 믿는 것만으로는 안 돼요. 그건 분명해요. 어쨌거나 신데렐라가 신은 아니잖아요."

"그렇죠." 내가 고개를 까닥거리며 말했다. "계속해봐요."

"그래서 사람들이 당신을 어떻게 숭배하는지가 중요한 거예요. 그게 뭔진 몰라도, 당신이 생존하고 강해지는데 필요한 강력한 욕망을 가져다주는 것이죠. 그런데 다른 허구적 산물에는 그 '뭔가'가 없는 거예요. 무슨 이유에서인지는 몰라도, 당신과 당신 같은 신들은 자라고, 우리의 믿음을 먹고 살고, 그리고…."

"무슨 말인지 알았어요." 내가 말했다. "그게 바로 내가 오늘 한 거예요. 아이들이 나한테 그 뭔가를 보냈는데, 내가 그 일부를 낚아채서 가진 거죠."

"우편물을 훔친 거랑 똑같아요." 나단이 말했다.

"네?"

"바보 같은 비유였네요." 나단이 손을 휘저으며 말했다. "그건 마치, 아이들이 신데렐라처럼 자기가 사랑하는 사람한테 선물 꾸러미를 보냈는데 당신이 꾸러미를 열어 쿠키 몇 개를 가져간 거랑 똑같아요."

"그런 셈이죠."

그리고 그 쿠키들은, 아, 정말이지 맛있었다. 그렇게 모호한 믿음의 맹세도 나를 먹이에 대한 허기로 가득 채웠다. 우리는 말을 멈추고 나단이 한 비유를 곱씹었다. 그리고 난 볶음요리를 포크로 몇 번 더 찍어 먹었다. 어쩌면 그가 요리에 쓴 채소들 때문이었는지도 모른다. 나는 비트, 당근, 양배추를 더 좋아하는 편이었는데, 여기에는 마름이며 꼬투리째 먹는 완두콩 같은 온갖 희한한 것들이 다

들어있었다. 그가 어떤 배경에서 자랐는지, 자신이 어떤 유산을 물려받았다고 생각하는지가 궁금해졌다. 그다음엔 생각이 훨씬 더 흥미진진한 주제로 옮겨갔는데, 그가 피하고 싶어 할 주제일까 하는 생각은 하지도 않았다. 신들은 참견하길 좋아한다.

"저기요, 나단?" 내가 물었다. 그가 궁금한 얼굴로 고개를 들어 나를 쳐다봤다. "당신 예전 여자친구 있잖아요, 무슨 일이 있었어요?" 나의 단도직입적인 질문에 그가 눈을 껌뻑이더니 포크를 내려놓았다. "어, 그러니까, 헤어졌어요…."

"…그리고 화재가 있었죠." 내가 덧붙였다.

"아하, 그랬죠, 화재. 훌륭한 순간은 아니었죠." 그는 불편해 보였다. "그녀는 그저, 음…. 정말로 자초지종을 듣고 싶어요?"

내가 '이봐요. 난 사랑의 신이라구요. 기억나요? 난 이런 거로 먹고사는 신이라구요'라는 표정으로 그를 쳐다보았다.

나단이 한숨을 내쉬었다. "좋아요, 얘기하죠. 그녀의 이름은 한나였어요. 대학에서 만났죠. 한나도 디자인 전공이었는데 진짜로 실력이 좋았어요. 우린 죽이 잘 맞았고 몇 년 동안 사귀었어요." 그는 이야기를 계속할수록 아쉬운 표정을 지었는데, 행복했던 순간들을 떠올리고 있는 것 같았다. "그러고 나서 우린 대학을 졸업했고 직장을 찾기 시작했어요."

그의 마음에 후회가 기쁨을 대신하기 시작했다. "한나가 실력이 좋았다고 내가 말했죠? 한나는 실력이 점점 좋아졌어요. 곧 굉장한 직장을 얻었죠. 그랬다고요, 알겠어요?"

"거기에 함정이 있었군요."

"그럴 수밖에 없었어요." 그가 다시 포크를 집어 들어 무심히 음식을 휘저었다. "직장은 다른 주에 있었어요. 당연히 누구나 꿈꾸는 그런 곳이었죠. 마다할 리가 없었어요. 그러지 않겠어요? 그러니 내가 그녀 앞길에 방해가 될 순 없었죠. 난 그녀가 그 직장을 잡아 세상을 발칵 뒤집어 놓길 원했지만…, 그렇지만 나한텐 친구들과 직장 찾는 문제와 아파트와 내 삶이 있었어요. 떠날 준비가 안 됐던 거죠."

"장거리 연애?" 내가 물었다.

그가 코웃음을 쳤다. "삼 개월간은 그 비슷한 걸 했어요. 직장 찾는 건 다 실패로 돌아갔고, 친구들은 직장을 잡거나 이사 갔어요. 그런데 난…, 남아있어야 할 이유가 전혀 없었는데."

"왜 그랬어요?"

나단은 어쩔 수 없었다는 손짓을 해 보였다. "그러니까 말이에요!" 그가 몹시 화가 난 목소리로 말했다. "나도 한나처럼 스스로 일어서고 싶었나 봐요. 한나를 따라서 더 큰 도시까지 갔다가 거기서 실패하라고요? 그걸 보면 한나가 뭐라고 생각했겠어요?"

아, 전형적인 경우네. "동등하지 못할 거라고 느낀 거예요? 일이 잘 안 풀릴까 봐 걱정했군요?"

"난 그녀를 사랑했어요." 그가 말했다. 그 순간 그의 마음을 찌르고 있는 고통의 창이 부르르 떨렸다. 그는 아직도 마음 한편으로 그녀를 사랑하고 있었다. "난…, 위험을 무릅쓰면서까지 그럴 수는 없었어요." 그가 신음을 냈다. "바보 같으니. 한나를 잃고 싶지 않았어요. 그래서 내가 먼저 그녀를 떠났어요. 정말 멍청했죠. 자신을 주체할 수가 없었어요. 그래서 그녀랑 헤어지고 모든 걸 운에 맡겼어요."

"그녀가 헤어지자고 했어요? 아니면…?"

나단이 눈살을 찌푸렸다. "그런 셈이죠. 아직도 잘 모르겠어요. 크게 한 번 다퉜어요. 웹캠이 안 녹은 게 놀라울 정도였죠. 한나도 나도 서로를 이해하지 못했고, 우리 둘 다 정말로 화가 많이 나 있었어요. 결국 난 우리가 함께하지 않는 편이 그녀를 위해 더 나은 일이라고 확신했어요. 한나는 그런 내 생각을 눈치챘고, 내가 자기에 대해 그런 결정을 내렸다는 거에 분노했어요. 내가 자기를 어린애 취급한다고 말하더군요."

그가 눈을 껌뻑거렸다. 그렇게 창피해하는 얼굴은 우리가 만난 이후로 처음이었다. "그 말을 듣고 내가 한나의 옷들을 태워버렸어요. 카메라 앞에서요."

나는 움찔했다. "그때는 그게 좋은 생각 같았나 보죠?"

그가 눈을 휘둥그레 뜨며 고개를 저었다. "좋은 생각일 리가 없죠. '어린애'라는 말에 발끈했던 것 같아요. '어린애 같은 게 어떤 건지 보고 싶어? 자, 봐…!'" 그가 두 손으로 얼굴을 문질렀다. "그 후론 내리막길이었어요."

"당연히 그랬겠죠."

나단이 이유 없이 그릇을 톡톡 두드렸다. "그녀가 행복했으면 좋겠어요. 그러니까 내 말은, 한나가 몹시 나쁜 여자였고 내가 한나를 미워했다면 상처가 훨씬 덜했겠죠. 하지만 항상 그렇게 재수 좋을 순 없는 법이에요."

내가 고개를 끄덕였다. "사랑은 또 찾아와요." 내가 미소를 지으며 말했다. 그때 문득 어떤 생각이 떠올랐다. "그래서 그렇게 모든 걸 내던지고 아무 여신이나 닥치는 대로 따라나서려고 했던 거예요?"

그가 웃음을 터뜨렸다. "내가 그렇게 쉬운 사람은 아니에요."

"정말요? 피자에 토핑으로 뭘 올릴지 당신이랑 말싸움하는 것도 그것보단 오래 걸릴 걸요?"

나는 한참을 더 웃었다. 다행이었다. 내가 그의 사생활을 꼬치꼬치 캐물은 것 때문에 완벽하게 멋진 저녁 식사가 망쳐지는 것은 생각하기도 싫었다. "당신 말이 맞을지도 몰라요." 마침내 그가 말했다. "너무 오랫동안 모든 게 내 탓이라고 자신을 학대했어요. 어쩌면 이게 좋은 기회라고 생각했는지도 모르죠." 그가 나의 눈을 들여다보았는데, 그의 눈빛에서 고마움을 읽을 수가 있었다. "진짜 이유가 무엇이었건, 난 내가 당신을 따라나섰다는 게 기뻐요."

우와, 이 촌스러운 아부쟁이 같으니라고. 얼굴이 발개지지 않았길 바란다. "나도요, 나단." 그리고 우리는 다시 음식을 먹기 시작했다. 몇 분 동안 대화는 쓸데없는 생각과 우스갯소리들로 흘렀는데, 아직 중요한 뉴스 하나를 말해주지 않았다는 걸 문득 깨달았다.

"아! 있잖아요!" 내가 희색이 만면한 얼굴로 말했다. "완전히 깜빡했는데 당신에게 말해 줄 폭탄 뉴스 하나가 더 있어요."

"뭔데요?"

"오늘 테마공원에 있을 때 다른 신의 존재를 느꼈어요."

그가 감탄한 표정을 지었다. "신나는 모험은 당신 혼자 다 하는군요! 누구였는지 말해줄 수 있어요?"

내가 고개를 저었다. "아니요. 하지만 강한 신이었어요. 근무가 없는 날에 그를 찾으러 공원에 가보려구요."

"힘을 합쳐 볼 생각이에요?" 그가 물었다.

"그건 안 될 거예요. 신들은 같은 판테온 출신이 아닌 이상 동맹을 맺지 않으려는 경향이 있어요. 거칠게 노는 편이죠."

그가 어깨를 들썩하면서 말했다. "모두가 같은 신도들을 놓고 경쟁하니까요?"

"네, 바로 그거예요." 내가 맞받았다. "말 그대로 우리에겐 죽느냐 사느냐의 문제거든요. 하지만 이 신이 뭔가를 알고 있는지도 몰라요. 아직 힘을 유지하고 있는 게 분명하니, 이야기라도 해보는 게 좋을 것 같아요. 게다가 난 그를 옆에 두고 싶거든요. 나를 귀찮은 존재로 여긴다면, 글쎄요. 그가 내 정체를 드러내서 우리가 다시 이사 가게 되는 일은 없었으면 좋겠어요."

"맙소사, 그건 안 되죠." 나단은 생각만 해도 분한 모양이었다. "우리가 얼마나 힘들게 이사했는데요. 게다가 당신이 새로 찾은 그 믿음들은 어떡하라고요."

"당연하죠!" 오늘 한 시간짜리 교대근무를 몇 번만 했을 뿐인데, 그것만으로도 인워드케어센터에서 몇 년간 얻었던 위력보다 더 많은 위력을 얻은 느낌이었다.

"대단해요, 새라!" 나단은 진심으로 기뻐했다. "나도 그 정도로 멋진 뉴스가 있었으면 좋겠는데, 이제까지 한 거라곤 웹사이트 만든 거랑 포트폴리오용으로 디자인 몇 개 새로 작업하기 시작한 것뿐이네요."

"신관께서는 더는 바랄 수 없을 정도로 많은 일을 하고 있습니다." 내가 포크로 그를 가리키며 고마워했다. 그는 내 칭찬을 듣고 활짝 웃었다. 그러더니 갑자기 미소가 사라지고 표정이 심각하게 변했다. "새라?" 그가 나를 부드러운 목소리로 불렀다. "음?" 내가 입안 가득 볶음요리를 물고 중얼거렸다.

"그게, 그러니까, 식당에서 했던 그 키스 말인데요. 미안해요. 아무래도 당신에게 잘못된 인상을 심어준 것 같아서요. 내 말은, 난 당신을 좋아해요. 하지만 만나는 여자마다 섹스하려고 덤비는 그런 남자는 아니에요."

내가 찡그리며 말했다. "손바닥도 마주쳐야 소리가 나는 법이에요, 나단."

"맞아요, 그렇죠. 하지만 그게…." 그가 한숨을 내쉬었다. 적당한 단어를 찾아내느라 진땀을 빼고 있는 게 분명했다. 그래서 내가 도와주기로 했다.

"이봐요, 나단. 난 나이가 천 살이 넘어요." 내가 말했다. "외모가 어떻든 간에 응석받이 십 대가 아니라구요. 사실 나도 키스해서 좋았어요. 키스해 본 게 정말 오랜만이었거든요. 하지만 당신 말이 맞아요. 그리고 정확하게 말하자면 그건 당신의 결심이 아니었을 거예요."

그가 나를 신중한 표정으로 바라보았다. "당신 참 앞으로 골칫거리가 되겠군요." 그가 미소를 지으면서 물었다.

난 건성으로 어깨를 들썩해 보였다. "나랑 다니려면 어쩔 수 없어요. 그땐 감정이 격해져 있었던 순간이었고, 내 뇌는 성적으로 흥분돼 있었어요, 나단. 어쩌면 내가 당신의 자제심을 방해했을지도 몰라요. 그땐 좋았지만, 우린 도망치는 중이었고 만난 지 얼마 되지도 않은 사이였어요. 당신이 뭔가를 바라고 그런 게 아니라는 거, 알아요. 나도 마찬가지였어요. 이야기를 꺼내려고 했는데 그 휴대폰 사건이 터졌고 직장을 얻게 되고…, 그 난리 통에 잊어버렸네요."

"그럼 괜찮은 거죠?" 그는 안심하는 듯했다.

"그럼요!" 나는 살짝 당황했다. "이게 무슨 삼류 로맨스코미디 영화인 줄 알아요? '사랑의 신'이 '데이트 급구'를 의미하는 건 아니라구요."

"그런 영화들은 딱 질색이에요." 그가 말했다. "마음에 두고 살지 않아도 되니 기쁘네요."

"조심하세요, 신관." 내가 두 눈을 가늘게 뜨고 말했다. "청소년 영화만 보며 살아왔다고 해서, 달콤한 영화를 즐기지 않는 건 아니에요."

그가 내 말에 한쪽 눈썹을 치켜뜨더니 웃음을 터뜨렸다. "그럼 됐어요. 그때그때 대처하죠, 뭐."

"오늘 밤 당신이 한 말 중 가장 현명한 말이에요." 난 그렇게 말하고 그가 만든 볶음요리를 조금 더 먹었다.

우리 둘 다 침묵을 지키며 음식을 더 먹었다. 잠시 후 그가 다시 말을 시작했다. "당신에 대해서 조사를 좀 했어요."

"그래요?" 내가 말했다.

"인터넷에서 당신에 관한 건 모조리 읽었어요."

아, 이런 젠장. 나도 그런 사이트를 몇 군데 들어가 봤다. 당신이 예상하듯, 대체로 몇 가지 것에 관해선 맞았지만, 전체를 이해하진 못했다. 사람들은 신을 초능력을 가진 인간으로 생각하고 싶어 한다. 하지만 우린 명백하게 초인간적인 방식으로 행동할 뿐만 아니라 각자가 서로 다른 방식으로 행동한다. 하지만 어떤 사람들은 내가 아름답고 문란하기로 유명하다는 사실을 너무 크게 생각하는 것 같다. 로키, 그게 다 네 덕분이야!* "설마 그것 중 더…, 더 음란한 사이트에서 시간을 보낸 건 아니겠죠?" 내가 물었다.

그가 잠깐 말을 멈추더니 (나로선 가장 믿기 어려웠지만) 가장 안전한 대답을 골랐다. "그런 걸 전혀 찾지 못했다곤 말하기 어렵네요."

"음. 그럼, 뭘 찾았어요?"

"이런저런 것들이요. 뭐가 진짜고 뭐가 아닌지 구분하기가 어렵네요."

"큰 것들은 대부분 사실이에요." 내가 말했다. "하지만 세세한 부분에선 틀린 이야기가 많더군요."

"사실은, 난 그 큰 것들이 궁금해요." 그가 말했다. "당신은 사랑과 아름다움과 풍요, 그리고 마법과 전쟁의 신이에요, 맞죠? 그것들이 당신이 주로 담당하는 것들이잖아요."

"네. 사실은 허영도 목록에 추가해야 해요."

"좋아요." 나단은 그 부분에 대해 생각하느라 말을 멈췄다. 그 특정 전문분야 때문에 조만간 골치가 아프게 될지도 모른다는 사실을 깨달은 눈치였다. 하지만 다음 순간 그는 머리를 흔들어 그런 생각을 떨쳐버렸다. "질문이 두 개 있어요." 그가 말을 계속했다. "첫째로, '마법'이 의미하는 게 뭐죠? 신화들을 읽어봤는데 그걸로 뭘 할 수 있는 거죠?"

"지금 당장은 할 수 있는 게 별로 없어요." 인정하기가 창피했다. "하지만 전성기 땐 온 군대에 마법을 걸고, 죽은 자를 살리고, 성을

* 북유럽 신화 속에서 프레야는 황금 목걸이 '브리싱가멘'을 얻기 위해 네 명의 소인족과 하룻밤씩을 보냈는데, 이를 안 로키가 오딘에게 일러바쳤고 프레야는 목걸이를 빼앗기게 된다.

무너뜨리고, 예언하고, 적을 저주하고…, 못하는 게 없었죠. 난 세이드의 대가예요. 북유럽 마법의 일종이죠. 실은 내가 오딘에게 세이드를 가르쳐줬어요. 오딘은 점치기 쪽에 흥미가 더 있었죠. 예지력, 수정점, 환시, 그런 것들이요. 하지만 나는 늘 주술과 마법 걸기에 최고였어요."

"수 세기 동안 힘이 약해져서 예전만큼 잘하지는 못하지만요?" 나단은 나의 역경을 동정하는 듯했다. 내가 무엇을 잃었는지 이제서야 겨우 느끼기 시작했는지도 모른다.

"생각하고 싶지도 않아요." 고기를 좀 더 찾느라 볶음요리를 뒤지면서 맥없이 말했다. "나에게 남은 거라곤 나랑 가장 가까운 개념일 뿐이에요. 사랑이요."

"다행이기도 하네요. 그게 없었더라면 우린 아무것도 못 했을 거예요."

"자기 자신을 과소평가하지 말아요." 내가 말했다. "당신은 운전을 정말 잘했어요."

"이력서에 그걸 추가해야겠네요." 그가 말했다.

내가 미소를 지었다. 나단이 뛰어난 유머 감각을 가진 사람이라는 게 떠올라 기분이 좋았다. 유머 감각은 신들 주위에서 시간을 보내기 위해 가져야 할 필수 덕목이다. 신들은 다소 괴짜들이거든. "그럼 두 번째 질문은 뭐죠?"

"아, 그래요." 그가 말했다. "세상에는 사랑, 아름다움, 전쟁 등을 담당하는 다른 신들이 또 있잖아요. 그들을 만나면 어떻게 해요? 임무는 어떻게 나누나요?"

"서로 죽이려고 기를 쓰죠." 내가 있는 그대로 말했다. 그의 눈이 휘둥그레졌다. 그 말을 듣고 약간 놀란 것 같았다. "진담이에요. 서로 다른 판테온에서 온 신들은 사이가 별로 안 좋아요. 같은 포트폴리오를 가진 신끼리는 그 즉시 경쟁자가 되는 거니까요."

"혹시 예전에…?" 그가 물었다.

"정말 짜증 나는 사기꾼들이에요." 내가 볶음요리를 으깨며 씩씩거렸다. 그저 생각만 해도 온갖 기분 나쁜 기억들이 되살아났다. "맹세하는데 앞으로 만일 그 아프로디테 년을 다시 보게 된다면 그 삐쩍 마르고 분칠한 모가지를 비틀어버릴 거예요."

"알았어요. 대답이 됐네요." 나단이 두 손을 들어 올리며 말했다. "내가 물어본 거 잊어버려요."

"미안해요." 내가 고개를 흔들며 말했다. "민감한 주제거든요."

"그런 것 같네요." 나단이 얼굴에 호기심 어린 표정을 지으며 말했다.

"뭔데요?" 내가 물었다. "무슨 생각을 하는 거예요?"

"아, 그냥 전사로서의 모습이 표면으로 떠오르는 걸 지켜보는 게 흥미로워서요." 그가 설명했다. "지난번 식당에서 가렌을 만났을 때도 같은 일이 일어났었죠. 상냥하고 밝은 모습이었는데, 다음 순간 스테이크 칼을 들고 공중을 날아다녔잖아요."

"그런 반전을 앞으로 많이 보게 될 거예요." 내가 말했다. "우린 감정을 조절하는 덴 소질이 없어요. 어떤 신은 다른 신보다 더 심하죠. 게다가 그 나쁜 자식 때문에 완벽하게 멋진 저녁 식사를 날려버려야 했잖아요. 그러니 내가 어떻게 다른 반응을 보일 수가 있었겠어요?"

"그럼 날려버린 저녁 식사를 만회해보는 건 어때요?" 그가 의자에 등을 기대며 물었다. “정말로 그 저녁 식사를 제대로 마쳐 보는 거예요.”

“나단, 지금 나한테 데이트 신청하는 거예요?” 내가 순진한 척 물었다. 몇 분 전에 나눴던 그런 대화 뒤에 진짜로 그러는 게 아니란 건 알고 있었지만, 그런 식으로 찔러보는 게 재밌었다.

“믿기 어려우시겠지만, 성이 반대인 두 사람이 식당에서 함께 식사하고도 사귀지는 않는 게 허용된답니다.” 그게 마치 기밀정보라도 되는 양 나단이 목소리를 낮추어 말했다.

“이 현대 세계에 대해 더 많은 걸 제게 알려주시오. 오, 위대하고 세상 물정에 밝은 웹디자이너여.” 내가 말했다.

“때가 되면 모두 가르쳐 드리지요.” 그가 거만한 목소리를 꾸며대며 말했다. “그래서 어디로 가고 싶으신가요?”

“그 문제는 내가 처리할게요.” 머릿속에 식당 한 곳이 바로 떠올랐다.

“마음속에 생각해 둔 곳이라도 있나요?”

“엡캇*에 스테이크 식당이 하나 있는데 기가 막히게 좋은 곳인가봐요. 캐스팅하던 위원들 몇 명이 이야기하는 걸 들었어요.”

“이 우주는 당신에게 필레미뇽을 빚지고 있어요.”

“두말하면 잔소리죠.” 나는 세차게 고개를 끄덕였다. “우리 둘 모두를 테마공원에 들여보내는 거야 쉬운 일일 거예요. 그런데 그 식당은 육 개월 전에 예약하게 되어 있어요.”

“이런.”

* 디즈니월드 테마공원 중 하나

"맞아요. 하지만 내게 몇 가지 묘책이 있어요. 내게 맡겨둬요." 내가 말했다.

"오, 믿어 의심치 않습니다." 나단이 마지막 남은 볶음요리를 깨끗이 해치우며 말했다.

내가 정말 누군지 그에게 말해줬던 순간 그가 내게 보여주었던 믿음의 불꽃이 떠올라 나는 미소를 지었다. "나도 알아요, 나단." 내가 부드러운 목소리로 말했다.

다음 날 우린 오후 늦게 엡캇으로 향했다. 엡캇에 있는 동안 관광도 좀 할 생각이었다. 이곳에서도 신의 흔적이 느껴졌는데, 마법의 왕국에서 느꼈던 것보다 더 강하다는 생각이 들었다. 나는 이 신에 대해 대단히 궁금해졌다. 그는 여기서 뭘 하는 거지? 우리는 몇 시간 동안 테마공원을 구경한 다음, 일곱 시 저녁 식사 예약시간에 맞춰서 르 셀리에 스테이크하우스에 도착했다.

하마터면 늦을 뻔했다. 엡캇에 있는 '노르웨이 파빌리온'의 소용돌이 놀이기구에서 나단이 나를 끌어내지 않았더라면 진짜로 저녁 식사에 늦었을 거다. 다섯 번째로 한 번만 더 타겠다고 나단에게 사정했지만, 그가 조금만 걸어가면 '캐나다 파빌리온'이 나온다고 고집부렸다. 내가 장담하는데 온종일이라도 탈 수 있었을 것이다. 정말이지 아주 유쾌하게 조잡했다. 당신들은 이 조그만 바이킹 선을 타고서, 마법을 부리는 트롤들과 로봇으로 만들어진 마을 사람들과 곰들을 만나는 것으로, 노르웨이 정신을 찾는 여행을 한다. 나는 놀이기구를 타는 내내 웃음을 멈출 수가 없었다. 누군가가 수 세기도 더 된 당신의 고향을 가져와, 그곳 문화 중 가장 기억할만한 것들

(당신이 창조에 직접 관여하기도 했던 것들)을 더한 다음, 그걸로 놀이기구를 만들었다고 상상해보라. 난 솔직히 우쭐한 기분이 들었다. 생각만 해도 다시 돌아가 한 번 더 놀이기구를 타고 싶은 마음이 든다. 정말 대단했다.

하지만 르 셀리에 스테이크하우스에는 필레미뇽이 있었고, 그건 또 다른 종류의 매력이었다. 이십칠 년 만에 이런 음식을 먹어보는 거라, 난 단 하루도 더 기다리고 싶지 않았다. 식당 내부는 훈훈하고 매력적이었다. 오래된 포도주 저장실처럼 보이도록 꾸몄는데, 나무판자를 덧댄 기둥들 사이로 연한색 돌로 된 아치가 놓여 있었다. 소나무 천장 들보 아래 낮게 매달린 샹들리에가 촛불처럼 어스름하게 빛을 내고 있었다. 우리가 지배인에게 인사하자 그녀가 내 이름을 물었고, 잠시 후 직원을 시켜 우리를 테이블로 안내했다. 난 그녀를 '설득'할 필요조차 없었다. 그 순간에 이미 마법이 통했다.

그 전날 나는 새 신도들을 발견한 것에 의기양양해져서, 혹시 작은 주문 한두 개를 걸 수 있는지 한 번 시도해 보았다. 거창한 것은 아니었다. 그저 다음 날 저녁의 식당 예약자 명단을 살짝 고치는 것이었다. 그런데도 애써서 주문을 거느라 나는 기진맥진해졌다. 만약 나 자신에게 솔직했더라면 아직은 마법을 부릴 준비가 안 됐다는 사실을 인정했을 것이다. 하지만 이성의 목소리에 귀를 기울이기엔 너무나 많이 흥분되어 있었다. 어쨌거나 신들도 자신에게 거짓말할 수 있다. 그리고 바보 같은 결정이었든 아니었든, 마법은 통했다.

우리는 테이블에 앉아 분위기에 흠뻑 젖어, 웨이터가 돌아오길 기다리며 메뉴판을 정독했다. 바로 거기, 메뉴판 앞쪽 한가운데, 버섯을 곁들인 필레미뇽이 있었다. 결정했다. 나는 반항하기라도 하듯 메뉴판을 테이블 위에 탁하고 내려놓았다. 엄청나게 나 자신이 자랑스러웠다.

나단이 쿡쿡 웃었다. "결정하기 힘들어요?"

"아, 정말 최악이네요." 내가 콧등을 찡그리면서 말했다.

"그나저나 당신 참 아름다워요." 그가 나를 보기 위해 메뉴판을 잠시 옆으로 치워 놓으면서 말했다.

"당신도 꽤 멋지네요." 내가 맞받았다. "만약 당신이 멋쟁이들의 신이었다면 아마 우린 잘 어울리는 커플이었을 거예요."

나단은 자신의 모습에 만족한 듯, 짙은 회색 재킷과 그 아래에 받쳐입은 연보라색 와이셔츠를 힐끗 쳐다보았다. 와이셔츠의 맨 윗단추가 교묘하게 풀려 있었다. "그럼 좋죠. 하이힐을 멋지게 신은 여자분들을 위해 내가 발휘해 줄 수 있는 대단하고 신비한 능력이 어떤 게 있을지 한 번 생각해 봐요." 그가 말했다.

"커프스 단추들을 엉뚱한 곳에 두진 않겠죠." 내가 말했다.

"구겨진 정장을 입는 일도 없을 거예요."

"구두는 항상 번쩍거리구요." 내가 덧붙였다.

그가 활짝 웃더니 이내 얼굴을 찌푸렸다. "맙소사, 역대 최고급으로 변변치 못한 신이 되겠군요. 날 멋지게 만들어 줄 당신이 내 옆에 있는 게 천만다행이에요."

나는 나단이 하는 비교를 재밌어하며 큰소리로 웃었다. 새 옷을 입고 이런 고급스러운 분위기에 있다 보니 자아도취에 빠져서 그의 말에 동의하지 않을 수가 없었다. 나는 검은색 새틴 끈이 허리를 꽉 조이고 어깨끈이 없는 연분홍 원피스를 입고 있었다. 그의 눈길이 자꾸 아래로 미끄러지는 걸 보니 나에게 잘 어울리는 조합이었나 보다.

그의 칭찬에 환하게 웃어 주는 것 이상의 행동을 하기 전에 웨이터가 나타났다. 웨이터가 재빨리 주문을 받았다. 나는 필레미뇽을, 그리고 그는 둥근 모양으로 잘려 나오는 메달리온 안심 스테이크를 시켰다. "자, 무슨 이야기를 하고 있었죠?" 웨이터가 주방에 주문을 넣으려고 떠나자마자 내가 물었다.

"서로 멋지다고 칭찬하느라 바빴던 것 같은데요."

"맞아요. 그렇다고 우리가 천박한 건 아니겠죠?"

그가 어깨를 들썩했다. "당신은 미의 여신이잖아요. 필수 아닌가요?"

내가 그의 말에 맞장구치려던 순간, 느닷없이 그림자 하나가 내 머리 위를 덮쳤다. "미의 여신이라고 하셨나요?" 고음의 쾌활한 목소리가 머리 위에서 외쳤다. "글쎄요, 예약하기 위해 마법을 쓸 분이 누가 또 있을까요? 그런데 아프로디테는 아니군요."

나는 이 낯선 방해꾼이 누군지를 보기 위해 고개를 돌려 올려보았다. 빳빳한 흰색 맞춤 정장에 그야말로 번쩍번쩍 광이 나는 흰 구두를 신은, 젊고 키가 큰 남자였다. 옷차림이 전체적으로 번드르르했다. 선명한 빨간색 넥타이만 빼고는 온통 흰색과 크림색 계열 옷이어서 오히려 시선이 얼굴로 쏠렸다. 그의 피부는 희고 윤이 났고 이목구비가 날카로워, 유혹적이면서도 동시에 위험해 보이는 게 여성적인 아름다움을 지니고 있다고도 할 만했다. 목까지 흘러내리는 길고 검은 머리카락은 고급스럽게 곱슬거렸고, 단정하게 하나로 넓게 묶여 있었다. 깊은 갈색의 눈동자는 멋진 유머와 자아도취적 광기로 번뜩이고 있었다.

한마디로 말하자면, 당신이 딸에게 조심하라고 경고할 남자아이 같은 그런 이였다.

"이게 다 뭐죠? 하우스 포도주? 우리가 이런 것을 먹을 수는 없죠." 그는 우리가 선택한 술을 보고 경악한 모양이었다. 그가 손가락을 튕기자 우리의 유리잔이 그 즉시 싹 비워졌다. 그런 다음 그는 테이블 위로 손을 뻗어 마치 뭔가를 부드럽게 흔들 듯 두 손을 움직였는데, 그러자 갑자기 그의 두 손 사이에서 오래된 포도주병 하나가 나타났다. 깊고 붉은 액체가 병 입구에서 빈 유리잔 속으로 흘러들어 갔다. 숙련된 솜씨로 우리에게 새 술을 부어 준 다음, 그는 탐욕스러운 미소를 지으며 고개를 끄덕였다. "훨씬 낫군." 그가 혼잣말처럼 말했다. 그러고는 그 정신이상자 같은 눈으로 나를 뚫어지게 쳐다보았다. 마치 내가 벌컥벌컥 마셔댈 술이라도 되는 것처럼 말이다. "음, 아주 멋지시군요. 하지만 내가 사랑하는 사이프러스* 의 여신 아프로디테는 아니신데, 그럼 당신은 누구신가요?"

나는 내가 꽤 예리한 편이라고 생각하지만, 아무리 멍청한 사람이라도 이자가 바로 내가 찾던 그 신이라는 것은 알 수 있었을 것이다. 실제로 그의 신성으로 인해 공기가 일렁거렸다. 우리의 술로 그가 보여준 마술의 위력에 나는 등골이 오싹했다. 그래서 모르는 척 조용히 있을 필요가 없다고 생각했다. "저는 많은 이름을 가지고 있어요." 나는 최대한 전사이자 여신다운 목소리로 말했다. "하지만 당신은 저를 프레야라는 이름으로 알 거예요."

"나의 여신님." 그가 테이블에서 내 손을 낚아채더니 손등에 입

* 그리스에 있는 섬으로 그리스 신화에 따르면 아프로디테가 태어난 곳

을 맞추려고 유연하게 허리를 굽혔다. 끝없고 분별없는 쾌락의 맹세들로 그의 입술이 실룩거렸다. 그 순간 나는 이자가 대단히 위험한 남자라고 판단했다. "그럼 당신은 누구시죠?" 그가 내 손에서 고개를 돌려 나단을 보면서 물었다. 여자애 같은 입술을 끌어당겨 야성적으로 웃는 모습이나, 말을 하면서 내 손가락들 위로 몸을 굽히는 식이, 마치 사냥한 먹이 위로 몸을 웅크리는 사바나의 포식자 같았다.

"나단 켄스요." 나의 일행이 심드렁하게 말했다. 나단은 손도 내밀지 않았다.

"반갑습니다." 그자가 몸을 일으켜 세우면서 말했다. "이런, 내 정신 좀 봐. 아직 제 소개도 안 했군요." 그는 한 손을 가슴에 올렸는데, 이제껏 내가 봐왔던 중 가장 자아도취적인 자세였다.

"저는 해방자이자, 깨달음과 황홀감의 영원한 원천이며…," 그는 '황홀감'이라는 단어를 말하면서 의미심장한 표정으로 나를 바라보았다. "…또한, 포도주와 환락, 웃음과 광기의 원천이지요. 지금도, 또한 앞으로도 영원히 당신의 가장 충실한 종이 될 것입니다, 프레야 여신님. 전 디오니소스니까요. 사랑 없는 행복이 어딨으며, 아름다움 없는 환희가 또 어딨겠습니까?"

그가 의자 하나를 우리 테이블 쪽으로 손도 안 대고 끌어당기더니 단 한 번에 고양이처럼 매끄럽게 앉았다. "오랜만에 불멸의 동지로부터 직접 인사를 받았군요. 이런 절세미인이 제 영역에 들어온 건 더욱더 오랜만이고요." 그가 손을 들어 웨이터를 다시 부르면서 말했다. 난 그가 '들어온'이란 단어를 강조하는 방식이 맘에 들지 않았다. 변태적이고 속 보이는 작태였다. 이자에게 세심함이라고는 눈곱만큼도 없었다.

나단이 눈망울을 부라렸다. 난 우리가 같은 생각을 하고 있다는 게 기뻤다.

곧바로 웨이터가 도착했다. 우리 테이블로 오기 위해 식당을 가로질러 달리기라도 한 것처럼 가슴이 들썩이고 있었다. "무엇을 가져다 드릴까요, 나이스 씨?" 웨이터가 숨을 헐떡이면서 물었다.

디오니소스가 뱀 같은 눈초리로 웨이터를 뚫어지게 쳐다보더니, 조각 같은 입술을 열어 경멸스럽다는 투로 한 마디 내뱉었다. "전부."

웨이터는 그 즉시 뒤로 물러나 주방을 향해 떠났다. 디오니소스가 나단을 완전히 무시한 채 나에게 고개를 돌렸다. 나는 내 친구에게 참아달라고 애원하는 눈짓을 보냈다. 내가 이 뻔뻔한 작자를 모욕한 다음 우리의 즐거운 대화로 되돌아가기만을 바란다는 걸 나단이 알아주었으면 했다. 하지만 노골적이어서는 안 된다. 지금은 아주 조심스럽게 움직여야 한다. 이 신은 강력할 뿐만 아니라 위험하기 때문이다.

"그럼 제가 당신을 뭐라고 불러야 할까요?" 내가 위엄과 권위를 유지하려고 애쓰면서 말했다. "이 인간들은 당신이 디오니소스라는 걸 알지 못하는 것 같군요. 걸맞은 외모를 유지하셔야겠어요."

"쳇." 그가 매니큐어를 칠한 한 손을 느릿느릿 흔들었다. "지금 제가 이야기하고 싶은 외모는 당신의 외모뿐이지만…, 매력적인 분의 부탁을 거절할 수야 없죠. 그럼 '디오니소스'라는 이름은 더욱 사적인 상황을 위해 남겨두지요. 이곳에서 전 데이비드 나이스로 알려져 있습니다."

"당연히 그러시겠죠." 나도 그에게 눈망울을 부라리고 싶었다. 적어도 그가 나단을 무시하고 있는 덕분에, 나단은 맘껏 그를 조롱할 수 있었다. "제 이름은 새라 버내디예요. 나단은 내 신관이자 내가 가장 신뢰하는 동지랍니다."

"새라. 정말 사랑스러운 이름이군요." 그는 나단에게는 눈길도 주지 않았다.

자, 이제 공식적으로 말하는데, 나는 이 모든 게 너무나도 싫었다. 디오니소스며, 그 때문에 우리가 처한 상황이며, 그가 이끄는 '대화'며…, 모두 엄청나게 불편하고 아슬아슬했다. 더 나쁜 건, 내 입에서 나오는 모든 것을 디오니소스가 왜곡하고 있다는 것이었다. 나를 자신의 침대로 끌어들이기 위해서였다. 마치 섶을 지고 불로 뛰어들겠느냐고 묻고 있는 것 같았다. 간단히 대답하자면, 웩, 절대로 아니었다. 그래도 난 계속 대답을 해야 했고, 그가 나를 섹스 인형으로만 생각하지는 못하도록 만들어야 했다.

"나이스 씨, 나타나 주셔서 영광이고 함께해 주셔서 진심으로 감사합니다. 이야기할 게 많군요. 정말이지 너무나 오랫동안 다른 신과 자리를 함께하지 못했거든요." 나는 이렇게 말하면서 나단의 발을 툭 쳤다. 내가 우리 옆에 있는 이 정신 나간 신성과 욕정 덩어리와 싸우면서 냉정함을 잃지 않으려고 최선을 다하고 있다는 메시지를 나단에게 전달하고 싶은 마음에서였다.

"아, 정말 그렇습니다." 디오니소스가 말했다. "동료 신들이 없다면 얼마나 슬프고 공허한 세상이겠어요. 모든 건 신으로 가득 차야 더 좋은 법이지요."

몸서리가 나는 걸 간신히 참았다. "그 점에서 말인데요. 나이스

씨, 어떻게 이곳으로 오시게 됐나요? 그리고 불신으로 가득한 이 세상에서 어떻게 그렇게 강해질 수가 있었죠?"

디오니소스가 높은 소리로 미친 듯이 킥킥거렸다. "제 비밀을 알고 싶으신가요? 뭐 알려드리지요. 하지만 확실히 말씀드리는데 훨씬 더 흥미진진한 비밀들이 있답니다. 어쩌면 더…, 은밀한 장소에서?"

"어쩌면요." 내가 말했다. 웩, 웩, 웩!

"기회가 있길 바랄 뿐입니다…, 아, 훌륭해!" 웨이터가 테이블에 전채 음식 몇 개를 내려놓자 그가 열광적으로 신이 나서 말했다. 그가 접시에서 치즈와 과일들을 한 움큼 쥐어 입안으로 쑤셔 넣었다. "으음." 그가 희희낙락하며 눈을 희번덕거렸다. 나단과 나는 그 틈을 타 눈길을 주고받았다. 우리 둘 사이에 조용히 오고 간 메시지는 분명했다. '제기랄, 이게, 뭐야!'

디오니소스는 음식을 다 씹은 다음, 나에게 고개를 돌리더니 한 손으로 자기 턱을 쳤다. "아, 제가 무슨 이야기를 하고 있었죠? 아, 맞아요, 비밀들. 어느 날 우연히 이 재미나는 테마공원을 발견했죠. 제가 공기 중에 깃든 마법을, 내가 누릴 수 있는 즐거움을 발견했을 때 얼마나 충격을 받았을지 상상해봐요. 물론 이제는 잊혀진 저의 축제*에 비하자면 이곳은 빈약하기 짝이 없지만, 슬프게도 그 축제는 오래전에 이 세상에서 사라졌지요. 하지만 그 환락과 웃음, 그리고 흥분…, 모든 게 여기에 있었어요. 언제나요. 일 년 삼백육십오

* 고대 그리스에는 디오니소스를 숭배하는 밀교가 존재했는데 디오니소스의 숭배자들은 비밀리에 밤에 모여 광란의 축제를 벌이며 극단적인 종교의식을 치렀다. 이는 7~8세기 경에 '디오니소스 축제'로 공식화되었다.

일 수백만 명의 사랑스러운 아이들에게서 부글부글 끓어오르고 있었죠. 전 거기에 참여해야 했어요. 그래서 모든 에너지와 부와 시간을 쏟아부었고, 승진을 거듭해 그들의 시스템 속으로 스며들어 갔죠." 그는 라비올리 한 접시를 먹어치우느라 잠시 말을 멈추었다. 맹렬한 기세로 음식을 먹으면서도 음식을 입술에 묻히는 법이 없었다. 무엇 하나 옷에 떨어뜨리지도 않았고, 심지어 머리카락 한 올 흐트러뜨리지 않았다.

"굉장해." 디오니소스가 입맛을 쩝쩝 다시면서 말했다. 그는 포도주 한 잔을 다 비웠는데, 그가 포도주잔을 쥐러 손을 뻗을 때까지도 나는 그게 테이블 위에 있는지조차 몰랐다. 디오니소스가 말을 계속 이어갔다. "그게 말이죠, 전 숭배자가 필요 없다는 걸 아주 오래전에 알아챘어요. 사실 추잡한 존재들이죠. 아니, 제가 필요한 건 위력이었어요. 그것들은 같지가 않아요. 숭배자가 많으면 많을수록 우린 더 완전해지고, 숭배자들로서는 자신들이 원하는 대로 우릴 만드는 게 무엇보다 기쁜 일이겠죠. 하지만 더 많은 믿음은…, 오오, 우리에게 날 것 그대로의 순수한 힘을 주지요."

"하지만 숭배자들은 믿잖아요. 그들이 우리에게 주는 게 그거예요." 내가 말했다.

"누구라도 믿을 수는 있어요!" 그가 눈을 번득이며 날카롭게 말했다. "숭배자들은 마치…, 마치 주주들과 같아요." 디오니소스는 그 단어를 아주 경멸적인 투로 말했다. "주주들은 당신에게 돈을 주는 대신에 당신을 통제하고 싶어 하죠. 우리의 아름다움을 자신들의 상상에 맞추기 위해서요. 안 되지요! 난 그걸 용납할 수가 없어요. 지금 이대로도 완벽한데, 어떻게 그들은 이미 완벽한 것을 개선

할 수 있다고 생각하는 거죠?"

난 '거기에 관해서라면 몇 가지 할 말이 있지'라고 생각했는데, 너무나도 그 말을 하고 싶었지만, 간신히 참았다. 어쨌든 지금은 그가 물이 올라있으니까. 아무리 봐도 그는 자신의 목소리를 아주 좋아하는 것 같았다.

"아주 오래전에, 저는 그 어떤 잔치나 축하행사에서라도 위력을 끌어낼 수 있다는 사실을 알아냈지요. 전 그저 참석하기만 하면 됐어요. 저에게 힘을 주는 그 신비한 힘이 무엇이었는지는 몰라도, 그 힘은 그런 행사를 제 이름에 바쳐지는 제물로 보고 저에게 위력을 조금 주더군요. 그럼 그 술주정뱅이들이 '디오니소스'라는 이름을 입에 올리지 않으면 어떻게 되는 거죠? 그들의 쓸모없는 찬사가 왜 필요할까요? 제가 자신들에게 어떠한 존재가 되어줘야 한다는 그들의 한심한 생각은요?"

무슨 말인지 이해했다. 그가 술판을 벌이면, 그것은 내가 신데렐라 의상을 입고 있을 때 아이들이 나를 믿는 것과 똑같은 효과를 준다. "그래서 당신은 테마공원들을 운영하는데 참여한 거군요. 그리고 그 안에서 사람들이 재미있게 놀 때마다 당신은 조금씩 강해져 갔던 거고요."

"아름다운 데다 지적이시기까지 하군요." 그가 한숨을 내쉬며 말했다. "더는 바랄 게 없으시네요. 네, 정확히 맞았습니다. 물론 매번 아주 미미한 양이었죠. '관광객' 하나하나가 주는 위력은 모래알 하나만큼밖에 안 되는 작은 양이지만, 그게 수백만 명이 되면 그 모든 게 쌓여서…, 대양을 가득 채울 수 있을 만큼의 힘이 되는 것입니다."

“오랫동안 다른 신을 못 봤다고 하셨죠?” 디오니소스는 어깨를 으쓱하더니 스테이크 타르트 몇 개를 입안으로 던져넣었다. “사실 찾아다니지도 않았어요.” 그가 스테이크 타르트를 씹으면서 말했다. “하지만 친애하는 나의 여신, 당신이 존재한다는 걸 알았다면 언제까지나 찾아다녔을 거예요.”

으, 정말 디오니소스는 한 가지 주제에 관해 이야기하기 시작하면 입 다물 줄을 몰랐다. 하지만 그가 한 가지 주제에 집중하도록 만드는 일은 고양이떼를 모는 것과도 같았다. 배고픈 변태 고양이들. 아직은 어쩌면, 멈추지 않을 것으로 보이는 그의 욕구를 이용할 수 있을지도 몰랐다. “그렇게 말씀해주시니 기쁘네요.” 나는 고맙다는 듯 눈을 동그랗게 뜨고 그를 바라보았다. “왜냐면 제가 곤경에 처해 있거든요. 절 도와주실 수 있는 분은 당신뿐인 것 같아요.”

“명령만 내려 주십시오, 나의 여신.” 디오니소스가 포도주를 한 잔 더 들이마시고 나에게 환한 미소를 지어 보였다.

나의 여신? 저자는 자기가 지금 어디에 있다고 생각하는 거지? 사실 난 더는 신경 쓰지도 않았다. 내 편에 서기만 한다면 그가 뭐라고 지껄인다 해도 상관없었다. “좋아요.” 나는 다음 문장을 어떻게 말해야 할지 생각했다. “그러니까, 전 지금 쫓기고 있어요.”

나단이 재밌다는 표정으로 나를 쳐다봤다. 그는 내가 우리의 최근 골칫거리들을 처리하기로 한 방식에 감명받고, 디오니소스가 금세 거기에 넘어갔다는 사실에 기분이 좋은 것 같았다.

“원치 않는 구혼자군요! 저야 남자들이 왜 당신을 개처럼 졸졸 따라다니는지 알겠지만.”

‘빗대는 얘기 좀 집어치워!’ 하고 소리 지르고 싶었지만, 꾹 참고 말했다. "그런 게 아니에요."

"그렇다면 정말로 쫓기고 있다는 말씀이신가요? 당신을 해치려는 진짜 악당들이 있다고요?"

"네, 바로 그거예요."

디오니소스가 얼굴을 찌푸렸는데, 그의 눈빛에서 광기가 번득였다. "내버려 둘 수 없습니다. 당신을 쫓는 자가 누군지 말씀해 주신다면, 당신이 원할 때까지 귓가에 비명이 맴돌게 해드리겠습니다."

됐어. "신들을 붙잡는 데 혈안이 되어 있는 조직이 있어요." 내가 부드러운 목소리로 말했다. "그 조직원 중 한 명이 저를 쫓고 있구요. 전 그에게서 벗어나기 위해 여기에서 새로운 삶을 시작해야만 했어요. 절 위해 그를 죽여주시면 제가…, 보답해드릴게요."

"이름을 알려 주십시오." 디오니소스가 중얼거렸다. "아주 아주 곧, 당신의 넘치는 보답을 즐기는 일만이 저에게 남을 겁니다."

나는 잠시 말을 멈추었다가 저주처럼 내뱉었다. "가렌."

그의 표정이 더 굳어지길래, 순간 내가 말을 잘못한 게 아닌가 걱정되었다. 다음 순간 그가 다시 한 번 높은 소리로 웃음을 터뜨렸다. 나는 그가 방금 곤충을 채집통에 핀으로 꽂듯이 그 이름을 암기한 것임을 깨달았다.

"처리하겠습니다." 디오니소스가 부드러운 목소리로 말했다.

6

멀롯의 해일

“도대체 방금 무슨 일이 있었던 거죠?” 우리가 테마공원을 빠져나오자마자 나단이 물었다. 우리 둘 다 거기서 나오는 동안 말이 없었다. 왠지 디오니소스가 우리 말을 엿들을 것 같아 걱정됐었던 것 같다.

나는 한숨을 쉬며 차 에어컨 조절기를 만지작거렸다. “우리가 찾고 있던 신을 방금 만난 것 같아요.”

“정말 웃기는 작자군요. 신들은 다 저렇게 제정신이 아닌가요?”

“아니요, 저자는 특이한 경우예요. 내 말은, 그가 자신의 숭배자들에 대해 말하는 거 들었죠? 미친 소리예요. 그건 말도 안 되는 소리라구요, 나단.”

나단은 어두운 표정으로 도로만 바라보았다. “이제 어떻게 할 셈이에요? 당신은 그가 맘에 들지 않는가 보던데 만일 당신이 부탁한 걸 그가 해내기라도 한다면, 글쎄요…, 거절을 잘 받아들일 유형으론 보이지 않더군요.”

내가 고개를 저었다. "전혀 아니죠. 디오니소스는 미친 개에요, 나단. 디오니소스를 가렌에게 붙인 건 그의 관심을 다른 곳으로 이끌려는 방법이었을 뿐이에요. 결국에는 디오니소스를 쓰러뜨려야 할 거예요. 그것도 곧."

"당신네 신들은 정말 거칠게 노는군요." 그가 말했다.

"아니, 지금 일어나는 일은 그런 게 아니에요. 당신들이 생각하는, 그런 전형적인 신들의 옥신각신 말다툼이 아니라구요. 디오니소스는 벌써 극단적이 됐어요. 상황이 더 나빠지기 전에 그를 제거해야 해요. 그를 봐요. 더는 원칙도 지키지 않아요. 진정한 숭배자도 없이 수 세기를 지냈고 이젠 선을 넘었어요."

"뭐, 그래요. 그 녀석은 미치광이고, 다시는 보고 싶지도 않을 거예요. 하지만…, 그가 정말 강력하다고 당신이 말했잖아요. 당신이 다치는 건 싫어요, 새라. 그냥 다른 곳으로 가면 안 될까요? 가렌을 따돌렸던 것처럼 디오니소스도 따돌리자고요. 내 말은, 그래요, 그자는 미쳤어요. 하지만 디오니소스는 원래부터가 미친 녀석이었지 않나요?"

나단은 약간 횡설수설하기 시작했다. 정말로 날 걱정하고 있다는 걸 알 수 있었다. 마음 따뜻한 일이었다. 이렇게 진심으로 나에게 관심을 두는 친구가 오랫동안 그리웠다. 살신殺神 모의 중이지만 않았다면, 내가 무엇을 얻었는지 일깨워 준 보답으로 그를 안아주었을 거다. 하지만 지금 상황에서는…. "문제가 더 심해지게 내버려두면 안 돼요." 나는 내가 얼마나 걱정하고 있는지를 그에게 이해시키려고 애를 썼다. "당신은 지금 디오니소스가 어떤 상태인지 이해 못 해요. 그 신은 통제가 되지 않는다구요. 그는 그 누구도 만족하게 할 필요가 없는, 스스로 독립한 신이에요. 언젠가는 완전히 돌아버려 정말로 나쁜 짓을 하고 말 거예요."

"잠깐, 예를 들면 어떤 거죠? 지금 무슨 이야기를 하는 거예요?"

"이렇게 생각해봐요. 우리는 인류의 산물이에요, 그렇죠? 우린 인간을 섬기기 위해 살아요. 당신들의 기도에 응답함으로써 위력을 얻는 것이니까요. 우리가 자랄 때 우리의 성격과 외모를 형성하는 건 당신들의 믿음이에요. 하지만 디오니소스는 이제 당신들을 섬기지 않아요. 그는 기도에 응답하지 않고도 힘을 얻을 방법을 찾아냈어요. 종교가 아니라 테마공원을 운영하고 있다구요. 머지않아 자기가 누군지 감출 필요가 없다고 결심할 테고, 그러는 순간 당신들을 지배하려고 할 거예요."

나단은 내 말을 곰곰이 되씹었다. 단기적 안전에 대한 욕구와 광분한 신이 한 미래에 대한 맹세를 저울질해 보는 게 분명했다. "확실해요?" 마침내 그가 물었다.

"난 사랑의 신이지만 전쟁의 신이기도 해요, 나단. 제국들이 융성해지고 관계들이 꽃피는 걸 보아왔죠. 틀림없이, 그게 왕과 왕비든, 남편과 아내든, 더는 자기편이 필요하지 않다고 생각하거나 한때는 친구였던 사람의 가치를 더는 보지 않게 될 때, 상대를 이용하려고 드는 것은 시간문제예요."

"디오니소스는 암 같은 존재예요." 나단이 말했다. "그를 보면 알 수 있어요. 악당이 되어버린 신이죠. 주인이 먼저 죽이지 않으면 자기가 주인을 죽이려고 들 거예요."

"정곡을 찔렀네요, 나단. 그래서 우리가 떠날 수 없는 거예요."

"이거야말로 역대 최고로 섬뜩한 외출이었네요."

"게다가 아직도 필레미뇽을 못 먹었어요." 내가 팔짱을 끼고 말했다. 밥도 못 먹는 여신이라니. 나단과 나는 식사가 도착하기 훨씬 전에 자리를 떴고, 디오니소스만 혼자 남아 게걸스럽게 자기 음식을 먹으며 살인 계획을 세우고 있었다. 나는 디오니소스의 협조와 용기에 고마움을 표하고 그곳을 급히 빠져나왔었다.

"자, 이제 어디로 가고 싶어요? 시간도 늦었고 배고파 죽겠어요."

"나도 마찬가지예요. 시내에 있는 그 멕시코 식당 어때요? 아주 늦게까지 문을 열던데."

"거기 나초가 끝내줬죠." 나단이 스테이크 식당을 떠올리며 아쉬운 목소리로 말했다.

"그렇게 하는 게 좋겠어요. 이러다가 저녁 식사가 불청객 때문에 엉망이 될 때마다 그곳에 가게 되겠네요."

"제기랄, 습관이 되면 안 되는데."

"그렇게 될지도 모르죠." 내가 말했다. "세상에 괴짜들이 얼마나 많을지 누가 알겠어요?"

"으, 제발. 이제 정상적인 삶은 살 수 없는 건가요?" 나단이 물었다.

"인간님, 나와 같이 삼진아웃 되던 순간에 포기 각서 쓰지 않았던가요?" 내가 말했다.

"하. 세부조항을 잘 읽었어야 했는데, 그렇죠?" 그가 말했다.

농담하고 있는 게 분명했지만, 그가 마음 깊숙이에서 나와 합류한 걸 후회하고 있는 건 아닌지 어쩔 수 없이 약간 걱정되었다. 내가 의도했던 즐거움과 모험은 아직 나단에게 주지도 못했다. 의심의 가시가 지난 며칠간 나를 괴롭혀왔던 질문을 나단에게 해보라고 날 찔러댔다. "이제 신을 따른 게 후회돼요, 나단?" 나는 가볍게 내뱉었다. 겉으로는 유쾌하게 말했지만 실은 그가 어떻게 대답할지 겁에 질려 있었다. 그렇다면 정말 그가 그리울 것 같았다.

나단이 날 곁눈질로 흘겨보더니 활짝 웃었다. "새라, 지금까지 내가 잘못된 결정을 많이 하며 살아왔지만, 솔직히 말해서 당신에 관해서라면 절대 잘못된 결정이 아니에요."

나는 그날 저녁 내내 미소를 짓고 있었다.

새로운 사실을 알게 되고 뜻밖의 만남을 가졌던 지난주와 비교하면, 그다음 한 주는 완전히 지루했다. 나는 날마다 신데렐라 의상을 입고 테마공원으로 나가 방문객들이 바치는 약간의 믿음을 한껏 즐겼다. 빈 시간에는 인터넷에서 내가 상상할 수 있는 모든 종류의 신에 대해 찾아보았다. 나단은 자기가 살아왔던 날보다 내가 인워드케어센터에서 살았던 날이 더 많다는 걸 알게 되자, 내가 현대 세계에 대해 얼마나 많은 걸 놓쳤는지 이해하기 시작했다. 나단은 내가 1980년대 초에 스스로 정신병원에 입원한 이후로 봤던 영화가 모두 십이 세 이상 관람가이거나 그 이하라는 걸 알고 깜짝 놀랐다. 그는 '영화의 밤'을 만들어, 내가 거의 삼십 년 분량에 해당하는 청소년 관람 불가 오락물을 따라잡을 수 있도록 애써줬다. 여전히 내가 가장 좋아하는 영화는 1987년에 나온 〈프린세스 브라이드〉였지만, 몇 번의 영화적 아수라장을 겪고 나니, 좋아하는 영화 목록 위쪽으로 더 많은 성인용 영화들이 올라왔다.

주말에는 테마공원을 밤늦게까지 열었는데, 나는 조금이라도 더 많은 믿음을 얻기 위해 야간근무도 몇 번 했다. 솔직히 말해 더 많은 힘을 얻을 수 있다는 확신만 있다면 공짜로라도 일했을 것이다. 나는 지난 수 세기 중 그 어느 때보다도 강하다고 느꼈는데, 그게 모두 일주일 만에 일어난 일이었다. 한 달 후에는 어떨지 상상해 봐. 우와, 그럼 일 년 후엔? 이 테마공원을 지은 천재에게 축복이 있으라. 만일 내가 돌아다니다가 그 천재의 영혼을 찾게 된다면, 반드시 그를 내 웅장하고 아름다운 저택 세스룸니르로 데려가 연회장 명예석에 앉힐 거다.

나는 의상을 벗어 사람들이 세탁할 수 있게 조심히 옷걸이에 걸어두었다. 그리고 탈의실 벽시계를 힐끗 보고 얼굴을 찡그렸다. 날이 저물고 있었다. 이제 곧 나단이 나를 태우러 올 거다. 어쩌면 벌써 와서 기다리고 있을지도 몰랐다. 몽상에 빠져있는 바람에 시간이 그렇게 빨리 지났나 보다. 고향 생각을 해본 게 얼마 만인지 모르겠다. 힘이 돌아오면서 잊고 있었던 온갖 감정과 기억들이 불붙은 게 틀림없었다. 수 세기 전에 일어났던 일들에 정신을 쏟은 채 멍한 상태에서 옷을 입었다. 내 영역이었던 그 영광의 들판이나 내 집을 방문할 만큼 힘이 있었던 게 마지막으로 언제였는지를 떠올리려고 애쓰느라 생각에 빠져 있었다. 그래서 나는 그가 바로 뒤에서 다가오는 것을 눈치채지 못했다.

"이런, 이런." 그가 내 오른쪽 귓가에서 유혹하듯 속삭이는 목소리로 말했다. "굳이 번거롭게 옷을 입을 필요가 있을까?"

나는 헉 하고 숨을 몰아쉬며 뒤를 돌아보았다. 디오니소스가 그곳에서 나를 음흉하게 쳐다보고 있었다. 나는 분장실이 갑자기 텅 비었다는 걸 눈치챘다. 조금 전만 해도 함께 있던 몇 명의 공주와 다른 연기자들이 사라지고 없었다.

디오니소스가 눈을 희번덕이며 가까이 다가왔다. "고맙게도 방해물이 쉽게 제거됐군." 그가 손가락을 튕기자 내 윗옷이 풀려 바닥에 떨어졌다. 이제 난 브래지어와 청바지만을 입은 채 맨살이 드러난 어깨에 가방을 메고 있었다.

"그만둬!" 끔찍하게 발가벗겨진 느낌이었다.

디오니소스가 혼란에 빠진 광기 어린 눈을 실룩이며 잠시 멈췄다. "고백하건대 난 그런 말을 듣는 데 별로 익숙하지가 않아." 그가 말했다. "여자들은 보통 정확하게 그 반대로 해달라고 애걸복걸하거든."

"가렌에 관해선 뭘 알아냈지?" 내가 그를 노려보며 말했다.

그가 눈을 가늘게 뜨고 나를 쳐다봤다. "일 이야기뿐인가? 사랑의 여신이 취할 태도라고 보긴 어렵군, 그렇지 않아? 나는 지금 인간이 줄 기쁨과는 비교도 안 될 황홀을 안겨주겠다고 제안하고 있는 거야. 게다가 넌 공포심을 숨기는 방법도 모르는군."

맙소사. "우린 거래를 했어, 디오니소스." 나는 그가 가까이 오는 걸 막으려고 애를 쓰며 말했다. "인간 하나만 죽여주면 당신이 원하는 건 다 들어주겠다고 말했잖아."

"아, 맞아. 우리의 거래." 디오니소스가 더 가까이 다가오며 말했다. 갈망과 광기가 폭풍우처럼 그를 감쌌다. "뭐, 네가 말한 그 인간을 찾기는 했지."

뭐? 그렇게 빨리? 아니야, 그건 불가능해! 내가 더 강력해질 시간이 더 많이 남아 있을 거라고 생각했는데. 만일 디오니소스가 말하는 게 사실이고 가렌이 죽었다면, 그건 내가 지금 당장 어떤 행동이든 취해야 한다는 걸 의미한다. 하지만 무슨 수로 이 초강력 미치광이를 상대할 수 있단 말인가? 젠장, 난 아직 너무 힘이 약하다. 상황이 아주 빨리, 아주 험악해질지도 모른다.

"가렌이 아주 흥미로운 이야기들을 많이 해주더군." 디오니소스가 내 앞에서 서성거리면서 말했다.

'설마 그 녀석에게 말할 기회를 준 건 아니겠지?' 내가 마음속으로 외쳤다.

"찾는 건 별로 어렵지 않았어. 그자가 신비한 싸구려 장신구를 주렁주렁 달고 다녔는데, 신의 악취가 풍겼거든. 사실 그가 왜 너한테 집착하는지가 궁금했지. 그런데 그자의 대답이 말이야, 글쎄, 무척 충격적이더군. 그게 사실인지 확인해야 했어."

"가렌이 너에게 무슨 말을 한 거지, 디오니소스?"

"아, 아니지. 나이스 씨라고 불러야지, 이 사기꾼." 그가 나를 노려보았다.

나는 한걸음 뒤로 물러났다. 그래, 생각보다 훨씬 빨리, 나쁜 상황에서 최악의 상황으로 치닫겠군. "무슨 말인지 모르겠어." 나는 연약하면서 위협적이지 않게 보이려고 애쓰면서 말했다.

"가렌이 너를 정신병원에서 찾았다고 말하더군." 디오니소스가 팔짱을 낀 채 이를 부드득 갈았다. "네가 영원한 생명을 얻으려고 프레야 여신을 죽인 다음 신성한 자들의 불꽃을 훔쳤다지? 나한테도 똑같은 짓을 하려고 계획 중이었고."

"뭐?"

"내가 증거를 보여달라고 했더니 가렌이 말하길, 너에게 애정을 구해보기만 하면 된다더군. 진정한 사랑의 신이라면 절대로 동족의 마음을 거부하지는 않을 거라고 말이야. 네가 정말 숭배와 풍요의 화신이라면, 나의 이 여리고 애정 어린 관심을 두 팔 벌려 환영하지 않겠어?" 그는 잠시 말을 멈췄는데 분노의 열기가 점점 격해지고 있었다. "하지만 너는 그러지 않았어."

"디오니소스, 그자는 무슨 말이든 지껄여댈 수가…."

"나이스 씨라고 했잖아!" 그가 이글거리는 눈으로 소리를 질렀다. 그러고는 잠시 먼 곳을 바라보다가 내게로 다시 눈길을 돌렸다. 평안한 모습이었다. 너무나 갑작스러운 변화여서 소름이 끼쳤다. "그럴지도 모르지. 인간들은 약삭빠르니까. 그래서 내가 너랑 이야기해보겠다고 했어. 만일 가렌이 거짓말을 한 거라면, 내 분노가 어디까지 뻗을 수 있는지 그 자식과 그 자식의 동료들은 똑똑히 알게 될 거야."

"뭐든지 물어봐." 내가 간절히 말했다. "아니면 차라리 날 그자에게 데려가 줘. 뭐라고 변명하는지 들어보…."

"아니, 난 그렇게 생각하지 않아." 디오니소스가 높은 목소리로 노래하듯 말했다. "내가 원하는 걸 네가 나에게 준다면, 그때 내가 결정을 내릴 거야. 어디 날 설득시켜보시지, '사랑의 신'. 네가 신성한 자들의 욕망을 충족시킬 수 있다는 걸 말이야. 그럼 널 믿어주겠어."

이런, 각본이 엉망진창이 되어버렸군. 내가 이 쓰레기 같은 놈과 같이 자지 않는다면, 이놈은 날 죽일 거다. 아니면 가렌에게 넘겨주든가. 그것도 아니라면 다른 무슨 달갑지 않은 일이 벌어지게 될지도 모른다. 그것이 무엇이건, 이건 양쪽 모두가 지는 싸움이다. 그러나 내 대답이 달라지지 않을 거라는 것에는 의심의 여지가 없다. 아무도 나의 판테온에 명령할 수는 없다. 우리 종족은 자연적이다.

얼어붙을 듯한 바람이고 활활 타오르는 화염이며 끝없는 바다다. 또한 우린 그 어떤 언어나 행위로도 구속될 수 없다. 그런데 디오니소스는 나를 종으로 삼으려 하고 있다. 자신의 뒤틀린 욕망의 이름 아래 나의 본성을 과시하겠다고?

내가 그의 발아래 침을 뱉었다. "아르그르 호라."* 나는 증오로 입술을 일그러뜨리며 그를 저주했다.

디오니소스가 자기 발 사이로 번들거리는 침을 내려다보더니, 이해할 수 없다는 표정으로 나를 다시 쳐다봤다. 자기가 다가서는 걸 내가 얼마나 강력히 거부하는지를 명확히 이해하지 못하는 듯했다. 그래서 곧바로 나는 엄청난 힘을 실어 그의 왼쪽 따귀를 얼얼할 정도로 후려쳤다. 디오니소스의 머리가 옆으로 홱 돌아갔고, 그는 한걸음 뒤로 물러섰다. 이 정도면 내 의도가 전달됐겠지.

성공적이었다. 그가 내게로 몸을 돌렸다. 그리고 목구멍에서 찢어질 듯한 짐승의 비명이 나왔다. "어떻게 감히!" 그가 소리를 지르면서 분노에 온몸을 뒤틀었다. 그가 거칠게 밀치는 바람에 나는 벽을 뚫고 날아갔다.

마치 눈사태 벼락을 맞은 느낌이었다. 그가 두 팔로 내 가슴을 인정사정없이 폭력적으로 쳐서 뒤편으로 나를 날려버렸고, 내가 뒤쪽 돌벽에 부딪히면서 돌벽이 무너졌다. 나는 팔다리가 뒤틀린 채 돌벽 너머에 있는 공동구共同溝** 공간 안쪽에 떨어졌다. 머리카락에는 석고와 페인트 부스러기들이 달라붙어 있었고, 공기는 잔해들이 덜

* 고대 노르딕어로 '비열한 겁쟁이'란 뜻이다.

** 상하수도, 전화케이블, 가스관 등을 함께 수용하는 구역

거덕거리는 소리로 가득 찼다. 나는 콜록거리며 한 손으로 바닥을 짚어 몸을 일으켰는데, 그때 조금 전 내가 돌벽에 만든 구멍으로 디오니소스가 달려오는 게 보였다.

"난 공손히 부탁했어." 그가 말했다. 목소리를 들어보니 제정신이 아니었다. "그런데도 내 입장을 곤란하게 만들어?"

나는 끙끙거리며 두 발을 딛고 일어섰다. "내가 누구인지는 네가 판단할 문제가 아니야. 넌 한심한…."

디오니소스가 소리를 마구 지르며 나에게 주먹을 날렸다. 다행히 그는 전사가 아니었기 때문에, 그가 어떻게 공격할지가 내 눈에 훤히 보였다. 아드레날린으로 인해 주위의 세상이 느리게 기어가는 것 같았다. 디오니소스의 오른쪽 어깨 근육이 수축하고, 그가 내 머리 옆쪽으로 살인적인 강타를 날리기 위해 팔을 그러당기는 게 보였다. 난 그걸 피하고도 남을 만큼 빨랐다. 몸을 한쪽으로 숙이는 순간 디오니소스의 주먹이 내 왼쪽 귓가를 스치면서 쉭 하고 공기가 갈라졌다.

나는 겁에 질려 공동구 통로를 따라 쏜살같이 달려갔다. 이자가 나를 죽이기 전에 달아나서 그와 거리를 둬야 했다. 믿음을 얻은 지 일주일밖에 되지 않은 상황에서, 그와 싸워 이길 자신이 없었다. 디오니소스는 이 테마공원에서 수년에 걸쳐 자기 자신을 충전해 왔기 때문이다. 난 바람의 딸로서 낼 수 있는 최고의 속력으로 달려갔다. 복도가 내 옆에서 쏜살같이 스쳐 갔다. 나는 벽을 주의 깊게 살피면서, 길게 늘어선 형광등과 뱀처럼 구불구불한 배관 아래를 돌진해 나갔다. 모두 어디에 있는 거지? 근무 시간이 끝난 건 알고 있었지만, 이 복도는 보통 사람들로 꽉 차 있었다. 전례 없이 사람들이 없으니 너무나 황량해서 으스스할 정도였다. 하지만 그것에 대해 생각할 겨를이 없었다. 나는 '판타지랜드' 테마공원 아래 어디쯤 있었는데, 방향만 알 수 있다면 뒤쪽으로 나가 야외 하역장 구역으로 들어갈 수 있을 것도 같았다. 보통 때도 이 터널에서는 방향 잡기가 어려웠는데, 미친 신 하나가 뒤쫓아 오니 모든 게 조금 더 어려워졌다.

속도가 느려질까 봐 차마 뒤돌아보지도 못하고, 그가 나만큼 빠르지 않기만 바랐다. 속도에 너무 집중한 나머지, 모퉁이를 미끄러지듯 돌아 완전히 멈춰야 했을 때는, 하마터면 정비 도구 카트 안으로 꼬꾸라질 뻔했다. 그때 나는 눈앞에 보이는 걸 믿을 수가 없어, 두 눈을 껌뻑이며 고개를 갸우뚱했다. 붉은 액체가 파도를 치며 복도를 따라 나를 향해 돌진하고 있었는데, 흰 거품이 액체 표면에서 춤을 추듯 마루를 이루고 있었다. 너무나 예상 밖이었는 데다 어울리지도 않은 장소여서, 나는 그 액체가 나를 덮쳐, 왔던 통로로 다시 내팽개칠 때까지 아무 행동도 할 수 없었다.

처음에는 그것이 피라고 생각했다. 하지만 쓰러지면서 그 액체가 내 입속으로 들어왔을 때야 비로소, 그게 포도주라는 걸 깨달았다. 디오니소스가 나를 멀롯*의 해일海溢로 공격한 것이었다. 짙고 달콤한 적포도주였다. 나는 디즈니월드 지하 통로를 따라 예상치 못했던 서핑 여행 속에서 파이프며 뭔지도 모를 이런저런 것들에 부딪치면서, 포도주의 흐름 속에 몇 초 동안 거칠게 떠밀리고 튕겨 나갔다. 파도는 포도주로 흠뻑 젖은 나를 복도 한가운데에 던져 놓고서야 마침내 잦아들었다. 나는 씩씩거리면서 발길질을 마구 해댔

* 보르도나 캘리포니오산 포도를 원료로 한 적포도주

다. 머리카락에서 포도주 줄기들이 흘러내려 붉은색의 호수를 이루었고, 통로 바닥에서는 잔물결이 일었다.

나는 오늘 밤에 일할 청소 직원들이 안쓰러웠다. 그들이 아직 존재한다면 말이다. 디오니소스가 모두를 그냥…, 사라지게 한 걸까? 그가 그렇게도 강력하단 말인가? 나는 눈을 닦고 가방을 거칠게 밀어내며 방향을 잡으려고 애를 썼다. 어찌 된 일인지 몰라도 어깨에 아직 가방이 메여 있었다. 나는 포도주가 흠뻑 스며든 머리카락 다발 사이로 콜록거리면서, 번쩍이는 흰 구두 한 켤레가 웅덩이들을 뚫고 나를 향해 걸어오는 걸 쳐다보았다. 공포심이 점점 커졌다. 구두에는 포도주 얼룩 하나 묻어 있지 않았다.

손 하나가 내 팔을 거칠게 붙잡아 끌어당겨 나를 똑바로 일으켜 세웠다. "엉망진창이 되었군." 디오니소스가 비웃으면서 말했다. 그가 내 팔을 밀치면서 놓는 바람에 내가 뒤로 휘청거렸다. 서 있기도 힘들 정도였다. "이제 난 내가 원하는 것만 가지면 돼. 내가 너랑 볼 일을 마치고 나면 나머지 찌꺼기는 그 '가렌' 녀석이 가질 수 있겠지."

그래? 멋지군. 디오니소스는 악당과 동맹을 맺었다. 하지만 난 싸워보지도 않고 그가 악의 일부가 되는 것은 용납하지 않을 셈이었다. 나는 내가 무엇을 하는지 그가 볼 수 없도록 몸을 돌렸다. 그리고 마치 웅크리고 있는 것처럼 보이도록 애쓰며, 옆구리에 있는 가방을 손으로 더듬었다.

디오니소스가 나를 가까이 끌어당기기 위해 손을 뻗어서 내 머리채를 붙잡았다. 그 순간 스테이크 식당에서 가렌에게서 훔쳤던 주사기를 꺼내 디오니소스의 목을 찔렀다. 주사기의 금속 바늘이 피부를 뚫는 순간 그는 눈이 휘둥그레졌다. 하지만 그는 재까닥 목을 비틀어 돌려, 내 손에 든 주사기를 쳐내었다. 그 바람에 주사액을 삽입할 기회를 놓쳐버렸다.

주사기가 쨍그랑 소리를 내며 바닥으로 떨어졌다. 디오니소스가 내 다리를 걷어차, 나는 바닥으로 빙그르르 떨어졌다. 옆에 주사기가 떨어져 있었다. 내가 주사기로 손을 뻗기도 전에, 그가 내 위에 올라타서 두 팔을 붙잡았다. 나는 포도주로 흠뻑 젖은 콘크리트 바닥 위에서 꼼짝도 할 수 없었다. 디오니소스가 나를 보며 히죽거리며 웃었는데 그의 두 눈이 열광과 환희로 춤을 추고 있었다. 주먹을 휘둘러 저 웃음을 얼굴에서 없애버리고 싶었지만 그럴 수 없었기 때문에, 차선책으로 대신 그의 눈에 침을 뱉었다. 그가 얼굴을 찡그리더니 손등으로 내 뺨을 때렸다. 눈에서 별이 번쩍였다. 그는 멈출 수 없이 강했다. 대단한 책략가나 전사는 아니었지만 사실 그럴 필요도 없었다. 나는 자유로운 한쪽 팔로 주사기를 잡으려고 기를 썼지만, 머릿속이 구름이 낀 것처럼 흐릿해 몸의 움직임을 제대로 통제할 수가 없었다.

그때 살짝 긁히는 소리가 들리고, 뭔가가 부산스럽게 움직였다. 우리 옆에 다른 누군가가 있다는 걸 알아차렸지만, 디오니소스나 내가 반응하기엔 이미 너무 늦었다. 눈을 가늘게 뜨고 흐릿한 움직임에 초점을 맞추려고 애쓴 나는, 그게 나단이라는 걸 단번에 알아보고 행복감에 몸을 떨었다. 그가 디오니소스의 어깻죽지 사이에 주사기를 찔렀다. 분개한 디오니소스가 몸을 돌려 나의 헌신적인 추종자를 노려보며 그의 팔을 떨쳐냈다. 혼란스러움에 비틀거리면서 밀쳤는데도 나단을 날려버리기에 충분했다.

나단이 뒤편 벽에 부딪히기도 전에 바닥과 천장에서 포도 덩굴이 뚫고 나와 나단을 공중에서 잡아챘다. 덩굴들이 그를 옭아매는 사이 번개처럼 포도나무들이 자라고, 넓은 초록색 잎들과 통통하고 붉은 포도송이들이 열렸다. 너무나 순식간에 벌어진 일이라 믿어지지 않았다. 순식간에 나단은 포도 덩굴에 팔다리가 단단히 붙들린 채, 큰대자로 복도 한가운데에 매달려 있었다.

디오니소스가 일어서서 나단을 향해 걸어갔다. "저 여자의 조무래기 신관이군. 주인을 구하러 오셨나?" 그가 비웃는 투로 말했다. "덕분에 고민할 게 생겼어. 너희 둘 중 누굴 먼저 처치해주지? 나머지 한 사람은 구경할 수 있게 말이야."

나는 바닥에서 몸을 일으키려다 하마터면 포도주에 미끄러질 뻔했다. 디오니소스의 어깻죽지 사이로 주사기가 삐져나와 있었다. 내가 주사기의 밀대를 주먹으로 내리쳤다. "이건 어때." 주사액이 그의 몸속으로 들어갈 때 내가 그의 귀에 대고 낮은 소리로 빈정댔다.

디오니소스는 뒤돌아볼 틈도 없이 옆으로 살짝 휘청하더니, 포도주가 고여있는 바닥 위로 쓰러졌다. 그 즉시 나단을 옭아매고 있던 포도 덩굴이 느슨해졌고, 의식을 잃고 쓰러져 있는 포도주의 신 옆으로 나단이 떨어졌다. 티 하나 없이 깔끔했던 디오니소스의 옷에 적포도주가 스며들어 얼룩이 지는 것을 보며, 나는 만족스러움에 활짝 웃었다. 포도주가 옷감까지 망쳐버리기를 바랐다.

"액션 영화를 너무 많이 보셨군요." 내가 나단이 일어서는 걸 도와주면서 말했다.

"아, 네. 뭐 그냥 룸메이트를 직장에서 태워가려고 오던 길이었어요." 그가 약간 멍한 목소리로 중얼거렸다.

"운전기사 더하기 빛나는 갑옷을 입은 기사라, 내가 그 정신병원에서 제대로 된 용사를 끌고 나왔네요." 내가 손을 뻗어 그의 머리카락에서 잎사귀 몇 개를 떼어냈다.

그가 디오니소스를 발로 살짝 찔러봤다. "뭐 별로 거칠지도 않네요. 내 말은, 포도덩굴이라니! 게다가 그 어설픈 액션이란."

나는 우리를 함께 묶어준 운명의 장난에 조용히 감사하며 웃음을 터뜨렸다. "나단, 당신은 내가 만난 웹디자이너 중 최고예요." 내가 그를 안으면서 말했다.

"하. 이제까지 몇 명이나 만나봤는데요?"

"쉬, 그런 건 깊이 생각 안 하는 게 좋아요." 내가 중얼거렸다. 나는 정말이지 쉬고 싶었지만, 가렌의 독이 얼마나 오래갈지 알 수 없었다. 특히나 디오니소스처럼 강력한 신에게는. "어서 가요." 내가 안고 있던 팔을 풀며 말했다. "이자를 어떻게 해야 할지 같이 생각해봐요."

나단이 내 옆으로 오며 한숨을 내쉬었다. "글쎄요, 이자를 냉동시킬 극저온 저장실이 근처에 없을까요?"

나는 팔꿈치로 나단의 옆구리를 가볍게 쿡 찌르고는, 몸을 구부려 디오니소스의 한쪽 팔을 집어 들었다. 조심스럽게 그를 끌어 올린 다음 어깨에 둘러메려고 했지만, 신음을 내뱉으며 다시 일어서야 했다. 내가 예전보다 강해졌을지 모르지만, 그는 무척 무거웠다. 하지만 나단은 깊은 인상을 받은 모양이었다. "절대로 당신을 열 받게 하면 안 되겠네요." 그가 약간 뒤로 물러서면서 말했다.

"살살 때리겠다고 약속할게요." 내가 디오니소스를 내려놓으며 끙끙거렸다.

우리는 내가 좀전에 달아나려고 했던 하역장 출구 쪽으로 이동했다. 잔물결을 이루는 포도주를 뒤로 한 채 인적없는 복도들을 걸어갈 때 나단이 내게 물었다. "다들 어디에 있는 거죠?"

"디오니소스가 사람들을 없애버리려고 무슨 짓을 한 게 분명해요. 축제에 생기를 불어넣는 자니, 축제에 온 이들에게서 생기를 앗아갈 수도 있겠죠. 그나저나 여기엔 어떻게 왔어요?"

"주차장에서 당신을 기다리느라 지쳐있었는데, 직원용 버스가 더는 운행하지 않는다는 걸 눈치챘어요. 그래서 주차장에 차를 두고 터널 입구로 뛰어온 거죠."

"그러면 안 되는 거 알죠?" 디즈니월드는 그런 일에 매우 엄격했다.

그가 어깨를 들썩했다. "알아요. 하지만 그래야 할 것 같았다고요. 그냥 뭔가가…, 잘못됐었어요. 느낌이 좋질 않았죠. 그리고 피처럼 보이는 것이 후문에서 쏟아져 나오는 것을 보고 당신을 찾아 안으로 들어간 거예요."

내가 고개를 끄덕였다. 그가 나와 가장 가까운 숭배자였기 때문에 우리가 조금씩 연결되기 시작하는 것 같았다. 놀랄 일이 아니었다. 어쩌면 아까 내가 기겁했을 때, 나로부터 찌릿찌릿한 감정적 반응을 전달받은 건지도 모른다. 그리고 어쩌면 그것이, 디오니소스가 이곳을 쓸어버리기 위해 사용했던 충동으로부터 그를 보호했었을 수도 있다. 천만다행이었다. 나도 그 상황에서 어떻게 벗어날 수 있을지 확신이 없었었다.

"옮기는 걸 도와줄까요?" 나단이 물었다.

"아니요, 괜찮아요." 내가 말했다. 디오니소스는 무척 무거웠지만, 나단은 오늘 밤 나를 위해 이미 충분히 많은 일을 했다.

"좋아요. 그런데 어떻게 이자를 처리하죠?" 하역장으로 나가는 출구 근처에 다다랐을 때 나단이 내게 물었다.

"어, 무슨 수를 찾을 수 있을 거예요. 시멘트에 묻어버리든가. 디오니소스가 '죽음보다 비참한 운명'으로 끝나는 걸 좋아할지 한번 두고 보죠."

우리는 따뜻한 밤공기 속으로 걸어 들어갔고, 그리고 잠시 침묵이 흘렀다. 그때 갑자기 야간용 투광 조명등이 여러 개 켜지면서 눈을 찌를듯한 백색 불빛이 하역장 전체를 강타했다. 너무나 익숙한 목소리가 확성기에서 울려 나왔다. "골칫거리를 없애주다니 정말 친절하군." 가렌이 밝은 조명등 너머 어딘가에서 말하고 있었다. 그가 비웃는 소리가 실제로 들리는 것 같았다.

반응할 시간도 없었다. 눈부신 불빛 속에서 화살이 날아와 우리 몸에 박히더니 곧바로 독을 주입했다. 나는 도망치려고, 아니 최소한 나단만이라도 구하려고 했지만 그럴 틈이 없었다.

세상이 빙글빙글 돌았고, 눈부신 조명등 불빛은 어둠으로 바뀌었다.

7

할라할라

나는 누군가 내 손가락을 살짝 베는 걸 희미하게 알아챘다.

나를 둘러싼 세상은, 비율이 커졌다 작아지기를 반복하며 굴절되고 있었다. 나는 회전 놀이기구 안에 일주일 동안 갇힌 느낌이었다. 시야에선 검은 점들이 헤엄치듯 들락거렸고, 눈을 뜨고 있는 것도 힘이 들었다. 나는 이동식 침대 같은 것에 묶인 채, 등을 대고 납작하게 누워 있었다. 사실 '묶여있다'는 단어는 맞는 표현이 아니었다.

'수갑에 채워졌다'거나 '용접되었다'라고 하는 편이 더 맞을 거다. 번쩍거리고 넓은 금속 띠가 발목과 손목, 그리고 가슴과 허리를 감고 있어, 꼼짝달싹도 할 수 없었다. 머리 위에 달린 형광등이 작은 회색 타일로 뒤덮인 깔끔한 방을 밝혀 주고 있었고, 왼쪽 어깨 바로 위에는 수액 주머니 하나가 달려 있었다. 수액 주머니에는 가렌의 주사기에 들어 있었던 뿌연 흰색 액체가 가득했는데, 수액 줄 하나가 뱀처럼 구불구불 내려와 내 팔에 꽂혀 있는 삽입관으로 이어졌다.

"삼십칠 초입니다." 손가락의 상처가 아무는 순간에 누군가 말했다. 지적이면서도 어딘가 어색한 목소리였는데, 마치 테이프를 감은 안경테를 코끝까지 내려쓴 공부벌레가 말하고 있는 것 같았다.

"뭐라고? 적어도 일 분은 넘게 걸려야 하는데." 가렌이 이해할 수 없다는 투로 말했다.

"삼십칠 초 걸렸습니다, 전문가님."

"그렇다면 어디에다 신도들을 숨겨놓고 있는 거지? 우리 쪽 평가서 모두 그녀를 유사신類似神 단계에 넣지 않았나?"

"제가 방금 검사했습니다." 그 목소리가 참을성 있게 말했다.

"흠. 그래, 일단 깨어나면 이야기할 준비가 되어 있겠지." 가렌이 내 옆으로 와서 수액 속도를 조절했다. "난 뭐 좀 먹으러 가겠어." 그가 조절을 마치고 나서 말했다. "내가 돌아오기 전에 깨어나거든 연락해요."

그리고 그는 떠났다. 잠시 후 한 얼굴이 초점 안으로 헤엄쳐 들어왔다. 젊은 여자였다. 얼굴이 긴 편이었는데, 입을 약간 벌리고 다니는 나쁜 습관 때문에 비정상적으로 길어 보였다. 마르고 긴 얼굴은 주근깨투성이였고, 착 달라붙은 갈색 머리는 귀 뒤로 넘겨 하나로 묶여 있었다. 코 위에는 두꺼운 검은색 안경테가 얹혀 있었다(그럴 줄 알았다!). 그녀는 상징이 박힌 흰색 실험복을 입고 있었는데, 한가운데에 금이 나 있는 태양 모양의 상징이었다. 실험복 왼쪽 가슴에 달린 신분증에는 사만다 드래스라는 이름이 적혀 있었다.

"안됐네." 그녀가 클립보드를 확인하며 코맹맹이 소리로 희미하게 중얼거렸다.

"이런 건 아무것도 아니에요." 내가 속삭였다.

그녀가 연녹색 눈을 휘둥그레 뜨며 펄쩍 뒤로 물러났다. 엉덩이에 찬 광택 없는 검은색 무전기를 향해 손을 뻗었지만, 망설이더니 가까이 다가와 찬찬히 나를 쳐다보았다. "어떻게 벌써 깨어날 수가 있죠?" 그녀가 물었다. 무척이나 궁금한 것 같았다.

"나도 모르겠어요. 잠귀가 밝나 봐요." 내가 쉰 목소리로 말했다. 몽롱한 느낌은 없어지기 시작했지만 집중하기가 정말 힘들었다.

그녀가 클립보드에 메모했다. "아무래도 비율을 올리거나 할라할라* 패치를 새로 바꿔야겠어요. 당신 단계의 신이라면 적어도 한 시간은 더 정신을 잃고 있어야 해요."

"실망하게 해서 미안하네요." 나는 눈을 깜빡이며 정신을 차리려고 애를 썼다. 그들이 내 몸에 집어넣고 있는 게 무언지는 몰라도, 믿을 수 없을 만큼 독했다.

"괜찮아요. 그저 정보가 형편없었던 거…." 그녀가 말을 멈추고 눈살을 찌푸리더니 클립보드를 다시 확인했다. "잠깐, 당신은 행동이 좀 이상하네요."

"내가요?"

"글쎄요. 가렌과 그의 용역들이 당신을 추적해서 붙잡은 다음 마취시켰잖아요. 당신 단계에 있는 대부분 신은 잔뜩 화가 난 채로 깨어나, 제게 욕을 하고 온갖 복수의 말을 퍼붓기 마련이거든요." 그녀는 잠시 말을 멈추더니 목소리를 낮추어 말했다. "정말이지 못

* 힌두교 신화에 나오는 독극물. 천신 데바들과 악신 아수라들이 불로불사의 감로인 암리타를 얻기 위해 바다를 휘저었을 때 만들어졌다.

됐어요.”

솔직히 인정하는데, 사실 마음 한편에서는, 이 여자 복부에 주먹을 집어넣어 척추를 잡아 뜯어버리고 싶었다. 구속되는 걸 거부하려고 그렇게까지 해야 하느냐고? 아무렴, 사실이다. 누군가가 뻔뻔하게도 날 구속했다는 생각에 내 안의 북유럽 전사는 분노했다. 그러든 말든. 그런 생각은 도움이 되질 않는다. 오랜 세월 동안 버려졌기 때문인지, 아니면 근래에 테마공원에서 얻은 모든 행복과 사랑 때문인지 몰라도, 거만하고 노발대발하는 내 안의 목소릴 무시하는 일이 그렇게까지 어렵지는 않았다. 게다가 왠지 이 여자가 여기에 있는 건, 신을 괴롭히고 싶어서가 아닌 것 같았다. 가렌에게 달라붙어 있는 그 사악한 아우라가 그녀에게는 없었다. 그녀는…, 순진한 것 같았다.

그녀가 죄책감도 느끼는지 한번 보자. “난 아무도 해치지 않았어요.” 나는 눈물을 짜내려고 애를 쓰며 거짓말을 했다. “그저 혼자 있고 싶었을 뿐이었어요. 난 사랑의 신이에요. 그런데…, 그런데 그 사람들이 날 공격했어요!” 자, 이제 입술을 떨어!

그녀가 무척 혼란스러운 표정으로 눈살을 찌푸리며 클립보드를 다시 쳐다봤다. 어쩌면 클립보드에 위험성 평가란이 있고, 평가란에는 나에 대해 크고 무시무시한 글자로 ‘매우 위험,’ 내지는 ‘당신 창자를 목도리처럼 두를 것임’이나 그런 비슷한 말이 적혀있을지도 모른다. “그랬을 리가 없어요.” 그녀가 당황해하며 말했다. “먼저 당신에게 채용 제의를 하게 되어 있어요.”

“뭐, 그러긴 했죠. 하지만 나…, 나는 가고 싶지 않다고 했어요.” 더 슬프게! 눈물을 더 짜내라고!

그 말이 그녀를 더 혼란스럽게 만든 모양이었다. "아, 하지만 그들이 신도들에 대해 말해주지 않던가요? 당신이 저희를 위해 일한다면 저희가 당신에게 신도를 제공할 거예요."

내가 불쌍한 표정으로 고개를 끄덕였다. "난 신도를 원하지 않아요. 시간이 많이 흘렀잖아요." 그거야말로 거짓말이었다. "이 세상은 이제 우리의 것이 아니에요, 사만다." 사만다는 자기의 이름을 듣고 잠깐 놀라더니 이름표를 힐끗 내려다보고는 알겠다는 듯 조그만 소리를 내었다. "난 평화와 안정을 원했어요." 내가 말을 계속했다. "그게 다예요. 하지만 그들은 거절당하는 걸 싫어했죠." 내가 눈물을 삼키며 휴 하고 한숨을 내쉬었다. "그래서 여기 있게 된 거예요."

"끔찍하군요." 사만다가 심란한 표정으로 말했다. "저희의 제의를 거절한 신이 예전에도 있었는진 모르겠어요." 그녀가 내 어깨를 가볍게 두드렸다. "그저 큰 오해가 있었을 뿐일 거예요. 확실해요. 아빠한테 이야기해서 상황을 바로잡을게요."

"아, 고마워요." 내가 최대한 고마워하는 목소리로 말했다. 마음속으로는 정말이지 짜릿했다. 이 여자는 가렌이 무슨 짓을 하고 있었는지 모르고 있는 게 분명했다. 그녀의 아빠에 대한 부분은 더더욱 맘에 들었다. 우리 모두의 상황을 엉망진창으로 만들어 버릴 만큼 높은 지위에 있는 것일지도 모를 일이었다. 하! 사람들을 가끔 속이는 게 로키만 할 수 있는 일은 아니었어, 그렇지? 잘했어, 새라.

"내 친구는 괜찮나요?" 내가 물었다. 이런 상황에서는 그런 걱정을 하는 게 나의 명분을 세우는 데에 도움이 될 거로 생각했다.

"잘 모르겠어요." 그녀가 말했다. "당신이 다른 두 명과 같이 들어왔다는 건 들었지만, 그들이 어디로 갔는지는 몰라요."

"내 친구 이름은 나단이에요." 나는 연약하게 들리려고 애를 썼다. 사실은 계속 그렇게 하는 것이 꽤 힘들었다. "나단은 내게 정말 중요해요. 그냥 그가 괜찮은지만 확인하고 싶어요."

"당연하죠. 제가 가서 확인할게요. 여기서 기다리세요." 그녀가 말했다. 하지만 나에게 다른 선택의 여지가 없다는 걸 깨닫고 잠시 말을 멈추더니 민망하단 표정을 지었다. "금방 돌아올게요." 그녀가 재빨리 말을 마치고 쏜살같이 방을 떠났다.

나는 한숨을 쉬고 편하게 있어 보려고 애썼다. 움직이기가 힘들었다. 조금이라도 몸을 움직여서 그 탄력으로 이 이동식 침대를 흔들 수만 있다고 해도 대단할 정도였다. 그 정도로 난 완전히 고정되어 있었고 수액에 든 그 망할 놈의 액체 때문에 아직도 정신이 약간 흐릿했다. 사만다가 그걸 뭐라고 불렀지? 할라할라? 지금 나에게 미미르가 있어서 할라할라가 뭔지 인터넷에서 찾아볼 수만 있다면 얼마나 좋을까 하는 생각이 들었다. 가방을 찾으러 재빨리 주변을 훑어보았지만, 그들은 내 옷가지들을 버린 곳에 가방도 내버린 모양이었다. 나는 더는 브래지어와 청바지 차림은 아니었지만, 그 대신 등 부분이 없는 흰색 병원 환자복을 입고 있었다. 처음에는 환자복이 작은 파란색 물방울무늬로 뒤덮여 있다고 생각했는데 자세히 보니 사실은 아주 작은 꽃무늬였다. 정말 친절하군.

사만다가 없는 사이 뭔가를 할 수 있었다면 정말로 좋았을 것이다. 호주머니에 메스를 넣는다거나 어떻게든 금속 띠들을 느슨하게 만드는 것 말이다. 하지만 어떻게 해야 할지 몰랐다. 구속장치와 이 망할 독의 혼합이 나를 무력하게 만들었다. 마지막으로 이런 기분을 느꼈던 게 언제였는지 기억나지도 않았지만, 앞으로 다시는 느끼고 싶지 않았다. 사만다는 십 분 후에 돌아왔는데, 클립보드를 왼팔로 꽉 끌어안고 있었다.

"좋은 소식이에요!" 그녀가 말했다. "당신 친구 나단은 괜찮아요. 한 층 아래에 있는 유치장에 있어요. 하루 이틀 후면 할라할라에서 깨어날 거고 영구적 손상도 없을 거예요."

휴. 훨씬 기분이 나아졌다. 하지만 하루 이틀 후라고? 도대체 이 액체는 뭐지? 신까지 진압할 수 있는 이 액체의 정체가 무척 궁금했다. "할라할라가 뭐죠?" 내가 물었다.

"아, 아주 지독한 독이에요." 그녀가 얼굴을 찡그리며 말했다. "주시설에 있는 사이비 시바가 저희에게 이걸 만들어줘요. 굉장히 강해서 많이 희석해야 하죠."

아무런 도움도 되지 않았다. 할라할라가 일종의 독이라는 것 정도는 나도 말할 수 있었다. 그녀 때문에 궁금한 게 더 많아지기만 했다. "주시설이라니요?" 내가 물었다. 지금으로선 위치를 파악하는 게 가장 중요한 일이라고 생각했다. "우린 어디에 있는 거죠?"

그녀가 막 대답하려던 순간 심술궂은 목소리가 그녀의 말을 잘랐다. "당신이 알 바 아니야." 날카로운 그 목소리는 내 시야 바로 뒤쪽으로부터 들렸는데, 사만다가 꺅 하고 소리치며 몸을 돌렸다. "의식을 되찾으면 바로 연락하라고 분명히 말하지 않았나요, 사만다?" 그 목소리가 이를 갈며 말했다. 가렌이었다. 이런 젠장. 돌아올 때까지 시간이 좀 더 있을 거로 생각했는데.

"그러려고…, 그러니까 제 말은, 방금 깨어났습니다, 전문가님!"

"당장 나가요." 가렌이 매몰차게 말했다. 사만다는 침울한 표정으로 고개를 끄덕이더니 자리를 떴다. 황급히 방을 나가는지, 신발

소리가 타일을 두드렸다. 내 시야 안으로 가렌이 느릿느릿 들어왔다. 그는 고개를 돌려 사만다가 떠나는 걸 쳐다보고 있었다. 문이 닫히자마자 그가 나를 돌아다보았다.

"방금 깨어난 건 아니지, 그렇지?" 그가 미소를 지으며 물었다. 가렌은 전반적으로 비열한 인간이었지만, 그 능글맞게 히죽거리는 미소가 가장 싫었다. 나는 그 능글맞은 미소를 모닝스타*로 날려버리는 상상을 했다.

"너무나 편안해서 눈을 뜨고 있기가 힘드네." 내가 상냥하게 말했다.

"맞아. 이봐, 본론으로 바로 들어가지. 당신이 우리를 위해 일했으면 좋겠어. 신성한 힘을 이용해서 우리 회사를 돕는 거야. 다른 신을 잡는 차출 부서에서 일하는 건 어떨까. 아, 당신이 만약에 거절한다면 온갖 끔찍한 일을 겪게 될지도 몰라. 어떤 일일 것 같아?"

정말로? 그는 내 대답이 무엇일지 이미 알고 있었다. 그런데 왜 수고스레 되묻는 걸까? 다음 순간 나는 깨달았다. 이것은 가렌이 결정하는 게 아니다. 다른 누군가가 나를 원하고 있는 거다. 사만다도 아니다. 어쩌면 내가 도착하기 오래전부터 진행되어왔던 일인지도 모른다. 나는 웃음을 터뜨렸다. "이 하찮은 여신 하나를 쫓는 데 몇 주를 쏟아붓고 두 번이나 머리통이 박살 날 뻔했는데도 억지로 나에게 도움을 청해야 하는 거네. 내가 당신을 죽이려고 했든 어쨌든 그들은 관심이 없는 거야, 그렇지? 그거 약간 상처가 되겠는걸?"

더할 수 없는 절망감이 가렌의 얼굴 위에서 잠깐 어른거렸다. 하

* 머리가 별 모양인 중세시대의 철퇴

지만 절망감은 금세 사라지고, 평소의 그 능글맞은 웃음이 돌아왔다. 표정이 어찌나 빨리 변했는지 눈 깜빡할 사이에 놓칠 정도였다. 하지만 난 놓치지 않았다. "당신이 기대 이상의 위력으로 디오니소스를 상대한 덕에, 상사들이 당신의 유용성을 재검토했지." 그가 가까이 몸을 숙였다. "하지만 우리 둘 다 그게 의미 없다는 거 알잖아, 안 그래?"

"오, 난 잘 모르겠는데." 내가 기분 좋다는 듯한 목소리로 말했다. "복지 혜택은 어떻게 돼? 치과 보험도 들어줘?"

그의 웃음이 아주 미세하게 변했다. 애처롭다고밖에 표현할 수 없는 그런 표정이었다. "목의 가시처럼 굴려고 작정을 했군, 그렇지?" 그가 물었다.

"반드시 그럴게." 내가 손목 구속 띠 아래로 손가락을 흔들면서 말했다.

"좋아, 이제 좀 더 진지하게 생각해 봐야 할 거야." 그가 이마를 문지르며 말했다. "우리가 여기에서 어떤 일들을 할 수 있는지 좀 더 솔직하게 말해줄까?"

"얼마든지. 난 재미있는 이야기를 좋아하거든."

가렌이 나를 노려보다가 침대 주위를 어슬렁거리기 시작했다. 그의 모습이 시야 안으로 들어왔다 나가기를 천천히 반복했다. "우리는 신을 창조할 수도 없애버릴 수도 있어, '새라'. 어떻게 하는지도 완벽하게 알고 있지. 당신들이 어떻게 사는지, 믿음이 어떻게 당신들을 만들고 형성하고 없앨 수 있는지도 알아." 가렌이 잠시 말을 멈추고 미소를 지었다. "당신들이 사실은 신이 아니라는 거 알아? 어쨌든 당신들이 생각하고 있는 것과는 다르지. 당신들은 살아있는 괴물일 뿐이야. 걷고 말하고 신경조직을 가진 쓰레기들이지. 실험실 남자 연구원 중 일부가 당신들을 '인지동물認知動物'이라고 부르기 시작했더군." 그가 얼굴을 일그러뜨렸다. "난 '기생충'이라고 부르는 걸 더 좋아해. 수 세기 동안 우리를 먹이로 삼아, 당신들만의 작은 환상의 나라에서 살면서 더 많은 먹이를 얻기 위해 선교사들을 보내는데도 만족하는 법이 없었어. 그러지 않았나?"

"무슨 말을 하려는 거지?" 나는 벌써 지루해졌다. 그는 사실을 왜곡하고 자기가 만든 증오의 렌즈를 통해 나를 보고 있었다. 물론 우리가 존재하는 건 인간 덕분이다. 우리는 인간의 믿음을 갈구하지만, 또한 인간을 위해 일한다. 나는 나의 숭배자들의 연애와 사랑스러운 아이들과 모든 일에서의 승리를 축복하고 싶다. 우리는 당신들의 주인이 아니라 동지이기 때문이다.

가렌이 고개를 저었다. 나를 설득하려고 노력하는 게 의미 없는 일이란 건 알았지만, 어쨌든 시도는 해야 했다. "우리는 당신들이 어떻게 만들어지는지 알아." 그가 나의 팔을 손가락 하나로 훑어 내렸다. 나는 혐오감에 몸을 꿈틀거리며 그의 손길을 밀쳐내려고 기를 썼다. "우리가 당신을 도와줄 수 있어. 거짓말이 아니야. 문제는 결국 믿음인데, 우린 사람을 세뇌하는 걸 아주, 아주 잘하게 됐어. 즐비하게 모아 놓은 몽상가들을 기계에 연결해서, 당신이 발할라에 있다고 생각하게 준비해 놓았지. 불을 뿜을 수 있었으면 좋겠나? 황금 날개로 하늘을 날고 싶어? 몇 주만 줘."

"뭐?" 나는 갑자기 매우 심각해져서 헉 하고 숨을 몰아쉬었다. 진심일 리가 없어. 정말일 리가 없어.

"당신은 똑똑한 여자니까 무슨 말인지 알아들었을 거야. 기본적으로 당신들이 하는 것과 똑같아, 그렇지? 사회에서 쓰레기들을 데려다가 무엇이든 당신이 원하는 걸 믿게 하는 거잖아? 우린 우리와 동맹을 맺은 신의 조직을 이용해 적을 약하게 만들 수도 있고, 심지어는 자체 제작한 신을 배양할 수도 있어. 필요한 건 두뇌와 방향과 시간뿐이지."

가렌이 잠시 말을 멈추고 나를 내려다보며, 내 두 눈이 이해로 점점 빛나는 걸 마음껏 음미했다. 그런 생각에 나는 경악을 금치 못했다. 그가 말하고 있는 것이 사실이라면 이곳은 혐오스럽기 짝이 없는 장소였다. 이 사람들은, 믿는다는 행위 자체를 공장식 조립라인으로 바꾸어버렸다. 그가 말하는 일이 실제로 여기에서 일어나는지 궁금했지만, 마음속으로는 이미 그것이 틀림없는 사실이라는 걸 알고 있었다. 우리에게 힘과 신비로움을 주는 신성의 역학은 몹시 간단하다. 우리를 믿어라. 그리하면 답해주리라. 당신이 원하는 대로 행동해 주고, 당신이 기도하는 서비스를 제공해 주며, 당신의 희망을 우리의 희망으로 만들어 주리라. 원리가 그렇게 단순하다 보니, 그걸 왜곡하고 메스로 벗겨내고 의심 어린 손가락질을 해대며 가지고 노는 것도 물론 가능하긴 하다. 하지만 정말로 그렇게 한다고? 그건 신성모독이다.

"아니, 똑같지 않아." 내 안에 있던 고대의 여전사가 말했다. "전혀 똑같지 않아."

"정말 거만하군!" 그가 소리를 질렀다. "아, 그래. 신들을 레고 장난감처럼 가지고 놀다니 우린 나쁜 사람들이야, 그렇지? 하지만 잠깐만 생각을 해봐. 우리가 하는 일은 질서정연하고 확고해. 당신들은 어디서든 믿음만 찾아내면 그걸 먹어치우면서 태평스럽게 세상을 뛰어다니기나 하지. 당신들이 없다면 세상이 더 나아질 거라는 생각은 안 해봤나? 어쩌면 말이야, 적의 편이 되지 말고 우리 편이 되어달라는 기도를, 쓰레기 같은 변덕쟁이 신들에게 해야 하는 게 우린 싫은지도 몰라. 당신 같은 조그만 기생충이 세상에 혼란을 몰고 온 거라고. 모든 신 뒤에는 고통과 불행이 따르고, 종교는 구원이란 이름 아래 대혼란을 초래하지. 우린 그 괴로움을 끝내기 위해 헌신하고 있는 거야. 우리가 그 일을 할 수 있게 네가 도와주었으면 좋겠어."

내가 가렌과 가렌의 부모와 그의 사십 대손에 이르는 모든 후손까지 저주하려는 참에, 가렌이 내 어깨를 붙잡더니 얼굴에 대고 이렇게 말했다. "프레야, 이 기회를 놓치지 마." 그가 새된 소리로 말했다. "우리와 함께 더 좋은 세상을 만들자고. 당신같은 신을 죽이려고 하는 게 아니야. 그저 당신까지 이 일에 연루시키고 싶지 않을 뿐이야. 이 세상을 합리적이고 평화로운 곳으로 만들기 위해서지. 우리가 이뤄놓은 것들을 위태롭게 만들지 않는 한, 당신이 영원히 살든 어쩌든 난 신경도 쓰지 않아."

그가 어찌나 가까이 있었는지 숨에서는 점심 냄새가 났고 맥박이 목에서 피부를 뚫을 듯 고동치는 게 보였다. "신은 질병과도 같아." 가렌이 속삭였다. "인간에게 내려진 역병이지. 우리가 그걸 치료할 수 있게 당신도 도와."

처음으로 머릿속에 든 생각은 이대로 앞으로 돌진해 이빨로 그의 목정맥을 물어뜯는 것이었다. 두 번째로 든 생각은 그가 제정신이 아니라는 것이었다. 인류가 우리를 만들었다. 우리는 인간들에 의해, 그들이 자멸하지 않고 번성하도록 돕기 위해 이 세상에 나타났다. 하지만 난 함정에 빠지지 않기로 했다. 적이 제정신이 아니라고 생각하면 적을 과소평가하게 될 위험에 빠지게 된다. 그리고 이들은 분명 나의 적이다. 그들은 인류에 대한 내 능력을 빼앗고 그러는 과정에서 나를 구속하려고 한다. 다른 여느 존재들처럼 우리에게도 자유로울 권리가 있다. 지금은 물론 앞으로도 늘, 우리의 존재가 우리를 창조한 자들을 돕는 데에 헌신할 거라는 건 두말할 필요도 없다.

그러니 가렌이 틀린 거다. 하지만….

가렌의 말을 무시할 수는 없다. 그의 마음속에 타오르는 확신은 분명 그가 대변하는 조직에 반영될 것이고, 그 조직을 무너뜨리기 위해서라면 그들이 무엇을 이루려고 애쓰는지 알아야만 한다. 그들은 준비가 매우 잘 되어 있고, 자신들의 임무에 마음과 영혼을 바치며, 기술과 신성의 무자비한 조합이 그들을 뒤받치고 있다. 언젠가 그들을 완전히 짓밟아버리기 위해서는, 마음을 열고 그들의 욕구를 애써 인정해야만 한다.

아주 짧은 순간에, 단순히 한 인간에 대한 복수에서 이 음모 전체를 분쇄하는 것으로 계획이 확대됐다. 그래서 나는 그렇게 대답해야 했다. 그러지 않았다면 이 잔인한 목표를 이뤄낼 기회를 얻지 못할 수도 있었다.

"좋아." 내가 부드러운 목소리로 순순히 대답했다. 내 안의 여전사가 피를 부르짖었지만, 나는 온 힘을 다해 그녀를 억누르며, 미래에 있을 대학살과 응징에 대한 맹세로 그녀를 달랬다.

가렌이 눈을 껌뻑이며 뒷걸음질 쳤다. "뭐…?" 그가 맥 빠진 목소리로 말했다. 아무런 질문도 없었다.

"좋아." 내가 반복해서 말했다. "당신들과 합류하지."

그가 눈을 가늘게 뜨더니 얼굴을 실룩였다. 마치 방금 렌치 하나가 그의 뇌 안에 들어있는 톱니바퀴들을 뚫고 지나가기라도 한 것 같았다. "그럴 리가. 당신은 지금 거짓말을 하는 거야."

당연하지, 가렌. 하지만 그걸 증명할 수는 없을 거야. "그건 그다지 중요하지 않잖아?" 내가 맞받았다. "분명 모든 게 녹화되고 있겠지. 당신이 나를 위협으로 보고 가둔다면, 당신 보스가 뭐라고 할까? 모든 증거는 내가 기꺼이 협조했다고 보여줄 텐데 말이야."

"그들이 믿을…." 가렌이 말을 멈췄다. 능글맞던 웃음기가 싹 사라졌고, 그는 화가 잔뜩 나 있는 것 같았다.

"그들은 당신보다 나를 더 필요로 해. 당신이 몇 년을 충실히 섬겼다 해도, 그들이 바라는 건 당신이 아니라구, 안 그래?"

가렌이 입술을 깨물었다. 내가 그의 아픈 곳을 찌른 거다. 그렇다면 이것이 바로 그를 벼랑 끝으로 내몰 수 있는 약점이다. 아무리 격렬히 신을 증오한다고 해도, 그들은 언제나 가렌보다 신을 더 높게 평가할 것이다. 수년간의 충성도, 숙련된 기량도, 엄청난 직업의식도 중요하지 않다. 그도 그 사실을 잘 알고 있고, 이제는 나도 그걸 알고 있다.

"고맙습니다, 프레야 양." 마침내 그가 내뱉듯이 말했다. "피넴디 기업은 당신이 기꺼이 협조해 주신 것에 대해 감사를 드립니다."

피넴디*? 그게 바로 내가 파멸해야 할 조직의 이름이었다. 라틴어나 혹은 이탈리아어 같았다. 나는 나에게 바쳐지는 기도들의 언

* 라틴어로 '신들의 죽음' 혹은 '신들의 종말'이라는 뜻이다.

어를 모두 이해할 수 있다. 하지만 그건 가렌의 모국어가 아니었고, 그가 그 단어를 고유명사처럼 사용한 탓에 확실히 알 수 없었다. 나의 미미르를 위한 또 하나의 임무였다.

가렌이 수액 주머니가 달린 이동식 침대 옆쪽으로 걸어왔다. "곧 더 많은 정보를 드리겠습니다. 지금은 좀 쉬시지요." 친절하게 말하기는 했지만, 딱딱하고 혐오감으로 넘치는 목소리를 들으니, 그가 정말로 원했던 건 내가 자신의 제안을 거절하는 것이었다는 사실을 알 수 있었다.

그가 독이 든 수액의 흐름을 조절하자 그 즉시 정신이 멍해지기 시작했다. 또다시 눈앞에 깜깜한 안개가 끼었고, 방이 공기 중에 표류하기 시작했다. 다음 순간 그가 몸을 가까이 숙여 내 귀에서 일 센티미터도 채 떨어지지 않은 곳에 입술을 갖다 댔다. 너무나 조용한 목소리로 말한 탓에 겨우 알아들을 수가 있었다.

"네가 뭘 하려고 하는지 알아." 그가 속삭였다. "하지만 영원히 감추지는 못할 거야. 그게 네 본성이지. 네가 반항하기만을 기다리겠어, 프레야. 그때 끝장내주지."

나는 대답할 수조차 없었다. 그가 방을 떠나기도 전에 나는 정신을 잃었다.

8

신 그리고 인간

내가 이제까지 참석해 봤던 회의 중 가장 이상한 회의였다.

나는 세련된 회의실에 앉아, 중앙에 놓여 있는 타원 모양의 커다란 나무 탁자 위에 양 팔꿈치를 기대고 있었다. 회의실의 앞쪽에는 자신을 아담 캐러웨이라고 소개한 쾌활하고 말쑥한 젊은 남자 한 명이 커다란 벽걸이형 프로젝터 스크린 앞에 서서, 파워포인트로 프레젠테이션하며 기쁜 목소리로 떠들어대는 중이었다. 나와…, 디오니소스에게.

내 맞은편에 포도주와 환락과 성희롱의 신이 앉아 있었다. 나는 나의 신성한 포트폴리오에 머리 폭파 능력이 들어 있다면 얼마나 좋을까 하는 생각을 하며 가끔 디오니소스를 노려보았다. 당연히 그들은 디오니소스를 채용하려고 했고, 물론 디오니소스는 가렌의 제안을 받아들였다. 그는 허영심 많고 제멋대로였으며 음탕한 데다 힘에 눈이 멀어 있었다. 그에게서 다른 걸 기대하는 것은 바보 같은 짓이었다. 디오니소스가 참석한 바람에 나는 신경이 몹시 날카로워졌고, 순간순간 그를 불구로 만들어버릴 새로운 방법에 관한 공상 속으로 빠져들었다.

긴장 때문에 회의에 집중하기도 어려웠다. 아담은 벌써 피넴디의 간략한 연혁을 빠르게 훑고 지나갔는데, 난 그러니까 뭐랄까 까먹었다. 미국독립전쟁 무렵 철학자들과 정치가들이 모여 조직 하나를 만들었다는 내용이었던 것 같다. 기억나는 거라고는, 피넴디의 역사가 레오나르도 다빈치나 프리메이슨과 아무 관련이 없다는 사실에 안도감을 느꼈다는 것뿐이다. 나는 영화도 많이 보고 책도 많이 읽었는데, 보는 곳마다 그들이 튀어나오는 데에 아주 질려 있었다. '지옥의 한가운데서 그대들을 찌르리라, 대본작가들이여.'*

이제 아담은 신에 관한 전반적인 이야기로 주제를 옮기고 있었다. 보아하니 피넴디 안에서 우린 위력의 정도에 따라 덜 위대한 신에서 더 위대한 신까지로 분류되는 모양이었다. 그들은 또한 유사신들을 한데 묶어 '바닥'이라고 불렀는데, 그것은 추종자가 거의 없거나 전혀 없는 신, 혹은 신과 인간 사이에서 태어난 존재를 칭하는 단어였다. 그들은 내가 유사신 단계에 속할 거로 추정했었던 게 틀림없었다. 하지만 이젠 '덜 위대한 신' 단계로 올라가고 있는 것 같았다, 야호. 우리는 단계에 따라 '지원자' 중 숭배자들을 할당받게 되어 있었다. 아담은 이 부분을 매우 짧게 다뤘지만 사진 한 장을 보여 주었다. 사진 속에서는 병들어 있는 것처럼 보이는 사람들이 눈에 금속과 유리로 된 장치를 쓴 채 의자에 묶여 있었고, 거미처럼 생긴 장치는 빛을 뿜어내고 있었다. 피넴디는 자신들이 관리

* 소설《모비딕》에 나오는 주인공 에이햅의 대사를 살짝 바꾼 것

하는 신들을 개선하기 위한 최고의 방법으로, 이 불쌍한 사람들로부터 믿음을 유도해 내는 걸 선택했다. 하지만 우리는 자유롭게 제안을 할 수 있는 것 같았다. 나는 머리 폭파 능력에 관해 물어봐야겠다고 기억해 두었다.

다음으로 아담은 우리의 의무에 관해 이야기하기 시작했다. 듣자하니 우린 위력을 드러내 그들을 도와야 할 의무가 있었다. 또한, 적절한 경우에는 그들을 도와서 다른 신을 붙잡거나 채용하러 가는 임무를 수행해야 했다. 전반적인 목표는 신을 야생 상태에서 붙잡아 피넴디 시설로 데려오는 것이었지만, 궁극적인 목표는 모든 신을 더 안전하고 관리 가능한 환경으로 옮겨 오는 것이었다. 이렇게 건조한 기업적 환경에서 일련의 슬라이드를 보고 나면, 그들이 하는 일이 자연에 대한 모독이라는 사실을 쉽게 잊게 될 것 같았다.

"이것들이 기본적인 사항입니다. 이제 앞으로 며칠 동안 더 많은 것을 다루겠지만, 혹시 질문이 있으시다면 기꺼이 답변해 드리겠습니다." 아담이 '질문과 답변'이라고 제목이 붙여진 마지막 슬라이드로 넘어가면서 말했다. 그 말을 하면서 우리를 바라보는 표정을 보니, 정말로 기쁘게 답변해 줄 것 같았다. 아담처럼 순진한 회사원이 어떻게 해서 이렇게 신을 반대하는 음모적인 회사를 위해 일하게 됐을까? 나는 그의 기분을 맞춰주기 위해 질문을 한두 개 생각해 보기로 했다.

"믿음은 언제 얻죠?" 디오니소스가 물었다. 자세며 반짝이는 눈빛이며, 그는 아담이 프레젠테이션에서 했던 말을 한마디도 놓치지 않고 열중해서 들은 게 분명했다.

"몇 주 안에 얻게 되실 겁니다." 아담이 미소를 지으며 말했다.

"새로운 지원자들을 들여온 다음 신앙 계획을 수립한 후 여러분을 재검토할 것입니다. 그래야 어떤 신념을 목표로 삼을지 지원자들이 정확하게 알 수 있기 때문입니다. 그러는 동안 여러분이 저희 과정에 익숙해지고 이곳에서 편안하게 지내실 수 있도록 해드리겠습니다."

"만약에 여기서 살고 싶지 않다면요? 그나저나 여긴 어디예요?" 내가 손을 들고 물었다.

아담이 열심히 고개를 끄덕였다. "저희 신 중 몇 분은 바깥세상에서 계속 업무를 수행하셔야 한다는 걸 저희도 알고 있습니다. 그런 분들은 외부에 있는 주거지를 계속 유지하셔도 됩니다. 사외 거주 허가를 받고 싶으시다면 관련 서류를 신청해 드리겠습니다."

"그래 주시면 고맙겠어요." 내가 말했다.

아담의 얼굴이 환해졌다. "두 번째 질문에 대답해 드리자면, 저흰 지금 임펄스 본부에 있습니다. 미국 남동부 지역을 담당하는 5등급 훈련 및 개발 시설이죠."

"좋아요. 그래서 그게 어디 있는데요? 지도에서 말이에요." 이곳 사람들은 질문에 대해 너무 문자 그대로 대답하는 습관이 있는 것 같았다. 그렇게 말하면 듣는 쪽에서 이해할 거로 생각하는 모양이었다. 인간들아, 정확히 좀 설명해 달라고!

"아." 그가 웅얼거렸다. 내가 어디로 끌려왔는지도 모르고 있다는 사실에 조금 놀란 모양이었다. "저흰 플로리다 주 올랜도에 있습니다. 올랜도 국제공항에서 서쪽으로, 랜드스트리트에서 약간 벗어나 있죠." 그가 눈살을 찌푸렸다. "당신께선…?"

"의식이 없었어요." 내가 최대한 직설적으로 말했다. "말해주셔서 고마워요."

아담이 입을 꾹 다물었다. 깜짝 놀란 모양이었다. 내가 마취가 필요한 종류의 신일 거라고는 생각하지 않았었나 보다. "아, 그럼, 다른 질문 없으세요?"

"나도 그 사회 거주 허가 요청서를 받고 싶습니다." 디오니소스가 말했다. "반드시 참석해야 할 사업상 의무들이 있어요. 말이 나온 김에 묻는 건데, 시간이 얼마나 되었죠? 내가 여기로…," 그가 나를 힐끗 쳐다보았는데 광분한 눈빛에 짜증이 섞여 있었다. "…잡혀 온 지가."

"당연히 말씀드릴 수 있습니다." 아담이 재빨리 말했다. "보고서에 의하면 두 분 모두 어젯밤에 들어 오셨습니다."

내가 문 위에 걸린 벽시계를 힐끗 보았다. 오후 여섯시 삼십칠분이었다. 다행이었다. 결근했을까 봐 걱정하던 중이었다. 오늘과 월요일에는 근무가 없으니 내일 중으로 돌아가면 테마공원 근무 시간에 맞춰 도착할 수 있다.

"나와 함께 들어온 인간은 어디 있죠?" 내가 물었다. "최대한 빨리 풀어주셨으면 좋겠어요."

"아, 네. 이름이 '나단' 맞죠? 내일 중으로 의식을 되찾을 겁니다. 혹시 신하인가요?"

"비슷해요."

"전혀 문제없습니다. 당신의 손님 명단에 넣어두겠습니다." 그가 잠시 말을 멈추고 기대에 찬 표정으로 우리 둘을 바라보더니 두 팔을 벌렸다. "다른 질문 또 있으신가요?"

"새 옷은 언제쯤 받게 될까요?" 내가 수술용 유니폼을 집어 보이면서 말했다. 헐렁한 빛바랜 파란색 바지와 윗옷이었다. 변태적인 등 없는 환자복을 입고 있지 않은 건 기뻤지만, 수술용 유니폼은 딱히 내 스타일이 아니었다.

"몇 가지 옷을 옷장에 넣어드리도록 조치하겠습니다. 아니면 요청서를 작성하실 수도 있습니다. 그러시면 원하시는 옷이 방으로 직접 배달되게 하겠습니다."

"고마워요." 난 피넴디가 가지고 있는 옷이 무엇이건 조금이라도 유행에 맞는 것이기를 바랐다.

"다른 게 또 있으신가요?" 아담이 물었다.

"식사시간은 언제죠?" 디오니소스가 질문했다. "배고파 죽겠군요."

어련하시겠어. 내가 눈망울을 되록였다. 아담이 힐끗 벽시계를 쳐다보더니 대답했다. "완벽한 타이밍이네요! 여섯 시경부터 식당에서 음식이 제공되니 다른 질문이 없으시면 지금 모셔다 드리겠습니다."

"앞장서요!" 디오니소스가 신나는 목소리로 말했다. 그가 자리에서 벌떡 일어나는 바람에 의자가 바닥으로 쓰러졌다. 나는 차분히 의자에서 나온 다음 조심스럽게 탁자 밑으로 다시 밀어 넣었다. 까다롭게 예의를 지키는 편은 아니었지만, 거듭되는 디오니소스의 결례를 어떤 식으로든 꼬집는 일이 나의 수동 공격적인 여린 마음을 만족시켰다.

"저녁 식사 다음엔 뭐가 있죠?" 회의실에서 나가 복도를 따라 걷기 시작할 때 내가 물었다. 임펄스 본부는 사방으로 뻗어 나가는 통로들로 이루어진 미로였다. 아담이 프레젠테이션을 시작했을 때 주었던 자료 묶음에 지도가 들어 있기는 했지만, 도무지 알아볼 수가 없었다. 마치 무지개색 지렁이들이 들어있는 양동이 속을 들여다보는 것 같았다. 잘 설계된 디즈니월드 지하터널에 익숙해졌는데도, 이건 마치 에셔*가 만든 지도에서 악몽의 왕국을 찾기 위해 애쓰고 있는 기분이었다. 아담이 우리를 안내하지 않았다면 바로 길을 잃었을지도 모른다.

"여러분을 배정된 구역으로 안내해드릴 겁니다. 그곳에 도착하시면 사회 거주 허가 신청서가 두 분 모두를 기다리고 있을 거예요. 저녁 식사 후에 이곳 시설과 규칙들에 익숙해질 시간을 갖게 되실 겁니다."

"지금 여기에 다른 신들도 있나요?" 내가 물었다.

"오, 많지요." 아담이 고개를 끄덕이며 말했다. "동부에서 두 번째로 많이 신을 수집한 곳이니까요!"

수집했다고? 그런 식의 발상에 화가 치밀어 올랐지만 드러내지 않기로 했다. 아직도 가렌이 내게 마지막으로 했던 말을 기억하고 있었고, 나는 그가 틀렸다는 것을 증명해 보이기로 작심한 바였다. 그들의 등에 칼을 꽂을 바로 그 순간까진 완벽한 동지처럼 보일 거다.

그때 복도에 있는 문 하나가 활짝 열리면서, 나는 열띤 대화의 마지막 한 토막을 듣게 되었다. "…거절당한 적이 없어." 잘 재단된 정장을 입은, 건장하고 몸집이 떡 벌어진 남자 하나가 말을 하고 있었다. 방 안에 있는 누군가와 이야기를 하기 위해 고개를 돌린 채였다.

* 기하학적 원리를 바탕으로 3차원적 공간을 표현했던 네덜란드 판화가

가렌이 대답하는 소리가 들렸다. 그러자 갑자기 이 토론에 관심이 더 생겼다. 가렌의 말투가 이상했는데, 나는 그가 사실상 애원하는 중이라는 걸 깨닫게 되었다. "하지만 그녀는 다릅니다, 사장님! 자제력을 가지고 있어서 엄청나게…."

"자네 말은 듣고 싶지 않네, 전문가!" 남자가 방 안을 향해 단호한 목소리로 소리쳤다. "그들은 모두 다 똑같아! 그게 바로 요점이야, 그렇지 않나? 당장 현장으로 돌아가서 자네 할 일을 해!" 그런 다음 그가 몸을 돌렸다. 초췌하고 주름진 얼굴과 덥수룩한 흰 콧수염, 그리고 연녹색 눈동자가 모습을 드러냈다. 그는 나를 보더니 두 눈을 가늘게 떴다. 어디서 많이 본 눈이었는데 어디서 봤는지 딱 꼬집어 말할 수가 없었다. "당신은…." 우리가 옆을 지나쳐 갈 때 그가 말을 꺼내다 말았다.

가렌은 혼쭐이 난 표정으로 방에서 나왔는데, 나를 보는 순간 충격을 받았는지 표정이 변했다. 그들이 방금 그 안에서 누구에 관해 이야기하고 있었을지는 너무나 뻔한 일이었다. 가렌이 내 생각을 읽기라도 한 듯, 얼굴을 찡그리며 몸을 돌려 복도를 빠르게 걸어갔다. 나는 그가 걸어가는 모습을 보기 위해 걸음을 멈췄다. 이보다 더 의기양양할 수가 없었다. 역시 재단된 정장을 입은 다른 몇 명의 남자들을 위해 그 건장한 남자가 문을 잡아주고 있었는데, 모두 방을 빠져나가면서 나와 눈을 마주치지 않으려고 애써 나를 피했다.

와, 이거 정말 기분 좋네. 내가 신성한 충동을 억누르면 억누를수록, 이곳을 담당한 사람들은 더 혼란스럽고 더 걱정스러워질 거다. 나 자신이 얼마나 이제까지 잘 해왔는지에 스스로 감동했다. 이렇게 활기차고 명랑한 내게 그런 은밀함이 있을 거라고, 누가 생각이나 하겠는가? '물론 가렌은 제외하고.' 그 생각에 나는 빙그레 웃었다.

"지금 오실 건가요, 프레야 양?" 아담이 불편해하는 투로 물었다.

"새라예요." 난 그렇게 말하고 활짝 웃으면서 그들과 보조를 맞추어 걸어갔다.

몇 분 후에 나는 식당에 있었다. 아까의 회의를 '이상하다'고 말했던 내가 틀렸다. 내가 맞은 이 새로운 상황과 비교하면 그 회의는 아무것도 아니었다. 우리가 들어간 식당에는 임펄스 본부 직원과 신들이 가득 모여 있었는데, 모두 그날의 저녁 식사 메뉴를 마음껏 즐기고 있었다. 그들은 분명치 않게 웅얼거리는 목소리로 웃으면서 가십거리들을 나누고 있었는데, 왁자지껄한 대화 소리가 식당을 가득 울렸다. 그곳은 산업시설 같은 느낌이 났는데, 개조된 물류창고를 연상시켰다. 식당은 길고 천장이 높았다. 칙칙한 회색 테이블과 그에 어울리는 플라스틱 의자가 가득했고, 천장에는 형광등이 줄지어 매달려 있었으며, 발밑에는 얼룩덜룩한 싸구려 리놀륨 바닥재가 깔렸다. 내 왼쪽으로 쌍여닫이 문이 활짝 열려 있었는데, 문 옆에 있는 삼각대에 화이트보드가 놓여 있었고, 보드에는 초록색 마커로 그날 저녁 특별메뉴가 휘갈겨 쓰여 있었다.

가까이 가보니 화이트보드는 두 부분으로 나뉘어 있었다. '신' 그리고 '인간'. 내 앞쪽으로는, 세이지가 든 버터를 발라 요리한 야생돼지 구이와 석쇠에 구운 아스파라거스가 있었다. 하지만 피넴디의 인간 직원들은 다소 우울한 '감자 요리 바'에 있는 음식들로 만족해야만 했다. 디오니소스는 화이트보드를 보더니 그 이하는 기대하지도 않았다는 듯 고개를 끄덕이고, 저녁 식사 줄 쪽으로 느긋하게 걸어갔다.

내가 아담을 쳐다보았다. "무슨 문제가 있나요, 프레…, 아니, 새라?" 그가 긴장한 표정으로 물었다. 나의 유감스러움을 실망으로 잘못 해석한 모양이었다.

"괜찮아요, 아담." 내가 대답했다. "그저, 음, 저녁 식사 메뉴를 보고 놀란 것뿐이에요."

"마음에 안 드시나요? 안쪽으로 가시면 더 좋아하실 만한 기본 메뉴가 있습니다. 정말입니다. 이것들은, 그러니까 특별 메뉴일 뿐이고…."

"아니요, 아니에요. 훌륭해요." 나는 몹시 화가 났다. 아담은 내가 만족하지 않을지도 모른다는 생각에 겁에 질려, 거의 그 자리에 쓰러질 지경이었다. 나는 직원 대부분이 자신의 신성한 팀원을 위해 최선을 다하도록 요구받고 있다는 느낌을 받았다. "그저 왜 특별 메뉴가…, 차별화되어 있는지 궁금할 따름이에요."

아담이 눈을 껌뻑였다. 보통 땐 활기에 찼던 얼굴이 혼란스러운 표정으로 바뀌었다. 어떻게 이 상황이 나를 기분 상하게 할 수 있는지 이해하기 위해, 내 말을 뒤집어 생각해보는 중인 것 같았다. 누구를 더 나쁘게 생각해야 하는지 확실하지가 않았다. 모든 신은 거만한 프리마돈나라고 생각하는 이 사람들인지, 아니면 애초에 그들에게 그런 인상을 심어 준 내 동료 신들인지. "그냥…, 늘 이랬습니다, 새라 양." 마침내 그가 말했다.

"그래요, 멋지군요." 그에게선 결코 솔직한 답변을 듣지 못할 것 같았다. "도와줘서 고마워요, 아담." 그의 얼굴이 그 즉시 밝아졌다. "천만의 말씀입니다, 새라 양. 제가 도와드릴 일이 또 있다면 언제든지 말씀하세요."

"그럴게요." 나는 그에게 고개 숙여 인사한 다음 저녁 식사를 위해 줄 서는 곳으로 걸어갔다.

나는 문 바로 안쪽에 잔뜩 쌓여 있는 플라스틱 쟁반 하나를 들고, 음식을 고르기 위해 몸을 돌렸다. 식당은 둘로 나뉘어 있었다. 내 왼쪽에는 수많은 요리사와 스테인리스 음식진열대가 일렬로 늘어서 있었고, 대기 줄 위에 매달려 있는 금속 간판에는 '신'이란 단어가 적혀 있었다. 디오니소스는 진즉 도착해 온갖 종류의 진미를 쟁반에 쌓는 중이었다.

식당 반대편 음식진열대에 있는 음식은 종류도 더 적고 맛도 더 없어 보였는데, 직원 몇 명이 초탈한 표정으로 '인간'이라고 쓰인 현수막 아래 앉아 있었다. 마지막으로, 양쪽 바로 한가운데에 혼합 채소와 랜치 드레싱이 있는 셀프 샐러드 바가 있었다. 아마 양쪽 집단 모두로부터 용납되는 몇 개 안 되는 음식 중 하나인 모양이었다.

마음 한편으로는 이 강요된 불평등에 저항해 식당 반대쪽으로 건너가, 인간을 위해 준비된 감자 요리와 처량해 보이는 파스타를 먹고 싶었다. 이런 식의 분리는 신과 숭배자 사이에 불신과 적대감만 만들 뿐이었는데, 이것은 피넴디의 기업 철학을 보여주는 완벽한 예였다. 그들은 우리를 다루기 힘들고 변덕스러운 디바 쯤으로 여겼고, 그들의 이런 사고방식이 모든 것에 (심지어는 식당 설계에도) 반영되어 있었다. 그들보다는 내가 훨씬 낫다고 생각하고 싶었다. 내 허영심에 호소하고자 하는 이런 모욕적인 시도에도 굴하지 않고, 무엇이 옳은 것인지 내 확고한 태도를 보여주고 싶었다.

그때 '신' 쪽에 있는 음식들을 자세히 보게 되었다.

자랑스러운 일은 아니었지만, 몇 분 후에 나는, 고급스러운 진수성찬으로 뒤덮인 쟁반을 휘두르며 구내식당을 이리저리 돌아다니고 있었다. 양갈비, 송로버섯과 감자 경단 요리인 뇨키, 철갑상어 알을 살짝 바른 바삭한 빵조각, 그리고 버터호두 호박수프. 이 모든 음식이 죄책감과 함께 내 두 팔을 짓눌렀다. 먹을 거에 굴복했다는 사실에 수치심 이상의 감정을 느꼈다. 하지만, 이봐! 필레미뇽도 있었지만, 그것만은 거부하는데 성공했다고. 나단이 내 곁으로 돌아와서, 아무런 방해 없이 근사한 저녁 식사를 할 수 있을 때까지는, 내 식욕이나 채우고 있진 않을 것이다. 그러니까 내가 완전히 팔린 것은 아닌 거다, 그렇지? 내 말은, 여보세요, 송로버섯과 뇨키였다고요, 젠장.

내가 앉을 자리를 찾아 식당을 훑어보는데, 이상한 긴장감 같은 게 느껴졌다. 전에 느껴본 적은 없었지만, 텔레비전에서 봤던 것들을 종합해 볼 때, 그것은 '사회 불안 장애'*라고 전형적인 고등학생 심리였다. 테이블마다 패거리로 북적였다. 전문가들과 의사들이 실험복에 음식을 묻히지 않으려고 애쓰면서 노닥거리고 있는 게 보였다. 테이블 하나에는 근무가 끝난 경비 직원들이 있었고, 다른 테이블에는 정장을 입은 남자들이 앉아 있었다. 디오니소스가 걸어가자 그리스 신 몇 명이 서둘러 의자들을 치워 자리를 마련해 그를 환영하면서 큰 소리로 웃고 소리를 질렀다. 그들이 손바닥으로 디오니소스의 등을 치며, 못 본 사이 밀렸던 이야기를 하려고 앞다투어 몰려드는 동안, 디오니소스는 멍청이처럼 웃고 있었다. 그리스

* 다른 사람과 상호작용하는 사회적인 상황을 두려워하고 회피하려는 심리

신들은 그를 마치 십 주년 동창회에 온 졸업 무도회 킹카라도 되는 양 대접해 주었다.

이게 실제 지금 일어나는 일인가? 혹시 내가 납치되어, 신들과 인간 용병들이 출연하는 무슨 변태 리메이크판 〈베이사이드 얄개들〉* 시트콤에 출연하고 있는 것은 아닐까? 믿기 어려울 정도로 이상하고 불쾌한 상황이었다. 이 신들은 천성적으로 골칫덩어리일 뿐만 아니라, 나를 숨 막히게 할 정도로 오만하고 자기중심적인 경향이 있었다. 그런데 그런 그들이 지금 야외파티에 모인 남학생 사교클럽 회원들처럼 굴고 있다고? 뭔가 잘못된 게 분명했다. 나는 목을 길게 빼고 다른 곳에 앉을 곳이 있는지 둘러보았다. 신들 대부분 판테온별로 끼리끼리 모여있는 것 같았는데, 내 판테온에서 온 신은 아무도 없었다. 한쪽 구석에 이집트 신 몇 명이 있었는데, 나는 바스트**를 알아볼 수 있었다. 테이블 몇 개 너머에 있는 난폭한 고객 무리는 아일랜드에서 온 투아하 데 다난 신족神族 같았다. 슬라브 신들 옆에서는 아메리카 원주민 정령들이 온화하게 이야기를 나누고 있었는데…, 아, 잠깐. 저 무리는 잉카 신들일까, 아님 마야 신들일까? 나는 북회귀선 남쪽에 있는 신족들에 항상 약했다.

마침내 저 멀리 한쪽 구석에 누군가가 혼자 앉아있는 것을 찾아냈다. 나는 너무 간절하게 보이지는 않으려고 애쓰면서 쏜살같이 그쪽으로 다가갔다. "실례해요." 뜻밖에 걱정이 되었다. "같이 앉아도 될까요?"

* 1989년 미국 NBC에서 방영을 시작한 시트콤으로, 로스앤젤레스 베이사이드의 한 고등학교 학생들 사이에서 일어나는 다양한 에피소드를 다루었다.

** 고양이 머리를 가진 고대 이집트 여신

실험복을 입고 있는 것으로 보아 연구원인 것 같은 여자가 고개를 들었다. 그녀는 나를 알아보더니 초록색 눈을 휘둥그레 뜨며 입을 떡 벌렸다. 내가 피넴디에 들어왔을 때 감독을 맡았던 그 안경 쓴 연구원, 바로 사만다 드래스였다. "글쎄요…," 사만다가 당황한 얼굴로 중얼거렸다. "프레야, 맞죠? 안녕하세요."

"안녕, 사만다." 내가 기분 좋게 고개를 끄덕이면서 말했다. "새라라고 불러도 돼요. 같이 먹어도 될까요?" 나는 쟁반을 들어 흔들어 보였다.

사만다가 눈살을 찌푸렸다. "미안하지만 나는 신이 아니라는 거 알죠?"

이번에는 내가 눈살을 찌푸릴 차례였다. "네." 그리고 잠시 후에 물었다. "그래서요?"

그녀의 얼굴이 활짝 펴지고, 기분 좋은 놀라움이 얼굴에 나타났다. "아, 나는 또…, 음, 그러니까 내 말은…, 좋아요. 일행이야 늘 대환영이죠." 그녀가 마침내 말했다.

내가 활짝 웃으며 쟁반을 내려놓고는 그녀의 맞은편에 앉았다. 잠깐은 양갈비를 잘라 부드러운 조각으로 만들어 입안으로 집어넣기 바빴다. 그러던 중 사만다가 나를 희미하게 부러운 표정으로 쳐다보고 있는 게 느껴져, 먹기를 멈췄다. "좀 먹을래요?" 내가 나의 쟁반을 가리키면서 말했다. "맛있어요."

"아, 아니요. 안 될 거예요." 그녀가 얼굴을 붉히면서 말했다. 정작 그녀의 쟁반은 샐러드와 구운 감자가 차지하고 있었다.

"아니요, 먹어도 돼요. 저들이 이곳에 심어놓은 '신이 인간보다 위대하다'는 사상 따위, 난 신경도 안 써요. 그러니까 양고기 한번 먹어봐요. 아니면 뇨키 먹을래요?"

사만다는 망설이긴 했지만, 가타부타 말이 없었다. 그래서 쟁반을 더 가까이 밀어줬다. "어서요, 먹어봐요." 나는 화가 나기 시작했다.

그녀는 마치 아주 못된 짓을 하려는 사람처럼 재빨리 주위를 둘러보더니 어깨를 들썩하고는 손을 뻗어 포크로 뇨키 한 덩이를 찍었다. "오오." 사만다가 뇨키를 입안에 넣고 나서 말했다. "완벽해요."

"나쁘지 않죠?" 나도 다시 음식을 먹기 시작하며 말했다.

"전혀요." 그녀가 말했다. "그런데 우린 음식을 나눠 먹으면 안 돼요, 알죠?"

"네, 그런 것 같더군요. 가끔 하면 안 되는 걸 하는 것도 재밌잖아요?" 내가 씨익 웃으면서 말했다.

사만다는 아무 말 하지 않았지만, 입술에 미소가 살짝 번진 거로 보니 전혀 가망 없는 사람 같진 않았다. 우리는 다음 몇 분 동안 침묵을 지키면서 각자의 음식을 즐겼다. 다른 쪽 테이블들에서 내 쪽을 힐끔힐끔 쏘아보는 게 느껴졌다. 신이든 인간이든 할 것 없이 우리 둘에게 몹시도 흥미가 있는 모양이었다. 솔직히 그들이 이런 관심을 보이는 게 나 때문만은 아닐 거야, 그렇지? 내가 비록 신이기는 해도, 그게 여기서도 똑같은 영향력을 가지는 건 아닌 것 같다. 이렇게 인정하면 겸손한 말이겠지만, 내 생각에 그들은 나의 빼어난 미모보단 내가 식사를 함께하기로 한 이 젊은 여성에 더 관심이 있었다. 그런 의미에서 나의 이 외로운 일행에 관해 좀 더 많은 걸 알아내야 했다.

"왜 다른 이들이랑 같이 안 먹어요?" 내가 물었다. 그래, 내 장점 중에 섬세함은 없다.

사만다가 포크를 내려놓고 한숨을 쉬며 눈길을 돌렸다. 너무나 오랫동안 말이 없어서, 혹시라도 내가 기분 상하게 한 건 아닌지 걱정됐다. 그녀가 마침내 말했다. 체념한 듯한 목소리였다. "아빠 때문이에요."

"그게 왜…."

"모두 아빠를 두려워해요. 그래서 나까지도 두려워하죠." 그녀가 여전히 눈길을 돌린 채로 말했다.

"아빠가 누군데요?"

사만다가 다시 말을 멈췄다. 정확히 왜 말하고 싶지 않은지 알 만했다. "사만다, 당신이 설령 〈아기 돼지 삼 형제〉에 나오는 나쁜 늑대랑 친척이라고 해도, 난 도망가지 않을 거예요." 내가 말했다.

"미안해요." 그녀가 건성으로 웃으면서 말했다. "하지만 같은 일이 매번 반복되면 약간 움츠러들게 되죠."

"말해봐요."

"그래요, 알았어요." 사만다가 허리를 곧게 세우고 그녀의 연녹색 눈으로 나를 바라보았다. 그리고 바로 그 순간, 그녀가 말하려고 입을 열기도 전에, 나는 그녀의 아빠가 정확히 누군지 알 수가 있었다. "아빠는 피넴디 기업의 최고 경영자이자 사장이신 기디언 드래스예요." 사만다가 슬픈 목소리로 중얼거렸다.

"아, 그분." 내가 태연한 목소리로 말했다. 통로에서 가렌에게 행군명령을 내렸던 바로 그 남자였다. 사만다와 그는 눈동자가 같았다. 그래, 그래. 온 힘을 다해 죽여야 할 자가 누군지 이제 알겠군. "벌써 만났어요."

그녀는 눈알이 튀어나올 것만 같았다. "정말요?"

"그게 다예요?" 내가 그녀의 질문을 무시한 채 말했다. "그래서 슬픈 외톨이처럼 구석에 있어야 했던 거예요? 그러니까 내 말은, 음, 난 바람과 바다가 아빠예요. 그래도 여전히 친구들이랑 같이 밥 먹는 건 괜찮다구요."

사만다는 내 말에 진심으로 웃음을 터뜨렸고, 난 마음속으로 자신에게 잘했다고 칭찬했다. "아빠는 나를 지나치게 보호해요." 그녀가 작은 소리로 말했다. "아빠는 사람을 안 믿어요. 신은 특히요. 그래서 내가 누구랑 어울려 다닌다는 걸 알아내면, 뭐 나한텐 아무 말도 안 해요. 단지 사람이든 신이든…, 더는 나랑 친구로 지내고 싶지 않아 하죠."

"그렇지 않아요, 사만다." 내가 말했다. "난 아무 데도 안 갈 거예요."

사만다가 나를 '그러든 말든' 하는 표정으로 쳐다봤다. 그래서 나는 화제를 바꾸기로 했다. "철갑상어 알 좀 먹어볼래요?" 잠시 후 내가 물었다. 난 사만다의 친구가 되기로 했다. 그렇게 해서 기디언 드래스에게 모욕감을 안겨 줄 수만 있다면 말이다. 아주 짧은 순간, 내가 한 결심 중 몇 개가 순수한 양심에서만 비롯된 것인지 궁금했다. 하지만 더는 그런 생각은 하지 않기로 했다.

사만다가 얼굴을 찡그렸다. "웩, 너무 짜요."

"좋을 대로 해요." 내가 철갑상어 알을 조금 떠 빵 조각 위에 올린 후 기분 좋게 베어 먹으면서 말했다.

그로부터 일이 분쯤이 지났을 때, 근처에서 약간의 움직임이 느껴졌다. 거무스름한 피부의 여자가 일행에서 벗어나 내 쪽으로 건너왔다. 그녀는 나보다 약간 더 통통했는데 있어야 할 곳에만 살이 있어 몸매가 매력적인 곡선미를 띠고 있었다. 넓적한 얼굴과 아름다운 이목구비는 자애로운 인상을 주었다. 눈부시게 아름다운 흑발이 허리까지 늘어졌고, 밤색 유리처럼 반짝이는 두 눈이 태양 표면처럼 빛났다. 그 빛나는 눈동자는 환하게 타오르는 내면의 불꽃을 보여주고 있었다.

"안녕하세요." 그녀가 굵은 저음에 억양이 섞인 영어로 내게 말했다. 그녀가 사만다를 완전히 무시하는 걸 의식하지 않을 수가 없었다. "새로 오신 신이군요, 그렇죠?"

"맞아요. 그리고 이걸 새로운 패션 트렌드로 만들려고 노력하는 중이기도 하죠." 내가 수술용 유니폼을 가리키며 말했다.

"아, 그렇군요. 어쨌든 임펄스 본부에 오신 걸 환영해요." 그녀가 두 팔을 벌리면서 말했다. "난 불과 화산과 춤의 여신 펠레예요."

내가 그녀를 향해 고개를 끄덕였다. 평소라면 자리에서 일어나 손을 내밀었겠지만, 펠레가 사만다를 쌀쌀맞게 대하는 게 맘에 들지 않았다. "프레야예요. 사랑과 아름다움과 전쟁의 여신이죠." 그런 다음 고개를 돌려 사만다에게 눈을 찡긋하며 말했다. "당신은 날새라라고 불러도 괜찮아요."

사만다는 미소를 지었지만, 펠레는 눈살을 찌푸렸다. "만나서 반가워요, 프레야." 하와이 여신 펠레가 말했다. 그녀가 응답하는 식을 보니 내가 누군지 벌써 알고 있었다는 느낌이 들었다. 그녀가 다음에 한 말이 그것이 사실이었다는 걸 확인해 주었다. "우리가 이곳에서 북유럽 신을 본 건 당신이 처음이에요. 정말 환영해요. 괜찮다면 우리랑 함께 앉을래요?"

펠레가 고개를 돌리더니 손을 뻗어 육 미터쯤 떨어진 곳에서 우리를 쳐다보고 있는 두 명의 신을 가리켰다. 두 명 모두 피부가 거무스름하고 위풍당당했다. 그들 중 한 명이 손을 흔들었다. 펠레와 매우 비슷하게 생겼지만, 더 차분하고 자연스러운 이목구비를 가진 젊은 여자였다. 그녀가 팔을 들어 올리자 머리카락이 그녀의 팔을 휘감았는데, 마치 끝없이 부는 산들바람을 만난 것처럼 보였다. 그들 세 명 모두 선명한 색에 주름이 많은 헐렁한 원피스를 입고 있었다.

"네, 좋아요!" 내가 사만다를 힐끗 쳐다보며 말했다. 그녀는 우울해 보였다. "금방 갈게요. 내 친구도 같이 갈 수 있죠?" 대답은 이미 알고 있었지만, 일부러 상황을 불편하게 만들고 싶었다.

"아." 펠레가 이글거리는 눈빛으로 사만다를 흘끗 쳐다보았다. "음, 그게 그러니까…, 우리도 그렇게 하고 싶긴 하지만…."

"괜찮아요, 프레야." 사만다가 부드럽게 말했다. "어서 가요."

"이건 말도 안 돼요." 내가 말했다. "도대체 사만다의 아빠가 무슨 일을 했길래 이렇게 사만다를 두려워하는 거죠?"

"제발요, 난…." 사만다가 입을 열었다.

펠레가 얼굴을 찡그리더니 몸을 숙이고 목소리를 낮춰 속삭였다. "내 동생들과 나, 우리 모두 사만다를 좋아했어요. 하지만 그걸 드래스 씨가 알아냈고, 그가…, 그가 우리 중 한 명을 다른 시설로 보내버렸어요."

"카포*였어요." 사만다가 고개를 끄덕이면서 말했다.

"우린 카포가 너무나도 그리워요. 드래스 씨는 어떻게든 당신도

* 하와이 신화에서 풍요와 마술과 어둠의 힘의 여신

해칠 거예요. 그래서 우린 그저…, 무슨 말인지 알겠죠?" 펠레가 애원하는 눈빛으로 말했다.

내가 입술을 꽉 깨물고 펠레와 사만다를 번갈아 쳐다보았다. 마음속으로 무슨 결심을 한 사람처럼 사만다가 쟁반을 획 집어 들더니 출구 옆에 있는 '빈 그릇 놓는 곳' 쪽으로 걸어가기 시작했다. "괜찮아요." 그녀는 자리를 뜨며 이렇게 말했다. "어차피 다 먹었어요."

사만다는 고개를 떨군 채 걸어갔다. 내가 펠레를 바라보자 펠레가 어깨를 들썩하더니 부드러운 목소리로 말했다. "아빠들이란, 그렇죠?"

우리 둘 다 고개를 돌려 사만다를 쳐다보았다. 그녀는 음식이 아직 가득 담긴 쟁반을 빈 그릇 두는 선반에 던지다시피 놓고 쏜살같이 식당을 빠져나가고 있었다. 거절당한 마음의 상처가 소용돌이치며 뿜어 나오고 있었다. "네, 아빠들이란." 내가 웅얼거렸다. 그러고는 펠레 자매들과 함께 식사하기 위해 쟁반을 들고 움직였다.

피넴디는 신성의 본질을 왜곡하고 세상에 있는 신들을 납치해, 우리를 훈련된 전투견처럼 통솔하기 위해 전력을 다하고 있다. 자신의 딸을 은둔자로 만들어버린 한 인간의 명령에 따라서 말이다.

이곳을 잿더미로 만들어버리고 말겠다.

9

내 안의 발키리

펠레와 그녀의 여동생들은 나쁜 신이 아니었다. 그저 겁에 질려 있을 뿐이었다. 함께 저녁을 먹고 이야기를 나누며, 그들이 피넴디나 피넴디의 감독관들을 나만큼이나 좋아하지 않는다는 사실을 알았다. 단지 그들에겐 잃을 게 더 많았을 뿐이었다.

"우리 가족 대부분이 피넴디 기지들에 흩어져 있어요." 영원히 바람에 날리는 머리카락을 지닌 소녀 히이아카가 아스파라거스 한 조각이 찍힌 포크를 놀렸다. "시설이 몇 개나 존재하는지는 모르지만, 미국에만 적어도 네 개가 있고 해외에도 여러 개가 있어요."

"우리가 그들에게 협조하는 건, 글쎄요…, 우리에게 무슨 수가 있겠어요?" 펠레의 셋째 동생인 나마카가 음식을 여기저기로 밀치면서 말했다. 똑바로 바라보지 않으면 그녀의 피부가 희미하게 일렁이는 것처럼 보였다. 마치 그녀 자신이 액체의 일부인 것 같았다. 눈동자는 잔물결이 이는 바닷물처럼 청록색이었다. "여기에서 행복하다는 게 아니에요. 우리도 섬으로 돌아가, 푸른 나뭇잎 사이로 비추는 햇빛과 발가락 사이로 빠져나가는 모래를 느끼고 싶어요."

"난 얼굴을 스치는 바닷바람이 그리워요." 히이아카가 눈을 감고 말했다.

"따스한 용암 웅덩이들과 칼데라* 위로 내리치는 번갯불도…." 펠레가 자매들과 함께 추억에 잠겨 중얼거렸다.

"다른 신들은 어때요?" 내가 물었다. 함께 몽상에 빠진 그들을 정신 차리게 해야 했다. 그들은 친절했지만 변덕스러웠고, 자연적이었다. 아빠와 나눴던 대화들이 어렴풋이 떠올랐다. 이 신들도 아빠처럼 자연에 나보다 훨씬 더 가까워서 쉽게 산만해졌다. 물론 내 눈에 그렇게 보였다는 것이다. 누군가는 그들이 현대 세계의 걱정거리에 쉽게 휩쓸리지 않고, 삶에서 중요한 것들을 풀과 하늘, 파도와 모래 속에서 찾는다고 생각할지도 모른다. 아주 잠깐, 이 여신들을 교훈으로 삼아 나의 파괴적 행보를 멈춰야 하는 건 아닐까도 생각해봤다. 내가 피넴디를 책임져야 할 필요는 없었다. 어차피 난 피넴디를 이끄는 이들의 뼈가 먼지로 돌아간 뒤에도, 한참 동안 여전히 살고 있을 테니까.

바로 그때, 내 영혼 속의 여전사가 고개를 쳐들고 두 눈을 번쩍였다. 그녀는 피넴디가 나와 내 종족에게 뭘 하려고 하는지 내게 상기시켜 주었고, 나는 그녀가 내뿜는 혐오의 열기를 느꼈다. 그래, 내가 뭔가를 해야 할 필요는 없다. 하지만 사랑과 아름다움의 고향, 풍요와 마법의 안식처를 지나 내 마음 깊숙한 곳에 자리 잡은 구덩이 속에는 요새 하나가 있고, 그 요새 안에는 잔혹한 모습의 또 다

* 화산 폭발로 인해 산꼭대기에 패인 거대한 구덩이

른 내가 대기 중에 있다. 피로 얼룩진 그녀는 갑옷으로 자신을 치장하고 일그러진 미소 사이로 이를 드러낸 채 날카롭게 무기를 갈며, 내가 하늘의 분노를 풀어놓기 위해 자기를 필요로 할 그 날을 위해 준비 중이다.

그들은 반드시 죽어야 해.

"네?" 펠레가 몽롱한 목소리로 물었다.

"다른 신들이요." 내가 거듭 물었다. "그들도 피넴디를 싫어하나요?"

"다들 달라요. 정말요." 나마카가 무심히 테이블 위에 물줄기를 그리면서 말했다. 마치 나마카의 피부에 물이 고여 있는 것 같았다. 그녀의 선명한 파란색 원피스는 완전히 말라 있었는데도 말이다. "일부는요. 그들이 우리처럼 피넴디를 증오하는 건 너무나도 당연해요. 우리를 가둬 놓는다거나, 심지어 가족들과 떨어뜨려 놓는다는 건 있을 수 없는 일이잖아요. 하지만 저 그리스 신들 좀 보세요." 나마카가 축축한 손가락을 들어 그리스 신들이 있는 테이블을 가리켰다.

"제발!" 히이아카가 깔깔거리며 소리를 질렀다.

나마카가 눈망울을 굴렸다. "저 그리스 신들은 이곳을 사랑해요. 피넴디 직원들이 알랑거리면서 비위를 맞춰주니, 저들의 힘이 부어오를 수밖에요. 여기가 자기들의 새 올림포스라도 되는 것처럼 군다니까요!"

"내가 듣기론 피넴디가 헤파이스토스*를 시켜, 뉴욕에 있는 이들

* 그리스 신화에 나오는 불과 대장간의 신

을 위해 신비한 크리스마스 장식용 공과 무기를 만든대요." 펠레가 대화에 다시 끼어들었다.

나마카가 고개를 끄덕였다. "저들은 피넴디를 위해 온 사방에서 갖은 일을 다 하고 있어요."

"당신과 함께 들어온 자는 누구지요?" 펠레가 물었다. "그 멋쟁이 말이에요."

"으, 그 녀석이요?" 내가 말했다. "디오니소스예요. 쓰레기죠."

"오, 이야기해 줘요." 히이아카가 재빨리 의자를 가까이 가져와서는 몸을 앞으로 숙였다.

폭풍우 몰아치는 태풍과도 같은 히이아카의 두 눈이 희미하게 빛났다. 가십거리를 찾고 싶은 원초적인 욕구가 수면 위로 헤엄쳐 올라오는 게 보였다. 자연의 신이건 아니건, 때때로 재밌는 가십거리를 듣고 싶은 법이다. "정말 좋아하실 거예요." 내가 무슨 음모라도 꾸미는 듯한 투로 말했다. 그리고 디오니소스에 대한 모든 것을 그들에게 말해줬다. 정말 끝내줬다. 얼마나 내가 같이 이야기할 여자 친구들을 원했었는지 이해할 수 있었다. 그들은 그때그때 헉 하고 숨을 몰아쉬었고, 내가 디오니소스를 속여 가렌을 쫓게 한 걸 설명할 땐 활짝 웃었다. 디즈니월드 지하터널에서 받은 공격에 관해 이야기할 땐 아주 진지했고, 중간에 나단이 나타난 부분에선 박수를 치며 웃음을 터뜨렸다.

"정말 귀엽게 생겼기도 했어요." 히이아카가 심술궂은 눈초리로 디오니소스를 노려보면서 말했다. 그녀가 나에게 고개를 돌렸다. "하지만 아주 더러운 녀석이란 걸 여신들 모두에게 확실히 알려줄게요."

"카포가 여기 있다면 얼마나 좋을까." 펠레가 아쉬운 듯 말했다. "카포라면 저 녀석을 제대로 한 방 먹여줄 텐데."

"우우, 상상이 가?" 히이아카가 짓궂은 표정으로 말했다.

나마카가 한숨을 내쉬었다. "카포가 정말 그리워." 그녀가 중얼거렸다.

분위기가 확 깨졌다. 그들이 말하고 있는 카포에 관한 이야기가 어떤 건지 무척 궁금했지만, 일단 화제를 바꾼 다음 나중에 미미르에서 찾아보기로 했다. "그런데 피넴디는 당신들에게 무슨 일을 시키나요?" 내가 물었다.

그들이 서로 눈길을 주고받았다. 펠레가 먼저 나에게 고개를 돌려 말했다. "대부분의 시간 동안은 아무 일도 안 해요. 아주 가끔 이상한 일거리를 주긴 하지만, 늘 별거 아닌 거예요. 마치 우리가 지루해지지 않게 하려는 것처럼요. 그러지 않으면 자기들이 우리를 잊었다고 생각할까 봐 그러는 것 같아요."

"왜요? 그러니까 내 말은, 당신은 화산을 다루잖아요, 그렇죠? 꽤 강력한 힘 아닌가요?"

펠레가 어깨를 들썩했다. "생각해봐요. 어떤 문제가 닥쳤는데, '내게 완벽한 해결책이 있어! 바로 화산이야!'라고 말할 일이 얼마나 되겠어요."

내가 잠시 말을 멈췄다. "좋아요, 그건 말이 되네요. 하지만 그래도, 그게 당신에게 있는 유일한 능력은 아니잖아요. 게다가 당신의 자매들은…, 바람과 파도, 맞죠?" 다른 두 명의 여신들이 고개를 끄덕였다. "그런데 왜 피넴디가 당신들을 무시하는 거죠?"

나마카가 물방울을 휘날리며 고개를 저었다. "피넴디가 우리를 정말 무시하는 건 아니에요, 프레야. 그저 우릴 통제하려고 하는 거예요. 우리가 할 수 있는 일 중 대부분은 더 신뢰받는 신들이 담당하고 있어요. 게다가 '카'도 있고."

"카요?" 내가 물었다. "네, '쿵' 할 때 그 '카'요." 히이아카가 파리한 미소를 지으며 말했다.

"폭발의 신인데 이름이 '카 포호 이 카히 올라'거든요." 나마카가 말했다.

"폭발이라고요?" 내가 반복해서 말했다. 그때 뭔가가 뇌리를 스쳤다. "잠깐만요, 겨우 폭발이요?"

펠레가 고개를 끄덕였다. "우리 남동생이에요. 엄청나게 강력했던 적은 한 번도 없었어요. 우리 같진 않았죠. 하지만 그건 피넴디로 오기 전의 이야기예요."

"그들은 어마어마한 양의 믿음을 카에게 집중시켰어요. 카는 믿기 어려울 정도로 강해졌고, 자기가 처리해야 하는 일에 대단한 능력을 보였지요." 나마카가 말했다. "말하자면 카는 이제 걸어 다니는 무기고나 다름없어요."

"거대한 불덩어리로 없애버리고 싶은 게 있나요?" 펠레가 두 손을 동그랗게 말아 주먹을 쥔 다음 손가락을 쑥 뻗으며 말했다. "산을 반으로 쪼개버리고 싶나요?"

"우리 동생을 부르면 돼요." 히이아카가 말했다. "카는 피넴디의 살아있는 무기예요. 그 애가 갑자기 발끈해 이 시설을 지도에서 없애버리기로 할까 봐, 우리가 여기서 빈둥거리기나 하며 허송세월해야 하는 거예요."

펠레가 고개를 끄덕였다. "그들이 우리 가족 모두를 전 세계로 흩어놓은 이유가 바로 그거예요. 만일의 경우를 대비한 거죠."

"맙소사." 내가 중얼거렸다. 그들이 해주는 이야기가 완벽하게 이해됐다. 어떤 신이 여러 가지 개념을 가지고 있다는 건, 그만큼 더 강력하다는 의미다. 보통은 그런 다양성 때문에 더 많은 도움을 얻기 위해 더 많은 숭배자가 그 신을 찾게 된다. 가끔은 아주 구체적인 개념에 집중하면서도 막강한 능력을 행사하는 신을 만나기도 한다(예를 들어 고대 그리스 태양의 신인 헬리오스를 생각해보라). 하지만 대부분의 경우, 이렇게 전문화된 신은 힘이 더 약하다. 그러니까 폭발과도 같이 모호한 전문 분야를 가진 신이라면 아마도 힘이 매우 약할 것이다. 그런데도 피넴디는, 하와이 신 카에게 특정 영역에 대한 엄청난 위력을 부여함으로써, 그의 형세를 역전시킨 것이다. 또 다른 신성 간섭의 훌륭한 예다. 그게 어떤 결과를 가져올지 짐작밖에 할 수 없지만 끔찍할 거라는 건 분명하다. 사실 정말 나쁜 건, 카가 동조하도록 만들기 위해 피넴디가 하와이 판테온에 속한 모든 신을 붙잡아 가두는 수고도 마다치 않았다는 사실이다. 그것은 완전히 다른 차원에서 걱정스러운 일이다. 어쩌면 이게 빙산의 일각에 불과할지도 모르기 때문이다. 그들이 천체에 또 어떤 만행을 저질렀는지 누가 알겠는가?

하와이 자매들이 침울한 표정으로 고개를 끄덕였다. 바로 그 순간, 바로 그 자리에서, 나는 이 여신들을 신뢰하기로 했다. 난 거짓말쟁이를 골라내는 데는 소질이 전혀 없고, 그들이 피넴디의 비밀 이중첩자일 가능성도 있었다. 하지만 자연의 정령들이 이중적이라고 생각해 본 적은 없었다. 말썽꾸러기인 건 맞다. 하지만 그들이 위선적일 수 있을까? 분명 위선은 자연신의 특성이 아니라 인간의 특성이다. 난 오는 말이 고와야 가는 말이 곱다고 믿는다. 나는 사람들이 본질에서는 선하고 믿을만하다고 생각하지만, 내가 틀렸다는 게 증명되는 순간, 그들은 나한테 죽는다. 때로는 문자 그대로.

"그러니까 당신들의 불안정한 남동생이 계속 피넴디에 동조할 수 있게 하려고 여기에 머물고 있다는 말인가요? 그들이 당신 셋까지 갈라놓을까 봐 아무 행동도 하고 싶지 않다는 거예요?" 내가 목소리를 더더욱 낮추어 말했다.

그들은 서로를 바라보더니 고개를 끄덕였다. "피넴디가 우리를 여왕처럼 떠받들어주고 음식도 나쁘지는 않지만, 우리가 눈이 먼 건 아니에요." 히이아카가 말했다. "그들이 하는 게 잘못된 거라는 거, 우리도 알아요. 그저 우리 중 또 누군가가 떠나는 건 차마 볼 수 없을 뿐이에요."

"그래도 우리 중 누군가를 실제로 해치려 들진 않을 거예요. 폭발의 신이 알아내기라도 하면 으르렁대며 광란의 복수를 할지도 모르니까요."

"틀림없어요." 펠레가 말했다.

"그렇다면 당신 셋과 거래를 하고 싶어요." 나는 엿듣는 사람이 가까이 없는지 확인하러 주위를 슬쩍 둘러보았다. "날 도와줘요. 그럼 피넴디 때문에 걱정해야 할 일은 다신 없을 거예요."

세 명의 자연신 사이에 또 한 차례 시선 교환이 있었는데, 그들의 눈이 혼란으로 가득 차 있었다.

"조건이 뭐죠?" 마침내 펠레가 입을 열었다.

"난 그들을 파멸시킬 거예요. 그들이 하는 건 모두가 혐오 그 자체예요. 이 시설 전체를 쑥대밭으로 만들어버릴 건데, 그건 시작에 불과해요. 그들을 지구에서 쓸어버려야 해요. 내가 그럴 수 있도록 당신들이 도와주었으면 좋겠어요."

하와이 세 여신은 충격에 빠져 잠시 할 말을 잃었다. 다음 순간 히이아카가 웃음을 터뜨렸다. "포부가 크네요. 인정해요!" 그녀가 자매들을 쳐다봤다. "난 이 여자가 맘에 들어. 거침없잖아."

"위험한 여자야." 나마카가 팔짱을 끼며 말했다.

펠레가 나를 향해 고개를 저었다. "프레야, 이 시점에 피넴디를 공격하는 건 다수의 판테온을 습격하는 거예요." 그녀가 설명했다. "그들은 너무 강력해요."

"정말요?" 내가 유감스럽다는 눈빛으로 펠레를 보았다. "언제부터 그렇게 정치에 관심이 있었어요?" 그러고는 눈길을 나마카에게 옮겼다. "한 줌밖에 안 되는 타락한 인간들 때문에 세상의 흐름이 바뀐 거예요? 그게 당신네 전통이에요? 본성을 위협하는 것과 직면했을 때 드러누워 목구멍을 보여주는 게요?"

나마카가 눈을 가늘게 뜨고 나를 노려보며 말했다. "세상의 흐름은 영원하고 야만적이에요. 사랑과 아름다움보다도 더 오래갈 거예요. 이 한심한 관료들은 두말할 것도 없죠."

나는 몇 초 동안 말을 멈추고 나마카를 노려봤다. 똑같은 말이 내 안에서도 들려왔다. 피넴디가 소멸할 때까지 시간과 나의 불멸성을 믿고 기다릴 수 있다는 말이었다. 하지만 그들의 사악함을 향한 나의 분노가 그런 생각을 여지없이 무시하고 뭉개버렸다. 나보다도 훨씬 더 원시적이고 자유로운 존재들이 왜 이런 생각들을 받아들이고 있는 거지? 마음속으로 혼자 생각했다. '이건 단단히 잘못됐어. 도대체 어떤 것이 이들을 이렇게까지 바꾼….'

끔찍한 깨달음이 뇌리를 뚫고 지나갔고, 난 얼음장처럼 굳어버렸다. 이곳에서 무슨 일이 일어난 건지 마침내 이해했다. 물기를 잔뜩 머금은 나마카의 얼굴을 스쳐보는 순간 그녀의 얼굴 너머로 공허한 영혼이 얼핏 보였다. 그녀를 봐. 이들 모두를 봐! 이들은 자연의 정령이다. 그런데도 자신의 운명을, 자기가 고향으로부터 떨어져 나왔다는 사실을 그냥 받아들이고 있는 거다. 마치 그게 약간의 불편함 정도밖에 되지 않는 것처럼 말이다. 이들은 자기에게 행해진 짓이 무엇인지, 자기가 뭘 잃어버렸는지 전혀 알지 못한다. 식당의 분위기가 이렇게 이상하고, 이 모든 변덕쟁이 신들이 마치 서로 절친이라도 되는 것처럼 친하게 어울리는 게 바로 이것 때문이다. 우리를 유혹하기 위해 피넴디가 제시했던 그 '믿음'. 그건 독이 든 미끼다. 갇힌 몽상가들이 힘을 제공해 준다 해도, 그 대가는 끔찍하다. 결국 우린 인간들이 만들어낸 존재이고, 피넴디는 그 사실을 너무나 잘 알고 있다. 자신들의 애완용 신들을 그들의 힘의 원천으로 꽁꽁 묶어놓고, 그토록 매혹적인 믿음을 순응이라는 감춰진 사슬로 꾸며 놓다니, 그들은 자신들이 엄청나게 똑똑하다고 생각할 게 분명하다. 그들이 우리를 신뢰하는 이유도, 내가 벌써 이곳을 내 집처럼 마음껏 돌아다닐 수 있는 것도, 내가 결단코 자기들을 배신하지 않을 거라고 믿기 때문이다. 그리고 언젠가는 정말 그렇게 될 거다.

피넴디는 신들의 심장에 순종이라는 개념을 새겨넣어 그들의 신들을 노예로 삼는 걸 꿈꾸고 있다.

"무슨 대가로요?" 내가 부드러운 목소리로 물었다. 자신들에게 어떤 일이 일어났는지 볼 수 있게 해야 했다. 이 장소가 품고 있는 악의가 영속적이라는 걸 인정할 수 있게 해야 했다. "벌써 당신들의 남자 형제 중 한 명이 그들의 권모술수로 인해 일그러졌어요. 그런 극악무도한 행위도 시간과 함께 사라질까요? 우리가 그들이 늙기만을 기다리는 동안 그들이 또 다른 참혹한 일들을 꾀하면요? 나 마카, 그들의 목표는 이 세상에서 모든 신을 없애버리는 거예요. 그 이하는 원하지도 않는다고요. 당신이 인간의 망각보다 오래 살아남을 수는 없는 법이에요."

"우리에게 무슨 일을 시키려는 거죠, 꼬마 여신님?" 펠레가 물었다. 그녀의 두 눈이 활활 불타고 있었다. "전쟁이라도 일으키라는 거예요?"

"네." 내 안의 발키리*가 씩씩거렸다. "조금씩 조금씩 피넴디는 당신들을 속박하고 어르고 달래서 현실에 안주하도록 끌고 가는데, 당신들은 그들이 그러는 걸 내버려두고 있다구요. 저들은 신에 대해 아주 잘 알아요. 어떻게 우리를 자극하고 믿음을 통해 조종할 수 있는지를요. 생각해봐요. 바깥 공기와 천둥소리와 피부를 휩싸는 용암이 그립다고 했죠? 하지만 그 모든 갈망 중에, 당신들로부터 그것들을 빼앗은 이들에 대한 증오는 어디 있죠?"

이제 그들 셋 다 아무 말 없이 나를 노려보고 있었다.

"그들이 당신들을 속인 거예요. 당신들의 능력을 강화해 주면서 당신들의 성격을 자신들이 만든 틀에 맞춰 형성해 온 거라구요. 믿음은 도시를 옮길 수도, 지구를 뒤흔들 수도, 세상을 개조할 수도 있어요. 인간의 속성, 국가, 그리고 현실 그 자체까지도 바꿀 수가

* 북유럽 신화에서 프레야의 통솔 아래 전사자들을 선택해 아스가르드로 데려가는 '전쟁의 처녀들'

있죠. 그리고 바로 그 믿음이 당신들을 바꾼 거예요."

나는 의자에 등을 기대고 그 하와이 여신들을 차례차례 바라보았다. 이해했다는 표시를, 무슨 일이 일어났는지 깨달았다는 느낌 같은 것을 간절히 찾는 중이었다. 그들은 아무 말도 하지 않았고 침묵이 길어졌다. 내가 그들을 가망 없는 자들로 여기고 화가 나서 자리를 뜨려는 순간, 펠레가 자신의 두 손을 내려다보았다. 펠레는 손에 힘을 주어, 티 하나 없는 갈색 피부가 오래된 뼈와 근육 위에서 움직이는 것을 바라보았다. "우리가 얼마나…, 얼마나 오래 여기 있었지?" 그녀가 갈라진 목소리로 물었다. 그녀의 눈에서 작은 불꽃들이 떨어졌다. 불의 눈물이 반짝거렸다.

나마카가 잠시 소리 없이 턱을 움직이더니 쉰 목소리로 말했다. "잊…, 잊어버렸어."

엄청난 충격을 받은 히이아카가 펠레와 나마카를 번갈아 보더니 나를 다시 쳐다보았다. 바람의 속삭임 속에 히이아카의 목소리가 들려왔다. 그녀의 말소리는 산들바람을 통해 오직 우리 귀에 와서만 전해졌다. "우리가 어떻게 하면 되죠?"

내 마음속 깊숙한 곳에서 발키리가 승리의 비명을 질렀다. 피넴디와의 전쟁에서 얻은 작은 첫 승리였다. 내가 미소를 지었고, 우리는 계획을 짜기 시작했다.

그로부터 한 시간 후 식당이 문을 닫았고, 우리는 저녁 시간을 각자 보내기 위해 헤어졌다. 음모와 계략들로 머릿속이 어지러웠다. 마땅히 이랬어야 했다. 수술용 유니폼을 입은 잊혀진 신이 아닌, 군대를 이끌고 전쟁터로 향하는 장군 같은 기분이었다. 나는 경비원을 불러 세워, 나를 방으로 안내해 주도록 했다. 방에 도착한 나는 자료 묶음과 함께 받은 카드열쇠로 문을 열고 방안으로 들어섰다. 내가 들어선 곳은 고급 호텔 못지않은 스위트룸이었다. 방에는 킹사이즈 침대, 고상한 가구들, 번쩍이는 타일이 깔린 마루, 그리고 커다란 평면 텔레비전이 있었다.

침대 위에는 내 소지품들이 가지런히 정리되어 놓여 있었는데, 가방은 깨끗이 닦여 있고 옷가지들은 세탁되어 있었다. 소지품 위에는 적포도주 자국을 지우지 못해 죄송하다는 사과의 쪽지가 올려져 있었고, 쪽지에는 내가 좋아할 만한 옷 몇 벌을 옷장에 넣어두었다는 내용도 덧붙여 쓰여 있었다. 침대 위에 놓인 물건들 옆에는 종이 한 장이 있었는데, 바로 아담이 주겠다고 약속했던 사외 거주 허가 신청서였다. 나는 가방에 있는 것들을 쏟아내어 내용물을 훑어보았다. 가방 속에 나의 미미르가 있었는데, 가방 안감이 방수천으로 되어 있고 지퍼가 잠겨 있었던 덕분에, 디오니소스의 포도주 파도로부터 보호되었다. 화장품과 립스틱, 작은 손거울, 열쇠들, 현금, 신용카드, 운전 면허증…. 다 있는 것 같다. 나단에게 모든 걸 이 잡듯이 뒤져 피넴디가 무슨 깜짝 선물이라도 남겨놓지 않았는지 확인해달라고 해야겠다. 하지만 일단은 아무것도 눈에 띄지 않았다.

그러자 생각이 다시 내 불쌍한 신관에게 미쳤다. 진심으로 그가 무사하길 바랐다. 독의 효력이 내일 중으로 나단에게서 사라질 테니 그때 가면 그의 안부를 알게 되겠지만, 그를 이곳에 데려온 것에 대해 죄책감을 느끼지 않을 수가 없었다. 조만간 나단과 제대로 된 저녁 식사를 하겠노라고 나 자신과 약속했다. 나는 한숨을 쉬고 고개를 흔들었다. 지금은 후회할 때가 아니다. 세워야 할 계획도 너무 많고, 피넴디에 관한 정보도 더 많이 알아내야 한다. 내 눈이 쏜살같이 옷장 문으로 향했다. 그곳에도 검토해 봐야 할 새 옷들이 있었다. 난 빛바랜 수술용 유니폼을 슬쩍 쳐다보았다. 내가 어떻게 할지야 이미 뻔히 알고 있었지만, 그래도 둘 중 하나를 선택하느라 고민하는 척이라도 해보고 싶었다. 하지만 벌써 너무 자주 나 자신에게 거짓말을 한 것 같은 기분이었다.

옷장 속의 옷들은 나쁘지는 않았다. 대부분 보수적인 스타일이긴 했지만, 오늘날의 패션이 누가 많이 노출하는가를 두고 피의 전쟁을 치르는 여성들에게 맞춰져 있는 걸 생각해 볼 때, 맘에 안 든다는 말을 할 수는 없었다. 게다가 사이즈도 나에게 딱 맞았다. 친절하기도 하지. 다양한 종류의 옷이 있었는데 대여섯 벌의 옷을 파헤쳐 본 다음, 연한 복숭아색 윗옷과 청바지를 입기로 했다. 나는 그 옷들을 옷걸이에서 빼내어 잽싸게 입은 다음 욕실로 달려가 거울에 비친 내 모습을 바라보았다. 시설을 기웃거리며 돌아다닐 거라면, 그러는 동안 적어도 멋지게 보이고 싶었다. 내가 그렇게까지 수상쩍어 보일 것으로 생각해서가 아니었다. 취침시간까진 아직 시간이 많이 남아 있었고, 어쨌든 난 오늘 하루 대부분을 약에 취해 혼수상태로 누워 보냈기 때문이었다.

옷이 잘 들어맞는지 보기 위해 몸을 옆으로 돌리면서 잠시 내 모습을 바라보다가, 눈을 들어 머리를 보곤 한숨을 내쉬었다. 머리 모양도 어떻게 좀 해봐야 해. 나는 눈을 가늘게 뜨고 거울 더 가까이 몸을 기울였다. 화장을 좀 하는 것도 나쁘지 않을 거야.

삼십 분 후, 나는 단장을 마치고 한층 더 자신에게 만족스러워진 기분으로 방을 나섰다. 이해할 수 없는 지도와 방 카드열쇠, 그리고 다른 소지품들로 가득 찬 가방이 허리께에서 통통 튀었다. 나는 작성해 놓은 사외 거주 허가 신청서를 문 앞에 두었다. 여기 두면 금방 눈에 띄겠지. 그러고 나서는 통로를 따라 닥치는 대로 아무 방향으로나 걷기 시작했다. 시설 안에 건물들이 어떻게 배치되었는지 좀 더 정확히 파악해 볼 심산이었다. 방문 손잡이들을 돌려보고 빈 회의실 안을 기웃거리며 무표정한 경비원들과 무음 감시카메라들을 지나가는 동안, 내가 어디를 가건 그들은 상관하지 않는다는 인상을 바로 받았다. 물론 가끔 내 카드열쇠로는 열 수 없는 방을 만나기도 하겠지만, 전반적으로는 내 마음대로 이곳을 뛰어다닌대도 상관없을 것 같았다.

처음에는 그들이 무엇을 숨기고 있을지 엄청나게 의심스러웠다. 하지만 시간이 지나도 아무도 나를 저지하지 않자, 모든 게 앞뒤가 맞기 시작했다. 그들은 신을 신뢰하는 팀원처럼 대하고 온갖 응석을 다 받아주면서, 비밀리에 신들이 믿음에 취해 인사불성이 되도록 만든다. 그러니 신들이 자유롭게 돌아다니도록 내버려두지 않을 이유가 뭐가 있겠는가? 내가 자진해서 정신병원에서 탈출한 게 아니었더라면, 나도 그들의 장황한 거짓말에 현혹됐을지도 모른다. 인정한다. 하지만 신성한 충동들과 거리를 두며 살았던 지난 몇십 년 동안의 시간이, 나를 예측할 수 없는 신으로 만든 것 같다. 그러니 신도들을 주겠다는 제안을 내가 펄쩍 뛰며 반기지 않았을 때 가렌이 깜짝 놀랐던 것도…, 내가 지금 하려는 일에 대해 그가 심히 걱정하는 것도 당연하다.

사실 '걱정'하는 정도가 아니다. 내 생각에 가렌은 두려워하고 있다.

피넴디의 기업정책은 신을 두 가지 집단으로만 나누고 있다. 그들에게 우리는 세뇌해 통제할 수 있는 유용한 신이거나, 아니면 철장 안에 가둬버려야 할 복수심에 불타는 신이다. 신들은 자신들의 원칙을 노골적으로 드러내며 언제나 심하게 허풍을 떨어대기 때문에, 피넴디의 첩보원들이 우리를 정확한 집단에 분류해 넣는 것은 전혀 어렵지 않을 거다. 본질적으로 신들 모두 따분할 정도로 예측 가능하다. 평생에 걸쳐 쌓아온 지혜가 우리를 뒷받침하고 있지만, 만일 천성적으로 끔찍한 선택을 하도록 창조되었다면, 우린 여전히 끔찍한 선택을 할 것이다. 그리고 피넴디는 그걸 알고 있다.

우리 모두 다 그럴 거다…, 나만 빼고.

수 세기 전, 숭배자들을 실망하게 하고 망토*를 입을 자격이 없다는 걸 보여준 이후(이야기가 길다), 나는 나 자신이 너무나도 수치스러워서 신성의 부름을, 마음을 다 빼앗는 그 중독적인 믿음을 실제로 무시할 수 있었다. 의도했던 건 아니지만, 이제 나는 신이 발 디딜 거라고는 피넴디가 전혀 예상치 못했던, 막다른 골목길의 끝에 서 있게 됐다. 이것이 바로 가렌이 드래스에게 말하려고 애썼던 것이다. 내가 이 모든 걸 어떻게 처리할지 예측할 수 없다는 것 말이다. 나는 가렌이 만났던 신 중 처음으로, 복수심에 불타는 집단에 속하는 게 분명한데도 그렇지 않은 것처럼 연기할 줄 아는 신이었다.

골목길 이야기가 나와서 하는 말인데….

나는 또 다른 특색 없는 회색 복도 한가운데에서 발걸음을 멈췄

* 매의 모습으로 변할 수 있는 프레야의 마법 날개옷

다. 그때 문득 어떤 생각이 떠올랐다. 복수심에 불타는 신들은 다 어디 있지? 설마 그들을 모두 한곳에 가둬놓을 만큼 피넴디가 멍청할까? 아마 아닐 거야, 그렇지? 그러니 신뢰할 수 없는 신들을 숨겨놓는 감옥이 시설마다 있을 게 분명해. 어찌 됐든 우리를 죽이는 건 어마어마하게 힘든 일이니까. 임펄스 본부는 피넴디의 주요 본부 중 하나니, 이곳 어딘가에 못된 신 몇 명쯤은 숨겨져 있을 게 분명해.

이 범법자들을 찾아야만 했다. 나는 지도를 꺼내 '감옥'이란 단어가 있는지 찾아보기 시작했다. 없었다. 계속해서 '감금', '교도소', '구금소'를 찾아봤지만, 마찬가지로 아무 성과가 없었다. 마지막으로 건물 맨 위층에 단독으로 있는 구역 하나가 눈길을 사로잡았다. '교정教正구역.' 인제야 진전이 좀 보이는군. 나는 즉시 가장 가까운 엘리베이터로 향했다. 피넴디의 신성한 억류자들과 만나볼 작정이었다. 불행하게도 이런 선택을 한 덕분에 나는 냉혹할 정도로 비정상적인 건물 배치와 맞닥뜨리게 되었다. 이 지도에서 목적지를 찾는 것도 어려웠는데 직접 걸어가는 일은 악몽이었다. 그곳까지 가는 데 꼬박 한 시간이 걸렸다(농담이 아니다). 마치 이 건물을 설계할 때 일부러 최대한 헷갈리도록 설계한 것 같았다. 하지만 내 결심은 확고했다. 마침내 '교정구역'이라고 적힌 작은 현판이 옆에 붙어 있는 어느 문 앞에 도착하게 되자, 난 공중을 향해 주먹을 내질렀다. 엿 먹어라, 이 멍청한 설계자들아.

내가 카드열쇠를 손에 들고 그게 정말로 작동할지 궁금해하고 있는데, 잠금장치에서 초록불이 깜박이더니 문이 홱 열렸다. 실험복을 입은 백발의 남자가 모습을 드러냈다. 그는 나를 보자 흠칫 놀랐는데 얼굴엔 당황한 표정이 역력했다. 이름표에는 바너비 굿슨

이라고 적혀 있었다. 나는 고개를 끄덕여 인사한 뒤 손을 뻗어 문을 잡아주었다.

"아, 실례합니다. 미안해요." 그가 재빨리 내 옆을 지나가며 중얼거렸다.

"천만에요." 내가 말했다. "좋은 밤 보내세요!"

그는 심란한 표정으로 미소를 짓더니 손을 흔들고는 몸을 돌려 복도를 따라 멀어졌다. 뭐, 쉽네. 문 안으로 슬쩍 들어가 보니 작은 대기실이 나왔고, 바로 앞에 더 크고 위압적인 금속문 하나가 있었다. 내 오른쪽으로 방탄유리로 된 낮은 벽이 있었고 그 너머에 경비원 한 명이 책상에 앉아 있었다. 내가 대기실로 들어서자 경비원이 길게 늘어선 세 대의 컴퓨터 모니터에서 눈을 떼었다. 감시카메라 영상전송장치가 모니터 하나로 영상들을 보내주고 있었는데, 그 장치는 대기실 너머에 있는 여러 수용실과 연결된 것 같았다. 모니터는 여섯 개의 화면으로 나뉘어 있었고 각각의 화면은 각기 다른 방을 보여주고 있었다. 반대편 모니터에는 초록색으로 강조된 주변 영역을 보여주는 약도가 있었다. 복도에는 양쪽에 각각 다섯 개씩, 모두 열 개의 작은 방이 있었고 방마다 아이콘이 표시되어 있었는데, 아이콘에 의하면 방 열 개 중 절반에만 수감자가 있었다. 가운데에 있는 모니터에는 내가 아는 소셜 네트워크 사이트가 열려 있는 웹브라우저가 떠 있었는데, 사이트는 최고 인기 연예 기사와 이미지로 흘러넘쳤다. 경비원이 책상과 연결된 방탄유리에 뚫린 구멍에 대고 고개를 끄떡했다.

"가방이요." 그가 지루한 듯한 목소리로 말했다.

내가 어깨에 걸린 가방을 내려 유리에 뚫린 구멍 속으로 집어

넣었다. 그는 가방을 받아 안을 힐끗 살펴보더니, 뒤쪽 벽에 있는 2번 걸이못에 걸었다. 그가 구멍을 통해 작은 플라스틱 보관표를 주었는데, 받아 보니 보관표에 적힌 숫자와 가방이 걸린 걸이못의 숫자가 일치했다.

"잊지 마세요. 교정구역은 삼십 분 후에 닫혀요." 그가 옆에 있는 버튼을 쿡 누르면서 말했다.

그러자 앞쪽에 있는 문에서 윙하는 소리가 났다. 나는 상황을 재빨리 알아채고 손잡이를 잡아당겨 문을 확 열어젖힌 후 안으로 들어갔다. 내가 들어선 곳은 영화에 나오는 경비 삼엄한 교도소 수감동과 거의 똑같이 생겼다. 길고 천장이 낮은 복도에 불이 환하게 밝혀져 있었는데, 콘크리트 바닥에는 티끌 하나 없었고, 양쪽에 있는 회색 벽 중간중간으로 수용실들이 있었다. 수용실은 거대한 어항처럼 생겼는데, 두꺼운 아크릴 유리문이 전형적인 창살을 대신하고 있었다. 수용실 유리문의 바로 오른쪽 벽에는 무척 견고해 보이는 금속문이 붙박여 있었고, 금속문에는 허리 높이쯤에 잠금장치 구멍이 설치되어 있었다.

곧바로 나는 위협감을 느꼈다. 실제로 신비한 에너지로 인해 공기가 웡웡거렸고, 난 숨길 수 없는 교정구역 냄새와 방어 주문들을 감지할 수 있었다. 내가 들어선 문 양쪽에는 전자잠금장치로 잠겨진 총걸이대가 있었다. 하지만 걸이대에는 화기火器 대신 무지갯빛 물질로 만들어진 끝이 삐죽삐죽한 작살 같은 것들이 걸려 있었는데, 희미하지만 사람의 마음을 안심시켜주는 빛을 내고 있었다. 나는 몸을 숙여 잠깐 그것들을 꼼꼼히 살펴본 다음, 그 구역을 제대로 탐험하기 위해 걸음을 옮겼다. 복도를 따라 첫발을 내디딘 순간,

오싹한 느낌이 온몸을 뚫고 지나갔다. 몸을 돌려 그곳을 떠나고 싶은 불안한 충동이 마음속에서 점점 커졌고, 나는 이곳이 매우 악한 것들로 가득 찬 장소라는 걸 깨달았다. 어쩌면 교정구역 전체를 확인할 필요는 없을지도 몰라. 그래, 떠나기 전에 수용실 한두 군데만 확인해보자. 어차피 여기에 있을 수 있는 시간은 삼십 분 정도밖에 없으니까. 나는 오른쪽으로 몸을 틀어 첫 번째 수용실을 들여다보았다. 그 안에 있는 영양실조 상태의 커다랗고 검은 개가 조심스럽게 나를 쳐다보았다.

더 가까이 살펴보려고 움직였더니 검은 개가 송곳니를 드러내며 으르렁거렸다. 이빨이 엄청나게 컸는데, 화산암인 흑요석을 깎아 만든 듯 단검처럼 길고 끝이 뾰족했다. 입에서는 열기가 뿜어나왔다. 내가 보니 발바닥은 개의 발바닥이 전혀 아니었다. 오히려 도마뱀붙이의 발가락에 있는 흡착기와 비슷했는데, 사악한 바위에 쐐기를 박아 놓은 듯 발톱이 발가락에 못처럼 박혀 있었다. 그 짐승은 말라빠지고 더러워서 다시는 상종하고 싶지가 않았다. 나는 뒤로 물러났다. 잠시 후 그것도 나에게 흥미를 잃은 듯 방 안을 계속해서 어슬렁거리기만 했다.

검은 개 맞은편 수용실에도 수감자가 살고 있었다. 그 수용실 안에는 아름답고도 젊은 아시아 여성이 있었는데, 어깨 아래까지 늘어진 곧고 검은 머리카락이 깨끗하고 흰 얼굴 윤곽을 더 돋보이게 했다. 그녀는 수수한 흰 기모노를 입고 낮은 나무 탁자 뒤에 앉아 있었다. 탁자 위에는 다기 세트가 있었고, 그녀 바로 앞에 놓인 차 받침 위에 올려진 찻잔 안에 김이 모락모락 나는 액체가 담겨 있었다. 수용실 벽은 족자들로 장식되어 있었는데, 족자 하나하나가 복잡한 일본 간지 글자들로 뒤덮여 있었다. 바닥에는 대나무로 짜인 깔개가 깔렸고, 문가에는 나무로 만들어진 슬리퍼 한 켤레가 놓여 있었다.

나는 더 가까이 다가갔다가 눈살을 찌푸렸다. 그녀에게는 뭔가 몹시도 걱정스러운 면이 있었다. 내게는 너무나 익숙한, 철저한 억울함이었다.* 그때 그녀가 고개를 들어 순수한 밤하늘과도 같은 두 눈을 드러내 보였다. 그 검은 눈동자들이 나를 뚫어지라 쳐다보았는데, 내 눈에는 그녀의 육체가 완전히 다른 종류의 존재로 보였다. 그녀는 죽었지만 죽지 않았고, 부패한 피부는 갈라지고 썩어 있었으며, 기모노는 좀먹고 해져 있었다. 몸에 난 상처들을 비집고 구더기들이 기어 나오고 있었다. 아주 잠깐이긴 했지만, 그녀를 보자 정확하게 떠오르는 이가 있었다. 바로 로키의 딸이자 지하세계의 지배자인 헬이었다.

"사후세계를 감독하시는군요, 그렇죠?" 내가 물었다.

그녀가 고개를 갸우뚱하며 자세히 나를 쳐다보더니 고개를 살짝 끄덕였다. "당신은 여신이네요." 그녀가 부드럽고 부서질 것만 같은 목소리로 말했다. 사실상 속삭이는 거나 다름없었지만, 숨겨진 스피커를 통해 말소리가 복도로 방송된 덕에 똑똑히 알아들을 수가 있었다.

나도 고개를 끄덕였다. "내 이름은 프레야예요. 내가 살던 땅에도 죽은 자들을 살피는 이가 있었죠. 두 분 모두…, 비슷하네요."

* 일본 신화에서 남자신 이자나기와 여자신 이자나미가 결혼해 최초의 세상을 만들고 많은 신을 낳았는데, 이자나미는 아이를 낳다가 죽게 되고 격분한 이자나기가 그 아이를 죽인다.

그녀의 표정에는 변함이 없었지만 난 그녀가 날 귀찮아한다는 인상을 받았다. "하지만 달라요. 내 영역의 어둠 앞에서라면 그들은 차라리 자신이 사칭자이길 바랄 거예요. 난 요미*의 여왕이자 신들의 어머니인 이자나미예요. 한때는 생명을 주는 자였으나 이제는 파멸자이지요. 다른 신들은 그저 희미한 그림자들에 불과해요."

"멋지네요." 내가 말했다. 이자나미는 내가 필요로 하기엔 살짝 상태가 좋지 않은 것 같았다. "그게 어떻게 되는 건지 나중에 알려줘요."

나는 그다음 수용실로 걸어갔는데, 여기에 이르자 불안하고 걱정스러웠던 마음이 극도의 흥분상태로 치달았다. 나는 젊은 남자 한 명을 보고 있었는데, 근육질의 탄탄한 몸에 길고 헝클어진 검은 머리와 뒤엉킨 턱수염을 가진 남자였다. 그의 커다란 두 눈은 오랫동안 깜빡이지도 않고 노려본 사람처럼 벌겋게 충혈돼 있었다. 그가 내뿜는 불안과 치명적인 공포감의 아우라가 손에 만져질 것만 같았는데, 그 아우라는 너무나도 강력해서 그를 가두어 놓기 위해 지어놓은 수용실 주위를 감싸고 있었다. 그는 회색 사각팬티 하나밖에 입고 있지 않았다. 내가 다가가자 그가 자리에서 일어섰는데, 찡그린 탓에 얼굴에 주름이 생겼다. 내가 눈을 가늘게 뜨고 그를 바라보았다. 누군지 알겠다. 데이모스, 나에겐 그의 아빠와 해결할 문제가 아직 남아 있다.** 나는 그의 얼굴에 수의처럼 달라붙어 있는 신

* 일본 신화에 나오는 지하세계. '죽은 자들의 그늘진 땅'이란 뜻이다. 이자나미는 아이를 낳다 죽은 후 요미로 내려갔다.

** 패배와 공포의 신 데이모스는 전쟁의 신 아레스와 아프로디테 사이에서 태어났는데, 아프로디테는 프레야와 라이벌이다.

성한 공포를 알아볼 수 있었다.

"안녕, 데이모스." 데이모스 같은 두려움과 불행의 존재가 갇혀 있는 것을 보니 기분이 좋았다. "너희 아빠 요즘 어떻게 지내?"

"내가 널 알기라도 해? 건방진 계집애!" 그가 눈살을 더 찌푸렸고, 그의 목소리는 메아리쳐 증폭됐다. 수천 개의 속삭임이 벽에 부딪혀 튕기고, 어두운 구석으로 숨어들어 가고, 그리고 내 척추를 타고 기어 올라왔다.

"그녀는 전사자의 여신이야, 이 올림포스 잡종아." 내 뒤쪽에서 성난 목소리 하나가 딱 부러진 목소리로 당당하게 말했다. 고개를 돌려 목소리의 주인공을 알아본 나는 미소를 지으면서 데이모스에서 멀어졌다. "정말 오랜만이네요. 내가 존경해마지 않는 여신 앞에 서게 된 지가." 내가 다가가자 그녀가 말했다.

"너무 오래됐죠." 나는 허리를 굽혀 인사하며 한쪽 팔을 부드럽게 내밀었다. "세크멧 만세. 영광되고 정중한 인사를 라*의 손에 전합니다. 여러분의 땅이 숭배자들에게 난공불락의 안식처이길, 그리고 당신의 발톱과 의복이 불의한 자들의 피에 영원히 젖어 있길."

세크멧이 인상적으로 번쩍거리는 송곳니들을 과시하면서 미소를 지었다. 그녀는 사납고 잔인했으며, 저기 있는 데이모스만큼이나 무시무시했지만, 파멸자임과 동시에 보호자였다. 슈퍼모델처럼 가늘면서도 탄탄하고 굴곡 있는 몸매의 소유자인 데다 완벽한 올리브 빛 황갈색 피부까지 갖는 축복을 받았다. 하지만 세크멧은 사자의 머리를 가졌는데, 그 날렵한 사바나의 사냥꾼과 그녀의 여성적

* 라는 이집트 신화에 나오는 태양신. 세크멧은 라의 경호원이자, 전쟁의 여신이다.

형체가 목 부분에서 완벽하게 결합하여 있었다. 수 세기 전에 지니고 있었던 걸로 기억되는 보석 박힌 화려한 옷과 뱀 머리 장식이 달린 왕관은 더는 가지고 있지 않았다(패션만큼 내 뇌리에 남는 것도 없다). 하지만 위엄과 당당함만큼은 티끌만치도 잃어버리지 않은 것 같았다. 그녀는 몸에 착 달라붙고 가느다란 어깨끈이 달린 붉은 원피스를 입고 있었다. 사자의 머리를 갖는다는 건 생각도 할 수 없는 일이지만, 그 사자 머리에 딸린 몸매가 부럽지 않다고 말한다면 그것은 거짓말일 거다.

"이 끔찍한 곳에선 아무것도 나에게 위안을 주지 못했어요, 프레야 여신. 그래서 당신의 말을 들으니 더욱더 흐뭇하네요." 그녀가 만족스럽다는 듯 갸르릉거리면서 말했다. 그녀의 말투엔 강한 억양이 섞여 있었는데 목소리가 밝고 건강했다. 적어도 분노는 억제하는 중이었다. 세크멧만큼 분노할 수 있는 이는 거의 없다. "이게 얼마 만이죠?"

"적어도 오백 년은 흐른 것 같아요." 내가 잠시 생각해 본 뒤에 대답했다. "오토만 제국의 침략이 있었던 뒤로 헤어졌던 게 기억나요." 우와, 어떻게 내가 그런 걸 기억해냈지? 난 1800년대 이전에 있었던 일은 아무것도 기억나지 않아 애를 먹고 있었다. 힘과 함께 대부분의 기억도 사라져버렸다고 생각했었다. 나는 그걸 기억해 냈다는 게 살짝 자랑스러웠고, 그게 모두 회복되어가는 나의 힘과 세크멧의 존재 덕분이라고 생각했다.

"아, 맞아요." 세크멧이 말했다. 그러더니 명랑하던 목소리가 험악해졌다. "어두운 시절이었죠." 그녀가 잠시 말을 멈추었다. 고양이 같이 매혹적인 얼굴 뒤로 분노가 치밀어 오르는 게 보였다. "한

편으론 알고 싶지 않기도 하지만, 수행하는 경비원이 없는 걸 보니 물어봐야겠군요…. 당신도 날 붙잡은 자들과 한패인가요?"

내가 (바라건대) 의미심장한 눈길로 그녀를 뚫어지라 바라보면서 무덤덤한 목소리로 말했다. "네."

세크멧은 내게서 시선을 떼지 않았다. 그녀의 분노가 더욱 거세졌지만, 거기엔 또한 뭔가를 이해했다는 멋진 기미도 있었다. "그럼 그들이 당신에게도 제의했나요?" 그녀가 물었다. "그리고 그걸 받아들였다고요?"

"내가 원하는 걸 얻기 위해선 그 방법밖에 없었어요." 여전히 그녀에게서 시선을 떼지 않으면서 내가 조심스럽게 설명했다.

"믿음?" 세크멧이 물었다. 나의 대답에 많은 것이 달려 있었다.

"복수." 나는 그 어느 때보다 미세하게 고개를 끄덕이면서 두 팔을 벌리고 그렇게 대답했다.

세크멧는 나의 영혼에서 진실을 벗겨내기라도 할 것처럼 두 눈을 두리번거렸다. 나는 그 상태로 일 분 가까이나 있어야 했다. "알겠어요." 그녀가 마침내 입을 열었다. 나는 그녀가 다행히 이해했다는 사실을 깨달았다. 세크멧은 분노를 계속 참고 있을 만한 여신이 결코 아니다. 정말로 고대적 동지가 어둠의 편으로 넘어갔다고 생각했다면, 틀림없이 그녀는 더없는 분노로 으르렁거리며 유리문을 향해 돌진했을 것이다. 그녀의 차분한 반응을 보니 이해한 게 확실했다. 내게 필요한 건 그게 다였다.

난 그때까지도 숨을 참고 있었다는 사실조차 깨닫지 못하고 있었다. 나는 참았던 숨을 내쉬고 그녀를 향해 미소를 지었다. "차마 자신의 가치관들을 두고 타협할 순 없었나 보네요."

세크멧이 웃었다. 적어도 웃었다고 생각했다. 그녀는 이를 많이 드러내 보였다. "당연하죠. 설령 그랬더라도 절대로 계속 가식적이진 못했을 거예요. 사랑하는 전사여, 여긴 더러운 곳이에요."

나는 다시 한 번 보일 듯 말 듯 고개를 끄덕이곤 자리를 뜨기 위해 몸을 움직였다. "당신이 쓸모있는 동지라는 걸 증명할 기회가 또다시 있을 거예요. 어쩌면 그 방에서 영원히 지내지 않아도 될지 몰라요."

"그러길 바라요, 프레야." 세크멧이 부드럽게 말했다. "그러길 바라요."

나는 다시 한 번 세크멧에게 인사한 뒤 마지막 수감자가 있는 수용실을 향해 걸어갔다. 세크멧이 있는 수용실 바로 너머, 오른쪽 벽에 있는 방이었다. 나머지 수용실들은 문이 잠기고 불이 꺼져 깜깜했다. 나는 이 마지막 방 밖에 잠시 서 있었다. 마치 이 방의 수감자를 내가 알고 있기라도 하듯 여러 가지 감정이 이상하게 뒤섞여서 몰아쳤다. 믿기 어려운 감정들이었다. 혐오감과 짜증스러움…, 그리고 질투심?

"우우, 안녕, 거기 예쁜이." 수용실 안에 있는 여자가 자리에서 일어나 유리문 쪽으로 느긋하게 다가왔다. 그녀는 넋을 쏙 빼놓을 정도로 우아했는데, 마치 육감적인 구릿빛 피부를 가진 내가 거울 속에 들어 있는 것 같았다. 어깨까지 흘러내리는 칠흑처럼 검은 머리카락은 끝이 곱슬곱슬하게 말려 있었고, 이목구비는 유혹적이면서도 앙증맞았다. 그녀는 사실상 벗고 있는 거나 다름없었다. 끈 없는 검은 브래지어와 그에 어울리는 손바닥만 한 팬티밖에는 아무것도 입고 있지 않았다.

나는 이 여자가 끔찍하게 싫었다.

그녀는 나와 너무나 닮았지만, 또 너무나 뒤틀려 있었다. 서로를 훤히 알다 보면 경멸하게 된다는 말이 있긴 하지만, 내가 느낀 감정은 담당 영역 다툼에서 오는 분노에 가까웠다. 설명하긴 어렵지만, 그녀에겐 약간 비정상적인 구석이 있었다. 모험과 근심걱정 없는 쾌락의 맹세 뒤에 뭔가 사악한 게 숨어 있다는 느낌을 주는, 과한 자극과도 같은 것이었다. 당신도 곰곰이 생각해 본다면 이 여자를 신뢰해선 안 된다는 걸 알게 될 거다. 하지만 뭔가 그녀에겐 사람들이 차분히 앉아 곰곰이 생각해보지 못하게 하는 구석이 있었다. 그녀는 온통 충동적이고 방탕하며 약간 치명적이었다. 마치 무덤 한가운데에서 번쩍이고 있는 보물을 보는 느낌이었다. 함정과 저주들로 보호받고 있다는 걸 알면서도 여전히 갖고 싶은 보물 말이다.

"자, 부끄러워하지 말아요." 그녀가 나를 위아래로 훑어보며 아랫입술을 깨물었다. "난 당신에 대해 더 알고 싶어요."

"당신, 누구죠?" 내가 그녀를 노려보았다.

그녀는 잠시 멈칫하더니 고개를 뒤로 젖히고 웃음을 터뜨렸다. 기분 좋은 웃음은 아니었다. "이런, 당신과 좋은 시간을 보낼 수 있었을 텐데 아쉽군요. 당신에겐 아주 재밌는 비밀이 많을 거란 확신이 들어요." 그녀가 씩 웃으며 내가 얼굴에 화를 드러내길 기다렸다. 그러고는 몸을 일으켜 유리문에 기댔다. "틀라즈라고 불러줘요." 그녀가 신음하듯이 말하자 입김에 아크릴 유리창이 뿌옇게 됐다.

"프레야예요." 내가 내뱉듯이 말했다. 이 여자가 누구인지 알아내려고 머리를 쥐어짜는 중이었다. 남쪽 나라에서 온 또 다른 신이라고 추측했는데, 그 말인즉슨 아무것도 알아내지 못했다는 뜻이다. 정말이지 난 저쪽 동네 신들과 더 친해질 필요가 있다.

"당신이 그렇게 냉랭할 만도 하네요." 그녀가 스르르 다가와 우리 사이를 막는 장애물에 몸을 착 붙이면서 말했다. "바니르 아이여, 내게 기회를 줘요. 그럼 내가 당신의 그 자부심으로 가득한 몸을 덥혀주지요."

이 여자가 누군지 반드시 알아내야 했다. 또 다른 사랑의 신인 듯했지만, 사랑이 지닌 어두운 면들의 고향과도 같았다. 관능적이고 매혹적이나 오염된 사랑. "당신은 내가 누군지 알고 있는 게 분명하군요." 내가 혐오감을 감추려고 애를 쓰면서 말했다. "그렇다면 공평하게 당신이 누군지도 내게 말해주는 게 어떨까요?"

"그게 무슨 재밀까요?" 그녀가 입술을 삐죽이 내밀었다. "날 위해 그 대신 뭘 해줄 건데요?" 그녀는 고개를 갸우뚱하더니 순진한 체하는 표정으로 긴 속눈썹을 파르르 떨면서 위를 올려다보았다. "응? 나에게 뭘 해 줄 건데요?"

내가 더는 참지 못하고 주먹으로 유리문을 뚫어버린다든가 같은, 약간 극단적인 짓을 저지르려던 찰나에, 복도 저쪽으로부터 화가 몹시 난 세크멧의 목소리가 들려왔다. "저 여자 이름은 틀라졸테오틀이에요. 섹스와 음란의 아즈텍 신이죠. 유혹하는 자이자 정화하는 자이에요. 죄를 용서할 수도, 적절하다고 생각될 땐 죄지은 자를 벌할 수도 있어요."

틀라즈가 짜증 난다는 듯 한숨을 내쉬었다. "누가 너더러 복도 감시하라고 했어, 이 괴물아?" 그녀가 소리 질렀다. "망할, 네 할 일에나 신경 쓰시지!"

"여기서 나가면 네 목구멍에 송곳니를 쑤셔 넣어버릴 거야, 이

아즈텍 창녀야!" 세크멧이 되받아쳤다.

"멋진 계획이군! 끔찍한 질병들에 걸려 질식하는 꼴을 아주 즐겁게 지켜봐 주지, 웃긴 골동품 같으니라고!" 틀라즈가 꽥꽥 소리를 질러댔다.

세크멧이 저주를 퍼붓고 발톱으로 유리창을 긁으며 대꾸할 때 데이모스가 끼어들었다. "야, 이 고양이 같은 년들아, 닥치지 못해? 도대체 생각을 할 수가 없잖아."

틀라즈가 세크멧과 데이모스 둘 모두에게 저주 세례를 퍼붓자, 첫 번째 수용실에 있는 검은 개가 짖어대기 시작했다. 수 초 동안 야단법석이 계속되자, 숨겨진 확성기에서 치지직거리는 소리가 들리더니 경비원의 목소리가 복도 전체에 요란하게 울렸다. "모두 즉시 진정하지 않으면 너희 방 전부에 전류를 가동할 거야!"

눈 깜짝할 사이에 침묵이 내려앉았다. 틀라즈는 마지막으로 내뱉던 욕설을 삼키고 나를 노려보더니 수용실 한쪽 구석으로 성큼성큼 걸어갔다. 그녀는 팔짱을 끼고 자리에 앉아 씩씩거렸다. "좋아." 잠시 후 경비원이 말했다. "숙녀분께선 이제 나오시는 게 좋겠어요. 곧 교정구역이 닫힐 시간인 데다, 저들이 더 열 받는 건 원하지 않아요."

틀라즈가 내게 혀를 쏙 내밀었고, 나는 그녀를 마지막으로 노려본 뒤 발걸음을 돌려 그 자리를 떴다. 세크멧은 수용실 안에서 서성이고 있었는데 잔뜩 화가 나 있는 게 분명했다. 하지만 내가 그녀 방 옆을 지날 때 걸음을 멈추고 신중한 눈초리로 나를 뚫어지라 바라봤다. 나는 데이모스에겐 눈길도 주지 않았지만, 복도를 나서기 직전 이자나미를 힐끗 쳐다보지 않을 수가 없었다. 그녀는 똑같이 짜증스럽다는 표정으로 나를 쳐다보고 있었다. 나는 이자나미에게 기분 좋게 손을 흔들고는 문을 확 열어젖히고 밖으로 나갔다.

"저 안에선 조심해야 해요." 내가 대기실로 들어서자 경비원이 말했다. "저들 모두 다르기는 해도 약간의 기회라도 주어진다면 다들 당신을 죽여버릴 거예요."

정말? 그들 대부분은 분명히 그러겠지. 하지만…, "그 아즈텍 스트리퍼도요?" 내가 호기심 어린 목소리로 물었다.

무슨 특별히 고통스러운 기억이라도 떠올랐는지 그가 몸을 부르르 떨었다. "그 여자는 더더욱 특히요." 그가 부드럽게 아득한 목소리로 말했다.

10

이종교배 관리구역

아침 식사는 당연히 끝내줬다. 옥수수와 호밀로 만든 버번위스키 시럽이 곁들어진 청색 옥수수 와플, 크림을 얹어 표면을 살짝 태운 프렌치토스트 조각, 블루베리 스콘, 구운 감자 조각 위에 올려진 바닷가재 오믈렛 등. 나는 현대 세계에 대해 수다를 떨며 갓 볶아진 커피콩으로 만든 김이 모락모락 나는 커피 한 잔으로 잠을 쫓으려고 애쓰면서, 하와이 자매들과 함께 마지막 음식 한 조각까지 맛있게 먹었다. 그리고 나는 사만다를 쳐다보지 않으려고 애를 썼다. 사만다는 그 여느 때보다 슬프고 내성적인 모습으로 늘 앉던 그 구석에 앉아 있었다. 엄청난 죄책감이 들긴 했지만, 시설을 기웃거리는 것만으로도 이미 피넴디가 나를 경계할 것이기 때문에, 그들의 시선을 끌고 싶지 않다면 다른 수상한 행동일랑은 피할 필요가 있었다. 예를 들면 지도자의 딸과 어울리는 것 말이다.

"그런데 틀라즈는 어떻게 된 이야기죠?" 요즘 남자들은 기가 다 빠졌다는 가벼운 불평이 끝난 뒤, 내가 일행에게 물어봤다.

“누구요?” 그들이 동시에 되물었다.

“그 교정구역에 있는 아즈텍 창녀요.”

그들 모두가 이런저런 소리를 만들어내며 혐오감을 드러냈다. “그자들과는 멀리 떨어져 있는 게 좋아요.” 나마카가 말했다. “다들 골칫덩어리들이에요.”

“무슨 말인지 알겠어요.” 내가 맞받았다. “그런데 틀라즈는 좀 이상해요. 그 여자에 관해 더 자세히 알고 싶어요.”

“그러니까 틀라즈가 경쟁자처럼 느껴져서 자신의 적에 대해 알고 싶다는 뜻이군요.” 펠레가 팬케이크에서 눈을 들어 나를 예리한 표정으로 쳐다봤다.

“그런 뜻이기도 하죠.” 내가 미소를 지으면서 말했다.

“아, 이러지들 마. 말해 주자고.” 히이아카가 말했다. “무슨 비밀인 것도 아니잖아.” 펠레와 나마카가 어깨를 으쓱했고, 히이아카가 ‘내가 어떤 걸 참고 있는지 봤죠?’라는 표정으로 나를 보더니 말을 계속했다. “틀라즈는 한때 이곳에서 동료로 지냈어요. 그들이 그녀를 코스타리카인가 어딘가에서 데려와 오륙 년 전에 합류했지요. 몇 달 동안은 모든 게 괜찮았어요. 그저 다른 신 한 명이 더 온 것뿐이었으니까요. 그러더니 죽음의 행렬이 시작됐어요.”

“인간 직원들이 파리떼처럼 죽어 가기 시작했어요.” 나마카가 말했다. “대부분은 남자였는데 여자도 일부 있었지요. 그들 모두 여러 개의 끔찍한 질병들에 한꺼번에 걸려 쓰러졌어요. 아무런 이유도 없이요. 피넴디는 많은 사람을 잃은 후에야 감시카메라 영상들을 샅샅이 뒤져 이것저것을 종합해 범인을 찾아낼 수 있었어요.”

“그랬어요. 그때 사망자 수가 세 자리를 넘었죠.” 히이아카가 역겹다는 표정으로 말했다. "그러니까 우린 전면적인 감금과 격리 상황에 관해 이야기하고 있는 거예요. 한 명 한 명 모두 다요. 매일 더 많은 시체가 실려 나갔죠. 분위기가 정말이지 음산했어요."

"그들이 뭘 찾아냈죠?" 나는 소름이 돋음과 동시에 마음을 홀딱 빼앗겼다.

"틀라즈가 그들과 자고 있었어요." 나마카가 말했다. "그들 모두랑요. 사탕 가게에 들어간 아이처럼요."

"양들 틈의 늑대라고 보는 게 맞지." 펠레가 중얼거렸다. "그들 대부분은 기혼이었거나 연애 중이었어요."

"틀라즈가 피넴디를 파괴하려고 한 것도 아니었어요." 히이아카가 덧붙였다. "그저 그게 그 여자의 본성이에요. 틀라즈는 부정不貞한 인간들을 찾아다니죠. 그들의 성적 도착과 일탈 행위를 드러낼 기회를 잡고 나면, 그에 따라 심판해요. 문제는, 부정을 이미 저지른 이들이 틀라즈에게 왔다면 기꺼이 그들을 용서했을 거라는 거죠. 심지어 그녀의 접근에 퇴짜를 놓는 사람에겐 상도 줬을 거예요. 빌어먹을! 틀라즈는 그 사람들이 가지고 있었을지도 모르는 질병들을 치료해 건강한 모습으로 만들어 줄 수도 있었어요. 하지만 자기와 함께 바람피운 사람들에겐…?" 히이아카가 몸을 부르르 떨었다.

"임펄스 본부에서 그렇게 많은 사상자가 난 건 전에 없었던 일이었어요." 펠레가 말했다. "우린 작전 중이던 신을 풀어준 적도, 신비한 물건이 과부하 되게 만든 적도, 소환한 괴물이 난폭해지게 만든 적도 있었지만, 이 모든 시간 동안 더러운 여신 하나가 끼친 피해에 비하면 아무것도 아니었어요."

내 이전엔. "그래서 그때 이후로 갇혀있는 건가요?"

히이아카가 고개를 끄덕였다. "범인이 그녀였다는 게 밝혀진 순간 곧장 교정구역으로 끌려갔죠."

"나머지 수감자들은요?" 내가 물었다.

펠레가 손을 내저었다. "으, 이런저런 작전 중에 잡혀 왔어요. 다들 너무 치명적이거나 예측불가능해서 그들이 그냥 어슬렁거리도록 내버려둘 수는 없었던 거예요."

"피넴디가 그들을 죽일 수 없는 건 그들에게 신도가 충분히 있어서 그들이 다시 살아날지도 모르기 때문인가요? 그렇죠?"

"쯧쯧. 빙고." 히이아카가 엄지손가락과 검지로 총을 만들더니 내게 윙크를 하며 총 쏘는 시늉을 했다. "일이 잘못됐을 때 피넴디가 취할 수 있는 최선의 길은 그들을 다른 시설로 순간이동시키는 거예요."

"어떻게요?" 나는 가렌이 공중으로 사라져버렸던 일을 기억했다.

히이아카가 어깨를 들썩했다. "나도 몰라요. 하지만 그들은 온갖 근사한 마술들을 부릴 수 있어요."

그것들이 뭔지 모조리 밝혀내야 한다. 나머지 아침 식사 시간은 후딱 지나갔다. 우리는 페이스트리를 먹으며 기분 좋은 농담들을 나눴다. 그러고 나서 난 피넴디 직원으로서의 첫 하루를 보내기 위해 식당에서 출발했다. 한 시간 후에 '신성 보정補正 수업'이란 수업이 있을 예정이었지만, 먼저 의료구역에 들렀다. 나단과 이야기할 수 있길 학수고대했지만, 의료구역을 찾아갔을 때 할 수 있었던 거라곤, 슬픈 마음으로 회복실 유리창을 통해 나단을 바라보는 것뿐이었다. 그는 아직도 의식이 없었다. 고른 호흡으로 가슴이 천천히 오르내리는 걸 보니 적어도 살아있는 건 확실했다. 잠시 그를 바라보며 나는 그가 곧 깨어나길 바랐다. 상처를 입었을지도 모른다는 생각에 몹시 괴로웠다. 마음이 혼란스러워 그가 잠들어 있는 모습에서 눈길을 돌렸다. 오랜 시간에 걸쳐 나는 무수히 많은 인간이 죽는 것을 보았고, 그들 중 일부는 나와 매우 가까웠다. 죽음은 내게 전혀 새로운 것이 아니다. 그런데 이 사람이 죽을 수도 있다는 것엔 왜 이렇게 괴로운 걸까?

나는 나단을 좀 더 보기 위해 다시 고개를 돌렸다. 나만 아니었더라면 그가 여기 없었을 것이기 때문이었는지도 모른다. 어쩌면 그가, 내가 수 세기 만에 처음으로 갖게 된 꽤 괜찮은 친구였기 때문이었는지도 모른다. 아니면 나단 자체가 무척 좋은 남자이기 때문이었는지도. 그 모든 것들과 또 다른 이유가 기묘하게 조합되었기 때문일 수도 있었다. 뭐라 말할 순 없었지만 내가 아는 건 그가 의식을 되찾고 안전해지길 바란다는 것이었다.

머릿속에서 뒹굴거리는 그런 생각들에 힘입어, 난 임펄스 본부의 복잡한 통로들을 조심스레 통과하기 시작했다. 배정된 강의실에 도착하기까진 이십 분밖에 걸리지 않았다. 엄청난 발전이었다. 하지만 나단을 찾느라 삼십 분을 소요한 걸 고려하면, 가까스로 시간에 맞춰 도착한 셈이었다.

'7번 보정실'이라고 적힌 방으로 들어서자 첨단 기술을 갖춘 강의실 같은 곳이 나타났다. 세련된 플라스틱 책상이 줄지어 있었는데, 책상마다 바로 뒤쪽에 바퀴 달린 사무용 의자가 놓여 있었다. 강의실 앞쪽에는 연단이 있었고, 연단 뒤쪽 벽에는 디지털 화이트보드가 걸려 있었으며, 천장에는 프로젝터가 설치되어 있었다. 강의실 앞쪽에는 아담 캐러웨이가 언제나처럼 밝고 쾌활한 모습으로

서 있었다. 그는 나를 보더니 반가워하며 신난 목소리로 말했다. "아, 새라 양! 제시간에 오셨군요. 아무 데나 원하는 곳에 앉으시면 바로 시작할게요."

나는 강의실 오른편에 있는 의자에 디오니소스가 느긋하게 앉아 있다는 걸 알아채고 신음이 터져 나오려는 걸 간신히 참았다. 그가 두리번거리는 눈으로 나를 쳐다보며 씩 웃었다. "좋은 아침, 멋진 아가씨." 그가 말했다. "잠은 잘 잤나?"

"아주 푹." 내가 강의실 정반대 쪽에 자리를 잡으며 날카롭게 말했다. "심지어는 이리저리 돌아다니면서 구경할 기회까지 있었지. 교정구역에 가면 아주 멋진 여자가 있다는 거 알아? 당신처럼 근사한 남자를 만나면 아주 좋아할 텐데 말이야."

"오, 정말?" 그가 관심을 보이며 말했다.

"오른쪽으로 세 번째 수용실이야."

"음…, 아, 좋아요. 모두 다 모이신 것 같군요." 아담이 황급히 말했다. 내가 디오니소스와 섹스와 죄악의 아즈텍 여신 사이에서 중매쟁이 노릇을 하는 게 불편했던 게 틀림없었다. "저희가 오늘 할 일은 두 분이 더 훌륭하고 더 강한 신도들에게 이르실 수 있도록 하는 겁니다." 아담이 손에 쥐고 있던 리모컨 버튼을 누르자 '신성 보정: 성공을 향한 준비!'란 제목의 파워포인트 슬라이드가 열리면서, 그의 뒤쪽에 있는 디지털 스크린이 환하게 밝아졌다. 피넴디가 이 프레젠테이션을 제공했는지, 아니면 아담이 직접 작성했는지 궁금했다.

"그러기 위해 저흰 여러분들이 정확히 누구인지 더 잘 알아야만 합니다." 슬라이드가 바뀌자 머리를 긁적거리고 있는, 막대처럼 생긴 사람 그림이 나타났는데, 막대 사람 주위에서 작은 물음표들이 춤을 추고 있었다. "아시다시피, 수 세기에 걸쳐 경쟁적으로 전해 내려온 신화와 연대기와 개작된 이야기들로 인해 인간들은 모두 혼란스러워졌습니다. 여러분 각자가 신성한 개념을 대표하고, 전 세계에는 단 한 명의 여러분만 있을 뿐입니다. 살아계시는 동안 또 다른 프레야나 디오니소스를 볼 일은 없겠지요. 하지만 두 분 모두에 대해 수백 개의 다른 해석들이 존재합니다. 이상하지 않나요?"

슬라이드가 바뀌자 디오니소스와 내 모습을 그린 어마어마한 양의 삽화들이 나타났다. 나는 디오니소스를 그림과 조각에서 보았었다. 수염 난 남자, 술 마시며 흥청대는 유쾌한 뚱뚱보, 호리호리한 몸매에 매끈한 피부를 지닌 고대 그리스 난봉꾼 등의 모습이었다. 나에 관한 삽화는 대부분 소묘였다. 전사, 전차를 모는 여자, 꽃과 나무를 붙잡고 있는 젊은 여자들에 둘러싸인 귀족 여성. 심지어는 일본 만화 캐릭터 그림 몇 개에, 초록색 옷을 입은 비디오 게임 속 여자 그림까지 있었다. 아담은 구글 검색으로 찾은 그림 중 괜찮은 것들을 마구 끌어모은 모양이었다. 이 파워포인트를 누가 만들었는가에 대한 대답은 뻔했다.

"그러던 중에 여러분을 신으로 섬기는 사람들이 충분히 생겨나, 여러분이 존재하게 되었습니다. 시간이 흐르면서 신구新舊 추종자들 사이에 이미지의 변화가 생겨났지요. 그들은 새로운 정의들을 더하고 그에 맞춰 여러분의 외모와 성격도 바꾸었습니다. 수년간, 두 분 모두, 이 세상에 마지막으로 팽배했던 사고방식에 맞춰 정상에서 벗어나 뒤틀려졌습니다. 여러분의 신도들이 사라지기 전, 그들이 마지막으로 여러분에 대해 주로 가지고 있었던 모습으로 말이죠."

슬라이드가 다시 바뀌어 디오니소스와 나의 얼굴 사진이 삽화들과 함께 나타났다. 우리에게 신분증 배지를 만들어주기 위해 사용했던 것과 같은 사진이었다. "이것이 지금의 여러분입니다." 아담이 스크린을 올려다보면서 말했다. "이것이 바로 저희가 지원자들에게 믿게 할 대상이죠. 자, 불행하게도 이건 그렇게 간단한 일이 아닙니다. 요즘 같아선 누군가가 여러분을 숭배하고 싶다고 한대도 어디서부터 시작해야 할지 모를 겁니다. 물론 여러분은 그들의 믿음으로 어느 정도의 힘을 얻게 될 테고 여전히 특별하실 겁니다. 하지만 여러분은 더 많은 힘을 얻을 자격이 있습니다. 이것만으론 충분하지 않습니다!"

그가 리모컨 버튼을 누르자 스크린이 바뀌었다. 스크린 한쪽에는, 디오니소스와 나의 얼굴 사진 옆에 우리 모습의 막대 그림이 어리둥절한 표정을 지으며 서 있었고, 그 옆엔 여러 개의 화살표가 사방에서 우리 둘을 가리키고 있었다. "저희가 하려는 건, 여러분이 정확히 누구인가를 확실히 이해하는 것입니다. 모든 직관, 욕구, 동기들을요. 그리고 그것을 이용해 프로파일을 만들어, 여러분의 신도들이 여러분을 목표로 삼을 수 있도록 도와줄 겁니다." 그 슬라이드는 만화 영화처럼 만들어졌는데, 막대 그림과 사진들 사이에 있던 화살표가 하나만 빼고 모두 사라졌다. 그러고는 우리의 본질을 호도하는 전형적인 삽화들은 점점 희미해지고 얼굴 사진만 남았다. "보셨죠? 이제 이 선이 추종자들에게서 신으로 향하는 분명한 선입니다. 즉, 여러분은 더 적은 수의 신도들로부터 훨씬 더 많은 힘을 얻게 되시는 겁니다."

아담이 우리 둘을 보고 미소를 지으며 두 손을 펼쳤다. "처음에는 두 분 모두를 더 강하게 만드는 데에만 초점을 맞출 것입니다. 하지만 시간이 지나면 여러분 스스로 제안을 하고 자신에 대한 사항들을 바꿀 수도 있습니다! 다리를 전다든가 하는 취약점을 가지고 계실 수도 있겠죠. 아킬레스처럼요." 그가 디오니소스에게 고개를 끄덕였다. "아니면 어떤 자연 요소에 대해 약점을 가지고 계실 수도 있어요. 발드르*처럼요." 아담이 나를 향해 웃었다. "모든 약점을 제거할 수 있습니다. 어쩌면 새로운 능력을 원하실 수도 있겠죠. 이미 있는 능력들을 더욱 돋우는 것은 어떨까요? 생각해보세요. 약점은 사라지고 그 자리에 새로운 능력들이 추가되는 일입니다!"

끔찍했다. 나는 우리가 가지고 태어난 견제와 균형의 체계에 손을 대겠다는 그들의 발상에 충격을 받았지만, 감정을 감추고 디오니소스를 건너봤다. 그는 아주 신이 난 표정이었다. 그러한 자기 강화가 가능하다는 생각에 마음이 요동치는 모양이었다. 그자가 그러는 건 그리 놀라운 일이 아니었다.

"꽤 근사하지 않아요?" 아담은 그렇게 말한 뒤 연단으로 가서 서류뭉치 두 개와 펜 몇 개를 가져왔다. "두 분 모두에게 설문지를 드릴 겁니다. 가능한 한 빠짐없이 솔직하게 작성해 주시길 바랍니다. 여러분에 관한 정보가 정확할수록, 더 정확하게 여러분을 믿을 수 있습니다!"

아담이 디오니소스 앞에 종이 몇 장을 내려놓고 펜을 건네줬다. 그 환락의 신은 아담의 손에서 펜을 잡아채더니 곧바로 설문지를

* 오딘의 아들로 그 어떤 무기도 그를 해칠 수 없었지만, 로키가 가지고 온 나뭇가지가 그의 몸을 관통해 죽었다.

작성해 내려가기 시작했다. 아담은 그의 열정에 미소를 짓고 내게로 걸어와 나머지 설문지를 내 앞에 내려놓았다. "여기 있습니다." 그가 펜을 내밀면서 말했다.

나는 머뭇거리며 손을 뻗어 펜을 받았다. 아담은 나에게 격려의 고갯짓을 보내고는 연단으로 돌아가더니 스마트폰을 꺼내어 만지작거리기 시작했다. 나는 설문지로 눈길을 돌렸다. 무엇을 해야 할지 알고 있었다. 그들이 무엇을 물어보든 나에 대해 오해하도록 만들어야 했다. 정확한 답변을 하는 건 가슴에 과녁을 그리는 것과 다를 바가 없었다. 그러면 그들은 누구에게 상을 줄지 아니면 누구를 파멸시킬지 정확히 알게 될 것이다.

설문은 길고 직설적이었다. 내 이름이라든가, 나이, 신체적 특징에 대한 질문은 전혀 없었다. 대신 곧장 자세한 개인적인 질문들로 들어갔는데, "당신의 목적은 무엇입니까?"에서 시작해서 그다음은 "어떤 능력을 갖추고 있습니까?"와 "당신의 꿈을 묘사하시오"였다. 마지막 질문이 마음에 걸렸다. 신들이 어떻게 일하는지에 대해 불편할 정도로 세세히 피넴디가 이해하고 있다는 또 다른 증거였기 때문이었다. 나는 최대한 모호하게, 하지만 프레야가 적었을 법하게 최대한 진실을 지키면서 모든 설문에 답했다. 내 전문 분야들에 대해서는 그들이 이미 알고 있었기 때문에 그것들을 포함하기는 했지만, 완전히 다른 식으로 비틀어버렸다. 질문에 하나하나 대답해 갈수록, 새로운 내가 모양을 갖춰갔다. 그녀는 변덕스럽고 피에 굶주린 신으로, 욕정과 애정 표시에 병적으로 집착하며, 사람들이 자신의 이름을 걸고 경쟁하고 전쟁하도록 부추긴다. 그렇게 해서 광적인 환희에 이르게 되면 전쟁에 대한 대가로 향락을 즐긴다. 종잡을 수 없고 성마른 자들에게 미소 짓고, 가슴을 따라 행동하는 자들에게 호의를 보인다. 그리고 항상, 이성이 아닌 욕망과 감정에서 나온 결정을 더 좋아한다.

한마디로 말하자면 뻔한 슈퍼 악당이었다. 그들이 정말로 좋아할 것 같았다. 첫 번째 질문들이 끝나자, 선다형 성격 검사 질문들이 나왔고, 그다음엔 일련의 논리 퍼즐과 가상 질문들이 있었다. 나는 성격 검사 질문들을 대충 찍고 건성으로 퍼즐을 풀었다. 나머지 가상 질문들을 풀 때는 내가 거만한 남작 부인이라고 상상하면서 풀었다. 작성을 마친 후 설문지와 펜을 아담에게 돌려줬는데, 아담은 내가 그렇게 빨리 끝냈다는 데에 약간 놀란 눈치였다. 내가 보니 디오니소스는 아직도 설문지를 작성하고 있었는데, 문제 하나하나에 가능한 한 완벽히 답하느라 시간을 들이고 있었다.

"설문에 응해주셔서 감사합니다." 아담은 설문지를 '프레야'라고 표시된 서류철에 넣었다. "오늘 저희가 해야 할 일은 이게 답니다. 다른 질문이 없으시다면 가셔도 됩니다."

"내 신청서는 받으셨어요?" 내가 물었다.

아담이 이마를 탁 쳤다. "아차, 깜빡 잊을 뻔했군요! 정말 죄송합니다, 새라 양." 그는 정장 호주머니를 뒤적이더니 내 사진이 인쇄된 카드 하나를 꺼냈다.

"천만에요. 괜찮아요." 나는 카드를 받아 이리저리 살펴보았다. 카드 위쪽에 검은색 큰 글자로 '사외 거주 허가증'이라고 적혀 있었다. 나는 카드를 아담에게 흔들었다. "고마워요, 아담."

아담이 미소를 지었다. 자기가 저지른 작은 실수에 내가 분노하지 않는 것에 안도한 듯했다. 정말이지 인간에게 좀 더 친절하게 대하라고 동료 신들에게 말해야겠다. 강의실을 나서자 갑자기 자유의 몸이 되었다. 이제 어디로 가지? 다시 나단을 보러 갈 수도 있었지만 절박하게 보이고 싶진 않았다. 내가 그렇게까지 걱정한다는 걸 피넴디가 알게 된다면 나에게 불리한 쪽으로 그를 이용할 수도 있다. 그래, 그래서다. 죄책감과 지금은 생각해보고 싶지도 않은 여러 감정에 휩싸인 채, 그가 무력한 모습으로 누워 있는 걸 보고 싶지 않아서가 결코 아니다.

그런 거라면 그건 바보 같은 소릴 거다.

나에겐 이제 허가증이 있고, 그건 원하는 곳이라면 어디든 갈 수 있다는 뜻이었다. 그러나 나단이 나와 합류하기 전까진 이곳을 떠나지 않을 작정이었으므로, 내가 할 수 있는 유일한 선택은 이곳을 더 깊이 탐험하는 것인 듯했다. 나는 그다지 도움도 되지 않는 지도를 펼쳐, 갈 수 있는 다른 곳이 또 어디일지 알아내려고 애를 썼다. 연구구역은 어떨까? 작전명령구역은? 보안통제구역? 아니면 저 이름 없는 구역들로 가볼까? 지도에는 아무 이름 없는 방이 아주 많았다. 대부분은 그저 숙소나 수납실이나 회의실일 거라 생각했지만, 어쩌면 흥미진진한 뭔가가 보이지 않게 숨겨 있을지도 모르는 일이었다. 하릴없이 복도를 왔다 갔다 어슬렁거리다 지도를 내려다보고, 눈살을 찌푸리다 다시 정신을 차리려고 애를 쓰며, 각각의 구역이 내게 얼마만큼 흥미로울지를 가늠해보았다. 나는 전형적인 길 잃은 관광객의 입장이 되어 머릿속에 떠오르는 첫 번째 장소를 고르기로 했다. 연구구역! 연구구역으로 가는 길에 이름 없는 방들도 확인한다면 일거양득의 효과를 얻을 수도 있을 거다.

이론적으로는 훌륭한 계획이었다. 이 단지 내 대부분 지역을 가로지르며, 온갖 사악한 계획들과 어두운 비밀들을 캐낼 수 있을지도 모른다. 나는 악한 음모를 폭로하기 직전에 있는 사립 탐정처럼 흥분됐다. 하지만 몇 시간이 지나자 냉혹한 현실을 깨닫게 됐다. 첫째로, 점심 시간을 놓쳤다. 지난번 식사만큼이나 근사했을 게 분명했고, 그걸 놓쳤다고 생각하니 더욱더 고통스러웠다. 둘째로, 광대한 회사 단지를 탐험하는 일은 엄청나게 지루했다. 지나왔던 방들 대부분은 정신이 멍해질 정도로 실용적이었다. 어머, 저기 좀 봐, 청소 도구 수납실이네. 와, 중앙 에어컨 조정실이야! 항상 서버팜*을 바로 앞에서 보고 싶었는데. 저기 배관 점검함이 있네, 멋지군. 회의실, 직원용 사무실, 휴게실까지! 어머나, 세상에. 난 숙소 구역을 돌아다니며 그곳에 있는 손님과 경비원, 그리고 신들이 사는 숙소 모습에 짜릿함을 느꼈다.

연구구역으로 가는 길에 보안요원, 실험실 연구원, 환경미화원, 경영인, 신, 그리고 정비원들을 고루 지나쳤다. 아무도 내겐 관심이 없었고, 그들 모두, 자신이 정말로 가치 있는 일을 하고 있다고 여기는 것 같았다. 첫 한두 시간 동안은 괜찮았다. 하지만 세 시간 정도 지나자 약간 분해지기 시작했다. 실제로 누군가와 마주치고 싶어 하는 건 아니었다. 여기에 취직하고 싶었던 것도 아니었다. 하지만 이건 부도덕한 회사를 염탐하는 것에 대해 내가 가지고 있었던 개념을 완전히 죽이는 거였다. 수상쩍은 금고 입구를 막고 있는 무장 경비원들은 어디 있지? 레이저 경보 체계는? 내가 기어나갈 인간 크기의 통풍구는? 이곳은 상상했을 때가 훨씬 더 흥미로웠다.

* 인터넷 접속용 서버를 대량 갖춘 사무실

한 시간이 더 지나자 시설의 규모가 어렴풋이 가늠되기 시작했다. 말 그대로 수 킬로미터를 걸었는데도 끝이 보이지가 않았다. 여러 층으로 되어 있었는데 각 층의 크기가 럭비 운동장만 한 듯싶었다. 도대체 이런 곳을 어떻게 지은 거지? 수년이 걸렸을 게 틀림없다. 건물은 심지어 지하로도 대여섯 층이나 뻗어 내려가고, 거긴 거의 다 그저 정비실들이긴 하지만, 여전히….

잠깐, 뭐라고? 난 혼란에 빠져 지도를 더 자세히 검토해보기 위해 성큼성큼 걸었던 발걸음을 멈추었다. 여긴 플로리다야. 플로리다에선 아무도 이렇게 깊은 지하 시설을 지을 수가 없다고! 플로리다의 지하수면은 극도로 지면에 가깝다. 나는 지도를 다시 들여다보며 내가 보고 있는 게 무엇인지 이해하기 위해서 애를 썼다. 이곳은 거대했다. 제아무리 비정상적인 사람이라 하더라도, 이렇게 큰 건물을 지어놓고도 그에 대해 궁금해하는 사람이 단 한 명도 없게 만든다는 건 있을 수 없는 일이었다. 나는 미미르를 꺼내 지도에서 플로리다를 찾아, 내가 있는 곳이 어딘지 검색했다. 파란색 점이 올랜도 남동쪽 랜드스트리트 바로 옆을 가리켰다.

"마법이었어." 나는 마침내 눈을 가늘게 뜨고서 말했다. 한 손에는 미미르를, 다른 한 손에는 임펄스 본부 지도를 들고 있었다. 그들이 이곳에 근사한 주문을 걸어, 내부를 외부에서 보이는 것보다 훨씬 더 크게 만든 것이다. 모든 지하층을 포함해 이렇게나 많은 시설을 보통 크기의 땅 조각에 쑤셔 넣을 수 있었던 건 바로 그 때문이었다. 다시 미미르 지도로 돌아가 임펄스 본부가 차지하는 터가 얼마나 큰지 보기 위해 지도를 확대했다. 양쪽에 나 있는 작은 출입로로 판단해볼 때 겨우 몇 헥타르밖에 되지 않는 작은 땅이었다.

주차장을 제외하고 본다면 밖에서 보이는 건물 크기는 평범한 물류창고보다도 크지 않을 것이다. '맙소사, 그들을 어떻게 파멸시킬지 알아냈어.'

나의 온몸을 뚫고 전율케 하는 승리감에 나는 휴대폰을 붙잡고 있기가 힘들 정도였다. 나는 입술을 씰룩거리며 짓궂은 미소를 지었다. 그러고는 비틀거리며 벽에 기대었다. 아주 좋은데? 만일 그 일을 해낼 수만 있다면 정말이지 환상적일 것이다. 할 수 있다. 어쨌든 마법은 내 포트폴리오 중 하나니까. 계획을 세울 시간이 약간 필요하겠지만 만일 내 생각이 맞는다면 결과는 대단할 거다.

지루했던 탐험이 헛되지 않았다는 사실에 만족한 나는, 미미르를 다시 가방에 넣고 계속해서 연구구역으로 향했다. 이름 없는 많은 방이 여행 중인 나를 불렀지만, 난 그것들을 무시했다. 그날 나에게 필요한 걸 벌써 얻은 기분이어서, 이리저리 돌아다니며 별 특징도 없는 사무 공간들을 기웃거리는 데는 단 일 초도 더 허비하고 싶지 않았다.

오후가 되어서야 마침내 연구구역에 다다를 수가 있었다. 연구실은 여러 층에 걸쳐 흩어져 있었는데 수직적으로 많은 공간을 공유하고 있는 것 같았다. 더 효과적인 격리를 위해서일지 몰랐다. 나와 가장 가까이 있는 구역에는 '이종교배 관리구역'이란 이름이 붙어 있었다. 재밌군. 지도에 따르면 근처에는 '신앙주입구역'이란 이름의 장소도 있었다. 하지만 그곳을 조사하게 되면 헬멧을 쓴 몽상가들이 방안 가득 약에 취해 있는 모습을 슬픈 눈으로 쳐다보게 될 것 같은 느낌이 들었다.

나머지 연구실 중에도 마음을 끄는 이름을 가진 방이 몇 개 더 있었지만, 그 방들은 훨씬 더 멀리 있었고, 돌아다니는 일은 이미 실컷 한 상태였다. 그래서 이종교배 관리구역으로 가보기로 했다. 수십 발자국쯤을 걸어가니 입구가 나왔다. 나는 단순한 금속문 옆 벽에 스텐실로 새긴 방 이름을 발견하고 걸음을 멈췄다. 입구의 단순함에 눈살이 찌푸려졌다. 이곳도 오는 길에 보았던 다른 모든 곳처럼 밋밋한 게 아닐까 걱정되었다. 알아낼 길은 하나밖에 없었다. 보안출입장치 홈에 카드열쇠를 통과시키자 거부를 알리는 사나운 소리가 났다. 문은 아직 잠겨 있었다. 뭐, 이럴 땐 어떻게 해야 하는지 안다. 그저 어떤 심부름꾼이 지나가길 기다렸다가 그의 마음을 사로잡아, 구경이나 좀 하고 싶을 뿐인 가엽고 힘없는 여신을 위해 문을 잡아주게 시키기만 하면 된다.

나는 문 옆의 벽에 등을 기대고는 기다렸다. 일 분, 또 일 분이 지날수록 이게 영리한 계획은 아닌 것처럼 느껴졌다. 아주 오랜 시간이 흘렀다고 느껴졌을 때야 나는 미미르를 꺼내 시간을 보았다. 세시 삼십분? 하루가 어떻게 지난 거지? 누구든 빨리 나타나야 했다. 저녁 식사까지는 몇 시간밖에 남지 않았기 때문이었다. 게다가 난 여섯 시쯤에 회복실로 돌아가 나단이 깨어났는지 보고 싶었다. 만일 그가 깨어났다면 함께 식당으로 간 다음 아파트로 되돌아갈 생각이었다. 십 분이 더 지났을 때 누군가가 다가오는 소리가 들렸다. 여러 명의 목소리인가 싶었는데 한 사람 목소리였다. 뒤쪽에서 들리는 목소리가 주변의 벽에 부딪혀 튕겨 나왔다. 남성적인 목소리로 들렸기 때문에 나는 '연약하고 귀여운' 표정을 짓고 목소리의 주인공이 나타나기만을 조바심내며 기다렸다. 성적 편견이 때로는 유용할 수도 있다.

미지의 손님이 모퉁이를 돌기 바로 직전에, 나는 이야기하고 있는 사람이 누구인지를 알아채고 몸이 뻣뻣하게 굳었다. "…네 핑계 따위에는 관심 없어. 난 저 밖으로 다시 나가기 전에 전후 상황을 모두 듣고 싶다고! 지난번엔 거의 죽을 뻔했는데 그게 누구 탓인지 알아?"

가렌. 그가 이쪽으로 오고 있었다. 당장 그 자리를 떠야만 했다. 복도 맨 끝까지 쏜살같이 도망치느라 신발이 리놀륨 바닥 위에서 미끄러졌다. 그가 모퉁이를 돌기 전에 도망갈 수 있길 바랐다.

"뭐야?" 그가 소리 질렀다. "내가 어떤 지경에 처해 있는지 그 신청서 담당이 안다면 그런 최악의 쓰레기를 주진 않았겠지! 아니! 내가 필요한 정보를 못 얻은 건 네 탓이야. 왠지 알아? 너희네 망할 놈의 부서 이름이 '쓰레기'이기 때문이야!"

나는 모퉁이를 돌다가 하마터면 넘어질 뻔했다. 재빨리 옆쪽으로 움직이다 멈추느라 굽 낮은 단화가 싸구려 바닥 위에서 또각거렸다. 가쁘게 숨을 내쉬고 비틀거리면서, 나는 모퉁이를 돌아 벽에 착 달라붙었다. 그가 나를 보지 않았길 기도하면서. 그의 발소리가 가까워지는 게 아직도 들렸다. 내가 제때 숨은 걸까?

"그래 좋아!" 그가 고함을 질렀다. "상관없어. 내가 아주 그냥…, 그래, 항의를 제기하겠어!" 가렌이 잠시 말을 멈췄다. "글쎄 난 무슨 표시가 있었는지 어땠는지엔 관심 없다고. 그건 당신네 일이야, 이 빌어먹을! 아니, 난 하지 않…." 그가 한숨을 내쉬며 주먹으로 벽을 치는 소리가 들렸다. "이봐, 난 가야 해. 그래, 좋아. 흠, 명심해. 그건 나도 마찬가지야."

가렌이 혼자서 구시렁거리면서 전화를 끊었다. 나는 안도의 한숨을 내쉬었다. 들킨 것 같진 않았다. 다음 순간 플라스틱이 천 조각 위에서 부스럭거리는 소리와 함께 그가 카드열쇠로 문을 여는 소리가 들렸다. 가렌이 정말 안으로 들어간다고? 마침 내가 모퉁이에서 고개를 쏙 뺐을 때 가렌이 문 손잡이를 홱 잡아당기고 문을 열어젖혔다. 그는 한 치의 망설임도 없이 성큼성큼 안으로 걸어 들어갔다. 어찌나 세게 잡아당겼는지 문이 쿵 하고 벽에 부딪혔고, 문은 아직 활짝 열려 있었다. 자, 새라. 이제 어떻게 할 거지? 적을 따라 악마의 실험실 안으로 들어갈 거야, 아니면 안전하게 밖에서 기다릴 거야? 나는 문이 경첩을 축으로 움직이며 서서히 닫히기 시작하는 것을 지켜보았다.

될 대로 되라지.

나는 통로를 질주했다. 마치 빠르게 닫히는 포털을 향해 허둥지둥 돌진하듯 달려가는 바람에 구두가 리놀륨 위에서 끽끽 소리를 냈다. 마지막 순간에 손잡이를 잡았다. 문이 닫히지 않도록 붙들고 있으면서 바닥에 얼굴을 처박지 않으려고 기를 쓰다가 현관에서 발이 걸려 휘청거렸다. 휴우. 괜찮은 런닝화 한 켤레에 투자 좀 해야겠다는 생각을 하면서, 나는 몸을 일으켜 문을 열었다. 가렌의 모습은 보이지 않았지만 짧은 복도 하나가 나에게 손짓하고 있었다. 나는 조용히 미끄러지듯 안으로 들어갔다.

이곳의 건축자재들은 눈에 띄게 더 좋았다. 복도는 번쩍거리는 타일의 일종으로 만들어져 있고 벽은 에나멜 느낌이 났으며 불빛도 훨씬 덜 자극적이었다. 더 깊숙이 들어가니 복도 끝에 세 갈래 길이 나왔다. 가까이 다가가자 오른쪽에서 달그락거리는 소리가 났는데, 아마도 가렌이 그쪽으로 간 것 같았다. 모든 게 세련되고 간결한

스타일이라, 무슨 과학기술 광고 속으로 걸어들어 온 느낌이었다.

나는 잔뜩 긴장되어서, 발소리를 죽인 채 복도 끝으로 걸어가 모퉁이를 빼꼼히 돌아보았다. 삼 미터쯤 떨어진 곳에 두꺼운 금속문이 있었고, 문 위에 걸린 현판엔 '배양실'이라고 적혀 있었다. 당장은 아무 위험에도 노출되어 있지 않다는 걸 알고, 어깨를 쭉 펴고 문으로 걸어갔다. 아주 견고해 보이긴 했지만 카드열쇠 판독기가 없어, 나는 어깨를 들썩한 뒤 손잡이를 돌려봤다. 손잡이가 아무 문제없이 돌아갔다. 나는 살짝 문을 열어 문 너머에 있는 방을 살펴보고는 곧바로 문을 닫았다. 이상하게 생긴 탈의실 같은 곳 안에 가렌이 서 있었다. 내가 안을 힐끗 쳐다보았을 때, 그는 회색 정장 위로 위아래가 붙고 몸 전체를 덮는 흰색 작업복을 끌어올려 입고 지퍼를 가슴까지 잠그는 중이었다. 최첨단 도장공이나 석면 제거 전문가들에게서나 볼 수 있는 복장이었다. 나는 문에 귀를 대고 그가 탈의실을 떠나는 걸 확인한 다음 안으로 슬쩍 들어갔다.

검은색 벽을 따라 흰색 작업복들이 크기별로 구분되어 걸렸고, 맞은편에 있는 탈의용 탁자에는 머리망과 장갑, 얼굴에 쓸 마스크와 신발 덮개들이 놓여 있었다. 나는 그것들을 모두 살펴본 뒤 어깨를 들썩하곤 내가 입을 만한 작업복 한 벌을 골랐다. 만일의 경우에는 그들 틈에 섞여드는 데 도움이 될 것 같았다. 모든 걸 다 갖춰 입는 데 일이 분밖에 걸리지 않았지만, 다 입고나니 아무도 그게 나라는 걸 알아채지 못할 정도였다. 작업복 후드 모자를 쓰고 코와 입을 수술용 마스크로 가리고 나니 보이는 건 두 눈뿐이었다. 이제 문제는 가방이었는데, 한 벌로 맞춰 입은 나머지 옷차림과는 어울린다고 보기가 힘들었다. 나는 몇 초간 가방을 우두커니 쳐다보다가 작업복 걸이대로 걸어가 작업복 몇 개를 옆으로 밀친 다음 몸을 숙여 한쪽 구석에 가방을 쑤셔 넣었다. 바로 여기야. 밀어놓았던 작업복들을 제자리로 돌려놓으니 전혀 보이지 않았다. 이러면 될 거야.

가렌을 완전히 놓치지는 않았길 바라며 안쪽 문을 열자, 방만하게 뻗어있는 실험실이 모습을 드러냈다. 나 같은 복장의 연구원들이 작업대 위로 몸을 구부리고 있었다. 어쩌면 인간이 알아선 안 될 비밀을 밝혀내느라 열심히 일하는 중일지도 몰랐다.

이렇게 똑같은 옷을 입고 일하는 사람들 틈에서 가렌을 찾아낼 수 있기나 할지, 처음엔 의문스러웠다. 하지만 내가 둘러보기도 전에, 바로 작업대 몇 줄 앞에서부터 귀에 거슬리는 그의 거만한 목소리가 내 귀에 들려왔다. "잠깐, 이건 그럼, 내일 다른 세트가 추출돼야 한다는 거 아닙니까." 가렌이 클립보드를 들어 올리며 다른 과학자 한 명을 향해 화가 난 목소리로 말하고 있었다. "너무 빠른 거 아닌가요?"

가렌보다 키가 머리 하나쯤 작은 그 남자가 눈을 들어 가렌을 노려보았다. "당신은 우리 일정에 관해 발언권이 없는 거로 아는데요." 그가 가렌의 손에서 클립보드를 낚아채면서 말했다. "그리고 솔직히 말하자면, 당신이 상사라도 되는 듯 우릴 마치 다른 불평분자처럼 다루는 게 진절머리나요. 당신은 호의상 이곳에 있는 거지 그 이상은 아니라는 걸 명심해요. 만일 일 분이라도 더, 내가 당신의 바보같이 가식적인 행동을 참아야 한다면, 당신이 이 실험실에 들어오는 것에 대한 허가 문제를 심각하게 재고해 보겠습니다. 그러니 실례가 되지 않는다면, 나에겐 이곳에서 책임지고 처리할 문제들이 있습니다."

"바르글래이스 박사님, 부탁입니다, 난…." 가렌이 말을 시작했다.

"됐어요!" 바르글래이스 박사가 딱 부러지게 말했다. 그 말과 함께 박사는 매우 화가 난 얼굴로 자리를 떴고 가렌은 아무 말 없이 씩씩거리기만 했다. 참으려고 애썼지만, 내 얼굴 가득 미소가 번지는 걸 막을 수가 없었다. 혹시라도 들킬까 봐 고개를 돌렸다. 대단히 흐뭇한 풍경이었다. 다시 돌아보니, 가렌은 이미 나폴레옹 콤플렉스를 가진 그 키 작은 책임자를 떠나 다른 방향으로 가고 있었다. 나는 작업대와 용액조와 실험 탁자 사이들을 느긋하게 걸어 다니며, 의혹을 사지 않고 그를 따라다니기 위해 최선을 다했다. 이따금 아무 세포 배양기나 그들이 혼합 중인 것들 위로 몸을 숙여 검사하는 척도 했다. 마침내 실험실 맨 끝에 도착한 가렌은 문을 열고 그 안으로 들어갔다. 나도 따라가서 그가 안쪽으로 좀 더 들어가길 잠시 기다린 다음 문 안쪽으로 들어갔다.

나는 또 다른 복도로 들어서게 됐는데, 그곳은 실험실이라기보다는 양로원 같았다. 양쪽으로 있는 큰 유리창들 너머로 환자용 스위트룸들이 보였다. 방은 모두 비었고 블라인드가 올려져 있어, 똑같이 생긴 병원 침대와 수액 주머니 걸이대, 심전도 모니터와 다른 장비들을 들여다볼 수 있었다. 대여섯 개의 이런 방을 지나면서 하나하나 들여다보다가, 나는 뒷걸음질을 치며 몸을 숨겼다. 복도 끝 가까이에 있는 방 안에 가렌이 있었는데, 유일하게 그곳에는 누군가 사는 것 같았다.

나는 창문 너머로 엿보기 위해 살금살금 다가갔다. 가렌이 침대 위로 몸을 숙이고 있었는데 이상하게도 쓸쓸한 표정이었다. 침대에는 병원복을 입은 여자 하나가 담요를 가슴께까지 끌어올린 채 누워 있었다. 팔에 꽂힌 수액줄을 통해 뿌연 흰색 독이 혈관으로 곧장 주입되고 있었다. 그런데도 그녀는 여전히 의식을 유지한 채 가렌을 응시하며 힘없는 목소리로 그와 이야기를 나누고 있었다. 나는 그들의 대화를 간신히 엿들었다.

"…힘든 하루를 보낸 것 같구나." 침대 위의 여자가 말했다. 나는, '당신이야말로 그런 것 같군요'라고 마음속으로 생각했다. 마치 탈수기를 거친 것 같은 모습이었다. 피부는 파리하고 창백했고, 긴 적갈색 머리카락은 베개 위에 제멋대로 늘어져 있었으며, 얼굴은 딱딱하고 고통스러워하는 표정이었다. 그런데도 나는 그녀가 한때 아름다웠다는 걸 알 수 있었다. 이십 대 중반처럼 보이긴 했지만, 현명하고 자애로운 기질이 엿보이는, 단호하고도 당당한 모습이었다.

가렌이 한숨을 쉬더니 수치심도 모르는 멍청이로서는 놀라울 정도의 인간미를 드러냈다. 그가 그녀의 이마에 흘러내린 머리카락 몇 줄기를 쓸어만졌다. "힘든 달이네요." 가렌이 대답했다.

"찾고 있다던 그 바니르 여자애는 잡았니?" 그녀가 물었다.

그가 고개를 끄덕였다. "네, 잡았어요." 그는 부드럽게 대답했다.

그녀가 미소를 지으며 떨리는 손을 뻗어 가렌의 뺨을 쓸어내렸다. 어찌나 따뜻하고 다정스러운 몸짓이었는지, 가렌에게 누군가가 그런 행동을 한다는 데에 반발감마저 생겼다. "그런데 왜 그렇게 침울한 거니?" 그녀가 물었다.

가렌이 눈길을 돌려, 그녀의 바이탈 사인을 확인하는 기계들이 길게 늘어서 있는 곳을 쳐다보았다. "아직 여기 계시잖아요." 그가 말했다. "그 여자라면 충분히 비슷할 거로 생각했어요. 그래서 어쩌면 그들이…." 그가 머리를 흔들었다. "왜 계속 큰 기대를 하는지 저도 모르겠어요. 제가 아무리 많이 데려와도 여전히 여기에 계실지도 몰라요. 그리고…."

"쉬." 그녀가 그의 등을 토닥거렸다. "쉬, 어쩔 수 없는 것에 왜 연연하니?"

"왜 그러면 안 되는데요?" 그가 눈길을 돌려서 그녀를 다시 쳐다보았다. 충격스럽게도 가렌의 눈이 눈물로 반짝이고 있었다.

"지난 수년간 그들에게 수백 명의 '혼혈'들을 갖다 바쳤는데, 걱정해 주는 이는 너밖에 없는 것 같구나." 그녀가 어깨를 약간 들썩였다.

"그렇게 말씀하신다고 해서 나아질 건 없어요, 어머니." 가렌이 갈라진 목소리로 말했다.

어머니? 난 너무나 충격을 받아 유리창 쪽으로 휘청였고, 그러는 바람에 소리가 나서 그들의 주의를 끌게 됐다. 침대 위의 여자가 가렌의 말에 대답할 틈도 없었다. 그녀는 눈썹을 치킨 채 호기심 어린 눈으로 나를 응시했지만, 가렌은 뒤를 돌아보더니 얼음장 같은 눈초리로 뚫어지라 나를 노려보았다. "지금 바쁜 거 안 보여?" 그가 노발대발하며 버럭 소리를 질렀다.

"저는…, 저기, 죄송합니다. 저는 그냥…." 나는 핑계를 쥐어짜느라 애를 쓰며 중얼거렸다. "바르글래이스 박사님께서, 그러니까…, 환자분을 불편하게 만들지 마시라고 전해드리랍니다."

그 말이 가렌을 더 화나게 만든 모양이었다. "불편하게 만든다고? 그 우쭐거리기나 하는 개자식 같으니…."

"말조심해." 침대 위의 여자가 약에 취해 있는데도 불구하고 약간 강한 어조로 말했다.

가렌이 말을 꿀꺽 삼키고 한숨을 내쉬었다. "알았어요, 죄송해요." 그는 마음을 가라앉히고 그녀의 손을 잡더니 잠시 그렇게 붙잡고 있었다. 그러고는 슬픈 표정으로 바라보다 고개를 끄덕이고는 나에게 고개를 돌렸다. "좋아, 알았어. 박사는 내가 어슬렁거리는 게 싫은 모양이군." 내가 이제껏 들었던 가렌의 목소리 중 가장 냉혹한 목소리였다. "지금은 가겠어. 하지만 가서 전해. 그가 뭐라고 하건 어머닐 뵈러 또 올 거라고 말이야. 필요하다면 탱크라도 타고 올 거야." 가렌은 그렇게 말한 뒤 그녀의 손을 부드럽게 내려놓고 방을 떠났는데, 내 옆을 지나면서 나를 노려보았다.

"아…, 네. 알겠습니다, 전문가님." 내가 벽에 몸을 바짝 붙이면서 말했다.

나는 고개를 돌려 가렌이 떠나는 모습을 지켜봤다. 그는 뒤도 돌아보지 않은 채, 복도 끝에 이르러 꽝 소리를 내며 문을 열어젖히더니 쿵쾅거리며 걸어나갔다. 나는 숨을 몰아쉬며 그가 날 알아보지 못한 걸 다행으로 여겼다.

"연기를 아주 잘하시는군요." 뒤쪽으로부터 그 여자의 목소리가 방 밖으로 흘러나왔다. 좋아, 그러니까 가렌은 내 변장을 꿰뚫어보지 못했을지 모르지만, 그녀는….

내가 몸을 돌렸다. "뭐라고 하셨나요?"

"얌전한 조수 연기요. 아주 좋았어요. 여신이 여신 아닌 척하기란 쉬운 일이 아니죠. 제가 잘 알아요." 그녀가 떨리는 손을 들어 곁으로 오라고 손짓했다.

"알아채셨어요?" 내가 조심스럽게 방으로 들어가면서 물었다.

그녀가 나를 흘겨봤다. "신성한 존재가 바로 가까이 있는데 그걸 못 느끼겠어요?"

그 말에 내가 미소를 지었다. "맞는 말이네요."

"그래서 당신은 누구죠?" 그녀가 물었다. "다른 신을 만나본 지가 아…, 꽤 오래됐네요."

'거짓말을 해야 하나.' 잠깐 생각했다. 하지만 가렌에게 나에 대해 발설하지 않았으니 나도 예의를 지키는 편이 나을 거로 생각했다. "프레야예요. 요새는 새라라고 불리길 더 좋아하죠."

"아, 그 유명한 바니르 여신이시군요." 그녀가 눈을 반짝이며 말했다. "우리 애가 한참을 쫓아다니게 하셨죠, 맞죠? 그 애 말이, 무척…, 고집이 세시다던데."

"맞아요." 내가 좀 더 가까이 갔다. "변명하자면 가렌은 제게 선택의 여지를 주지 않았어요."

"그랬겠죠. 그랬을 거예요." 그녀가 한숨을 내쉬었다. "나쁜 애는 아니에요, 새라. 그저 인생에서 복잡하게 꼬인 것들을 정리하고 싶어 할 따름이죠. 바로잡고 싶은 거예요."

내가 침대 위 그녀 곁에 걸터앉았다. 결코 내가 아는 가렌 이야기 같지가 않았다. "무엇 때문에요?" 내가 물었다.

"대부분 나 때문이죠." 그녀가 대답했다. 내가 혼란스러워하는 게 얼굴에 드러났는지 그녀가 웃음을 터뜨렸다. "오, 궁금한 게 아주 많을 거예요. 하지만 먼저 내 소개를 해야 할 것 같네요." 그녀가 목소리를 가다듬었다. "나는 골*의 낸토수엘타예요. 자연, 땅, 풍요,

* 갈리아라고도 부르는 옛 프랑스 인근 지역

뭐 그런 것들의 여신이죠. 그냥 낸이라고 불러요."

"골이라고요?" 내가 물었다.

"당신이 생기기 전에 있었던 땅이에요. 켈트족 사람들이 살았죠. 일찌감치 우리가 차지하고 있었는데 로마인들이 쳐들어왔어요." 그녀는 그렇게 말하며 얼굴을 찡그렸다. 떨리는 손 하나가 나를 향해 올라왔다. "그래도 만나게 돼서 기뻐요."

낸과 손을 마주치자 쇠약함이 느껴졌는데, 창백한 피부 아래 가냘픈 뼈들이 흔들거렸다. 심하게 피폐한 신이었다. "저도 만나서 반가워요." 안쓰러워하는 표정을 드러내지 않으려고 애쓰면서 말했다.

"자, 피넴디에 대해선 어떻게 생각해요?" 손을 다시 담요 위에 올려놓으며 낸이 물었다.

내가 잠시 말을 멈추고 주위를 둘러보자, 낸은 내가 망설이고 있다는 걸 즉시 알아챘다. "아, 걱정 마요. 그들이 엿듣고 있는 건 아니니까." 그녀가 말했다. "이 방은 오래전에 우리 애가 정리했어요."

"그럼 말씀드릴게요. 그들은 불로 태워버려야 할 일그러진 괴물들이에요." 내가 말했다.

낸이 가만히 키득거렸다. "맞아요, 새라. 그들은 괴물이에요." 그러고는 숨을 크게 들이마셨다. 하지만 쌕쌕거리는 호흡으론 폐가 제대로 채워질 것 같지가 않았다. "당신이 알고 있는 건 반도 안 돼요. 글쎄요, 말해줄 순 있지만, 이런 말이 있죠. 아는 게 병이라고."

"말씀해 주세요, 낸." 내가 바짝 다가앉으며 말했다. 경고 따위가 통할 내가 아니다.

그녀가 빙긋 웃었다. "꽤 많은 걸 알아냈어요. 우리가 어디에 있는지 알아요? 이 구역의 이름이요."

나는 잠시 말을 멈추고 지도를 떠올렸다. "'이종교배 관리구역'이었던 것 같아요."

"맞아요. 꽤 근사하고 임상적으로 들리지 않나요? 그렇죠? 이곳에서 어떤 종류의 '이종교배'들이 이루어지는지 짐작돼요?"

몸이 얼어붙는 느낌이었다. "당신 말은…, 설마." 입이 다물어지지 않았다. 나는 경악감에 사로잡혀 그녀를 내려다보았다. "그들이 그런 일을…."

"바로 그거예요." 낸이 말했다. "신의 아이들은 많은 혜택을 얻죠. 더 강하고, 더 똑똑하고, 제한적이나마 마법을 쓸 수도 있고, 온갖 좋은 것들이요. 채용 문제도 부분적으로 해결할 수 있고요. 인력을 직접 키워낼 수만 있다면 이력서며 채용박람회에 대해 걱정할 필요가 뭐가 있겠어요? 그들은 이 정책을 벌써 수 세기째 계속해 오고 있어요. 완벽히 해낸 건 불과 수십 년 전이었지만요."

토할 것 같았다. "그들이 강제로 당신을…."

"아, 아니, 아니에요. 이 지긋지긋한 오물이 날 약하게 만들었으니 그럴 수는 없었죠." 곁에 있는 수액 장치를 가리키며 낸이 말했다. "난 아이를 밸 수 없어요. 그래서 그들은 내게서 필요한 것을 취한 뒤에 대리모를 통해 일을 끝내죠." 낸은 나의 반응을 살피느라 말을 멈췄다. "말했잖아요. 즐거운 이야기가 아닐 거라고. 화내도 괜찮아요."

"그러니까 가렌은…."

"네, 반신半神이에요. 아이들 중 유일하게 그 문제에 관해 좀 화를 내는 아이예요. 특이한 애죠. 그래서 당신을 잡는데 그렇게 혈안이 되었던 거고요. 실은 새로운 풍요의 신이라면 누구든 붙잡고 싶었을 거예요. 피넴디를 설득해 새로운 풍요의 여신과 나를 맞바꾸고 싶어 하죠. 그런데 기회를 얻지 못했나 봐요. 당신은 결국 그들과 일하기로 한 거죠, 그렇죠?"

내가 고개를 끄덕였다. "복수할 길은 그것뿐이었어요." 그렇게 말하는 내 목소리가 떨렸다. 내가 제안을 받아들였을 때 가렌이 그렇게 화낼 만도 했다. 나를 몹시 불쾌하게 대하는 태도도 설명됐다. 그는 피넴디와 손잡으라고 나를 설득하지 않았다. 무턱대고 갑자기 너무나 화를 내며 나를 원했기 때문에, 나는 그가 무엇을 제안했든지 간에 거부했을 것이다. 가렌은 그들이 억지로 나를 잡아들이게 하였다. 모든 게 가렌의 연기였다. 상사들을 설득해서 자신의 엄마를 풀어주고 내가 그녀를 대신할 수 있게 하려는 기대 때문이었다. 그렇다고 해서 내 눈에 덜 야비하게 보이는 건 아니었지만, 상황을 새로운 시각에서 보게 된 것만은 사실이었다.

"똑똑한 아가씨군요." 낸이 말했다. "보다시피 피넴디는 제안을 거절한 신에게는 별로 친절하지가 않아요." 그녀가 허약한 손을 움직여 자신을 가리켰다.

"그럼 이게…, 벌인가요?" 내가 물었다. "제 말은, 그렇지 않다면 왜 이런 짓을 하는 거죠? 어쩌면 남자 신이…."

"그래요, 훨씬 쉽죠. 당연히 남자 신도 이용해요. 그리고 맞아요, 어느 정돈 벌이라고 볼 수도 있죠. 내 딴엔 다소…." 그녀가 입술을 실룩이며 사악한 미소를 지었다. "독창적인 반항을 했으니까요. 다른 이유도 있어요. 내가 보기에 저들은 다양한 신을 보유하고 싶어해요. 반신반수들을 사육하려고 하는지도 모르죠. 영혼도 도덕관

념도 없는 쓰레기들이잖아요. 난 더는 왜냐고 묻지 않아요. 대답을 듣는다고 해서 바뀌는 건 아무것도 없으니까요."

"여기에서 꺼내드릴게요." 내가 발끈하며 말했다. 도저히 이해할 수 없는 이런 부당함 앞에서 내 심장 속 발키리가 피와 죽음을 부르며 울부짖는 걸 느꼈다.

"휴우. 그럴 것 없어요. 내 시간은 끝났어요. 수십 년 동안 맞은 이 오물이 날 껍데기밖에 남지 않게 했죠." 그녀가 링거를 다시 가리키면서 말했다.

내가 손을 뻗어 낸의 팔에서 수액 장치를 뽑아내려고 했지만, 낸이 고개를 저으며 팔을 잡아당겼다. "마법에 걸려 있어요." 그녀가 설명했다. "헤라클레스라도 뽑지 못할 거예요. 게다가 이건 제 할 일을 다 했어요. 날 구한다고 해서 해결되는 건 아무것도 없을 거예요. 하지만…, 정말로 날 위해 뭔가 해주고 싶다면 부탁하고 싶은 게 두 가지 있네요."

"말씀해 보세요." 내가 주저함 없이 말했다.

"정말로 이곳을 불태울 수 있다고 믿는다면, 나까지 함께 파멸시켜줘요. 죽어서 이 쇠약한 껍데기와 지겨운 고통으로부터 자유로워지고 싶어요."

거절하기 위해 입을 열었으나 그녀의 눈빛이 나를 침묵시켰다. "수년 동안 계속 누군가가 와서 자신의 몸을 절개해, 숭배를 위해 창조된 자신의 본질을 제거하길 그냥 홀로 앉아서 기다리는 게 어떤 건지, 당신은 상상조차 못 할 거예요. 날 죽여줘요, 새라. 어쩌면 훗날 새로운 신도들이 날 새로 만들어 새 몸과 새 삶을 주게 될지도 몰라요."

눈이 따끔거렸다. 난 눈을 깜빡여 눈물을 참았다. "약속할게요." 목이 잠겼다.

"두 번째 부탁은 지키기가 쉽진 않을 거예요. 하지만 할 수 있다면, 저, 가렌은 죽이지 않도록 노력해줘요. 나쁜 애가 아니에요. 그저…, 상처받았을 뿐이에요."

낸이 그런 부탁을 할까 봐 두려웠었다. 하지만 낸은 자기가 하는 부탁이 어떤 것인지 이해하는 눈치였다. 복수의 길에 들어선 신의 마음을 돌이키기란 쉬운 일이 아니다. 우리 신들은 본디 용서하기보단 응징하는 데에 마음이 더 끌린다. "노…, 노력해 볼게요, 낸. 하지만 당신 말처럼 힘들 거예요. 가렌은 신을 너무나 증오해요. 만약 그가 살아남아, 당신의 목숨이 제 손에 달려 있다는 걸 알게 된다면, 끝까지 저를 쫓을 거예요."

낸이 눈을 감으며 고개를 끄덕였다. "알아요. 그냥 노력이라도 해 줘요. 그게 다예요."

"왜 그는 우리를 그렇게 증오하는 거죠?" 내가 물었다. "왜…, 피넴디가 아니죠? 당신에게 이런 짓을 하는 건 바로 그들이잖아요, 그렇지 않아요?"

낸의 입술에 경련이 일었다. "가렌의 눈에 피넴디는, 사용 가능한 자원을 주어진 상황 안에서 현실적으로 조작하고 있는 것뿐이에요. 가렌은 인간이 신을 창조한 게 끔찍한 잘못이라고 보고 있어요. 그런데 피넴디가 모든 능력을 총동원해서 그걸 바로잡고 있는 거예요. 어쩌면 내가 자신의 엄마라는 사실 때문에 그렇게 보는 것일 수도 있죠. 그 애는, 신이 더는 존재하지 않는다면 내가 여기서 벌 받고 있어야 할 필요도 없을 것으로 생각해요." 낸이 눈을 떠, 암울하고 고통에 찬 눈빛으로 나를 응시했다. "그 애는 이게 당신 탓이라고 생각해요. 피넴디가 아니라요. 존재하는 신 하나하나가 단지 존재하는 것만으로, 그들의 본성을 통해 세상에 불균형을 불러일으켜서, 내 고통에 한몫하고 있다고 생각하는 거죠. 가렌은 피넴디와 같은 존재가 항상 필요할 거라고, 천상계를 통치할 누군가가 항상 필요할 거라고 믿고 있지만…, 신이 있어야 한다고 믿지는 않아요. 그 애가 피넴디를 따르고 당신을 끔찍하게 싫어하는 건 바로 그런 이유에서예요."

"미친 생각이에요."

낸이 어깨를 들썩했다. "불에 데었는데, 방화범을 탓하는 대신 불을 탓하기로 한 거죠. 일단 불이 없어지고나면…."

"…더는 아무도 불에 데지 않을 테니까." 내가 이어서 말을 마쳤다. 그리고 잠시 침묵하며 내가 가렌에 대해 알고 있었던 것에 이 사실을 더하려고 노력했다. "하지만 자신의 엄마를 노예로 만든 사람들을 위해 일한다는 것은…."

"새라, 당신이 이곳에서 태어났다고 상상해 봐요." 낸이 말했다. "당신이 아는 건 피넴디가 전부예요. 회사가 당신의 양육자이자 집이고 가족이죠. 그들의 목표를 믿도록 길러졌고, 수년 동안 위험하고 냉담하며 타락한 신들을 사냥해왔어요. 세상을 좀 더 나은 곳으로 만드는 거예요. 자신의 삶이 완전하다고 느끼지요. 그러던 어느 날 자신이 어디에서 왔는지 의문을 갖게 돼요. 약간의 조사 끝에 엄마를 찾게 됐는데, 엄마가 바로 여기, 집에 있었던 거예요. 당연히 끔찍하고 형편없는 여신이었죠. 하지만 호기심이 생겼어요. 그래서 만나러 갔는데 엄마는 전혀 위험하지 않은 거예요. 그저 이 모든 것에도 불구하고 여전히 당신을 사랑하는 쇠약하고 늙은 여자였죠."

그녀가 잠시 말을 멈추고 슬픈 표정으로 나를 쳐다보았다. "이제 어떻게 해야 할까요?"

"전…, 뭐라고 해야 할지…." 내가 말을 더듬었다. 정말로 끔찍했다. 그녀의 아들을 증오하고 있었음에도 아주 약간이지만 동정심이 느껴지는 건 어쩔 수가 없었다. 그 누구도 그런 상황에 놓여서는 안 된다. 설령 그게 가렌이라 할지라도.

"둘 중 하나를 선택해야겠죠, 그렇죠?" 그녀가 계속해서 말했다. "당신의 인생에서 존재감이 거의 없었던 엄마를 위해 자신이 알았던 모든 것을 등지거나, 당신 말처럼 엄마를 노예로 삼았던 사람들을 위해 계속해서 일하거나."

"가렌은 두 번째 길을 선택했군요." 분노가 약간 다시 치밀어오르는 게 느껴졌다.

"꼭 그런 건 아니었어요." 낸이 살짝 미소를 지으면서 말했다. "아직도 그 애는 나를 자유롭게 만들 방법을 찾을 수 있다고 생각해요. 두 마리 토끼를 다 잡을 수 있다고 생각하는 거죠. 피넴디를 설득하면, 자기가 사랑하는 엄마와 삶이 완전하다고 느끼게 해주는 직장 둘 다를 지킬 수 있다고 생각하는 거예요. 마음속 가장 깊은 곳에서는 자기가 옳은 일을 하고 있다고 믿고 있어요."

나는 잠시 시간을 가지고 그녀의 말을 이해하면서 또 다른 생각들로 머리를 굴리다가 그녀와 눈길이 마주쳤다. "당신은 뭘 믿으세요?" 내가 낸에게 물었다.

낸이 내 눈을 오랫동안 응시하더니 고개를 저었다. "나는 무언가를 믿도록 만들어지지 않았어요. 나는 나를 믿던 이들에게서 잊히고 학대받았죠." 그녀가 말했다. "내가 아는 거라곤, 난 지쳤고 이제 쉬고 싶다는 거예요. 만나서 반가웠어요, 새라."

더는 아무 말도 없이, 낸은 눈을 감고 베개에 다시 머리를 기대었다. 나는 내가 알게 된 것들로 인해 말문이 막혀, 잠시 그 자리에서 있다가 몸을 돌려 방을 떠났다. 나단을 찾아야 해. 여기에서 나가 이곳을 파괴할 수 있는 제대로 된 계획을 세워야 해.

해야 할 일이 많지만 피넴디의 연구원들과 직원들을 뚫고 되돌아가는 지금은 울면 안 된다는 생각밖에 들지 않는다.

11

별 다른 수가 없다면 적을 신뢰하라

나는 기다리는 걸 싫어한다.

사실, 나단을 다시 보면 무슨 말을 해야 할지 생각해 본 적이 없었다. 바보같이, 속임수와 모험으로 가득 차 정신없었던 그동안의 이야기들을 다 쏟아낼 수 있을 거라고만 생각했다. 요컨대 난, 여태껏 경험한 것들을 통틀어 최고의 이야깃거리들을 참고 있었다. 회복실에 있는 나단의 곁으로 달려가자마자 지금까지 있었던 모든 것을 너무나 간절히 이야기해 주고 싶었다. 다음 순간 나는, 내가 어디에 있는지를 기억했고, 그에게 해 줄 수 있는 이야기가 하나도 없다는 걸 깨달았다, 빌어먹을…. 그곳엔 카메라와 마이크와 수상쩍은 물건들이 있었다.

피넴디를 벗어나 그들이 우리 물건에 도청장치를 하지 않았다는 걸 확인할 때까지 기다려야 했다. 죽을 지경이었다. 나단의 눈빛을 보니, 확실히 뭔가가 벌어지고 있다는 사실을 이해하는 눈치였다. 자기가 의식을 잃고 있었던 사이 내 정신이 어떻게 된 것도 아닌데,

내가 자기 자신이 하는 모든 말을 자기검열을 한다는 게 도무지 내 성격과 맞지 않았기 때문이었다.

그곳에서 빠져나가야만 했다. 나는 저녁 식사를 건너뛰기로 했는데, 인정컨대 그 또한 나와는 어울리지 않는 선택이었다. 그러나 당시로서는 불가피한 선택이었다. 심지어 스스로 출구를 찾으려고 애쓰는 짓 따위도 하지 않았다. 처음으로 눈에 띄는 경비원을 불러 세워, 사외 거주 허가증과 신분증을 휙 내보인 다음, 나단과 나를 건물 밖으로 안내하게 했다. 밖으로 향하는 동안 그들의 보안체계에 대해 이해할 수가 있었는데, 건물 안에서 마음대로 아무 곳이나 돌아다니는 게 왜 상대적으로 쉬웠는지를 알 수 있었다. 그들은 완전히 우스꽝스러울 정도로 온갖 방어 배치와 검문소와 무장 인력들로 출입구들을 지키고 있었다.

엑스레이 기계, 전신 검색기, 최소 세 개 이상의 생체 측정 판독기(손, 홍채 그리고 음성 인식기)들이 최전방을 형성하고 있었다. 설령 누군가 그것들을 뚫거나 경보를 울리게 한다 할지라도, 아마도 다음에 있는 초소와 검문소와 공기 밀폐 차단벽들이 그 어떤 침입자라도 순식간에 해치워버릴 것이다. 또한 내 뒤통수에선 음정이 맞지 않는 벨 소리가 들렸는데, 그것은 마치 멀리 어딘가에 숨겨진 마법 장치가, 지금까지 내가 본 것은 임펄스 본부의 방어 라인을 이루는 과학기술의 절반밖에 되지 않는다고 똑딱거리며 말해주고 있는 것 같았다. 허가받지 않은 신이 이곳으로 들어온다는 건 상상할 수도 없다. 그러니 인간은 오죽할까.

출입구에 다다른 후에도, 우리가 회사 밖으로 밀반출하려는 건 없는지 경비원들이 수색하는 바람에, 건물을 떠나는 데에만 오 분 가까이 걸렸다. 드디어 우리는 자유로운 몸이 되어 약해지고 있는 플로리다의 햇빛 아래로 걸어 나왔다. 그들이 마지막 순간 우리를 다시 잡아들이려고 할까 봐 걱정되었던 게 사실이다. 나단은 공식적으로는 나의 '신하'였기 때문에 나와 같은 자유를 누려야 했지만, 피넴디가 약속을 지킬 거라는 믿음이 들지 않았었다. 이제 밖에 나와 보니 그들이 사실을 말하긴 했나 보다 하는 생각이 들었다. 이른 저녁이었고, 하늘은 아직 밝은 편이었으며, 별 몇 개만이 이제 막 모습을 드러내고 있었다. 우리는 별 특징 없는 물류창고 밖에 서 있었는데, 분명 내가 봤던 모든 것을 수용하는 데 필요한 크기의 십분의 일도 안 됐다. 주차장에는 온갖 종류의 차들이 꽉 차 있었는데, 나는 우리 차가 그중에 있길 간절히 바랐다. 우리를 디즈니월드에서 납치했을 때 그들이 과연 얼마나 철저했을까? 나는 열쇠를 머리 높이 들고선 부적이라도 되는 양 차를 향해 흔들면서 버튼을 눌렀다. 멀리서 번쩍이는 불빛과 함께 삑 하는 소리가 약하게 들려왔다.

"좋았어!" 내가 나단의 손을 붙잡고 성큼성큼 차를 향해 걸어갔다.

"그러니까, 음…, 모든 게…." 나를 따라 건물에서 멀어지며 나단이 말하기 시작했다.

내가 고개를 돌려 조용히 하라는 눈치를 보냈다. "잠깐만 기다려요." 나는 우리가 입고 있는 옷을 손짓으로 가리키고 내 가방을 흔들어 보였다. "집에 가서 '편하게 있고' 싶어요."

그가 잠시 어리둥절해 하는 눈빛으로 쳐다보더니, 우리 뒤편에 있는 건물을 몸짓으로 가리키고는, 마치 전화 통화를 하는 것처럼 한 손을 귀에 대고 소리 없이 입을 움직여 물었다. "그들이 듣고 있나요?" 나는 '분명해요'라는 표정을 지으며 고개를 끄덕인 뒤, 그의 팔을 잡고 계속해서 차를 향해 걸어갔다.

일단 차에 타고나자 나단은 주차장 밖으로 차를 몰아 도로로 올라섰고, 나는 몸을 숙여 라디오 볼륨을 한껏 높였다. 그리고 자동음정 보정 프로그램인 오토튠을 심하게 사용한 어떤 팝 음악의 소음 너머로 큰 소리로 말했다. “미안해요! 도청당하고 있을까 봐 걱정돼서요!”

“네, 그런 것 같았어요! 언제 이야기할 수 있을까요?” 그도 큰소리로 대답했다.

“집에 가서 옷을 갈아입은 뒤 휴대폰을 두고 산책해요!” 내가 대답했다.

“좋은 생각이에요!”

아파트로 돌아왔을 땐 완전히 어두워진 후였지만, 우리 아파트 단지는 꽤 괜찮은 동네에 있었기 때문에, 산책하러 나온 젊은 두 친구를 뒤돌아보는 사람은 아무도 없었다. 임펄스 본부에서 나와, 믿어도 될지 모를 옷가지와 물건들에서 벗어나니 기분이 좋았다. 이 모든 걸 내 곁에 있는 나단과 함께한다는 사실 때문에 기분이 더 좋았다.

“당신 걱정했어요.” 내가 그렇게 말하며 나단을 안았다.

“난 걱정할 시간도 없었는걸요.” 그가 미소를 지으며 인정했다. “형편없는 포도주의 신을 때려눕히고 있었는데, 다음 순간 깨어나 보니 병원 침대에 누워있고, 간호사 한 명이 와서 모든 게 다 괜찮다고 말하더니 당신 휴대폰으로 전화하더라고요. 도대체 무슨 일이 일어난 거죠?”

굉장한 이야기들이 너무나도 많아 침을 흘릴 지경이었다. “가렌은 피넴디라는 이름의 조직을 위해 일하고 있어요. 전 세계에 뻗어 있는 거대 기업인데, 우리가 있었던 곳은 그중 한 곳에 불과해요. 그들은 상상을 초월할 정도로 악해요. 뒤틀리고 가학적인 인간들이라구요, 나단. 가렌이 문제가 아니에요. 그들 전부를 쓸어버려야 해요."

"뭐라고요?" 나단이 깜짝 놀라서 말했다. "잠깐만…, 다시 한 번 말해 봐요. 회사 전체를 끝장내야 한다고요?"

"네, 그러니까." 내가 손을 흔들었다. "대부분이요."

나단이 눈살을 찌푸렸다. "음, 반기업주의가 시사적인 문제인 건 맞지만, 너무 극단적인 거 아니에요?"

"전혀요. 내가 본 걸 당신은 못 봤잖아요."

"그렇죠, 하지만…, 마치 전쟁을 선포하고 있는 것 같다고요."

내가 격렬하게 고개를 끄덕였다. "네! 정확히 바로 그거예요."

"새라, 이건…, 그러니까 내 말은, 내가 얼마나 오랫동안 정신을 잃었죠? 마지막으로 내가 들었을 때 당신은 이자들에게서 벗어나고 싶어 했잖아요. 맞서 싸우는 게 아니라요. 내가 뭘 놓친 거죠?"

"정말로 구역질 나는 것이 많아요, 나단. 그들이 없다면 세상은 훨씬 더 나은 곳이 될 거예요. 내 말을 믿어요. 내 이야기를 전부 듣고 나면 당신도…."

"잠깐만요." 나단이 안절부절못하며 말했다. "나도 듣고는 싶어요. 그런데 목숨을 걸어야 하는 일이고, 그놈들이 정말로 나쁜 놈들이라서 심각하게 얻어터질 필요가 있다는 거잖아요. 그러니까 당신이 지금 부탁하는 게 내가 생각하는 그거, 맞아요?"

내가 약간 부끄러워하며 두 손을 벌렸다. "전쟁은 나의 일부예요, 나단. 내키지 않는다면 안 도와줘도 돼요. 하지만 이런 종류의 기회는요? 오, 이건 정말 멋진 거라고요. 영광과 복수, 그리고 싸울 만한 가치가 있는 명분이 있죠. 전문가 말을 들어요. 이런 기회는 자주 오지 않는다구요."

나단은 내 말을 곰곰이 되씹었다. 다국적 기업을 파멸시키는 원정에 포섭된 것에 대해 어떤 걱정을 하는 건진 모르지만, 그는 자신의 우려와 나의 명백한 신념 사이에서 고민하는 중이었다. "신데렐라며 도망 다니면서 사는 일은 다 어떻게 된 거죠?" 그가 마침내 물었다.

"그것들은…, 그러니까…."

"우리 그냥…, 다시 사라져버리면 안 돼요?"

내가 나단을 바라보며 말을 멈췄다. 그의 심장에서 걱정과 절망이 부글거리는 게 느껴졌고, 정말로 그렇게 해 버릴까 하는 생각도 해 봤다. 나단의 말이 틀린 건 아니었다. 내가 복수를 하기 위해 이 모험을 시작한 것도 아니었고, 누군가와 전쟁을 벌일 생각은 추호도 없었다. 내가 원했던 건 그들이 날 내버려두는 것이었다. 나단의 말대로 하는 것도 충분히 가능했다. 더욱이 이젠 숭배자 없이도 강력해질 수 있는 다른 방법들을 알고 있으니. 자유, 힘, 모험, 이 모든 것들이 더 안전하고 더 영리한 대안으로 포장된 채, 선택되기만을 기다리고 있었다. 거기에 나단처럼 순진한 사람이 죽을 가능성도 무척 희박했다.

그럴 수 있을지도 몰라. 내 안의 발키리가 피비린내 나는 살육을 부르짖겠지만, 그렇게 할 수 있을지도 몰라. 아, 내가 정말 많이 변했구나. 결국 난 지난 수년 동안 스스로 자기 자신에게 우울과 자기

회의만 심어준 꼴이 됐다. 나에겐 자유의지가 있다. 어쩌면 내 이전의 그 어느 신보다 더 큰 자유의지를 가졌는지도 모른다. 새로운 친구와 삶을 최대한 즐기기 위해, 정말로 이 모든 난장판에서 손을 뗄 수도 있을 거다.

그때 낸의 병실 모습과 그 안에서 일어나는 비참한 일들이 번개처럼 마음을 스쳐 갔다. 나는 진실을 알고 있었다.

"그렇게 할 수도 있겠죠, 나단." 너무나 긴장해서 발끝으로 서 있는 느낌이었다. "분명 우리 둘 다를 위해 가장 현명한 선택이겠죠. 하지만 너무도 많은 악과 너무도 많은 고통이 거기에 있는데, 양심상 무시할 수가 없어요. 나의 신관 나단, 이건 도저히 참을 수 없는 일이에요."

"좋아요. 하지만…, 새라. 세상은 나쁜 것 투성이에요. 왜 우리가 이걸 감당해야 하죠?" 그가 혼란스러워하며 한 손으로 머리카락을 쓸어넘겼다. "아니요. 난 그렇게 생각하지…."

"나단, 제발." 내가 그의 말을 끊었다. 긴장감으로 심장이 오그라드는 것 같았다. "정말 한 번만 생각해 봐요. 뭐가 중요한지 생각해 보라구요. 무엇을 가지고 살 건가를 찾는 것이 인생의 전부는 아니에요. 인생은 무엇을 위해서 살 건가를 찾는 거라구요."

그가 눈살을 찌푸리며 내 말을 곰곰이 되새겼다. 그리고, 아…, 모르겠다.

친한 친구와 정말로 중요한 문제에 관해 이야기하는 순간이 어떤 건지, 당신도 알 것이다. 당신의 꿈과 욕망을 펼쳐놓고, 그 친구가 그것들에 대해 진지하게 생각하는 모습을 조마조마한 마음으로 지켜보며, 그가 당신 편이 되어 주길 진심으로 바라는 그런 순간 말이다.

이 순간이 바로 그런 것이었다. 나단의 대답을 기다리며 걱정하면 할수록, 그 모든 불안감이 나를 제압했다. 내가 한 행동, 그건 의식적인 선택이라기보단 반사적인 행동이었지만, 모든 걸 바꿔놓을 만했다. 그리고 그것은 나를 끔찍하고 못된 친구로 만들어버렸다. 나단이 흔들리는 걸 지켜보면서, 그가 정말로 날 떠날지도 모른다는 가능성에 직면하게 되자, 나는 나의 의지를 뻗어 그를 아주아주 살짝 눈에 띄지 않을 정도로 떠밀었기 때문이다. 나랑 손잡고 내 곁에서 함께 싸우면서, 영광을 위해 모든 위험을 감수하겠다는 아주 아주 작은 충동을 떠밀었을 뿐이다.

나단이 없어도 내가 이걸 해낼 수 있다는 건 안다. 그런다면 그가 더 안전해질 거다. 그런데 나는 왜 이런 식으로 그의 신뢰를 배신하는 거지? 왜 내가 나단 대신 결정을 내리는 거지? 그건 내가, 가장 순수하면서도 가장 해로운 종류의 이기심으로 가득 찬, 얄팍하고 멍청한 여신이기 때문이다. 그래서다. 나의 허세와 오만을 위해서라면, 친구가 날 떠날 생각조차도 못하게 만들어 버릴 정도로 난 나약해져 있었다. 게다가 일은 이미 벌어졌다. 내가 떠민 작은 충동이 나단의 마음속에서 튀어나와 눈덩이처럼 커지더니, 그만의 발키리로 우뚝 솟아올랐다.

그러더니 나단이 고개를 까딱했다. 그리고 나는, 내가 그에게서 선택권을 빼앗았다는 걸 깨달았다. "그렇게는 생각해본 적이 없네요. 그래, 좋아요. 더는 숨어다니지는 않겠네요." 그렇게 말하며 그는 자신이 내 편이라는 걸 확실히 했다.

"결심이 빠르네요." 마음속으로는 비록 비명을 지르고 있었지만,

겉으로는 미소를 지었다. 나의 자유의지를 발휘하면서, 사실상 그와 동시에 세상에 하나밖에 없는 친구로부터 자유의지를 빼앗아버릴 수 있었다니, 그저 놀라울 뿐이었다.

'나단, 정말 미안해요.' 나는 절실한 마음으로 생각했다. '갚을 길을 찾을게요. 약속해요.'

나는 작은 감정들의 다툼이 얼굴에 드러날까 봐, 다시 한 번 나단을 안아 그의 어깨 뒤에 표정을 숨겼다. "고마워요, 나단." 내가 속삭였다.

나단도 나를 안아주었다. 그러더니 이내 몸을 떼며 궁금한 표정을 지었다. "그런데 도대체 어떻게 우리가 이런 이야길 하는 거죠?" 그가 물었다. "그러니까 내 말은, 마지막으로 들었을 땐, 가렌이 아주 살기등등해서 그가 죽거나 당신이 죽거나 하는 그런 상황이었는데, 잠깐 의식불명에 빠졌다 깨어나 보니 그들이 우리를 내보내 줬잖아요. 마치 그곳이 우리 거라도 되는 것처럼요."

"그 문제라면 사실 난 나 자신이 무척이나 자랑스러워요." 나는 화제를 바꿀 기회가 온 게 기뻤다.

나는 그의 질문을 발판 삼아 이야기를 시작했다. 구속 장치에 묶인 채 깨어난 순간부터 시작해서 무척이나 불편했던 낸과의 대화까지. 내 이야기가 끝났을 무렵 나단은 그 모든 뉴스에 당연히 황당해하는 기색이었다. 그 사이에 아파트 단지를 아마 대여섯 바퀴는 돌았을 거다. 하늘 높이 달이 떠 있었고, 비록 주변 건물들에서 나온 나트륨 조명 때문에 별들 대부분은 보이지 않았지만, 별자리 몇 개 정도는 알아볼 수 있었다. 하늘을 보고 있자니 옛 시절에 대한 그리움이 불쑥 찾아왔다. 공기는 더 맑았고 밤하늘은 셀 수 없이 많은 별로 빛났다. 전장에서 적을 만나면 문명화된 인간들처럼 거대한 칼로 서로를 마구 베었다. 지금 난, 적들이 자연을 거스르는 범죄를 저지르고, 재단된 정장 뒤로 몸을 숨기는 동안, 갈팡질팡하고 있는 자신의 모습을 가장 친한 친구의 마음속에서 보고 있다.

"믿기지 않네요." 나단이 말했다. "좋아요. 그러니까 악당들을 해치우는 거네요. 알겠어요. 어떻게 그들을 무너뜨릴지 무슨 방법이 있어요?"

"사실 방법은 여러 가지예요. 지금은 온통 엉망이지만 아직 시간이 있어요. 피넴디 공식 일정을 보면 교육이 끝나기 전까지는 나한테 무슨 더러운 짓을 시키진 않을 것 같아요. 교육이 끝나려면 몇 달은 걸릴 거예요. 더 강해지고 계획을 세울 시간은 그사이에 충분해요."

"저기, 끝장 볼 때까지 당신과 함께할 거라는 거, 굳이 말 안 해도 알죠?" 나단이 나를 응시하면서 말했다.

"그럼요. 하지만 언제나 기분 좋은 말이죠." 내가 어깨를 들썩하며 말했다. 나는 일부러 태연한 척 애쓰면서 죄책감이 얼굴에 드러나지 않기를 바랐다.

"좋아요. 왜냐면, 그자들에게 쳐들어갈 시간이 되었을 때 내가 인간이라는 이유만으로 당신이 날 남겨두고 가지 않을 거라는 걸 확인하고 싶었거든요."

"언제부터 그렇게 의심이 많아진 거예요?" 내가 물었다.

"새라, 나도 영화를 많이 봐서 이게 어떻게 되는 건지 잘 알아요. 당신도 알잖아요. 받을 수 있는 도움이란 도움은 다 받아야 할 거예요."

내가 괴로운 표정으로 그를 바라보았다. '못하겠어.' 내가 한숨을 내쉬었다. "만약에…, 만일 그게 당신의 선택이 아니었다면요?"

나단이 그 말에 눈을 껌뻑였다. "무슨 말이에요?"

"식당에서 우리가 키스했던 거 기억나요? 내가 주위 사람들한테 미치는 '파급 효과', 생각나요? 내가 퍼뜨리는 게 사랑만 있는 게 아니에요. 당신은 내가 피넴디와 싸우는 걸 돕고 싶어 하는데, 만일 그게 내가 원했기 때문이었다면 어떡할래요? 당신 곁에 있는 것만으로 당신에게서 선택의 여지를 뺏은 거라면요?"

뭐, 벌써 그러긴 했지만 아직은 그에게 그걸 실토할 수가 없다. 그러기엔 너무 이르다.

나단이 고개를 흔들었다. "애초에 '당신 곁에 있기로' 한 것 자체부터가 내 선택이었어요. 뭐, 당신이 나를 인워드케어센터에서 훔쳐 나올 때는 아니었지만요. 하지만 그다음에 아파트에서 있었던 일은? 난 당신을 따르기로 선택했어요, 새라. 자꾸 해봐야 똑같은 말이에요."

"당신은 아무것도 몰라요." 비참한 기분이었다. "내가 사랑과 애정을 전기 스위치처럼 껐다 켰다 할 수 있는 게 아니라구요. 당신 머릿속엔 아직 꽤 많은 게 남아 있었어요. 어쩌면 날 만난 이후로 단 한 번도 진정한 '자유' 선택을 할 수 없었는지 몰라요. 무슨 말인지 알아요?"

나단은 고개를 갸우뚱한 채 그저 한동안 나를 쳐다보기만 했다. 그가 깊이 생각하는 모습을 쳐다보면서 나는 두 팔을 문질렀다. 가장 끔찍했던 게 뭔지 알아? 난 그 짓을 또 하고 싶었다. 지금도, 그리고 앞으로도 영원히 그가 나를 선택하길 바랐다. 애초에 그에게서 선택권을 빼앗은 바람에 모든 게 시작됐는데도 말이다. 그런 생각에 자기혐오가 극에 달했고, 나는 고개를 돌려 눈물이 흐르려는 걸 숨기려고 애썼다. '난 정말 형편없어, 형편없어, 형편없다고.'

"본성이냐 양육이냐의 문제네요, 그렇죠?" 마침내 나단이 입을 열었다. "네?" 내가 그에게로 고개를 돌렸다. 그가 어두운 미소를 짓더니 한 손을 들어 내 눈물을 닦아 줬다. "지금의 난 우리가 만났을 때와 같은 사람이 아니에요. 인정해요. 하지만 그건 당신도 마찬가지예요. 우린 모두 변해요, 새라. 그게 삶이죠. 우리가 만나는 모든 사람과 모든 것에겐 선택할 권리가 있어요. 친구건 가족이건 광고주건…. 만약 내가 이런 선택을 하는 게 당신이 한몫했기 때문이라면, 좋아요. 적어도 내가 신뢰하는 사람이니까요."

이런, 훌륭하군. "만약 내가 그런 신뢰를 받을 만한 사람이 못된다면요?"

나단이 어깨를 들썩했다. "그건 당신이 선택할 문제가 아니에요."

"하지만 그건…."

"이봐요. 난 마음의 결정을 했다고요. 내가 당신을 도와줄게요." 그가 조용하지만 단호히 말했다. "이제 어떻게 해야 하는지 말해봐요."

내가 한숨을 내쉬었다. 어쩌면 나단의 말이 맞을지도 모른다. 나의 간섭이 없었더라도, 어쨌든 날 선택했을 수도 있다. 매우 인간적인 배신행위 앞에 그게 위로가 되진 못하지만, 그래도 상관없다. 이 문제를 곱씹어봐야 아무런 도움도 안 되고, 게다가 지금 당장은 해야 일이 아주 많다. 이 모든 게 끝나고 피넴디를 잿더미로 만들고 나면, 그때가 되면 모든 걸 정리하고 보상해 줄 수 있을 거야…, 그렇지? 그동안 나단은 내 책임이고, 그가 나를 돕기로 작정했다면 그가 피 흘리도록 내버려두진 말아야 한다. 내가 그를 이 일에 끌어들였으니, 책임지고 빠져나갈 수 있게 해야 한다. 이젠 신의 세계에서 살아남는 법을 가르쳐줘야 할 때다.

"그래요." 내가 마지막 남은 눈물을 훔치고 몸을 꼿꼿이 세우며 중얼거렸다. "하지만 훈련이 필요할 거예요. 마음의 준비를 하세요. 진짜로 나의 신관이 된다는 게 뭘 의미하는지를 배우게 될 거예요."

"설레는데요?" 나단이 긴장을 풀고 말했다. "전투 전날 밤에는 장군들이 하이파이브하는 게 관례이지 않나요?" 그가 기대에 찬 몸짓으로 한 손을 들어 올렸다.

웃지 않을 수가 없었다. "요즘에는 그러나요? 시대에 뒤떨어진 줄은 알았지만…." 난 그렇게 말하고 약간 뒷걸음질을 한 다음 손으로 그의 손바닥을 찰싹 때렸다.

결정이 났다. 나단은 내 편에서 나를 따라 기꺼이 다시 한 번 불구덩이 속으로 들어가기로 했다. 차이점이라면 이번엔 새로운 삶을 시작하는 것 이상을 해야 한다는 것이었다. 우린 전쟁을 시작할 것이다.

그 후 몇 주 동안은 이상한 일과가 반복됐다. 인정하건대 인워드 케어센터에서 은둔 생활을 했던 기억이 자꾸 되살아났는데, 그게 도움이 됐다. 이번엔 단조로움을 받아들여야 하는 생활이었다. 모든 직감은 지금이 행동할 때라고 말하고 있었지만 말이다. 나는 디즈니월드 일에 최선을 다해 집중했다. 최대한 자주 교대근무를 했고, 디즈니에서 여는 특별 이벤트에도 최대한 많이 참가했다. 앞으로 닥칠 상황에서 살아남으려면, 이 테마공원에서 쥐어짜 낼 수 있는 믿음의 찌꺼기 한 조각까지도 필요할 것이다. 동시에 임펄스 본부의 일정에도 따라야 했다. 새로운 '신성 보정' 테스트와 성격 검사들을 뒤틀어야 했고, 참가해야 할 수업도 많았다. 하루하루가 신나는 어린 시절의 순수함과 소름 끼치는 기업 세계의 악의로 마구 뒤섞여 있었다. 마음 한구석에선 지금 당장 공격하고 싶었다. 자유의 몸이 되어 내가 이곳을 파괴하기 위해 할 수 있는 걸 하고 싶었다. 나 자신을 억제하고 있는 건 순전히 의지력뿐이었다. 인내심을 가져야 했지만, 어쩌면 예전에도 말했듯이, 그건 결코 내가 가진 장점이 아니다.

결정적으로 나단과 해야 할 수업들이 있다. 알겠지만 신은 모든 곳에 동시에 있을 수가 없어, 가끔 먼 곳에 있는 문제를 해결해야 할 때 가장 신뢰하는 성직자를 보내 우리 대신 궂은일을 하도록 한다. 그들이 우리의 이름으로 말하고 행동할 수 있게 하려면, 우리의 능력을 약간 나눠 주어 강력하게 만들어야 한다. 말하자면 힘의 불꽃을 그 원천에 돌려줌으로써 믿음의 흐름이 반대로 흐르게 하는 것이다. 자신에게서 헌신적인 숭배자를 빼내고 동시에 자신의 에너지 중 일부를 희생하는 일은 당연히 진 빠지는 일이다. 하지만 조심스럽게만 한다면 신은 자신을 전 세계에 드러낼 수도 있다. 간단히 말하자면, 숭배자들에게 우리가 가진 것과 비슷한 힘을 제한적으로 부여하는 것이다. 나처럼 하찮은 신으로부터는 그다지 큰 힘은 얻지 못하겠지만, 나단이 잘 다룰 수만 있다면 여전히 보통 인간보다는 훨씬 유리한 상황에 있게 될 거다.

나단은 나의 능력들을 휘두르는 수업을 받는 것 외에도 나를 돕기 위해 무엇이든 했다. 피넴디에 대해 조사를 했고, 막 싹트기 시작한 내 계획들의 중심축을 이루는 몇몇 신들에 대해서도 조사했다. 함께 힘을 모아 하는 이 모든 임무로 인해, 우리가 친구로 보낼 수 있는 유일한 시간은 그가 나를 이런저런 장소로 운전해 줄 때뿐인 것처럼 느껴지기 시작했다. 하지만 그렇다고 해서 한걸음 물러나 삶을 즐길 수 있는 게 아니었다. 같이 어울려 다니는 것보다는 닥친 임무가 훨씬 더 중요했고, 비록 기다리는 게 괴롭기는 했지만, 이 피넴디 지부를 지도에서 쓸어버리고 나면 쉴 기회야 얼마든지 있을 것이다.

사서 고생이라는 건 안다. 나는 상상할 수 있는 모든 종류의 관계들을 보아왔다. 그리고 솔직히 말하자면, 예전 같았다면 좋은 친구들과 즐거운 시간을 보낼 기회를 놓친 걸 사람들이 얼마나 후회하는지에 중점을 더 두었을 것이다. 하지만 그건…, 불가능하다. 모험과 응징이 부르는 유혹의 노래를 거부한다는 건 나와 맞지 않는다. 아, 어떤 교훈들이 있는지는 나도 안다. 하지만 평범한 사람들이 다른 사람의 실수로부터 교훈을 얻는 게 힘들다면, 신들에겐 더더욱 힘든 일이다. 결국 우리 신들은, 당신에게 있는 과도한 성격과 선명한 결점과 충돌하는 욕망이 극단적으로 부풀어진 캐리커처와도 같다. 이 기이한 유래가 빚어낸 명백한 (그리고 불행한) 결과 중의 하나는, 우리를 우리 자신과 반목하게 만드는 경향이 있다는 것이다. 이건 정말 짜증 나는 일이기도 하다. 합리적인 선택과 끔찍한 선택을 구분할 수 있을 만큼 오래 살았는데도, 우리 자신에게나 우리가 아끼는 이들에게 최선이 되는 선택을 하기보단, 우리의 개인적 신념에 따라 선택을 하는 일이 비일비재하기 때문이다.

이 점에 관해서라면 내가 대부분의 다른 신보다 낫다고 생각하고 싶지만, 나도 모든 것에 저항할 수는 없다. 피넴디와 거리를 두고 떨어져 시간을 보낼 기회가 있었다면, 내 내면의 발키리를 진정시키고 이 분노로 작열하는 길 대신 완만하고 안정된 길을 갔을지도 모른다. 하지만 임펄스 본부를 끊임없이 드나들다 보니 증오만 커질 뿐이었다. 마치 각각의 수업이 신성한 존재를 향한 새로운 증오를 다루는 것 같았다.

게다가 성격 검사를 치른 다음에 수업을 받아야 한다고!

보아하니, 피넴디는 신들이 지적인 부분에 있어 관심사를 더 넓혀야 한다는 인상을 받은 것 같았다. 디오니소스와 나는 노인대학 교양수업이라고밖에 설명할 수 없는 그런 수업들을 받게 되었다. 모든 내용이 실용 기술과 현대 세계 안내에 맞춰 짜여 있었다. 컴퓨터와 인터넷 사용법을 가르치는 수업도 있었고, 시사 문제와 팝 문화와 세계 역사 수업도 있었다. 일상 과학 기술과 (전자레인지를 어떻게 사용하는지는 나도 알아!) 재정 관련 조언, 운전 교습과 대화 예절 강의, 그리고 화장법과 자세 잡는 법을 포함한 현대적 스타일 세미나도 들어야 했다. 패트리샤 메로라는 이름의 상당히 인상적인 여자가 아담을 대신해 여성 지향적인 수업들을 진행했는데, 디오니소스와 함께 듣지 않아도 된다니 천만다행이었다.

패트리샤는 자신의 전문 분야에 관해 매우 해박했지만, 그녀의 총명함은 거리감이 있었고 깔보는 듯한 느낌마저 들게 했다. "언제 처음 혼자서 화장하기 시작했죠?" 첫 '실용 화장법' 개별 지도 수업에서 그녀가 내게 물었다.

"1950년대부터였어요." 내가 대답했다. "친절한 에이본 화장품 아가씨 한 명을 만나서 배웠죠. 그전엔 화장을 살롱에서 받았고, 또 그전엔 시녀들이 도와줬어요. 아, 그리고 디즈니월드에서 신데렐라 화장을 직접 하는 법을 배워야 했구요."

그녀가 콧방귀를 뀌었다. "오십 년대라…, 좋아요. 기법이 조금 촌스럽겠네요."

"글쎄요, 난 나이가 천 살도 넘어요." 나는 놀랄 만큼 소극적인 태도로 말하고 있었다. "오십 년대라는 게 무슨 의미가 있겠어요?"

마치 방금 내가 새끼 고양이를 물에 빠뜨려 죽인 게 뭐가 잘못이냐고 물어보기라도 한 것처럼, 그녀가 충격을 받은 표정으로 뚫어지라 나를 바라보더니 이렇게 말했다. "파운데이션부터 시작하죠."

오해하진 마라. 이것 중 어떤 것은 정말로 유용하다. 예를 들어, 하이힐 신고 걷기는 꼭 다시 배우고 싶었던 기술이었다. 마지막으로 하이힐을 신었던 건 프랑스 궁정에서였는데, 아무리 어색해도 하이힐을 안 신는다는 건 사회적 자살 행위나 마찬가지였다. 그 후로 난 시간을 들여 하이힐 신는 걸 다시 배우지 않았던 걸 항상 후회했다. 그래 맞다. 피넴디는 내 지식의 구멍 난 부분을 메꿔주고 있었다. 하지만 어린애 취급당하는 건 정말 짜증 나는 일이었다. 내가 수업해달라고 부탁한 것도 아닌데, 그들이 은연중에 생색내는 것도 맘에 안 들었다. 고맙지만, 색조 없이 번들거리는 립밤으로 입술을 더 크게 보이게 하는 법을 배우기 전에도, 난 문제 없이 잘 살았다, 이 오지랖쟁이들.

수업이 끝난 후 나는 숙제를 (스타일 안내책자들과 화장하기 과제라니 멋지군!) 핸드백 안에 쑤셔 넣고, 나단을 기다리면서 교실 밖에서 어슬렁거렸다. 몇 분 후에 나단이 도착했다. 그도 수업을 받으러 온 거였다. 어떤 수업은 그저 규칙과 규정들에 관한 것이었지만, 대부분의 수업은 나단을, 신을 대표하는 완벽한 인간 사절로 만드는 데 초점을 두는 모양이었다.

"어땠어요?" 나단이 걸어오자 내가 물었다.

나단이 얼굴을 찡그렸다. "시험이 상대평가였으면 좋겠어요."

그 말에 내가 눈살을 찌푸렸다. "그렇게 못 봤어요? 지난 수 세기 동안 얻었던 신관 중에 당신이 최고라구요."

나단의 얼굴에서 미소가 사라지더니 순식간에 표정이 예리해졌다. "지난 수 세기 사이에 내가 유일한 신관이었던 게 아니었어요?"

"나도 차분히 앉아서 이야기하고 싶지만 몇 분 안에 '기업을 부유富裕하게 만들기' 수업이 있어서요." 내가 싱긋 웃으면서 말했다.

그가 눈망울을 되록였다. "그게 그러니까…, 어떻게 신관이 되는 건지 내가 아무것도 모르는 거예요. 내 말은, 당신네 판테온이며 희생물, 신성한 의식, 제물 같은 것에 관해 물어보는데 내가 말한 거라고는, '어, 프레야는 초콜릿을 좋아하는데요'가 전부였다고요. 알겠어요?"

나는 어깨를 들썩하고 복도를 따라 걷기 시작했다. "난 규칙 따위엔 관심 없어요. 우린 항상 무법천지였는데요, 뭐. 이상한 수업들을 듣게 돼서 유감이지만, 난 그냥 즐겁고 신난 숭배자들을 원할 뿐이에요. 다른 건 다 헛소리예요."

"당신이 행복하다면야." 그가 나와 보조를 맞춰 걸으면서 말했다.

"나요? 그럼요, 나단. 당신이 아이스크림을 더 쌓아두면 좋겠지만, 사람이 완벽할 수가 있나요."

"더요?" 그는 당연히 충격받은 표정이었다. "지금 속도라면 벤앤제리 아이스크림 매장을 열어야 할 판이에요. 이걸로 세계 최초의 프레야교 아이스크림점을 만들 수 있을까요?"

"좋았어요." 난 실제로 그 생각에 기분이 좋아졌다. "개장일이 언제예요?"

"프레야베리 맛 테스트가 끝나는 대로 곧장 열 거예요." 그가 이렇게 말하자 우린 함께 웃음을 터뜨렸다.

나단과 나는 여전히 미소를 머금은 채 잠시 조용히 걸었다. 그러더니 그가 생각에 잠긴 듯한 표정을 지었다. "당신의 종교는 어떤 모습이었어요, 새라? 내 말은, 예전에 고향에 있었을 때 숭배자랑 그런 것들이요."

내가 한숨을 지었다. "아, 나단…, 그거라면 역사학자 이야기를 듣는 편이 나을 거예요. 너무 오래전 일이라 많이 잊어버렸거든요. 어쨌든 모두 다 기억한다고 해도 그게 무슨 소용이겠어요. 나는 아주 오래전 유럽을 떠나기로 했고, 그건 옛 방식을 버리는 것도 포함하는 일이었어요."

나단이 나를 바라보았다. 궁금해하는 게 분명했지만 난 고개를 저었다. 내 과거에 관해 말해주는 건 상관없지만 여기서 꺼내고 싶은 이야기는 아니었다. "나중에 이야기해 줄게요. 어쨌든 난 미국에 오게 됐고 이곳에 정착하기로 했어요. 더 안전해 보였거든요."

"좋아요, 그걸로 충분해요." 무슨 생각이 떠올랐는지 그가 눈살을 찌푸렸다. "그렇지만 다른 신들이 여기서 뭘 하고 있는지는 설명이 안 돼요. 여기에 돌아다니고 있는 신들은 수가 어마어마해요. 모두가 그저 우연히 미국행을 선택했을까요?"

내가 걸음을 멈췄다. 사실 한 번도 생각해 본 적이 없었는데, 나단이 정말 중요한 점을 꼬집었다. "그러게요. 왜 그들이 모두…." 잠시 후 내가 말했다. "피넴디가 그들을 데려온 게 틀림없어요. 대부분의 신은 힘의 원천을 구대륙에 두고 있거든요. 그렇지 않고서야 그들이 이곳에 있다는 게 말이 되지 않아요."

"디오니소스를 빼고요?"

"어, 네. 그는 아마 프랑스에 있는 유로 디즈니에서부터 철도를 따라왔을 거예요." 내가 비웃었다.

"말 되네요." 나단이 복도를 둘러봤다. 생각이 다시 우리의 현재 상황으로 흐르는 게 보였다. "이곳 전체가 이런가요?" 그가 물었다.

"밋밋하고 헷갈리냐고요?"

나단이 임펄스 본부의 지도를 꺼내더니 어리둥절하다는 표정을 지으면서 지도를 흔들었다. "그것도 그거지만, 약간 무섭기도 해요. '죽음이 가까이 있나니' 같은 느낌 안 들어요? 이곳 전체가 함정인 것처럼 느껴지네요."

"아니요. 하지만 난 신이잖아요. 우리에게 죽음은 낯선 것이에요."

나단이 깜짝 놀라며 나를 노려봤다. "새라, 이곳은 당신에게도 위험해요. 예를 들면, 천장 근처에 있는 저 동그란 플라스틱 물체들 보여요?" 그가 손가락으로 가리키자 난 그의 손가락을 따라 벽에 설치된 작고 검은 반원 모양의 물체를 쳐다봤다. "온 사방이 카메라 천지인 데다 경비원들이 감시 중이고, 게다가 빌어먹을 판테온들은 서로 못 싸워서 안달이잖아요. 이자들은 어떻게 하면 신들을 쳐부술 수 있을지 알고 있어요. 아주 조심해야 한다고요."

“흠.” 내가 카메라를 보러 걸음을 멈췄다. 그리고 카메라를 향해 손을 흔든 뒤 계속 걸어갔다. “그런 생각은 안 해봤어요. 내 말은, 당신 말이 맞아요. 멈춰 생각해 보면, 내가 있어 본 곳 중에서 가장 두려운 곳이겠죠. 하지만 겉으로 드러나는 모습으론…, 진짜로 문젯거리라는 느낌은 없어요.”

나단이 고개를 저었다. “신들을 공격하고, 신성모독을 산업화하고, 국제적 음모를 통해 당신들을 죽이거나 붙잡으려는데도…, 아무 느낌이 없다고요?”

내가 고개를 끄덕였다. “전혀요. 이건 내가 예상했던 거랑은 달라요. 바보 같은 소리라는 건 알지만, 내 마음 한편에서는 아직도 폭풍우가 몰아치는 날, 깎아지르는 기암괴석 위에 위풍당당하게 서 있는 성들을 습격하고 싶다고요. 대신 멍청하게 크기만 한 사무실 건물이나 공격하게 됐으니.”

“편지를 써보는 게 어때요? ‘피넴디 귀하, 제가 증오할 수 있도록 본부를 더 악하게 좀 만들어 주실 수 있을까요.’” 그가 이렇게 말했다.

“네, 고마워요! 너무 무리한 요구일까요?” 내가 말했다. 우리는 다음 수업을 향해 가는 중이었다.

나는 그런 농담이 고마웠다. ‘기업을 부유하게 만들기’ 수업까지 몇 분밖에 남지 않았기 때문에, 내 안의 발키리를 가둬놓기 위해서는 가능한 한 가벼운 대화가 필요했기 때문이었다. 내가 들어야 할 모든 필수과목 중 가장 짜증 나는 수업인지도 모른다. 수업목표가 온통, 내 능력들이 피넴디에게 어떤 도움을 줄 수 있는가였기 때문이다. 보아하니 조직의 자금 대부분은 신성한 능력을 치밀하게 연구하는 곳으로부터 오는 것 같았다.

어느덧 나는, 아담에게서 '어떻게 하면 우리가 회사를 도울 수 있는가'에 관한 훨씬 더 비참한 이야기들을 듣고 있었다. 예를 들어 디오니소스는 포도주 생산 능력 및 음주 방가 능력을 발휘해 달라고 부탁받았다. 그는 앞으로 최상급 빈티지 포도주 시리즈를 생산할 책임을 지게 되었는데, 그 빈티지들은 피넴디에게서 후원을 받는 어느 기업을 통해 터무니없는 가격으로 팔릴 예정이다. 그가 할 일은 일 년에 한 번 저장시설을 방문해 재고를 다시 채워주는 것이다. 그의 임무 중에는 거래를 하고, 심지어는 탐스러운 과분을 생성시키는 포도 덩굴의 주요 조직을 파괴하는 일도 있다. 병적인 행복감과, 환락을 향한 억제할 수 없는 충동을 일으켜 경비들과 경쟁사 직원들의 마음을 어지럽히는 건 말할 것도 없다. 현재 나는 현장 작업을 하기엔 너무나 약한 것으로 간주되어, 몇 차례의 집중 신앙 치료를 마치기 전까지는 임무를 받지 않을 예정이다. 하지만 나는 산업 스파이 업무와 정보 수집 임무를 맡게 될 거라고, 아담이 기쁜 목소리로 알려줬다. 난 누구든 꾀어서 나를 믿게 만들 수 있기 때문이다.

"물론 이건 현재까지 저희가 생각해 놓은 것들에 불과합니다." 아담이 '기업을 부유하게 만들기' 프레젠테이션 끝부분에서 이렇게 말했다. "저희 피넴디는 이곳을 더 똑똑하고 강력한 직장으로 만들기 위한 제안에 언제나 열려 있습니다. 여러분의 능력을 어떻게 사용할 수 있을지 더 잘 말씀해 주실 수 있는 분이, 결국 여러분 자신 말고 누가 있겠습니까?"

"정말이지 나말고 누가 있겠어요?" 의자에 등을 기대며 디오니소스가 말했다. "뭐 프레야 여신의 기분을 상하게 하려는 건 아니지만, 인간의 마음을 비트는 것쯤이야 내겐 식은 죽 먹기죠. 그런 첩보 활동이라면 나도 프레야만큼이나 쉽게 할 수 있어요. 대기 시간 따윈 필요하지도 않죠." 디오니스소가 내 쪽을 힐끗 쳐다보며 능글맞게 웃었다.

'그래, 어디 한번 계속 웃어보시지.'

"훌륭하십니다!" 아담이 스마트폰에 짧은 메모를 하면서 말했다. "그런 게 바로 저희가 듣고 싶어 하는 겁니다." 그가 갑자기 약간 걱정스러운 듯 힐끗 나를 쳐다보았다. "어, 당신이 도움되지 않을 거란 말은 아닙니다, 새라 양. 신화 속에서 마법사로서 어떤 지위를 차지하고 계신지는 잘 알고 있습니다. 한 가지 방식의 마법에 정통한 신도 매우 드문데, 당신은 마법 걸기와 점술 등에도 능하시다는 걸 알고 있습니다. 아직은 위력을 완전히 발휘하지 못하시겠지만, 앞으로 몇 달 혹은 몇 년 후에는 당신의 재능들이 인정받을 거라는 걸 이해해 주십시오."

"물론이죠." 내가 심드렁하게 말했다.

"여러분이 여러 가지 다른 가능성에도 집중하실 수 있도록, 저희 신 중 몇 분의 모습과 그분들이 지난 몇 년간 얼마나 흥미로운 방법들로 저희를 도와주셨는지를 보여주는 슬라이드쇼를 준비했습니다. 여러분이 고정관념에서 벗어나실 수 있도록 하기 위해서입니다! 기억하세요. 약간의 창의력은 나쁠 게 없습니다!" 아담이 스마트폰을 호주머니에 넣고 프레젠테이션 리모컨의 버튼을 누르면서 말했다.

화면에 자애로운 모습을 한 여성의 사진이 있는 슬라이드가 나타났다. 정지 화상에 담겨 있었는데도, 그녀에게서 안도감과 애정이 뿜어나왔다. "아, 헤스티아." 디오니소스가 말했다.

아담이 고개를 끄덕였다. "알아보실 거라 생각했습니다." 그러고는 나를 향해 몸을 돌렸다. "헤스티아는 고대 그리스의 가정과 화덕의 여신이신데, 안부와 따뜻함으로 집을 유지하고, 꺼지지 않는 불을 보전하는 것과 관련되어 있습니다. 기본적으로 피넴디를 위해 모든 시설에 있는 전등이 계속해서 켜져 있을 수 있도록 해주시지요. 저희가 새 본부를 지을 때마다 헤스티아께서 오셔서 영원한 '불'로 축복해 주십니다. 요즘으로 말하자면 전기와도 같은 거지요. 기본적으로 그녀의 능력 덕분에 모든 부서에서 무제한으로 전기를 사용할 수 있습니다. 완전히 환경친화적이고, 게다가 기록도 남지 않아요!"

신에게서 얻는 공짜 에너지라. 오만함이여, 그대 이름은 피넴디로다. 슬라이드가 바뀌자 이번엔 건장한 백인 남성이 나타났는데, 금발 머리를 까닥거리고 있어서 마치 중세시대 기사 견습생처럼 보였다. 내 판테온 소속인 것 같기도 했지만 알아볼 수가 없었다. "이분은 일마리넨입니다. 핀란드의 대장장이이자 발명가시죠." 아담이 설명했다. "피넴디가 이분을 설득해서 이분의 가장 유명한 작품인 삼포*를 재생산했습니다. 충분한 원자재와 대장일에 필요한 극도의 열기를 제공하는 일에 여러 신의 도움이 필요하긴 했지만, 곡물과 소금과 황금을 무한정 만들어내는 마법의 기구를 완성하셨습니다."

* 핀란드 신화에서 대장장이 일마리넨이 만든 마법의 물건으로, 삼포를 지닌 자에게는 행운이 따랐다고 한다. 정확히 어떤 물건인가에 대해서는 해석이 분분하다.

아담이 슬라이드 리모컨 버튼을 다시 누르자, 거대한 지하 금고실의 모습이 나타났다. 금고실은 금괴가 산더미처럼 쌓인 운반대로 가득 차 있었다. 갖고 싶다는 욕구가 고통스럽게 치솟았다. 저 황금으로 주문할 수 있는 보석 장신구 세트들이 떠올랐지만, 난 고개를 흔들며 집중하려고 노력했다. 바보 같은 충동이었다. "기본적으로 현재 피넴디는 이 세 가지 필수 자원을 공급하는 회사 중 전 세계에서 가장 큰 회사입니다. 이런 독점체계를 통해 얻을 수 있는 모든 재정적, 정치적 혜택들을 거둬들이고 있죠." 아담이 계속했다. "물론 시장이 붕괴하지 않도록, 저희의 능력을 과대평가하지 않기 위해 조심하고 있습니다."

정말이지 인상적이면서도 간담이 서늘했다. 지난 수년간 도대체 얼마나 많은 물건을 얻은 거지? 가렌의 마법 팔찌와 교정구역에서 본 진주가 끝에 달린 창이 떠올랐다. 아마도 많은 물건을 모았을 거라는 생각이 들었다.

슬라이드가 바뀌자 이번엔 검은 피부에 무시무시하게 생긴 남성의 모습이 보였다. 어지럽게 꼬인 지저분한 검은 머리가 야만적이고 짐승에 가까운 얼굴 앞에 늘어뜨려 있었다. 검은 피부의 그는 인간의 탈을 쓴 사자 같은 포식자처럼 당당해 보였다. 입을 열어 흰 송곳니들을 보이는 모습이 쉽게 상상이 됐다. 기름기투성이인 머리카락 사이로 온 세상 불행을 담고 있는 듯 붉게 충혈된 두 눈이 카메라를 뚫어지라 쳐다보고 있었다. 그는 분노와 파괴의 화신이었다.

"심지어는 천성적으로 비협조적인 신도 유용할 수가 있습니다. 여기 있는 아흐리만 녀석처럼요." 아담이 스크린을 가리키며 말했다. 그건 곧바로 내 관심을 끌었다. 인워드케어센터에 있었을 때,

이 모든 게 시작됐던 그때, 아흐리만의 조각이 내 머릿속에 각인시켰던 모습들을 여전히 기억할 수가 있었다. 영원히 잊지 못할 거라는 생각이 들었다.

“아흐리만을 제지한다는 건 사실상 불가능합니다. 악과 술수와 어둠의 화신답게 그 어떠한 감옥이라도 부술 수 있다는 게 증명되었거든요.” 아담이 너덜너덜하게 풀린 수갑과 구부러진 창살과 산산이 조각난 화강암 판들, 그리고 비슷한 식으로 손상된 감금 장치들을 보여주는 일련의 슬라이드를 빠르게 훑고 넘어갔다. “아흐리만의 유일한 딜레마는, 이렇게 하기 위해서는 온전해야 한다는 것입니다. 그의 탈출 능력은 자신의 완전한 형태를 풀어주는 효과를 거두기 위해서만 작동하지요. 조금이라도 부족한 게 있을 땐 그저 또 다른 신에 불과합니다.”

“그게 무슨 도움이 되죠?” 내가 물었다. “당신들이 아흐리만에게서 뭔가를 제거한다고 해도 그가 재생해버리지 않을까요?”

“네, 끊임없이 재생합니다.” 아담이 말했다. “그래서 결국 저희는 끊임없이 아흐리만을 접고, 늘이고, 팔다리를 절단해야 했습니다.” 다음 슬라이드로 넘어가자 끔찍한 방 하나가 나타났는데, 그 방 안에 있는 물건들은 마치 인쇄기와 산업용 고기 가는 기계 사이에 기괴한 십자가가 놓인 것처럼 보였다. “그런데도 문제가 생기기 시작했습니다. 절단된 구조 조각 중 일정 크기 이상이 되는 것은 자신의 영혼을 담을 새로운 숙주와 합체하려고 시도한다는 걸 알아냈지요. 이런 과정은 거의 순간적이었고 약간 저능한 형체를 만들어냈습니다. 저흰 아흐리만의 조각들이 다양한 저장소에서 사라진 후 그의 육체가 더 크게 집약된 형태로 나타나는 걸 근처에서 보곤 했죠. 충분히 모이고 나면 '원래'의 몸은 그냥 죽고 새롭게 나타난 그 형체가 아흐리만이 되었어요." 그리고 시작된 비디오에서, 고깃덩어리라고밖에 할 수 없는 것에 팔과 다리와 머리가 생겨난 뒤 피부층이 나오더니, 부스스 헝클어지고 기름기 흐르는 검은 머리카락이 자라고, 아흐리만이 충혈된 두 눈을 번쩍 뜨고 카메라를 뚫어지라 노려보았다.

"역겨워요." 나는 구역질이 나려는 걸 겨우 참았다.

"끝내주는군!" 디오니소스가 의자에서 몸을 흔들면서 말했다. 그는 이 능력에 엄청나게 관심이 있는 모양이었다. 자기도 그 능력을 갖추고 싶어 하는 것 같았다.

"그 후로는 재생을 방지하기 위해 모든 '잔여물'을 소각했습니다. 하지만 일단 아흐리만의 조각이 순간이동을 할 수 있다는 걸 알아내게 되자, 더 신비주의적인 경향이 있는 신들을 이용해 관련된 마법을 분석하게 했죠. 마침내 저희는 아흐리만에서 떨어져 나온 모든 조각은 그의 신성한 특징에 이끌린다는 사실을 발견했습니다. 그를 둘러싼 아우라요. 저흰 적절한 의식과 재료 부품들을 통해 그의 특징을 위조할 수 있었고, 제멋대로인 아흐리만의 조각을 저희가 정한 위치로 '꾈' 수 있는지 실험하기 시작했습니다."

"세상에, 도대체 왜 그런 일을 하고 싶었는데요?" 내 마음은 이제 메스꺼움과 격분의 지점을 지나 두려움에 휩싸인 공포심을 향해 치닫고 있었다. 마음 한편에선 아흐리만의 조각들을 소각하기로 하기 전에 그것들로 도대체 뭘 하려는 계획이었는지 묻고 싶기도 했다. 하지만 다른 한편으로 오늘 밤 잠 못 자게 될 것 같은 생각이 들어, 묻고 싶은 마음이 싹 사라졌다.

"간단합니다!" 아담이 외쳤다. 이 시나리오 전체가 너무나 맘에 드는 모양이었다. "실험 결과에 의하면, 기본적인 이동 주문을 사용해서 순간이동 효과에 '업혀갈' 수 있었지요. 누구든 간단한 의식을 치를 용의만 있다면 아흐리만의 조각을 가지고 저희가 고른 장소로 순간이동 할 수 있는 능력을 얻게 되었습니다! 훨씬 더 잘 된 일이었어요. 이 조각들은 머리가 좀 나빠서 이동 매개체를 동종 육체로 여기는 경향이 있습니다. 이동 마법의 결과죠. 조각 하나하나가 '자기'에게 치명적인 부상이라고 여겨질 만한 것은 막으려고 할 것입니다. 간단히 말하자면, 기꺼이 그 과정을 치르고 아흐리만의 조각을 지닐 마음이 있는 자라면 누구든, 생명을 위협하는 상황에서 안전 지역으로 순간이동 할 수 있는 능력을 얻게 되는 것입니다!"

그 개념을 듣고 나는 입이 떡 벌어졌다. 그들은 악의 신의 조각을 괴기스러운 '모노폴리 감옥탈출 카드'로 사용하고 있는 것이었다.

"맞아요, 굉장하죠!" 아담이 나의 충격을 감탄으로 착각하고 재잘거렸다. "안타깝지만 신 팀원이 이걸 사용하시는 건 추천하지 않습니다. 아흐리만의 아우라는 아흐리만의 몸 구석구석에 붙어있는데, 인간과 혼혈은 그걸 감지할 수 없지만, 현장을 겪은 신들은 꽤 기분 나쁜 이미지와 감정을 겪었다고 보고하셨습니다."

당연하지. 나는 그 기억을 떠올리며 몸서리쳤다.

"그래도 난 시도해보고 싶군요." 디오니소스가 말했다.

아담이 고개를 끄덕였다. "그럼요! 말씀드렸다시피 추천해 드리고 싶진 않지만, 몇몇 신은 그 효과를 무시할 수 있거나 개의치 않는 것 같았습니다. 며칠 안에 검사용 조각을 준비하도록 하겠습니다." 아담이 스마트폰에 뭔가를 간단히 메모하면서 말했다.

뭐가 더 나쁜지 모르겠다. 제정신인 신들마저 이 악한 순간이동 방법을 사용하는 걸 고려한다는 게 더 나쁜 건지, 아니면 그것이 가져다주는 이미지들을 개의치 않아 하는 신을 피넴디가 고용한다는 게 더 나쁜 건지.

"자, 말씀드렸지만, 이것들은 그저 저희를 위해 신들이 과거에 무엇을 할 수 있었는지 몇 가지 예일뿐입니다." 스마트폰을 다시 호주머니에 넣으면서 아담이 말했다. "이것의 요점은, 여러분 자신이 자신의 능력들을 피넴디를 위한 어떤 일에 적용할지 생각해보도록 하는 겁니다. 기억하십시오. 위대한 아이디어를 성사시키는 데 필요한 마법은 약간일지 모르지만, 여기서 보셨던 것처럼 그 결과는 놀라울 수 있습니다!"

디오니소스는 아주 감명을 받았는지 힘차게 고개를 끄덕이고 있었다. 하지만 난 말이 안 나올 지경이었다. 아담이 그걸, 신들이 피넴디를 위해 할 수 있는 멋진 일들을 소개하는 텔레비전 상품 정보 광고처럼 발표했기 때문에, 상황이 더 두려웠다. 회의실을 떠나면서, 이제 세상의 종말에 다가가는 듯한 희열감과 함께 이 장소를 파괴해야만 한다는 확신을 더욱 강하게 느꼈다.

다행히도 나단이 회의실 밖 통로에서 나를 기다리고 있었다. 나단은 회의실 근처 벽에 기대어 있었는데, 그를 보니 마음이 진정되었다. 디오니소스가 진짜 얼간이들이나 할 짓을 하러 어슬렁어슬렁 걸어갈 때, 나단이 그의 등에 대고 짓궂은 표정을 지어 보였다.

내가 나단을 보고 활짝 웃은 다음, 디오니소스를 향해 상스러운 몸짓을 해 보였다. 아담이 작은 노트북을 들고 회의실에서 복도로 나왔다가, 내가 그러는 걸 보고 깜짝 놀란 표정을 지었다. 그러고는 한마디 말도 없이 반대쪽으로 서둘러 사라졌다.

"저런, 당신이 겁을 준 것 같네요." 나단이 벽에서 등을 떼면서 말했다.

나는 웃음을 터뜨리고 그와 함께 걷기 시작했다. "아담은 진심으로 좋은 뜻에서 말하는 것 같아요. 그저 어쩌다 보니 이런 악마 같은 회사를 위해 일하는 무지한 대변인으로 사는 거죠."

"혹시 디즈니월드에 취직시켜 줄 수 있는지 알아봐요. 항상 아주 쾌활하더군요."

"하, 아주 잘 맞겠네요." 나는 아담이 애니메이션 주인공들에 관한 파워포인트 프레젠테이션하는 모습을 상상하며 미소를 지었다. 솔직히 그게 더 잘 어울릴 수도 있겠다. "이번 수업은 어땠어요?"

나단이 엄지를 아래로 내리고 혀를 불어 야유의 소리를 냈다. "나를 지루하게 하려고 기를 쓰나 봐요. 게다가 숙제까지 있어요. 숙제!"

"그런 태도로는 절대로 좋은 학교에 못 들어가요."

"하! 당신에 대한 연구 보고서를 쓰래요. 2행 간격으로 최소 열 페이지에다 참고문헌까지! '신관은 자신이 모시는 신의 배경에 대해 알아야 합니다'라나, 우우." 그가 목소리를 낮췄다. "혹시 다음 주 월요일 전에 여길 파괴할 순 없을까요?"

"나단, 당연하죠!" 내가 짐짓 진지한 체하며 말했다. "그들은 자연에 반하는 범죄자들이에요. 하지만 이제 당신을 숙제로부터 해방할 수 있다는 걸 알았으니 서둘러야겠네요."

"그래서 '안 된다'는 말인가요?"

우린 또 다른 갈림길에 이르기까지 농담을 좀 더 주고받았다. 갈림길에 이르자 내가 고개를 까딱하며 한쪽 길을 가리켰다. "곧 저녁 식사가 시작될 텐데 같이 먹을래요?"

나단이 낙담한 표정으로 고개를 저었다. "그 프랑스 여자분이랑 하는 수업이 또 있어요. 그들은 정말로 심각하게 내가 당신의 화장법과 옷 고르는 법을 도와줄 수 있길 바라더군요."

"그건 정말 친절하네요." 적이라고 공언했던 자들을 칭찬할 처지가 됐다는 게 놀라웠다.

"그러게요. 자기 신이 아이라이너 그리는 걸 도와주는 것만큼 부담 없는 일도 없죠." 나단이 손을 흔들며 반대 방향으로 떠났다. "나중에 봐요!"

나는 저녁 메뉴에 어떤 것들이 있는지 보고 싶어 사실상 복도를 깡충깡충 뛰어갔다. 오래지 않아 나는 두 눈을 반짝이며 특별 메뉴들을 훑어보고 있었는데, 기대감에 배가 꼬르륵거렸다. 임펄스 본부를 파괴할 때 요리사들을 어떻게 살려둘지 알아내야겠다. 이보다 더 나은 음식을 제공하는 곳을 본 적이 없다. 저 뒤에 고급 요리의 신이라도 있는 걸까? 그런 신이 있었나? 물어보고 싶었지만, 그래봤자 음식을 즐기기 전에 기다려야 하는 시간만 늘 뿐이었다. 인간을 위한 오늘 밤 주제는 동아시아 음식이었다. 나는 식당에 들어서자마자 쟁반 가득 온갖 종류의 딤섬 전채요리와, 수제 초밥, 그리고 갓 삶은 따끈따끈한 국수 한 그릇을 잔뜩 쌓았다.

나는 친구들을 찾기 위해 재빨리 식당을 훑어보았지만 찾을 수가 없었다. 놀랄 일이 아니었다. 난 식당 문이 열리자마자 들어왔고, 하와이 자매들은 다른 모든 자연의 정령처럼 시간을 지키지 않기로 악명이 높았다. 그들을 찾는 걸 포기하고 빈 테이블에 막 앉으려던 순간, 멈칫했다. 가렌이 있었다. 식당 멀리 떨어져 있는 곳에서 벽을 등지고 혼자서 음식을 먹고 있었다.

처음엔 가렌을 매섭게 째려본 다음 정확히 식당 반대쪽에 앉고 싶다는 충동이 들었지만, 다음 순간 낸에게서 알아낸 것들이 떠올라, 그와 이야기해 보는 게 좋지 않을까 하는 생각이 들었다. 이 남자가 궁금했다. 적에 대해 가능한 많은 걸 알고 있는 게 좋다고 느꼈기 때문만은 아니었다.

하지만 또 다른 생각이 떠올라, 나는 두 가지 선택 사이에서 미적거리고 있었다. 가렌은 나랑 같이 먹는 걸 싫어할 거야. 그게 결정적이었다. 나는 가렌이 앉아 있는 테이블을 향해 위풍당당하게 걸어가기 시작했다. 까다로운 문제를 해결하기 위해서는, 별다른 수가 없다면 적을 신뢰하라. 어쨌든 가렌은 최소한 한 번은 내 저녁 식사를 망쳤으니까.

똑같이 해주는 게 공평하다.

12

희망은 모든 걸 의심하게 하지

내가 다가가자 가렌이 진한 갈색 눈을 들어 올려 나를 뚫어지라 쳐다봤다. 자기가 앉은 테이블을 향해 내가 직행하고 있다는 걸 깨닫자, 혼란과 분노가 뒤섞인 표정이 얼굴을 스쳤다. 신나는군.

내가 가렌 앞에 쟁반을 내려놓고 의자를 가리켰다. "같이 먹을까?" 나는 더없이 상냥한 목소리로 물었다.

그가 신중한 눈빛으로 나를 쳐다보더니, 마치 지금 자리를 떠도 괜찮을지 알아보기라도 하듯 자기의 음식을 힐끗 보았다. 제대로 시작도 못 한 상태였다. "원하는 게 뭐지, 프레야?" 마침내 그가 지긋지긋하다는 목소리로 말했다.

"'괜찮다'는 말이지? 좋아." 나는 끼익 하는 기분 나쁜 소리를 내며 의자를 잡아당겨 자리를 만든 뒤 털썩 앉았다.

가렌이 고개를 흔들며 한숨을 내쉬었다. "비웃으러 온 건가?"

"내가 그런 짓을 왜 하겠어?" 내가 젓가락을 집어 들고 서투르게 만지작거리며 말했다.

가렌은 음식을 양쪽 모두에서 가져왔는데, 수프를 휘젓다가 나를 노려보았다. "젓가락 하나 못 다루는 척하는 그런 연기는 집어치워. 당신이 똑똑하다는 거, 우리 둘 다 알고 있잖아?"

"나를 정말로 싫어하는군, 그렇지?" 내가 여전히 젓가락을 들고 낑낑거리면서 말했다. "내가 먼저 싸움을 건 것도 아니잖아. 난 그냥 혼자 있고 싶었다고."

그가 다시 한 번 나를 불쾌한 눈초리로 쳐다보더니 눈망울을 부라렸다. "내 직업일 뿐이야. 그래, 난 당신을 싫어하진 않아. 당신이 상징하는 것, 당신과 당신 종족이 인간들에게 보여주는 걸 싫어하는 거지. 하지만 당신? 개인적으로?" 가렌이 어깨를 들썩했다. "난 당신에 대해선 잘 몰라. 당신이 특별히 내가 싫어할 만한 일을 한 것도 아니고. 그저 수상쩍을 뿐이지."

"와아, 가렌, 사탕발림이 대단하네. '특별히 싫어할 만한 일을 한 건 아니야'라는 말을 듣기 싫어할 여자가 어디 있겠어?" 내가 그의 목소리를 걸걸하게 흉내 내면서 말했다.

"아직도 원하는 게 뭔지 말 안 할 건가?" 그가 수프를 한 모금 마셨다. "아니면 이렇게 계속 알랑거리기나 하자는 거야?"

"솔직히 말하자면 당신 저녁 식사를 망치러 왔어. 날 엄청나게 골탕먹였잖아." 내 말에 가렌이 미소를 약간 지었다. "그런데 말이야, 당신은 제임스 본드 영화에나 나오는 골 빈 악당을 넘어서고 있거든? 위험스러울 정도야. 어느 정도인지 보고 싶네."

가렌이 내 말에 무척 혼란스럽다는 듯한 표정으로 나를 바라봤다. "프레야, 당신은 자신이 얼마나 이상한지 알고나 있는 거야?" 그가 진심으로 궁금하다는 듯이 물었다.

"전혀. 이야기해 줘 봐."

"사실 잘못된 것이야 많지, 하지만 가장 나쁜 게 뭔지 알아?" 가렌이 마치 비밀이라도 말해 줄 것처럼 몸을 앞으로 숙이자, 내가 이야기를 듣기 위해 등을 구부렸다. "당신은 여기 있는 자들에게 희망을 줘."

"뭐? 그게 뭐가 나쁜데?"

"알고도 남을 텐데. 세상 경험이 많잖아. 희망은 마음을 갈기갈기 찢어버리고 모든 걸 의심하게 하지."

"그래서 당신은 뭘 의심하게 됐는데, 가렌?"

그가 내 눈을 가만히 응시하더니 살짝 머리를 흔들었다. "이해를 못 하는군. 당신은 정말 지긋지긋할 정도로 끔찍해. 진심으로 그것에 대해 한 번도 생각해 본 적이 없는 거야?"

"내가 무엇을 생각해 보지 않았다는 건데?"

"프레야, 만약에 당신이 인간처럼 행동할 수 있다면, 그러니까 인간이 자신을 따르게 하려고 마음을 뒤틀어야 할 필요가 없고, 다른 인간들처럼 평범한 삶을 받아들일 수 있다면 말이야, 논리적으로야 그 어떤 신이라도 그렇게 할 수 있지만."

나는 잠시 그 말을 되새겨 보곤 고개를 끄덕였다. "그래, 좋아. 말 되네. 그래서 요점이 뭔데?"

"내 요점…? 이봐 아가씨, 신들은 절대로 그렇게 행동하질 않아. 이 회사가 생긴 이래 그렇게 행동하는 신은 당신이 유일하다고. 내가 다 확인해봤어."

"그래서 신은 싫어하지만, 난 약간 다르게 행동할 수 있으니까, 그러니까…, 뭐지? 지난 수년 동안 우리를 사냥해왔던 게 생각했던 것처럼 도덕적으로 근사하지 않을까 봐 걱정하기라도 하는 거야?"

"어느 정도는." 그가 중얼거렸다. "이봐, 날 위해 실수를 해주는 건 어때, 응? 당신이 되고 싶어 하는 신성한 베르세르크 전사*처럼 행동하고, 머리 복잡하게 만드는 일은 그만두라고."

"생각해볼게." 내가 윙크를 하고 다시 한 번 초밥을 먹으려고 시도했다.

"봐, 그런 식이야!" 가렌은 몹시 화를 내며 두 손을 뻗었다. "날 위협하려고 하지도 않고 거만하게 유혹하려고 하는 것도 아니잖아. 당신은 사실상 여기서 즐겁게 지내고 있다고."

"당연하지. 내 삶을 망치고, 나에게 독을 잔뜩 넣고, 날 영원히 가두어 놓으려고 기를 썼던 어마어마한 얼간이가 미쳐가고 있으니 얼마나 즐거워. 내가 내 본래 모습대로 살아가고 있다는 이유로 말이야." 내가 그에게 엄지손가락을 치켜세워 보였다. "아주 즐거워!"

"당신의 하루를 즐겁게 해줬다니 기쁘군." 가렌이 후식보다도 건조한 목소리로 말했다. "이게 그렇게 단순하다고 생각하나 보지? 내 일을 한다는 이유만으로 내가 악당이라고? 좋아. 그럼 일을 한번 바꿔보지. 내가 신을 어떻게 해야 할지 말해 봐, 프레야. 이제 당신이 책임자야. 어이, 겁 없는 지도자. 계획이 뭐지?"

우우, 흥미롭군. 나는 젓가락을 옆으로 치우고 그것에 대해 생각을 하는 동안 만두 하나를 손으로 집어 입안에 털어 넣었다. "어떤 신들은 악해. 인정하지." 내가 만두를 씹으면서 말했다. "그러니까

* 북유럽 바이킹 중 통제불가능할 정도로 용맹하며 신들린 것처럼 격노에 휩싸여 전투에 임하는 전사를 가리키며, '곰가죽을 입은 자'라는 뜻이다.

당신은 그들을 뒤쫓는 거야. 그들만."

가렌이 조롱하듯 거수경례를 했다. "훌륭한 의견이십니다. 이제 '악'이 뭔지만 정의해주신다면 당장 추격을 시작하겠습니다."

"그런 말도 안 되는 소린 하지 마." 내가 맨손으로 만두 하나를 더 집어 먹으면서 말했다. "역병의 신은 어때? 죄의 신은? '저주받은 악'의 신은 어떨까?"

"전쟁의 신은?" 가렌이 느끼한 미소를 지으면서 물었다. 내가 눈살을 찌푸리며 비난하려는 순간 그가 한 손을 들어 올렸다. "그건 내가 야비했어. 그 문제는 잠시 옆으로 치워두지. 사랑은 어때?"

"사랑은 악하지 않아!" 내가 딱 잘라서 말했다.

"실연한 사람들은 동의하지 않을지도 모르지. 버림받은 애인들과 간통한 자들. 사랑과 욕정의 경계가 뭐지? 스토커는 어떻게 생기는 걸까? 사랑이 언제 시작되는지는 누가 정하지? 사람들은 상처를 받는다고, 프레야. 당신도 알잖아. 사랑은 총알만큼이나 빨리 인생을 망칠 수가 있어."

"집어치워!" 화가 나는 게 당연했다. "당신은 그저 최악의 경우만 고르고 있을…."

"그럼 누가 고르는데?" 가렌이 물었다. "당신이? 아무 신이나 한 명 골라봐. 그리고 그들이 어마어마한 해를 입힐 일은 전혀 없을 거라고 한 번 이야기해 봐."

"당신도 알겠지만 난 아름다움의 신이기도 해. 아름다움에 무슨 해로움이…."

"'이게 바로 천 척의 배를 띄우고 저 높은 일리움의 탑들을 불타게 한 그 얼굴이란 말인가?'"* 가렌이 능글능글 웃으며 대사를 인용했다.

"윽." 두 손 두 발 다 들었다. "도대체 얼마나 오랫동안 그걸 외우고 있었던 거지?"

"내 논점이 아직도 분명하지 않은 건가?"

"아직은! 자연의 정령들은 어때? 그들은…."

"자연재앙과 연결되지 않은 게 있으면 말해 봐. 하나라도."

나는 잠시 생각해 보았다. "숲의 신." 내가 도전적인 표정으로 말했다.

"생태 테러리스트." 그가 쏘아붙였다. "땅을 지키기 위해서라면 무슨 짓이라도 할 거라는 거, 당신도 알잖아."

"아, 그건 말도 안 돼." 당황스러웠다. "단순한 것의 신도 있어! 춤, 예술, 즐거움. 행복의 신은 왜 말 안 해?"

"이제 좀 재미있어지는군." 가렌은 수프를 한 숟갈 더 떠먹기 위해 잠시 말을 멈추었다. "그렇게 한 가지를 전문으로 하는 신을 본 적이 있나? 다른 건 말고 딱 한 영역만."

"그럼, 많지."

"그들은 어떻지?"

"뭐든 무척 집중하는 것 같아. 사실 의욕에 넘쳐 있지."

"'사로잡혔다'고 표현한다면 부당할까?" 나는 함정에 가까워지는 걸 느꼈지만 계속 밀어붙이기로 했다. "아니, 부당할 거야 없겠지."

"그래, 좋아. 문제는 이거야. 모두 제각각 다르긴 하지만, 문제

* 16세기 영국의 극작가 크리스토퍼 말로의 《파우스트 박사의 비극》 중 파우스트가 트로이의 헬렌을 묘사하는 대사

는 그들이야말로 바로 가장 악한 신이라는 거야. 인간은 일 년 삼백 육십오일 행복할 수 없어. 그편이 더 낫지. 나는 영감을 너무 받아 손가락이 피투성이가 되도록 일하다 지쳐 쓰러지는 예술가들을 봤어. 그런 신들은 사람들이 자신을 소진하게 하고, 꼭두각시 인형으로 만들고는, 시간이 지나면 망가뜨려 버려. 그 신들도 어쩔 수가 없어. 그게 그들의 본성이니까. 그들은 그렇게 해야 하는데, 대가는 우리 인간들이 치르는 거지."

가렌이 또 한 번 후루룩 소리를 내며 수프를 마셨다. "당신만 빼고." 그가 수프에서 눈을 들어 몹시 이상한 표정으로 나를 올려다보았다. "당신은 참을 줄 알아. 그렇다면 당신 때문에 신을 향한 새로운 존경심을 찾게 될까…, 아니면 신을 더더욱 싫어하게 될까?"

뭐? "왜 당신들이 신을 더 싫어하게…?"

"그들이 당신처럼 충동을 억제할 수 있다면, 억제할 수 있지만 억제하지 않는다면…." 가렌이 이를 부드득 갈며 주먹을 쥐었다. 멀리서 울리는 천둥처럼 그 안에서 분노가 고동쳐 흐르는 게 느껴졌다. "그러면 그 한심한 개자식들을 마지막 한 놈까지 다 태워버릴 수 있을 테니까."

아하. "그 부분에서 마음이 어두워지는 거네, 그렇지?"

내 말에 가렌이 미소를 지었는데 이번만큼은 느끼하고 억지스러운 미소가 아니었다. "당신이 물어봤잖아. 그래 맞아, 그게 내 대답이야. 내가 당신의 삶을 망쳤다고 느꼈다면 미안하군. 하지만 그거 알아?"

"진짜로 미안한 건 아니라고 말하려는 거야?"

"그렇게까지 미안하진 않아." 가렌이 다시 수프를 먹기 시작했다. 그의 마음속에 있었던 화가 증발하기 시작하는 게 느껴졌다. 우리 둘 다 몇 분 동안 침묵 속에 먹기만 했다. 그는 후루룩 소리를 내며 국수와 국물을 먹었고, 나는 멍청한 젓가락과 씨름했다.

가렌이 고개를 들어 잠시 조용히 쳐다보았다. "사랑과 전쟁의 신이 생선 조각 하나도 못 집어 올리는 거야?" 내가 젓가락을 들고 낑낑대는 걸 숟가락으로 가리키며 그가 마침내 입을 열었다.

"물고기는 잘 다뤄." 나는 좌절감에 앓는 소리를 내며 젓가락을 집어 던졌다. "언제 한번 스칸디나비아로 놀러 와. 최고의 해산물 요리를 먹게 해줄게." 내가 손으로 초밥 하나를 집어 들고 다른 손가락으로 가리켰다. "이건 조그만 생선 부리토*잖아. 그런데도 손가락으로 먹으면 안 된다고?"

가렌이 한숨을 내쉬고는 손을 내밀었다. 나는 잠깐 멈추어 그가 내민 손을 바라보았다. 그러자 그가 코웃음을 치고 내 젓가락을 움켜잡더니, 다른 한 손을 뻗어 나의 빈손을 향해 손짓했다. 나는 눈을 가늘게 뜨고 그를 쳐다보았다.

"내가 무슨 짓을 하겠어. 총에 당신 지문이라도 묻힐까 봐?" 그는 이렇게 묻고 다시 한 번 손짓했다.

내가 콧방귀를 뀌며 손을 뻗었다. 가렌이 내 손을 잡더니 손가락들 사이에 젓가락을 끼우고 손 모양을 잡아줬다. "이렇게, 연필 잡는 것처럼. 나머지 손가락 하나는 움직이지 않는 거야. 엄지와 검지와 가운뎃손가락만 사용해서 위에 있는 걸 흔들어 봐."

그가 말한 대로 해보고 가렌이 손 모양을 몇 번 고쳐주자 젓가락

* 토르티야에 고기나 콩 등을 싼 멕시코 음식

끝이 딱 소리를 내며 마주쳤다. 나는 젓가락을 뻗어 초밥 하나를 집어 올리고는 미소를 지었다. "와! 고마워!" 나는 새로운 능력을 얻은 데에 기뻐하며 초밥을 먹었다. "당신, 그래도 아직은 내 살생부에 들어 있어. 왜 도와줬는진 몰라도 어쨌든 고마워."

그가 다시 음식을 먹기 시작했다. "그러면 마지막에 정말로 나를 죽이려고 달려들 때 적어도 갈등 정도는 하라고 그런 거겠지."

"그런 거라면 치사한데?" 내가 다른 초밥을 겨냥하며 말했다.

그가 조그맣게 '뭐?' 하는 소리를 냈다. "체면 좀 차리지그래. 당신 같은 종류에 대해 잘 알아. 자기 자신에게 사랑스러워 보이려고 너무 애를 쓰지. 아니면 나를 위해선가?"

"가슴골 때문이네, 그렇지?" 내가 팔짱을 끼고 몸을 앞으로 숙이면서 씩 웃었다.

가렌이 코웃음을 쳤다. "지금 진심이야? 당신은 대학입학신청서 넣을 나이로밖에 안 보여."

"뭐, 사람들이 날 꿈꾼 게 중세시대였던 걸 어쩌겠어." 내가 나를 가리키면서 말했다.

"이것 봐. 수학시험에서 A 받은 것이라도 되는 것처럼 유머감각이나 자랑하고." 그가 마지막 남은 수프를 먹어치우고 냅킨을 집어 던졌다. "그래, 어색하고도 짜증 나는 시간이었어. 부탁인데 자주 이러진 말았으면 좋겠군."

"나중에 전화해." 내가 물컵으로 건배를 건네며 말했다.

가렌이 넌더리 난다는 표정으로 쟁반을 들고 자리를 떴다.

나는 우리의 말싸움에 대해 꽤 우쭐한 느낌을 느끼며 몇 초간 조용히 음식을 먹었다. 이곳을 쑥대밭으로 만들어버리고 내가 옳다는 걸 증명해 보일 거라는 생각도 날 우쭐하게 했다. 슬프게도, 좋은 것들이 늘 그러듯, 이런 느낌이 오래가진 않았다. 시야 가장자리에서 뭔가가 홱 하고 움직이고 흰색의 형체가 식탁 주위를 돌아다니는가 싶더니, 갑자기 디오니소스가 내 반대편 의자에 미끄러지듯 앉았다. 그의 쟁반은 진수성찬으로 그득 했다.

"혼자 먹어? 이렇게 아름다운 여신에게 잔인한 운명이군." 디오니소스가 나를 얕잡아보는 눈빛으로 말했다.

"같이 먹자고 한 적 없는데?" 내가 으르렁거리며 말했다. 좋았던 분위기가 완전히 불쾌해졌다.

"가렌은 그런 적 있었나?" 디오니소스가 막 식당을 떠나는 가렌에게 고개를 끄덕여 인사했다. "이중잣대는 미인이랑은 어울리지 않아. 자, 그 혼혈한테 했듯이 내게도 시간을 좀 내주라고." 눈 깜짝할 새에 디오니소스의 손에 적포도주 한 잔이 나타났고, 그는 과장된 몸짓을 해 보이며 포도주를 홀짝거렸다.

"당신에게 빚진 거 없어."

"없지." 그가 어깨를 들썩하며 말하고는 초밥을 한주먹 쥐고 몽땅 짓이겨서 간장에 담근 다음 그걸 먹었다. "어쨌든 이것도 내가 원하는 방식의 '함께 있기'는 아니야." 그는 입안 가득 음식을 물고 있었는데도, 딱딱하고 근심 없는 투로 말할 수가 있었다. 정말 희한한 마술이었다.

"내가 여기 가만히 앉아서 당신이 얼마나 쓰레기 같은 신인지 말해줄 것 같아?" 디오니소스가 대답하려고 입을 열었지만 내가 손가락을 들었다. "이런 쓰레기. 그 자리에 있어." 나는 쟁반을 들고 자리를 뜨려고 했다.

“할 말이 없군.” 그가 그렇게 말하며 우리의 오른쪽을 날카롭게 쳐다봤다.

나는 눈을 가늘게 뜨고 그의 시선을 따라갔다. 육 미터쯤 떨어진 곳에 사만다가 평소처럼 따돌림당한 사람이라도 되는 듯 금지 구역에 앉아 음식을 먹고 있었다. 하지만 이번엔 그녀에게 방문자가 있었다. 그녀의 아빠인 기디언 드래스였다. 나는 입술을 일그러뜨리며 쟁반을 다시 내려놓았다.

“저들이 하는 이야길 듣고 있었던 거야?”

“그러는 당신은?” 디오니소스가 교활한 미소를 지으면서 말했다. 그는 과장되게 슬픈 표정을 지으며 깎아놓은 듯한 한쪽 뺨에 눈물 한줄기를 그렸다. “잉잉, 프레야가 자제력을 가지고 있어요. 이제 어떡하죠?”

“그래, 다 아는 이야기야. 사만다가 아빠랑 무슨 이야기를 하고 있지?”

디오니소스가 눈망울을 되록이고는 무신경한 표정으로 음식을 한 입 더 먹었다. “뻔한 이야기이지.” 그가 여자애들이 하는 자세를 흉내 냈다. “아, 아빠. 전 가족에 대한 존중과 나답게 살고 싶은 욕구 사이에서 뭘 택해야 할지 모르겠어요!” 그가 눈살을 찌푸리고 목소리를 낮췄다. “사랑하는 딸아, 너를 사랑하기 때문에 보호해주고 싶은 마음을 참을 수가 없구나. 설사 나의 고압적인 선택 때문에 네가 멀어진다고 하더라도 말이다.”

“저들은 인간이지 미사에 들어가는 시가 아니야.” 내가 노려보며 말했다.

“그리고 우린 신이고.” 그가 아는 척하는 표정으로 말했다. “인간은 수십억인데 우린 몇 명뿐이지. 자, 이제 누구 이야기부터 간단하게 해줄까?"

"조용히 해." 내가 새된 소리로 말했다. "잘 안 들리잖아."

"그래서 가렌은 당신이 다르다고 생각해?" 디오니소스가 내 말을 무시하고 말했다. "예측할 수 없는 식으로 움직이니 열 받은 거겠지, 그렇지?" 그가 고개를 뒤로 젖히고, 입속으로 팝콘을 활모양으로 던져 넣듯 초밥 하나를 던져넣었다. "흠. 프랑스산 백포도주인 쉐블리가 좋겠군." 디오니소스가 혼잣말로 중얼거리자 손에 들린 포도주잔이 깜빡하더니 다시 채워졌다. 분명 완벽한 빈티지 포도주였을 것이다.

내가 한숨을 크게 쉬고 그를 노려보았다. "날 내버려두지 않을 작정이군, 그렇지?"

"나를 한번 즐겁게 해주면 알게 될 거야." 디오니소스가 능글맞게 웃으면서 말했다. "이봐, 예쁜이. 가끔 좀 방종에 빠진다고 해서 나쁠 건 없잖아?"

나는 한참을 더 노려보다가 숨을 크게 내쉰 뒤 두 손을 들었다. "좋아. 원하는 게 뭐야?"

"그거야 많지." 그가 눈썹을 꿈틀대면서 말했다. 그러더니 순식간에 음탕하던 태도를 바꾸고 점잖게 굴었다. "하지만 대화는 이 정도로 만족해야 할 것 같군."

"왜?" 내가 최대한 앙증맞게 초밥 한 개를 집어 올리며 말했다. "아직도 날 꾀어서 자고 싶은가 보지?"

그가 목청껏 웃었다. "그거야 항상 그렇지. 하지만 그것 때문만은 아니야. 우리 친구 가렌의 말이 맞아. 당신은 다르지. 그래서 당신을 위협으로 여기는 거야. 하지만 난 당신에게 호기심이 생겨." 그가 잠시 말을 멈췄다. "게다가 곡선미도 멋지고."

"요점만 말해."

"예쁜 아가씨가 성급하기는. 무슨 말 하는지 모르겠어? 얼마 전 당신이 내 엄청난 매력을 거부하는 바람에 내가 좀…, 무례했어."

"좀이라고?"

디오니소스가 손을 내저었다. "내가 지금 당신을 벽에 집어 던지고 있는 것도 아니잖아. 당신의 그 이해되지 않는 새침함이 약간 불편하단 걸 알기는 해?"

"포기한 줄 알았는데."

디오니소스가 비웃었다. "그건 당신에 대한 모독이지. 아니, 난 그게 당신이 제정신이 아니기 때문이라고 생각해." 디오니소스가 한 손을 가슴에 얹고 그 광기 어린 두 눈으로 슬픈 표정을 지었다. "난 당신에게 깊은 동정심을 품고 있다고, 우리 예쁜 아가씨. 왜냐면 당신은 길을 잃었거든. 어쨌든 그런 즐거움을 거부하는 사랑의 여신이 어디 있겠어?"

나는, 그야 도덕적인 신이지, 라고 소리 지를 뻔한 걸 간신히 참았다. 대신 이렇게 말했다. "그게 다야? 이야기 다 끝났어?"

디오니소스가 한숨을 쉬었다. "아직도 모르는군, 그렇지? 분명히 말하는데, 당신이 이렇게 초연한 건 당신이 의식적으로 선택한 게 아니야."

"의식적으로라…. 그래, 당연히 아니지." 내가 말했다. 마치 뭔가를 놓치고 있는 듯한 느낌이었다. "뭔데? 당신은 예측불가능해지는 걸 의식적으로 선택할 수 있기라도 한다는 거야?"

"그렇지." 그가 욕정에 가득 찬 눈으로 뚫어지라 나를 쳐다보면서 말했다. "정확히 바로 그거야."

"말도 안 돼. 도대체 어떤 신이…."

"그런 신은 없지, 당연히. 인간이 자기 피부색을 마음대로 바꿀 수 없듯이, 신도 다른 길을 걷기로 선택할 수는 없어." 그가 내게 하얀 이를 번뜩였다. "아, 하지만 그 길을 가다 잠깐 쉬다 보면 거기에 다른 세상이 존재하기도 하지."

"당장 본론으로 들어가지 않으면 저 사람들 이야기를 못 들을 거란 말이야." 내가 골난 목소리를 내며 사만다가 앉아 있는 식탁을 향해 고개를 까딱했다.

"그래 좋아. 잠깐만?" 디오니소스가 두 눈을 감더니 이맛살을 찌푸렸다. "정신이 제대로 박힌 신이라면 절대로 이런 짓을 하진 않겠지만…." 그가 얼굴을 찡그렸다. "충분한…, 노력과…, 위력이 있다면, 위대한 일…, 일을…." 디오니소스가 이를 부드득 갈면서 식탁을 꽉 붙잡고 얼굴을 뒤틀었다. 마치 머릿속에서 가시덤불을 헤치며 싸우고 있는 것 같은 표정이었다. 다음 순간 얼굴이 편안해지더니 안도의 한숨을 내쉬었다. 그가 몸을 부르르 떨고 눈을 뜨자, 나는…, 입을 다물 수가 없었다. 그의 눈이….

정상적이었다.

"…할 수 있지." 디오니소스가 상냥하고 온화한 목소리로 말했다. 난 충격에 휩싸여 의자에 등을 기댔다.

"근사하지 않아?" 그가 마치 평범한 남자가 가벼운 대화를 나누려고 말을 던지는 듯한 목소리로 내게 물었다.

"도대체 뭘 어떻게 한 거지?" 내가 그를 찬찬히 보기 위해 몸을 앞으로 내밀면서 물었다.

젠장, 제정신인 디오니소스는 섹시했다.

"꺼버린 거야." 그가 간단히 말했다. "난 숭배자가 없어, 기억나? 대신 힘을 가지고 있지. 난 나 자신 외에는 그 누구도 섬기지 않아. 그 말은, 내가 나를 바꿀 수 있다는 거야."

"제발 계속 이렇게 있어 주면 안 될까?"

디오니소스가 씩 웃었는데 이번엔 정말로 사랑스러웠다. 그 사랑스러운 남자가 말했다. "할 수만 있다면 아직도 당신이랑 잘 수 있다고 생각하는데. 모순적이라는 건 나도 알아."

"왜 당신은…?"

"이건 내가 아니기 때문이야, 프레야." 그의 표정은, 그러니까, 아, 어째. "이건 속임수야. 나의 위력을 보여주는 거지, 삶의 방식을 보여주는 게 아니라고. 당신도 자신을 오래 속일 수는 없을걸?"

"그렇지 않아!" 내가 가슴을 치면서 말했다. "내가 한 걸 보라고!"

디오니소스는 고개를 절레절레 흔들었고, 짓궂은 웃음은 동정하는 표정으로 바뀌었다. "모든 걸 잃으면서까지? 나라면 그러지 않아. 시간을 두고 생각해 봐, 예쁜이. 당신 안에서 여신이 떠오르고 있는 게 보여. 그 힘과 함께, 우리 모두를 정의하는 충동들도 함께 오겠지. 지금까진 자신의 소명을 무시해 왔겠지만, 영원히 그럴 수는 없어."

내가 그를 노려봤다. "내 일은 내가 알아서 해."

"지금까진 그랬겠지." 디오니소스가 반복해서 말했다. 그의 몸이 떨려왔다. "아, 봤어? 시간이 됐군. 내가 왜 이걸 당신에게 보여준다고 생각해? 우린 서로 다르지 않아, 프레야. 우리 둘을 갈라놓는 건 시간뿐이지."*

그 말이 내 등골을 오싹하게 했다. "오, 나도 다르길 바라, 이 흉측한 노친네야."

"감정이 폭발했나 보군." 그가 먼 곳을 바라보며 말했다. "광란과 환희와 환락의 유혹…, 그것들이 멀리 있는 게 아니야. 그러니 말해 봐. 인간성의 영향을 받은 이 신에게 마지막으로 뭘 요구할 건지."

나는 아직도 충격에서 벗어나지 못한 채 생각을 정리하려고 애를 썼다. 그리고 생각해낼 수 있는 가장 중요한 (그리고 가장 적절한) 질문을 만들어 내기 위해 노력했다. "어떻게 그럴 수 있지? 아무리 잠깐이라도 어떻게 본성이 자신을 통제하고 자유의지를 포기하게 할 수 있는 거지?"

디오니소스가 웃음을 터뜨렸다. 웃음소리에 광기가 살짝 서려 있었다. "난 만들어졌어, 프레야. 바로 당신처럼, 나도 목적을 위해 만들어졌다고. 그 목적을 위해 살고, 숨 쉬고, 사랑하고, 죽이는 거야. 그걸 내게서 뺏는다고? 그보다 더 잔인한 운명이란 존재할 수 없어." 그가 인간의 눈빛으로 나의 시선을 잡아매었다. 나는 그의 두 눈이 눈물로 희미하게 빛나는 걸 보고 소스라치게 놀랐다. "그걸 어떻게 감수할 수 있는지 물었지? 내가 궁금한 건 어떻게 그러지 않을 수 있느냐는 거야. 정말 유감이군, 사랑스러운 아가씨."

디오니소스의 호흡이 가빠졌다. 그가 몸을 부르르 떨면서 눈을

* 디오니소스가 나오는 그리스 신화는 프레야가 나오는 북유럽 신화보다 훨씬 이전에 만들어졌다.

꼭 감고는 식탁을 다시 붙잡았다. 잠시 후 팔 근육의 긴장이 풀리고 디오니소스가 나를 바라보았다. 화강암 같은 입술이 비열한 추파를 던지고 있었다. 망령된 꿈들이 그 눈 속을 헤엄치고, 그가 불러냈던 인간성이 사라졌다는 걸 알아챈 순간 나는 가슴이 철렁 내려앉았다.

"자기 자신을 찾게 되거들랑 날 찾아와." 그가 만족한 듯한 목소리로 소곤거리며, 손가락으로 식탁 위에 있는 간장을 살짝 찍었다. "그러면 내가 뭘 찾을 수 있는지 우리 둘 다 보게 될 거야." 그가 내 앞에 한 손을 들고 잠깐 기다리더니, 놀랍도록 유혹적인 몸짓으로 손가락에 묻은 간장을 오랫동안 혀로 빨았다.

"구역질 나." 내가 비웃으면서 말했다.

디오니소스는 조용히 킥킥거리면서 쟁반을 집어 들었다. "약속한 대로 우리 길 잃은 어린 여신이 혼자 있게 해주지." 그가 몸을 일으켜 세우면서 말했다. 그러고는 눈 깜짝할 사이에 자리를 떴다.

잠시 나는 그 불편했던 대화 전체를 기억에서 지우려고 애를 쓰며 머릿속을 박박 문질렀다. 그가 뭐라고 생각하든 난 상관하지 않아. 설령 내가 위력을 얻어, 나를 만든 그 원칙들에 좀 더 가까워진다고 해도, 결코 디오니소스 같은 신이 되진 않을 거야. 그 괴물을 정의하는 고삐 풀린 욕망은, 사랑이나 전쟁과는 거리가 멀잖아. 그는 단지 날 괴롭히려고 하는 것뿐이야. 어쩌면 나를 침대로 끌어들이려는 허튼 수작일지도 몰라.

나는 한숨을 쉬고 고개를 저은 후 눈을 감았다. 이젠 염탐할 시간이었다. 배경처럼 들리던 신들과 피넴디 직원들의 웅성거림이 점점 사라졌다. 잠깐 여기저기로 귀를 기울여 찾은 끝에, 사만다와 사만다의 아빠가 딱딱하고 팽팽한 긴장감에 싸여 대화를 나누는 소리가 수면 위로 떠오르듯 귀에 들리기 시작했다.

"…왜 단 한 번이라도 기분 좋게 정상적인 대화를 나눌 수가 없는 건지 이해할 수 없구나." 기디언 드래스가 말했다.

"아빠, 제발요." 사만다가 화난 목소리로 말했다. "주변을 둘러보고 이런 게 어떻게 '정상적'일 수 있는지 말해보세요!"

"그게 바로 우리가 할 수 있는 곳에서 미래를 기약해야 하는 이유야." 그가 절망적인 목소리로 말했다. "사만다, 얘야. 우리 꼬마 과학자는 어디로 갔지?"

"바로 여기요, 아빠." 그녀가 식탁을 세게 쳤다. "언제나처럼 구석에 혼자서요."

"또 그 얘기냐?" 드래스의 목소리에 분노가 서렸다. "회사에서 친구 사귈 생각은 하지 마. 내가 바라는 건 그게 다다! 친구는 밖에서 찾아. 독서모임 같은 데에 가입하든가!"

"아, 맞아요. 그게 그렇게 쉬운 일이란 걸 잊었네요." 사만다가 비꼬는 말투로 드래스에게 대꾸했다. "정상인들의 취미 활동에는 언제 합류하는 게 좋을까요? 다음 마법물이 도착하면 그걸 검토하고 합류할까요, 아니면 그 후가 나을까요?"

"아빠한테 그런 식으로 말하지 말아라." 그가 권위적인 목소리로 말했다. "이 일은 네가 선택한 거야. 언제나 널 지지해왔지만, 규칙이란 게 있는 거다!"

사만다가 쟁반을 홱 잡아채고 젓가락을 놓으면서 달그락거리는 소리가 들렸다. "죄송합니다, 사장님. 일하러 돌아가는 게 좋겠습니다."

"사만다, 그러지 말아라. 너 얼굴이…, 거의 먹지도 않았잖니."

"말씀 나눠 주셔서 고맙습니다, 사장님." 사만다가 생기 없는 목소리로 그렇게 말한 뒤 자리를 떴다.

잠깐은 그녀가 성큼성큼 걸어가는 소리밖에 들리지 않았다. 그러더니 그녀의 발소리가 더는 들리지 않게 되자, 드래스가 절망감에 싸여 신음을 내뱉는 소리가 들렸다. 고개를 슬쩍 돌려 보니, 그는 콧수염을 만지며 깊은 생각에 잠겨 있다가 다시 식사하기 시작했다. 더는 아무 일도 일어나지 않을 거란 게 분명해지자, 나는 음식 먹던 자리를 치우고 쟁반을 든 다음 하와이 자매들을 찾아 나섰다. 그들은 늘 앉던 테이블에 있었고, 그들을 보자 미소가 흘러나왔다. 나는 기분전환을 위해 즐거운 대화를 좀 나누러 그들을 향해 발걸음을 옮겼다. 나머지 식사시간은 순조롭게 지나갔다. 히이아카가 해준 사방에서 불어오는 그리스 바람의 신 아네모이와 했던 어마어마한 힘겨루기 이야기는 대단했지만, 여기에서 언급하진 않겠다. 히이아카가 냈던 음향효과를 제대로 낼 자신이 없기 때문이다.

식당을 나가면서 벽시계를 보고는, 나단의 수업이 끝나려면 아직도 한 시간이나 더 남았다는 걸 깨달았다. 난 짜증스러움에 얼굴을 찡그렸는데 나단이 저녁 식사를 못 하기 때문이 아니었다. (식당 부엌은 늦게까지 열려있기 때문에 언제든지 일품요리를 주문할 수 있다.) 최근 수업시간에 배운 내용이 생각나서였다. 식사 덕분에 잠시 머리를 식힐 수는 있었지만, 나는 피넴디가 벌이는 변태적 행동들을 향한 분노를 삭여야 했다. 피넴디는 미인들보다 초밥이 훨씬 더 낫다고 생각할 거다. 신의 힘과 능력을 노리개처럼 사용하고, 아흐리만 같은 괴물의 사지를 값싼 장신구처럼 빼개버리고, 그리고….

그거야.

그때 어떤 생각 하나가 뇌리를 스쳤다. 그러고 보니 사실 아담의 프레젠테이션 이후로 계속 머릿속에 맴돌던 생각이었다. 나는 그 생각을 몇 번이고 곱씹어보고 문제점을 찾아보려고도 했지만 생각하면 생각할수록 더욱더 마음에 들었다. 어쩌면 아무것도 아닐진 모르지만, 최소한 피넴디에 대한 노여움은 아니었다. 그런 점에서 사실 무척 신선했다. 수업이 끝날 때마다 내가 피넴디를 얼마나 싫어하는지 징징거리는 데에 나 자신도 지쳐가고 있었기 때문이었다.

이제 항상 있었던 혐오감과 함께 멋진 새 구상이 펼쳐지고 있었다. 이런, 그 수업에 참석한 건 잘한 일이었다. 임펄스 본부 안에 있는 어떤 장소를 찾아내야 하는데, 아담의 강의가 아니었다면 그곳을 찾아보는 것은 생각도 못 했을 것이기 때문이다.

일단은 지도부터 버려야 했다. 설령 터무니없이 많은 시간을 들여 모든 층과 모든 복도를 샅샅이 살펴볼 용의가 있다 해도, 내가 찾는 장소는 지도에 없을 것이다. 그래도 상관없었다. 나는, 말하자면, 직감을 따르기만 하면 됐다. 나는 몇 분 동안 아무 이유 없이 서성거려, 식당을 떠나는 다른 신들과 거리를 둔 다음, 두 눈을 감고 정신을 집중했다. 나는 신성한 존재기 때문에, 인간족은 느낄 수 없는 온갖 것을 느낄 수가 있다. 신마다 마법처럼 자기만의 체취를 가지고 있는데, 그것은 현실 아래에서 파동치는 아우라고, 그 안에는 온갖 철학과 그 철학의 산물들이 주입되어 있다. 지금까지는 이곳에 있는 어떤 신이나 어떤 물건이 지닌 아우라에 구태여 신경 쓰지 않았었다. 이 건물에는 신성한 존재와 물건들이 넘쳐나서 마치 영혼을 위한 향초 가게 안을 걸어 다니는 느낌이었기 때문이었다. 하지만 이제 나에겐 찾아야 할 것이 있었다.

건물 전체가 에너지로 웅웅거렸다. 헤스티아의 영원한 전기, 셀 수 없이 많은 방어구역, 그리고 수십 명이 되는 신들의 흔적이 신비한 메아리처럼 건물을 휩싸고 있었다. 하지만 오직 한 곳만이 내가 원하는 것을 가지고 있었다. 참사로 인한 고통이 군중들 속에 숨겨진 채, 희미하게 고동치고 있었다. 나는 그 냄새를 찾자마자 즉시 움직이기 시작했다. 예전에 인워드케어센터에서 아흐리만의 조각을 향해 손을 뻗었을 때 느꼈던 그 느낌을 기억하는 건 어렵지가 않았다. 그의 아우라가 희미하게 훅 불어왔을 뿐인데도 마치 사이렌이 나를 향해 울리는 것 같았다. 거의 삼십 분 동안이나 복도를 헤매다녔다. 미끄러지듯 벽을 따라 다니고, 막다른 길목에 들어섰다가 되돌아 나오고, 계단을 내려갔다. 마침내 나는 단지의 지하 일 층에 있는 어느 이름없는 문 앞에 서 있게 되었다. 그저 밋밋한 복도 한가운데에 있는 밋밋한 출입구였다. 카드열쇠 판독기도 없었다. 고통과 절망을 약속하는 아우라가 문 뒤편에서부터 뻗쳐 나오지만 않았다면 모든 면에서 완벽히 평범했다.

나는 마음을 가라앉히기 위해 숨을 크게 들이마신 뒤, 손잡이를 돌리고 문을 밀어젖혔다. 그곳은 칠흑같이 어두웠고 복도에서 나오는 불빛만이 안쪽을 흐릿하게 비추고 있을 뿐이었다. 눈 앞에 펼쳐진 어둠에 눈을 껌뻑이며 손을 뻗어 안쪽 벽에 있는 전등 스위치를 눌렀다. 형광등들이 번쩍하고 날카로운 빛을 내며 켜지고 창백한 흰색 불빛이 방 안에 가득 찼다. 나는 고개를 갸웃하고는 눈살을 찌푸렸다. 신비로운 의식 장소가 있을 거라고 기대했었는데 그 대신 나는 수납실 하나를 노려보고 있었다. 금속 옷걸이대가 벽 쪽에 늘어서 있었고, 방은 예비 장비와 사무용품들로 가득 차 있었다. 내가 봤던 대부분의 수납실보다는 약간 더 컸지만, 방 한가운데에 있는 콘크리트를 부어 만든 바닥은, 아무것으로도 덮여있지 않은 채 그대로 드러나 있었다. 이곳엔 아무것도 없었다.

짜증이 나서 문을 막 닫으려던 순간 어떤 생각 하나가 뇌리를 스쳤다. 저 옷걸이대들…, 왜 벽에 딱 붙어 있지? 왜 방 가운데에 있는 빈 곳에 놓여 있지 않은 거지? 게다가 인류 역사상 수납실이 맨바닥이었던 적이 있었던가? 방바닥에는 상자들이며 고장 난 장비들, 잊혀진 사무용품 같은 온갖 쓰레기가 굴러다니고 있어야 했다. 나는 몸을 돌려 다시 방 안으로 들어간 다음 눈을 감고, 이제껏 쫓아왔던 그 아우라에 정신을 집중했다. 그래, 분명히 여기에서 왔었어. 좀 더 안쪽으로 걸어 들어갔다. 나를 감싸는 부정적인 에너지 때문에 피부가 따끔거렸다. 아흐리만에 발이 걸려 넘어지기라도 할 것 같은 느낌이었다. 아니면 그들이 아흐리만의 아우라를 복제하기 위해 사용한 물건에 걸려 넘어지거나.

나는 너무도 깨끗한 바닥을 조사하기 위해 몸을 구부리곤 얼굴을 찡그렸다. 대재앙의 파장이 점점 증가했다. 여기야. 그것은 사실상 콘크리트에서 새어 나오고 있었다. 나는 몸을 일으켜 세운 다음 고개를 끄덕였다. 그들이 아흐리만의 조각을 숨겨놓은 게 틀림없었다. 그것을 불태운 뒤 주문을 이용해 바닥에 박아놓고는, 덩어리 전체를 보이지 않게 만든 것이다. 내가 더 강했다면 그들이 여기에 주문으로 걸어놓은 환상을 무력화시킬 수도 있었겠지만, 알아야 할 건 이미 다 알아낸 상황이었다. 가렌이든 누구든 아흐리만의 조각을 가지고 다니는 이가 위험에서 벗어나 순간이동을 한다면, 그들은 이곳으로 오게 되어 있었다.

새로 얻은 지식에 만족한 나는 문 쪽으로 걸어가 전등을 끄기 위해 손을 뻗었다. 바로 그때, 순식간에 모든 것이 굴곡되었다. 마치 수납실 전체가 액체로 가득 차 있고, 심해에 사는 거대한 레비아단*이 몸부림치며 수면 위로 올라오기라도 하는 것 같았다. 이상한 기분이 유령처럼 소리 없이 스멀스멀 머릿속을 뚫고 들어오더니, 쿵 하는 둔탁한 소리와 함께 뭔가가 갑자기 방 한가운데에 나타났다. 마치 어딘가로부터 추방당했기라도 한 것 같았다.

그 형체는 쌕쌕거리며 허파 가득 숨을 들이마시더니, 잠시 바닥에서 경련을 일으킨 다음 몸을 굴렸다. 그을린 실험복에서 연기가 가늘게 피어올랐고, 안경에는 금이 가 있었으며, 머리는 피와 땀으로 범벅이 된 채 엉겨 붙어 있었다. 하지만 그녀가 누군지는 너무나 분명했다. 나는 다시 방 안쪽으로 들어가, 만신창이가 된 채 헐떡이고 있는 그녀의 몸 위로 몸을 숙였다. 우습다고 할만큼 깜짝 놀란 연녹색 눈동자가 내 눈을 쳐다봤다.

"아빠한텐 말하지 말아줘요." 공포에 질린 목소리로 사만다 드래스가 속삭였다.

* 기독교 구약성서와 유대 문학에 등장하는, 바다를 혼돈에 빠뜨리는 뱀 또는 용

13

작은 비밀들

"뭐라고요?" 내가 말했다.

"아빠요." 사만다는 말을 제대로 잇지 못했다. "아빠가 알면 안 돼요."

"다음번에 〈빙고 나잇〉*에서 드래스 씨를 보게 되면 명심할게요." 내가 한 손을 내밀면서 말했다. "일어날 수 있겠어요?"

사만다가 눈살을 찌푸리더니 내 손을 붙들고는 두 발을 모아 몸을 일으켜 세웠다. "으으으." 그녀는 신음과 함께 비틀거리면서 내게 몸을 기댔다. 아래에 있는 깨끗한 콘크리트 바닥에 피가 튀고, 최첨단 리모컨이 망가진 채 바닥으로 떨어졌다.

"의료진한테 가야 해요." 부상이 정말 얼마나 심각한지 보기 위해 실험복 안쪽을 살펴보려고 했지만, 그녀가 한 손으로 배를 움켜쥐고 웅크려 있는 탓에 잘 볼 수가 없었다.

* 방청객과 시청자들이 함께 빙고 게임에 참여할 수 있는 미국의 TV 게임쇼

“아니, 안 데려갈게요. 그냥…, 보여주기만 해요.” 그녀가 뭐라고 중얼거리더니, 비틀거리면서 내게서 멀어져 선반을 향해 움직였다.

“강력 접착테이프로 해결할 문제가 아니에요, 사만다.” 그녀가 청소용품들을 뒤지는 걸 바라보면서 내가 말했다.

“거짓말쟁이 같으니라고.” 사만다가 여전히 선반들을 샅샅이 뒤지면서 혼자 구시렁거렸다.

나는 사만다가 상자 몇 개에 피 묻은 손자국들을 남기는 걸 지켜보다가 가까이 다가갔다. “사만다, 당신은 지금 도움이 필요해요. 어서요, 내가….”

“아!” 그녀가 내 말을 끊더니 검은색과 노란색으로 된 나사돌리개를 선반에서 꺼냈다. “여기에 뒀을 줄 알았지.”

내가 눈살을 찌푸렸다. 정신착란 상태인 것 같진 않았지만, 난 심리학은 잘 알지 못했다. “좋아요, 나사돌리개 가져요.” 나는 두 손을 사만다의 어깨에 올리며 말했다. “이제 그걸 가지고 의료진한테 가서 치료받자구요.”

“잠깐만요.” 사만다가 나사돌리개를 만지작거리면서 말했다. “당신이 생각하는 그런 게 아니에요.” 그녀가 실험복을 젖히자 또다시 핏방울이 바닥에 떨어졌다. 사만다는 떨리는 손으로 나사돌리개를 들고는 끝이 복부를 향하게 붙잡았다. 그러고는 그것으로 피부를 부드럽게 스쳤다.

처음에는 사만다가 그 작은 물건으로 자기를 찌르려고 할까 봐 걱정했었는데, 그녀가 너무나 조심스럽고 천천히 움직여서 위험스러워 보이지는 않았다. 그녀는 나사돌리개를 너덜너덜해진 피부 위에 잠시 그대로 놓아두었는데, 뭔가가 그녀의 실험복을 뚫고 들어가 배를 가로질러 길고 휘어진 상처를 남겨놓은 게 보였다. 다음 순간 나사돌리개에서 밝은 황금색 불빛이 번쩍였다. 그걸 보니 예전 스테이크 식당에서 가렌이 차고 있었던 팔찌에서 황금색 불빛이 번쩍였던 게 떠올랐다. 하지만 이번 건 훨씬 약했다.

복부의 베인 상처에서 너덜너덜한 양쪽 가장자리가 미풍을 맞은 것처럼 가볍게 흔들리더니, 맞은편 가장자리를 향해 뻗어 나가기 시작했다. 가장자리들이 서로 만나자, 새로운 피부가 그 틈을 따라 상처 난 부위를 메우면서 액체처럼 흘렀다. 그녀가 입고 있는 실험복 밑 복부로부터 살갗이 소용돌이쳐 퍼져나가면서, 이런저런 다른 벤 상처와 화상과 멍들을 없앴다. 생기 넘치고 건강한 선홍색 피부가 그 뒤를 따라 생겼다.

빛이 점점 희미해지자 사만다가 깊숙이 숨을 들이마셨다. 그러고는 괜찮은지 확인하기 위해 팔다리를 돌리고 몸을 쭉 뻗었다. 그녀는 만족스러웠는지 혼자서 고개를 끄덕하더니 나사돌리개를 다시 선반 위에 올려놓았다. "훨씬 낫네요." 사만다가 나를 향해 몸을 돌리면서 말했다. 실험복의 아랫배 부분은 아직 피로 흠뻑 젖어 있었지만, 피부에는 상처 하나 없었다.

"멋진 마술이네요." 내가 말했다. "그나저나 그게 거기 없었으면 어쩔 뻔했어요?"

사만다가 고개를 저었다. "그럴 리는 없어요. 온갖 쓸모있는 물건은 다 이 방에 쌓아두거든요. 도움이 될 만한 게 있을 줄 알았어요." 그녀가 휙 하고 팔을 뻗어 선반들을 가리켰다. "여기 있는 모든 물건은 어떤 식으로든 마법에 걸려 있어요. '아흐리마우라'가 워

낙 강해서 알아보기 힘들 뿐이죠."

나는 그녀가 무엇을 가리키는지 이해하려고 애쓰느라 몇 초간 말을 멈추었다. 다음 순간 내가 신음을 냈다. "설마 고의로 이름을 그렇게 지은 건 아니죠?"

"왜요? 뭐가 문제죠?" 그녀가 미간을 찌푸리며 말했다. "아흐리만의 아우라. 아흐리마우라. 어디서나 그렇게 불러요. 설명이 필요 없잖아요."

"그만두죠." 내가 말했다. "여기서 뭐 하는 거예요? 무슨 일이 일어난 거죠?"

사만다가 입을 꾹 다물고 시선을 돌리며 날카롭게 소리쳤다. "아무 일도 없었어요."

"아무 일도 없었다고요?" 내가 수상쩍은 눈길로 그녀를 보면서 되풀이해 말했다.

그녀의 얼굴이 짜증스러운 표정으로 바뀌었다. "말하…, 말할 수 없어요, 프레야 양. 미안…."

"새라예요." 내가 말을 끊자 그녀는 혼란스러운지 눈살을 찌푸렸다. "우리, 친구 아니에요?" 내가 말했다. "친구들에게 난 새라예요."

그녀가 신음을 냈다. "그럴 순 없어요, 새라." 그녀가 부드러운 목소리로 말했다. "내가 당신을 얼마나 오래 알았죠? 저녁 식사시간 반쯤이나 될까요? 아빠가 알면 진짜로 날 죽일지도…."

"그래서 누가 일러바칠 건데요?" 내가 말했다. "당신 아빠든 누구든 내게서 아무것도 알아내지 못할 거예요."

사만다의 얼굴에 불신의 표정이 언뜻 스쳤다. 그러더니 무슨 힘든 사실을 이해하기라도 했는지 얼굴을 찡그렸다. "당신은 이곳이 처음이죠." 그녀가 혼잣말에 가깝게 말했다. "교육이며, 보정이며 이제 막 모든 걸 시작했죠, 그렇죠?" 사만다가 한숨을 쉬었다. "정말 미안해요, 새라. 하지만 당신을 신뢰할 수가 없어요. 제발 믿어줘요. 나도 당신에게 털어놓고 싶어요. 나도 이야기할 수 있는 누군가가 있었으면 좋겠지만, 당신은…." 너무나 간절히 뭔가를 더 설명하고 싶어 하는 표정이었지만 불쑥 이렇게 말하고만 말았다. "그냥 못하겠어요."

한동안 멍하니 있다가 진실이 뭔지 알게 됐다. 사만다는 피넴디가 신들을 말 잘 듣는 애완동물처럼 만들기 위해 뒤틀고 있다는 걸 알고 있었다. 그녀는 내가 자기 아빠에게 비밀을 지킬 수 없을 거라고 믿었다. 그들의 숙련된 신도들이 나랑 일을 다 끝내고 나면, 내가 그에게 복종해야 하기 때문이었다. 그녀가 왜 내게 비밀을 털어놓을 수 없는지 말하는 것조차 꺼리는지도 설명됐다. 그것은 피넴디가 신들에게 실제로 무슨 짓을 하고 있는지 설명하는 것과도 같기 때문이었다. 하지만 무엇보다, 사만다가 비밀을 지키고 싶어 한다는 건, 그녀가 하고 있던 일이 아마도 매우 매우 못된 짓이었을 거라는 걸 의미했다. 그녀는 뭔가를 꾸미고 있었고, 그렇다면 내가 그녀와 동맹을 맺을 수도 있었다. 유일한 문제는 그것이 무언지 알아내기 위해서는 내가 먼저 움직여야 한다는 거였다.

나는 사만다를 바라보았다. '널 믿어도 될까, 사만다 드래스?' 교활한 자와 진지한 자를 구분하는 능력이 부족하다는 게 다시 한 번 한심스러웠다. 누가 봐도 악한 자야 충분히 다룰 수 있다. 하지만 숨어있는 배신자에겐 번번이 뒤통수를 얻어맞고 만다. 하지만 지금 나에겐 이 아가씨에게 불리한 정보가 있다, 그렇지? 내 말은, 그래, 그녀가 뭘 하고 있었는지는 전혀 모른다. 하지만 사만다는 그것이 아빠가 알아낼까 봐 겁에 질릴 만큼 나쁜 짓이었다는 걸 스스로 인정했다. 물론 이런 사실을 협박용으로 들고 있을 수 있다고 해서 내가 그녀를 무조건 신뢰할 수 있는 건 아니다. 하지만 지금 그건, 내가 마음 놓을 수 있는 일종의 보험 같은 것이다.

'그래. 한번 해보자.'

"사만다, 난 노예가 되고 싶지 않아요." 내가 말했다. "그들이 신들에게 하는 짓은 내가 상징하는 모든 것과 어긋나요."

그녀가 눈을 휘둥그렇게 떴다. "무슨 말이죠? 난 그런 말을 한 적이…."

"당신이 말해줄 필요도 없었어요." 내가 두 팔을 벌리며 말했다. "그러지 않고서야 자유분방한 이 모든 신을 어떻게 억누를 수 있었겠어요? 어떻게 우리 중 누군가를 신뢰할 수 있었겠어요? 그들이 제공하는 그 믿음이 오염돼 있는 게 분명한 거죠. 다른 건 말이 안 돼요."

그녀가 나를 오랫동안 냉정한 눈초리로 쳐다봤다. "여기서 뭐 하고 있었던 거죠, 새라?" 그녀가 마침내 물었다. 아까와는 완전히 다른 목소리였다. 사실 그 말과 함께 그녀의 태도 전체가 완전히 바뀌었다. "처음 만났을 때 당신은 순진하고 연약한, 또 한 명의 아름다움과 사랑의 신일 뿐이었어요. 하지만 이야기를 나누면 나눌수록 그건 가면이었던 것 같네요."

사돈 남 말 하는 격이었다. 우리가 만났을 때부터 그녀가 틀에 박힌 '소심한 실험실 연구벌레' 같은 모습을 보여주는 게, 나처럼 연기하고 있는 건 아닐까 나는 내심 의심하고 있었다.

뭐, 내가 이중적인 모습을 보인 데에는 더럽게도 좋은 이유가 있었다. "협조하지 않으면 죽는다, 그거 아닌가요?" 내가 주먹을 불끈 쥐면서 말했다. "선택의 여지가 없었어요. 새 신도들을 얻기 위해 안달이 나고 고마워서 어쩔 줄 모르는 다른 신들처럼 연기할 수밖에 없었다고요."

"하지만 당신이 정말 쫓는 건 그게 아니죠, 그러지 않나요? 당신은 우리가 어떻게 신을…, '달래는지' 알아냈죠. 그래서 뭐요? 이제 어쩔 건데요?" 그녀는 확실히 비난조로 말했지만 당당하게 답을 요구하고 있는 것처럼 보였다. 난 약간 으쓱한 기분이 들었다.

"당신 실은 궁금한 거군요, 그렇죠?" 내가 물었다.

"난 과학자예요." 마치 그게 모든 걸 설명하기라도 한다는 듯 사만다가 말했다. "그리고 당신은 우리가 본 다른 어떤 신과도 다르게 행동하고 있고요. 우리가 뭘 하는지 알면서도 복수하려 하지도, 누굴 죽이려 하지도 않았잖아요. 언제든 다시 도망칠 수도 있었는데 아직도 여기 있고요. 도대체 무슨 속셈이죠?"

"그냥 다른 신들이랑 같이 있고 싶은 것일 수도 있죠." 하고 내가 말했다. 나를 보는 그녀의 화난 표정으로 보아, 내가 빠져나가려고 한다는 걸 알고 있는 게 분명했다.

"식당에서 당신을 봤어요." 그녀가 금이 간 안경테를 콧등에서 밀어 올리면서 말했다. "그 하와이 세 자매하고만 이야기하더군요."

"좋아요, 이건 웃긴 짓이에요." 내가 팔짱을 끼면서 말했다. "거래하는 게 어때요? 뭘 하고 있었는지 말해주면, 나도 내가 뭘 하고 있는지 말해 줄게요."

사만다가 눈살을 찌푸리며 내 제안에 대해 깊이 생각했다. "당신 먼저." 잠시 후 그녀가 말했다.

아, 진실을 말할 순간이군. 자기 아빠 회사를 파괴할 계획이라는 걸 정말 말해도 되는 걸까? 뭐, 사만다가 날 일러바칠 것 같으면 언제든지 그녀를 죽여버릴 수도 있다. 하지만 내가 그랬다는 걸 그들이 알아채기라도 한다면 난 끝장난다. 혹시라도 그런 상황이 벌어질 경우를 대비해서 내가 무죄라는 걸 확실히 해 둘 필요가 있다.

"여기서 말하는 게 안전한가요?" 내가 물었다.

"그럼, 당연하죠." 사만다가 자신의 대답이 생명을 위협할 수 있다는 것도 모른 채 대답했다. "사실 이곳은 단지 전체에서 녹음되지 않는 몇 곳 중 하나예요. 마법의 탐지그물이 아흐리마우라를 방해하고, 순간이동 효과가 전자장치들의 파장을 교란하죠."

"다행이네요." 다음 순간 내가 얼굴을 찡그렸다. "잠깐…." 나는 가방에서 나의 미미르를 꺼내 문제가 없는지 보려고 켰다. 아무 반응이 없었다. 스크린은 꺼져 있었다.

"걱정하지 말아요." 사만다가 말했다. "그냥 전이장轉移場에서 나오는 공명 때문이에요. 몇 시간 후면 소멸할 거지만, 배터리는 방전될 수도 있어요. 충전하면 다음 날엔 괜찮아져요."

"고마워요." 나는 그 불쌍한 녀석을 가방에 다시 넣었다. "좋아요, 사만다. 길게 이야기할까요, 아니면 짧게 이야기할까요?"

"뭐든 초록抄錄이 있는 게 좋죠." 그녀가 선반 하나에 몸을 기대고 손바닥을 마주치며 말했다.

내가 한쪽 눈썹을 치켜뜨며 그녀를 보고 고개를 갸우뚱했다.

그녀가 한숨을 내쉬었다. "아, 맞다. 신이지. 연구 보고서 써본

적 없죠? 내 말은, 일단 짧은 이야기부터 한 다음, 거기서부터 시작하잔 뜻이에요."

"그렇게 하죠." 혹시나 방금 바보처럼 보인 건 아닌지 걱정이 됐지만, 뭐, 이제부터 해줄 이야기를 듣는다면 나를 약간 더 진지하게 보게 될 것이다. "난 피넴디를 파괴할 계획이에요. 그들이 한 짓은 자연에 대한 모독이에요. 개인적으로 나한테 잘못한 것들에 대해선 두말할 것도 없구요."

사만다는 눈썹이 이마 밖으로 튀어나올 것만 같았다. "우와." 깜짝 놀란 게 분명했다. "좋아요, 정말로 그 이야기를 길게 들어보고 싶네요."

내가 미소를 지었다. "내가 알아맞혀 볼까요? 내가 그저 물건 몇 개 훔치거나, 신이나 몇 명 탈출시키고 싶어 하는 줄 알았죠?"

그녀가 어깨를 들썩했다. "글쎄요, 그렇다면 최소한 현실적인 신이겠죠. 현재 피넴디가 얼마나 큰 회사인지 당신이 알고 있는지 모르겠네요. 설령 자신이 해내려고 애쓰는 게 얼마나 거대한 일인지 완전히 이해하고 있다 해도, 그게 얼마나 어려울지는 제대로 이해 못 하는 것 같아요."

나도 어깨를 들썩했다. "불가능에 도전하는 거죠. 이제 당신 이야기 좀 들어볼 수 있을까요?"

사만다가 고개를 끄덕였다. "그래요, 서로 합의한 게 있으니까. 그래도 당신의 계획과 동기들에 대해서는 아직 더 들어보고 싶어요. 당신은 정말 특이해요."

나는 그녀의 탐구적 기질을 즐기면서 미소를 지었다. "얼마든지 질문에 대답해 드릴게요, 사만다. 자, 이제 당신은…?"

"좋아요, 네." 선반 위에 놓인 도구 몇 개를 만지작거리며 사만다가 말했다. 순식간에 태도가 바뀌는 게 보였다. 아까 일어났던 일들을 다시 생각하는지 얼굴에 슬픈 표정이 드리워졌다. "솔직히 그렇게까지 복잡한 건 아니에요. 그동안 난 특별한 신을 만들기 위해 노력해왔어요. 그런데 그게…, 잘 안 되었죠. 이번엔 정말로 해낼 줄 알았는데, 젠장, 그녀가 달려들어 날 공격했어요. 그래서 파괴할 수밖에 없었어요."

사만다는 임상실험 이야기를 하는 것처럼 매우 냉담한 어조로 말했다. 하지만 나에게 감정을 읽을 수 있는 능력이 없었다고 해도, 그녀가 그런 말로 깊은 슬픔과 후회의 골짜기를 감추고 있다는 것은 알 수 있을 것이다. "특별한 신이라고요?" 내가 물었다. 이것이야말로 그녀가 진심으로 털어놓지 않은 부분이란 걸 감지했다. 조심스럽게 접근해야 했다.

"한때 알았던 사람이에요." 그녀가 부드러운 목소리로 말했다.

"친구였어요?" 내가 물었다.

사만다가 알 수 없는 표정으로 잠시 나를 바라보았다. "엄마였어요." 그녀가 날카로운 목소리로 재빨리 말했다.

그런데 그녀를 파괴해야 했다고? 글쎄. 그게 참…, 섬뜩했다. "엄마가 신이었나요?" 놀라움을 보이지 않으려고 애쓰며 내가 물었다.

사만다가 고개를 저었다. "아니요. 하지만 엄마를 다시 찾을 방법은 이것뿐이에요."

무슨 말을 어떻게 해야 할지 몰랐다. 더 많은 걸 알아내야 했지만, 너무 많은 질문으로 이 아가씨의 마음을 산산조각내고 싶진 않왔다. "사만다, 힘들 거라는 거 알아요." 나는 조심스럽게 단어들을 골랐다. "하지만 난 이해하고 싶어요. 돕고 싶어요. 혹시, 음…."

사만다가 갑자기 높고 긴장된 목소리로 웃음을 터뜨리고 킥킥거렸다. "미안해요. 이걸 이런 식으로 누군가에게 털어놓은 적이 없었거든요. 내가 너무 모호하게 말하죠? 형편없는 과학자네요." 그녀가 숨을 들이마신 뒤 자세를 바로 했다. "여덟 살 때였어요." 그녀는 감정이 실리지 않은 어조로 또박또박 말했다. "엄마랑 아빠 모두 이곳에서 일하셨죠. 늘 함께 일하셨어요. 물론 난 또래에 비해 조숙해서 신이 진짜라는 걸 알고 있었어요. 하지만 여전히 부모님이 무슨 일을 하는지 정확히 이해하지는 못했죠." 그녀가 나를 바라보더니 고개를 흔들었다. "그건 상관없어요. 난 행복했고, 부모님도 행복하신 것처럼 보였어요. 어린 시절엔 모든 게 다 좋았죠. 그러던 어느 날, 엄마가 집에 오시지 않았어요. 아빠는 직장에서 사고가 있었다고 말했고, 그러곤 엄마가 돌아가셨어요. 우린 장례식을 치렀지요. 그때, 바로 그때, 의심해야 했어요. 관이 닫혀 있었거든요. 시신이 없었어요. 아빠가 추도사를 낭독할 때 자리에서 일어나, 도대체 어떤 종류의 '사고'가 시신조차 남기지 않았는지 알아야겠다고 요구해야 했죠. 하지만 난 여덟 살이었어요. 착한 딸이었죠. 착한 딸은 그런 식으로 질문하는 법이 아니에요."

사만다는 선반에서 목수용 수평기를 꺼내더니, 손에서 이리저리 돌려보며 수평기 속의 작은 공기 방울이 오르락내리락하는 걸 바라보았다. "열여덟 살이 되고서야 비로소 묻기 시작했어요." 그녀는 줄곧 뭔가에 사로잡힌 듯한 어조로 말했다. "그럴 용기를 내는데 십 년이나 걸렸다는 게 믿어져요? 결국 예전 보안 영상들을 찾기 위해 기록들을 꺼내 보기 시작했어요. 막다른 골목들이 너무도 많았어요. 그러고 나서 아빠에 대해 검토하기 시작했죠. 아빠 파일들을 몰래 훔쳐본 거예요. 처음엔 모든 게 정상으로 보였어요. 그때 아빠가 처음 채용되었던 날짜를 찾게 됐죠. 아빤 입사지원서가 만들어졌던 바로 그 날 채용되셨더군요. 이상하지 않아요? 신입사원 기록양식이 승인된 바로 그 날 아빠가 채용됐다고요! 다른 서류들을 확인했는데 왠지 맞아 떨어지지 않는 부분들을 발견했어요. 아빠가 훨씬 이전부터 피넴디에서 일해왔었다는 걸 암시해주는 서류들이었죠. 그래서 더 깊숙이 파고들었어요. 아빠 파일들을 찾는 건 예상보다 쉬웠지만, 문제는 온갖 서류에 아빠 서명이 있었다는 사실이었어요. 난 점점 더 오래전으로까지 계속 찾아봤는데, 아빤 여전히 그곳에 있었어요. 아주 아주 오래된 기록들을 찾게 되었는데, 네, 바로 거기에도 아빠 서명이 있었어요. 1950년대, 40년대, 30년대…, 이전, 그 이전에도. 마침내 더는 훑어볼 서류가 남아있지 않을 때까지요."

"드래스 씨가 신이라고요?" 내가 물었다. 나이를 잘 알아맞히지 못하는 편이긴 하지만 내가 봤을 때 기디언 드래스는 사십 대 초반인 것 같았다.

사만다가 수평기를 선반 위로 다시 던져 넣으며 강하게 고개를 저었다. "아니요. 아빤 인간이에요. 지금도 그렇다고 할 수 있는지 모르겠지만. 일단 아빠가 인간으로 위장한 신이 아니라는 확신이 들자, 어떻게 그런 일들이 있을 수 있었는지 조사를 좀 더 했어요. 모든 게 충격적이었죠. 정말 골치 아픈 것들이었고요. 그렇게 이 년 넘게 조사하던 어느 날, 마침내 엄마에게 무슨 일이 일어났는지를 담은 보안 영상을 찾게 되었어요."

그녀가 눈물에 젖은 눈으로 나를 보았는데, 얼굴을 덮었던 전문가 가면이 바스러져 있었다. 나는 충격에 뒷걸음질을 쳤다. 나를 놀라게 한 건 그녀의 슬픔이 아니라 그 뒤에 보이는 순전한 분노였다.

"아빠는 거래를 했어요. 거래요. 그 신이 누군진 알지도 못해요. 그저 등급만 알 뿐이죠. 상관없어요. 중요한 건 아빠가 무엇을 했느냐 하는 것이고, 그게 처음이었다고 생각하지도 않아요. 모든 게 추측에 불과하지만요."

사만다가 두 손을 둥그렇게 말아 주먹을 쥐었다. 지금 여기에서 멈추면 결코 이야기를 마치지 못할까 봐 걱정하기라도 하듯, 빠르게 밀려오는 그다음 이야기들을 억지로 밀어내고 있는 것 같았다.

"아빠는 엄마를 제물로 바쳤어요, 새라. 칼로 가슴을 찌르고 그릇에 피를 담아 어둠 속에 있는 그 신에게 바쳤다고요. 난 엄마가 너무나…, 너무나 보고 싶을 뿐이에요, 새라. 아빤 내게서 엄마를 빼앗았어요. 또 얼마나 많은 다른 여자들에게 그런 일을 했을까? 엄마를 정말로 사랑하긴 한 걸까? 그런 일을 저지르기 위해 엄마를 사랑해야 했던 걸까? 내가 모르는 게 너무나 많아요."

소름이 돋았다. 나는 인신 공양에 전혀 익숙하지 않지만, 그걸 즐기는 신들이 있다는 건 알고 있었다. 그들은 자신의 이름으로 이루어지는 모든 죽음의 의식에 기뻐 날뛴다. 나도 제물을 받았지만, 항상 기분 좋은 것들이었다. 꿀과 에일 맥주, 갓 잡은 생선과 잘 익은 딸기 같은 것들이었다. 이런 선물에 대해 내가 줬던 보답은 그 선물들처럼 작지만, 진심에서 우러나온 것들이었다. 그런데 그런 뒤틀린 신들은 도대체 뭐지? 다른 인간의 죽음을 받고 무엇을 승인해주겠다는 거지? 더 나쁜 건, 사랑하는 아내를? 그런 잔학행위는 불멸의 삶을 위한 시작에 불과했을지도 모른다.

"그래서 아빠를 증오했어요." 사만다가 말을 이었다. "하지만 난 아빠와는 달라요. 복수한다는 건 생각할 수도 없었죠. 그래서 아빠가 한 일을 되돌리기로 결심했어요. 아빠가 엄마의 목숨을 빼앗았다면 내가 그걸 되찾아 오는 거예요. 당신도 알다시피 피넴디는 신을 새로 만들어 낼 수 있어요. 비록 약하긴 하지만 진짜 신이죠. 엄마에 대해 내가 알고 있는 모든 것, 내가 가진 모든 사랑과 애정을 모아 새로운 신을 만드는 토대로 삼고, 그 신을 신앙일정에 끼워 넣는다면, 엄마를 부활시킬 수 있을 거예요. 삼 년 전부터 시작한 일이고 이번이 여섯 번째 시도였어요. 거의 부활시킬 수 있었어요, 새라. 거의 다 돌아오셨다고요."

"무슨 일이 일어났던 거죠?" 내가 넋을 잃고 물었다. 사만다가 한숨을 쉬더니 손가락으로 금속선반을 툭툭 쳤다. 손톱이 선반을 칠 때마다 작게 톡톡 거리는 소리가 들렸다. "엄마가 이상한 모습으로 나왔어요. 신을 만드는 건 섬세한 일이에요. 그것에 관해 연구 논문들도 썼죠. 당신네 신들은 매우 다양한 유형의 믿음을 지지하고, 그 믿음으로 자신에게 능력을 부여할 수도 있지만, 사실은 먼저 숭배받아야 해요. 그리고 그 과정은 매우 조심스럽게 이루어져야 하죠. 정확한 형태를 이루기 위해선 놀라울 정도로 견고한 신앙의 토대가 요구돼요. 완전한 신화, 그 신을 믿어야 하는 이유, 그리고 개성. 생각으로 한 명의 인간을 존재에 이르게 하고 모든 면에서 완전무결하게 만든다는 게 얼마나 힘들지 상상해보세요. 당신은 수천 명의 숭배자와 수백 년의 시간에 걸쳐 만들어졌어요, 프레야. 하지만 내게 있는 거라고는, 혼자서는 생각조차 할 수 없는 약에 취한 포로 몇 명과, 내 유년시절로부터의 기억뿐이에요."

사만다가 주먹으로 선반을 치자 그 충격에 사무용품들이 살짝 튕겨 올랐다. "하지만 이번엔 거의 성공했었다고요! 그녀는 괜찮아 보였어요. 목소리도 엄마 같았고, 엄마 냄새도 났었어요. 엄마가 잠깐 미소를 지었는데, 나를 알아봤다는 걸 알 수 있었어요. 그랬는데 엄마가…, 엄마가 사라졌어요. 불안정해졌죠. 그저 한 마리의 굶주린 짐승만 남았어요. 나한테서 믿음을 갈망했지만 어떻게 얻어낼지 몰랐죠. 그녀가 몸을 숙여 바닥에 떨어뜨린 리모컨을 집어 들더니, 몸을 일으켜 세우고는 그걸 나에게 휘둘렀어요. 내가 막 안으려고 하는데 그녀가 덤벼든 거예요. 간신히 소각로를 가동할 수 있었죠."

사만다의 이야기에 충격을 받아 머리가 어지러웠다. 사만다는 과잉보호적이고 어쩌면 불멸인 사장 딸이다. 그는 어둠의 능력을 얻기 위해 자신의 아내를 희생시켰고, 이젠 그의 딸이 자신의 엄마를 맞춤 재단된 신의 형태로 불러들이려 한다. 더 나쁜 건, 사만다는 실패할 때마다 자신의 창조물을 파괴해야 하는데, 그 창조물이 그녀가 잃었던 엄마의 얼굴을 하고 있다는 것이다. "그런 걸 어떻게 견디고 있는 거죠?" 내가 물었다. 너무나 놀란 나머지 조용히 동정하려던 노력이 사라지고 말았다.

사만다는 지친 표정으로 나를 바라보더니 마치 자신도 잘 모르겠다는 듯 방을 둘러 보았다. "냉담하게 거리를 두고 지켜보는 거죠." 마침내 그녀가 그렇게 말했다. "나는 일과 감정을 엄격히 구분하는 걸 잘해요. 내가 알고 있는 걸 피넴디와 아빠로부터 숨기기 위해선 그럴 수밖에 없어요."

"겨우 짐작밖에 못 하겠네요, 사만다. 그를 위해 일하는 건 고사하고 어떻게 한 건물에 있을 수가 있는지 모르겠어요. 그는…, 그러니까 미안하지만, 괴물이잖아요."

사만다가 어깨를 들썩했다. "맞아요. 나도 아빠를 증오해요. 엄마 때문만은 아니에요. 아빤 내 어린 시절을 빼앗아갔고 나를 '보호'한답시고 모든 이로부터 고립시킨 데다, 이런 호러쇼까지 벌이고 있으니까요." 그녀의 눈에 자부심 같은 게 슬그머니 스쳐 지나갔다. "하지만 난 아빠보다 나을 수 있어요, 새라. 내가 다 바로잡을 거예요. 복수해 봤자 뭐 하겠어요? 몇 분의 만족감이 평생의 고통을 어떻게 보상해 주는데요? 앞으로 올 시간에 어떻게 희망을 줄 수 있는데요?"

내 마음 한편에 있는 분개한 피투성이의 여전사는 '당연히 그럴 만한 가치가 있어'라고 말하고 싶어 했다. 하늘로부터 그렇게 소리치고 싶었다. 그 여전사는 사만다가 자신에게 필요한 전쟁을 준비하도록 돕고 그녀에게 복수의 방법들을 훈련해, 심판의 날이 도래했을 때 그녀 곁에서 소름 끼치는 승리를 만끽하고 싶어 했다.

나는 그 여전사를 억지로 쑤셔 넣고 사만다의 말을 들었다.

"이젠 증오가 사라졌다는 게 도움이 된다고 생각해요." 그녀가 말했다. "다 사라졌어요. 아빠가 뭘 했든, 더는 상관없으니까 아무 감정도 안 들어요. 아빠가 내게서 빼앗아 간 걸 내가 되찾을 거예요. 그게 내 복수예요, 새라."

우리가 처음 만났을 때 나는 이 아가씨가 온순한 연구벌레라고 생각했었다. 그녀 말이 틀린 것도 아니었다. 오랫동안 살아오면서, 나는 창조가 파괴보다 늘 더 어려울 거라는 걸 이해하게 됐다. 하지만 창조는 훨씬 더 보람있는 일이다. 지금은 그 지혜를 좇는 게 아니지만 말이다. 이런, 젠장.

"그래서 지금 어떤 상황인 거죠?" 내가 망가진 리모컨을 가리키면서 말했다. "이제 뭘 할 거예요?"

"당신과 마찬가지예요, 새라." 사만다가 말했다. "매일 조금씩 불가능에 도전하는 것. 우리 둘 다 몹시 어려운 목표를 가지고 있네요."

사만다가 저지르려는 범죄에 구역질을 느낄 수도 있다. 하지만 그녀에게 가지고 있을지도 모르는 분노는 모두 피넴디라는 엄청나게 가증스러운 것에 꽂혀 있고, 이 시점에서 사만다를 증오한다는 것은 홍수로 인한 급류에 휘말리기 전 비를 증오하는 것과 똑같다. 그래, 두 가지 모두 위험할 수 있겠지만, 지금은 하나가 다른 하나보다 더 큰 위협이 될 수 있다. 나는 이런 추론을 내리고 기분이 좋아졌다. 이것이야말로 가렌이 생각하는 방식과 정확히 반대되는 방식이라고 생각했기 때문이었다.

하지만 결국 사만다는 나의 노력을 인정하지 않을지도 모른다. 내가 그녀의 계획이 잘못 되길 바라든 바라지 않든 말이다. "그게 다예요?" 내가 물었다. "내가 원하는 것을 얻는다는 것은, 당신이 여기에서 한 연구들을 싹 쓸어버리는 걸 의미해요, 맞죠? 내가 이곳을 파괴하면 당신은 뭘 할 건데요?"

"다시 세울 거예요. 다시 시작하는 거죠. 돌아가는 상황을 모르는 게 아니에요, 새라." 그녀는 이렇게 말하더니 혼자서 소리 내서 웃었다. "뭐, 적어도 이젠 더는 아니죠. 내가 하려는 게 사악한 일이라는 건 나도 알아요. 하지만 이 기업 전체가 더 사악하다는 것도 알죠. 게다가 아빠는요? 아빠가 진짜로 무엇인지 아는 사람이 누가 있죠? 내가 아빠와 회사를 내 손으로 처리하길, 당신이 선뜻 따르고 있는 이 폭력의 길을 걸어가길 거부하고 있는지는 몰라도, 내가 눈이 먼 건 아니라고요. 만일 당신이 성공하면 세상은 더 나아질 거예요." 사만다가 미소를 지었다. "당신이 뭘 하고 있는진 모르겠지만, 내가 거기에 휘말리지만 않으면 돼요. 웬만하면 살고 싶거든요."

"까다롭네요, 까다로워." 내가 코웃음을 치며 말했다.

그러자 사만다가 내게 진심 어린 웃음을 지어 보였다. "계획이 뭐죠, 새라?" 그녀가 물었다. "여기서 온전한 몸으로 빠져나가려면 어떻게 해야 하는지 말해줘요."

"좋은 게 좋은 거니까." 내가 고개를 끄덕이면서 말했다. "지금까지 생각해 놓은 건…."

나는 내가 세운 계획의 뼈대들을 털어놓았다. 이제까지 내가 알아낸 것들과, 그녀의 생존과 가장 관련 있다고 생각한 것들이었다. 몇 가지 세부 선택사항들은 말하지 않았지만, 그녀를 위험에 빠뜨릴 만한 것들은 아니었다. 내가 말을 마쳤을 때, 그녀는 정말로 감명받은 것 같았고, 난 그걸 칭찬으로 받아들였다.

"최소한 여기를 쑥대밭으로 만들어 놓겠네요." 그녀가 말했다. 그러고는 만지작거리며 놀던 수평기를 선반에서 꺼내어 나에게 건네주었다. "당신이 기꺼이 모든 걸 이야기해주니 기분 좋네요. 이런 곳에서 누군가를 신뢰하기가 쉽지 않다는 거, 나도 알아요. 행운을 빌어요, 새라."

"당신도요, 사만다." 내 손에 들린 물건을 바라보면서 말했다. "이건…?"

"수평기라는 거예요." 사만다가 출입구 쪽으로 향하면서 말했다. "모든 마법은 응용 신앙이라는 원칙 위에 작용하죠. 그걸 작동시키면, 우리가 '지원자들'에게서 모은 무관심의 파장이 당신이 있는 장소를 감쌀 거예요. 현대의 회의주의가 가지고 있는 최악의 면들에 대해 생각해봐요. 그리고 그걸로 가득 찬 방에 당신이 놓여 있다고 상상해 보세요. 회의주의는 주문을 산산조각내고 신의 기세를 꺾어 버리는 경향이 있어요. 이건 만일의 경우 뭔가가 순간이동 효과를 통해 우리를 따라 들어올 경우를 대비해 여기 있는 거예요. 가지고 있으면 쓸모 있을 거예요."

"음, 고마워요." 내가 말했다. 갑자기 그 물건이 꺼림칙했다. 함축된 불신이라고? 그게 어떤 느낌일지 생각하고 싶지도 않았다. "이건 어떻게…?"

"그걸 부수면 파장이 방출돼요." 사만다가 현관으로 향해 가던 발걸음을 멈추고 말했다. "그리고, 고마워요 새라."

"뭐가요?" 내가 물었다.

"그걸 당신에게 사용하지 않게 해줘서요." 그녀가 파리하게 웃으면서 말했다. "그리고 들어줘서요. 또 봐요. 아직 더 알고 싶은 게 많거든요."

사만다가 몸을 돌려 복도로 걸어나갔다. 그녀가 멀어져가는 동안 메아리쳐 울리는 그녀의 발소리를 듣고 있다가, 손에 있는 장치를 내려다보았다. 그리고 사만다를 죽이거나 무력화시켜야 한다고 생각했던 바로 그 순간, 그녀도 나에 대해 똑같은 생각을 하고 있었다는 걸 깨달았다.

난 이 아가씨가 맘에 든다.

14

마법은 특별한 종류의 믿음일 뿐

그날 밤부터 나는 주문을 걸기 시작했다. 작은 주문을 걸어 그걸 통제하는 것부터 시작하려고 했는데 자제할 수가 없었다. 진짜 마법을 쓴다는 생각에, 마지막 결전을 준비하고 있다는 생각에 아찔할 정도로 기분이 들떠서, 결국 옛날 같았으면 잠결에라도 줄줄이 말했을 별것도 아닌 주문 세 개에 완전히 지쳐버리고 말았다.

다음 날 나단이 출근하라고 나를 깨웠을 때, 하마터면 그에게 주먹을 휘두를 뻔했다. 테마공원에서 아이들이 나를 믿음으로 충전시킬 때까지 마음의 평정을 유지하는 것도 무척 힘들었다. 아이들의 도움에도 불구하고 난 온종일 몽유병 환자처럼 걸어 다니는 느낌이었다. 그날 저녁 나는 내 방에 앉아 다시 한 번 시도해 보았다. 이번엔 정말로 주문 하나만 해보겠노라고 스스로 다짐했다. 나는 신비한 시약들을 주변에 모아놓은 뒤 시작할 준비를 했다. 그나저나 현대 세계에서 딱 하나 마음에 드는 건, 주문 시약 재료를 구하기가 너무나 쉬운 거다. 옛날엔 내게 필요한 이상한 금속과 식물들을 구하도록 추종자들을 세상 사방천지로 보내 샅샅이 뒤지게 해야 했다. 그들은 몇 주, 몇 달, 때로는 몇 년이 지나서야 필요한 물건들을 가지고 돌아오곤 했다. 이젠 필요한 건 뭐든 온라인으로 대량 주문해 이틀이면 무료로 배송받을 수가 있다. 아마존은 정말 끝내준다.

머리 위 공기 중에 천처럼 짜인 불가사의한 성질들이 응축되어 내 몸 주위에 자리 잡자, 마법은 따스한 퀼트처럼 하나가 되었다. 에너지 그물이 내 영혼에 묶일 때 기분 좋은 떨림이 있었고, 나는 필요할 때 그 에너지를 내게 돌려줄 단어 하나를 내뱉었다. "맨걸리차."* 됐다. 나는 진이 빠져 바닥에 뻗어 누웠다.

다음번에 그 주문을 큰 소리로 말하면 에너지 그물이 가동되고, 백오십 리터의 물이 근처 어디에서건 순식간에 나타날 것이다. 어젯밤에 했던 노력과 함께, 이건 사전준비된 멋진 주문 모둠의 시작이 될 거다. 내 문제는 위력이 너무 약하다는 것이었는데, 사전 준비된 주문이야말로 그 문제에 대한 해결책이었다. 지금 당장 싸움을 시작하게 된다면, 대충이나마 내가 할 수 있는 거라곤 한심하고 장난 같은 주문을 한두 개 던지는 것뿐일 텐데, 그러고 나면 나는 진이 빠져버릴 것이다. 이제 모든 일이 순조롭게만 진행된다면, 수십 개의 유용한 주문과 마법들을 기억해 낼 수가 있다. 각각 한 달 후에 사라지게 만들었기 때문에, 언제 만들었느냐에 따라 어떤 것은 내가 행동을 취하기 전에 다시 만들기 시작해야 할 수도 있었다. 하지만 상관없었다. 주문을 거는 것은 끝내주게 카타르시스적이었고 옛 시절을 떠올리게 했다.

* 금색 털을 가진 맷돼지과 포유류

나는 앓는 소리를 내며 바닥에서 몸을 밀어 자리에 앉은 다음 두 발로 일어섰다. 그리고 책상으로 걸어가 맨 위 서랍을 뒤져서 펜을 찾은 뒤, 책상 위에 놓인 메모지를 펼쳤다. 첫 번째 세 가지 주문 아래에 한 줄을 더했다. "맨걸리차 – 물을 만듦." 난 각각의 마법을 유발하는 단어로 돼지 품종 이름을 쓰기로 했다. 돼지 이름들과 친숙하기 때문이기도 했지만, 평소 대화 중에는 사용할 가능성이 없기 때문이기도 했다. 지난 몇 세기 동안, 지인들과 모인 자리에서 무심코 주문 유발어를 사용한 바람에 조금 황당한 순간들을 겪은 적이 있었다.

나는 주문 목록을 살펴본 다음 그 단어들을 기억하기 위해 마음속으로 읽어본 후, 문 쪽으로 걸어갔다. 아이스크림을 먹으러 냉동실을 습격할 생각에서였다. 손이 냉동실 손잡이에 거의 닿으려던 찰나 뭔가가 뇌리를 스치고 지나갔고 이어서 쾅! 하는 큰소리가 옆방에서 들려왔다. 나는 문을 확 열어젖히고, 갑작스럽게 파도치는 어지럼증을 떨쳐버리기 위해 머리를 흔들면서 복도로 뛰쳐나갔다. 그리고 화장실을 지나 내달려 나단의 방문을 열어젖혔다. 방 안을 가득 메웠던 옅고 흰 연기가 구름처럼 퍼져 나왔고, 석고판 조각들이 아직도 비처럼 쏟아져 내리고 있었다. 나단은 흰 가루를 뒤집어쓴 채 방 한가운데 누워 있었는데 충격을 받은 표정이었다. 그가 누워있는 위쪽 천장에 있는 검게 불에 탄 동그라미 주위로 금들이 거미줄처럼 뻗어 나가고 있었다.

"무슨 일이에요?" 내가 소리쳤다. "괜찮아요?"

"성공했어요." 나단이 쉰 소리로 속삭였다. 그는 콜록거리면서 셔츠에 떨어진 천장 부스러기 큰 것들을 손으로 쓸어냈다.

"뭐가 성공했는데요?" 나는 그가 있는 쪽으로 걸어갔다. "일어설 수 있겠어요?"

"할 수 있을 것 같아요." 나단이 한쪽 팔을 뻗어 올리면서 말했다. 내가 그의 손을 잡고 끌어당겼다. "고마워요." 그가 머리를 흔들면서 말했다. 그러자 먼지가 비처럼 쏟아졌다.

나는 나단의 머리카락에서 커다란 페인트 조각을 떼어냈다. "어떻게 된 거예요?" 내가 물었다.

"성공했다고요, 새라!" 나단은 자기 자신에 대해 경외감을 느끼는 것처럼 보였다. "주문을 걸어보려고 했는데 그게 성공했어요! 진짜로 주문을 걸었다고요. 난 이제 마법사예요. 와, 대박!"

난 웃음을 터뜨리고 다시 한 번 그의 머리카락을 쓸어주었다. "사실 당신은 사제에 좀 더 가까워요." 내가 그의 말을 바로잡아 주었다. "왜냐면 복잡한 마법을 하고 싶다면 내가 당신을 통해 주문을 걸 테니까요."

"분위기 깨는군요." 그가 실실 웃으면서 말했다.

"이봐요, 아직은 감당하기 힘들어요. 나도 죽도록 피곤해요. 방금 막 주문을 하나 걸고 온 참이라구요."

"잠깐만요. 그게 어떻게 작동하는 거죠?" 그가 셔츠를 털어내면서 물었다. "만약 그게 모두 당신이 부린 마법이었다면…."

"마법은 특별한 종류의 믿음일 뿐이에요, 나단." 나는 그의 침대에서 석고 조각들을 치운 뒤 침대 위에 앉았다. "마법은 보통 신들의 놀이터이지만, 순전한 헌신을 통해 한몫 끼게 된 인간들이 있다는 이야길 들었어요. 그 주문을 걸 때 당신이 나에게 도와달라고 부탁한 것이지만, 당신도 일부 그 마법에 참여한 거예요. 사제와 신이 함께하면 각자의 힘을 합친 것보다 더 대단한 걸 할 수 있어요."

"정말 맘에 드는 직업이에요!" 나단이 말했다. "우리가 연습했던 것은 불씨에 불과한 거네요. 내가 할 수 있는 게 또 뭐가 있어요?"

그의 열정이 사랑스러웠다. 그래서 그 열정을 꺾을 수밖에 없다는 사실이 더더욱 실망스러웠다. "당분간은 할 수 있는 게 별로 없을 것 같아요." 그렇게 말해서 마음이 좋지 않았다. "기억해요. 난 지금 정말로 정말로 약해요. 어쩌면 수개월 동안 이럴지도 몰라요. 지금으로선 기초적인 것들을 할 수 있다는 것만으로도 만족해야 할 거예요. 미안해요."

나단이 나를 향해 손을 내저었는데 전혀 당황하지 않은 것 같았다. "괜찮아요. 난 내가 진짜로 뭔가에 주문을 걸었다는 것만으로도 기뻐요. 축하하러 나가고 싶지 않아요? 여전히 그 저녁 식사를 만회해야 하지 않을까요?"

내가 미소를 지었다. 그는 그 작은 마법이 얼마나 강력할 수 있는가와는 상관없이 그저 그것을 쓸 수 있었다는 것만으로 행복해했다. "미안하지만 오늘 밤은 안 되겠어요. 완전히 녹초가 됐어요. 이번 주말은 어때요?"

"좋죠! 당신이 테마공원에서 특별 이벤트를 치러야 하지만 않는다면요." 내 일정이 요즘 얼마나 빡빡한지 알기 때문에 하는 말이었다. "아, 그러니까 생각났네요. 지난번에 만든 웹사이트 작업료를 드디어 받았어요."

"팝업창을 계속 만들어 달라고 요구했던 그 부동산 중개하는 여자분 거요?" 내가 물었다. 그 분야에 대해 나단이 말해준 모든 것들을 종합해 보자면, 웹디자이너는 세상에서 가장 까다로운 의뢰인들을 만족하게 해야 했다. 만약 나였다면, 내 노력은 깎아내리면서 모호한 전문용어들이나 쏟아내는 사람들의 이야기를 들어주는 건 하루 이틀도 못 돼서 그만두었을 것이다. 그러고는 의뢰인의 얼굴에 양날검을 들이대려고 기를 썼을 것이다. 나단이 어떻게 참아내는지 알 수 없는 노릇이었다.

나단이 한숨을 내쉬었다. "기억하고 싶지도 않아요. 마지막 몇 개는 어떻게 다른지도 모르겠는데, 갑자기 그 여자가 무척 좋아하는 거예요. 그러니 결국 내가 이기긴 이긴 거죠."

"축하해요!" 내가 자리에서 일어나 그의 어깨를 툭 치면서 말했다. "비술秘術도 익히고 거기에다 대책 없는 의뢰인까지 만족시켰잖아요. 이거야말로 정말 축하할 일인데요?" 그가 나에게 미소를 지었다. 그러고 나서 나는 손가락을 똑바로 세워 위쪽을 가리켰다. "물론 당신이 이걸 손 본 다음에요." 내가 살짝 짓궂게 웃으며 말했다.

나단이 내 손가락을 따라 까맣게 된 천장을 노려보더니 얼굴에서 미소가 싹 사라졌다. "이런 데에 쓸 주문은 없겠죠?" 그가 기대에 찬 목소리로 물었다.

"뚱뚱한 마법사를 몇 명이나 봤어요?" 내가 밖으로 향하면서 물었다.

"네?"

"마법은 게으른 자들을 위한 게 아니에요." 나는 그렇게 대답하고 내 방으로 돌아왔다.

나는 방문을 닫고 최근에 했던 신비 의식의 흔적을 점검해보다가 아이스크림을 잊고 있었다는 걸 깨닫고 끙하는 소리를 냈다. 몸을 돌려 부엌까지 다시 걸어가면서 정신없는 자신을 질책했다. 그때 무슨 생각 하나가 머리에 떠올랐고 나는 입술을 삐죽 내밀었다. 내가 나단에게 했던 마지막 말들을 떠올려보니, 이미 난 이런 상황을 위해 조그만 소환 주문 하나를 남겨 놓았었다.

쉿! 나에게 뭐라 하진 말라. 누구든 위선적일 수 있는 법이다. 특히나 신이라면.

"배즈나."* 나는 냉동실에 있는 벤앤제리의 체리 가르시아 아이스크림에 정신을 집중하며 조용히 속삭였다.

주문이 작동하자 저주파低周波가 웅웅거렸다. 주문이 내 몸에서 떨어져나와 현실 아래로 파고들자 순식간에 주변 공기가 물결쳤고, 마치 거인이 지하철 터널을 통해 밀크셰이크를 들이마시려고 하는 것처럼 뭔가가 빨아들여 지는 듯한 귀에 거슬리는 소리가 들렸다. 그러더니 그 소음이 조그맣게 '펑' 하는 소리로 바뀌고, 아이스크림이 내 바로 앞 공중에 물질화되어 나타났다. 나는 두 손을 뻗어 아이스크림을 붙잡았고, 신이 나서 환히 웃었다.

바로 그 순간 나단이 방문을 열어젖혔다. 무엇이 그런 소음을 만들었는지 궁금했던 게 분명했다. 그는 나를 위아래로 훑어보더니 내 손에 들려있는 아이스크림에 시선을 모으고는 믿을 수 없다는 표정으로 나를 보았다. "마법은 게으른 사람들을 위한 게 아니라면서요?" 그가 물었다.

나는 그에게 죄책감 어린 미소를 지어 보였다. "내가 하는 대로 하지 말고, 내가 말하는 대로 해요." 내가 이렇게 권했다.

나단이 눈망울을 되록이고 자기 방으로 돌아가려고 하는 순간,

* 몸은 검은색이고 배 둘레만 흰색인 멧돼지과의 포유류

나는 뭔가가 빠졌다는 걸 알아차렸다. “나단! 잠깐만요!” 내가 그를 부르면서 걱정스러운 목소리로 말했다.

“뭐요? 뭐가 잘못됐어요?” 그가 갑자기 심각해진 목소리로 물었다.

내가 아이스크림을 들어 올리고 미소를 다시 지으면서 말했다. “숟가락 좀 가져다줄 수 있어요?”

“신들이란!” 나단이 신음을 내뱉고는 쿵쾅거리며 걸어갔다.

다음 며칠 동안은 특별할 것 없는 일상이 반복됐다. 테마공원에서 믿음을 모으고, 피넴디에서 교육을 받고, 밤에는 주문을 걸었다. 내가 공짜 아이스크림을 얻어먹으려고 썼던 주문은 그다음에 만든 주문으로 대체했다. 그다음에 만든 또 다른 주문은 나를 족히 두 시간 동안이나 정말로 기절하게 하였다. 하지만 그건 내 계획에서 엄청나게 중요한 주문이었다. 믿거나 말거나 임펄스 본부를 끝장내는 데 사용할 주문이었다. 다른 주문들은 피넴디를 탐험할 때 보았던 것들을 토대로 정하거나, 그때그때 마음 내키는 대로 정했다. 시설은 늘 그렇듯이 대단히 복잡하고 음울했다. 사실 오락층에서 시간을 오래 보내지 않은 건 인정하지만, 그래도 어떻게 이 많은 신이 여기서 살기로 했는지 믿어지지가 않았다. 그들은 인터넷 카페, 도서관, 오락실과 미용실은 물론, 올림픽 시설 규모의 수영장과 육상 경기장까지 갖춰놓았다. 그러니 어쩌면 내가 뭔가를 놓치고 있는 건지도 몰랐다. 하지만 그들이 만들어 놓은 편의시설을 지금보다 더 많이 사용한다는 건 너무나도 싫었다. 그냥 기분이 더러웠다. 그러나 식사만큼은 항상 굉장했고, 반란에 대한 충동도 결국 번번이 위장 어디쯤에서 멈춘다는 사실을 인정할 수밖에 없었다.

임펄스 본부에서 식사하는 것은 사만다를 감시할 기회도 되었다. 식당 밖에서는 그녀를 전혀 볼 수 없었기 때문이었다. 그때마저도 사만다가 구석에 혼자 앉아 식사했기 때문에 식탁 몇 개만큼의 거리를 두고 떨어져 있어져 했다. 대개는 하와이 자매들과 계속해서 계략을 꾸미면서 슬쩍슬쩍 곁눈질로 사만다를 보았고, 시설에 있는 다른 신들은 최대한 멀리했다. 신들과의 직접적인 접촉이 적으면 적을수록 내 계획이 발각될 가능성이 작아질 거로 생각했다. 게다가 그 세 자매만으로도 충분했다. 그들이 비록 자연신의 변덕스러움이라는 저주를 받았을지는 몰라도, 우리를 통제하려고 하는 이들을 향한 나의 혐오를 공유하는, 친절하고 선한 본성의 여신들이었다.

"무기고로 들어가는 카드열쇠예요." 히이아카가 팔랑거리는 목소리로 속삭이면서 글자가 찍힌 직사각형 플라스틱을 식탁에 올려놓았다. "조용히 서풍을 불어 카드열쇠를 책상에서 날려 통풍구로 넣는데도 그 불쌍한 경비원은 눈치조차 못 채더군요."

"훌륭해, 동생." 열쇠를 테이블에서 집어 들면서 나마카가 말했다. "그리고 프레야가 말했던 주사기가 거기에 더 있는 건 확실해?"

"물론이지. 바람을 다스리면 정말 많은 것을 듣게 된다고." 손가락 하나를 들어 위를 가리키며 히이아카가 말했다. 살아 움직이는 것 같은 그녀의 검은 머리카락이 위로 올라가더니 느리게 움직이는 사이클론처럼 소용돌이치면서 손가락 끝에서 빙글빙글 돌았다. "그런데 조심해. 그걸 작동시키려면 인간의 피를 가진 자를 찔러야 하니까 혼혈이나 직원들에게 사용해야 해."

나마카가 고개를 끄덕였다. "주위에서 누구든 찾을 수 있을 거야." 그리고 그녀는 내게로 고개를 돌렸다. "당신은 그들의 방어구역들이 다운되었는지만 확인해 주면 돼요. 그렇지 않으면 주문이 안 먹히니까요."

"날 믿어요. 방어구역이 다운되면 바로 알 수 있을 거예요." 내가 말했다. "그게 당신이 움직일 신호예요. 불꽃놀이를 시작할 시간인 거죠." 내가 펠레를 향해 고개를 끄덕였다.

펠레의 불타는 두 눈이 번쩍거렸다. "몸이 근질근질하네요." 그녀가 화가 난 목소리로 나지막이 속삭였다. "환태평양 지역에서 이렇게나 멀리 있으니 쉽지는 않겠지만 해낼 수 있어요."

"기억해요. 시간이 넉넉하지 않을 수도 있어요." 내가 말했다. "그러니 여러분 모두 신호에 준비돼 있어야 해요. 즉흥적으로 행동할 준비를 해두세요." 내가 이런 말을 한 건, 우리가 정확한 공격 날짜를 정하면 누군가가 우리 계획을 알아차려 공격을 저지할 수 있기 때문만은 아니었다. 이 세 명이 일정에 따라 사는 여신들처럼 보이지는 않았기 때문이기도 했다. 그들의 행동을 시간표에 맞춰놓느니 그들이 다른 사건에 근거해 행동하도록 해놓는 편이 나았다.

"그 부분이 항상 최고예요!" 히이아카가 말했다. 흥분에 넘친 그녀의 머리카락이 바람에 부풀어 올랐다. 나마카와 펠레가 고개를 끄덕였다. 상황에 맞춰 즉흥적으로 공격해야 한다는 생각만으로 행복한 모양이었다. 그래, 내가 이 여자들을 제대로 본 거야.

"그래서, 당신들 넷이 날마다 이야기하는 게 이거예요?" 사만다가 갑자기 우리 테이블에 있는 의자 하나를 차지하면서 말했다.

"이게 무슨…!" 내가 꽥 하고 소리를 질렀다. 하와이 자매들도 나와 마찬가지로 불안과 혼란에 빠져 갖가지 소리를 질러댔다. 내가 고개를 홱 돌려 멀리 구석에 있는 테이블을 노려봤다. 사만다는 아직 거기에 앉아 천천히 샐러드를 먹고 있었다.

"진정해요." 또 다른 사만다가 주위를 둘러보며 낮은 소리로 말했다. 그녀가 히이아카에게 고개를 끄떡했다. "당신이 부린 마법 덕에 우리가 하는 이야기를 다른 이들이 듣지 못할 수는 있겠지만, 여전히 무슨 일이 일어나고 있는지 볼 수는 있어요." 그녀가 잠시 말을 멈췄다. "자, 좋아요. 그들에게 나는 보이지 않을 거예요. 하지만 네 명의 여신이 아무 이유 없이 기겁한다면 원치 않은 시선들을 받게 되겠죠."

순간 우리 모두 정신없이 움직이던 걸 멈추고, 그녀를 향해 눈을 가늘게 뜨며 몸을 앞으로 숙였다. 거의 동시에 똑같이 그랬다. 깜짝 놀란 내 안의 발키리에게, 아직은 전투 모드로 들어갈 때가 아니라고 설득하고 있지만 않았다면, 그렇게 동시에 움직이는 모습이 약간 웃긴다고 생각했을지도 모른다. "어떻게 한 거죠?" 우리가 모두 마음속으로 궁금해하는 것을 히이아카가 물었다.

사만다가 코웃음을 쳤다. "아시다시피, 난 신을 채용하는 일을 담당하고 있어요. 거기엔 신성한 유물들도 포함되고요. 그 장난감들이 모두 어떻게 작동하는지 배워야 하죠. 그저 약간의 환상 가루*와 하데스의 투명 투구를 변형한 거예요." 그녀가 주먹으로 머리 옆쪽을 두드렸다. 그러자 관자놀이로부터 삼 센티미터쯤 떨어진 곳에서 손가락 관절들이 쨍그랑하는 금속성 소리를 만들어 냈

* 《피터팬》에 나오는 팅커벨과 같은 요정이 날개를 털어 뿌린다는 마법의 가루

다. "…엄청나게 지루해요." 사만다가 한숨을 내쉬었다. "약간 외롭기도 하고요."

"그럴 수밖에 없었어요. 정말 미안해요." 펠레가 말을 시작했다.

사만다가 고개를 가로저었다. "당신 탓이 아니에요." 그녀는 잠시 어색한 침묵을 지켰다. 그러더니 나를 보고 미소를 지었다. "이 분들에게 말했어요?"

"내가 그럴 만한 입장은 아니잖아요." 내가 대답했다.

"난 당신처럼 명예로운 분들이 좋아요." 그녀가 말했다. 사만다는 어리둥절한 표정을 짓고 있는 하와이 아가씨들을 힐끗 보더니 한 손을 들어 올렸다. "개인적인 거예요. 새라와 내가 며칠 전에 정보를 교환하고 서로에게 몇 가지 비밀들을 털어놓았거든요. 많이 생각해봤는데 나도 돕기로 했어요."

사만다의 말에 나마카를 제외한 나머지 모두가 함박웃음을 지었다. 나마카는 마음이 불편한 모양이었다. "나도 진심으로 감사하고는 싶지만, 당신 아빠가 약간 문제예요." 그녀가 말했다.

세상에서 가장 소름 끼치는 최고 경영자에 대한 언급에, 나는 미소가 싹 가셨다. 사만다는 나마카에게 이해한다는 표정을 지어 보였다. "당신이 불안해하는 걸 탓할 생각은 없어요. 그게 바로 이 일이 이번 한 번만 있어야 하는 이유지요. 난 계획을 세우는 데는 참여할 수 없어요. 나 자신과 당신들 모두의 안전을 위해서예요. 하지만 돕고 싶어요."

"우리가 시설 전체를 파괴하려고 한다는 건 알고 있죠?" 나마카가 물었다.

사만다가 고개를 끄덕였다. "그러면서 자신들이 연루되었다는 걸 드러내지 않아야 하고요. 까다로운 일이죠, 그렇죠?"

"아주 까다롭죠. 우리가 당신을 신뢰하지 않는다는 말은 아니에요." 나마카가 말했다. "그러니까 그게…, 당신은 오랫동안 그들을 위해 일했잖아요. 만일 이곳이 없어지길 원했다면 왜 기다렸던 거죠? 왜 우리가 그걸 하게 하냐고요."

사만다가 미소를 지었는데, 이 질문이 나올 거라는 걸 그녀가 예상하였다는 느낌이 들었다. "지금 나에게 있어서 피넴디는, 내가 원하는 것을 얻기 위한 수단이에요." 그녀가 나에게 의미심장한 눈길을 보냈다. "그래서 확연한 문제들이야 있지만, 공공연히 반란을 일으키는 건 생각도 안 했던 거예요. 당신들이 이곳을 무너뜨리게 된다면 난 그냥 다른 시설로 옮겨가서, 음, 내 일을 끝내기 위해 노력할 거예요. 누가 알아요? 어쩌면 거기에서 재수가 더 좋을지. 하지만 내가 돕고 싶어 하는 진짜 이유는, 그게 무엇이 되든 여기에서 살아남는 것들로부터 도망치고 싶기 때문이에요. 딱히 당신들 중 누군가가 나를 죽이려 들 거라 생각하진 않지만, 당신들이 임펄스 본부를 잿더미로 만들려고 계획하는 거라면, 나도 거기에 휘말리게 될 수 있잖아요."

"우린 정말 당신이 다치는 건 원하지 않아요." 히이아카가 말했다. "우린 공격을 밤에 할 생각이에요. 그때쯤 사외거주 직원 대부분은 집에 있을 테고 여기 사는 진짜 벌레들은 잠들어 있겠죠."

"글쎄요, 난 일하는 시간이 불규칙한 편이라서요." 사만다가 말했다. "게다가 신들은 걷잡을 수 없이 제멋대로 파괴하는 걸 아주 잘하잖아요. 난 그냥 모든 게 파괴될 때 여기로부터 확실히 멀리 떨어져 있고 싶을 뿐이에요."

“좋아요.” 내가 말했다. 그녀는 수납실에서 우리가 나눴던 대화가 전혀 없었던 일인 것처럼 행동하고 싶어 했다. 불쌍한 피해망상증 환자 같으니. “그럼 이렇게 해요. 우리가 움직일 준비가 되면, 내가 이곳을 보호하고 있는 마법의 아우라들을 없앨게요. 그것들은 분명 중앙부까지 뻗쳐있을 테니까 내가 찾아내야 할 곳은….”

“지하 삼 층에 있는 수납실.” 사만다가 말했다. 나는 그녀의 준비성에 미소를 지었다. 아마도 지난번 우리가 이야기 나눈 다음에 위치를 알아봤을 것이다. “건물 동쪽 사 층에 있는 엘리베이터를 타고 지하로 내려간 다음, 바닥 색깔이 빨간색으로 바뀔 때까지 곧장 가세요. 첫 번째 복도에서 오른쪽으로 돌면, 왼쪽 두 번째 문이 수납실이에요. 카드열쇠는 필요 없어요. 그들은 평범하게 보이는 곳에 뭔가를 숨겨놓길 좋아해요.”

“사 층 엘리베이터…, 동쪽…, 지하, 음…, 이 층?” 내가 모든 걸 미미르에 적어넣으려고 필사적으로 애쓰며 중얼거렸다. 터치스크린으로 글자를 빨리 입력하는 데는 아직도 서툴렀다.

“아, 이리 줘봐요.” 사만다가 내 손에서 미미르를 빼가면서 말했다. “그나저나 좋은 휴대폰이네요. 새로운 OS 버전이 나오길 기다리나 보죠?” 그녀가 말하는 동안에도 손가락은 스크린 위를 빠르게 오갔다.

“무슨 버전이요?”

사만다는 고개를 절레절레 흔들었다. “아, 됐어요. 어찌어찌 해서 건물을 무너뜨리고 나면, 그다음엔 어떻게 할 거예요?” 그녀가 물었다.

“그다음엔….”

"아주 멀리 가는 게 좋을 거예요." 펠레가 무시무시한 웃음을 띠면서 말했다.

"그 문제라면 언제나 신을 신뢰하죠." 사만다가 나에게 휴대폰을 돌려주면서 말했다. "좋아요, 당신들을 도울 수 있게 난 내가 할 수 있는 일들을 할게요. 당신들 모두 이걸 마법의 관점에서만 생각하고 있어요. 그들의 주문을 부수고, 당신들의 주문을 사용해서 이곳을 무너뜨리는 걸요. 하지만 기술적인 면이 빠져 있어요. 임펄스 본부에는 당신들이 파괴하고 싶을 컴퓨터 로그 파일들이 있어요. 건물이 가망 없는 상태로 보이는 순간, 누군가가 비상 백업 라인을 가동해 현장 자료들을 하나도 빠짐없이 새로운 시설로 전송해야 하기 때문이에요. 이 모든 것에 책임지고 싶지 않다면, 그들이 백업 라인을 가동하기 전 그곳에 도착해야 해요. 아, 날 믿어요. 이 사태에 대해 책임지고 싶지 않을 거예요."

"책임 문제에 대해선 걱정하지 않아요." 히이아카가 말했다. 왜 그녀가 이것에 관해 의기양양해 보이는지 난 정확히 알고 있었다. 어떻게 그 책임에서 벗어날지를 우리도 생각하고 있었다.

"그렇다면 걱정하세요." 사만다가 말했다. "이곳은 피넴디의 주 시설이 아니에요. 주시설은 뉴욕에 있는데, 연구 기지와 발굴지들을 빼고도 전 세계에 이곳과 같은 본부만 추가로 열두 개나 더 있어요. 당신들이 여기를 박살 내고 싶어 하는 거 알아요. 하지만 큰 그림을 봤을 때, 이건 아주 강력한 적의 코피를 터뜨리는 것에 불과하다는 걸 알아야 해요."

내가 그늘에나 숨어 있는 타입이 아니라는 걸 그녀에게 말해주고 싶지만, 위력이 약한 지금으로선 살아남는 것만이 내 유일한 선택일지도 모른다. 다행히도 나마카는 나의 메시지를 대신 전달해 줄 만큼 아직 강력하고 오만했다. 나마카가 축축한 손끝을 테이블 위에 올려놓고 몸을 기울여 사만다를 노려보았다. "우린 관료주의자들로부터 숨지 않아요. 그들이 우리의 마음을 뒤틀던 시절은 이제 끝났어요."

사만다가 한숨을 지었다. "나마카 양, 제발, 잠깐 생각해 봐요. 만약에 피넴디가 순순히 당신을 믿을 수 있었다면, 당신을 완전히 믿지 않을 수도 있다는 생각은 안 해봤어요?"

"나는…, 이런." 나마카가 의자에 등을 기대면서 말했다. 그녀는 사만다의 말이 암시하는 바에 충격을 받은 듯 화들짝 놀라며 잔물결이 일렁이는 두 눈을 동그랗게 뜨고 있었다.

"어디 한 번 그들의 살생부에 이름을 올리고 그게 얼마 동안이든 피해 있어 보세요. 그들은 그저 당신을 믿지 않는 것만으로 당신을 죽음에 이르게 할 거예요. 물론 그것은 최후의 수단이죠. 당신 정도의 위력을 가진 신을 없애려면 시설 대부분을 사용해 총력을 다해야 할 테니까요. 하지만 그들은 예전에도 그랬어요."

나마카는 말없이 있더니 두 손을 들었다. "그래요, 당신 방식대로 하죠. 그나저나 우리도 그 '서버' 장소에 관해선 계획이 있어요. 무기고에서 일을 끝낸 다음, 컴퓨터 로그 파일들이 있는 방으로 가서 내 식대로 약간 손 좀 본 후에 파괴할 거예요. 물과 전기는 잘 맞지 않거든요." 나마카가 웃음을 띠며 말했다. "어디로 가면 되죠?"

"어떤 엘리베이터를 타야 하느냐면…, 아, 여기요. 이편이 더 쉬울 거예요…." 사만다가 자신의 실험복 가슴께에 있는 호주머니에서 펜을 뽑은 다음, 냅킨 위에 약도를 휘갈겨 그렸다. "자, 이 방은 잠겨 있을 거예요, 그러니까….”

“무슨 말인지 알겠어요.” 히이아키가 말했다. “하지만 바람을 막을 순 없어요.”

“멋져요.” 사만다가 나마카에게 냅킨을 밀어주면서 말했다. 물의 신은 냅킨을 집어, 젖기 전에 가방 안으로 쑤셔 넣었다.

“당신은 정말 우리가 하려는 일이 괜찮아요, 사만다?” 펠레가 물었다.

“말했지만 내가 여기에 투자한 건 많지 않아요.” 사만다가 어깨를 들썩하면서 말했다. “적어도 지금은 아니죠. 여기에서 가장 가까운 시설은 뉴욕에 있는데, 아마도 날 거기로 보낼 거예요. 그곳에선 더 나은 자원들을 가지고 일할 수도 있을 거예요. 그러니 내 프로젝트가 진척을 보일 기회는 얼마든지 있어요.”

“하지만 사만다…, 당신 아빠는 여기 있을 거예요. 죽을 수도 있다고요. 우리 중 한 명이 죽일 수도 있고요.” 펠레가 이 상황에 무신경한 사만다의 태도에 눈살을 찌푸리면서 말했다.

“그건 무척 얕은 생각이에요.” 사만다가 펠레를 뚫어지라 바라보면서 말했다. “아빠는 평범한 인간이 아니에요. 회사가 제공할 수 있는 최고의 무기와 마술들을 사용할 수 있어요. 만일 당신들 중 누군가 아빠와 마주친다면, 난 아빠의 안전은 걱정하지 않을 거예요. 걱정되는 건 당신들의 안전이죠. 강력히 충고하는데, 아빠를 보게 되면, 누구라도 아빠를 보게 되면 도망치세요.” 그 말을 마치면서 사만다가 나를 쳐다보았다. 메시지는 분명했다. ‘이 세 명의 여신은 아빠로부터 살아남을 수 있겠지만, 당신은 안 될 거예요.’

하와이 자매들의 얼굴에 나타난 회의적인 표정으로 판단하건대,

아마도 그들은 사만다가 그저 자기 아빠를 보호하려 한다고 생각하는 것 같았다. 하지만 나는 기디언 드래스가 사만다의 엄마에게 무슨 짓을 했는지 알고 있었기 때문에 그녀의 말에 믿음이 갔다. "이 장소에 관해 우리에게 해 줄 수 있는 말이 또 없나요? 쓸모 있을 만한 거라면 뭐든 좋아요." 내가 물었다. 나는 다른 여신 중 누군가가, 단지 자기의 주장이 정당하다는 걸 보이기 위해 기디언 드래스를 공격하겠다고 결심하기 전에, 화제를 바꾸려고 했다.

사만다가 눈살을 찌푸렸다. "딱히 없어요. 이미 건물 안에 들어와 있으니 어려운 부분은 끝난 셈이죠. 더 전반적인 의미에서 말하자면, 난 당신들이 여기서 시도하려고 하는 게 뭔지 당신들이 완전히 이해했으면 좋겠어요. 피넴디는 내 아빠나 이 시설이 아니에요. 몇몇 신들이나 수많은 용병도 아니고요." 사만다가 우리 한 명 한 명을 번갈아 바라보면서 말했다. 그녀의 연녹색 눈이 나에게 이르러 멈추었을 때, 이곳을 파괴하는 데 필요한 게 무엇인지 그녀가 고려해본 게 이번이 처음은 아니라는 느낌을 받았다. "이건 전 세계적인 음모예요." 여전히 내게서 시선을 떼지 않은 채 그녀가 마침내 입을 열었다. "그들의 궁극적인 목표는 지구에서 신을 완전히 쓸어버리는 것이고, 그러기 위해 수 세기 동안 노력해왔어요. 당신들은 지금, 지구에서 당신들을 가장 잘 죽일 수 있는 조직을 공격하겠다고 고른 거예요."

"피넴디를 공격하지 말라고 설득하고 있는 거예요?" 히이아카가 물었다.

그 말에 사만다가 미소를 지었다. "내가 당신들을 설득할 수 있을까요?" 그녀는 대답을 기다리지도 않고 이렇게 말했다. "아니에요. 그저 당신들이 상대하는 게 무언지 정확히 이해하고 조심하길 바라는 것뿐이에요. 왜 이 일을 하고 싶어 하는지 알고 있어요. 어쨌든 그들은 당신들 종족에게 가장 크고 유일한 위협이니까요. 이제껏 존재했던 그 어떤 위협보다도요. 당신들 네 명이 이 일을 어떻게 해낼지 난 잘 모르겠어요."

"뭐 어디서부터든 시작해야죠." 내가 말했다. "임펄스 본부도 다른 곳만큼이나 시작하기 좋은 장소가 아닐까요?"

다른 여신들도 동의하는 뜻으로 고개를 끄덕였다. 사만다는 어깨를 들썩했다. "좋아요. 나한테도 답은 없어요. 당신들이 이 문제에 대해 생각해 보길 원했을 뿐이에요." 그녀가 혼자서 식사 하는 가짜 사만다를 건너보더니 한숨을 쉬었다. "이제 내 식탁으로 가봐야겠네요. 그날 이전에 당신들 중 누군가와 이야기할 기회가 없을까 봐 미리 말하는 건데, 설령 이 일이 성공하지 않는다고 해도 나에게 친절하게 대하려고 노력해 줘서 기쁘다는 걸 당신들이 알아줬으면 좋겠어요. 다른 신 대부분은 그것조차도 못하거든요. 행운을 빌어요, 여러분."

말을 마치고 사만다가 사라졌다. 그녀가 앉아 있었던 의자가 가볍게 흔들리더니 옆으로 쓱 움직였다. 나는 단조롭게 샐러드를 먹고 있는 사만다의 환상을 뚫어지라 바라보았다. 집중해서 보고 있었던 덕분에, 가짜 사만다가 샐러드를 입으로 가져가던 중간쯤 환상이 사라지고 진짜 사만다가 그 뒤를 이어 샐러드를 먹는 사이, 약간의 정지 순간이 발생하는 걸 눈치챌 수 있었다. 그녀는 포크 가득 채소를 집으며 나에게 윙크한 다음 자신의 접시로 시선을 옮겼다.

"좀 멋졌어." 히이아카가 다시 우릴 쳐다보면서 말했다. "정말 사만다가 우리 편이라고 생각해?"

"아직 경비원을 부르진 않았으니까." 펠레가 말했다.

나마카가 한숨을 쉬었다. "사만다가 자기 자신만을 위해서 이 러는 것 같진 않아. 내가 보기엔 사만다의 주된 관심사는 자기의 그 '프로젝트'인 것 같아. 프레야, 혹시 사만다가 하는 게 뭔지 알아요?"

"네, 알아요." 내가 고개를 끄덕이면서 말했다. "하지만 여러분이 알길 원했다면 사만다가 이야기했을 거예요. 날 믿으세요. 우리가 그녀를 믿을 만한, 그리고 그녀가 자기 아빠랑 아빠가 세운 모든 걸 배신할 만한 이유는 충분히 돼요."

"그 정도면 내겐 충분해요." 히이아카는 다시 음식을 먹기 시작했다. 그녀는 훈제 베이컨과 방울 양배추가 곁들여진 꽃등심 스테이크를 골랐는데, 사만다의 외모에 관심 있었던 게 분명했다. 사만다가 우리 식탁에 앉아 있었던 동안에는, 히이아카는 음식에 손도 대지 않았었다.

"솔직히 말하자면 도움이 됐다고 생각해요." 나마카도 인정했다. "구역들이 모두 어디에 어떻게 흩어져 있는지 당신이 일일이 찾아내야 하는 수고를 덜어줬잖아요, 그렇지 않아요?"

내가 고개를 끄덕였다. "일일이 찾아볼 생각은 해보지도 않았어요. 이곳은 온갖 마법으로 절어 있거든요. 아마 수 주가 걸렸을지도 몰라요. 그런데 이제 그들의 컴퓨터 백업에 대해서까지 알게 됐네요."

나마카가 한숨을 쉬었다. "난 이 현대 세계가 정말 싫어요. 눈에 보이는 그대로인 게 아무것도 없어요. 이제 금속이며 플라스틱 조각들까지 걱정해야 한다니. 그렇게 조그만 것에 그렇게 많은 걸 숨길 수 있을 거라고 누가 생각이나 했겠어요?"

"이런! 〈골든 걸스〉* 연속 방영을 볼 땐 직장 여성들이 나오는 그 못된 현대 세계에 대해 불평 한마디 없더니." 히이아카가 여동생이나 지을 수 있는 웃음을 지으면서 말했다.

나마카가 적어도 자긴 '리얼리티 쇼에 꽂히지는' 않았다고 중얼거리면서 씩씩대고 나서 다시 음식을 먹기 시작했다. 펠레가 그들의 말싸움에 웃음을 터뜨리더니 나에게로 고개를 돌렸다. "그런데 정말 건물을 어떻게 무너뜨릴 셈이에요?" 그녀가 물었다. "나와 내 동생들이 할 수 있는 게 일종의 마법이란 건 알지만, 내가 정말 마법사라고 생각해본 적은 한 번도 없어요."

"내가 시간 지연을 이용한 멋진 주문 풀기 저주를 준비해놨죠. 그 저주를 그 수납실에 걸어놓은 다음 저주가 작동하기 몇 분 전에 빠져나갈 거예요. 단지에 걸려 있는 모든 주문을 무력화하기에 충분한 시간일 거예요." 내가 말했다.

"그러고 나면 우리 차례군요." 펠레가 이를 드러내며 말했다. 우리가 계획을 짜기 시작한 이후로 탈출하고 싶어 안달이 났었다는 걸 알 수 있었다. 펠레에겐 말하지 않았지만 내가 빠져나갈 시간을 두고 싶은데는 이유가 있었다. 구역들이 무너지기 시작하면 건물에서 해야 할 일이 더 있는데, 그녀가 행동할 시간이 되자마자 너무 흥분하게 될까 봐 걱정되었다.

우리는 더는 별다른 일 없이 식사를 마쳤다. 남은 시간 동안에는

* 미국 시트콤으로, 함께 사는 나이 든 네 명의 여성이 주인공이다.

계책에 관한 이야기 대신, 가십거리나 이야기 했다. 나로선 나쁠 게 없었다. 불과 수 주 전만 하더라도, 오로지 주어진 식사시간 만을 이용해 많은 계획을 세우려고 애쓰다간 너무 어려워서, 대부분 계획이 이 아가씨들의 머리 위를 스쳐 지나가고 말 거라고 생각하지 않았었나. 게다가 가십거리는 언제나 재밌다.

식사를 끝낸 뒤, 나는 쟁반을 치우고 피넴디의 미로 같은 복도로 나갔다. 미미르로 시간을 확인해보니 나단이 나를 데리러 들르기까지는 한 시간이나 더 빈둥거려야 했다. 피넴디는 운전하고 싶어 하지 않는 신을 위해 운전 서비스까지 제공하고 있었지만, 난 무슨 회사 깡패랑 차를 타는 것보다 나단과 드라이브 즐기는 걸 더 좋아했다. 게다가 우리 둘이 서로의 하루에 대해 밀린 이야기를 나누기도 좋았다.

어떻게 피넴디가 걸어놓은 주문들을 무력화할 계획이냐는 펠레의 질문이 아직도 뇌리에 생생해서, 난 사만다가 말해준 길을 따라, 그들이 모든 구역으로부터 온갖 것들을 모아놓았다는 그 작은 수납실로 가보기로 했다. 주문 풀기 저주는 한 달 안에 언제든 내가 원하는 날에 작동하도록 맞춰놓으면 되었다. 잊어버리지 않게 지금 걸어놓는 게 좋을 것 같았다. 그리고 몇 주 후에 작동하도록 시간을 맞춰놓은 다음 필요할 때 조정하면 됐다. 하지만 오랫동안 그 주문을 걸어보지 않았으니 제대로 작동하는지 확인하기 위해선 테스트해 볼 필요가 있었다.

나는 한 손에는 휴대폰을, 다른 한 손에는 엉망진창이 된 시설 지도를 들고, 복도를 따라 움직이기 시작했다. 사실 이번엔 길을 알고 있어서 좋았다. 십 분 정도가 지난 뒤 엘리베이터 문이 둔한 삐 소리와 함께 열렸는데, 양쪽 벽에 선명한 노란색 페인트로 쓰인 'B3'이란 글자들이 모습을 드러냈다. 복도는 정면으로 계속 뻗어 있었고, 일정한 간격으로 특별한 것 없이 평범해 보이는 문이 많이 있었다. 기계들이 둔하게 웅웅거리는 소리가 공기 중에 들렸는데, 나는 그 소리 너머로 마법의 낮은 울림을 감지할 수 있었다. 마치 수년에 걸쳐 동굴계洞窟系*에 물이 고이듯 마법이 이곳에 웅덩이로 고여있는 것 같은 느낌이었다. 나는 지도를 다시 가방에 집어넣고 휴대폰만 손에 든 채 사만다가 알려준 대로 버려진 통로들을 따라 걸어갔다. 수많은 옆길과 갈림길을 지났지만, 그것들은 모두 무시한 채 발아래 바닥의 색깔에만 온 신경을 집중했다.

색깔이 짙은 파란색에서 주황색으로, 그리고…, 빨간색으로 바뀌었다. 바로 여기군. 두 개의 평범한 문을 지나자 오른쪽에 다른 통로로 향하는 출입구가 보였다. 막 그곳으로 향하려던 참에, 한 가지 호기심이 나를 사로잡았다. 저 다른 문들 뒤에는 도대체 뭐가 있는 걸까? 지도를 보면 저층들은 온통 '관리실', '비품실', '다용도실' 같은 따분한 이름표들로 뒤덮여 있었다. 하지만 실제로 청소부가 바닥 광택제를 가지러 으스스한 통로를 오 분이나 걸어올 일이 얼마나 있을까? 내 오른쪽에 있는 이 문을 예로 들어보자. 'B3-X-5E-36'이라고 이름 붙은 수납실 안에 뭐가 들어있는지 어떻게 기억할 수 있지? 청소부들은 엄청나게 영리하거나 전화번호부 크기의 안내 책자를 가지고 있어야 할 거다. 나는 무작정 문 손잡이를 돌려봤다. 기본적으로 금속 선반이며 청소용품, 정말로 재수 좋다

* 여러 동굴이 모여 거대한 동굴 체계를 만든 지형

면 스탠드형 진공청소기 같은 게 갖춰져 있을 거라고 예상했다. 하지만 문이 열리자 대신 복도가 또 하나 나타났다. 복도는 내가 왔던 길보다 더 밝았고 바닥은 빨간색이 아닌 연한 갈색이었다. 고개를 쑥 빼고 좌우를 살펴보니, 복도가 좌우로 백 미터도 넘게 뻗어 있었다. 흠. 내가 예상했던 건 아니었다. 결국 그저 또 다른 밋밋한 장소일 뿐이었다.

나는 원래 있었던 복도로 뒷걸음질해 문을 닫았다. 그러곤 빨간색 복도를 육 미터쯤 더 걸어가다가 사만다가 말해주었던 것처럼 첫 번째 옆길에서 오른쪽으로 돌려고 막 걸음을 멈췄을 때, 뭔가가 마음 한구석을 간지럽혔다.

잠깐만….

빙그르르 몸을 돌려 방금 열었던 그 문을 바라보았다. 육 미터밖에 떨어져 있지 않았다. 난 점점 어리둥절해졌다. 그리고 다시 걸어 돌아가 문을 열고 안으로 들어간 다음 왼쪽을 보았다. 그래, 그 안에 있는 복도가 육 미터보다는 훨씬 더 길어 보인다고 생각했어. 난 쏜살같이 빨간색 복도로 되돌아 나와 전속력으로 육 미터를 달려간 후 내가 가려고 했던 오른쪽 통로를 노려보았다. 연한 갈색 바닥으로 된 또 다른 복도는 전혀 보이지 않았다.

"아, 이 영악한 인간들 같으니라고…." 나는 그 문을 돌아보면서 웅얼거렸다. 그러니까 이게 임펄스 본부의 숨겨진 마술 중 하나란 말이지? "'B3-X-5E-36'이라고? 내가 몇 층에 있지? 지하 삼 층?" 돌아다니면서 이런 특색 없는 문들을 몇 개나 지나친 걸까? 피넴디의 직원들이 하루 몇 시간을 허비하지 않고도 어떻게 이곳을 돌아다닐 수 있는지가 이해되기 시작했다. 건물 전체가 순간이동 마법으로 뒤엉켜 있는 게 분명했다. 이 시설 전체에 걸쳐 또 얼마나 많은 연결점이 있을까? 이것들을 모두 정리해보는 게 좋을 것 같다. 무척 쓸모 있을 수도 있다.

하지만 한 번에 하나씩 해나가야 한다. 일단 나는 구역들이 한데 모여있는 방을 찾아야 했다. 오른쪽 복도로 돈 다음 왼쪽에 있는 문 하나를 재빨리 지났다. 두 번째 방으로 가는 데는 시간이 오래 걸리지 않았다. 겉으로 보기에 이 방은 '다용도 비품실 204호'였는데, 가까이 다가가자 이상하게 어지러운 느낌이 들었다. 마치 거대한 벼랑 가장자리를 불안하게 걸어가는 것만 같았다. 문틀 주변 공기 중으로 작은 물결들이 경련을 일으키며 돌진해 나왔지만, 그것은 진짜 물결이 아니었다. 눈을 감고서도 볼 수 있었기 때문이었다. 마치 가스가 새어 나오듯 현실이 새어 나오는 것 같았다. 이 문 뒤에 있는 게 무엇이든 분명 '포뮬라 409' 세척제보다는 강력했다. 손잡이를 한 번 돌려보니 사만다가 말해줬듯 쉽게 돌아갔다. 나는 문을 살짝 열고 방 안을 훔쳐보았다. 그때 하나밖에 없는 전등이 탁 켜지고, 사람이 드나들 수 있는 큰 옷장 정도 안 되는 공간이 환해졌다.

눈앞이 빙빙 도는 것 같았다. 나는 몰려오는 현기증에 비틀거리면서 억지로 눈을 깜빡여 눈물을 참아야 했다. 내겐 그 방이 두 상태 사이를 불안정하게 끊임없이 오가는 것처럼 보였다. 한순간엔 다른 비품실처럼 평범했지만, 또 다른 순간엔 눈부시게 빛나는 뱀들이 꿈틀거리고 있는 둥지처럼 보였다. 살아있는 주문들이 고르디우스 왕의 매듭*처럼 꼬여있는 것 같았다. 방 안에 너무나 많은 구

* 그리스 신화에서 고르디우스 왕이 묶어 놓은 매듭. 이 매듭을 푸는 자가 왕이 된다는

역과 맹세와 마법들이 한데 모두 모여 있어 따로따로 가려낼 수 없을 정도였다. 그것들은 모두 뒤섞여, 매혹적인 에너지의 북새통을 이루고 있었다. 마치 내 영혼이 스멜링 솔트* 한 모금을 들이마신 것처럼 나의 신성한 감각들이 혹사당하기 시작했다.

나는 방문을 당겨 닫고 머리를 기댄 다음 여러 번 심호흡을 했다. 와! 그래, 그러니까 그들이 이 방에 아주 많은 주문을 걸어놓은 거였어. 나는 그들이 왜 방 하나를 모든 주문의 원천으로 삼았는지 잘 이해가 되지 않았다. 이건 마치 달걀들을 바구니 하나에 몽땅 넣어놓은 것과 마찬가지였기 때문이다. 하지만 곧 이 주문들을 볼 수 있는 유일한 이는 신뿐이라는 걸 깨달았다. 그리고 우호적인 신만이 건물 내를 자유롭게 돌아다닐 수 있다. 내가 여기에 서 있는 것만으로도 머리가 지끈지끈 아파져 오는데, 만일 이 주문들이 온 단지 내에 흩어져 있다면, 사방이 마법에 걸려 넘어지는 신으로 가득 찰지도 모른다.

뭐, 주문 하나 더 건다고 해서 나쁠 건 없다. 그냥 시간 지연 분열주문을 추가로 걸어놓고 갈 길만 가면 된다. 마침내 주문이 작동할 때 발생할 혼돈에 대해선 짐작밖에 할 수 없다. 수십 개의 구역이 무너져 내리는 것만으로도 아수라장이 되겠지만, 임펄스 본부를 박살 낼 때 진짜 문제들을 일으키기 위해선 이 특별한 장소를 위해 주문 하나를 걸어놔야 한다고 생각했다. 나는 마음을 단단히 먹고 문을 활짝 열어젖히며 마법의 정신병원과도 같은 그곳을 제압했다.

예언이 있었으나 너무나 심하게 꼬여있는 탓에 아무도 풀지 못했다. 후에 알렉산드로스가 이 매듭을 칼로 잘라버린다.

* 복싱에서 선수가 정신이 희미해졌을 때 정신차리게 하기 위해 냄새 맡게 하는 약

그리고 마법 유발어를 막 내뱉으려던 참에 왼쪽 귓가에서 날카로운 휘파람소리가 들려왔다.

고개를 돌리는 순간 입이 떡 벌어졌다. 가렌이 나를 향해 능글맞고 역겨운 웃음을 지으며 거기에 서 있었다. 평소에 늘 입던 회색 정장 차림이었는데 오른손에 처음 보는 장신구를 들고 있었다. 황금으로 둘러싸이고 면도날처럼 광이 나는 근사한 삼지창이었다. 혼자도 아니었다. 가렌 뒤쪽으로 완전무장한 피넴디 용병 대여섯 명이 나에게 기관총을 겨누고 있었다. 그가 삼지창을 들더니, 그게 무슨 망령 난 요정 대모의 마술봉이라도 되는 것처럼 삼지창 끝으로 나를 겨누었다.

"잡았군." 가렌이 부드럽게 말했다.

15

믿음은 모든 것을 바꾼다

“우리 사이에 이야긴 다 끝난 거 아니었나?” 내가 가렌을 향해 몸을 돌린 뒤 두 손을 허리께에 얹으면서 말했다.

“고마워, 프레야.” 가렌이 삼지창을 한 손으로 빙빙 돌리면서 말했다. “당신이 언제 실수를 저지를까 궁금해서 미칠 지경이었지. 그저 시간문제일 거라는 건 알고 있었거든.”

“수납실들을 살펴보는 게 범죄행위인 줄은 몰랐는데.”

“그래서 어쩌다 보니 이 수납실을 고르게 된 거지, 그런 거야?” 그가 사납게 눈망울을 되록였다. “그런 건 문제도 아니지. 구역들의 연결점 주변을 어슬렁거린 것을 빼고도 당신을 가둬놓을 만한 증거는 얼마든지 있어.”

“이게 그거야?” 내가 엄지손가락으로 내 오른쪽에서 소용돌이치고 있는 주문 덩어리를 가리키면서 말했다. “난 샴푸를 좀 찾고 있었는데?”

가렌이 웃음을 터트렸다. “표준규약에 근거해, 피넴디의 사장님이 내가 제시한 증거들을 검토해 공식적인 심판을 내릴 때까지 이제 당신은 구금될 거야. 이걸 알려주게 돼서 무척 기쁘군." 삼지창을 내려서 나를 겨누며 그가 이렇게 말했다. "나와 마주쳤을 때 당신이 보인 호전적이고 난폭한 태도 때문에, 내가 당신을 쓰러뜨릴 수밖에 없었다는 걸 덧붙이게 돼서 더더욱 기쁘고."

삼지창 갈퀴들 사이로 에너지가 모이기 시작하더니 백열을 내며 빛나기 시작했다. 나는 바로 옆에 문이 활짝 열려있는 수납실을 힐끗 쳐다보고 조용히 속삭였다. "체스터 화이트."* 나는 그 마법의 매듭이 내 주문의 진앙이라고 상상하며 '두 시간, 두 시간, 두 시간, 두 시간' 하고 마음속으로 되풀이했다. 그때쯤엔 내가 의식을 되찾았길 바라면서.

가렌이 눈살을 찌푸렸고, 삼지창의 에너지 흐름이 잠시 약해졌다. "뭐지?" 그가 말했다.

어색한 침묵이 내려앉았다. "돼지 품종입니다." 뒤에 서 있던 용병 중 한 하나가 대답했다. 체격과 그을린 피부를 보니, 농장에서 가끔 시간을 보낸 사람인 듯 보였다.

가렌이 고개를 돌려 그를 노려보자, 그가 어깨를 들썩했다. "지금 이걸 모독이라고 하는 건가?" 가렌이 눈을 돌려 나를 쳐다보더니 마침내 입을 열었다.

내가 두 손을 들어 보였다. "당연하지. 안 될 게 뭔데?"

그가 콧방귀를 뀌었다. 에너지가 전력 복구된 삼지창이 섬광을 깜빡이며 눈부시게 빛났다. 삼지창은 주위에 있는 벽 위에 발작적

* 미국이 원산지인 돼지의 한 품종으로 몸이 흰색이다.

으로 그림자를 던지면서 잠시 그런 상태를 유지했다. 그러고는 섬광 같은 불빛이 나를 강타했다. 일순간 세상이 아주 밝아지더니 바로 다음 순간 아주 깜깜해졌다.

정신을 차려보니 처음 임펄스 본부에서 깨어났을 때 보았던, 회색 타일이 둘린 바로 그 구금실에 있었다. 그리고 또다시, 두꺼운 금속띠들로 묶인 채 이동식 침대 위에 누워 있었다. 적어도 수액 장치는 없었다. 이번엔 침대 머리맡이 사십오 도 각도로 올려져 있었는데, 눈을 떴을 때 처음으로 보인 것은 내 바로 건너편 비슷한 기구에 의식을 잃고 누워있는 나단이었다.

그때 가렌의 머리가 시야 안으로 들어왔다. 그는 나를 보며 천벌을 받고도 남을 만한 특유의 웃음을 짓고 있었다. "잘 잤나?" 그가 물었다. 손에는 아직도 삼지창이 들려 있었다.

"넵튠*의 사물함이라도 습격한 거야?" 그의 질문은 무시한 채 내가 말했다.

"아, 이것?" 그가 삼지창을 한 번 돌리고 말했다. "사실 헤파이스토스한테서 장난감 하나를 더 얻었지. 그냥 모양을 맘에 들어 했던 것 같아."

"내가 여기로 다시 온 게 무슨 특별한 이유가 있어서야, 아니면 당신도 '그냥 모양이 맘에 들었던 거야'?" 내가 나의 몸을 훑어내려 보면서 물었다. 그들이 나한테 다시 등이 없는 이상한 환자복을 입

* 로마 신화에 나오는 바다의 신. 바다와 강, 호수, 작은 샘까지 '물'을 다스리며, 삼지창을 무기로 사용했다. 그리스 신화에 나오는 포세이돈에 해당한다.

히지는 않은 덕분에, 나는 그들이 날 쓰러뜨릴 때 입었던 청록색 블라우스와 회색 스키니 청바지를 그대로 입고 있었다. 평소라면 꽤 으쓱할 만한 옷차림이었다. 하지만 이제 방금 파멸의 카운트다운 시계를 작동시켰는데, 이것이 진짜로 임펄스 본부에 대한 마지막 공격일지도 모르는 마당에 특별 주문한 작전용 캣슈트가 아직 도착하지 않았다는 게 짜증이 났다. 이제 난 치명적인 특공 대원 대신, 첫 입사 면접에 온 고등학생처럼 보일 것이었다. 창피할 노릇이다.

가렌이 나의 지적에 눈망울을 부라렸다. "그래, 그래, 당신은 아주 귀여운 여신이지. 우리 모두 너무나 감동했어. 하지만 아니, 당신은 바로 이것 때문에 여기에 있는 거야." 그가 내 시야 오른쪽으로 몸을 뻗더니 두툼한 마닐라 서류철을 들고 다시 나타났다. 그러고는 삼지창을 나의 침대에 기대 놓고, 서류철에서 컬러 사진 한 장을 꺼내어 내 눈앞에 들었다. "어디서 많이 본 것 같지 않아?"

내가 세크멧과 이야기 나누는 모습을 찍은 감시 카메라 사진이었다. "이건 어때?" 그가 또 다른 사진을 꺼내면서 말했다. 이번엔 내가 '이종교배 관리구역'의 탈의실에서 흰색 작업복을 입고 있는 모습이었다. "알아볼 수 있는 게 나오면 언제든지 말해." 가렌은 피범벅이 된 사만다가 수납실을 떠나고, 내가 바로 그 뒤를 따라 나가는 모습을 보여주는 사진 몇 장을 휙휙 넘겼다. 내가 배양실 바깥쪽 모퉁이에서 가렌으로부터 몸을 숨기고 있는 사진도 있었다. 사진들 속에서 나는 복도에 서서 미미르에 메모하고, 여러 층을 돌아다니며 아무 문이나 열어보고, 하와이 자매들과 심각한 대화를 나누고 있었다. 당연히 우리 앞엔 카드열쇠가 놓여 있었다. 다른 여러 스냅 사진들도 의심스러워 보이긴 마찬가지였다.

"궁금한 걸 탓할 순 없잖아!" 내가 가볍게 말했다.

"사실 탓할 수 있어." 가렌이 탁 소리를 내며 서류철을 덮으면서 말했다. "당신은 분명 무슨 임무를 수행하는 중이야. 우리가 이제껏 채용한 다른 신들과는 전혀 다르게 행동하고 있다는 간단한 사실 하나만으로도 경계대상이 되겠지만, 당신이 하는 이것들? 명백히 이상하지, 프레야. 피넴디는 이상한 걸 좋아하지 않아." 그가 내 갈비뼈 부분을 한 손가락으로 쿡 찔렀다. "그리고 당신도 앞으로 일어날 일을 좋아하진 않을 거야."

내가 그를 노려보았다. "글쎄, 가렌. 그들이 나한테 뭘 할 수 있을까? 나를 꽁꽁 묶은 다음 몸 조각을 잘라내 새로운 미니언*들을 만들 수 있으려나?" 가렌의 얼굴에서 웃음기가 사라지고 그는 그저 나를 노려보기만 했다. 우우, 그렇지, 내가 급소를 찔렀군. "낸과 함께 있는 사진들은 어딨는데?" 그를 얼마나 자극할 수 있을지 보려고 애쓰는 중이었다. "낸에게 독을 너무 오래 주입해서 당신의 증거 뭉치에 사용하기엔 얼굴이 약간 너무 암울하지?"

"그쯤에서 그만두지, 프레야." 가렌이 말했다. 참고 있는 게 분명했다.

"당신은 신의 아들이야, 가렌. 당신이 뭘 하든 그건 변할 수 없는 사실이야." 내가 말했다.

"상관없어." 가렌이 몸을 가까이 숙이고는 새되고 낮은 목소리로 말했다. "너희 종족은 이 세상에 병충해 같은 존재야. 너희 때문에 일어난 전쟁, 유혈 사태, 그리고 고통에 대해 네가 알기나 해? 그래,

* 애니메이션 〈미니언즈〉의 주인공들

내 어머니를 만났다고. 훌륭해. 온갖 근사한 탐정 놀이에 무척이나 신났겠군. 잘했다며 자신을 등 두드려주고 우릴 싫어할 이유를 하나 더 찾게 됐다고 생각했겠지. 하지만 그러는 동안, 너만 아니었다면 어머니가 거기에 안 계실 거라는 생각은 안 해봤나?"

"그건 피넴디가 한 짓이지, 신들이 한 짓이 아니잖아." 내가 눈을 가늘게 뜨고 그를 노려봤다. "그들의 독, 그들의 뼈, 그들의 칼이라고. 당신은 자신의 어머니를 학대한 사람들을 위해…."

"넌 네가 끝내주게 똑똑하다고 생각하겠지." 가렌이 말을 끊고 이렇게 내뱉었다. "수 세기 동안의 삶과 마법과 바보들의 믿음…. 그런 것들이 자신에게 무슨 위대한 통찰력이라도 준 줄 아나 보지? 이 오만한 기생충." 그는 내게서 물러나 방 한가운데로 성큼성큼 걸어간 뒤 나단 앞에 섰다. "내 어머니의 삶, 영광으로부터의 몰락, 그리고 처벌…, 이 모든 게 신들의 참견 때문이야. 어머니의 판테온을 누가 파괴했지? 수 세기 동안 어머니를 따라다니면서 괴롭히고 어머니의 숭배자들을 한 명 한 명 훔쳐낸 게 누구였지? 어머니를 무너뜨린 게 피넴디라고?"*

가렌이 자기 옆에 있는 탁자를 쾅하고 내리쳤다. "너희는 서로 전쟁 벌이기를 절대 멈추지 않을 거야, 프레야. 너희의 믿음을 향한 갈망도 절대 멈추지 않을 테고, 내 어머니와 인류가 그 때문에 고통받는 일도 영원히 끝나지 않겠지. 세상에서 유일하게 너희가 진짜로 누군지 아는 사람들을 나더러 비난하라고?" 그가 지친 표정으로

* 로마가 골을 침략했을 때 케사르는 켈트족 신들의 이름을 로마신들의 이름으로 바꾸고 켈트 신들의 신전을 파괴했다. 로마인들은 낸토수엘타를 비너스와 동일시했다.

한숨을 쉬었다. "내가 그렇게 근시안적이었다면 내 곁에 아무도 남아있지 않았을 거야."

사실 가렌이 이성에 귀 기울일 사람이라고 생각한 적은 한 번도 없었다. 복수와 절망의 뒷골목에서 길을 잃은 그는 정말이지 제정신이 아니었고, 나에겐 그를 그곳에서 끌어낼 만한 힘도 그러고 싶은 마음도 없었다. 구속장치 속에서 최선을 다해 어깨를 들썩하면서 난 이렇게 말했다. "솔직히 지금 당신 곁에 누가 있는데?"

가렌이 나를 바라보았다. 스쳐 가듯 짧은 그 순간 그에게서, 이 세상에서 거의 사라질 뻔했던 엄마를 그저 공정하게 대하려고 기를 쓰는 초췌한 아들의 모습이 엿보였다. 하지만 그가 다시 딱딱한 표정을 지었다. "다른 이들은 필요하지 않아. 그건 네 전공분야가 아닌가?" 가렌은 그렇게 말한 뒤 한 손을 홱 뻗어 나단을 가리켰다. "내겐 목표가 있고, 그걸 어떻게 이룰 수 있는지도 알아. 대부분 사람은 이런 말도 못 하지."

모욕과 자기 자랑뿐, 놀랄 것도 없었다. "글쎄, 당신이 아는 게 또 뭐가 있는지 이야기해 볼까, 가렌?" 나는 대화를 다른 곳으로 이끌기로 하고 그렇게 말했다. "구체적으로 물어보자면, 지금 몇 시인진 알아?"

가렌이 나에게 눈살을 찌푸리더니 손목시계를 내려다보고선 대답했다. "네 시가 막 지났군." 그가 수상쩍다는 목소리로 말했다.

내가 점심을 마치고 식당을 떠난 게 두 시 경이었으니까, 추측해보자면 내가 걸어놓은 주문이 삼십 분 정도 후에 작동될 것이다. 잘됐어. 최소한 의식은 있겠군. "고마워. 저녁 식사를 놓치고 싶지 않았거든." 내가 말했다.

가렌이 콧방귀를 뀌었다. "정말로 여기에서 벗어날 수 있을 거라 생각하는군, 그런 거야?"

"그 사진들이 증명해 줄 수 있는 건 아무것도 없어." 그건 거짓말이었다. 이런 일이 모르는 사이에 진행되도록 내버려두기엔 피넴디는 신들에 대해 너무나도 편집증적이었고, 나도 그 사실을 마음 속 깊이 알고 있었다.

"믿거나 말거나 너의 선택은 별로 중요하지 않아." 가렌이 말했다. "너와 여기 있는 네 친구는 드래스 사장님이 증거를 검토해 볼 때까지 구금돼 있을 테니까." 그가 몸을 앞으로 내밀더니 비웃듯이 내 얼굴 바로 앞에서 마닐라 서류철을 흔들어 보였다. "그리고 그다음엔 영원히 갇혀있게 될 거야. 당연히 그래야지."

"좋아. 그러니까 우린 그저 여기서 당신 '사장'이 모습을 드러내기로 하기만을 기다려야 하는 거지?" 내가 얼굴을 구겼다. "당신으로서도 그다지 즐거운 일은 아니겠군."

"당연히 즐겁지." 가렌이 조용히 웃으면서 말했다. 그가 다시 한 번 손목시계를 확인했다. "네 시에 여기로 오시기로 되어 있는데, 늦으신다고 해도 놀랄 일은 아니야. 임직원들은 바쁜 분들이니까."

"신들을 해부하자면 상근직이어야겠지." 내가 말했다.

잠깐 그는 미끼를 물 것처럼 보였지만 이내 고개를 절레절레 흔들더니 서류철을 내려놓고 삼지창을 들고 내게서 멀어졌다. 그러고는 구금실 안을 서성이기 시작하더니 이따금 손에 든 삼지창을 빙빙 돌렸다. 이런 식으로 몇 분이 더 지났는데, 나단이 정적을 깨뜨렸다. 나단이 크게 숨을 들이마시고는 끙끙거리면서 눈을 떴다.

"으으." 나단이 불안한 표정으로 구금실을 둘러보다가 나와 시선을 맞췄다. “여어, 여기서 당신을 만나다니, 근사하네요.” 나단이 입가에 미소를 지으면서 중얼거렸다.

“그러게 말이에요.” 내가 말했다.

나단이 몸을 움찔했다. “당신을 보니 기뻐요. 끔찍한 꿈을 꿨거든요. 깡패들이 우리 아파트로 쳐들어와서는 날 완전히 죽사발로 만들었어요.”

“그 녀석들이 당신을 악의 소굴로 끌고 와 침대에 묶진 않던가요?” 나도 나단에게 미소를 지으며 이렇게 물었다.

“어떻게 알았어요?” 그가 힘없이 키득거리면서 말했다. “그래서 어떻게 된 일이에요?”

“이런저런 일들이 좀 있었어요. 지금은 ‘붙잡혀서 심문받는’ 일에 집중하는 중이에요. 가렌은 내가 뭔가를 꾸미고 있다고 생각하나 봐요.” 내가 가렌이 있는 쪽으로 고개를 기울였다.

“아, 안녕하세요. 거기 계시는 걸 못 봤네요!” 나단이 함박웃음을 지으며 가렌을 쳐다봤다. “드디어 만났군요. 반가워요.”

“대단한 선물이 되겠군.” 가렌이 말했다.

“그러니까 당신이 그 악당인가요?” 나단이 물었다.

“이건 영화가 아니야.” 가렌이 나단을 향해 빈정거리듯 웃으면서 말했다. “지구상에 자기가 정말 악당이라고 생각하는 자가 있을까?”

“그거야 보는 사람 눈에 달려 있겠죠.” 나단이 대답했다.

“그렇겠지.” 가렌이 동의했다. “그래서 자네 눈에 난 악당인가, 젊은이?”

나단이 그를 위아래로 쳐다봤다. “여전히 당신은 새라를 해치고 싫어 하는군요."

"난 사디스트가 아니야." 가렌이 말했다. "물론 이 세상에서 사라지게 가둬놓고야 싶지. 그 과정에서 저 애가 다치느냐 마느냐는 전적으로 본인에게 달린 문제야."

그 말에 나단이 미소를 지었다. "본인에게 달렸다." 그가 되풀이 했다. "좋아요. 그럼 혹시라도 새라가 정말로 자유롭길 원한다면…, 새라를 이곳에 가둬두기 위해 해칠 수도 있는 건가요?"

가렌이 고개를 끄덕였다. "생각해 볼 필요도 없이 당장 그러겠지."

"그렇다면, 네. 당연히 당신은 악당이에요." 나단이 미소를 거두고 말했다.

"가슴이 아프군." 가렌은 그렇게 말하고 구금실 맨 가장자리 쪽에 있는 다른 탁자로 발걸음을 옮겼다. 그 위에는 내 가방이 놓여 있었다. 가렌이 내 가방을 열어 그 안을 뒤지더니 목수용 수평기를 꺼내면서 눈살을 찌푸렸다. 그가 수평기를 들고는 어리둥절한 표정으로 나를 보았다.

"내 방 텔레비전이 비뚤어졌거든." 내가 말했다.

"당연히 그랬겠지." 그가 수평기를 가방 안에 다시 집어넣으면서 중얼거렸다. 그리고 다시 한 번 손목시계를 내려다보았는데, 드래스가 늦게 오는 게 확실히 불만스러운 모양이었다.

"당신 상사한텐 이것보다 더 좋은 일이 있나 본데?" 내가 말했다. "제안을 하나 할게. 지금 우리를 풀어줘. 언젠간 또 마주칠 날이 있겠지. 어쨌든 간에 나한테 죄가 있는 것도 아니잖아?"

"오, 정말이지 건방진 신이군." 가렌이 미소를 지으면서 말했다.

"카메라라도 가져와야 하는 건가?"

"난 이게 우리 둘 모두에게 시간 낭비밖에 안 된다는 말을 하는 거야." 내가 말했다. "게다가 당신은 이제 싸우는 게 지겹지도 않아? 휴가 가고 싶다는 생각은 안 해봤어? 피오르* 같은 거 본 적 있어?"

"뭐야, 스칸디나비아 홍보할 때마다 돈이라도 받는 건가?" 그가 재밌다는 듯이 물었다.

"자정에 떠 있는 태양도 보고, 산으로 하이킹도 가고, 카약 타러도 가보고…." 내가 맞장구를 쳤다. "여행 상품과 단체 할인에 관해서라면 나한테 물어봐."

내 말에 가렌이 진심으로 웃음을 터뜨렸다. 그 웃음소리와 그가 나를 화나게 하려고 할 때 내는 목소리가 얼마나 다른가를 깨닫고 나는 깜짝 놀랐다. 낸과의 대화를 통해, 가렌이 '뻔한 쓰레기'같이 구는 게 그 나름의 연기라는 것은 알고 있었지만, 그 가면 아래 유머감각이 있다는 걸 깨달은 건 약간 충격적이었다.

"이봐, 솔직히 나도 그러고 싶다고." 가렌이 삼지창을 응시하면서 무심코 그렇게 말했다. "피넴디는 연차휴가 기간에 관해서라면 끝내주지만, 하루 스물네 시간 일주일 내내 대기 중인 상황에선 집 근처에 있을 수밖에 없지."

"조심해. 이러다간 내가 정말 당신을 인간으로 착각하게 될지도 모르니까." 내가 말했다.

"반신半神이지. 그 문제라면 걱정할 거 없어." 가렌이 부드럽게

* 스칸디나비아 반도의 높은 절벽들 사이에 깊숙이 들어간 좁은 만

말했다.

"그렇지. 그런데 당신도 반신이면서, 어떻게 맨날 '으, 이런 못된 신들 같으니!' 식의 개그를 해댈 수가 있는 거지?"

가렌이 어깨를 들썩해 보였다. "너라면 인간의 마음을 꿰뚫어 볼 수 있어야 하지 않을까? 살면서 가끔 자기혐오에 빠지지 않는 사람이 실제로 몇 명이나 있겠어. 난 그저 남들보다 먼저 겪고 있는 것뿐이야."

"저기, 날 잡아 놓은 악당한테 왜 이런 걸 묻는지 모르겠지만…," 나단이 목소리를 높여 말했다. "혹시 정신과 치료 받아본 적 있어요? 듣자하니 해결할 문제가 아주 많은 것 같은데."

"아니, 사실 이걸로도 충분해." 가렌이 삼지창을 한 번 더 빙그르르 돌리면서 말했다.

사실 난 이렇게 말로 하는 스파링 매치*를 즐기는 중이었기 때문에, 홱 하고 문이 열려 대화가 중단되자 약간 실망스럽기까지 했다. 피넴디의 최고 경영자인 기디언 드래스가 성큼성큼 구금실 안으로 걸어 들어왔다. "전문가." 드래스는 가렌을 향해 고개를 끄덕인 후 몸을 돌려 나에게 가까이 걸어왔다. "이게 우리의 골칫덩어린가?" 몇 주 전에 복도에서 그를 봤을 때는 그다지 별다른 인상을 받지 않았는데, 이제 그가 누구인지, 그리고 무슨 짓을 했는지 알았으니 그를 좀 더 자세히 관찰해야 했다.

겉으로 보기에 그는 평범한 편이었다. 미식축구 관중들 틈에 있거나 동네 술집에서 맥주 한잔하고 있다고 해도 전혀 눈에 띌 것 같

* 권투 등에서 실제 경기형식을 취하는 연습

지 않았다. 하지만 좀 더 깊숙이 들여다보면, 신중함과 노련함이 명확히 보였다. 마치 자신의 신체를 예리하게 의식하기라도 하듯 움직임이 군더더기 없이 간결하고 계산적이었다. 나는 그가 위험하다는 걸 깨달았다. 어쩌면 가렌보다 훨씬 더 위험할 수도 있다. 왜냐면 드래스는 회색 정장을 입은 나의 네메시스*와는 달리, 엄청날 정도로 자신을 잘 감출 줄 알았기 때문이다. 나는 드래스에게 시선을 고정한 채 그의 연녹색 눈동자를 노려보았다. 마치 또 다른 신을 만나고 있는 듯한 느낌이었다. 신이 가지고 있는 것과 같은 연륜과 초연함을 그도 가지고 있었다. 마치 놀라울 거라곤 더는 아무것도 없다는 듯한 초연함이었다. "프레야, 맞죠?" 그가 나를 빤히 쳐다보면서 말했다. "프레야가 뭘 한 거지?"

가렌이 드래스 옆으로 스윽 오더니 마닐라 서류철을 집어서는 펼쳐 보였다. "저휜 프레야가 뭔가를 계획하고 있다고 생각합니다, 사장님."

드래스가 사진들을 훑어보기 시작하더니 가끔 멈추고는 나를 쳐다보았다. "내 딸과 함께 있는 이 사진은 뭐죠?" 마침내 그가 사만다가 수납실을 떠나는 사진 한 장을 뒤집으면서 물었다.

"실험실 사고였어요." 내가 곧바로 대답했다. 이 사진에 대해 누군가 내게 물어본다면 뭐라고 말할지 이미 생각해뒀지만, 그게 사만다의 아빠가 될 거라곤 예상하지 못했었다. 그것에 관해 실제로 자세히 설명하지는 않으면서 그래도 최대한 진실에 가깝게 말하는

* 그리스 신화에 나오는 율법의 여신. 인간의 본분을 잊고 우쭐대다가 신에게 벌을 받는 인간을 의인화한 여신이다. 여기서는 가렌을 가리킨다.

게 가장 효과적일 거로 생각했다. 하지만 여전히 사만다를 끌어들이는 게 너무나 겁이 났다. “사만다가 테스트하던 게 폭발해서 가지고 있던 아흐리만 조각의 순간이동 효과가 작동했어요. 좀 짜증이 난 듯했지만, 수납실에 있는 나사돌리개로 자신을 치료하더군요.”

“네, 그 효과에 관해선 사만다 양이 보고했습니다. 프레야를 만난 건 뺐지만요.” 가렌이 말했다. “지금 당장은 가지고 있지 않지만, 저희 발굴 장소 중 한 곳에서 나온 유물이 어찌 된 일인지 과부하 됐던 모양입니다. 중요한 건 이 사건이 프레야의 조사 패턴과 어떻게 맞아 떨어지는가입니다. 그 점을 눈여겨 봐주시기 바랍니다. 저희가 오늘 프레야를 체포한 곳은 단지 내 구역들의 연결점 앞이었습니다. 프레야는 임펄스 본부의 내부 작동 방식을 캐내고 있었던 게 분명합니다.”

“왜 그랬죠?” 드래스가 나에게 질문을 던졌다.

“전 그저 탐험 중이었어요, 사장님.” 내가 골 빈 사람처럼 살랑거리며 드래스에게 말했다. 그의 어깨너머로 가렌이 고개를 절레절레 흔드는 게 보였다. “그저 이곳에 대해 더 알고 싶었을 뿐이에요. 그게 다예요.”

그 말을 듣더니 드래스가 툴툴거리며 사진들을 다시 넘겨보기 시작했다. “그저 탐험 중이었다고요?” 사진을 다시 다 본 다음 드래스가 말했다. “당신들 네 명 사이, 저 식탁 위에 있는 건 보안 출입증이오. 게다가 당신들은 가렌으로부터 뭔가를 열심히 숨기고 있었던 것처럼 보이는군요. 여기 말이오.”

“프레야는 오락층엔 한 번도 가지 않았습니다, 사장님.” 가렌이 덧붙였다.

드래스의 눈이 휘둥그레졌다. "정말인가? 금지된 구역들과 교정 구역을 '탐험'하는 데는 그 많은 시간을 쓰면서도 여가 활동에는 전혀 시간을 안 썼다고?" 드래스가 탁하고 서류철을 덮었다. "이제껏 자네가 했던 말이 옳았던 것 같군, 전문가."

"그래, 그 녀석 편들어." 내가 연기하던 것을 멈추고 말했다.

드래스가 내 말에 빙긋 웃었다. "유머감각이 있군."

"아, 저도 아주 잘 알고 있습니다, 사장님." 가렌이 건조한 목소리로 말했다. "어떻게 하는 게 좋을까요?"

"임펄스 본부는 기본적으로 수용 시설이지." 드래스가 엄지손가락으로 콧수염을 만지작거리면서 말했다. "프레야의 경우는 아주 특별하니, 깊은 분석을 위해 어디 더 시설이 좋은 곳으로 보내는 수밖에 없을 것 같군. 뉴욕에 있는 메리디안 원이나 텍사스 주 오스틴 시에 있는 코리올리 연구소가 좋을 것 같네." 드래스가 시선을 돌려 가렌을 보았다. "서둘러 처리해야 하나?"

가렌이 고개를 가로저었다. "아니요. 해롭진 않습니다. 유사신 상태입니다. 아직 신앙교육 프로그램도 시작하지 않았습니다." 드래스가 어깨를 돌리고 몸을 쭉 폈다. "알겠네. 일단은 유치장에 집어넣게. 여러 가지 선택을 고려해본 다음 어떻게 할지 공식적인 결정을…."

그때 뒤통수에서 뭔가가 살짝 번쩍했다. 무슨 일인가가 곧 일어날 거라는 걸 나에게만 알려주는 찌르르한 느낌의 신비한 통증이었다. 다음 순간 바닥이 부풀어 오르더니, 드래스와 가렌을 바람개비처럼 빙그르르 벽으로 날려버렸다. 나단과 나의 침대가 타일에 부딪히고, 머리 위에 달려있던 형광등이 잠깐 깜박거리더니 이

내 죽어가는 짐승처럼 신음을 냈다. 마치 거대한 단층선 위에 서 있는 것처럼 벽들이 덜거덕거리며 들썩였고, 모든 게 흔들리기 시작했다. 거대한 동요가 건물 전체를 관통하면서, 무너지고 폭발하는 소리가 고막을 찢을 듯 밀어닥쳤다. 천장 타일들이 떨어지고 장비들이 바닥에서 산산이 조각났으며, 드래스와 가렌의 비명은 소음에 묻혔다.

"해롭지 않다고?" 아수라장이 빚어낸 소리 틈에서 웃음을 터뜨리며 내가 소리를 질렀다.

발아래 멀리서 나의 주문이 작동하면서, 임펄스 본부 주변을 둘러싸고 있던 신비로운 그물과 마법들이 갈라졌다. 화장지 틈으로 포장도로가 드러나는 것 같았다. 상황에 따라 마법은 믿기 어려울 정도로 깨지기가 쉽다. 방금 내가 붕괴시킨 것 같은 영구적 주문은 믿음과 감정으로 부풀어진 것이라, 거의 항상 그 구조가 극히 약하고 결과적으로 매우 취약하다. 하지만, 직접적인 주문에 그 순간 감정적으로 대응하는 것은 거의 불가능하다. 땅에 놓여 있는 화살을 부러뜨리는 것과 공중으로 날아오는 화살을 붙잡는 것 사이의 차이와도 같다.

나는 단 하나의 주문을 파괴함으로써 이 대혼란을 불러일으켰다. 그것이 내내 나의 주된 목표였다. 그들이 걸어놓은 경보 주문들과 승인되지 않은 순간이동에 저항하는 구역들과 내가 모르는 그 밖의 다른 것들에게 한 방 먹인 것일 수도 있지만, 그것들은 모두 보너스나 마찬가지였다. 내 진짜 목표는 그들이 사용하는 게 분명한 딱 하나의 마법이었다. 임펄스 본부의 내부를 실제 외부보다 훨씬 더 크게 만드는 조그맣고 영리한 차원 왜곡 주문, 딱 그거 하나였다.

간단히 말하자면, 내가 방금 이 거대한 산업용 고성능 고층 건물이 실제로는 자기가 작은 물류 창고 크기밖에 되지 않는다고 생각하게 한 것이다.

그때부터는 모든 게 생지옥이나 다름없었다. 비정상적인 압력 아래, 임펄스 본부의 모든 층이 무너져 내렸다. 바깥에서 보면 어땠을지 정확히 알 길은 영영 없어졌지만, 가르강튀아* 같이 거대한 구조물을 낳듯 사방으로 파편을 날리며 안으로부터 폭발하는 물류 창고의 모습을 상상할 수 있었다. 나는 지하층들이 갑자기 우르르 무너지고 수 톤의 바위와 흙이 그 자리를 메꾸면서, 파도처럼 요동치는 아스팔트로 인해 주차장이 갈라지고 차들이 빙빙 도는 모습을 마음속에 그렸다. 어마어마한 크기의 건물이 아래로 무너져 내리면서 바닥이 모래와 물과 일그러진 파편들로 가득 차는 게 보였다. 각 구역을 지지하고 있던 기둥들이 찌그러지고 모든 구역이 무너지는 완전한 대혼란이 온종일 이어질 것이다. 하지만 이 즐거운 난장판에도 불구하고, 나는 임펄스 본부가 완전히 무너질 거라고 예상할 만큼 순진하지는 않았다. 그들은 이곳이 영원히 지속하게 지었고, 상상할 수 있는 모든 형태의 신성하고 전투적인 공격들에 대비해 강화했다. 내가 이곳을 날려버려 현실로 돌려놓았다고 해도, 그것만으로는 임펄스 본부를 끝장낼 수는 없을 것이다. 심지어 진동은 벌써 가라앉기 시작했고, 빗발치듯 떨어져 내리던 물건들도 점차 줄어들고 있었으며, 끔찍했던 소리도 무딘 웅웅거림으로 잦아들고 있었다.

* 라블레의 소설 《가르강튀아와 팡타그뤼엘》에 나오는 거대한 괴물

하지만 괜찮다. 이게 바로 정확히 내가 계획했던 바다.

문틀 바로 위에 있는 비상등에 불이 들어와 망가진 구금실을 밝혀주었다. 바닥에 깔린 천장 타일과 뒤집힌 탁자와 여기저기 흩어져 있는 장비들을 비상등 불빛이 비쳤다. 그 난장판 어딘가에서 남자들이 신음하는 소리가 들렸다.

"퓰풋."* 내가 조용히 속삭였다. 주문이 불꽃으로 확 타오르면서, 순식간에 내 몸이 만질 수 없는 그림자로 변신했다. 마치 물속으로 떨어지기라도 한 듯 시야가 흐릿해지고, 주변 소리가 멀리서 공허하게 울려 퍼지면서, 모든 게 점점 희미해졌다. 나는 몸을 앞으로 밀며 나를 묶고 있던 구속장치들을 통과하기 시작했다. 근육이 아닌 마음으로 하는 행동이었다. 주문의 효력이 막 소멸하려던 찰나 나는 간신히 침대에서 굴러 내려왔다. 물질적 몸이 또다시 번쩍 모습을 드러내고, 갑자기 무거워진 몸이 바닥의 천장 타일에 부딪히는 바람에 철퍼덕거리는 소리가 났다. 잠시 누워있고 나니 약간 정신이 들었다. 예전에는 그렇게 그림자 상태로 수일동안 지내곤 했다. 잠긴 문을 통과해야 할 경우를 대비해 그 주문을 아껴두고 싶었었지만, 선택의 여지가 없었다.

"저희가 공격받고 있는 건가요?" 가렌이 잔해 한 조각을 옆으로 치우면서 드래스에게 소리쳤다. 그의 삼지창이 비상등 불빛 속에서 희미하게 빛났고, 갈퀴들은 부서진 타일 더미 아래로부터 삐죽 솟아 있었다.

"옙!" 내가 그렇게 외치며 삼지창을 낚아채기 위해 앞으로 돌진

* 털빛이 검은색인 멧돼지과에 속한 돼지의 한 품종

했다. 가렌이 나를 향해 뛰어오르려고 허우적댔지만 이미 너무 늦었다. 나는 잔해들 속에서 삼지창을 잡아채서는 머리 위에서 요란하게 한 번 돌린 다음 곧장 가렌의 가슴팍을 찔렀다.

갈퀴들이 가렌의 살점을 갈라놓는 순간, 끝내주는 저항 마찰힘이 느껴졌다. 잠시 나는 마침내 복수의 순간이 왔기를 희망하고 있었다. 그때 순간이동 효과가 가렌을 내게서 빼앗아서, 나는 그를 죽일 기회를 놓치게 되고 말았다. 마법이 가렌의 형체를 압축해 위험으로부터 그를 낚아채 가면서 가렌의 몸이 받치고 있던 잔해가 함몰됐다. 나는 얼굴을 찡그린 채 희미한 불빛 아래 삼지창을 들고, 갈퀴 끝에 가렌의 피가 흐릿하게 번들거리는 것을 쳐다봤다. 뭐, 총체적 손실은 아니었다. 실제로 나에겐 그의 체액을 가지고 사용할 수 있는 주문이 있었다. 나는 갈퀴 중 하나를 소맷자락으로 닦아 피를 옷자락에 묻혔다. 그때 잔해 속 어딘가에서 드래스의 신음이 들렸다. 내 얼굴에 살인적인 미소가 슬며시 피어났고, 나는 그가 있는 쪽을 향해 고개를 홱 돌렸다. 솔직히 드래스가 이곳에 있을 거라고는 예상하지 않았지만, 그냥 지나치기엔 기회가 너무 좋았다.

나는 무기를 꽉 쥐고 앞쪽으로 몰래 걸어갔다. 사만다의 경고가 마음속에 떠올랐지만, 아드레날린이 둥둥 울리는 소리와 절호의 기회로 마음이 압도된 상태였다. 거기, 앞쪽 어둠 속에서 드래스가 움직이고 있었다. 그는 건축 자재 조각들을 옆으로 치우는 중이었다. 벽 반쪽과 천장 한쪽이 드래스 위로 무너져내린 것처럼 보였지만, 그는 커다란 시멘트와 철근 조각들을 마분지처럼 털어내고 있었다. 나는 앞으로 걸어나가 삼지창을 쳐들었다. 그 짜증 나는 순간이동 마술이 드래스를 안전한 곳으로 빼돌리기 전에 삼지창으로 머리를 내리쳐 뇌 손상을 입힐 수 있길 바랐다. 온갖 신랄한 말들이 혀끝을 맴돌았지만 나는 드래스가 눈치채지 않도록 조용히 움직였다. 뭔가 한마디 해대고 싶은 걸 참기가 정말 힘들었다. 신들은 떠들어대길 아주 좋아한다.

면도날처럼 날카로운 갈퀴들이 공기를 가르며 번쩍 빛났다. 금방이라도 드래스 몰래 전두엽 절제술을 할 것 같았다. 다음 순간 눈 깜짝할 사이에, 드래스가 갑자기 고개를 들더니 눈살을 찌푸리며 한 손을 내뻗어 내려오는 갈퀴들을 막았다. 삼지창이 내 손가락 사이에서 흔들거리는가 싶었는데 갑자기 피가 튀었다. 내가 깜짝 놀라 내려다보니, 가운데 갈퀴가 드래스의 왼손바닥을 관통해 있었다.

드래스는 믿을 수 없이 강력한 힘으로 갈퀴를 움켜쥐고 몸을 일으켜 세우면서 나를 뒤로 밀어냈다. 나는 그의 손아귀에서 삼지창을 잡아빼려고 애썼지만, 마치 단단한 시멘트 속에 박혀있는 것 같았다.

"할 수 있는 게 이게 다인가?" 드래스가 넌더리 난다는 표정으로 말했다. 그가 나를 뒤로 밀어내면서 한 발짝 앞으로 걸어 나왔다. 나는 삼지창을 붙들고 있으려고 기를 쓰는 중이었다. "당신의 교만은 실로 놀랍군."

"당신은 도대체 뭐지?" 내가 삼지창과 씨름하면서 물었다.

"복잡한 삶을 사는 단순한 인간이지." 또다시 나를 향해 걸음을 옮기며 그가 말했다. 구금실은 공간이 별로 없어서, 이제 언제라도 반대쪽 벽에 부딪힐 것 같은 느낌이었다. 드래스가 나를 찬찬히 바라보았다. "당신은 참 흥미로워. 하지만 내가 이런 수고까지 해야 할 가치는 더는 없는 것 같군."

그가 앞쪽을 향해 손을 힘껏 밀자 나는 잔해 틈에 발을 헛디뎠고, 삼지창을 붙들고 있기 위해 기를 쓰다가 뒤로 굴러 넘어졌다. 드래스가 오른손을 앞으로 뻗으며 무릎을 꿇었는데, 드래스의 다른 쪽 손을 올려다보니 빛나는 삼지창 갈퀴가 손바닥을 꿰뚫고 있었다. 나는 비명을 지르며 도망치려고 기를 썼다. 그의 손가락들이 내 목 가까이 다가온 순간 나는 삼지창에 마음을 모아 애원했다. 나에게 그 힘을 달라고, 살아나라고, 그래서 그 안에 담긴 마법을 풀어달라고. 방 안 가득 흰색 빛이 뿜어나더니 눈이 멀 것 같은 에너지의 섬광이 드래스의 상처 난 손바닥 주위로 모여들었다.

드래스가 당황하며 위를 올려다보면서 내 목을 움켜쥐었던 손아귀도 느슨해졌다. 그리고 그가 뒤로 물러서자마자 나는 삼지창에 불을 뿜으라고 명령했다.

엄청난 번갯불이 번쩍이고 눈앞이 완전히 하얘졌다. 훅하고 밀려드는 강풍에 드래스가 휘말리면서 그의 무게가 떨어져 나가는 게 느껴졌고, 그는 구금실 맨 끝쪽 벽에 부딪히면서 고통에 신음했다. 나는 빠르게 눈을 깜빡여 시야에서 밝은 점들을 없애려고 애를 썼다. 흐릿한 초점 속으로 구금실의 모습이 서서히 들어왔고 시력도 회복됐다. 그 순간 드래스가 자기 때문에 새로 생긴 잔해더미에서 몸을 떼어 내게로 돌진하는 게 보였다. 번갯불에 탄 왼쪽 팔뚝을 가슴에 올려놓고 있었다. 내가 그의 손을 날려버리는 데 성공한 거다.

하지만 나의 기고만장함은 오래가지 않았다. 드래스가 멀쩡한 다른 손을 내뻗은 채 으르렁거리며 앞으로 달려들었기 때문이었다. 그는 나의 청록색 블라우스를 움켜쥐어 멱살을 잡고는, 나를 바닥에서 집어 들어 빙빙 돌린 다음, 벽에 집어 던졌다. 자기가 방금 부딪쳤던 바로 그 벽이었다. 산산이 조각나 있는 시멘트에 부딪힐 때 팔을 들어 간신히 얼굴을 보호할 수 있었다. 극심한 통증이 몰려왔는데, 다음 순간 나는 또다시 잿빛 먼지와 잔해의 구름 속을 뚫고 공기중을 날아가고 있었다. 나는 비명을 지르며 타일이 깔린 옆방 바닥에 부딪혔다. 머리가 멍했다.

드래스가 방금 나를 집어 던져 벽을 뚫어버린 것이다. 사는 동안 이런 일이 슬슬 규칙적으로 일어나고 있다는 걸 깨닫게 되니 마음이 여간 불편한 게 아니었다. 난 무릎을 대고 구르며 신음한 뒤, 바닥에서 몸을 일으켜 세웠다. 머리가 아직 띵해서 몸을 숙인 채 방금 떠나온 구금실을 들여다보는데, 드래스가 쿵쾅거리며 현관을 빠져나가는 게 얼핏 보였다.

드래스가 사실상 후퇴하고 있다는 게 혼란스러웠지만, 그가 나를 잠시 제쳐둔 것뿐이라는 걸 곧 깨달았다. 그는 그저 나를 더는 다루고 싶지 않아 했다. 걱정해야 할 더 중요한 일들이 있는 게 분명했다. 그가 나와 싸우길 그만두고 떠났다는 걸 나의 수치로 여기고 싶기도 했지만, 그와 맞짱 뜰 수 있다고 생각했다면 그건 바보 같은 짓이었을 것이다. 게다가 해야 할 일이 산더미처럼 많기도 했다. 비록 시작이 꽤 좋은 편이긴 했지만, 여기에서의 내 일은 이제 막 시작이었다.

"이젠 누가 주도권을 쥐고 있지?" 난 자신의 농담에 씨익 웃으면서, 놀리듯이 내 왼쪽 팔을 향해 손을 흔들며 거친 목소리로 말했다.

"새라? 당신이에요?" 나단의 떨리는 목소리가 구금실에서 들려왔다.

“나단?” 나는 최근 비행 중에 만든 구멍을 통해 구금실로 돌아갔다. “어디 있어요?”

“웹디자이너처럼 생긴 폐물 더미 아래예요!” 커다랗게 쌓인 천장 타일 더미로부터 잘 알아듣기 힘든 목소리가 새어 나왔다.

난 그가 있는 쪽으로 달려가 타일 더미를 파기 시작했다. 나단을 발견할 때까지 잔해를 몇 주먹이나 내던져야 했다. 그는 아직도 침대에 묶인 채 옆으로 누워 먼지를 뒤집어쓰고 있었다. “도대체 뭘 한 거예요?” 나단이 콜록거리면서 물었다.

“임펄스 본부를 다차원적 토대에서 끌어냈어요.” 그를 묶고 있는 끈들을 풀면서 내가 말했다.

“그게 무슨 뜻이에요? 그리고 언제부터 그런 일을 할 수 있었는데요?” 나단이 물었다. 그가 소리쳐 말하자 그의 얼굴 앞에 약간의 먼지 구름이 피어올랐다. 나단이 또다시 발작처럼 기침했고, 나는 눈망울을 사납게 굴렸다.

“그런 건 요령으로 하는 거예요.” 내가 대답했다.

나단이 잠시 기다리다가 이렇게 말했다. “그동안 내내 전능했으면서 비밀로 감췄던 거군요, 그런 거 아니에요?”

나는 그의 팔 주위의 띠들을 풀어내면서 어깨를 들썩한 다음 그의 복부 쪽으로 몸을 움직였다. “그런 셈이죠. 그냥 게을러서요.”

나단이 팔을 아래로 뻗어 나머지 구속 장치 푸는 것을 도와주었다. “그렇다면 내 이상형 여신이네요.” 구속 장치들을 풀면서 그가 이렇게 말했다.

“아니면 그 반대이든가요.” 그의 다리에 있는 구속 장치들을 풀면서 내가 말했다.

"네?"

"신을 숭배하는 일은 당신을 살짝 바꿀 수도 있어요." 내가 말했다. 마지막 띠를 풀고 넘어진 침대 아래에서 그를 굴려 꺼낸 다음, 손을 잡아끌어 자리에 서게 했다. "믿음은 모든 것을 바꿔요, 나단. 신도까지도요."

"흠." 나단이 먼지를 털어내면서 말했다. "뭐 그것에 대해 불만은 없어요. 그리고 고마워요." 그가 팔을 뻗어 나를 안았다. "돌아가는 상황이 맘에 안 들더군요."

나도 그를 안아주었다. "이젠 좋아지고 있잖아요."

"그러네요." 그가 중얼거렸다. "그럼 이제 여기서 어떻게 나가야 하죠? 무슨 주문이라도…."

내 얼굴에 퍼지는 과장되게 크고 불안한 미소를 보자 나단이 말을 멈췄다. 이런, 이거 정말 어색하군.

마음속 깊이 어딘가에서 전술가 한 명이 깜짝 놀라 할 말을 잃고 입을 딱 벌린 채로 있었다. 그녀는 내가 피넴디에 합류한 이후 초안으로 작성해왔던 이런저런 제거 작전 청사진들을 정신없이 흘낏거리고 있었다. 그러니까 나는 방금 나단 덕에, 지난 수주간의 획책에도 불구하고 임펄스 본부를 근멸시키겠다는 구상에 꽤 큰 구멍이 남아있었다는 것을 깨닫게 된 것이다. 제기랄, 이곳에서 어떻게 나가지?

"설마 당신…, 주문을 준비 안 해놓은 거예요?" 뭐가 어떻게 잘못된 건지 알아내려고 애쓰며 나단이 천천히 물었다.

"더 나빠요." 난 머릿속에 여러 생각이 내달리는 동안에도 여전히 미소를 잃지 않으며, 앙다문 이 사이로 중얼거렸다. 즉각적으로 이곳을 품위 있게 빠져나갈 방법을 생각해내려고 미칠 듯이 애를 쓰고 있었다.

나단은 잠시 말을 멈추고 찬찬히 나를 바라보더니 두 눈을 휘둥그레 떴다. 그가 상황을 이해했다는 걸 그 선명한 푸른 눈동자 너머로 볼 수 있었다. "나갈 방법이 없다고요?" 그가 절망적인 목소리로 물었다.

"어, 네. 없어요." 내가 말했다. "전혀…, 없어요." 좋아, 정교하게 조정된 전쟁 계획에서 도주 경로에 대한 부분을 빠뜨렸을 수도 있다. 굳이 변명하자면 신들은 약간 외골수인 편이다. 이곳에 온 후로 나는 쭉 재앙에 초점을 맞춰왔다. 일을 마친 후 어떻게 떠날 것인가에 관한 생각이 떠오르지 않았을 뿐이다.

나단이 두 눈을 질끈 감았다. "그래요. 음, 별로 좋은 상황은 아니군요." 그가 한숨을 내쉬었다. "그럼 그 문제는 그냥 나중에 다뤄야겠네요. 다음엔 뭐죠?"

"무슨 뜻이에요?"

"당신이 세운 계획이요. 다음엔 뭘 해야 하는 거예요?"

"아." 사실 난 내 전략에 나단은 아직 포함하지도 않았다. 젠장, 이런 일엔 소질이 없다. 하지만 나단이 굳이 그걸 알아야 할 필요는 없었다. "우린 그들이 감옥으로 사용하는 구역으로 갈 거예요. 끌어들일 만한 친구가 거기에 있어요."

"근사해요." 그는 내 동지 중 한 명을 만난다는 생각에 아주 흥미로워하는 것 같았다. "앞장서시죠."

내가 고개를 끄덕였다. 탈출 문제에 관해선 나중에 집중적으로 생각해보기로 했다. 계획에 충실하자고, 새라. 하지만 구금실 밖으로 나가기 전에 내 무기를 되찾고 싶었다. 난 삼지창을 찾기 위해 방을 살피다가 잔해더미 아래에서 삼지창 손잡이가 빛나고 있는 것을 발견하고 미소를 지었다. 한 손으로 삼지창을 뽑아냈지만 그걸 자세히 살펴본 순간 행복했던 기분이 싹 사라졌다. 삼지창 갈퀴 끝부분이 고칠 수 없을 정도로 망가져 있었다. 가운데 갈퀴는 녹아내려 쭈글쭈글한 토막이 되어버렸다. "그 정도로 이렇게까지 되다니." 내가 삼지창을 옆으로 집어 던지며 투덜거렸다.

나단이 호기심 어린 눈초리로 나를 쳐다봤지만 난 그저 고개를 절레절레 흔들었다. 바닥에서 가방을 다시 찾은 것만으로 만족하며 가방끈 사이로 머리를 집어넣어 비스듬히 메었다. 그리고 나는 현관을 향해 움직였고 현관에 도착해서는 통로를 힐끗 내다보았다. 멀리에서 비명들이 들리고, 옆쪽에선 피넴디 직원들이 겁에 질려 출구를 찾아 뛰어다니는 소리가 메아리쳤다. 더 많은 비상등이 켜지고 멋지게 펼쳐진 폐허와 잔해더미들이 드러났지만 당장 위험할 건 없어 보였다. 문턱을 넘어 가장 가까운 계단통으로 막 향하려던 순간 건물이 다시 흔들렸다.

첫 번째 지진만큼 심하지는 않았지만 넘어지지 않기 위해 벽을 붙잡아야 했다. 나단이 문틀에 기대어 몸을 지탱하고는 나를 바라보았다. "뭐죠?" 그가 물었다.

먼발치 아래 어딘가로부터 길고 낮게 쉬익 하는 소리가 들려와 나단의 질문에 답해주었다. 거대한 솥에서 김이 새어 나오는 것 같았다. 그러더니 멀리서 폭발음이 들리고 건물이 다시 진동했다. 쉬익 하는 소리가 계속되었는데 실은 점점 더 커지는 것 같았다. 그것이 무엇인지 정확히 깨달은 순간 나단에게로 고개를 돌려보니 나단은 얼굴이 하얗게 질려 있었다. "서둘러야겠어요." 내가 속삭였다.
"왜요? 무슨 일이 일어나고 있는 거죠?"
"그게 그러니까, 내가 하와이 여신 몇 명과 친해졌다고 말했던 거 기억나요?" 그를 복도로 끌어내면서 내가 말했다.
"네. 세 명, 맞죠?" 나단이 말했다.
"맞아요. 나마카, 히이아카, 그리고…, 펠레요."
"그래요. 그래서 그게 지금 무슨…." 그가 말을 멈추더니 눈살을 찌푸렸다.
"설마 당신…." 잠시 후 그가 입을 열었는데, 그 유명한 하와이 자매들의 전문 분야가 무엇인지 마침내 깨달은 모양이었다.
"네. 맞아요." 하고 내가 말했다.
"그럼 움직여야 해요." 그렇게 말하고 나단이 달리기 시작했다.
우리는 함께 계단으로 뛰었다. 한 발짝 한 발짝 뛸 때마다 멀리서 들리는 쉬익 하는 소리가 점점 커졌다. 갑작스러운 일이었지만, 시간이 얼마 없었다. 하와이 자매들과 계획을 짤 때, 구역들이 무너지면 뭘 좀 해달라고 펠레에게 부탁했었다. 임펄스 본부의 잔해가 남아있지 않도록 확실히 해둘 수 있는 일이었다. 당신도 이해해야 할 것이, 그때는 탈출에 대해서는 생각하지 않았었다. 그저 건물이 견고하다는 사실이 특히나 어려운 문제라고 생각했었다.
그리고 나는 펠레가 이 문제에 대한 해답이라는 걸 깨달았고, 펠레는 크게 만족스러워했다. 우리가 처음 만났을 때 그녀가 했던 말이 맞았다. 그녀의 능력은 자주 필요하지 않다. 하지만 아주 드물긴 해도 그게 완벽한 해결책이 될 때가 있다. 바로 지금, 아래쪽에서 올라오는 그 쉬익 소리는, 펠레가 자신의 역할을 하기 시작했다는 걸 말해주고 있었다. 임펄스 본부 먼 아래쪽에서 하와이의 불의 여신이 자신의 위력을 발휘한 거다.

우리의 발 아래에서 화산이 폭발하고 있었다.

16

너의 죽음이 나의 꿈이다

우리의 목적지는 그리 멀지 않았다. 타일로 된 수용실들은 꼭대기에서 세 층 아래에 있었다. 하지만 우리가 십이 층에 다다랐을 때즈음 나단이 땀을 비 오듯 흘리고 있었다. 물론 나는 바짝 말라 있었지만 그래도 그의 고통을 공감할 수 있었다. 전기가 끊긴 바람에 중앙 냉방도 꺼졌는데, 전기가 없는 플로리다는 견디기가 힘들다. 엎친 데 덮친 격으로 밑에서는 열대 여름보다도 지독한 열기가 올라오고 있었다. 더 많은 아래층이 펠레가 만든 용암 웅덩이로 녹아내리는 바람에 건물이 몇 분 간격으로 움직였다. 우리가 위층으로 뛰어 올라갈 때 피넴디 직원들이 숨을 헐떡이고 휘청거리며 우리 곁을 지나갔는데, 그들은 밖으로 나가느라 한 발짝 한 발짝 내딛는 것 외에는 아무것에도 신경 쓰지 않았다.

나는 교정구역을 향해 뛰어갔고 옆에서는 나단이 숨을 헐떡이며 따라 달렸다. 압력을 받은 금속이 끼익 거리고 신음하는 소리가 단지 전체에 울려 퍼졌다. 통로 두 개는 도저히 통과할 수가 없어 돌아갈 수밖에 없었다. 통로 하나는 무너진 천장 잔해와 위성 안테나 조각처럼 보이는 것들로 가득 차 있었고, 다른 통로 하나는 아예 형태도 없이 사라져버렸다. 들쭉날쭉한 잔해 구덩이 안으로 층 네 개가 길게 무너져 내려 있을 뿐이었다. 마침내 교정구역으로 이어지는 복도를 향해 모퉁이를 돌았을 때, 난 엄청나게 나 자신이 자랑스러웠다.

하지만 그 만족감은 오래가지 않았다. 문 바로 밖에 네 명의 용병들이 서 있었는데, 예전에 가렌과 함께 있었던 남자들처럼 완전 무장을 하고 있었다. 그들이 무기를 들어 올려 나와 나단을 겨누자 우리 둘 다 손을 올렸다. 그중 한 명이 오른쪽 어깨에 장착된 무전기에 대고 이야기하기 시작했다. "한 명 더 있습니다." 그가 말했다. "여자입니다."

가렌의 목소리가 치직거리는 소리와 함께 통신기를 통해 들렸는데 막을 수 없을 정도로 화가 난 듯했다. "청록색 블라우스에 금발인가?"

"네, 전문가님." 남자가 말하는 사이에도 총은 조금도 흔들리지 않았다.

"그럴 줄 알았어." 가렌이 말했다. "친구도 함께 있나? 적갈색 머리 녀석?"

"네, 바로 옆에 있습니다." 남자가 대답했다.

"잘 됐어. 그놈부터 쏴버려. 그리고 그 여자가 완전히 정신을 잃을 때까지 총으로 갈겨버려. 안전한 길을 발견하는 대로 즉시 그쪽으로 가겠네." 무전기가 찰칵 소리와 함께 끊겼다.

"알겠습니다." 남자는 그렇게 말하며 방아쇠를 쥔 손가락에 힘을 주었다.

내가 소리를 내지르며 나단 앞으로 몸을 날리려는 순간, 갑자기 용병들이 취한 듯 비틀거리고 눈알이 뒤로 돌아가더니 바닥으로 우르르 쓰러졌다. 난 너무나 당황해서 이게 뭐지 하다가 나단을 향해 고개를 돌렸다. 혹시 그가 뭘 한 건 아닌지 물어볼 참이었다. 하지만 나단 또한 정신을 잃고 바닥에 누워 있었다. 순식간에 그들 모두 잠이 든 것이다.

"나단? 괜찮아요?" 내가 그를 흔들면서 물었다. 아무 반응이 없었다. 그는 깊이 잠들어 있었다.

가렌의 목소리가 몇 초 후 무전기를 통해 다시 들릴 때까지도 여전히 나는 혼란에 빠져 있었다. "보고하게." 그가 말했다. "그녀는…, 도대체 무슨…?" 그의 목소리가 이제 더는 무전기에 직접 대고 말하지 않는 것처럼 멀게 들렸다. "로버츠? 어떻게 된…. 아, 젠장. 일어나! 일어나라고, 빌어먹을!"

"오!" 나는 무슨 일이 일어난 건지를 알아채고 깜짝 놀랐다. 나마카가 무기고로 가서 마법의 주사기를 훔친 뒤 그걸로 누군가를 찌른 게 분명했다. 건물 안에 있는 모든 인간은 꿈나라에 있을 것이다. "꼴 좋군." 내가 무전기가 있는 쪽에 대고 이렇게 말했다. 그리고 내 친구 나단에게 눈길을 돌린 순간 화가 치밀어 올랐다.

내가 감사할 줄 모른다고 생각하진 말아달라. 마법의 주사기는 어쨌든 우리가 총에 맞는 걸 막아주긴 했지만 나에게 새로운 문제를 안겨 줬다. 나단을 어떻게 해야 한단 말인가? 그를 그냥 여기 남겨둘 수는 없었다. 인정컨대 난 내 계획의 몇몇 부분이 가져올 전반적인 영향에 대해서 충분히 생각해보질 않았다. 잠시 주위를 걱정스럽게 둘러본 다음, 어깨를 들썩하곤 바닥에서 그를 집어 올린 뒤 끙끙거리며 오른쪽 어깨에 멨다. 그러고는 발을 질질 끌면서 복도를 걸어, 졸고 있는 용병 무리에게 가서는 그중 한 명의 공격용 소총을 남은 손으로 낚아챘다. 지난 수 세기 동안 한 번도 총을 쏴보지 않았다. 나는 검 같은 난투용 무기들이 훨씬 더 편하지만, 총이 가진 치명성을 부정할 수는 없다. 만약 저 너머 수용실 중 하나가 뚫렸다면 이 공격용 소총이 쓸모 있을 수도 있다.

손을 뻗어 교정구역으로 들어가는 문의 손잡이를 돌려보았다. 잠겨 있었다. 모든 카드열쇠 판독기에는 전기가 끊기면 사용할 수 있는 내부 배터리가 있다(귀띔해줘서 고마워요, 히이아카). 통과 주문을 이미 다 써버린 터라 제대로 승인된 카드를 찾아야만 했다. 나는 조심스럽게 나단을 바닥에 다시 내려놓고, 자는 용병들을 뒤지기 시작했다. 그리고 구 밀리미터 권총과 끝내주게 멋진 검은색 고정날개형 전투칼을 가지고 떠날 수 있게 되었다. 나는 재빨리 권총을 가방에 넣고 전투칼의 띠는 오른팔에 묶었다. 그들의 대장한테서 카드열쇠 하나도 건졌다. 카드열쇠를 잠금장치에 대자 기계가 기분 좋게 삐 하고 울리고 달칵하는 소리가 문에서 들렸다. 훌륭해. 시간을 좀 더 들여 용병한테서 여분의 탄창들을 챙겨 이제는 불룩해진 가방 속에 쑤셔 넣었다. 그리고 나단을 다시 들어 올려 어깨에 멘 뒤 교정구역 안으로 향했다.

새로 보이는 비상등과 유리벽으로 된 작은 사무실에서 졸고 있는 경비원을 빼고는 출입구는 예전과 똑같아 보였다. 그때 난 뭔가가 석연치 않다는 걸 깨달았다. 교정구역으로 들어가는 문이 살짝 열려 있었다.

나는 좀 더 가까이 다가가 고개를 들이밀 수 있을 정도만 문을 열고 복도 너머를 들여다보았다. 몇 조각의 잔해가 천장에서 떨어져 있긴 했지만 내가 만든 혼돈에도 불구하고 전체적으로는 원래 모습 그대로인 것처럼 보였다. 이곳은 광분한 신들을 견뎌낼 수 있도록 특별히 만들어졌으니 놀랄 일도 아니었다. 난 누가 문을 열었는지 알아보기 위해 주변을 둘러보다가 그 침입자를 찾아낸 순간 그 자리에 얼어붙어 버렸다. 복도 중간쯤, 수감자가 있는 마지막 수용실 앞에 디오니소스가 서 있었다. 그는 그 앞에서 서성이고 있었는데 매우 불안해하는 모습이었다.

"포도 덩굴은 안 올 거야!" 그가 앞에 있는 유리문을 주먹으로 쾅쾅 두드리며 소리 질렀다.

나는 조심스럽게 고개를 다시 빼낸 뒤 어떻게 할지 곰곰이 생각해보았다. 디오니소스와 싸우는 것은 계획에 없는 일이었다. 사실 난 그 어느 신과도 싸울 생각이 없었다. 하지만 피할 방법이 없어 보였다. 우선은 나단을 숨겨둘 장소가 필요할지 생각해 보았다. 주위를 살펴보니 경비원이 사용하는 칸막이 사무실에 눈길이 갔다. 나쁘지 않을 것 같았다. 나는 사무실 쪽으로 움직인 다음, 용병에게서 빼앗은 카드열쇠를 유리로 된 낮은 벽 옆에 있는 문에 사용해 보았다. 잠금장치가 삑 하고 기분 좋은 소리를 냈다. 나는 미소를 지으며 문을 밀어 열고 나단을 안으로 데리고 들어갔다. 사무실 안쪽은 공간이 크지 않았다. 잠재우기 주문의 효과가 일찍 사라질 경우, 화가 난 경비원과 나단이 함께 갇혀 있게 하고 싶지는 않았다. 그래서 난 경비원을 끌어낸 뒤 조심스럽게 나단을 경비원 의자에 앉혀놓았다. 디오니소스를 어떻게 해야 할지에 너무나 신경을 집중한 나머지 하마터면 컴퓨터 화면들을 못 보고 지나칠 뻔했다. 아직 켜진 화면들이 눈부신 비상등 불빛 속에서 깜빡이고 있었다. 교정구역에는 예비전력이 있는 모양이었다. 나는 몸을 숙이고 눈을 가늘게 뜬 채 모니터들을 보았다. 복도에서는 아직도 디오니소스가 수용실 한 곳을 뚫고 들어가려고 애쓰고 있었다. 감금된 다른 신들이 디오니소스를 굉장히 흥미로운 눈으로 지켜보고 있었다. 세크멧이 방안을 왔다 갔다 하는 게 보였는데 나갈 방법을 찾는 게 분명했다. 건물이 흔들리고 조금씩 가라앉을 때마다 그녀가 튀어 올랐다. 세크멧의 수용실을 어떻게 여는지 알아낼 수만 있다면 디오니소스에 맞설 동지를 얻게 될 것이다. 문제는 시간이 많지 않은 데다 내가 기계에 약하다는 점이었다. 여기엔 기본적인 키보드와 마우스 외에도, 카메라와 수용실을 위한 여러 가지 제어판이 있었는데, 나는 이 많은 버튼과 스위치들이 뭘 할 수 있는지 전혀 몰랐다.

또 한 번 금속의 비명이 공기를 갈랐고, 돌벽이 우르르 무너지는 소리가 멀리서 들려왔다. 나는 이를 앙다물고 제어판에 있는 아무 것이나 눌러보기 시작했다. 어찌 됐든 세크멧을 풀어줘야 한다면 지금 하는 편이 나았다. 한쪽에 길게 늘어서 있는 스위치들을 마구 손대자 복도 전등들이 켜졌다 꺼졌다 했다. 다른 쪽에 있는 스위치들을 켰더니 이번에는 커다란 금속 덧문들이 내려와 수용실들 앞을 쾅하고 막았다. 이것도 아니었다. 나는 스위치들을 원상 복구한 다음 한 줄로 늘어선 선명한 빨간색 버튼들을 눌렀다. 번갯불들이 호를 그리며 수용실들을 폭격했고, 갇힌 신들은 큰소리로 칭얼거리고 비명을 질렀다. 이크. 난 그 버튼들을 누르는 걸 멈췄다. 수용실 안의 신들이 혼란스러워하며 사납게 주위를 둘러보았다. 모니터를 보니, 디오니소스가 자기 옆에 있는 수용실을 향해 뭔가를 말하면서 출입문에서 복도 아래쪽을 노려보고 있었다. 그러더니 나를 향해 성큼성큼 걸어오기 시작했다.

이런 망할! 경비원이 자기를 방해한다고 생각하는 게 틀림없었다. 나는 서둘러 다른 줄에 있는 제어 버튼 쪽으로 옮겨갔다. 첫 번째 버튼을 눌렀는데, 처음에는 아무 일도 일어나지 않은 것처럼 보였다. 다음 순간 창백하고 무섭게 생긴 일본 여자애 이자나미가 자리에서 일어나 문 쪽으로 걸어가더니 문을 밀어 열었다. 이자나미가 복도에 들어서자 디오니소스가 가던 길을 멈추고 그녀에게 무슨 말을 했지만 난 알아들을 수가 없었다. 그러더니 이자나미가 두 손을 머리 위로 뻗어 올렸다. 그녀의 기모노 아래에서 긴 그림자들이 기어 나와 복도를 가로질러 살며시 움직였는데, 심지어 카메라상으로도 그 그림자들 가장자리에 수천 개의 손과 몸부림치는 덩굴손들이 있다는 걸 볼 수 있었다. 디오니소스가 뒤로 한 걸음 물러섰지만, 이미 그림자들이 그를 덮쳐 피부 위를 움직이고 있었다. 마치 인간의 모양을 띤 그림자에 사로잡히기라도 한 것 같았다. 그가 비명을 질렀다. 나는 열려 있는 문을 통해 그의 비명을 똑똑히 들을 수가 있었다. 진물이 흐르는 커다란 염증들이 몸에 생기고 피부 곳곳이 괴사로 까매지더니 핏줄기를 뿜어내며 벗겨져 버렸다. 디오니소스가 바닥으로 쓰러졌고, 몸이 치유되면서 동시에 죽어가는 극심한 고통의 순환을 계속해서 겪으며 고통 속에 몸부림쳤다. 이자나미는 몸을 돌려 교정구역 출입구 쪽으로 걸어가서는 문을 밀어 열었다. 그녀가 움직일수록 그녀의 그림자는 디오니소스 위에 남아있으려고 부자연스럽게 뒤틀리며 길어졌다.

이자나미가 유리벽 바로 너머에 있는 대기실로 들어오자 내가 고개를 들었다. 그녀는 나를 힐끗 본 다음, 잠자고 있는 경비원에게로 걸어가서 그의 머리 양쪽에 손을 얹었다. 그녀가 말할 때 아주 희미한 미소가 입술을 스쳤다. "아나타노 시와 와타시노 유메데스(너의 죽음이 나의 꿈이다)." 그러자 경비원이 녹아버렸다. 부패가 시작되면서 검은 줄이 피부를 갈랐고, 몸이 머리부터 허물어졌다. 말라 죽어가는 시체에서 파리떼가 터져 나왔고, 남아있던 연한 피부조직들이 타르 같은 분비물 웅덩이 속으로 흘러내리면서, 오물로 뒤덮인 해골이 드러났다. 그러더니 뼈까지 바스러지고 부식되어, 마침내는 콘크리트 위에는 검은 얼룩만 남았다.

이자나미가 만족한 듯한 얼굴로 자리에서 일어났다. 우글거리는 파리들이 그녀 뒤로 내려와, 윙윙거리는 날개처럼 그녀 등에서 뻗어 나갔다. "당신에게 빚을 졌군요, 전사자의 여신이여." 그녀가 어린애처럼 부드러운 목소리로 말했다. 그녀는 깊이를 알 수 없는 그 검은 눈동자로 나를 응시하고는 고개를 숙였다. "꼭 갚겠습니다. 요미의 여왕은 부탁을 가벼이 받지 않으니 최대한 주의해서 선택하세요." 이자나미가 몸을 똑바로 펴자, 어둠의 기둥이 부드러운 물기둥처럼 천장에 튀면서 그녀 주위를 휩쌌다. 어둠의 기둥은 나타났을 때만큼 빠르게 모양이 흐트러지더니 사라져버렸고, 빈 대기실만 드러났다. 이자나미는 사라지고 없었다.

몸을 부르르 떨면서 가쁘게 숨 쉬는 소리가 수용실 쪽에서 들려와 감시 카메라들을 보니 디오니소스가 바닥에서 숨을 몰아쉬고 있었는데, 상처들이 아물고 있었다. 그림자들은 이자나미와 함께 떠나고 없었다. 나는 제어판으로 눈길을 돌려, 이자나미를 풀어주기 위해 눌렀던 버튼이 있는 곳에서 세크멧의 수용실을 여는 버튼이 무엇일지 추측하려고 애썼다. 왜 라벨을 붙여놓지 않았는지 도무지 이해되지 않았다. 행여라도 엉뚱한 신을 풀어줄 수 있을지도 모른다는 걱정 따윈 한 줌도 하지 않을 정도로 정말로 경비원들을 잘 훈련한 걸까? 아니면 정확히 지금 나처럼, 침입자가 시도하기 더 어렵게 하려고 일부러 이렇게 만들어 놓은 건지도 모른다. 만약 그런 거라면 효과는 거둔 셈이다. 나는 한숨을 내쉬면서, 맞는 것이었으면 싶은 버튼을 내리쳤다. 디오니소스가 끙끙대며 몸을 옆으로 돌리는 게 곁눈으로 보였다. 거의 다 나은 것 같았다.

그때 세크멧의 수용실 문이 활짝 열리고 그녀가 복도로 성큼성큼 걸어 나왔다. 기분 좋으면서도 놀란 표정이었다. 또 한 번의 진동이 단지를 흔들자 그녀가 출입구를 향해 달리기 시작했다. 세크멧이 디오니소스 곁을 지나면서 그를 발로 걷어차 날려버리는 바람에, 그가 비명을 지르며 이자나미가 있었던 수용실 유리문에 부딪혔다. 세크멧은 웃음을 터뜨리곤 대기실이 있는 입구 통로로 걸어와서 나를 바라봤다. 사자의 모습을 한 그녀의 얼굴이 즉시 밝아졌다.

"나의 오랜 친구여!" 그녀가 팔을 뻗으며 큰소리로 외쳤다. 난 재빨리 경비실 밖으로 나가 그녀와 손을 마주친 다음 악수를 하고는 두 뺨에 입을 맞췄다. "그럼 당신이 이렇게 한 건가요?" 몸을 떼자 그녀가 물었다.

"감동했어요?" 내가 씩 웃으면서 말했다.

세크멧이 고개를 끄덕였다. 그녀의 두 눈이 기쁨으로 번쩍였다. "친애하는 프레야, 당신을 믿길 잘했네요." 그녀가 말했다. "당신이 그들과 손잡을 거라고는 한 번도 생각하지 않았어요. 그들이 너무

심각한 위협인 것으로 드러날까 봐 걱정하긴 했지만요."

"모든 적에겐 약점이 있지요." 내가 말했다.

세크멧이 막 말을 하려는 순간 출입구로부터 들려오는 못된 목소리가 그녀의 말을 잘랐다. "실례합니다만, 아가씨들." 디오니소스가 지친 미소를 지으면서 말했다. "내가 좀 급하거든. 나의 사랑스러운 틀라즈를 풀어주지 않으면 저기 있는 당신 신관을 목 졸라 죽일지도 몰라." 그가 아직도 경비원 의자에서 자는 나단을 가리켰다. 나단 뒤편에 있는 벽에서 포도 덩굴이 뚫고 나오더니 푸른 줄기가 고리를 만들어 그의 목을 감았다.

"그를 당장 놔줘!" 내가 고함쳤다.

디오니소스가 광기 어린 눈을 굴리며 웃음을 터트렸다. "내 거 먼저."

내가 그를 향해 한 발짝 다가서자 그가 고개를 흔들었다. "아, 안 되지, 안 돼. 시킨 대로 해야 할걸." 그가 히죽히죽 웃으면서 말했다. 포도 덩굴이 나단의 목을 조르고 있는 게 곁눈으로 보였다.

내가 디오니소스를 노려보며 뒤로 물러섰다. "좋았어." 그가 말했다. "이제 저기로 들어가서 수용실을 열어. 더 많은 요구를 할 수도 있지만 내가 시간이 부족한 걸 고맙게 여기라고. 널 발가벗겨 돌아다니게 할까도 생각했었거든. 어쨌든 저 녀석의 목숨은 내 손 안에 있으니까."

세크멧이 나를 쳐다보자, 내가 고개를 살짝 가로저었다. 그가 나단을 죽이기 전에 우리가 먼저 그를 무력하게 만들 길이 없었다. "틀라즈가 너한테 뭔데?" 경비실을 향해 움직이며 내가 물었다.

"그녀가 나에게 뭐냐고?" 그가 웃으면서 되물었다. "어떻게 네가 모를 수가 있지? 네가 우릴 소개해줬잖아!"

내가 걸음을 멈췄다. "뭐라고? 절대 그런 적 없어!"

"네가 교정구역에 가면 아주 멋진 여자가 있다고 했던 것 같은데." 그가 다리를 꼬면서 문틀에 몸을 기댔다. "의심스러웠지만 궁금하기도 했지. 네 말이 맞았다는 걸 알았을 때 내가 얼마나 놀랐을지 상상해봐. 활기 넘치고, 욕정이 가득하고, 사랑스러운 여신. 난 그녀를 가져야 했어. 그녀도 같은 느낌을 느꼈지."

내가 한숨을 내쉬는 세크멧에게 고개를 돌렸다. "저자 말이 맞아요. 틀라즈와 이야기하려고 여기에 거의 매일 왔어요. 천박하기 이루 말할 데 없는 이야기들을 나누더군요."

그 말에 디오니소스가 낄낄거렸다. "오, 사랑스러운 세크멧. 당신과 함께 있는 것도 즐거웠어. 난 정말이지 관객을 사랑하거든." 그러고는 나에게 손짓했다. "이제 가서 틀라즈를 풀어줘."

나 자신에게 너무나도 짜증이 났다. 나는 쿵쿵거리며 그 작은 경비실로 들어가 정확한 제어 버튼을 찾은 다음 버튼을 눌렀다. 정말로 그가 내 조언을 받아들일지 내가 어떻게 알았겠는가? 그리고 그 틀라졸테오틀이 디오니소스의 마음을 사로잡을지는 또 어떻게 알았겠나? 이런 바보, 바보, 바보 같으니. 나는 마지막 수용실 문이 열리고 틀라즈가 느긋하게 복도로 나오는 걸 카메라를 통해 지켜봤다. 그녀는 여전히 심하게 작은 브래지어와 팬티를 입고 있었다.

디오니소스가 얼굴 가득 커다란 웃음을 띠고 틀라즈를 보기 위해 몸을 돌린 다음, 그녀를 만나기 위해 복도를 따라 걸어가자, 나단을 감고 있던 포도 덩굴이 느슨해지더니 나단에게서 떨어져 나갔다. 그들은 만나자마자 두 팔로 서로를 감고 입술을 포개며 정열적인 포옹에 빠져들었다. 세크멧이 열린 문에서 그들을 쳐다보고 있었는데, 왜 그런지 분개한 고양이 같은 표정을 지었다. 나는 눈망울을 굴리며 나단을 끌어올려 어깨에 다시 걸쳤다.

"어서요." 내가 경비실을 나서면서 세크멧에게 말했다. "당장 여기를 빠져나가자고요."

그녀가 눈살을 찌푸렸다. 통로를 달려가 틀라즈의 창자를 뽑아버리고 싶어 한다는 걸 알 수 있었다. 그녀를 나무랄 순 없었지만, 우리에겐 더 중요한 일이 있었다. "그럴 가치도 없어요. 여긴 곧 무너질 거예요." 내가 말했다. "문 좀 열어주시겠어요?"

세크멧은 전적으로 확신하는 것 같진 않았지만, 건물이 한 번 더 흔들리자 으르렁거리고는 서로의 몸을 휘감고 있는 그 신들로부터 등을 돌려 나를 위해 문을 열어주었다. 우리는 복도로 나가려다 하마터면 잠자는 용병들에 걸려 넘어질 뻔했다. 나는 그들을 보고 좀 어리둥절했다. 이렇게 오랫동안 정신을 잃을 거라곤 생각하지 않았었기 때문이었다. 나마카에게 계속해서 주사기로 인간들을 찔러야 할 거라고 말하긴 했지만.

하지만 예전에 인워드케어센터에서 나단은 몇 분밖에 정신을 잃지 않았었다. 내가 생각해 낼 수 있는 유일한 설명은, 잠재우기 주문의 효과가 주사기와 연결되어 있을 거라는 거였다. 인워드케어센터에서는 가렌이 사라지면서 주사기를 가지고 갔었는데, 그로 인해 주문이 너무 빨리 작동을 끝냈을 수도 있다. 나마카는 임펄스 본부를 아직 떠나지 않았을 테고, 그래서 모든 사람이 예상보다 조금 더 오래 자는지도 몰랐다.

세크멧이 잠자는 용병들을 힐끗 내려보더니 궁금하다는 눈빛으로 나를 바라봤다. "마법 주사기예요." 내가 설명했다. "이 시설에 있는 모든 인간은 꿈나라에 가 있어요. 여기 있는 나단처럼요."

그녀가 고개를 끄덕이고는, 용병 중 한 명으로부터 공격용 소총 하나를 훔쳐서 등에 비스듬히 멨다. 그러더니 소총 또 하나를 손에 쥐고 안전장치가 풀려 있는지 확인한 다음, 가장 가까이 있는 용병 머리에 한 발을 쏘았다. 용병이 몸을 한 번 들썩이더니 이내 더는 움직이지 않았다.

"지금 뭐하는 거예요?" 내가 총소리에 깜짝 놀라 말했다.

세크멧은 걸음을 옮겨 그다음 용병을 내려보며 섰다. "난 적이 될지도 모르는 자를 살려두진 않을 거예요." 그녀가 그를 총으로 쏘면서 설명했다. 나는 그녀의 차분한 목소리에 충격을 약간 받았다. 항상 이렇게 꼼꼼하고 냉혹했을까? "당신도 그러면 안 돼요. 얼마나 오래 떠돌아다녔죠, 프레야?"

"얼마나 떠돌아다녔냐구요?" 내가 물었다. 세크멧이 들고 있던 소총을 내려다보더니 다시 한 번 발사해 세 번째 용병을 죽였다. 나는 그 모습을 보고 약간 움찔했다.

"사랑이나 전투에 대한 목적을 잃고 멀리 숨어서, 자기가 찾을 수 있는 소수의 숭배자에만 매달려 있는 거요." 하고 그녀가 말했다. 세크멧이 무기를 들어 마지막 용병의 머리를 겨누었다. 그리고 그 용병을 처형하는 동안 골똘히 나를 쳐다보면서 화난 목소리로 나지막이 말했다. "당신은 나약해요."

"뭐라고요?"

세크멧은 소총을 들어 탄창을 확인한 다음 장전하고, 다시 안전장치를 건 후 한쪽 어깨에 얹었다. "모욕을 하려는 게 아니에요, 친구. 그저 지켜본 것뿐이에요. 당신은 자기 자신을 잃었어요." 그녀가 올리브 빛 황갈색 손을 내 뺨에 올려놓더니 이를 드러내어 웃어 주었다. "하지만 절망하지 말아요. 당신이 불러일으킨 이 의로운 대학살 중에, 당신도 자기 자리를 새로 찾게 될 거예요. 자, 우리 목표가 뭐죠?"

그 말에 생각이 제자리로 돌아왔다. "배양실이에요." 내가 말했다. "지킬 약속이 있어요."

"아, 더 많은 복수인가요?" 세크멧이 물었다.

내가 고개를 가로저었다. "자비예요."

우리가 가장 가까운 계단통을 향해 가는 사이에도 열기가 점점 높아졌다. 계획에 낸토수엘타의 죽음을 포함하기로 한 이후로 수 주 동안 준비했던 경로를 따라 그대로 움직였다. 그녀가 폐허 속 잔해에 묻히거나 불에 탄 후에도, 피넴디가 제공한 믿음의 불씨 때문에 계속 살아있게 내버려 둘 순 없었다. 나는 그녀가 명예롭고 고통없이 죽음을 맞는 걸 확인해야 했다. 그것만이 그녀가 고통스러운 삶에서 진정하고 공정한 자유를 얻는 길이었다.

나단은 아직 의식이 없었지만, 그의 눈썹에서 땀방울이 뚝뚝 떨어지는 거로 보아, 이곳이 무척 더워지고 있는 것 같았다. 상승하는 용암이 규칙적으로 웅웅거리는 소리, 바닥이 무너져내리는 소리, 그리고 금속이 액체화되는 소리로 이제 사방에서 소음이 고동치듯 치솟고 있었다. 임펄스 본부가 무너지고 있었다. 지금 발밑에서 땅이 움직이고 있는 게 느껴졌고, 확실히 알 길은 없었지만, 이미 아래층들은 플로리다 중부에 처음으로 생긴 활화산 속에서 슬래그*가 돼버린 게 분명했다.

연구구역으로 향하는 문을 열면 황폐하고 비어있는 복도를 보게 될 거로 예상했었다. 우리가 들어선 통로는 분명 부서져 있었지만, 놀랍게도 중무장한 용병 대여섯 명이 통로를 차지하고 있었다. 용병들은 우리를 보자마자 권총을 들었고 나는 그들이 총알 세례를 퍼붓기 전에 간신히 문을 닫을 수가 있었다.

"저들이 여기서 뭐 하는 거죠?" 총알들이 내 등 뒤에 있는 두꺼운 금속문에 부딪혀, 나는 목소리를 높여 큰 소리로 말해야 했다. "어떻게 저들이 깨어 있는 거죠?"

"혼혈들이에요. 나한테 맡기세요." 세크멧이 나를 부드럽게 한쪽으로 밀치면서 말했다.

세크멧은 뒤로 물러서더니 공격용 소총에서 안전장치를 젖힌 다음 문을 향해 맹렬히 질주했다. 마지막 순간에 그녀는 공중으로 뛰어올라 다리를 힘껏 뻗은 뒤 몸이 튕겨 나갈 정도의 힘을 실어 양발로 금속문을 들이받았다. 문이 통로 안쪽으로 넘어지고, 경첩들은 작은 뭉게구름 같이 뿜어난 콘크리트 가루 속으로 날아가 버렸다. 세크멧이 넘어진 문짝을 타고 복도로 나가, 넘어지면서 동시에 소총을 쐈다. 나는 용병 두 명이 쓰러지고, 그들이 쓰러지면서 핏줄기가 뿜어나와 피범벅이 되는 것을 모퉁이 뒤에서 지켜봤다. 그러고 난 뒤 세크멧은 문짝에서 굴러 내려 벌떡 일어선 다음 복도를 따라 뛰기 시작했다. 그녀는 초인적으로 뛰어올라 자신과 용병들

* 용광로에서 금속을 녹일 때 발생하는 찌꺼기

사이의 공간을 날아가면서 총을 쏘아댔다. 세크멧은 혼란에 빠지고 상처 입은 용병들 사이에 착륙해 무기를 바닥에 던지고, 면도날처럼 날카롭고 굽은 발톱들을 손끝에서 내밀었다. 그녀는 춤을 추듯 빙글빙글 돌면서 빠르고 인정사정없이 발톱으로 용병들을 베었는데, 발톱이 휩쓸고 지나갈 때마다 용병들이 바닥에 쓰러졌다. 잠시 후 모든 게 끝났다.

세크멧이 복도 한가운데에서 몸을 일으켰다. 그녀는 잔인하게 살해한 적들의 시신 너머에서 승리감에 휩싸여 서 있었다. 그녀 주변 통로는 선명하고 끈적거리는 핏줄기로 뒤덮여 있었고, 털은 엉겨 붙어 있었으며, 붉은 원피스는 완전히 망가져 버렸다. 세크멧이 피로 흠뻑 젖은 한 손을 입술로 가져가더니 행복한 표정으로 오랫동안 핥으면서 기쁨에 몸을 떨었다. 그녀가 자기 자신을 깨끗이 하는 사이 발톱은 피부 아래로 사라졌다. "신나요." 내가 가까이 다가가자 그녀가 말했다. "너무 오랜만이었어요."

나는 눈 앞에 펼쳐진 광경에 얼굴을 찌푸렸다. 나도 한몫했었으면 좋았을 텐데 하는 마음이 한편에서 든 건 부인할 수 없었지만 말이다. "인상적이네요." 나는 그렇게 맞받으면서 '이종교배 관리구역'이라고 적혀있는 문을 가리켰다. 세크멧이 고개를 끄덕이고는 쓰러진 용병 중 한 명에서 새 소총을 빼앗은 다음 발걸음을 옮겨 내 옆에 섰다. 카드열쇠를 뻗어 판독기에 대어봤다. 이번에도 기분 좋은 삐 소리가 울리고 문이 열렸다. 편리한 물건이었다.

나는 세크멧과 나란히 안으로 들어갔다. 연구구역은 지난번 왔을 때 기억처럼 번쩍이고 최첨단이었다. 우리가 복도를 걸어갈 때 건물이 다시 우르릉 소리를 냈지만, 이 구역 대부분은 피해를 견뎌낸 것처럼 보였다. 벽은 금만 조금 갔을 뿐이었고, 오히려 여기가 더 시원했다. 사방에서 임펄스 본부가 무너져가는 소리를 들으며, 우리는 눈부신 비상등 불빛으로 싸인 밝은 흰색 통로를 따라 걸어갔다.

오른쪽으로 돈 다음, 탈의실을 통과했다. 위아래가 붙은 작업복들이 바닥에 흩어져 있었고 탁자 하나는 뒤집혀 있었다. 우리는 배양 실험실로 들어가는 문을 열었다. 내가 막 들어가려는 순간 세크멧이 내 어깨에 손을 얹었다. "멈춰요." 그녀가 속삭였다. 그녀는 콧구멍을 벌름거리더니 고개를 저었다. "그들이 기다리고 있어요."

"몇 명이죠?"

그녀가 고개를 숙이고 정신을 집중하더니 숨을 죽이고 말했다. "수십 명이에요."

"네? 왜요? 여기서 뭘 하는 거죠? 그들은 어떻게 내가…." 어리둥절해서 목소리가 잦아들었다. 그곳은 요충지가 아니다. 그러지 않나? 난 이곳이 버려져 있을 거라 생각했었다. 발아래 화산이 있는데 누가 머물러 있고 싶어 하겠나? 그때 바로 답이 머리에 떠올랐고, 나는 헉 하고 숨을 몰아쉬었다. "가렌." 나는 화가 나서 나지막이 중얼거렸다. 당연하지. 그렇지 않고서야 누가 경비원들을 저 통로에 배치해 두겠는가? 가렌이 어머니를 구하러, 자신을 도울 혼혈 전사들을 모조리 끌어모아 이곳으로 데려온 게 틀림없었다.

이제 어떡하지? 낸을 죽여주겠다는 약속을 지키기 위해 정말 노력해야 하는 걸까? 설령 그게 그러기 위해선 자기 아들을 뚫고 나아가야 한다는 것을 의미한대도? 난 약속이 의미 있는 거라고 믿지만, 무슨 일이 일어나고 있는지 모르는 건 아니었다. 상황이 바뀌었다고 해서 법의 이름으로 나 자신과 타협하진 않을 것이다. 솔직히 말하자면 자비로운 살해에서 암살 시도로 상황이 바뀌고 있는 듯한 느낌이었다. 그런 생각이 정말 싫었다. 게다가 나에겐 반드시 제거해야 할 사람이 또 있었고, 그것이 바로 임펄스 본부에서의 내 최종 임무였다. 나는 한숨을 쉬고 낸을 죽이려던 계획을 포기하기로 했다. "낸에게 평화를 줘, 가렌." 내가 속삭였다. "언젠가 너를 찾아, 내가 맡겨둔 너의 목숨을 거두고야 말겠어."

나는 세크멧에게 몸을 돌리고 말했다. "새로운 계획이에요. 당신이 좋아할 만한 것이에요."

입을 열어 말하진 않았지만, 그녀가 궁금하다는 표정으로 고개를 갸우뚱했다.

"복수." 내가 그녀를 향해 활짝 웃으면서 말했다. 그 즉시 그녀가 미소를 띠며 긴 송곳니들을 드러냈다. 나는 실험실 문을 당겨 닫고 눈을 감은 뒤 마지막으로 보았던 기디언 드래스의 모습에 정신을 집중했다. 그의 행동, 입고 있었던 옷, 몸의 윤곽선, 그리고 그가 움직이는 방식을 머리에 떠올렸다. 그리고 단어 하나를 말했다. "버크셔."*

주문이 불꽃처럼 타오르고, 마음의 눈을 통해 드래스가 병원 통로처럼 보이는 곳에 서 있는 것이 보였다. 그는 화가 나 얼굴이 벌게져 있었고, 잘린 왼팔을 들어 뭔가를 가리키고 있었다. 이건 내가 가장 좋아하는 마법 중 하나였다. 점치는 건 항상 내 전문 분야였는데, 내가 내 먹이를 재빨리 찾아냈다는 것이 유산의 증거였다. 나는

* 잉글랜드 남부 버크셔가 원산지인 검은 돼지

드래스의 모습에 정신을 집중한 다음, 그것을 떼어내 나를 둘러싼 세계에 놓으려고 애를 썼다. “어디 계세요, 드래스 씨?” 내가 환상을 분석하면서 말했다. 환상은 영사기에서 새어 나오는 영화 일부처럼, 리듬을 놓치며 마음속에서 불안정하게 잠시 흔들리더니, 다시 더 넓은 각도로 보이기 시작했다. 드래스가 여기저기 흩어져 있는 유리와 시멘트 조각들로 둘러싸인 채 타일 바닥 위에 서 있었다. 그의 양쪽으로는 부서진 전망창들이 복도를 따라 길게 늘어져 있었는데, 나는 각각의 조망창들을 통해 빈 침대들과 뒤집힌 의료 기구들을 알아볼 수 있었다. 방 안에는 십수 명의 용병이 둥글게 원을 만들며 서 있었고, 그 가운데에 드래스와…, 가렌?

도대체 어떻게 된 거지?

잠깐, 그곳이 어디인지 알아볼 수 있었다. 바로 낸토수엘타가 갇혀 있었던 환자구역이었다. 실제로 그들은 그녀의 방 바로 앞 혹은 그 근처에 있는 것 같았다. 각도가 정확하지 않아 확실히 말할 순 없었지만, 가렌이 거기에 있는 걸 보니 분명했다. 그리고 거기 또 다른 뭔가가 있었다. 심하게 크고 바퀴가 달린 검은색 이동식 수용장치가 똑바로 세워져 있었는데, 마치 중세시대 고문 기구였던 아이언 메이든의 최첨단 버전처럼 보였다. 용병 중 한 명이 수용 장치 옆면에 볼트로 고정된 정보 판독 화면에 시선을 고정한 채, 뒤쪽에 있는 손잡이 한 쌍을 붙잡고 있었다. 앞에 부착된 두꺼운 유리판을 통해 이동식 수용 장치 안쪽이 보였는데, 그곳에는 물결치는 밤바다처럼 휘몰아치는 그림자가 있었다. 내가 억지로 시야를 좁혀 안을 더 자세히 들여다보니, 그 어둠 속에서 무슨 형체가 보였다. 그때, 이동식 수용 장치 안의 수감자가 조그만 흰 손들을 유리에 대고, 통로에서 서로에게 소리 지르고 있는 두 남자를 더 자세히 보기 위해 몸을 앞으로 숙였다.

나는 미간을 찌푸렸다. 낯이 익은데 그 얼굴의 이름을 기억할 수 없었기 때문이었다. 그 안에 낸토수엘타가 있을지도 모른다고 생각했었는데, 다른 여자였다. 신으로 보이지는 않았다. 예쁘긴 했지만, 숭배자들이 만들어내는 종류의 흠 하나 없이 아름다운 여자는 아니었기 때문이었다. 그때 그녀가 자기 앞에서 벌어지고 있는 말다툼에 조용히 웃으며 미소를 지었고, 두 눈은 즐거움에 휘둥그레졌다. 그녀의 인간다움이 그 순간 사라져버렸다. 그녀의 눈은 파충류의 그것처럼 차갑고 죽어있었다. 그녀가 히죽히죽 웃으면서 착 달라붙게 올려 감았던 갈색 머리를 풀어 내리더니 말다툼을 지켜보며 손가락으로 머리카락을 빙빙 휘감았다.

바로 그때 그녀가 누군지 생각났다.

저 큰 앞니, 너무 길다 싶은 이목구비…. 나는 퍼즐 조각들을 끼워 맞추기 위해 그녀와 드래스를 번갈아 쳐다보았다. "저 안으로 들어가야 해요, 세크멧." 내가 머리를 흔들어 환상을 없애면서 말했다.

"하지만 계획이 바뀌었다고 하지 않았어요?"

"아니요. 내가 찾는 모든 게 저 문 너머에 있어요. 준비됐어요?"

"그걸 질문이라고 해요?" 머리를 뒤로 젖히고 큰소리로 웃으며 그녀가 말했다. "언제든지!"

"그대와 함께 전투에 나가는 걸 영광으로 여깁니다, 친구여." 내가 나단을 내려놓고 마음의 준비를 하며 세크멧에게 말했다.

"그 말은 언제 들어도 질리지 않는군요." 세크멧이 자기의 무기들을 확인하면서 이렇게 말했다.

나는 손잡이를 향해 손을 뻗은 다음, 세크멧을 보고 짧게 고개를 끄덕이고는, 문을 활짝 열어젖혔다. 드래스와 가렌이 무엇에 관해 말다툼하고 있었는지, 그리고 그 이상한 기계의 목적이 무엇인지도 몰랐지만, 그 기계 안에 무엇이 들어있는지는 알았다. 그 안에 들어있는 건 사악했다. 더 나쁜 것은 그것이 인간의 몸을 갑옷처럼 걸치고 있다는 것이었다. 그 껍데기가 누구의 모습을 하고 있는지 알았기 때문에, 무슨 일이 일어나고 있는 건지 알아내기 위해서는 그것과 맞닥뜨려야 했다. 그저 그 괴물과 기디언 드래스를 함께 보는 것만으로도 그 둘을 연결지을 수가 있었다.

사만다는 아빠의 눈을 가지고 있는진 몰라도, 얼굴은 엄마를 꼭 빼닮았다.

17

신들의 심판이 너희에게 임하노라!

이게 어떤 느낌인지 잘 모르겠다.

겨우 몇 분이 지났을 뿐인데 우리 둘 다 피로 흠뻑 젖었다. 배양실은 총알구멍과 선명한 핏자국, 그리고 수십 구의 시체들로 가득 차, 우리가 들어왔을 때보다 훨씬 더 아수라장이 되어버렸다. 힘든 일은 대부분 세크멧이 했다. 분명 나도 잘 해내긴 했지만, 나는 내가 방금 한 일에 대해 마음이 조금 불편했다. 어쩌면 내가 나약해졌다는 세크멧의 말이 맞는지도 모른다. 방 안에 가득 찬 세뇌된 반신들을 살육한다는 것은 역시나…, 어색했다. 내 포트폴리오엔 전쟁도 들어있는데 왜 이건 이상하게 여겨지는 걸까?

나는 세크멧을 향해 한 손을 들어 내가 상황에 적응하는 동안 기다려 달라고 손짓했다. 대구경 총에 의한 등과 옆구리의 관통상들은 아직도 아무는 중이었고 오른팔 일부는 아직 재생되지도 않아서, 세크멧은 내가 작은 양심상의 위기까지 겪고 있다고 의심하진 않을 거다. 분명 나도 이런 걸 예상하진 못했다. 내가 수 세기 만에 실제로 죽인 첫 번째 사람들이었기 때문일까? 뭐, 당신은 내가 느낀 놀라움이 이상할지도 모르지만, 이걸 신의 관점에서 한 번 생각해 봐야 한다. 수 세기 동안 세대들이 살고, 죽고, 또다시 살아가는 걸 보다 보면, 생명 하나가 지닌 가치에 대해선 약간 무심해지게 된다. 만약 당신을 이루는 중요한 부분이 순전한 전투이고, 오랫동안 그 모든 치명적 화려함 속에서 숭배받아왔다면, 그건 훨씬 더 어려운 일일 거다.

하지만, 나는 살인을 저지르는 일에 정말 편안해지고 싶은 걸까? 이건 자전거 타기와는 다른 일이고 그래서도 안 되는 일이다. 어쩌면 갈등을 지금 약간 겪는 게 좋은 건지도 모른다. 흠, 어느 시점이 되면 내가 얼마나 철저히 프레야가 되고 싶어 하는지, 그리고 새라로 살아가기 시작한 후 인생이 얼마나 더 단순해졌는지, 시간을 두고 생각해봐야겠다. 하지만 지금으로선….

나는 머리를 흔들어 그러한 불안감들을 정신적으로 제압해 마음속 깊이 묻어버렸다. 지금은 제자리에 있지 않다는 느낌 따위를 느낄 때가 아니다. 집중해, 새라. 네가 여기에 왜 있는지에 집중해. 복수, 파괴, 그리고 영광.

그 있잖아, 인생의 좋은 것들.

마지막 남은 그 이상한 걱정들을 짓밟아버리면서, 나는 '후회는 전투가 끝나고 하는 거야,' 하고 생각했다.

나는 부상이 다 낫자마자 자세를 바로 하고 다시 이동하기 시작했다. 테마공원에서의 시간들은 나의 재생능력을 극적으로 향상해줬다. 하지만 더 중요한 건 그들이 신의 공격에 준비되지 않았다는 것이었다. 내가 나마카와 히이아카를 보내 그들의 무기고를 뒤

졌을 때 알게 된 것이다. 그들이 가지고 있는 것은 평범한 무기들이 전부였다.

효과가 있건 없건, 그 공격용 소총들이 할 수 있는 게 아직 하나는 있었다. 많은 소음을 만드는 것이다. 드래스와 그의 팀이 총소리를 듣지 못할 리가 없다. 비명은 말할 것도 없다. "훔친 것치고는 괜찮은데?" 피 묻은 전투칼을 블라우스 단에 닦고 칼집에 다시 넣으며 중얼거렸다.

"약한 자만이 어둠 속에 숨는 법이죠." 세크멧이 경멸하는 투로 말했다. 그녀는 사냥꾼의 악몽에 나올 만큼, 피로 완전히 뒤덮인 사자 머리를 한 여자 살인자의 모습이었다. 그녀의 원피스는 수십 발의 총알에 찢겨 너덜너덜 엉망진창이 된 채 날렵한 몸에 간신히 매달려 있었다. 나는 내 모습을 내려다보고 한숨을 쉬었다. 내 옷도 나을 게 없었다. 이 옷을 정말 좋아했는데.

"이제 우리 먹이가 어디 있죠?" 벌써 더 많은 살인을 갈구하며 세크멧이 물었다.

내가 낸이 있는 작은 환자구역으로 향하는 문을 가리켰다. 세크멧이 고개를 끄덕하더니 문으로 성큼성큼 걸어갔다. 더 많은 운 나쁜 용병들을 잘게 부숴버릴 생각에 굉장히 열광하는 것처럼 보였다. 나는 우리가 일으킨 참상을 살펴보기 위해 방을 둘러봤다. 또 한 번의 진동으로 천장에서 타일 조각들이 떨어졌고, 심하게 훼손된 용병들의 시신 몇 구가 먼지와 파편들로 뒤덮였다. 그들이 세크멧을 가둬놓은 게 놀랄 일이 아니다. 그녀가 얼마나 잔인한지 내가 잊고 있었을 뿐이었다.

세크멧이 맹렬한 기세로 한 번에 문을 걷어찼다. "신들의 심판이 너희에게 임하노라!" 그녀가 부서진 출입구 안쪽으로 소리를 질렀다.

눈부시게 번쩍이는 초록색 에너지의 섬광이 복도에서 터져 나왔고, 세크멧은 마치 대포에서 발사되기라도 한 듯 실험실 안으로 뛰어들어갔다. 그녀는 다른 실험실 세 개를 뚫고 나간 후 수북이 쌓인 부서진 건축자재들 위에서 멍한 표정으로 휴식을 취하고 있었다.

"누가 너를 우리에서 풀어줬니, 아기 사자야?" 통로에서 가렌의 목소리가 들렸다. 나는 조심스럽게 옆쪽으로 살금살금 돌아가 부서진 출입구 가까이에 있는 벽에 착 달라붙었다.

"제발 저 여자 좀 처리하게, 전문가." 드래스가 말했다. "이 말도 안 되는 논쟁은 그다음에 끝내기로 하지, 알겠나?"

"내가 없는 동안 그녀에게 손대는 건 꿈도 꾸지 마세요." 가렌이 날카롭게 말했다. 그는 세크멧에 대해 말하는 게 아니었다. 그러더니 더 큰 목소리가 들렸다. "이봐요들, 사자 가죽 벗기는 법이 몇 가지나 되는지 구경 좀 하자고요."

발소리가 가까워지자 나는 출입구에서 멀리 떨어져, 커다란 잔해 조각 반대쪽으로 살짝 돌아갔다. 잠시 후 가렌이 빛나는 부적을 오른손으로 꽉 움켜쥔 채 성큼성큼 출입구에서 걸어 나왔다. 자세히 볼 수는 없었지만 독특한 양식의 눈 모양이었던 것으로 생각되었다. 용병들이 가렌을 에워싸며 실험실 더 안쪽으로 움직였는데, 세크멧은 아까 날아 차면서 만들었던 잔해더미에서 사라지고 없었다.

그때 뭔가가 흐릿하게 움직였고, 이집트 여신 세크멧이 발톱을 쭉 뻗은 채 위치에서 벗어난 용병 하나를 향해 펄쩍 뛰어올라 공중으로 날아오르는 게 얼핏 보였다. 그녀가 그를 덮치자 그가 미친 듯이 총을 쏘며 비명을 질러댔다. 세크멧이 발톱으로 케블라*로 된 방탄복을 찢고 그의 목에 송곳니를 박았다. 순식간에 용병들이 모여들어 소총을 불 뿜었고, 가렌이 충돌 현장을 향해 달려오기 시작했다. 나는 세크멧이 그들의 주의를 끈 틈을 타 재빨리 대기 복도로 뛰어들어갔다.

내가 들어서자 드래스가 깜짝 놀라 눈이 휘둥그레졌다. 이제 거기엔 그와 이동식 수용 장치를 감시하는 용병 한 명 외에는 아무도 없었다. 내가 다가서자 그 수용 장치 안의 수감자, 그러니까 사만다 엄마의 거죽을 입은 괴물이 불안한 호기심을 보이며 나를 쳐다봤다.

내가 그 여자를 향해 고개를 끄덕였다. "짐이 다 꾸려졌나 보네." 밖으로부터 더 많은 비명과 총격전 소리가 들려왔다. 더 먼 곳 어딘가에서 또 한 번의 폭발이 단지를 뒤흔들었다.

"임펄스 본부는 이제 가망이 없군." 땅이 우르릉거리자 드래스가 약간 휘청거리면서 말했다. "화산은 멋진 솜씨였어."

"고마워. 나도 자랑스러워." 내가 조금 더 가까이 걸어갔다. 내 뒤쪽 어딘가에서 다시 한 번 초록색 섬광이 번쩍이면서 내 그림자를 복도에 잠깐 드리웠고, 무너지는 소리와 비명이 그 뒤를 따랐다.

드래스가 나를 똑바로 마주 보기 위해 이동식 수용 장치 앞으로 움직이면서 키득거렸다. "자랑스럽다. 그것도 신이. 굉장히 놀랍군."

"당신에겐 날 판단할 자격이 없을 텐데." 내가 팔에 두른 칼집에서 칼을 꺼내며 눈살을 찌푸렸다. "당신은 어둠의 능력을 얻기 위해

* 고무제품의 강도를 높이는 데 쓰이는 합성섬유

자신의 아내를 제물로 바쳤어. 그리고 이젠…, 이젠 무슨 일이 일어나고 있는지 짐작조차 못 하겠어. 저건 뭐지?" 내가 손가락으로 그 괴물을 가리켰다. 괴물이 나를 보고 씩 웃었다.

드래스가 날 노려봤다. "넌 네가 무슨 이야기를 하고 있는지도 모르고 있어." 그가 화가 난 목소리로 나지막이 말했다.

"어디 가르쳐주시지."

"난 널 죽이는 편이 더 좋아. 별 차이가 없다면 말이지." 그가 재킷에서 작은 플래티넘 큐브 하나를 꺼내면서 말했다. 그가 큐브를 손가락으로 돌리면서 힐끗 쳐다보았는데, 큐브의 면마다 작은 표식들이 있었다. 드래스가 면 하나를 고르더니 그 장치를 들어 나를 겨누었다. 그것이 뭘 하는 건지 전혀 알지 못했지만, 알아낼 때까지 거기 그냥 그렇게 서 있을 생각은 추호도 없었다. 나는 다리를 굽힌 뒤 총알처럼 통로 밖으로 뛰어나갔다. 그리고 큐브가 작동하는 순간 부서진 유리창을 뚫고 비어있는 병실 한 곳으로 들어갔다. 큐브가 웅웅거리며 작동하면서 둔한 소리가 뿜어져 나왔는데, 마치 폐허가 된 건물의 엘리베이터가 목적지에 다다를 때 내는 소리 같았다. 등 뒤에서 뜨거운 열기가 밀려오는 게 느껴지고, 큐브가 어마어마한 백열광 줄기를 통로로 내뿜으면서 병실이 완전히 하얘졌다.

"꽤 민첩하군." 드래스가 말하는 소리가 들렸다. 그의 발소리가 복도로부터 점점 가까워졌다. 그가 나를 궁지에 몰아넣을 기회를 얻기 전에, 내가 자리에서 일어나 칼을 휙휙 돌리면서 부서진 창문 밖으로 몸을 내밀었다. 그는 삼 미터밖에 떨어져 있지 않았는데, 앞에 큐브를 들고 있었다.

드래스가 큐브를 다시 작동시키기 전에 내가 그를 향해 칼을 날렸다. 보이지 않을 정도로 빠르게 공기를 뚫고 날아간 칼이 그의 남은 한 손에 박히자, 그가 붙잡고 있던 큐브를 떨어뜨렸다. 그가 고통으로 울부짖는 소리에 보람마저 느껴졌다. 그의 뒤에선 이동식 수용 장치 속의 여자가 큰소리로 웃으며 박수를 치고 있었다.

"사장님!" 남아있던 용병이 그를 향해 움직이며 소리쳤다.

"수치들이나 똑바로 봐!" 드래스가 잘린 왼팔을 내저어 그에게 가라고 신호하면서 소리 질렀다. 멀리서 더 많은 비명이 들리고 뒤를 이어 고통에 울부짖는 소리와 짐승이 으르렁거리는 소리가 들렸다. 최소한 누군가는 즐거움을 맛보고 있었다.

내가 복도로 다시 걸어갔을 때, 드래스가 이빨로 칼자루를 물어 잡아뺀 다음 멀리 뱉어냈다. 그는 상처를 입은 손바닥을 움직이며 한숨을 내쉬었는데, 뜻밖에 손바닥에서 피가 별로 나지 않았다. "넌 도대체 내 손들이랑 무슨 원한이 있는 거야?" 그가 잽싸게 바닥을 훑어보면서 말했다. 큐브를 찾는 중이었다.

그에 대한 대응으로 나는 가방에서 구 밀리미터 권총을 꺼내 드래스의 가슴팍을 쏘았다. 그가 고통에 비틀거리며 뒤로 휘청거렸다. "아, 그거 따끔하군." 그가 남은 팔을 들어 올리면서 말했다. 그리고 정장에 난 구멍을 잡아당기더니 납작해진 금속 덩어리를 손가락으로 꺼내 들었다.

"설마!" 난 혼란에 빠졌다. "칼날에는 베여도 총알에는 끄떡없단 말이야? 방탄이라고?"

그가 총알을 휙 던지며 어깨를 들썩했다. "피부가 케블라와 정확히 똑같은 성질을 갖도록 마법을 걸어놓았지. 마법은 때로 짜증날 정도로 문자 그대로야. 칼은 막지 못하지만, 총알은 대개 잘 막

아내지."

"그럼 눈은 어때?" 나는 일발 장전한 다음 총을 쐈다. 그가 팔로 얼굴을 가려 총알을 막아냈지만 나는 벌써 움직이고 있었다. 난 앞으로 돌진하면서 슬라이딩을 했고, 홈으로 향하는 주자처럼 바닥을 가로지르며 총을 쐈다. 그러고는 플래티넘 큐브를 확 잡아챈 다음 드래스 바로 옆에서 멈췄다. 그가 나를 내려다보았을 때, 나는 한 손에는 총을, 또 한 손에는 큐브를 든 채 그를 겨누고 있었다.

그러자 드래스가 내 갈비뼈를 걷어찼는데, 나를 바닥에서 다른 쪽 수유실로 날려버릴 만큼 엄청난 힘이었다. 내가 유리창을 뚫고 지나갈 때 수유실 가장자리의 모서리를 꽉 쥐는 바람에 금속으로 된 창틀이 찌그러졌다. 이것은 벽을 뚫고 날아간 거로 치지 않기로 했다. 이런 일이 너무 자주 일어나고 있기 때문이었다. 드래스가 나를 잡으러 달려들었지만, 너무 늦었다. 나는 벌써 휘청거리며 일어서고 있었고, 총과 큐브 둘 다를 붙잡는 데 성공했다. 난 그의 복부에 경고사격을 한 다음 그를 향해 그 플래티넘 장치를 휘둘렀다.

"좋아." 그가 쌕쌕거리면서 옷에서 새 총알을 끄집어내서 항복의 표시로 들어 올렸다. "원하는 게 뭐야?"

"간단해. 널 죽일 거야, 기디언 드래스. 다 네가 한 짓 때문이야." 내가 분노에 차서 말했다.

"내가 한 일 때문에 날 죽인다고?" 그가 재밌다는 표정으로 되물었다. "이봐 꼬마 여신, 넌 그게 뭔지 아무것도 몰라."

"충분히 알아."

"안다고? 그럼 나를 죽여서 얻게 되는 게 정확히 뭐지? 내가 중요한 인물이라고 생각하나? 내가 죽으면 피넴디가 타격을 입을 거라고? 난 그저 이사진들에 의해 선출된 허수아비에 지나지 않아. 그들은 나조차도 모를 만큼 훨씬 더 나쁜 짓들을 했다고. 그들의 회장은 말할 것도 없고."

"그가 누구지?"

드래스가 웃음을 터뜨리며 머리를 흔들었다. "그들이 나에게 말해줬을 것 같아? 넌 한 번도 관료주의와 싸워본 적이 없었을 거야, 그렇지? 흑백논리로 이루어진 세상에만 익숙하겠지." 건물이 또다시 흔들리자 그가 한 손을 뻗어 문틀을 짚고 몸을 가누었다. 엄청난 굉음이 환자구역을 뒤흔들었다. "난 직원일 뿐이야, 프레야."

불편한 느낌이 마음속으로 밀려 들어왔다. 한때는 너무나 명확하고 반론의 여지가 없었던 내 목표들이 내가 무너뜨린 건물만큼이나 갑자기 불안정한 것 같았다. 나는 나의 분노에 다시 불을 붙이고 그것을 나 자신에게 정당화시켜야 할 필요를 느꼈다. "그렇다면 저 여자에 관해 설명해 봐. 네 아내에게 무슨 짓을 했는지 설명해 보라고!"

"아내는 동의했어, 이 제멋대로 생각하는 기생충아!" 좌절감에 어찌할 줄 몰라 하며 그가 나에게 소리 질렀다. "아내는 더 위대한 목적을 위해, 그 흉물 덩어리를 묶어놓기 위해 자기 자신을 희생한 거야! 그건 진짜 형체를 가지고 있지 않아. 그래서 봉인해버리기 전에 형체를 줘야 했다고. 이제 너의 멍청한 계략이 모든 걸 위험하게 만들었어. 우린 그녀를 당장 여기에서 데리고 나가야 하고, 그전에 그녀를 가둔 장치를 더 강력하게 만들어야 해. 그러기 위해선 신의 에너지가 필요해. 그러니 지원하지 않을 거면 우리가 저 여자의 에너지를 쓰는 동안 비켜있는 게 어때?" 그가 머리를 한쪽으로 홱 젖혀 낸토수엘타를 가리켰다. 낸토수엘타는 아직도 복도 맞은편에 있는 침대에 누워 있었다.

나는 낸토수엘타와 괴물을 번갈아 보다가 다시 드래스를 보았다. "난 네 말을 믿지 않아." 내가 마침내 말했다. "왜 저걸 죽이지 않지?"

"못하기 때문이야." 그가 이를 갈면서 말했다. "이건 사천 살도 넘은 거라고. 천체 역학으로 강화된 데다 무자비하기가 이를 데 없지." 그가 두 손을, 아니 한 손을, 뻗었다. "이걸 풀어주고 싶어? 원한다면 얼마든지!"

내가 조심스러운 눈초리로 이동식 수용 장치 안에 있는 여자를 쳐다봤다. 그녀가 미소를 지으며 나를 향해 손가락을 구부려 '이리로 와' 하는 손짓을 해 보였다. "이게 뭐지?" 내가 마침내 물었다.

드래스가 한숨을 쉬며 시선을 먼 곳으로 돌렸다. "실패작이지. 좋아, 이것 봐. 가렌은 네가 자주적이라고 생각하더군. 그러니 네가 정말 얼마나 다른지 한번 보자고. 나는 싸우고 싶지 않아. 어서 도망가서 숨어버려. 약속하는데 쫓지 않을게. 그래, 넌 우리의 살생부에 있긴 하지만 세상에 위협이 되진 않지." 그가 떨리는 손가락으로 한때는 자신의 아내였던 그 괴물을 가리켰다. "하지만 저것은 그래."

나는 깜짝 놀라 말을 멈췄다. 계획에 없었던 일이었다. 솔직히 말하자면, 지금은 그가 나에게 자신의 사악한 계획들을 털어놓아야 할 부분이었다. "무슨 일이 있어도 난 널 신뢰할 수 없어." 내가 총과 큐브를 꽉 쥔 채로 말했다.

그가 어깨를 들썩해 보였다. "믿지 못하겠지. 하지만 진심으로,

내가 너와 이 포악한 괴물 중 어떤 것을 놔줄 것 같아?"

내가 눈망울을 굴렸다. "둘 다 아니겠지. 하지만 무슨 말인지는 알겠군."

내 말에 그가 딱딱한 미소를 지었다. "훌륭해. 그럼 이제 어떻게 되는 거지, 꼬맹이 신?" 드래스는 한 발짝 뒤로 물러선 뒤 두 손을 들었다. "난 지금 화해의 손길을 내미는 거야. 뒤로 돌아 당장 내 시설에서 나가버려. 네가 만들어 놓은 아수라장은 내가 청소할 테니."

나는 잠시 망설였다. 그가 진실을 말하고 있을 가능성이 있기라도 한지 의심스러웠다. 그때 내 안의 발키리가 이것은 속임수라고, 그가 먼저 움직이기 전에 공격해서 그를 파멸시키라고 소리쳤다. 그 발키리는, 지금이야말로 나에게 중요한 순간이라고, 지금 떠나는 건 낸토수엘타를 버리는 것만을 의미하는 게 아니라고 내게 말하고 있었다. 내 영광은, 내 복수는, 내 원칙들은 어떻게 되는 거지?

나단도 마음속에 떠올랐다. 그가 난 아직 떠날 수 있다고 말하고 있었다. 이 길을 가는 발걸음 하나하나가, 우리가 찾으러 떠났던 행복과 우정에서 점점 더 멀어지고 있었다. 이건 그저 건물일 뿐이고, 드래스는 많은 괴물 중 하나에 불과하다. 내가 이 전투에서 이길지도 모른다. 내 친구들과 함께 여기에서 살아남을지도 모른다. 하지만 전쟁은 어떻게 되는 거지? 지금 이 순간 나는 마음이 아플 정도로 분명하게, 내 앞에 뻗어있는 두 길을 보고 있었고, 어느 길을 택하게 되든 무언가는 분명 잃게 될 거라는 걸 이해하고 있었다.

그렇다면 질문은 간단했다. 지금 나는 누구인가? 그저 정신병원에 홀로 남겨지고 싶어 했던 지칠 대로 지친 어린 소녀인가, 아니면 세상을 바꾸는 떠오르는 여신인가? 여기에 오기까지 너무나 쉽고 너무나 경솔했다. 모든 선택의 고비마다 나는 나의 원칙들에 충실했는데, 지금 난 신화적 믿음의 이름으로 내 진정한 친구들을 위태롭게 하면서 증오와 파멸에 둘러싸여 서 있다. 나의 미래도 이런 모습일까?

나는 과거에도 한 번 나의 유산을 내버렸다. 또다시 버릴 수도 있을 것이다.

"네 말이 맞아, 드래스." 나는 진실을 깨달은 순간 부드럽고 고마워하는 목소리로 이렇게 말했다. 나는 내가 이 길을 예전에도 걸었다는 걸 깨달았다. "난 선택할 수 있지."

이동식 수용 장치 속 여자가 혼란스러운 표정으로 고개를 갸우뚱했다.

"내가 진실로 누구인지, 나 자신을 들여다볼 수 있게 도와줘서 고마워." 내가 총을 조금 더 높이 들어 올리면서 이렇게 말했다. "협상은 없을 거야. 내가 뭘 할 수 있거나 할 수 없어서가 아니야. 내가 무엇을 원하는지 알았기 때문이지. 난 신성을, 내 망토를, 그리고 전쟁을 선택했어."

그 말에 드래스가 이를 앙다물고 노려보았지만, 대답할 때 그의 목소리는 화가 난 것 같지도, 절망한 것 같지도 않았다. 그저 실망스럽다는 목소리였다. "시도해 볼만은 했어." 그가 혼잣말하듯 말했다.

그의 얼굴이 딱딱해졌고, 난 또 다른 공격에 대비했다. 그때 복도에서 덜커덕 소리가 들려 우리를 방해했다. 가렌이 들어와 세크멧을 바닥에 내팽개쳤다. 여러 명의 용병이 여전히 가렌과 함께 있었다. 그들이 일제히 이집트 여신 세크멧을 노려보았는데, 세크멧은 마치 탈수기 속에 있었던 것처럼 보였다. 그을린 털에서는 연기가 올라왔고, 팔다리는 부러졌으며, 그녀의 재생능력도 어찌 된 일인지 멈춘 것 같았다. 신음을 내뱉으며, 그녀가 고개를 들어 통로를 바라봤다. 이동식 수용 장치와 그 안에 든 수감자에 시선을 모으는 순간 세크멧의 금빛 눈이 휘둥그레졌다.

"아펩?"* 세크멧이 복도에 누운 채로 헉하고 숨을 몰아쉬었다. 그 이름이 누구를 가리키는지 기억할 수가 없어 나는 눈살을 찌푸렸다. 그녀가 그 괴물을 알아본 게 분명했다. 하지만 난 늘 그녀의 판테온에선 세크멧이 가장 위험한 신이라고 생각했었다.

이동식 수용장치 속 여자가 고개 숙여 인사했다. 그 모습을 본 가렌이 어깨를 들썩하더니, 세크멧을 질질 끌어 복도 안으로 약간 더 멀리 이동했다. "드래스?" 그가 소리쳐 불렀다. "어디 있나? 오, 여기 있군?" 가렌이 옆방에 있던 우리 둘을 발견했다. 그는 나를 노려보더니 다른 아무 말도 없이 자기의 부적을 들어 올렸다. 부적이 초록색으로 확 타올랐다. 나는 당장 대응하지 않으면 안 된다는 걸 알고 있었다. 나는 플래티넘 큐브를 앞으로 쑥 내밀고 그것이 작동하기를 바랐다.

큐브가 나의 부름에 응답하기 바로 직전, 드래스의 두 눈이 큐브에 고정됐고, 나는 눈에 띄는 대로 집어낸 그의 표정들에 주목했다. 드래스의 입이 소리 없이 '안 돼' 하고 말하는 모양을 띠었다. 그리고 모든 게 한 차례의 엄청난 번갯불 속에 사라져 버렸다. 천장

* 이집트 신화에 나오는 거대한 뱀. 저승을 위협하는 질서를 어지럽히는 악마로 영원히 죽지 않는다.

을 가르며 어마어마한 전기벽이 하늘에서 내려왔고, 전기벽이 불안정한 건물을 관통하여 폭발하면서 건물이 둘로 갈라졌다. 드래스와 나 모두 폭발로 인해 뒤로 날아가 버렸는데, 너무나 당혹스럽게도, 약해진 돌벽이 감각을 마비시킬 정도로 쿵 소리를 내며 내 앞에 무너지는 바람에 내가 공중으로 붕 떠서 벽 여러 개를 뚫고 날아가 버렸다. 임펄스 본부가 요동쳤다. 수천 톤의 보강 지지물과 축대벽들이 무너지면서 구조 전체의 방향이 한쪽으로 홱 돌아갔다. 거대한 건물 반틈의 맨 아래쪽이 이상한 각도를 이루며 용암 웅덩이 속으로 가라앉았다. 모든 게 옆으로 기울어졌고, 난 콘크리트 바닥을 가로질러 굴러 내려갔다. 마치 방금 내가 건물의 압축파일을 풀어버린 것 같았다.

그 눈부신 불빛을 떨쳐버리려고 머리를 흔들며, 나는 가장 가까운 벽에 의지해 몸을 지탱한 후 자리에서 일어섰다. 비상등 불빛이 안개 같은 먼지를 가르며 비췄는데, 그 참사의 현장에서 또 다른 무언가가 빛을 내고 있었다. 흐릿한 빨간색 불빛이 아래쪽으로부터 스며 올라와 모든 걸 비추고 있었다. 나는 내가 만들어놓은 틈을 향해 비틀거리며 나아갔는데, 뒤집힌 건물의 새로운 각도 덕분에 건물 나머지 반쪽의 산산이 조각난 지붕 너머로 어두운 폭풍 구름이 모여드는 걸 언뜻 볼 수 있었다. 내 옆에 있는 건물 가장자리로 몸을 뻗어 아래를 내려다보았다. 십오 미터쯤 아래에는 녹아내린 바위가 만들어낸 거대한 웅덩이가 부글거리면서 구조의 토대를 집어삼키고 있었다. 비정상적인 온도 변화로 인해 가속이 붙은 날카로운 바람이 이 인공 계곡을 훑고 지나가면서, 잔해와 흩어진 종잇조각들이 이룬 거대한 구름을 휩쓸어 갔다.

구 미터쯤 떨어진 곳에 있는 이 지옥 같은 틈의 다른 한쪽에는, 의식을 잃은 세크멧이 심하게 훼손된 용병 시체들과 함께, 흔적도 없이 사라진 환자구역 통로의 잔해 너머에 있었다. 그것은 낸과 드래스, 그리고 이동식 수용 장치 속 그 여자가 내 쪽에 있는 게 분명하다는 걸 의미했다. 그들의 흔적을 찾으려고 주위를 둘러봤다. 난 내가 비스듬히 내던져졌다고 생각했다. 나는 평범한 공동구처럼 보이는 곳의 가장자리에 있었고, 가까운 벽에 밋밋하게 생긴 문 몇 개가 설치돼 있었다.

반대편에서 누군가가 움직이는 게 얼핏 보였다. 그것이 누구인지 보기 위해 더 가까이 다가가려는데, 손 하나가 내 목을 단단히 붙잡더니 몸 전체를 바닥에서 집어 들고는 건물 가장자리로 데려갔다. "수영하고 싶지 않나?" 드래스가 내 귀에 대고 이를 갈았다.

비탈은 일점오 미터도 채 떨어져 있지 않아, 가장자리에 닿기도 전에 그가 날 던져 넣으리란 건 뻔했다. "맨걸리차!" 내가 발을 차면서 간신히 말했다. 목표지점도 없었고, 목표지점을 고를 시간도 없었다 보니, 백오십 리터의 물이 내 머리 바로 위에서 물질화되었다. 미니어처 폭우가 우리 둘 모두를 집어삼키는 바람에, 우린 다시 건물 안으로 굴러떨어졌다. 보통 크기 수족관이 담을 수 있을 정도의 양밖에 되지 않았지만, 경사진 복도 덕분에 드래스를 넘어뜨리기에 충분했다. 우리 둘이 공동구 복도 뒤편 벽으로 굴러떨어졌을 때, 그가 내 목을 놓쳤다.

충격을 받은 드래스는 입에 거품을 물고 다시 달려들었지만, 내가 복도 더 깊숙한 곳으로 후다닥 달려갔다. 내가 뚫고 들어온 벽에 구멍이 나 있긴 했지만, 이곳은 약간 더 온전한 편이었다. 복도 양쪽에 문들이 있었는데 그것들이 어디로 연결되는 것인지는 알 수가 없었다. 직감적으로 떠오른 첫 번째 생각은 반격하자는 것이었지만, 폭발이 일어났을 때 권총과 큐브를 잃어버렸고, 남은 거라고는 가방 속에 든 수평기뿐이었다. 이 상황에서 수평기는 나에게 더 큰 피해를 안겨줄지도 몰랐다. 그때 문들 옆에 붙은 현판들을 보았지만, 그것들이 내가 탈출하는 데 별 도움이 될 것 같지는 않았다. 일종의 '지름길' 같은 것이었고, 어디로 향하는 지름길일지 알 수 없었다.

드래스가 멀쩡한 팔로 바닥을 짚고 일어서서 비틀거리면서 나를 향해 다가왔다. 용암 구덩이에서 새어 나오는 불빛이 만든 검은 윤곽으로 인해, 그는 정장을 입은 팔다리 잘린 악마처럼 공포스러워 보였다. 그가 방탄만 아니라면 얼마나 좋을까 하는 생각이 들었다. 그러자 그를 마그마 속으로 집어 던질 방법이 있어야겠다는 생각을 하게 되었다. 하지만 설령 그를 때려눕혀 비탈 너머로 집어 던질 수 있다 하더라도 어쩌면 나도 함께 마그마 속으로 빠질지도 몰랐다. 그런 운명은 진심으로 피하고 싶었다. 나는 재생될 수 있겠지만 그렇게 빨리 되지는 않을 것이다. 내가 형체를 다시 갖출 수 있을 정도로 이 장소가 식기까지는 오랜 시간이 걸릴 것이고, 사람들이 나를 파낼 때까지는 더 많은 시간이 걸릴 것이다.

드래스가 남은 한 손을 움직여 근육을 풀면서 미소를 지었다. "그 마술을 부린 걸 후회하기 시작하는군, 그렇지?" 그는 마치 내 마음을 읽기라도 한 듯 말했다. 그리고 몸을 굽혀 긴 철근 하나를 집어 들었다. "지금 두려워하는 건가? 이봐. 네가 선택했던 것 아니야?"

"아직도 마찬가지야." 내가 무기를 찾으려 눈을 굴리면서 말했다.

"왜?" 철근을 공중에 휘두르며 그는 정말로 소리를 지르고 있었다. 나는 그의 목소리에 담긴 분노에 깜짝 놀라 한 발짝 뒤로 발을 끌었다. "자신의 신조를 부인하기만 한다면 넌 그 어떤 골 빈 신보다 더 나을 거라고!" 그가 흐트러진 목소리로 말을 계속했다. "넌 자유로울 수 있어! 네가 알고 있는 것이 너로부터 자유를 빼앗아갈 수도 있는데 그걸 왜 받아들이는 거야!"

"그게 옳은 일이기 때문이지." 한 발짝 더 뒤로 물러나며 내가 화난 목소리로 속삭였다. "그거 알아, 드래스? 네가 밤에 잠들려고 애쓸 때 자신에게 들려주는 신과 철학 이야기 따위는 잊어버려. 결국 넌 네가 증오하는 사람들을 사냥하고, 우리에 가두고, 고문했던 것뿐이야, 이 고집불통…."

"너희는 사람이 아니야!" 그가 자신의 몸을 나에게 내던지며 소리 질렀다.

나는 그에게서 도망가다가 시멘트와 천장 타일들이 엉켜있는 곳에 발을 헛디뎌 휘청했다. 그때 철근이 쉭 하는 소리와 함께 왼쪽 귓가를 스쳤고, 뒤이어 건물이 또 한 번 움직이자 파편들이 작은 산사태처럼 우리 사이에 쏟아져 내렸다. 내 주위로 먼지 구름이 피어오르고 그 사이로 일몰 끝처럼 소름 끼치게 벌건 용암이 비추었다. 나는 다시 일어서면서 억수같이 쏟아졌던 파편에 그가 휩쓸려 갔기를 바랐다. 그러나 몸을 일으켜 세웠을 때 난 심장이 철렁 내려앉는 줄 알았다. 드래스가 남은 한 손으로 철근을 잡으면서 안갯속에서 모습을 드러냈고, 작은 잔해더미들 옆을 돌아 숨을 헐떡이며 내 앞에 섰다.

"미안하군." 그가 절단된 팔로 몸짓을 하며 말했다. "무슨 말을 하던 중이었지?"

난 그에게 쓴웃음을 지으며 말했다. "그래. 내가 외골수였어. 너와 싸우는 게 나의 생득권을 따르는 거라면, 멋져. 프레야가 없다고 세상이 더 나아지진 않겠지만, 네가 없다면 더 나은 세상이 될 거야."

"안타깝군." 경멸에 가득 찬 목소리로 드래스가 말했다. "나에게 맞설 정도로 용감하면서 자신의 결점에는 맞서지 못하다니. 넌 비겁할 뿐만 아니라 그 능력들을 갖출 자격도 없어, 새라 버내디."

그가 앞으로 발을 옮기며 나에게 손짓했다. 또 한 차례의 돌풍이 협곡을 통과하며 먼지를 벗겨내, 부글거리는 불의 호수면이 여전히 상승 중임을 드러냈다. 드래스는 내가 갈 곳이 어디일지 알려주듯 그곳을 향해 고개를 삐딱하게 기울이고 눈썹을 치켜세웠다. 심장이 뛰었다. 한 발짝 더 뒤로 살짝 움직였다. 몸싸움으로는 그를 이길 수가 없었고, 그는 나로부터 오 초 거리밖에 떨어져 있지 않았다. 그를 쓰러뜨릴 방법이 있어야 했는데, 그는 주문과 어둠의 마법들로 겹겹이 둘러싸여 있었다. 나의 모든 본능이 그냥 도망가라는 사만다의 말을 들었어야 했다고 말하고 있었다. 모든 계획은 전적으로 그의 죽음에 달려있었다. 드래스가 머리 위로 철근을 들어 올리는 바람에 행동 방침을 결정할 시간이 갑자기 사라져버렸다. 눈처럼 아픔을 느낄 수 있는 곳을 공격할 수 있길 바라며 난 공격에 대비했다. 그리고 그가 철근으로 나를 정신을 잃을 정도로 때리더니 용암호를 향해 집어 던졌다.

그때 미세한 진동이 마음속에 퍼졌고, 그와 동시에 어디서부터 시작됐는지 모르는 화염이 국지적인 불덩어리를 이루더니 드래스의 머리 주위에서 확 퍼졌다. 화염은 눈 깜짝할 사이에 사라졌지만,

그의 머리카락을 태우고 그를 화들짝 놀라게 했다. 드래스가 앞으로 돌진했지만, 그저 허공에 대고 주먹을 휘두를 뿐이었다. 나는 주먹을 피한 뒤 그의 등을 발로 걷어차 그를 바닥에 쓰러뜨렸다. 협곡 저 멀리에서 나단이 함성을 지르는 소리가 들렸다. "그래요! 새라, 당신이 이겼어요!" 그가 소리를 질렀다.

나는 의기양양했지만, 이것을 기회로 삼지 않는다면 아무런 소용이 없었다. 드래스가 벌써 일어서고 있었기 때문에 빨리 행동을 취해야 했다. 나에겐 아무런 무기도 없었고, 설령 힘으로 그를 끌어간다고 해도 용암까지 당기엔 너무 멀었다. 구 미터를 뛰어오를 수도 없었다. 나의 유일한 탈출구는 무너진 복도 아래쪽에 있었는데, 그곳에 대해서는 나보다 그가 더 잘 알았다. 순간이동 문을 통한다고 해도 딱히 마땅한 곳으로 연결되어 있을 것 같지가 않았다. 순간이동 문이 나를 다른 건물로 데려갈 수 있는지 알 수 있으면 좋으련만, 내가 아는 한, 그 문들은 모두 지하층들로 통하고, 그 지하층들은 지금….

그 순간 나는 이제껏 고려해보지 않았던 해결책이 존재한다는 걸 깨달아, 얼굴이 미소로 밝게 빛났다. 드래스를 용암으로 데려갈 수 없다면, 용암을 드래스에게 가져오면 된다.

이 모든 생각이 머릿속을 뚫고 지나갈 때, 드래스가 비틀거리며 똑바로 서더니 재빨리 몸을 돌렸다. 검댕을 뒤집어쓴 그의 얼굴은 분노로 일그러져 있었다. 그가 큰소리로 고함을 지르더니 아무 말도 없이 나를 향해 달려들었다. 더는 농담을 주고받을 상황이 아니었다. 통로가 이상한 각도로 기울어져 있었음에도, 그는 무시무시한 속도로 움직였다. 우리가 막 충돌하려던 찰나에 내가 그 자리에서 뛰어올라 왼쪽에 있는 문 손잡이를 붙잡아 문을 활짝 열어젖혔다. 그 문은 정말 다행스럽게도 내 쪽으로 열리게 경첩이 달려 있었다.

포털 속 마법으로, 화산호 안쪽 깊숙이 있는 어떤 장소와 문이 연결되면서, 액체화된 암석과 금속의 거대한 기둥이 문에서 쏟아져 나와 드래스를 집어삼키고 철퍼덕하며 통로에 튀었다. 불타는 마그마 방울들이 내 피부와 옷에 튀어 화상을 입히는 바람에 비명을 질렀지만, 드래스가 당한 일에 비하면 아무것도 아니었다. 그는 마그마의 홍수에 완전히 뒤덮인 채, 불타는 돌덩이가 되어 폭포처럼 끝없이 쏟아지는 용암 속에서 몸부림치고 있었다. 마그마 줄기가 아래에 있는 벽을 집어 삼키면서, 피넴디 최고 운영자의 시체와 함께 건물 속으로 떨어질 때, 나는 기울어져 있는 갈라진 틈 가장자리로 잽싸게 올라갔다.

"새라! 새라, 괜찮아요?" 불타고 있는 깊은 틈 너머에서 나단이 소리쳤다.

"봤어요?" 내가 기쁨에 넘쳐서 소리쳤다.

그는 고개를 가로저었다. "너무 끔찍했어요! 어떻게 됐죠? 드래스를 해치웠나요?"

"당연하죠, 해치웠어요!" 내가 대답했다. "우리가 해냈어요!"

나단이 공중에 주먹을 휘두르며 환호를 질렀다. 나도 함께 승리의 함성을 지르려는 순간, 그의 뒤편 폐허 속에서 뭔가가 움직였다. 멍이 들고 피투성이가 된 가렌이, 한 손에는 공격용 소총을 다른 한 손에는 빛나는 부적을 들고 어둠 속에서 걸어 나오자, 나는 충격에 빠져 몸이 굳어버렸다. 가렌이 나단의 등에 총을 겨누고 내게 소리쳤다. "제안 하나를 하지, 공주님!" 그가 쉰 목소리로 소리쳤다. 나단이 그 소리에 몸을 돌려 가렌을 마주 보았다. "용암 속으로 뛰어들면 이자를 살려주지."

"나단!" 나는 둘 중 누구에도 닿을 수 없다는 사실에 분통을 터트리며 울부짖었다.

나단이 두 손을 올리고 말했다. "쏘지 말아요."

"입 닥쳐." 가렌이 두 눈을 부라리며 중얼거렸다. "자, 이제 어떻게 할 거지?" 가렌이 더 큰 목소리로 소리쳤다. "용암 목욕을 할 건가, 아니면 인간 한 명을 죽일 건가? 네가 이자를 아낀다는 거 알아."

"나더러 네 말을 믿으라고?" 내가 소리쳐 대답했다. 가렌이 웃음을 터뜨렸다. "이자가 살아도 난 상관없어."

"그게 사실일지 어떻게 알아." 내가 대답했다. "게다가 그는 너무 많은 것을 보지 않았나? 어쨌든 피넴디가 너를 시켜 그를 죽이려 들지 않겠어?"

"고마워요, 새라. 정말 큰 도움이 되네요." 나단이 무척이나 걱정스러운 목소리로 말했다.

심지어 불타는 크레바스 너머로도 가렌의 느끼하고 능글맞은 웃음을 알아볼 수가 있었다. "나야 기꺼이 그 거래를 하고 싶지. 하지만 그거 알아? 내 생각에 지금 피넴디에겐 하찮은 인간 하나가 도망치느냐 마느냐보다 더 중요한 것들이 있을 것 같은데. 그냥 해본 생각이야."

나는 머리를 흔들며 한숨을 쉬었다. 꼼짝없이 갇힌 셈이었다. 용암 속으로 뛰어들 생각은 추호도 없었지만, 나단을 구할 대안 또한 눈에 보이지 않았다. 혹시 용암 가장자리로 뛰어내린 다음 가렌이 보지 않을 때 기어 올라올 수 있진 않을까? 나는 용암 표면 위에서 부식성 가스들의 구름이 춤을 추는 걸 보면서 아래를 힐끗 쳐다보았다. 저것들이 어쩌면 내가 착륙하는 걸 가려줄지도….

“그만 됐다.” 내 왼쪽에서 부드러우면서도 떨리는 목소리 하나가 갈라진 틈으로 들려왔다. 가렌이 목소리의 주인공을 발견하고 눈을 휘둥그레 뜨며 총구를 아래로 내렸다. 나는 펄럭거릴 만한 단열재 조각을 찾아 두리번거리며 자리를 떴다가, 가렌의 시선을 붙잡은 게 무엇인지 보았다. 삼 미터도 채 떨어지지 않은 곳에 낸토수엘타가 부러진 콘크리트 받침대 위에 서 있었다. 그녀는 수액 주머니 걸이대에 몸을 완전히 기대고 있었는데, 그녀가 서 있는 받침대는 부러진 다리처럼 협곡 위로 돌출되어 있었고, 그녀는 똑바로 서 있기 위해서 온 힘을 다하고 있는 것처럼 보였다. 콘크리트 받침대 위에는 바스러진 바위 조각들이 흩어져 있었고, 내가 보는 동안에도 그녀의 주름진 발이 견고하지 않은 콘크리트 비탈 위에서 아주 약간씩 미끄러지고 있었다.

“어머니, 제발. 어머닌 반드시….” 가렌이 말을 시작했다.

“멈춰.” 낸이 가렌을 노려보자 그가 입을 다물었다. “이 아이는 놔줘라, 가렌.”

“전…, 하지만 그렇게는….” 그가 고통스러운 표정으로 말을 더듬었다.

“이제 다 끝났어.” 그녀는 옆에 있는 수액 주머니 걸이대를 힘들게 붙들고 있었다. “네가 내 종족에 대한 증오를 떨쳐버릴 수 없다면, 적어도 오늘 싸움은 이제 그만 둬. 다 끝났어.”

"하지만…."

"무기를 버리거라." 낸이 화난 목소리로 나지막이 말했고, 그녀의 목소리에 배인 악의에 난 깜짝 놀랐다. "네가 날 사랑했다면, 내 부탁을 들어주겠지, 가렌."

"전… 어머니, 이건 그런 문제가…." 그의 목소리가 잦아들더니, 그가 고개를 떨구었다. 그는 고개를 살짝 저었고, 한숨을 내쉬느라 가슴이 들썩였다. "다음을," 잠시 후 그가 웅얼거렸다. 그러고 나서 부적과 총을 내던지고 갈라진 틈 안쪽으로 걸어나갔다. 부적과 총이 털썩하는 소리를 내며 멀리 떨어져, 용암 줄기 밑으로 사라졌다. 가렌이 고개를 들어 사나운 눈초리로 나를 올려다보았다. "다음을 기약하지." 그가 더 큰 소리로 말했다. 나는 그것이 맹세라는 걸 알았다.

나단이 뒤로 물러나 건물 가장자리를 돌아 가렌과의 사이에 거리를 두었다. 낸토수엘타가 고개를 끄덕였다. "잘했다, 아가야." 그녀는 무척이나 지친 목소리로 말했다. 이 짧은 대화만으로도 그녀에게 남은 마지막 힘이 다 소진되는 듯한 모습이었다. "유일했지. 너만 유일했어, 가렌. 그래서 난 널 항상 사랑할 거야."

"어머니…." 가렌의 목소리가 평소답지 않게 부드러워졌다. "어려운 일이라는 건 알아요. 하지만 제발 제가 도와드릴 수…."

"넌 이미 도와줬어. 아주 많이 도와줬지." 낸이 미소를 지으며 말했다. "하지만 난 그만큼 강하지가 않단다. 난 아주, 아주, 지쳤어, 가렌."

"제발요…." 가렌이 갈라진 목소리로 말하면서 무릎을 꿇었다.

"슬퍼하지 말렴, 아들아." 그녀가 말했다. "난 이제 자유로워. 그걸 기억해. 나를 그렇게 기억해주렴. 자유로웠다고."

다음 순간 그녀가 수액 주머니 걸이대를 잡고 있던 손을 놓고 몸을 앞으로 기울였다. 그리고 콘크리트 받침대의 가장자리를 꽉 쥐더니 아래로 떨어졌고, 한 바퀴 빙그르르 돈 다음 용암에 부딪혔다. 나는 그녀의 병원복에 불이 붙고 용암이 노쇠한 육체를 뒤덮어 영원히 묻어버리는 걸 지켜보았다. 그렇게, 그녀가 사라졌다. 나는 충격과 안도가 뒤섞인 묘한 감정을 느끼며 가장자리에서 뒤로 물러섰다.

나는 그녀가 평화를 찾았길, 그리고 어느 날 그녀가 준비되었을 때, 그녀의 신도들이 더 나은 세상에서 그녀에게 생명을 되돌려주길 간절히 바랐다.

가렌은 충격을 받은 모습으로 자신의 어머니가 사라진 곳을 뚫어지라 쳐다보고 있었다. 그는 아직도 무릎을 꿇은 채 두 손을 펴 앞에 있는 바닥을 짚고 있었다. 그의 뺨 위로 눈물이 쏟아졌다. 나단이 가렌과 나를 번갈아 쳐다봤다. "이제 어떻게 되는 거죠?" 그가 마침내 물었다.

그 말에 내가 몽상에서 깨어났다. "난…, 내려가는 길이 그쪽에서 보이나요?"

나단이 주위를 훑어보더니 고개를 절레절레 흔들었다. "아니요…. 양쪽 어디로도 틈을 따라서는 그렇게 많이 갈 수가 없어요. 이럴 때 쓸만한 주문 없나요?"

내가 얼굴을 찡그렸다. "쓸만한 게 없네요."

그가 한숨을 쉬었다. "이런, 정말 멋지군요."

겹겹이 모여 있는 구름으로부터 엷은 안개가 내려앉더니 이슬비가 내리기 시작했다. 빗방울들이 용암에 부딪히면서 쉬익 하는 소리와 함께 증기를 내뿜었다. 용암호는 이제 훨씬 더 가까워져 칠 미터 정도밖에 떨어져 있지 않았고, 열기는 믿을 수 없을 정도로 어마어마했다. "적어도 오래 기다릴 필요는 없겠네요." 아래를 내려다보며 나단이 말했다.

"미안해요, 나단." 내가 어깨를 떨구며 말했다.

그가 그의 위로 기울어진 건물을 힐끗 올려다보았다. "이걸 올라갈 수 있을까요?" 그가 그렇게 무심히 말하더니 바스러지는 벽 하나에 손을 갖다 댔다.

내가 고개를 끄덕이고 내 쪽에 있는 반을 올려다보았다. 가능성이 희박하긴 했지만…. "아무것도 하지 않는 것보다야 낫…."

그때 맹렬한 돌풍이 나머지 말들을 앗아가 버렸다. 높은 웃음소리가 구름에서 울려 나오고, 뭔가가 우리 위쪽 하늘에서 번득했다.

"와! 태워줄까요?" 히이아카가 하늘로부터 큰소리로 외쳤고, 그녀의 목소리는 바람 속에서 메아리쳤다. 그 번득이는 금속은 차로 변했는데, 체리 빛 빨간색 컨버터블이 맹렬한 기류 위에 높이 떠 있었다. 컨버터블이 하늘에서 쌩하고 내려오더니 나와 같은 높이에서 멈췄다. 펠레, 나마카, 그리고 히이아카가 활짝 웃으며 모두 앞좌석에 몰려 앉아 있었다. 트렁크에는 엄청나게 다양한 종류의 신성한 유물들이 넘칠 정도로 꽉 차 있었고, 번지점프 밧줄로 고정되어 있었다.

"나쁘진 않군요." 펠레가 고개로 용암호를 가리키면서 말했다.

"타세요!" 히이아카가 손을 뻗어 뒷좌석을 두드리며 큰 소리로 말했다.

나는 그들을 향해 웃음을 짓고는 나머지 건물 반쪽을 가리켰다.

"나단과 세크멧 먼저요!" 내가 바람 소리 너머로 소리 질렀다.

히이아카가 고개를 끄덕이고, 차를 갈라진 틈 반대쪽으로 돌진해 나단이 있는 층 바로 아래에 멈췄다. 내 친구 나단이 나를 쳐다보더니 행복한 비명을 지르며 뒷좌석으로 뛰어내렸다. 차가 앞쪽으로 휘청거렸는데, 펠레가 손을 뻗어 의식 없는 세크멧의 몸을 움켜쥐고는 나단의 도움을 받아 뒷좌석 안으로 밀쳐 넣었다.

"이자는 어떡하죠?" 히이아카가 가렌을 가리키며 말했다. 가렌은 큰 충격 속에 경악한 표정으로 일어나는 일들을 지켜보고 있었다.

"내버려두죠." 내가 대답했다. "'다음번에.' 그렇게 말했지, 전문가?"

가렌이 눈가가 벌게진 채 나를 노려봤다. "너흰 모두 죽었어." 그가 쉰 목소리로 말했다. "내가 너희를 끝까지 쫓을 거야. 내가 얻을 수 있는 모든 수단을 다 써서. 다 너희 몫이 될 테니 즐기도록 해. 정말이야. 왜냐면 너희 모두 아주 훌륭하게…."

"어, 사실, 곤경에 빠진 건 너 같은데?" 나마카가 가렌의 말을 끊었다.

"맞아. 있잖아, 머릿수를 채우러 여기로 오기 전에 너희 컴퓨터 코어로 들어가서 재미 좀 봤지." 히이아카가 말했다. "별건 아니야. 그저 어떻게 이 '가렌 전문가'란 자가 욱해서 자기 엄마 때문에 단지 전체를 무너뜨렸는지 비상 방송을 전송했을 뿐이야. 쉬운 일이었어."

"내가 생각하기엔 전송되어야 할 게 훨씬 많았어야 했는데. 그러니까 온갖 중요한 파일과 기록들 말이야. 그런데 홍수가 좀 있었거든." 나마카가 어깨를 들썩하면서 말했다. "안 됐지 뭐."

"만일의 경우를 대비해, 널 흉내 낼 주문도 준비했었어." 내가 덧붙였다. "환상을 위해 네 피도 약간 구해놨지." 난 어깨에 있는 가렌의 패치를 손으로 가리켰다. "그리고 이 상황에 대해 더 잘 알만한 유일한 사람은 지금 자기 시설과 함께 녹고 있고."

"오, 당신이 그를 해치웠나요?" 펠레가 물었다.

"당신의 용암이요!" 내가 대답했다. 그 말에 펠레가 빙긋 웃더니 웃음을 터뜨렸다.

가렌은 이제 완전히 어찌할 바를 몰라 했다. "그들은…, 그들은 절대로…."

"이봐, 잘 알잖아." 내가 말했다. "시설 전체가 파괴됐는데 그들이 가진 유일한 증거라곤 범인의 이름을 대는 보안 전송뿐이잖아? 아, 그들은 결코 널 믿지 않을 거야, 그렇지?"

가렌은 거기에 반격해 대꾸하려고 하는 듯했지만, 이내 곧 기가 죽은 듯 고개를 푹 숙였다. 히이아카가 어깨를 들썩해 보이더니 깔깔대면서 자동차 엔진을 부르릉거렸다. 그건 그저 과시용이었고, 타이어를 돌린 게 다였다. 하지만 히이아카는, 차바퀴를 돌리는 동시에, 그녀의 바람으로 컨버터블을 뒤로 움직여 갈라진 틈을 가로지르게 했다. 차가 요란하게 흔들리면서 내 옆에 섰다.

나는 가볍게 차로 뛰어올라 뒷좌석 세크멧 옆에 착지했다. 그녀는 아직도 완전히 정신을 잃은 상태였다. 나단이 입이 귀에 걸릴 정도로 활짝 웃으며 나에게 엄지손가락을 척하고 들어 보였다. 차가 서서히 건물 옆면으로부터 멀어지며 방향을 바꾸었다. 가렌은 복수와 파멸에 대한 맹세로 이글이글 불타는 눈으로 떠나는 우리를 노려보았다.

우리가 앞쪽을 향해 이동할 때 낸의 수액 주머니 걸이대가 있는 콘크리트 받침대를 지났는데, 나는 환자구역 통로의 잔재를 들여다보며 찌르는 듯한 우려를 느꼈다. 열려 있는 낸의 병실문 너머로, 검은색 이동식 수용 장치가 한쪽 벽면에 기대어 서 있었다. 모니터를 감독하던 용병은 복도 한가운데 뻗어있었는데, 그의 피부는 완전히 잿빛을 띠고 있었다. 수용 장치 뚜껑이 열려있고, 그 안에 갇혀있던 괴물의 모습이 어디에도 보이지 않았다.

'날 괴롭히기 위해 다시 나타나겠지.' 차가 황폐해진 임펄스 본부의 잔해를 떠나 구름 속으로 올라갈 때 나는 마음속으로 그렇게 생각했다.

18

마침내 다시 신이 되다

"후라이팬에 구워 파인애플 글레이즈*를 바른 스팸과 밥이에요!" 여러 가지 소스들과 채소를 담은 접시를 한쪽으로 밀쳐내고 작은 그릇들로 뒤덮인 쟁반을 내려놓으며 펠레가 소리쳤다.

"스팸이라고요?" 조심스러워지는 기분이었다. 친구들을 힐끗 보니, 나단과 세크멧도 나와 똑같이 걱정스러워하는 것 같았다.

다른 두 명의 하와이 자매들이 힘차게 고개를 끄덕였다. "먹어 보기 전엔 뭐라 하지 말아요!" 히이아카가 손을 뻗어 그릇 하나를 쥐면서 말했다.

나는 어깨를 들썩하고 내 그릇을 받았다. 임펄스 본부가 불타는 금속과 바위로 된 거대한 호수 속에 가라앉은 지 사흘이 지났고, 그 이후로는 피넴디로부터 아무런 이야기도 듣지 못했다. 우리 모두, 그들의 자료센터에 있던 컴퓨터 기록들이 외부 백업 전에 파괴되었

* 음식 위에 소스나 설탕처럼 광택 있는 재료를 발라 오븐에서 굽는 요리법

기 때문에, 그들이 돌아와 우릴 다시 찾아내기까진 오랜 시간이 걸릴 거라고 추측하고 있었다. 가렌이 그 건물 속에서 죽었을 거라 생각한다면 그건 바보 같은 생각이겠지만, 그를 이른 시일 내에 볼 수 있을 거로 생각하지 않았다.

피넴디가 곧장 앙갚음하려 하진 않는다는 확신이 들자 우린 축하하기로 했다. 그저 조그만 포틀럭* 식사였고, 우리가 전성기 시절로부터 기억하는 그런 파티는 분명 아니었다. 하지만 좋은 기분 전환 거리는 됐다. 수년간의 구금생활 끝에, 특히나 세크멧은 여유를 즐길 기회가 생겼다는 데에 기뻐하는 것 같았다. 음식 솜씨가 형편없는 나는 칩과 채소와 소스를 제공했고, 나단은 군만두 몇 개를 준비했다. 나마카는 칵테일을 만들었고, 히이아카는 바비큐로 오래 구운 돼지고기를 달콤한 롤빵에 얹은 샌드위치를 만들었다. 세크멧은 디저트로 바클라바**를 가져왔고, 펠레는 물론 스팸 요리를 만들어왔다.

뭐, 솔직히 말하자면 썩 나쁘진 않았다. 집에서 만든 패스트푸드처럼 약간 짜면서도 맛있게 기름졌다. 이런 게 왜 죄책감을 동반한 즐거움이 되는지 이해할 수 있었는데, 당신은 이걸 내 관점에서 봐야 한다. 내가 살이 찐다든가 심장마비로 죽는 것 같은 일은 완전히 불가능하다. 그래, 안다. 온갖 특혜는 신들이 다 누린다는 걸.

"그럼 다음엔 뭐죠?" 히이아카가 스팸 조각과 밥을 입안으로 쑤셔 넣기 전에 나에게 물었다.

* 각자 음식을 조금씩 해와서 나눠 먹는 식사

** 견과류와 꿀 등을 넣어 파이처럼 만든 중동 음식

"납작 엎드려 사는 거죠." 내가 말했다. "힘을 모은 다음 그들이 뭘 하는지 보는 거예요. 여러분은 어떨지 모르겠지만, 난 심각할 정도로 숭배자들이 필요해요. 인간들이야 잘 처리할 수 있지만 누군가가 마법을 부리는 순간, 끝장나는 거예요."

펠레가 한숨을 쉬며 고개를 끄덕였다. "내 생각엔 우리 모두 피넴디로부터 받은 것보단 더 나은 믿음의 원천이 필요해요."

세크멧이 얼굴을 찡그렸다. 그녀가 밖으로 나가 누군가의 목을 비틀어버리고 싶어 한다는 게 보였지만, 우리가 지금 당장 피넴디의 나머지 적들과 맞설 준비가 되어있지 않다는 걸 그녀도 알고 있었다. "찬성해요." 세크멧은 그렇게 말하긴 했지만, 기분 좋은 목소리는 아니었다. "저도 우리의 적들에 대해 더 많은 걸 알아내려고 애써 볼게요. 우린 아펩이 세상에 풀어져 있다는 사실도 고려해야 해요."

"네, 그게 도대체 누구죠?" 내가 물었다. "난 셋*이…."

"셋은 오랜 시간 동안 상충하여 전해진 신화들의 결과물이에요." 세크멧이 말했다. "그는 이방인들과 사막의 신으로 숭배됐죠. 인간들의 정치공작이 그를 어둠 속에 두기 전까지는요. 가장 나쁜 부분은 셋 또한 그 양육환경에 의해 균형을 갖게 되었다는 거예요. 내 친구는 아니지만 그를 이해할 수 있어요. 사실, 아펩이야말로 문자 그대로 악의 신이죠. 인간들이 밤이 되면 두려워하는 그 모든 것 중에서, 아펩은 어둠과 혼돈의 화신이에요. 그의 유일한 목표는 세상을 어둠으로 뒤덮고 인류를 먹어치우는 거예요. 창조 그 자체에 대

* 이집트 신화에서 밤의 어둠을 지배하는 전투의 신

한 위협이죠. 우리 모두가 그의 적이에요. 셋은 매일같이 아펩과 싸웠어요. 신화에서 셋의 역할을 바꿔놓기 전까지는요."

세크멧이 발톱으로 스팸 한 조각을 찍어 아름다운 황금빛 눈앞으로 들어 올렸다. "있잖아요, 난 때로 이 상황에 대한 책임이 아펩 자신에게 있지 않았나 하는 생각을 해요. 그가 숨고 싶어 했을 거라고 믿어요. 너무 늦기 전에 인간들이 자신을 잊었으면 했을 거예요. 결국 사람들은 그를 숭배하지 않았어요. 그들은 단순히 그가 존재한다는 것과 그가 파괴되어야 한다는 것을 믿었죠. 그는 숭배자가 없는 신이었어요. 미움받기 위해 존재했죠." 세크멧이 입을 크게 벌리자 무시무시한 치열이 드러났다. 그녀는 스팸을 던져 넣고 천천히 맛을 음미하면서 씹었다. "맘에 드는데요." 그녀가 낮게 갸르릉 소리를 내며 펠레를 향해 고개를 끄덕였다.

"그것 참 기분 좋은 이야기네요." 나단이 말했다. "그럼 숭배자 없는 신은 어떻게 죽이죠? 어떻게 존재 자체가 가능한 거예요?"

세크멧이 어깨를 들썩했다. "이상해요, 그렇지 않아요? 만일 그가 다치면 누가 그를 회복시켜주죠? 수도 없이 그를 파괴했지만, 그는 밤마다 새로워지곤 했죠. 우리의 역사는 셋의 죽음으로 가득했지만, 그는 언제나 살아남았죠."

나는 사만다가 수납실에서 했던 말을 떠올렸다. 신들은 일단 만들어지고 나면 온갖 종류의 믿음으로 살아갈 수 있다는 말을. 그리고 아펩을 죽이는 것에 대해 질문했을 때 드래스가 했던 말을 떠올렸다. "천체 역학으로 강화되었지." 그가 바로 그렇게 말했었다. "밤 때문이에요." 난 그것들을 종합해 추론했다. "인간이 어둠을 무서워할 때마다 아펩은 더 강해져요. 그는 어둠과 연결되어 있어요.

설령 여기가 낮이라고 해도 어딘가는 밤이기 마련이니까요."

"그렇게 하는 다른 신은 없나요?" 나단이 말했다.

세크멧이 고개를 저었다. "당신들의 역사는 어둠의 신들로 널려 있지만, 셋과 같은 이에 대해서는 아는 바가 없어요. 천天공룡이나 거대한 늑대*처럼 빛을 파괴하고자 하는 신비한 어둠의 괴물들이거나," 그녀가 나를 향해 고개를 끄덕였다. "아니면 숭배를 불러일으키는 어둠의 본성을 지닌 인간 같은 신들이죠. 당신들은 악한 '행동'을 하는 신을 믿지만, 거의 항상 이중성이 존재해요. 숭배받을 만한 숨겨진 특성 같은 게 있는 거죠. 어떤 이들은 그런 신을 필요로 하기도 해요. 예를 들면 지하세계의 신은 잔혹하고 인정사정없을지는 모르지만, 그가 없다면 죽은 자들이 자유롭게 돌아다닐지도 몰라요. 인간의 마음속에는 구원과 균형에 대한 믿음이 있어요. 이게 바로 모든 게 존재하는 이유예요. 음과 양, 삶과 죽음. 아펩은 그런 것들과 전혀 달라요. 그에게는 단순히 어둠과 파괴뿐이에요. 반드시 싸워 이겨야만 하는 위협이 우릴 기다리고 있는 거예요."

"그럼 셋은 그냥…, 순수한 악마예요? 몽땅 다 죽는다고요? 너무 재미없는데요?" 히이아카가 말했다. "적어도 찾아내긴 쉽겠네요. 시체들만 따라가면 되니까요, 그렇죠?"

"그러기라도 하면 좋죠." 세크멧이 송곳니를 드러내 보이면서 말했다. 내 생각에 그녀는 힘없이 웃었다. "아펩의 목표가 종말론적일 수는 있지만, 그가 가진 위협 요소는 부패와 계산과 기밀정보 같은 것들이에요. 나라면 전장에서 그를 만나고 싶지 않을 거예요. 혼돈

* 북유럽 신화에 나오는 괴물 늑대 펜리르

과 슬픔이 그의 뒤를 따를 거니까요. 하지만 그의 뒤엔 언제나 대리인들과 멍청한 인간들이 있어요. 사실 이것이 그를 아무 생각 없이 무시무시하기만 한 파괴자들보다 더 치명적으로 만들죠."

나단이 신음을 냈다. "종합해보자면 그는 죽을 수가 없군요. 그럼 원점으로 돌아가는 거네요. 그를 어떻게 막죠?"

그의 질문에 모두 아무 말 없이 쳐다보기만 했다. "내 생각엔 그건 '나중에 걱정할 문제' 서류철에 넣어두는 게 낫겠네요, 나단." 우리가 할 수 있는 게 많지 않다는 생각에 난 그렇게 말했다. 그도 마찬가지로 불안한 표정이었지만 이내 궁금하다는 표정을 지었다. "좋아요. '죽일 수 없는 악의 신' 문제는 일단 나중으로 미뤄요. 그런데 피넴디는 어떻게 할 건가요?"

내가 눈살을 찌푸렸다. 질문에 무슨 함정이 있는 건가? "음, 파괴해야겠죠?"

"맞아요. 그런데 어떻게요? 이게 마치 장보기 목록에 '우유'를 넣을 것이냐 '베이글'을 넣을 것이냐 하는 문제라도 되는 것처럼 계속 이야기하고 있는데요, 이자들은 골칫거리들이라고요. 그런데 당신들 모두 완전히 '그러든 말든' 하는 식이잖아요." 그가 잠시 말을 멈추고 생각에 잠겼다. "사실 언제나 그랬어요."

우린 잠시 서로를 쳐다보았는데, 세크멧이 입을 열었다. "내 생각에 이건 우리가 진지하게 생각하기엔…, 어려운 문제예요. 그들이 무슨 짓을 했든 여전히 인간이에요."

"우린 인간을 위협으로 여기도록 만들어지진 않은 것 같아요." 내가 설명했다. "아펩이요? 네, 우리도 위험하다고 생각해요, 하지만 피넴디는…."

"진심이에요?" 나단이 말했다. 그는 음식을 내려놓고 무슨 괴물이라도 보듯 우릴 쳐다봤다. "당신들이 가렌을 거기 남겨뒀을 때 그자의 표정 봤어요? 난 벌써 그 친구한테 겁에 질렸는데, 그자 엄마도 죽고 그자에겐 이제 잃을 게 없다고요. 고작 한 명 가지고도 이러는데, 피넴디에는 가렌 같은 이들이 수없이 많을 거예요. 그리고 그들의 유일한 임무는 당신들을 끝까지 쫓는 거죠. 그게 어떻게 '데프콘 신 단계'가 아니라 '가벼운 불편 단계'가 될 수 있죠?"

나는 불멸의 삶이 세상을 보는 시점을 어떻게 바꾸는지 어려움을 더 토로하려다 자제했다. 그의 말이 옳았다. 이 소름 끼치는 인간들은 신성을 까뒤집고, 신들이 자신들의 뜻에 굴복하도록 했으며, 우리를 아주 위험한 우표들이라도 되는 양 수집했다. 피넴디를 증오할 이유는 더는 필요 없을 정도로 많았다. 하지만 어쩌면 그들을 두려워하는 것도 나쁜 생각은 아닐 것이다. 약간은 말이다. "우리의 인간 친구가 핵심을 찔렀네요." 내가 미소를 지었다. "눈가리개를 쓰고 상황이 어떻게 돌아가는지도 모른 채 임했다간 곧장 그들의 손아귀에 떨어질 수도 있어요. 그들은 우릴 잘 알잖아요, 맞죠? 그들은 우리가 자신들을 평가절하할 거라고 예상할 거예요."

"그들을 두려워하는 게 우리에게 무슨 도움이 될진 아직 잘 모르겠지만, 좋아요." 나마카가 확신은 없지만, 딱히 언쟁을 벌이고 싶진 않다는 투로 말했다.

"아니. 아니에요, 난 이해했어요!" 히이아카가 재잘거리기 시작했다. "우린 우리 자신이 굉장하다는 걸 알고 있어요. 그들은 우리가 그걸 알고 있다는 걸 알고 있지요. 그러니 아마 먼저 공격하기 시작할 거예요. 우리가 알고 있다는 걸 그들이 안다는 사실을 우리가 모르고 있을 거로 생각할 테니까요."

"음, 네. 아마도요." 내가 나단에게 고개를 돌리며 말했다. "고마워요. 또다시 우리가 이렇게 분명한 것들을 무시하기 시작하면 그때도 이야기해줘요. 신들도 사각지대라는 걸 가지고 있거든요."

나단이 그 말에 싱긋 웃으며 고개를 끄덕였다. 칭찬에 기분이 좋아진 게 분명했다. 그리고 다시 펠레의 요리를 먹기 시작했다.

"그럼…, 악당들 쳐부수는 것도 다 좋지만, 중요한 문제가 남아 있잖아요. 이 말도 안 되는 것들을 처리하려면 숭배자들이 필요한데, 어떻게 하면 새 숭배자들을 얻을 수 있을까요?" 펠레가 물었다. 화제를 전환하려고 노력하는 게 명백했다.

"테마공원이요." 내가 대답했다. 이야기할 기회가 생겨서 고마웠다. "거기 직장이 있어요."

"당신이 일을 한다고요?" 펠레가 깜짝 놀라며 물었다.

"뭐, 아니. 그러니까, 그 일이 내게 숭배자들을 얻어줘요." 난 재빨리 공원에서 만나는 아이들의 진심 어린 믿음과 우리의 신성한 본성들 사이의 관계에 관해 설명했다.

"그럼 혹시…." 내가 설명을 마치자 히이아카가 묻기 시작했다. 그녀는 내가 발견한 것에 대한 놀라움과 도움을 청해야 한다는 것에 대한 창피함 사이에 갈등하는 것처럼 보였다. "…우리도 취직시켜 줄 수 있어요?"

내가 그들을 둘러보자, 나머지 여신들도 모두 간절히 고개를 끄덕였다. "할 수 있을 거예요." 내가 중얼거렸다. "돌아다니는 관광객들은 충분하고도 남아요. 하지만 여러분 모두 환상 능력을 사용해서 모습을 바꿔야 할 거예요. 여러분 세 명 모두가 연기할 수 있을 만큼 하와이 공주 배역이 많지는 않을 거예요."

"그렇겠죠. 아마도 저분은 사람들 좀 놀라게 할 것 같네요." 히이아카가 세크멧을 가리키면서 말했다.

"정말요?" 세크멧이 눈망울을 굴리면서 말했다. 잠시 그녀가 미간을 찌푸리더니 공기가 일렁이고 그녀의 얼굴이 뒤틀렸다. 그러더니 마치 슬라이드가 영사기에 딸깍하고 맞아들어가듯 갑자기 새 머리 하나가 어깨 위에서 쑥 하고 나타났다. 그녀는 이제 완벽한 인간이었고, 아몬드 모양의 갈색 눈과 강인하고도 분명한 윤곽을 지닌 나일 강의 공주처럼 보였다.

"당신이 그런 걸 할 수 있을 줄은 몰랐어요!" 히이아카가 소리쳤다.

"왜요, 내가 사자 머리를 가진 여자로 그렇게 시내를 돌아다니겠어요? 정말로 똑똑한 일이겠네요." 그녀는 그런 상상에 즐거워하는 듯했다. "오래전 토트*가 외모를 바꿀 수 있는 마법을 선물로 주었어요. 의심받고 싶지 않을 때 유용했지요."

"난 늘 그 마법이 맘에 들었어요." 나는 그녀의 모습이 영광스러운 사자의 모습으로 되돌아가는 것을 넋이 나가 쳐다보면서 말했다. "좋아요, 그럼, 당신은 준비가 끝났네요. 하지만 나머지 분 중 환상이 필요한 분이 있다면, 내가 해결해 볼 수 있을 거예요."

"그러거나 아니면, 당신이 훔쳐온 유물들을 넣어둔 트렁크를 뒤져봐도 돼요." 나단이 히이아카를 향해 미소를 지으면서 말했다.

"그거 좋은 생각이네요." 바람의 여신이 대답했다.

* 이집트 신화에 나오는 지혜와 정의의 신

"직장, 새 믿음, 그리고 꼼꼼한 계획." 나마카가 요약했다. "모든 게 다 잘 관리되고 있는 것 같은데요."

"자, 자." 펠레가 건배를 위해 잔을 들며 말했다.

우리 모두 건배를 하고 나마카가 만든 아일랜드 펀치를 한 모금 마셨다.

"그럼 아가씨들은 이제 어디에서 지낼 건가요?" 우리가 건배를 마치자 나단이 물었다.

그들 모두 미안한 듯한 표정을 짓더니 나에게 고개를 돌렸다.

"뭐요?" 내가 영문을 몰라 물었다.

"돈을 좀 마련할 때까지만요. 오래 있진 않을게요." 펠레가 말했다.

"잠깐, 진짜예요?" 나단이 물었다. "당신들 모두 집이 없다고요? 노숙신들이라고요?"

그들이 동시에 고개를 끄덕였고, 난 한숨을 쉬었다. "그래요. 좋아요. 방법을 찾아보죠. 침낭이나 뭐 그런 것들 좀 사야겠네요."

"오, 난 해먹을 살래요." 히이아카가 조잘거렸다.

마음속으로는 신음을 내며, 난 다시 음식을 먹기 시작했다. 오해하진 말라. 그들 모두 매우 상냥했고, 난 세크멧을 수 세기 동안 알아왔다. 하지만 여긴 방 두 개에 화장실 두 개짜리 아파트였다. 머지않아 엄청나게 붐비게 될 판이었다.

몇 시간 후, 우리의 새 손님들이 그릇들을 치우는 동안 내가 나단을 따로 불러냈다. "의논할 기회가 없어서 미안해요." 내가 말했다. "신관이든 아니든 여긴 당신 집이기도 하잖아요."

"지금 진심이에요?" 나단이 말했다. "걱정하지 말아요. 난 이 모든 걸 넓은 관점에서 보고 있어요."

"넓은 관점이요?"

"몇 달 전만 하더라도 난 직장 때문에 스트레스를 받고 있었지요. 이제 난 어떻게 하면 네 명의 여신들이 우리 집에서 한데 모여 살 수 있을지를 고민하고 있어요. 그전에는 어떻게 하면 용암 구덩이로 가라앉아가는 사악한 기업의 본부에서 탈출할 수 있을까였지요. 날 믿어요. 이제껏 내가 원했던 그 어떤 것보다 지금이 훨씬 더 신나요, 새라."

내가 그 말에 미소를 지었다. "좋아요. 혹시라도 신경 쓰이기 시작하면 내게 말해줘요."

"그럴게요." 그가 말했다.

"그나저나 드래스 머리 위의 폭발은 아주 좋았어요. 그동안 고맙다고 말할 기회가 없었네요. 당신에게 새 주문들을 더 가르쳐줘야 한다고 나중에 말해줄래요?"

그가 나를 보고 활짝 웃었다. 마법을 더 배운다는 생각에 엄청나게 기쁜 모양이었다. "도움이 되었다니 정말로 기쁘네요." 그가 말했다. "그게 또 내 얼굴에서 터질까 봐 걱정했었어요."

내가 막 맞받으려는데 부엌에서 쨍그랑거리는 소리가 들렸다. 내가 고개를 흔들며 말했다. "그래서 말인데…, 아무래도 가서 저들을 살펴봐야겠어요. 펀치 더 마실래요?" 내가 나단의 유리잔을 가리키면서 말했다.

"네, 고마워요!" 그가 유리잔을 건네주면서 말했다.

나는 그것을 받아들고 부엌으로 돌아갔다. "미안해요!" 히이아카가 바람을 휙 일으켜 바닥에서 깨진 접시 조각들을 쓸어내어 쓰레기통에 집어넣으면서 말했다.

"괜찮아요." 내가 냉장고를 향해 가면서 말했다. 앞으로 이런 일이 더 많이 일어날 것 같았다. 뭐, 할 수 없지. 수 세기 동안 신이라고는 흔적조차 보지 못하고 살아왔었는데, 이제 난 네 명의 여신과 한 아파트에서 살고 있었다. 때가 됐었나 보다.

"너무 서투르잖아." 나마카가 히이아카에게 유감스럽다는 미소를 지어 보이면서 말했다. "널 보니 그 불쌍한 사만다가 생각나네." 그녀가 나를 향해 고개를 돌렸다. "사만다는 어떻게 됐을 것 같아요?"

내가 눈살을 찌푸렸다. "모르겠어요. 하지만 사만다가 탈출했기를 바라요. 내 말은, 아마 괜찮겠죠, 그렇죠? 똑똑한 아이였으니까요."

나마카가 어깨를 들썩했다. "많은 똑똑한 사람들이 거기에서 죽었을 거예요, 프레야."

난 눈살을 찌푸리다 얼굴 전체를 찡그렸다. "연락이 닿도록 애써 봐야겠어요. 이메일을 보낸다든가, 뭐 그런 거 있잖아요. 그냥 확인하고 싶어요."

"사만다는 괜찮을 거예요." 히이아카가 말했다. "그 앤 똑똑할 뿐만 아니라 편집증까지 있어요. 게다가 재밌고요! 그런 종류의 사람들은 보이지 않는 곳에서 그냥 죽지는 않아요. 이제 저 깨진 접시에서 나온 사기조각 찾는 것 좀 도와주지 않을래요? 우리 인간 친구가 밟으면 안 되잖아요, 그렇죠?"

놀랍게도 그 말에 안심되는 걸 느꼈다. 우린 이런저런 마법들을 써서 집안 정리를 하느라 부엌과 거실을 불이 나게 돌아다녔고, 장보기, 잔심부름, 요리 등 새로운 숙식문제에 대한 계획들도 세웠다. 삶에 일어난 새로운 혼란스러움이 약간은 짜증스럽기도 했지만, 전체적으로 모든 게 제대로 된 방향을 향해 가고 있다는 느낌이 들었다. 그러니까 나의 존재가 정상궤도에 들어섰다는 말이다. 결국 난 한 명의 헌신적인 숭배자와 마르지 않는 신도들의 원천으로 완벽히 이루어진 나만의 새로운 미니어처 판테온을 갖게 되었다. 더 좋은 건, 반드시 무너뜨려야 할 거대한 적국이 있다는 점이었다. 목적이 필요한 존재로서, 너무나도 오랫동안 아무런 성취나 목표들도 없이 살아왔었다. 이젠 그것들이 넘치도록 많았다.

난 할 수 있다. 나는 신과 인간 사이에서 내가 지닌 의무를 수행할 수 있고, 지혜와 자유의지를 유지하면서 적들을 물리칠 수 있다. 애초에 내가 적들에게 도전할 수 있도록 나를 이끈 것도 바로 그것들이었다. 난 나의 생득권, 수 세기 전 잃어버렸던 프레야의 망토를 되찾을 거고, 또한 이 현대 세계에서도 내가 속해 있을 곳을 찾을 것이다. 신과 인간, 그 어느 쪽에서도 길을 잃고 헤매지 않은 채.

내 이름은 새라 버내디, 마침내 다시 신이 된 기분이다.

사만다 드래스는 자신의 의자에서 몸을 쭉 뻗으며 한숨을 쉬었다. 그녀는 아직 플로리다에 있는데, 한때 임펄스 본부가 서 있었던 곳에서 몇 킬로미터 떨어진 곳에 가지고 있었던 작은 아파트에 살고 있다. 객관적으로 말하자면 멋진 곳이다. 하지만 세상의 온갖 최신 가전제품들과 번쩍이는 부엌 조리대도 이곳을 이보다 덜 허전하게 만들 수는 없을 것이다. 그녀는 이미 자신이 피넴디의 목표의식과 북적임을 그리워하고 있다는 걸 알고 있다. 물론 그들이 스트레스를 주긴 했지만, 지나치게 극적이었던 과거와 판에 박힌 외로움이 가져다주는 안 좋은 부작용을 무시할 수 있도록 도와주기도 했다. 이번이 처음은 아니지만, 고양이를 들일까 하는 생각을 해본다.

사만다의 책상 위에는 노트북이 열린 채로 놓여있고, 피넴디에서 온 최근 이메일이 화면에 밝게 떠 있다. 간단하고 요점만을 이야기하는 단체 메일이다. "임펄스 본부의 모든 직원은 이것을 읽는 즉시 보고하세요. 감사합니다." 그들은 몇 명이 살아서 빠져나왔는지조차 모르고 있다.

답장하지 않겠다는 생각은 전혀 없다. 대관절 그게 무슨 소용 있겠는가? 사만다는 피넴디를 빠져나가고 싶다는 생각이 전혀 없고, 사실은 그들이 그녀를 어디로 보내느냐에 따라, 결국 자신의 엄마를 부활시키는 데 필요한 돌파구가 될 수도 있다. 그런 생각이 들자 그녀는 잠시 자신의 아빠가 살아남았을지가 궁금해진다. 비탄에 빠져 살았던 그 모든 시간에도 불구하고 아빠를 잃었을지도 모른다는 생각은 놀라울 정도로 고통스럽다. 그가 저지른 범죄들은 용서받을 수 없지만, 그는 늘 그녀를 사랑했고 그녀의 안전과 성공에 마음을 썼다. 그 오래된 상처가 수면 위로 떠올라 얼굴에 드러난다. 십 년 가까운 시간 동안 자신과 아빠 사이에 거리를 두었음에도, 마음속에는 여전히 애정이 자리하고 있다.

사만다는 머리를 흔들고 거기에 대해선 더는 생각하지 않으려고 애를 쓴다. 정신을 쏟을 더 나은 일들이 얼마든지 있고, 과거로부터 고통을 찾아내는 일은 위험할 정도로 취미에 가까워져 가고 있다.

숙련된 동작으로 안경을 밀어 콧대 위로 올린 후 키보드에 손가락을 올리고 타자를 하기 시작한다. 이제 막 첫 문장을 겨우 마쳤을 때, 뭔가가 홱 하고 움직이고 어두워진 방 한쪽 구석에서 불빛이 움직인다. 사만다는 떨리는 손으로 책상 서랍을 열어 한 번도 쏴본 적 없었던 총을 꺼내 든다.

그녀는 천천히 자리에서 일어서 무기를 앞에 들고 소리친다. "누구죠? 거기 있는 거 알아요! 제발 당장 나가줘요. 그…, 그럼 쏘지 않을게요."

사만다의 말에 그 그림자가 다시 움직이고, 인물의 윤곽이 뚜렷해진다. 사만다의 거실 나무 마루 위로 딸깍하는 발소리가 들린다. 가볍고 머뭇거리는 듯 또각거리는 소리다. 그리고 또 한 발, 또 한 발, 그 형체가 사만다를 향해 어둠 속에서 걸어 나온다.

"제발요, 전 당신을 쏘고 싶지…." 그녀의 나머지 말들이 헉 소리와 함께 사라진다. 그 침입자가 사만다의 노트북이 던진 작은 빛의 동그라미 가운데로 걸어들어온 것이다. 흐릿한 불빛이 사만다에게는 고통스러울 정도로 친숙한 이목구비를 비추고 있다.

그녀가 천 번도 넘게 기억했던 얼굴이다. 주름 하나하나, 주근깨 하나하나 완벽하게 기억하려고 애썼던 얼굴이다. 그녀가 기억했던 것과 똑같은 미소다. 머리카락 한 올까지 제자리에 있다. 모든 것이. 바로 그녀다. 진짜로, 정말로, 그녀다.

"엄마?"

옮긴이 **김세경**

목포에서 태어나 전남대학교 불어교육과를 졸업했으며, 미국 캘리포니아 주립대학교에서 언어학으로 석사 학위를 받았다. 럿거스 대학교에서 언어학 박사과정을 마쳤고, 캘리포니아 주립대학교에서 법언어학연구소 연구원을 지냈다. 옮긴 책으로 코니 윌리스의 **《화재감시원》**(공역), **《여왕마저도》**(공역) 등이 있다.

정신병원을 탈출한
여신 프레야

초판 1쇄 발행 2016년 4월 25일
초판 2쇄 발행 2016년 7월 20일

지은이 매튜 로렌스
옮긴이 김세경
펴낸이 박은주
기획 김창규, 최세진
디자인 김선예, 장혜지
마케팅 이신우, 정준호
표지 일러스트 김범석

발행처 아작
등록 2015년 9월 9일(제300-2015-140호)
주소 03174 서울시 종로구 사직로 8길 24 1618호
(내수동, 경희궁의 아침 2단지 오피스텔)
대표전화 02.324.3945 **팩스** 02.324.3947
이메일 decomma@gmail.com
홈페이지 www.arzak.co.kr

ISBN 979-11-87206-05-7 04840
979-11-87206-04-0 04840 (세트)

책 값은 표지 뒤쪽에 있습니다.

아작은 디자인콤마의 문학 브랜드입니다.

이 도서의 국립중앙도서관 출판예정도서목록(CIP)은 서지정보유통지원시스템 홈페이지(http://seoji.nl.go.kr)와 국가자료공동목록시스템(http://www.nl.go.kr/kolisnet)에서 이용하실 수 있습니다. (CIP제어번호: CIP2016011756)